我的第一本
韓語課本
全新・進階篇

全MP3一次下載

https://drive.google.com/file/d/1I8wCqloTHtVpaKcbt7IL8mDLLhWd5iqJ/view

iOS系統請升級至 iOS13後再行下載，下載前請先安裝ZIP解壓縮程式或APP，
此為大型檔案，建議使用 Wifi 連線下載，以免占用流量，並確認連線狀況，以利下載順暢。

前 言

<Korean Made Easy> 시리즈는 제2언어 혹은 외국어로서 한국어를 공부하는 학습자를 위해 집필되었다. 특히이 책은 시간적 · 공간적 제약으로 인해 정규 한국어 교육을 받을 수 없었던 학습자를 위해 혼자서도 한국어를 공부할수 있도록 기획되었다. <Korean Made Easy> 시리즈는 초판 발행 이후 오랜 시간 독자의 사랑과 지지를 받으며 전세계 다양한 언어로 번역되어 한국어 학습에 길잡이 역할을 했다고 생각한다. 이번에 최신 문화를 반영하여 예문을깁고 연습문제를 보완하여 개정판을 출판하게 되었으니 저자로서 크나큰 보람을 느낀다. 한국어를 공부하려는 모든학습자가 <Korean Made Easy>를 통해 효과적으로 한국어를 공부하면서 즐길 수 있기를 바란다.

시리즈 중 <Korean Made Easy - Intermediate (2nd Edition)>는 중급 학습자가 혼자서도 한국어를 공부할 수있도록 고안한 책으로, <Korean Made Easy for Beginners (2nd Edition)>의 다음 단계의 책이라고 할 수 있다. 하지만 중급 책은 초급 책과 형식을 달리하여 언어적 다양성과 의사소통을 강조하였다. 중급 학습자는 문법을 정확히이해하고 적절한 상황에서 활용하는 능력과 함께 각기 다른 상황에서 다양한 어휘 사용 능력을 발휘하는 것이 중요하기 때문에 초급과 다른 형식이 필요했다. 더욱이 혼자 공부할 때 가장 어려울 수 있는 의사소통을 펼칠 수 있는 활동도 중급 책에서 강화되어야 한다고 판단했다.

<Korean Made Easy - Intermediate (2nd Edition)>는 일상생활에서 접할 수 있는 15가지 주제가 과로 구성되어 있다. 이 책에서는 중급 학습자가 어휘와 문법을 주어진 맥락에 맞게 어떻게 활용할 수 있는지 보여 주는 것을 최우선 과제로 삼았기에, 각 주제별로 3개의 담화 상황을 설계하여 어휘와 문법이 제시, 연습, 확장되도록 구성하였다. 또한 해당 주제와 문맥에 맞게 어휘와 문법을 사용하여 의사소통 할 수 있도록 말하기 활동을 포함하였다. 아울러, 어휘의 짜임을 이해할 수 있도록 중급 어휘에 필수적인 한자의 음을 의미별로 묶은 어휘망을 제시하였다. 마지막으로 관용어 표현 및 속어, 줄임말 등 문화 속에 반영된 어휘를 배움으로써 한국 문화를 엿볼 수 있도록 하였다.

이 책을 완성하기까지 많은 사람의 관심과 도움, 격려가 있었다. 먼저 훌륭한 번역을 해 주신 타일러 라우 씨와명확한 교정으로 개정판을 완성시켜 주신 이사벨 킴 지탁 씨께 감사의 말씀을 전하고자 한다. 또한 한국어 책 출판을든든하게 지원해 주시는 ㈜다락원의 정규도 사장님과, 저자의 까다로운 요구를 마다하지 않고 근사한 책으로 구현해주신 한국어출판부 편집진께 마음을 다해 감사드린다. 마지막으로, 항상 저를 응원해 주시며 매일 기도하기를 잊지않으시는 어머니와, 딸의 출판을 어느 누구보다 기뻐하셨을 돌아가신 아버지께 이 책을 바치고 싶다.

오승은

《我的第一本韓語》系列是專為第二語言或以外語學習韓語的學習者編寫的教材。尤其本書是為了讓時間、空間上受到限制而無法接受正規韓語教育的學習者們可以自學所企劃的。《我的第一本韓語》系列初版發行後，長期以來受到讀者的喜愛與支持，在全球翻譯成各種語言，擔任韓語學習教材領頭羊的角色。這次體現最新文化、修訂例句並完善練習題的修訂版得以出版，身為作者的我感到非常有意義。期許每位想學韓語的學習者，透過《我的第一本韓語》系列可以在有效學習韓語的同時享受學習過程。

系列中《全新！我的第一本韓語課本【進階篇】【QR碼行動學習版】》是以中級學習者可自學韓語為目的策畫而成，可說是接續《全新！我的第一本韓語課本【初級篇】【QR碼行動學習版】》的進階教材。不過中級教材的形式與初級教材不同，比較強調語言的多樣性和口說訓練。由於中級學習者確實理解文法並應用於日常生活中的能力，還有在各種情境下發揮多樣化字彙使用的能力很重要，因此教材形式必須跟初級有所不同。尤其，筆者認為，中級教材應加強對於自學學習者來說，最困難的口說部分。

《全新！我的第一本韓語課本【進階篇】【QR碼行動學習版】》是以日常生活常見的15種主題構成課程內容。本教材將中級學習者如何根據文章脈絡正確使用字彙與文法當作優先課題，每個主題皆設計三種對話情境，提供字彙與文法、練習題，盡可能擴充內容。此外，還包含使用符合每課主題與文章脈絡的字彙跟文法，讓學習者練習口語的口說策略。同時，為了讓學習者理解字彙結構，還提供中級必備單字心智圖。最後藉由學習慣用語、俗語、縮略語等反映本地文化的字彙，一窺韓國文化。

本教材直至出版為止，受到許多人的關愛、協助與鼓勵。首先，我想感謝協助翻譯的Tyler Lau，還有提供明確校對以完成修訂版的Isabel Kim Dzitac。此外，我想向給予韓語教材出版雄厚支持的多樂園鄭圭道社長，以及不拒絕在下刁鑽要求，具體展現教材精彩內容的韓語出版部編輯團隊致上誠摯的謝意。最後，我想將這本書獻給總是不忘替我加油並為我祈禱的母親，以及女兒編寫的教材得以出版，比任何人都還要開心，已回歸塵土的父親。

吳承恩

如何使用本書

課程目標

各章節以重點語言能力的說明開頭，讀者習讀章節後即能馬上活用。內容點出包含章節中使用的單字、文法及學習目標。

文法

此部分說明語言能力上會使用到的文法重點。每章節由三個情境對話組成，每組對話各含兩個文法重點，每章節共有六個文法重點。

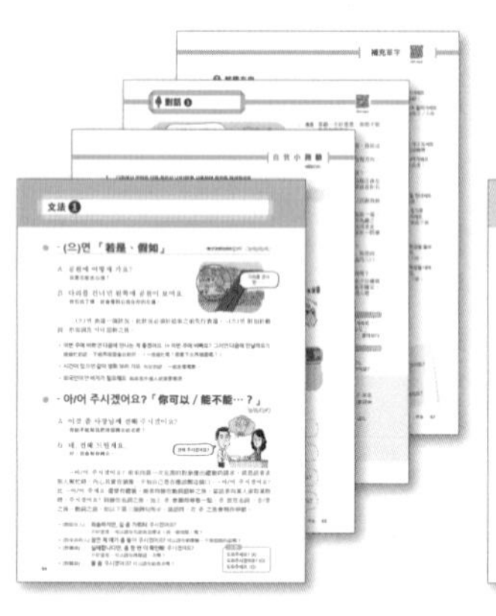

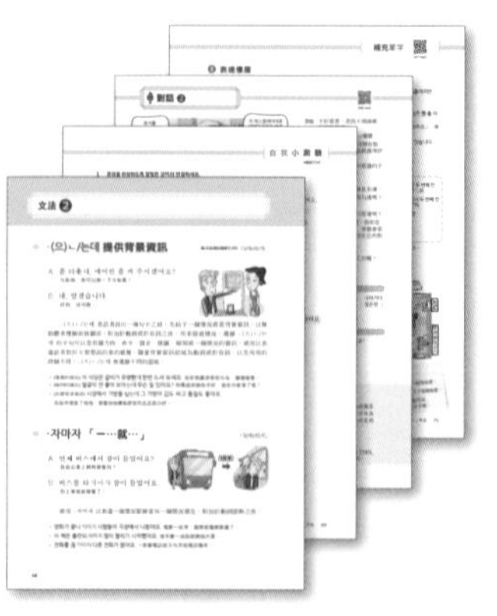

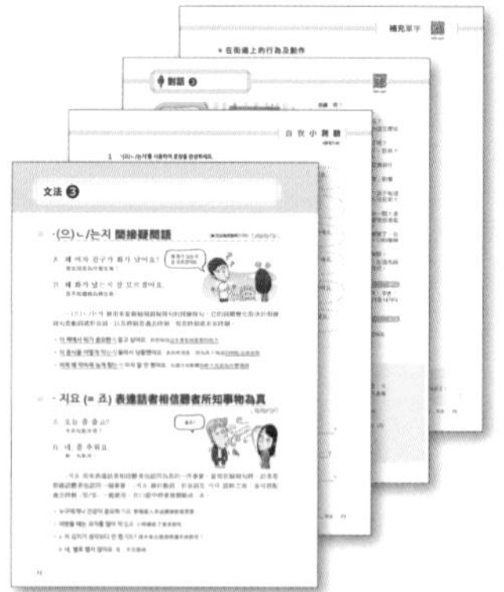

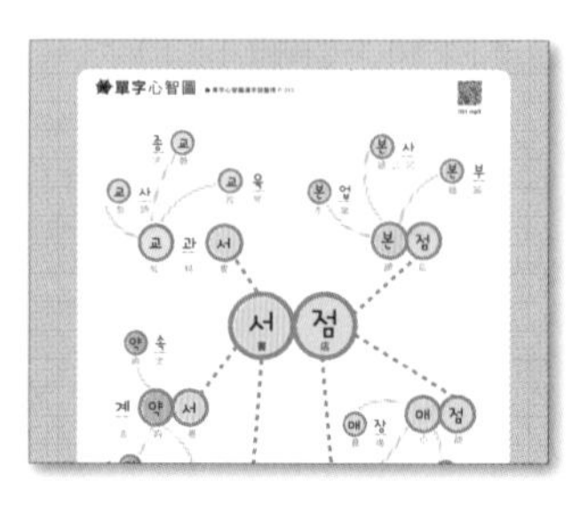

• 文法

此部分使用例句說明文法重點中的含意解釋及關鍵作用。透過例句結合插圖，能更容易地以直覺去瞭解對話、情境及相關文法。句子結尾出現的文法重點分別依以下不同語尾形式區分：語尾1）-다（如 고 있다, -(으)려고 하다）；以及語尾2）-요（如 -(으)시겠어요?, -지요）。謹記當文法重點語尾為 -다 的形式，可用於口語及書寫。若句型中含詞形變化，且語尾為 -요，則只能使用於一般口語。

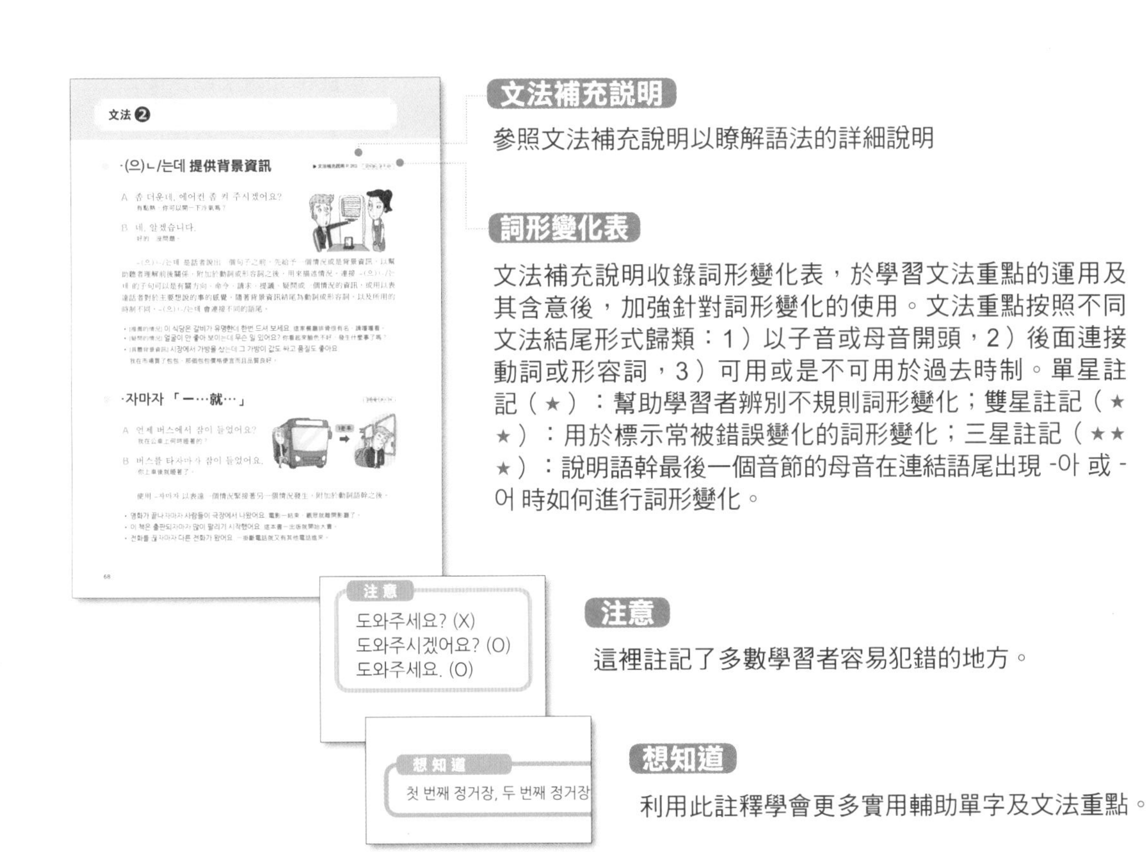

文法補充說明

參照文法補充說明以瞭解語法的詳細說明

詞形變化表

文法補充說明收錄詞形變化表，於學習文法重點的運用及其含意後，加強針對詞形變化的使用。文法重點按照不同文法結尾形式歸類：1）以子音或母音開頭，2）後面連接動詞或形容詞，3）可用或是不可用於過去時制。單星註記（★）：幫助學習者辨別不規則詞形變化；雙星註記（★★）：用於標示常被錯誤變化的詞形變化；三星註記（★★★）：說明語幹最後一個音節的母音在連結語尾出現 -아 或 -어 時如何進行詞形變化。

注意

這裡註記了多數學習者容易犯錯的地方。

想知道

利用此註釋學會更多實用輔助單字及文法重點。

• 自我小測驗

測試自己對文法重點的瞭解，此部分將文法重點運用在多種不同的句型架構上，幫助學習者融會貫通文法用法。

解答

各章節測驗答案請參照附錄。

• 對話

每個章節的重要單字都會出現在有插圖的對話內容中，這些對話比初級篇對話篇幅長了許多，此安排不是為了要學習者背誦課文，而是能跟著對話練習以增進口語能力。

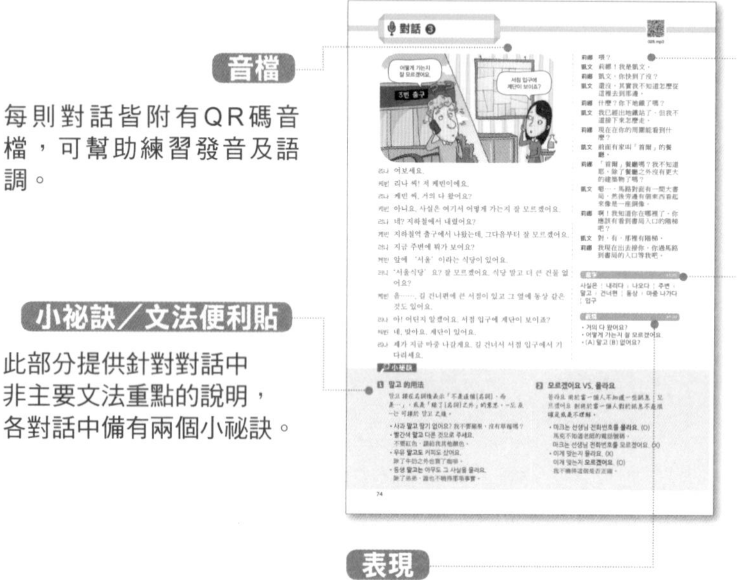

音檔

每則對話皆附有QR碼音檔，可幫助練習發音及語調。

翻譯

每個對話皆附中文翻譯協助學習者理解內容，而翻譯考量主要是能自然意會，並非逐字翻譯。

小祕訣／文法便利貼

此部分提供針對對話中非主要文法重點的說明，各對話中備有兩個小祕訣。

單字

對話中學到的新單字，可於附錄查詢中文翻譯。

表現

此部分會介紹三種韓國人常用的表達方式，並可於附錄中查詢中文翻譯。

• 補充單字

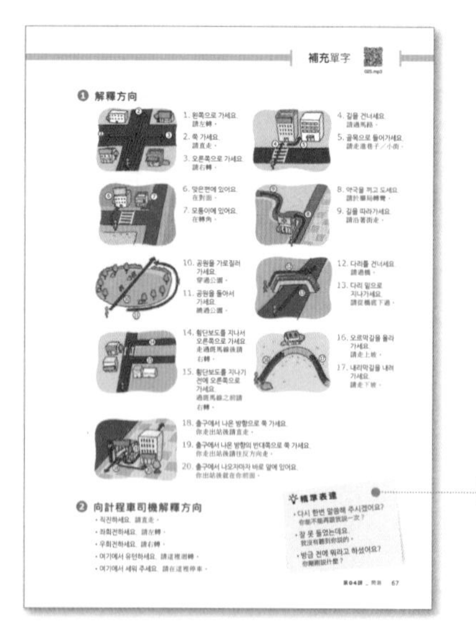

為了幫助學習者擴充字彙，與對話相關的課外單字皆已按照字意歸類，可在每章節重點練習時著重此部分，以增加練習廣度及單字使用。

精準表達

參考此註記讓精準的表達方式留在腦海裡，以增進對單字的掌握度。

• 一起聊天吧!

這個單元是幫助學習者在實際生活對話中，使用學過的文法和單字與人溝通。建議可與其他說韓語的人或正在學習韓語的學習者一起練習自然的口說能力。

口說策略

這部分列出特殊情境下，相關的表達方式。學習者需多加練習，使自己的口語更加自然。

單字

每個「一起聊天吧！」單元包含韓語新字彙及其中文翻譯，可使日常生活中的對話更容易理解。

• 單字心智圖

每個章節中將會挑選出一個漢字語與其他漢字語進行重組，目的在說明不同漢字語用於特定組合中的含意。此做法並非要能閱讀及書寫對應的漢字語（中文字體），而是要能從音標發音上去記得漢字語，進而對漢字語有更深的認識。漢字語的音標條列於「單字心智圖漢字語整理」中，學習者可經由附錄分辨韓文裡發音相似，但因漢字不同而有所差異的漢字語。

和原形發音不同的漢字語也會一併於註釋中說明。

• 話說文化

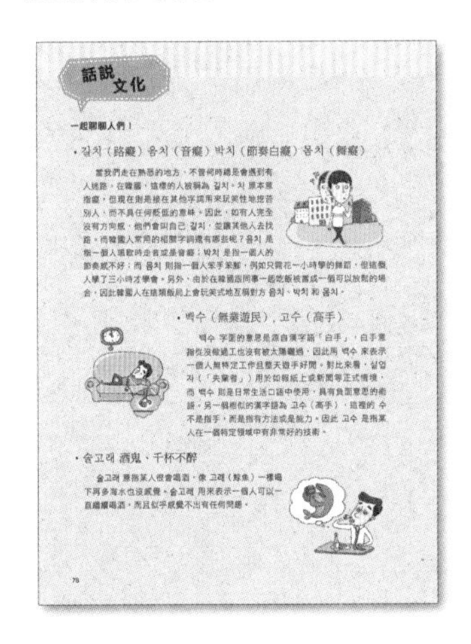

不同於只呈現字典中可查到的單字，這個部份介紹慣用語和俚語在特定情境上的用法，讓學習者能藉由文化層面來瞭解韓國語言。

附錄

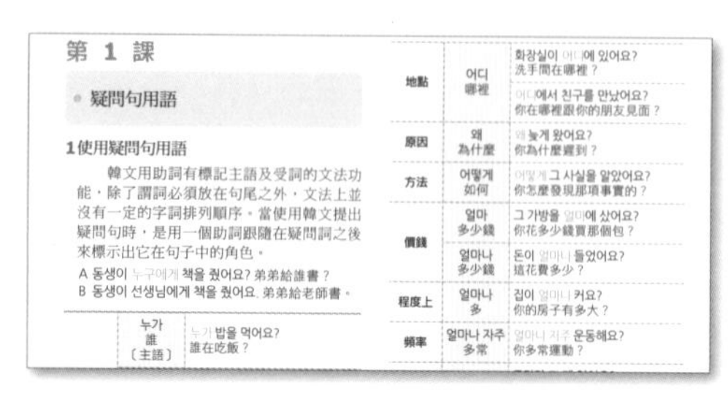

文法補充說明

這部分將更詳細說明書中所提及的文法重點。

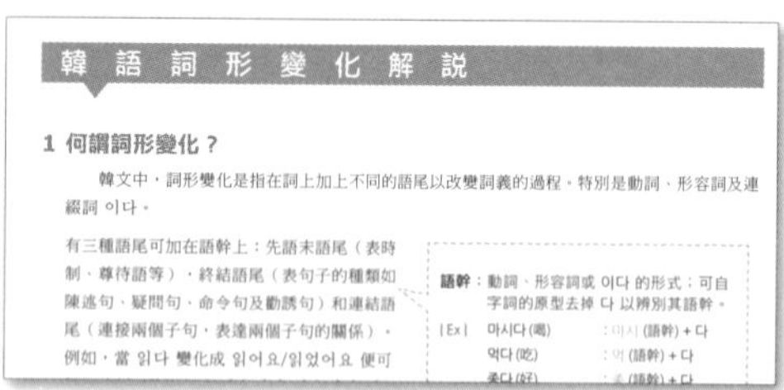

韓語詞形變化解說

解釋什麼是韓語詞形變化以及如何使用，
以幫助學習者瞭解韓語。

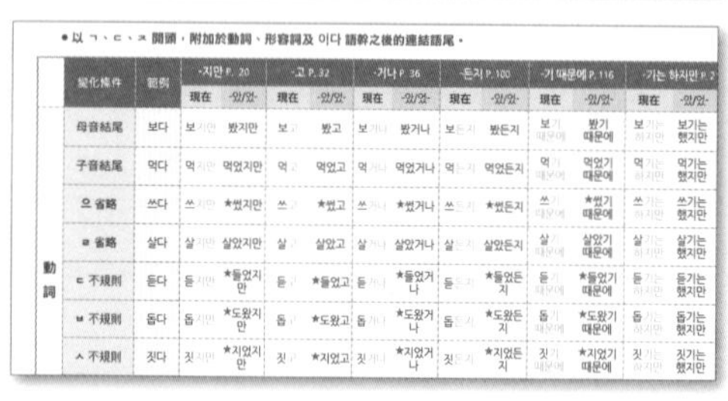

詞形變化表

表格中清楚地歸納條列出規則及不規則的
詞形變化。

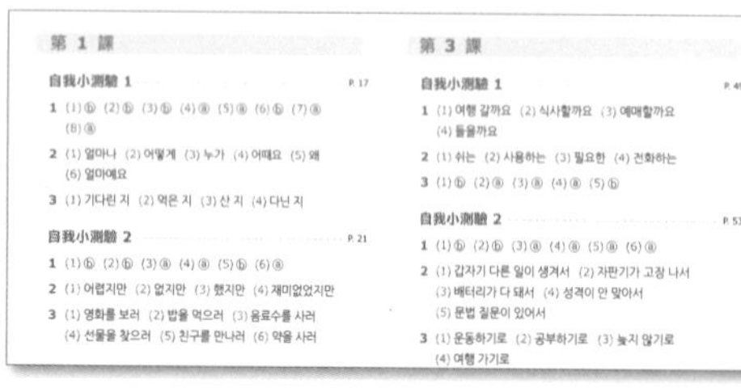

解答

提供各單元自我小測驗答案。

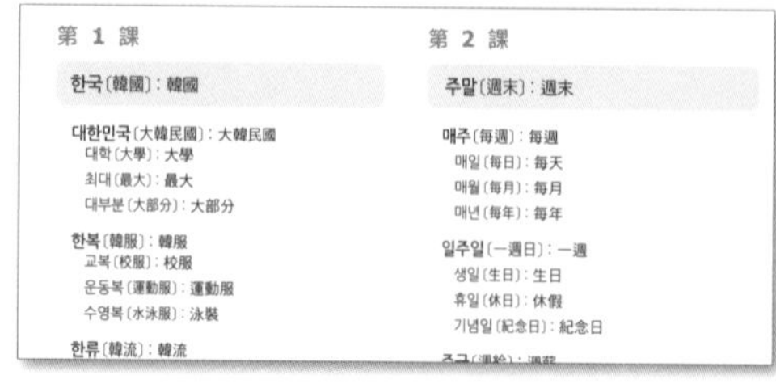

單字心智圖漢字語整理

提供字詞關係圖中所出現的漢字及其中
文翻譯。

單字和表現

條列出於對話單元所教的單字及實用句
型。

目　錄

課程規劃表

章節	主題	學習目標	文法1	補充單字1	文法2
1	첫 만남 **初次見面**	• 見面及問候 • 關於家鄉與預計停留時間之問答 • 敘述來韓國的目的 • 說明在韓國的生活 • 關於職業和聯絡方式之問答 • 淺談家庭 • 討論年齡差距	• 疑問句用語 • -(으)ㄴ 지: 「已經有（多長時間）」	• 國籍＆背景資訊 • 位置	• -지만: 「但是」 • -(으)러: 「為了」
2	일상생활 **日常生活**	• 談論每日生活 • 談論興趣 • 談論休閒活動 • 談論參與、進行嗜好活動的頻率 • 談論個人日常例行事務	• -고: 「以及」 • -(으)면서: 「邊…邊…」	• 使用電腦 • 使用網路 • 表達頻率次數的副詞	• -거나: 「或是」 • -(으)ㄴ/는 편이다: 「屬於…」、「偏…」
3	약속 **約定**	• 談論個人喜好 • 提出意見 • 約見面 • 給原因或理由 • 更改約定 • 取消約定 • 禮貌地開啟對話 • 修正看法	• -(으)ㄹ까요?: 「（我們）要不要…?」 • -(으)ㄴ/는 것: 將動詞轉換為名詞	• 表達時間 • 時間相關表現 • 約定時間相關表現	• -아/어서: 「因為」 • -기로 하다: 「決定要…」
4	길 찾기 **問路**	• 向陌生人禮貌問路 • 問路及給予指引 • 在商店裡詢問物品位置 • 確認聽到或知道的訊息 • 迷路及尋求協助 • 形容附近環境	• -(으)면「若是、如果」 • -아/어 주시겠어요?: 「你可以 / 能不能…?」	• 解釋方向 • 向計程車司機解釋方向	• -(으)ㄴ/는데: 提供背景資訊 • -자마자: 「一…就…」
5	음식 **食物**	• 談談你喜歡和討厭的食物 • 談論你想做甚麼 • 點菜 • 形容餐點 • 推薦餐廳	• -(으)려고 하다: 「想要…」、「打算要…」 • -(으)ㄴ/는데요: 緩和語調，或於解釋情形時表現遲疑的態度	• 味道及口感 • 食材狀態	• -아/어 줄까요?: 詢問聽者是否需要幫忙 • -(으)/는 대신에: 以後面的內容代替前面的內容
6	공공 규칙 **公共場合守則**	• 詢問許可 • 說明規定 • 形容物品細節 • 住宿的問與答 • 預約會面 • 關於公司規定的問與答 • 討論公司文化中合宜的行為舉止 • 與別人談話應對	• -아/어도 되다: 「可以…」 • -아/어야 되다: 「必須…」、「應該…」、「一定要…」	• 區分時間 • 日期 • 辨讀日期 • 表達日期	• -아/어 있다: 表達一個動作完成後狀態的持續。 • -든지: 「或是」
7	집 **家**	• 討論單人住宅的優點 • 討論單人住宅的缺點 • 討論找房子 • 不同意一個看法 • 解釋家中問題 • 給予原因 • 提出解決方案	• -기 쉽다/어렵다: 「易於 / 難於」 • -게 되다: 「成為」、「以至於」	• 家中物品 • 房屋其他組成結構	• -기 때문에: 「因為」 • -기는요: 表達對陳述的否定

補充單字2	文法3	補充單字3	一起聊天吧!	口説策略	話説文化
• 姓名 • 職業	• 辨讀固有數字 • 所有格助詞 의	• 手足 • 父母的手足 • 姻親 • 晚輩／孩童	談論我自己與家庭	找尋共同點	我可以跟誰使用 언니 及 오빠 ?
• 做家事 • 頻率次數	• -(으)ㄴ 후에/다음에:「其後」、「此後」 • -기 전에:「之前」	• 表達時間 • 看讀時間 • 表達一個持續發生一段時間的動作	談論日常例行事務	與其他人比較	韓文中的英語外來語: 컴퓨터하다 터프하다 에어컨 핸드폰
• 約定：主動和被動的表達方式 • 約定相關動詞 • 잘못: 表達錯誤 • 表示時間長短的副詞	• -(으)니까:「因為…」 • -는 게=-는 것이: -는 게 어때요?「…如何?」 -는 게 좋겠어요「…會比較好」	• 뭐/누가/어디/언제的兩種含意 • 辨別相關複合動詞的不同含意	敘述自己對承諾的想法	不明確的表達方式	有關等待的表達方式: 눈이 빠지게 목이 빠지게 바람맞다 약속을 칼같이 지키다
• 表達樓層 • 指出陳列中的一個物品 • 描述地點	• -(으)ㄴ/는지: 間接疑問語 • -지요 (= 죠): 表達話者相信聽者所知事物為真	• 在街道上的行為及動作	描述如何從一定點前往另一個目的地	確認訊息	一起聊聊人們吧! 길치, 음치, 박치, 몸치 백수, 고수 술고래
• 蔬菜 • 水果 • 肉類 • 海鮮類 • 魚類 • 其他 • 食材狀態	• -(으)ㄴ 적이 있다:「曾有…的經驗」 • -고 있다:「正在做…」	• 烹煮方式 • 食用方式 • 描述餐廳	談論一個人對食物的偏好	同意	形容味道的細微差異: 시원하다 느끼하다 고소하다
• 比較動態與靜止狀態 • 描述靜止狀態	• -(으)면 안 되다:「不可以…」 • -네요: 「呢」	• 找工作之前 • 與工作有關的漢字語 • 工作場所上常用詞彙	提供有關韓國居住的資訊	比較韓國和我的國家	韓國文化意識: 눈치가 없다 눈치를 채다 눈치를 보다
描述家中狀態	• -거든요: 表達及強調一個原因或理由 • -지 그래요?: 表示溫和的建議	• 常見家中問題	敘述居住環境的優缺點	修正一個人剛說的話	讓我們學習如何使用 방（房間）及 집（家）! 노래방、찜질방、만화방、꽃집、빵집、떡집、술집、고깃집

章節	主題	學習目標	文法1	補充單字1	文法2
8	쇼핑 購物	• 商品問與答 • 討論商品優缺點 • 比較 • 購買商品 • 更換商品 • 解釋商品問題 • 詢問聽者的意圖 • 說明更換商品的原因 • 解釋退貨程序	• -(으)ㄴ/는데: 「但是」；對比來說 • -는 동안에: 「之間」、「當…的時候」	• 形容商品	• -(으)니까: 表達做了一項動作後領悟到某件事 • -(으)시겠어요?: 「你想…?」
9	한국 생활 韓國生活	• 比較剛抵達韓國的情形和現況 • 討論錯誤 • 表達情感 • 表達學韓語的難處 • 詢問及給予建議 • 討論一個人的工作及未來目標	• -(으)ㄹ 때: 「當…的時候」 • -겠-: 推測字尾	• 情感表達－〔漢字語 하다〕 • 情感表達-〔固有語 하다〕 • 關於人或物的情感表達	• -아/어도: 「即使」、「即便」 • -아/어지다: 「變得…」
10	문제 難題	• 詢問與回覆問題 • 提出請求 • 接受請求 • 對天氣氣候的關注 • 建議新點子 • 提及義務及責任 • 談論決定	• 반말: 「平語／半語」（非尊待語） • -(으)ㄴ/는데요?: 詢問更多細節	• 與使用物品相關的動詞	• -(으)ㄹ 줄 알다: 「懂得如何做…」 • -(으)ㄹ까 봐: 「我擔心…」
11	사람 人	• 描述人的外貌 • 討論轉變及狀態的變化 • 描述人的穿著 • 表達不明確的疑問句 • 確認訊息 • 討論人的期許 • 討論人做事情的目的	• -(으)ㄴ/는: 修飾名詞 • -아/어 보이다: 「看起來…」	• 臉部特徵 • 頭髮及髮型 • 體格及年齡 • 第一印象	• -(으)ㄹ까요?: 表達不明確的疑問句 • -잖아요: 提醒聽者已經知道的事實
12	건강 健康	• 相關消息 • 確認剛聽到的訊息 • 做推測 • 做出不明確的猜測 • 確認傳聞 • 與人打招呼後提出問題 • 解釋受傷及生病的原因	• -다고 하다: 間接引用 • -다고요?: 「你是說…?」	• 身體部位 • 與身體部位相關的動詞	• -(으)ㄴ/는 것 같다: 「似乎…」 • -(으)ㄹ지도 모르다: 「也許…也不一定」
13	관심사 感興趣的事	• 談論個人計畫 • 提出邀約 • 表達擔心 • 給予鼓勵 • 禮貌地表達個人觀點 • 給予忠告意見	• -(으)ㄹ 테니까: 表達話者的意圖或推測 • -(으)ㄹ래요: 「我要…」、「我想…」	• 興趣領域	• -(으)ㄹ까 하다: 「我想…」 • -(으)ㄹ수록: 「越…」
14	여행 旅遊	• 推測 • 討論誤會 • 討論旅行回憶 • 旅行經驗的問與答 • 討論習以為常的行為和動作 • 找尋藉口 • 討論遺憾	• -나 보다: 「好像…」、「應該…」 • -(으)ㄴ/는 줄 알았다 「以為…」	• 辨識人的位置 • 辨識照片的日期 • 常用描述照片的說法	• -던: 回顧性修飾 • -곤 하다: 「通常」、「經常」
15	관계 關係	• 解釋說明個人行為 • 向人詢問意見 • 斥責某人沒去做應該要做的事 • 找尋藉口 • 正式道歉 • 拒絕請求 • 猜想將會發生的事件 • 描述另一個人	• -다가: 「當…持續中」、「在…途中」 • -(으)ㄴ/는데도: 「即使」、「即便」	• 預約 • 電話上使用的口語	• -았/었어야지요: 「你應該要…」 • -았/었어야 했는데: 「應該要…，但…」

補充單字2	文法3	補充單字3	一起聊天吧!	口說策略	話說文化
• 衣服問題 • 電器用品問題 • 家具問題	• (스)ㅂ니다: 正式言談 • -는 대로: 「一…就…」	• 與金錢有關的動詞 • 與金錢有關的漢字語 • 付款方式	談論購物經驗	表達驚喜	購物時所使用的表達方式 바가지 쓰다 대박 싸구려
• 連接 나다 的情感表達方式 • 使用 되다 的情感表達方式 • 其他用於情感表達的方式	• -(으)려고: 「為了要…」、「打算…」 • -(으)려면: 「如果打算要…」、「如果想要…」	• 名詞 +있다: 「是」、「有」 • 名詞 +많다: 「有很多的」 • 名詞 +나다: 「吐露出」 • 名詞 + 되다: 「變成」、「發生」 • 其他	討論在韓國的經驗	回應他人的感受	韓國人常用的感嘆詞: 아이고! 깜짝이야! 맙소사! 세상에! 이야~!
• 氣象詞彙 • 形容天氣	• -아/어야지요: 「你應該…」 • -아/어야겠다: 「我得…」	• 常見問題	提供針對問題的忠告或意見	給予建議	什麼時候可以說「너」?
• 穿衣服 • 形容物品	• -았/었으면 좋겠다: 「我希望」、「我期望」、「如果可以…就好了」 • -도록: 表程度、目的、範圍	• 對比個人特質 • 其他個人特質	介紹某人並突顯其個人特質	形容人	一起聊聊個性! 통이 크다 통이 작다 뒤끝이 있다 뒤끝이 없다
• 身體部位使用 아프다 的表達方式 • 身體部位使用漢字語 통（疼痛）的表達方式 • 使用動詞 나다 表達身體的疾病及傷勢 • 使用 걸리다 或 있다 描述特定情況的表達方式 • 其他	• -다면서요?: 「我聽說…?」 • -(으)ㄹ 뻔하다: 「差一點…」	• 受傷 • 受傷的原因 • 治療傷口或疾病 • 藥品的種類	討論生病、受傷和健康	以婉轉的方式表達個人意見	與身體部位 애 有關的慣用語: 애타다 애태우다 애쓰다 애먹다
• 語意相反的副詞 • 常見表達	• -기는 하지만: 「是…, 但…」 • -군요: 表達認知且瞭解一個新獲知的事實	• 人口統計語法 • 比較標準單位 • 看讀圖表	討論嗜好及興趣	回顧資訊	聊聊人吧! 괴짜、왕따、컴맹、몸짱
• 旅行打包 • 旅遊準備 • 旅遊目的地 • 旅遊日期長度 • 旅遊種類 • 旅遊花費	• -느라고: 「因為」 • -(으)ㄹ걸 그랬다: 「早知道就…」	• 副詞的表達方式 • 旅遊問題	談論旅遊經驗	談話時的遲疑語氣	一起聊聊吃的! 파전、막걸리、김밥、짜장면、치맥
• 받다: 解讀被動含意	• -(으)ㄹ 텐데: 表達揣測、希望及假設情境 • -(으)려면 참이다: 「正想…」	• 描述對話	討論社群互動	同意及不同意	一起學簡化用語! 남친、여친、샘、알바、화울

主要人物介紹

진수 真秀

韓國人

即將畢業的大學生，是莉娜的同學，擔心自己未來的事業。

리나 莉娜

韓國人

大學生，真秀的同學，對國際文化深感興趣。

마크 馬克

美國人

交換學生，主修韓語，對韓國文化非常感興趣。

새라 莎拉

韓裔美國人

為了能和她的韓國親戚溝通而學習韓語，跟馬克是朋友。

케빈 凱文

澳洲人

在韓國小學擔任英文老師，邊工作邊學韓語。

유키 由紀

日本人

喜歡韓劇及韓文歌，因興趣而開始學韓語。

웨이 偉

新加坡人

在韓商與韓國人一起工作，是玲玲的朋友，也是民浩的同事。

링링 玲玲

中國人

為了進入韓國大學而來韓國的交換學生，是偉的朋友。

민호 民浩

韓國人

任職於貿易公司，是偉的同事。

第 01 課

첫 만남

初次見面

目標
- 見面及問候
- 關於家鄉與預計停留時間之問答
- 敘述來韓國的目的
- 説明在韓國的生活
- 關於職業和聯絡方式之問答
- 淺談家庭
- 討論年齡差距

文法

❶ 疑問句用語
-(으)ㄴ 지「已經有（多長時間）」

❷ -지만「但是」
-(으)러「為了」

❸ 辨讀固有數字
所有格助詞 의

文法 1

疑問句用語

▶ 文法補充說明 P. 256

A 어디에서 왔어요?
你來自哪裡？

B 미국에서 왔어요.
我來自美國。

韓語中使用助詞來表示文法功能（如 -이/가、-을/를、-에/에서 等）。於上述例句可見，韓文疑問句句法排列與陳述句相同，僅加上疑問詞後的助詞加以區隔。以下面例句為例，為了要問真秀與誰會面，-를 作為助詞放在 누구 之後，合併後的 누구를 放置在與陳述句相同的位置。

- A 진수가 누구를 만나요? 真秀與誰見面？
  B 진수가 친구를 만나요. 真秀與朋友見面。
- A 그 얘기를 누구한테서 들었어요? 那件事你是聽誰說的？
  B 그 얘기를 친구한테서 들었어요. 那件事我是聽朋友說的。

-(으)ㄴ 지「已經有（多長時間）」

▶ 文法補充說明 P. 257
詞形變化表 P. 300

A 한국어 공부를 시작한 지 얼마나 됐어요?
你學韓文多久了？

B 6개월 됐어요.
已經有6個月。

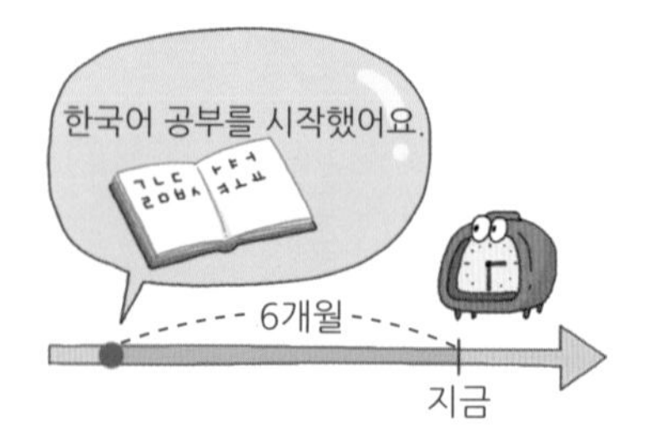

-(으)ㄴ 지 用來表示動作及情況已發生了多長時間。肯定句時用動詞+-(으)ㄴ 지，疑問句中詢問時間已過多久時，搭配 얼마나 一起使用。

- 그 친구를 만난 지 꽤 됐어요. 我認識那位朋友已經一段時間了。
- A 진수를 안 지 얼마나 됐어요? 你認識真秀多久了？
  B 2년쯤 됐어요. 大約2年了。
- 밥 먹은 지 1시간도 안 됐어요. 그런데 배고파요. 吃飽飯還不到一小時，可是我肚子餓了。

▸解答 P. 308

1 알맞은 것을 고르세요.

(1) ⓐ 어디에 / ⓑ 어디에서 왔어요?

(2) 이 가방이 ⓐ 누가 / ⓑ 누구 거예요?

(3) 이 음식 중에서 ⓐ 뭐가 / ⓑ 뭐를 제일 좋아해요?

(4) 이번에 ⓐ 누가 / ⓑ 누구 승진했어요?

(5) 어제 ⓐ 누구를 / ⓑ 누구한테 도와줬어요?

(6) 친구들이 ⓐ 어디에 / ⓑ 어디에서 기다려요?

(7) 그 사람은 성격이 ⓐ 어떤 / ⓑ 어느 사람이에요?

(8) 좋아하는 음식이 ⓐ 뭐예요? / ⓑ 뭐 있어요?

2 대화를 완성하세요.

(1) A 회사까지 시간이 ______________ 걸려요?
B 1시간 넘게 걸려요.

(2) A 그 사실을 ______________ 알았어요?
B 친구한테서 들었어요.

(3) A ______________ 전화했어요?
B 회사 동료가 전화했어요.

(4) A 한국 생활이 ______________?
B 재미있어요.

(5) A ______________ 늦게 일어났어요?
B 어제 늦게 잤어요. 그래서 늦게 일어났어요.

(6) A 월세가 ______________?
B 50만 원이 조금 안 돼요.

3 다음에서 알맞은 답을 골라서 '-(으)ㄴ 지'를 사용하여 문장을 완성하세요.

다니다	기다리다	먹다	살다

(1) 그 사람의 소식을______________한참 됐어요. 그런데 아직 연락도 없어요.

(2) 밥을______________얼마 안 됐어요. 그래서 지금 배 안 고파요.

(3) 이 집에______________오래됐어요. 그래서 이웃들을 잘 알아요.

(4) 이 회사에______________한 달밖에 안 됐어요. 그래서 회사에 대해 아직 잘 몰라요.

對話 1

001.mp3

리나 안녕하세요? 저는 리나예요. 이름이 어떻게 되세요?

마크 마크예요. 여기 학생이세요?

리나 네, 지난달부터 여기에서 공부해요. 만나서 반가워요.

마크 저도 만나서 반가워요.

리나 마크 씨는 어디에서 오셨어요?

마크 미국에서 왔어요.

리나 미국 어디에서 오셨어요?

마크 뉴저지에서 왔어요.

리나 뉴저지요?

마크 뉴욕 알죠? 뉴저지는 뉴욕 시의 서쪽에 있어요.

리나 그래요? 한국에 온 지 얼마나 되셨어요?

마크 1년 됐어요.

리나 그렇군요. 우리 앞으로 잘 지내요.

마크 네, 잘 지내 봐요.

莉娜 哈囉，我是莉娜，你叫什麼名字？

馬克 我是馬克。妳是這裡的學生嗎？

莉娜 是的，我從上個月開始在這裡讀書。很高興認識你。

馬克 我也很高興認識妳。

莉娜 馬克，你來自哪裡？

馬克 我來自美國。

莉娜 美國哪裡？

馬克 紐澤西州。

莉娜 紐澤西州？

馬克 妳知道紐約吧？紐澤西州在紐約市的西邊。

莉娜 是喔？你來韓國多久了？

馬克 已經一年了。

莉娜 原來如此，希望我們相處愉快。

馬克 好，相處愉快。

單字 ▸P. 318

지난달 | 반갑다 | 시 | 서쪽 | 얼마나 | 앞으로 | 지내다

表現 ▸P. 318

- 만나서 반가워요.
- 그렇군요.
- 우리 앞으로 잘 지내요.

小祕訣

1 省略主語

在韓語中，如能依上下文清楚知道主語指的是誰便可省略主語。尤其在口語中省略主語是一件非常自然的事。如同本篇對話裡，因為主語「你」和「我」很清楚而皆被省略。

- 마크 **(리나 씨는)** 점심을 뭐 먹었어요?
  （妳）午餐吃了什麼？
  리나 **(저는)** 냉면을 먹었어요.
  （我）吃了冷麵。

2 非格式體尊待形疑問句

使用非格式體尊待形的疑問句詢問個人相關資料時，如姓名、家人、年齡、嗜好、聯絡方式等，則於名詞後使用主格助詞 -이/가，並隨後加上片語 어떻게 되세요。

- (취미)가 **뭐예요**? 你的興趣是什麼？
  → (취미)가 **어떻게 되세요**?
- (연락처)가 **몇 번이에요**? 你的電話號碼是幾號？
  → (연락처)가 어떻게 되세요?
- 나이가 **몇 살이에요**? 請問你幾歲？
  → 나이가 **어떻게 되세요**?

002.mp3

❶ 國籍&背景資料

1. 국적 國籍

【國家名稱＋人】：在國家名稱後接 사람 或 인 以表達國籍。

동양인
東方人

- 한국인 韓國人
- 중국인 中國人
- 일본인 日本人
- 태국인 泰國人

서양인
西方人

- 미국인 美國人
- 영국인 英國人
- 호주인 澳洲人
- 프랑스인 法國人

2. 배경 背景

- 태어나다 出生
- 자라다 長大
- 이민 가다 移民
- 교포 僑胞
- 혼혈 混血兒
- 입양되다 被領養

영국에서 태어났어요. 我出生於英國。

호주에서 자랐어요. 我在澳洲長大。

6살 때 미국으로 이민 갔어요. 我6歲時移民到美國。

저는 교포예요. 부모님이 모두 한국인이에요.
我是僑胞，我父母都是韓國人。

저는 혼혈이에요. 아빠가 프랑스 사람이고 엄마가 태국 사람이에요.
我是混血兒，爸爸是法國人，媽媽是泰國人。

4살 때 입양됐어요. 我4歲時被領養。

❷ 位置

1. 동 東，서 西，남 南，북 北

- 동유럽 東歐
- 서유럽 西歐
- 남미 南美洲
- 북극 北極
- 동북아시아 東北亞
- 동남아시아 東南亞
- 중앙아시아 中亞
- 중동 中東

2. 涵蓋大區域的表達方式

북부 지방 北部地區

서부 지방 西部地區

중부 지방 中部地區

동부 지방 東部地區

남부 지방 南部地區

3. 位置

도시 城市

교외 市郊

시골 鄉村

국경 邊境
경계선 分界線

- 우리 집은 남산 북쪽에 있어요. 我們家位於南山北邊。
- 저는 미국의 동부에서 왔어요. 我來自美國東部。
- 저는 시골에서 태어났지만 지금은 도시에서 살아요.
  雖然我在鄉下出生，但現在住在都市裡。
- 우리 집은 미국하고 캐나다 국경 지역에 있어요.
  我們家位於美國跟加拿大的邊境。

精準表達

- 저는 서울 출신이에요.
  我的老家在首爾。
- 홍대 근처에 살아요.
  我住在弘大附近。

文法 2

- 지만「但是」

詞形變化表 P. 292

A 날씨가 어때요?
天氣如何？

B 집 밖은 덥지만 집 안은 시원해요.
房子外面很熱，但是屋裡涼快。

–지만 用來連接兩個句意相反的句子，接在動詞、形容詞及 이다 語幹之後。–았/었– 或 –겠– 亦可附加於 –지만 之前。如上述例句，助詞 –은/는 可用於表示對比的情形放置於 밖、안 之後，要委婉引入話題時也可以使用 –지만。

- 이 음식은 비싸지만 맛이 없어요. (= 이 음식은 비싸요. 하지만 맛이 없어요.)
  這餐點很貴，但不好吃。
- 친구를 만났지만 오래 얘기하지 못했어요. 雖然跟朋友碰面，但沒能聊太久。
- 이 얘기를 하면 놀라겠지만 말할게요. 這件事說了可能會讓你吃驚，但我還是要告訴你。
- 죄송하지만, 길 좀 가르쳐 주세요. 不好意思，請教我怎麼走

- (으)러「為了」

▶ 文法補充說明 P. 257
詞形變化表 P. 300

A 왜 한국에 왔어요?
你為什麼來韓國？

B 일하러 왔어요.
我來工作。

–(으)러 連接於 가다、오다、다니다 等動詞之後，用來表達移動到其他地方之目的，也可用動詞加 –(으)러 來表達用意。移動的目的地放在助詞 –에 之前，而這一組詞彙可以放在 –(으)러 之前或 –(으)러 之後。

- 우리 집에 집을 구경하러 한번 오세요. 歡迎來我家坐坐。
- 다음 주에 친구 만나러 제주도에 갈 거예요. 我下周要去濟州島見朋友。
- 어제 저녁 먹으러 친구 집에 갔어요. 我昨天去朋友家吃晚餐。

▸解答 P. 308

1 **알맞은 것을 고르세요.**

(1) 음식을 많이 먹었지만 ⓐ 배불러요. / ⓑ 배고파요.

(2) 저 사람은 부자지만 돈을 ⓐ 많이 써요. / ⓑ 안 써요.

(3) 이 건물은 오래됐지만 시설이 ⓐ 좋아요. / ⓑ 나빠요.

(4) 많이 아프지 않지만 병원에 ⓐ 갔어요. / ⓑ 안 갔어요.

(5) 여행을 떠나고 싶지만 돈이 ⓐ 많아요. / ⓑ 없어요.

(6) 그 친구를 자주 만나지 않지만 저하고 정말 ⓐ 친해요. / ⓑ 안 친해요.

2 **'-지만'을 이용하여 대화를 완성하세요.**

(1) A 일이 어려워요?

B 네, 일은 ________________ 재미있어요.

(2) A 열이 있어요?

B 아니요, 열은 ________________ 콧물이 나요.

(3) A 숙제 다 했어요?

B 네, 숙제는 다 ________________ 집에 놓고 왔어요.

(4) A 그 영화가 재미있었어요?

B 아니요, 영화는 ________________ 배우 연기가 좋았어요.

3 **다음에서 알맞은 답을 골라서 '-(으)러'를 사용하여 문장을 완성하세요.**

밥을 먹다	영화를 보다	약을 사다
선물을 찾다	친구를 만나다	음료수를 사다

(1) 내일부터 새 영화가 시작해요. ________________ 극장에 같이 가요.

(2) 아침을 못 먹었어요. 그래서 ________________ 식당에 가는 중이에요.

(3) 목이 말랐어요. 그래서 편의점에 ________________ 가요.

(4) 내일 친구 생일이에요. 그래서 ________________ 밖에 나갔어요.

(5) 친구가 한국에 왔어요. 그래서 ________________ 공항에 마중 나갔어요.

(6) 아침부터 머리가 아팠어요. 그래서 ________________ 약국에 갔어요.

對話 ②

003.mp3

유키 케빈 씨, 왜 한국에 오셨어요?

케빈 일하러 왔어요.

유키 무슨 일 하세요?

케빈 한국 사람한테 영어를 가르쳐요.

유키 그러세요? 일은 재미있으세요?

케빈 네, 재미있어요.

유키 한국 생활은 어떠세요?

케빈 언어 때문에 조금 힘들지만 재미있어요.

유키 한국어 공부는 시작한 지 얼마나 되셨어요?

케빈 1년 됐지만 아직 잘 못해요.

유키 잘하시는데요.
연락처가 어떻게 되세요?

케빈 010-4685-9234예요.

유키 이름을 이렇게 써요?

케빈 네, 맞아요.

由紀 凱文，你為什麼來韓國？

凱文 我來工作。

由紀 你從事什麼工作？

凱文 我教韓國人英語。

由紀 真的嗎？那你的工作有趣嗎？

凱文 是，有趣啊。

由紀 在韓國過得如何？

凱文 因為語言的關係有點辛苦，但是還算愉快。

由紀 你學習韓語多久了？

凱文 已經一年了，但還是說不流利。

由紀 你說得很好呢。你電話幾號？

凱文 010-4685-9234。

由紀 你的名字是這樣寫嗎？

凱文 是的，沒錯。

單字 ▸P. 318

가르치다 | 생활 | 언어 | 때문에 | 힘들다 | 아직 | 못하다 | 잘하다 | 연락처

表現 ▸P. 318

- 무슨 일 하세요?
- 한국 생활은 어떠세요?.
- 아직 잘 못해요.

小祕訣

1 助詞 한테

韓文中，語法裡的助詞會隨著接在動物性（人或動物）或非動物性名詞之後而有所不同。而且，即使是接在相同的動物性名詞後面，也有可能因為使用正式或非正式用語而有所變化。

- 한테【人或動物性名詞，非正式】: 가족**한테** 편지를 썼어요. 寫信給家人。
- 에게【人或動物性名詞，正式】: 회사 사람들**에게** 인사했습니다. 和公司的人打招呼。
- 에【非動物性名詞】: 사무실**에** 전화했어요. 打電話到辦公室。

2 補助詞 -은/는

補助詞은 / 는會接在正在討論的主題之後，或被用來帶出新的主題。은 / 는用於指出現在正在討論的主題，也會被用來帶出自己、另一個人或是正在討論的事物。在上面這段課文裡，每次討論的主題改變時，就會使用은 / 는。

004.mp3

❶ 姓名

1. 성（姓）及 이름（名）

一般來說，如範例1所示，韓國姓名通常由三個字組成。第一個字為姓，後面緊接的兩個字為名。有時會如範例2，第一個字為姓，第二個字為名。範例3則是前兩個字為姓，最後一個字為名。

2. 姓名拼音

(1) 當你有疑慮不清楚該使用哪個字母拼出一個人的姓名時，如 전 及 정：

① 提及終聲並說「받침이 '니은'이에요.」

② 舉例跟哪個韓文是同一個字時，可以說「'전화'할 때 '전' 이에요.」

(2) 當你對「ㅐ」和「ㅔ」有些疑惑不知如何發音時，如 재 和 제：

發音「ㅐ」如同「아이.」

發音「ㅔ」如同「어이.」

❷ 職業

以下列出許多常使用漢字接詞的職業

OO사 接在社會上普遍受到尊敬的職業。	교사 教師、의사 醫師、수의사 獸醫師、간호사 護理師、약사 藥劑師、변호사 律師、회계사 會計師、요리사 料理師、廚師
OO원 接在一般非特定的職業。	회사원 上班族、공무원 公務員、연구원 研究員、은행원 銀行員
OO가 接在特殊技能或藝術相關職業，如技師。	음악가 音樂家、작곡가 作曲家、작가 作家、화가 畫家、예술가 藝術家、사업가 企業家
OO관 接在公職裡的行政單位職務。	경찰관 警官、소방관 消防官
OO 직원 指在特定地點或領域工作的職員。	식당 직원 餐廳職員、대사관 직원 大使館職員
기타 其他類別。	배우 演員、가수 歌手、운동선수 運動選手、군인 軍人、정치인 政治家、기자 記者

精準表達

- 〔회사명〕에 다녀요.
  我到〔公司名稱〕上班。
- 〔지역명〕 지사에서 일해요.
  我在〔地點名稱〕分公司上班。

文法 ❸

辨讀固有數字

▶ 文法補充說明 P. 258

A 나이가 몇 살이에요?
你幾歲？

B 스물한 살이에요.
我21歲。

韓語的數字系統中有漢字數字及固有數字之分。數數字時通常使用固有數字，並依照正在數的名詞來分類。表達一個人的年齡時，於固有數字後接 살，且1至4及20的字形有變化。口語中當年齡大於40或50歲，有時會省略 살。

1	2	3	4	5	6	7	8	9	10
하나	둘	셋	넷	다섯	여섯	일곱	여덟	아홉	열

11	12	13	14	15	16	17	18	19	20
열하나	열둘	열셋	열넷	열다섯	열여섯	열일곱	열여덟	열아홉	스물

10	20	30	40	50	60	70	80	90	100
열	스물	서른	마흔	쉰	예순	일흔	여든	아흔	백

- 아버지는 예순다섯 살이고 어머니는 쉰일곱 살이에요. 父親65歲，母親57歲。
- 동생하고 세 살 차이가 나요. 我跟弟弟差三歲。
- 선생님의 실제 나이는 마흔이 넘었어요. 老師的實際年齡超過四十歲。

所有格助詞 의

▶ 文法補充說明 P. 259

A 친구의 회사가 어디에 있어요?
你朋友的公司在哪裡？

B 시청 근처에 있어요.
靠近市政府。

助詞 의 用於表達名詞間的所屬關聯。名詞放在 의 之前，後面接著另一個所屬名詞。의 通常用於書寫，而在說話時常被省略。當讀到所有格助詞 의 時，通常發音為 에。如接在代名詞後面，幾乎都會隨著代名詞一起被簡略掉。

- 친구의 부탁(= 친구 부탁)을 거절 못 했어요. 我無法拒絕朋友的請求。
- 선생님의 전화(= 선생님 전화)를 못 받았어요. 我沒接到老師的電話。
- 혹시 저의 안경(= 제 안경)을 못 보셨어요? 請問您有看到我的眼鏡嗎？

自我小測驗

▸解答 P. 308

1 알맞은 것을 고르세요.

(1) 시골에 2번 ⓐ 이 번 / ⓑ 두 번 갔다 왔어요.

(2) 제 사무실은 7층 ⓐ 칠 층 / ⓑ 일곱 층 에 있어요.

(3) 학교에서 집까지 1시간 ⓐ 일 시간 / ⓑ 한 시간 걸려요.

(4) 우리 아들은 올해 5살 ⓐ 오 살 / ⓑ 다섯 살 이에요.

(5) 1달 ⓐ 일 달 / ⓑ 한 달 전에 한국에 처음 왔어요.

(6) 6개월 ⓐ 육 개월 / ⓑ 여섯 개월 후에 고향에 돌아갈 거예요.

2 다음에서 알맞은 답을 골라서 문장을 완성하세요.

곡　　마디　　마리　　군데

(1) 우리 집에는 개가 세 (　　　)이/가 있어요.

(2) 노래방에서 노래 두 (　　　)을/를 불렀어요.

(3) 그 사람에게 말 한 (　　　)도 하지 마세요.

(4) 오늘 친구의 선물을 사러 가게를 세 (　　　) 갔어요.

3 그림을 보고 보기 와 같이 문장을 완성하세요.

잔　　장　　개　　봉지　　켤레　　상자

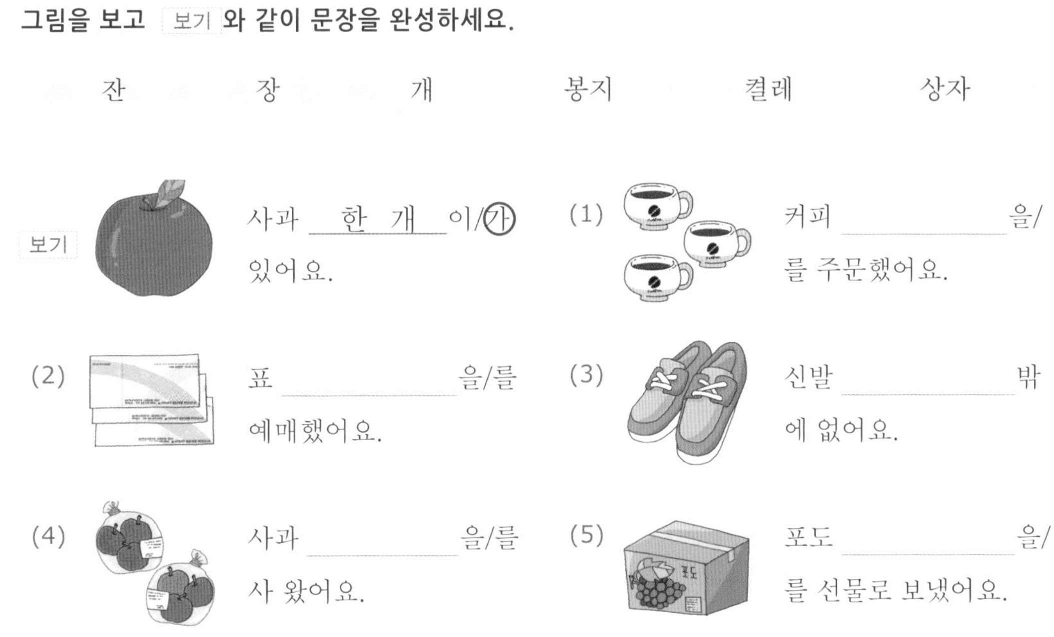

보기 사과 한 개 이/가 있어요.

(1) 커피 ______ 을/를 주문했어요.

(2) 표 ______ 을/를 예매했어요.

(3) 신발 ______ 밖에 없어요.

(4) 사과 ______ 을/를 사 왔어요.

(5) 포도 ______ 을/를 선물로 보냈어요.

對話 ❸

005.mp3

진수 이거 새라 씨의 가족 사진이에요?

새라 네, 제 가족 사진이에요.

진수 가족이 모두 몇 명이에요?

새라 할머니하고 부모님, 오빠, 남동생, 그리고 저, 여섯 명이에요.

진수 오빠는 지금 무슨 일 하세요?

새라 회사원인데 친구의 회사에서 일해요.

진수 그래요? 오빠하고 나이가 몇 살 차이가 나요?

새라 3살 차이가 나요.

진수 동생은요?

새라 동생은 저보다 2살 어려요.

진수 새라 씨 빼고 다른 가족들이 함께 살아요?

새라 아니요, 여기저기 떨어져 살아요. 할머니하고 부모님은 시애틀에 사세요. 오빠는 일 때문에 시카고에 살아요. 그리고 동생은 학교 때문에 보스톤에 살아요.

真秀 這是莎拉妳家人的照片嗎?

莎拉 是的，是我家人的照片。

真秀 妳家裡總共有幾個人？

莎拉 祖母、我的父母、我哥哥、我弟弟和我，一共有六人。

真秀 你的哥哥現在做什麼工作?

莎拉 他是上班族，在朋友的公司工作。

真秀 真的嗎？你跟你哥哥差幾歲？

莎拉 差三歲。

真秀 那跟妳的弟弟呢？

莎拉 弟弟小我兩歲。

真秀 除了妳之外，妳的家人都住在一起嗎？

莎拉 沒有，我們都分開住。我的祖母跟父母同住在西雅圖，我哥哥因為工作的關係住在芝加哥，我弟弟因為唸書的關係住在波士頓。

單字 ▸P. 318

이거 | 모두 | (나이) 차이가 나다 | 빼고 | 함께 | 여기저기 | 떨어져 살다

表現 ▸P. 318

- 가족이 모두 몇 명이에요?
- 오빠하고 나이가 3살 차이가 나요.
- 여기저기 떨어져 살아요.

小祕訣

1 名詞 + 인데

當準備要描述名詞細節時，把 인데 放在名詞後面，而於 인데 之後可延伸說明特定訊息。舉例來說，當介紹某人時，將 -인데 放在人名、職業或國籍之後，再接著敘述細節。

- 이곳은 인사동**인데**, 외국인이 기념품을 사러 많이 가요.
  這個地方是仁寺洞，外國人常去買紀念品。
- 이분은 우리 이모**인데**, 지금 대학교에서 일하세요.
  這位是我阿姨，現在在大學任職。

2 複數助詞 들

韓文中使用接在名詞後面的複數助詞 들 來表示複數（例如친구들）。然而，들 通常只用在可數名詞及適合的動物性名詞之後，不能與非動物性名詞合用。

- 학생들이 가방을 2개씩 들었어요.
  學生們各拎著2個包包。
  가방들을 (X)

006.mp3

① 手足

根據話者的性別不同，對其手足的稱呼也有所區別。

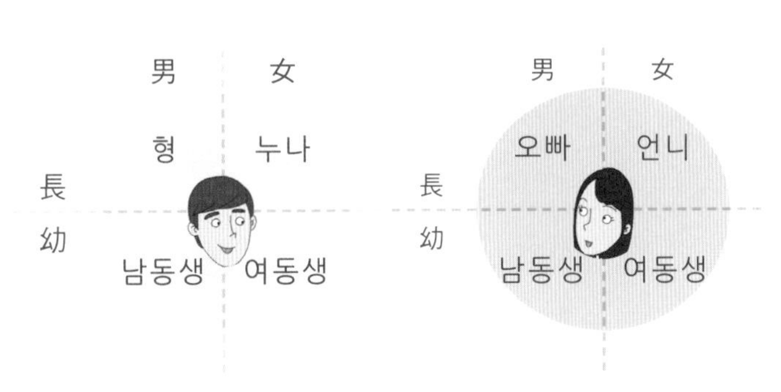

- 형제: 형과 남동생
  자매: 언니와 여동생
- 當有兩兄弟時（本身是男生）：
  큰형 大哥
  작은형 二哥
- 當有三個或更多兄弟時（本身是男生）：
  첫째 형 大哥
  둘째 형 二哥
  셋째 형 三哥
  ⋮
  막내 형 最小的哥哥

② 父母的手足

	父親手足			母親手足	
父母手足	큰아버지 父親的哥哥／伯父（已婚）	작은아버지 父親的弟弟／叔叔（已婚）	고모 父親的姐妹／姑姑	외삼촌 母親的兄弟／舅舅	이모 母親的姊妹／阿姨
父母手足配偶	큰어머니 伯母	작은어머니 嬸嬸	고모부 姑丈	외숙모 舅媽	이모부 姨丈

★ 삼촌 叔叔：父親未婚的兄弟

③ 姻親

指妻子的家人

★已婚男士直接稱呼妻子的父母為：장인어른! 장모님!

指妻子的家人		指先生的家人
장인 岳父	아버지 父親	시아버지 公公
장모 岳母	어머니 母親	시어머니 婆婆
처남 妻子的哥哥	형 哥哥	시아주버니 丈夫的哥哥
처형 妻子的姐姐	누나 姐姐	시누이 丈夫的姐姐
처남 妻子的弟弟	남동생 弟弟	시동생 丈夫的弟弟
처제 妻子的妹妹	여동생 妹妹	시누이 丈夫的妹妹

指先生的家人

★已婚女士直接稱呼先生的父母為：아버님! 어머님!

★형（當話者為女性用오빠）：누나（當話者為女性用언니）。

④ 晚輩／孩童

兒子方	아들 兒子，며느리 兒媳，손자 孫子，손녀 孫女
女兒方	딸 女兒，사위 女婿，외손자 外孫，외손녀 外孫女

精準表達

- 아들과 딸 한 명씩 있어요. 我有一子一女。
- 제가 셋 중에서 막내예요. 我是三個孩子中最小的。
- 제가 외동딸이에요. 我是獨生女。

一起聊天吧！

口說策略　找尋共同點

- 表達相似點　저도 그래요. 我也是。
  제 경우도 같아요. 我的情況也很類似。
- 表達相異處　저는 안 그래요. 我不是。跟我不同。
  제 경우는 달라요. 我的情況不一樣。

家庭

1 □ 우리 가족은 가까이 살고 있어요.
□ 우리 가족은 멀리 떨어져 살고 있어요.

2 □ 나는 형제와 사이가 좋은 편이에요.
□ 나는 형제와 사이가 좋지 않은 편이에요.

3 □ 나는 친척하고 자주 모여요.
□ 나는 친척하고 거의 연락하지 않아요.

4 □ 나는 아버지하고 외모가 많이 닮았어요.
□ 나는 아버지하고 외모가 안 닮았어요.

5 □ 나는 아버지하고 성격이 많이 닮았어요.
□ 나는 아버지하고 성격이 안 닮았어요.

❶ 가족이 모두 몇 명이에요? 가족이 어디에 살고 있어요? 언제 가족이 전부 모여요? 모여서 뭐 해요?

❷ 형제나 자매가 있어요? 여러분과 몇 살 차이가 나요? 형제하고 사이가 좋아요? 어떤 형제하고 더 친해요? 왜요?

❸ 친척이 많이 있어요? 어디에 살아요? 친척과 많이 친해요? 누구하고 제일 친해요?

❹ 가족 중에서 누구하고 외모가 닮았어요? 어디가 많이 닮았어요? 아버지와 어머니 중에서 누구하고 더 닮았어요?

❺ 가족 중에서 누구하고 성격이 비슷해요? 어떤 점이 비슷해요? 가족 중에서 누구하고 성격이 잘 맞아요?

自己

□ 나는 태어난 곳과 자란 곳이 같아요.
□ 나는 태어난 곳과 자란 곳이 달라요.

□ 나는 어렸을 때 자주 이사를 다녔어요.
□ 나는 어렸을 때 이사를 다니지 않았어요.

□ 나는 한국에 아는 사람이 많이 있어요.
□ 나는 한국에 아는 사람이 별로 없어요.

□ 나는 한국의 문화에 관심이 있어요.
□ 나는 한국의 문화에 관심이 없어요.

□ 나는 문법 때문에 한국어 공부가 어려워요.
□ 나는 단어 때문에 한국어 공부가 어려워요.

❶ 어디에서 태어났어요? 어디에서 자랐어요?

❷ 어렸을 때 자주 이사했어요? 어디에서 학교를 다녔어요?

❸ 한국에 아는 사람이 몇 명 있어요? 그 사람을 어떻게 알게 됐어요? 그 사람하고 자주 연락해요?

❹ 한국에 대한 것 중에서 무엇에 관심이 있어요? 왜 관심을 갖게 됐어요?

❺ 어떻게 한국어를 공부해요? 뭐가 제일 어려워요?

007.mp3

新單字／詞彙

가까이 附近 | 멀리 遙遠的 | 사이가 좋다 關係好 | 친척 親戚 | 모이다 集合 | 거의 幾乎 | 외모 外表 | 닮다 看起來相似 | 성격 個性 | 태어나다 出生 | 자라다 長大 | 이사를 다니다 走動（다니다 也可以是參加的意思，但通常用來表示多次重覆做一個動作，例如 돌아다니다「走來走去」、찾아다니다「來回找尋」）| 아는 사람 認識的人 | 별로 不完全是 | 문화 文化 | 관심을 갖다 感興趣

單字心智圖

單字心智圖漢字語整理 P. 312

008.mp3

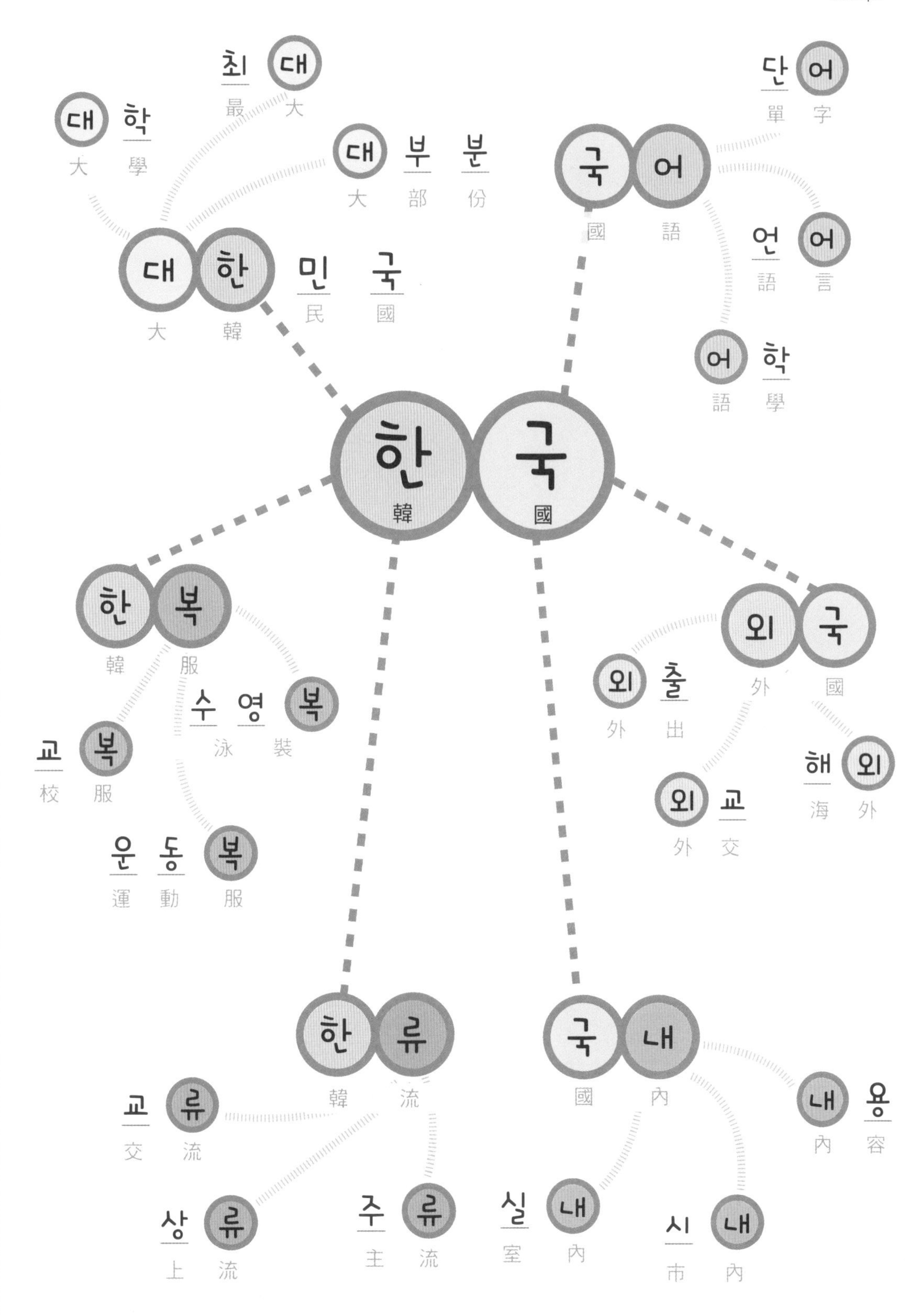

話說文化

我可以跟誰使用 언니 及 오빠？

• 언니

因為在以年齡和階級為基準的韓國社會中，直接以姓名稱呼比自己年長或階層較高的人是不禮貌的行為，即使對方年齡只大上一歲，你也應該使用尊稱而不是直呼對方的姓名。

常見的尊稱 언니，源自家族裡年輕女性用來尊稱較年長的女性，但也可用來稱呼如學校社團、教會環境裡較親近之年長女性。如果是在較正式的場合中，與較年長的對方有著正式的關係，例如同事，此種情況最好使用 선배 或以她的工作職稱來稱呼，而不是叫她 언니。

然而，如今也不是不常聽到有人會在第一次見面時使用 언니 來稱呼他人。如果妳本身是女性，在店面遇見年齡相仿的女性店員時，用 언니 來稱呼她是很合宜的做法。而當妳與比妳年輕的對方第一次見面，卻無法確認她的年齡，且彼此也沒有太親近的關係時，可以用 언니 稱呼她。因為在韓文裡以"你"來稱呼陌生人並不恰當，即使不確定彼此的年齡差別，只要有友善地接近對方的意思，都可以使用 언니 稱呼。

就此緣故，女性店員可以稱呼顧客 언니 為而非 손님（客人），藉此表示親切感和友善態度。像在南大門或東大門的商家，三十或四十幾歲的女性店員會使用 언니 來稱呼比她們小十幾歲的二十或三十歲女性。這種情況下，年齡差距便被忽略。如對方是年輕的中年女性卻沒有任何適當的稱謂，以及使用 아줌마 可能會讓對方不高興時，便可使用 언니 稱呼。

• 오빠

오빠 一詞源自女性用來稱呼自己的兄長。如同 언니，오빠 是表示熟悉感的稱謂，也是一種表達彼此親近程度的方式。但和 언니 不同， 오빠 不能用來稱呼陌生人，通常是用在稱呼與自己親近的年長男性。用 오빠 稱呼意味著非常親而且私人的關係。

很多時候，流行文化中也會使用 오빠 來稱呼有名的歌星或電影明星，這類的情況下年齡便不是考量的重點，而是粉絲表達親近的方式。因此，即使這些明星到了五六十歲，死忠的紛絲無論年齡差距還是會叫他們 오빠。

第 02 課

일상생활

日常生活

目標
- 談論每日生活
- 談論興趣
- 談論休閒活動
- 談論參與、進行嗜好活動的頻率
- 談論個人日常例行事務

文法

❶ -고 「以及」
-(으)면서 「邊…邊…」

❷ -거나 「或是」
-(으)ㄴ/는 편이다「屬於…」、「偏…」

❸ -(으)ㄴ 후에/다음에「其後」、「此後」
-기 전에 「之前」

文法 ❶

-고「以及」

▶ 文法補充說明 P. 259 詞形變化表 P. 292

A 보통 주말에 뭐 해요?
你週末都做些什麼？

B 친구를 만나서 저녁을 먹고 커피를 마셔요.
我跟朋友碰面一起吃晚餐及喝咖啡。

-고 有兩種主要作用，一是用來連結沒有時間順序區別的動作或狀態，如下列第一個例句，-고 接於動詞、形容詞和 이다 語幹之後。-고 另一作用為連接依時間先後發生的動作，如以下第二個例句。在這種情況下，因為先後順序的重要性而不能替換動詞的順序。此外，-고 只能搭配動詞一起使用。如果第一個子句中的動作直接延伸第二個子句中的動作，則同第三個例句所示，使用-아/어서 來取代-고。

- 이 식당은 음식이 맛있고 값이 비싸요. = 이 식당은 값이 비싸고 음식이 맛있어요.
  這家餐廳餐點美味且價格昂貴。
- 얼굴을 씻고 자요. ≠ 자고 얼굴을 씻어요. 洗臉然後睡覺。≠睡覺然後洗臉。
- 지난 주말에 친구 집에 가서 놀았어요. 上週末去朋友家玩。
  〔如果玩的動作發生在朋友的家中，則使用 가서 取代 가고。〕

-(으)면서「邊…邊…」

▶ 文法補充說明 P. 260 詞形變化表 P. 299

A 주말에 집에서 뭐 해요?
你週末在家做什麼？

B 음악을 들으면서 책을 읽어요.
邊看書邊聽音樂。

-(으)면서 用於表達兩個同時間正在進行的動作或狀態，附加於動詞、形容詞及 이다 語幹之後。

- 텔레비전을 보면서 밥을 먹어요. 一邊看電視一邊吃飯。
- 이 스피커는 작으면서 소리가 좋았어요. 這組喇叭小，音質又好。
- 이 호텔은 전통적이면서 멋있어요. 這家飯店充滿傳統韻味又很漂亮。

▸解答 P. 308

1 그림을 보고 보기 와 같이 질문에 답하세요.

보기
A 주말에 보통 뭐 해요?
B 책을 읽고 인터넷해요.

(1)
A 어제 날씨가 어땠어요?
B ______________.

(2)
A 내일 뭐 할 거예요?
B ______________.

(3)
A 그 식당이 어때요?
B ______________.

2 알맞은 답을 고르세요.

(1) 먼저 손을 ⓐ 씻고 / ⓑ 씻어서 요리를 시작해요.

(2) 아침에 일찍 ⓐ 일어나고 / ⓑ 일어나서 운동할 거예요.

(3) 친구에게 ⓐ 연락하고 / ⓑ 연락해서 회사 전화번호를 물어볼게요.

(4) 어제 버스를 타지 ⓐ 않고 / ⓑ 말고 지하철을 탔어요.

(5) 너무 많이 걱정하지 ⓐ 않고 / ⓑ 말고 자신감을 가지세요.

(6) 여기는 제 방이 ⓐ 않고 / ⓑ 아니라 동생 방이에요.

3 다음에서 알맞은 답을 골라서 '-(으)면서'를 사용하여 문장을 완성하세요.

낮다 일하다 운전하다 좋다

(1) 그 사람은 낮에 ______________ 밤에 공부해요.

(2) 이 집은 시설이 ______________ 월세가 싸요.

(3) ______________ 전화하지 마세요.

(4) 이 음식은 칼로리가 ______________ 맛있어요.

對話 1

009.mp3

리나 보통 일이 몇 시에 끝나요?
케빈 저녁 7시쯤 끝나요.
리나 일이 끝나고 뭐 해요?
케빈 집에 돌아가서 저녁 먹고 쉬어요.
리나 그리고요?
케빈 핸드폰하면서 이메일도 확인하고 친구의 블로그도 봐요.
리나 어떤 블로그를 봐요?
케빈 저는 여행에 관심이 있어요.
그래서 주로 여행에 대한 블로그를 봐요.
리나 운동은 안 해요?
케빈 주중에는 시간이 없어요.
하지만 주말에는 토요일 아침마다 운동해요.
리나 무슨 운동을 해요?
케빈 주로 한강 공원에서 음악 들으면서 자전거 타요.
리나 어떤 음악을 자주 들어요?
케빈 이것저것 다양하게 들어요. 가끔 한국 가요도 들어요.

莉娜 你通常工作幾點結束？
凱文 晚上7點結束。
莉娜 下班之後都做些什麼？
凱文 我就回家，吃飯然後休息。
莉娜 然後呢？
凱文 我滑手機的同時查看電子郵件，並瀏覽朋友的部落格。
莉娜 你都看哪些部落格？
凱文 我對旅遊有興趣，所以主要都看關於旅遊的部落格。
莉娜 你不運動嗎？
凱文 平日沒什麼時間，但週末的時候，我每個星期六早上會去運動。
莉娜 你都從事哪種運動？
凱文 通常在漢江公園邊騎腳踏車邊聽著音樂。
莉娜 你常聽哪些音樂？
凱文 什麼音樂都聽，有時還會聽韓國歌曲。

單字 ▸P. 318

돌아가다 | 쉬다 | 확인하다 | 관심이 있다 | 주로 | 에 대한 | 주중 | 마다 | 이것저것 | 다양하게 | 가요

表現 ▸P. 318

- 저는 여행에 관심이 있어요.
- 토요일 아침마다 운동해요.
- 이것저것 다양하게 들어요.

小祕訣

1 에 대해 對比 에 대한：「關於」

中文中的「關於」一詞翻譯成韓文是 에 대해 或 에 대한。에 대해 放在動詞之前，而 에 대한 則用於名詞之前。在此對話中使用 에 대한，因為後面接著名詞「部落格」。

- 한국 역사**에 대해** 얘기했어요.
談論有關韓國歷史。
- 한국 역사**에 대한** 책을 샀어요.
買了關於韓國歷史的書。

2 助詞 -마다：「各個」

助詞 마다 加註於名詞之後，表示「各個」或「每個」。

- 일요일**마다** 교회에 가요. 每個禮拜天上教會。
- 사람**마다** 성격이 달라요. 每個人個性都不同。
- 지역**마다** 음식 맛이 달라요.
每個地區食物口味都不同。
- 학생**마다** 책을 한 권씩 받았어요.
每位學生都收到一本書。

010.mp3

❶ 使用電腦

• (타자를) 치다
打字

• 저장하다
存檔案

• 삭제하다
刪除

• 이메일을 보내다
寄電子郵件

• 첨부 파일을 보내다
寄附件

• 이메일을 받다
收電子郵件

• 첨부 파일을 받다
收附件

• 이메일을 읽다
閱讀電子郵件

• 첨부 파일을 읽다
讀取附件

• 제 친구는 저보다 두 배 빠르게 **타자를 칠** 수 있어요. 我朋友的打字速度比我快兩倍。
• 서류를 만들 때 꼭 파일을 **저장하고**, 필요 없는 파일은 **삭제하세요**.
當你建立文檔時，必須儲存好你的檔案並刪除你不需要的檔案。
• 이메일로 신청할 때 신청서를 **다운로드한** 후 **첨부 파일**로 보내세요.
當你用電子郵件申請時，下載申請表後再以附加檔案寄出。

❷ 使用網路

1. 자료를 검색하다
檢索資料
2. 동영상을 보다
觀看影片
3. 블로그를 방문하다
拜訪／瀏覽部落格
4. 채팅하다
聊天
5. 다운로드하다
下載
6. (글/사진)을 올리다
上傳（貼文／圖片）
7. 댓글을 달다
寫留言
8. 인터넷 쇼핑하다
網路購物
9. 컴퓨터 게임하다
玩電腦遊戲

• 시간이 날 때마다 재미있는 **동영상을 보거나** 관심 있는 분야의 **블로그를 방문해요**.
當我有空時，我會看好玩的影片，或瀏覽一個關於我感興趣的事物的部落格。
• 저는 친구하고 자주 **채팅하지만**, 인터넷에 **글을 올리거나 댓글을 달지** 않아요.
我常和我的朋友聊天，但我不會在網路上傳貼文或留言。
• **자료를 검색할** 때 인터넷을 사용하지만 **인터넷으로 쇼핑하지 않아요**.
當我檢索資料時，我會使用網路，但我不會在網上購物。

❸ 表達頻率次數的副詞

100% 항상 / 언제나 / 늘 總是

75% 자주 常常

50% 가끔 / 이따금 / 때때로 / 종종 有時候

25% 별로 + (안) 很少、並不常

10% 거의 + (안) 幾乎（從不）

0% 전혀 + (안) 從不

• 저는 **항상** 아침에 이메일을 확인해요.
我總是在早上查看電子郵件。
• 친구는 약속 시간에 **자주** 늦어요.
朋友約會常常遲到。
• 보통 지하철을 타지만 **가끔** 버스를 타요.
我通常搭地鐵，但有時候會搭公車。
• 고기를 **별로** 많이 먹지 않아요. 我並不常吃肉。
• 저는 핸드폰으로 게임을 **전혀** 하지 않아요.
我從不用我的手機玩遊戲。

注意

頻率次數少的單字如 전혀、별로 及 거의 必須和動詞否定形型態一起使用。

精準表達

• 〔A〕와/과〔B〕둘 다 사용해요. A和B兩個都用。
• 〔A〕와/과〔B〕둘 다 사용 안 해요. A跟B兩個都不用。

文法 ❷

-거나「或是」

文法補充說明 P. 260　詞形變化表 P. 292

A 저녁은 어디에서 먹어요?
你晚餐在哪裡吃？

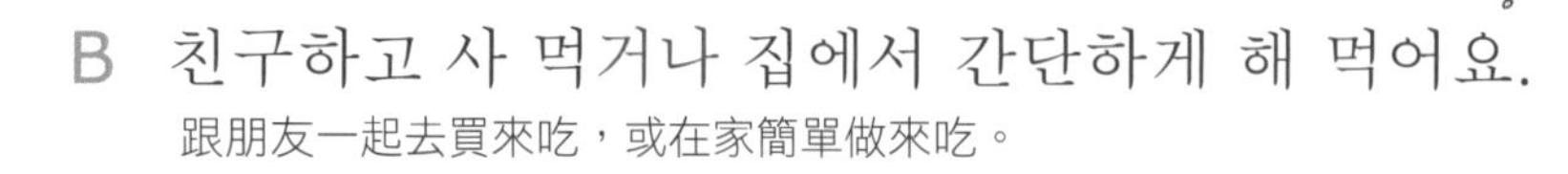

B 친구하고 사 먹거나 집에서 간단하게 해 먹어요.
跟朋友一起去買來吃，或在家簡單做來吃。

–거나 用來表達兩個或三個動作之間的選擇，跟中文的「或」一樣，–거나 跟著動詞及形容詞語幹使用。

- 밤에 큰 소리로 얘기하거나 전화하지 마세요. 晚上請不要大聲說話或打電話。
- 저녁에 1시간쯤 책을 읽거나 텔레비전을 봐요. 傍晚大約看一小時的書或電視。
- 몸이 아프거나 피곤해요? 그럼, 이 약을 드세요. 身體不舒服或疲倦嗎？那麼，請服用這個藥。

-(으)ㄴ/는 편이다「屬於…」、「偏…」

文法補充說明 P. 261　詞形變化表 P. 301

A 동생이 키가 커요?
你小妹個子高嗎？

B 아니요, 제 동생은 키가 작은 편이에요.
不，我小妹個子偏矮。

–(으)ㄴ/는 편이다 用來表示一個大致正確但並非全然正確的事實。如下列第一個例句所示，真秀在他朋友之中屬於多話的。形容詞語幹接 –(으)ㄴ 편이다；動詞語幹則接 –는 편이다。

- 진수는 말이 많은 편이에요. 그래서 진수를 만나면 저는 보통 진수 얘기를 들어요.
  真秀話蠻多的，所以我只要跟他見面，通常都在聽他說話。
- 운동을 잘하는 편이니까 금방 배울 수 있어요.
  你是屬於擅長運動的人，馬上就能學會的。
- 저는 일찍 일어나는 편이 아니니까 아침 회의는 정말 힘들어요.
  我屬於晚起的類型，所以早上開會真的很辛苦。

▸解答 P. 308

1 보기 와 같이 '-거나'를 사용하여 대화를 완성하세요.

보기 A 보통 주말에 뭐 해요?
B 장을 보거나 빨래해요. (보다)

(1) A 거기에 어떻게 가요?
B 택시를 ________ 15분쯤 걸으세요. (타다)

(2) A 보고서는 어디에 내요?
B 사무실에 직접 ________ 이메일로 보내세요. (내다)

(3) A 보통 언제 음악을 들어요?
B 스트레스가 ________ 피곤할 때 음악을 들어요. (많다)

2 보기 와 같이 '-(으)ㄴ/는 편이다'를 사용하여 글을 완성하세요.

진수는 건강이 보기 안 좋은 편이에요. 왜냐하면 생활이 불규칙해요. 보통 진수는 잠을 (1) ________ 편이고 아침에 (2) ________ 편이에요. 진수는 요리를 좋아해요. 하지만 집에서 (3) ________ 편 이 아니에요. 그래서 주로 밖에서 음식을 사 먹어요. 진수는 영화에 관심이 없어서 (4) ________ 편이에요.

3 알맞은 답을 고르세요.

(1) 서울은 6월에 장마가 있어요. 그래서 비가 ⓐ 안 오는 / ⓑ 많이 오는 편이에요.

(2) 겨울에는 일이 별로 없어요. 그래서 ⓐ 바쁜 편 않아요. / ⓑ 바쁜 편이 아니에요.

(3) 날씨가 안 좋아요. 일주일 내내 비가 와요. ⓐ 거나 / ⓑ 아니면 눈이 와요.

(4) 친구를 사귀고 싶어요. ⓐ 친절하거나 / ⓑ 친절한 이나 착한 친구를 소개해 주세요.

對話 ②

011.mp3

진수 보통 주말에 뭐 해요?
새라 밖에서 친구 만나거나 집에서 쉬어요.
진수 친구를 자주 만나요?
새라 자주 만나는 편이에요. 한 달에 2-3번 정도 만나요.
진수 친구 만나서 보통 뭐 해요?
새라 같이 영화 보고 저녁 먹으면서 얘기해요.
진수 영어로 얘기해요?
새라 아니요, 영어하고 한국어로 반반씩 해요.
진수 집에서는 뭐 해요?
새라 책 읽거나 집안일 해요.
진수 어떤 책을 읽어요?
새라 주로 소설이나 역사 책을 자주 읽는 편이에요.
진수 집안일은 자주 해요?
새라 아니요, 저는 좀 게으른 편이에요.
그래서 집안일은 가끔 해요.

真秀 妳平常週末都做些什麼？
莎拉 去外面跟朋友見面或在家休息。
真秀 妳常跟朋友見面嗎？
莎拉 算是常常見面。一個月見個兩、三次面。
真秀 妳跟朋友見面通常都做什麼？
莎拉 我們會去看電影，然後一起吃晚餐一邊聊天。
真秀 你們說英語嗎？
莎拉 不，我們一半說韓語，一半說英語。
真秀 妳在家時都做些什麼？
莎拉 看看書或做做家事。
真秀 妳都看哪種書？
莎拉 我通常看小說或歷史類的書籍。
真秀 妳常做家事嗎？
莎拉 沒有，我有點懶惰，所以家事偶爾才會做。

單字 ▸P. 319

밖 | 정도 | 반반씩 | 집안일 | 소설 | 역사 | 게으르다 | 가끔씩

表現 ▸P. 319

- 한 달에 2-3(두세) 번 정도 만나요.
- 영어하고 한국어로 반반씩 해요.
- 집안일은 가끔 해요.

小祕訣

1 當助詞可被省略時

在口語中，主格助詞 이/가、受格助詞 을/를 及所有格助詞 의 常被省略。然而，像 에、에서 以及 (으)로，即使在口語中也不能省略掉。

- 토요일**에** 시간~~이~~ 있어요?
  你星期六有空嗎？
- 우리~~의~~ 집**에서** 밥~~을~~ 먹어요.
  在我們家吃飯。

2 助詞(으)로

用來表達手法或方式。在上面課文中，(으)로 附加在「英語」及「韓語」之後，表示溝通的方式。

- 부산에 기차**로** 갔다 왔어요?
  你搭火車去了一趟釜山嗎？
- 지도를 핸드폰**으로** 보낼게요.
  我會用我的手機傳地圖給你。
- 종이에 이름을 연필**로** 쓰세요.
  請用鉛筆在紙上寫你的名字。

012.mp3

❶ 做家事

• 장을 보다
去買菜

• 음식을 만들다
煮飯／食物

• 상을 차리다
準備餐桌

• 상을 치우다
清理餐桌

• 설거지하다
洗碗

• 물건을 정리하다
整理物品

• 청소하다
打掃

• 쓰레기를 버리다
倒垃圾／丟垃圾

• 빨래하다
洗衣服

• 다리미질하다
燙衣服

• 아이를 돌보다
照顧小孩

• 집을 고치다
(= 수리하다)
整修房子

• 아내가 **상을 치우고 설거지하는** 동안에 보통 남편은 대충 **청소를 하고 쓰레기를 버려요**.
當太太清理餐桌及洗碗時，先生通常會大略地打掃房子並倒垃圾。
• 주말에는 아내와 남편 둘 다 **집안일을 하지만** 주중에는 둘 다 집안일을 못 해요.
週末時，太太和先生會一起做家事，但平常日兩個人都沒辦法做家事。

❷ 頻率次數

1. 用韓語表達頻率次數時，時間的長短寫在次數前面。

時間長度 + 에 + 次數

• 일년에 1(한) 번
• 한달에 2(두) 번
• 일주일에 1-2(한두) 번
• 하루에 3-4(세네) 번

2. 當表達大約的數值時，用 정도 及쯤、한、약（都有「大約」的意思）等字詞。但是要注意每個詞放的位置都不相同。

[非正式]		[正式]
한 2번**쯤** 大概兩次	=	**약** 2번 **정도** 大概兩次

• **한 달에 한 2번쯤** 친구를 만나러 나가요.
我一個月大概跟朋友碰面兩次。
• **일년에 약 3번 정도** 해외로 출장을 갑니다.
我一年大約到國外出差三次。

精準表達

• 남편하고 아내가 돌아가면서 집안일해요.
先生和太太輪流做家事。
• 남편하고 아내가 반반씩 집안일해요.
先生和太太各做一半家事。

文法 ❸

-(으)ㄴ 후에/다음에「其後」、「此後」

詞形變化表 P. 300

A 언제 취직했어요?
你什麼時候找到工作的？

B 졸업한 후에 바로 취직했어요.
一畢業就找到工作了。

–(으)ㄴ 후에 用來表達一個動作或狀態立刻接在另一個動作或狀態之後發生。–(으)ㄴ 후에 也可以跟 –(으)ㄴ 다음에 或 –(으)ㄴ 뒤에 替換使用。–ㄴ 후에 接在動詞語幹之後，但不能搭配過去時制 –았/었– 一起使用。而 후에 可以接在名詞之後，但 다음에 或 뒤에 則不行。

- 자료를 본 후 다시 연락할게요. 等查看資料後我再跟你聯絡。
- 손을 씻은 다음에 식사하세요. 請洗好手之後再用餐。
- 친구가 한국을 떠난 뒤 저도 회사를 그만뒀어요. 朋友離開韓國後我也辭了工作。
- 수업 후에 뭐 할 거예요? 你下課後要做什麼？

-기 전에「之前」

詞形變化表 P. 294

A 언제 전화해요?
我什麼時候打給你？

B 출발하기 전에 전화해 주세요.
你出發之前打給我。

–기 전에 用來表達一個動作或事情發生於另一個動作之前。可接在動詞語幹之後，但不能搭配過去時制 –았/었– 或未來時制 –겠– 一起使用。像 바로（剛剛）或是 한참（片刻）等副詞可以放在 전에 之前，而 전에 也可以接在名詞的後面。

- 밥 먹기 전에 드라마가 시작했어요. 在我吃飯前電視劇就開始了。
- 자기 바로 전에 전화가 왔어요. 在我正要去睡覺前電話響了。
- 회의 시작하기 전에 잠깐 만나서 얘기합시다. 在會議開始之前先見個面聊聊吧。
- 발표 전에 다시 한 번 확인하세요. 請在報告之前再確認一次。

▸解答 P. 308

1 **그림을 보고 보기 와 같이 질문에 답하세요.**

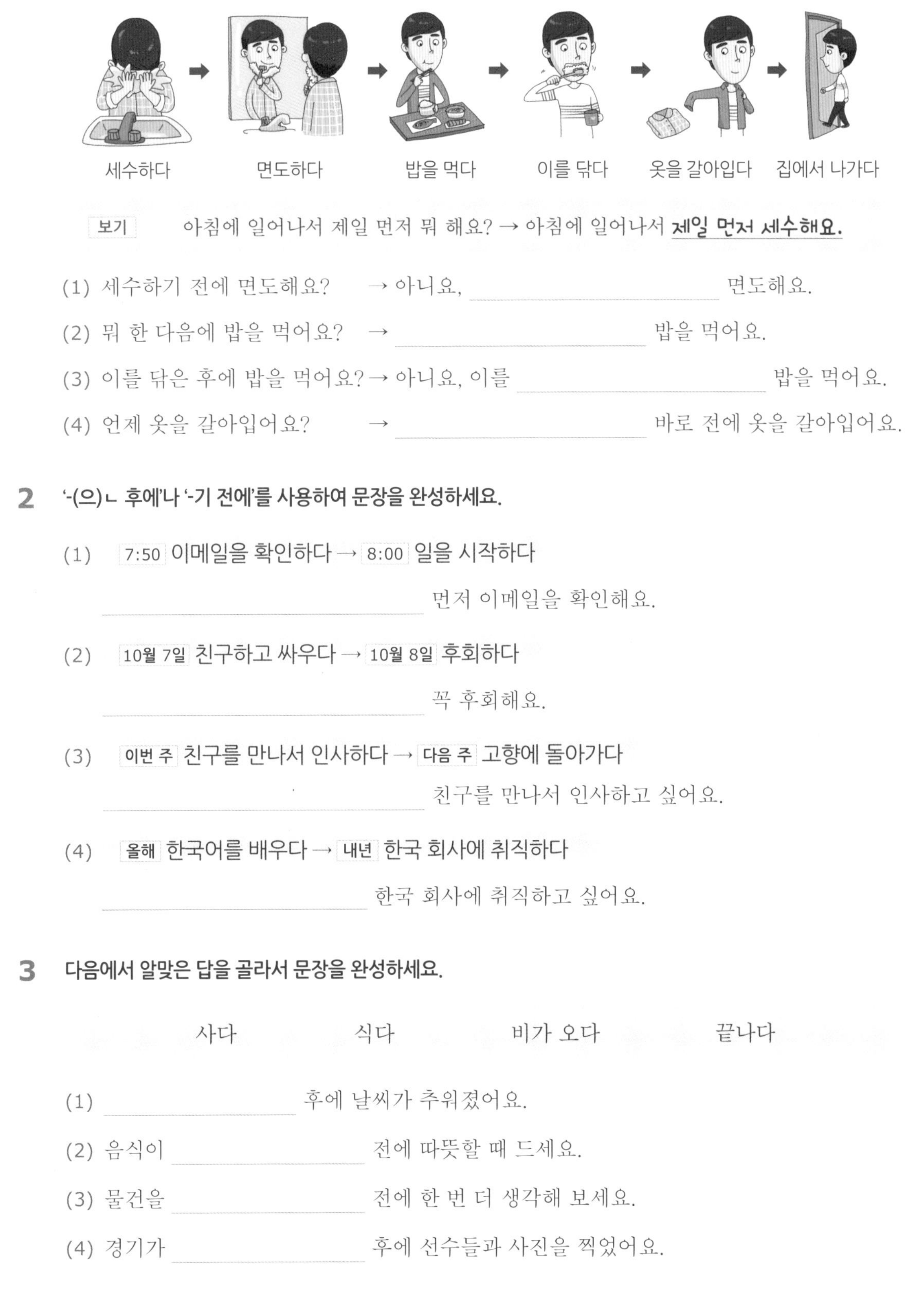

세수하다 → 면도하다 → 밥을 먹다 → 이를 닦다 → 옷을 갈아입다 → 집에서 나가다

보기 아침에 일어나서 제일 먼저 뭐 해요? → 아침에 일어나서 **제일 먼저 세수해요.**

(1) 세수하기 전에 면도해요? → 아니요, ______________ 면도해요.

(2) 뭐 한 다음에 밥을 먹어요? → ______________ 밥을 먹어요.

(3) 이를 닦은 후에 밥을 먹어요? → 아니요, 이를 ______________ 밥을 먹어요.

(4) 언제 옷을 갈아입어요? → ______________ 바로 전에 옷을 갈아입어요.

2 **'-(으)ㄴ 후에'나 '-기 전에'를 사용하여 문장을 완성하세요.**

(1) 7:50 이메일을 확인하다 → 8:00 일을 시작하다

______________ 먼저 이메일을 확인해요.

(2) 10월 7일 친구하고 싸우다 → 10월 8일 후회하다

______________ 꼭 후회해요.

(3) 이번 주 친구를 만나서 인사하다 → 다음 주 고향에 돌아가다

______________ 친구를 만나서 인사하고 싶어요.

(4) 올해 한국어를 배우다 → 내년 한국 회사에 취직하다

______________ 한국 회사에 취직하고 싶어요.

3 **다음에서 알맞은 답을 골라서 문장을 완성하세요.**

사다 식다 비가 오다 끝나다

(1) ______________ 후에 날씨가 추워졌어요.

(2) 음식이 ______________ 전에 따뜻할 때 드세요.

(3) 물건을 ______________ 전에 한 번 더 생각해 보세요.

(4) 경기가 ______________ 후에 선수들과 사진을 찍었어요.

對話 ❸

013.mp3

마크 보통 아침에 일찍 일어나요?

유키 네, 저는 일찍 자고 일찍 일어나는 편이에요.

마크 몇 시에 자요?

유키 보통 저녁 먹고 씻은 후에 바로 자요. 9시가 되기 전에 자고 새벽 4시쯤 일어나요.

마크 그렇게 일찍 자고 일찍 일어나요?

유키 학생 때부터 쭉 그랬어요. 마크 씨는요?

마크 저는 생활이 불규칙한 편이에요. 저녁 먹기 전에 자기도 하고, 해가 뜬 후에 자기도 해요.

유키 잠은 푹 자요?

마크 그때그때 달라요. 보통 평일에는 4-5시간씩 자고 주말에는 하루 종일 자요.

유키 피곤하지 않아요? 그러면 건강에도 안 좋아요.

마크 네, 알아요. 하지만 습관이 쉽게 고쳐지지 않아요.

유키 그렇긴 해요.

馬克 妳平常早起嗎？

由紀 對，我屬於早睡早起的類型。

馬克 妳都幾點睡覺？

由紀 我通常吃完晚餐洗完澡就睡了。9點之前上床睡覺，清晨4點左右起床。

馬克 這麼早睡也這麼早起？

由紀 我從當學生時就這樣了，馬克你呢？

馬克 我屬於生活作息不正常的那種。有時候吃晚餐前就睡了，有時候天亮才睡。

由紀 你睡得好嗎？

馬克 每天都不一定，我平日大概睡四到五個小時，然後週末時睡上一整天。

由紀 你不會覺得累嗎？這樣對健康也不好。

馬克 是的，我知道，但要改變習慣並不容易。

由紀 這倒是真的。

單字 ▸P.319

씻다 | 바로 | 새벽 | 때 | 쭉 | 불규칙하다 | 해가 뜨다 | 푹 | 평일 | 하루 종일 | 건강 | 습관 | 고쳐지다

表現 ▸P.319

- 학생 때부터 쭉 그랬어요.
- 그때그때 달라요.
- 그렇긴 해요.

小祕訣

1 -기도 하다：「有時候」及「也、還」

當 -기도 하다 跟著動詞語幹時，表示有時候會做該動作；當與形容詞語幹合用時，則是意味著此形容詞的特殊性。

- 주말에 집에서 쉬**기도 하고** 등산 가**기도 해요**.
  週末會在家裡休息，也會去爬山。
- 영화가 무섭**기도 하고** 재미있**기도 했어요**.
  電影很可怕，但也很有趣。

2 否定疑問句：-지 않아요?

當 -지 않아요 連接著動詞、形容詞及 이다 語幹使用時，意思為表達否定的疑問句，用於向某人確認對於某件事的認知無誤。過去時制為 -지 않았어요.

- 날씨가 덥**지 않아요?** 天氣不熱嗎？
- 어제 힘들**지 않았어요?** 昨天不覺得很難熬嗎？

❶ 表達時間

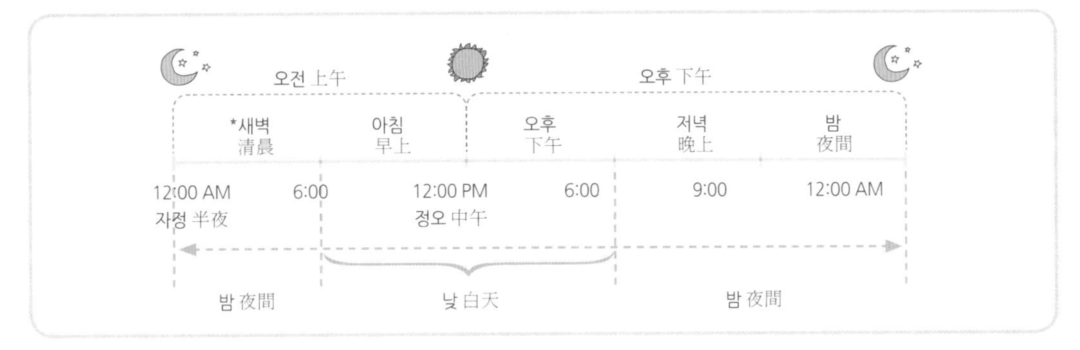

★ 새벽 黎明，介於半夜與日出之間的時段。

> **注意**
> 아침 일찍 早晨
> 밤늦게 深夜

❷ 看讀時間

• 3시 5분 전 = 2시 55분
再過5分鐘就3點了
= 2點55分

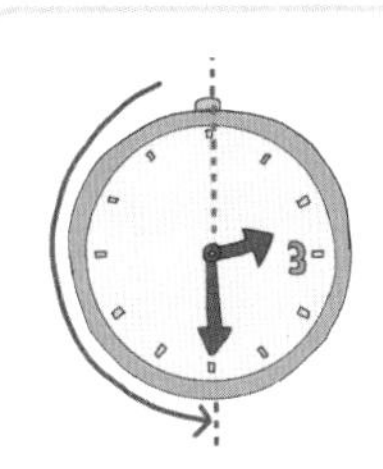

• 3시 30분 전 = 2시 30분
再過30分鐘就3點了
= 2點30分
(3시 반 전 是錯誤的)

1. 10분 일찍 끝나요. 我們提早10分鐘結束。
30분 늦게 시작해요. 我們晚30分鐘開始。

2. 7시 이후에 7點以後
9시 이전에 9點以前

3. 3시 직후에 剛過3點
5시 직전에 快要5點

❸ 表達一個持續發生一段時間的動作

表達時間長度的名詞 + **내내 全部、從頭到尾**：持續涵蓋這段時間

• 여름 **내내** 비가 왔어요.
雨下了整個夏天。

• 일년 **내내** 더워요.
整年都熱。

• 한 달 **내내** 축제를 해요.
我們慶祝了整個月。

• 회의 **내내** 졸았어요.
整個會議從頭到尾我都在打瞌睡。

> **注意**
> 하루 종일（整天）及 밤새（整夜）是例外。
> 例如 하루 내내 (X) → 하루 종일 (O) 整天
> 例如 밤 내내 (X) → 밤새 (O) 整夜

精準表達

• 시험을 보는 내내 많이 긴장했어요.
整個考試期間我都非常緊張。

• 시험 내내 많이 긴장했어요.
整個考試從頭到尾我都非常緊張。

一起聊天吧！

口說策略　與其他人比較

- 저는 다른 사람보다 통화를 많이 해요. 跟別人比起來我很常打電話。
- 저는 다른 사람만큼 통화를 해요. 我打電話的頻率次數與別人差不多。
- 저는 다른 사람만큼 통화를 하지 않아요. 我不像別人那樣常打電話。

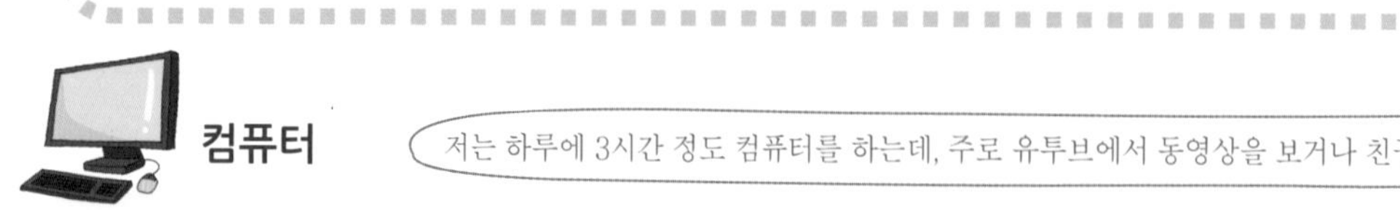

컴퓨터

1 □ 나는 하루에 1시간 이상 컴퓨터를 한다.
2 □ 나는 하루에 이메일을 10개 이상 받는다.
3 □ 나는 이메일을 받으면 바로 답장한다.
4 □ 나는 컴퓨터 없이 일이나 공부를 하기 어렵다.

❶ 보통 하루에 어느 정도 컴퓨터를 해요?
❷ 주로 컴퓨터로 뭐 해요?
❸ 보통 언제 이메일을 확인해요?
❹ 보통 인터넷으로 무엇을 검색해요?

핸드폰

1 □ 나는 매일 친구와 문자를 주고받는다.
2 □ 나는 하루에 5통 이상 전화를 받는다.
3 □ 나는 친구와 통화보다 문자를 더 많이 한다.
4 □ 나는 핸드폰으로 통화보다 다른 것을 더 많이 한다.

❶ 하루에 통화나 문자를 얼마나 많이 해요?
❷ 친구하고 문자로 무슨 얘기를 해요?
❸ 핸드폰으로 통화 이외에 주로 무엇을 해요?
❹ 핸드폰 사용료가 한 달에 얼마나 나와요?

하루 일과

1 □ 나는 일찍 자고 일찍 일어나는 편이다.
2 □ 나는 식사를 거르지 않는다.
3 □ 나는 종종 늦게까지 일할 때가 많다.
4 □ 나는 평일에는 규칙적으로 생활한다.

❶ 항상 같은 시간에 자고 같은 시간에 일어나요?
❷ 규칙적으로 식사해요?
❸ 집에 돌아오자마자 제일 먼저 뭐 해요?
❹ 계획을 세우고 잘 지켜요?

주말

1 □ 나는 주말에 집에서 아무것도 안 하고 쉰다.
2 □ 나는 주말에 여기저기 많이 돌아다닌다.
3 □ 나는 가능하면 주말에 친구들과 어울려 지낸다.
4 □ 나는 주말에 가족과 함께 시간을 보낸다.

❶ 보통 주말을 어떻게 보내요?
❷ 무슨 요일을 제일 좋아해요? 제일 싫어해요?
❸ 주말에 집에 있을 때 뭐 해요?
❹ 주말에 친구들하고 뭐 하면서 놀아요?

014.mp3

新單字／詞彙

채팅하다 聊天 | 답장하다 回覆 | 검색하다 檢索 | 문자 簡訊 | 통화 通話 | 이외에 除了…之外 | 사용료 使用費率 | (식사를) 거르다 跳過／錯過（一餐） | 종종 偶而 | 규칙적으로 有規律地 | 계획을 세우다 建立計畫 | 계획을 지키다 維持某人的計畫 | 돌아다니다 繞過 | 어울리다 與…很配

單字心智圖

單字心智圖漢字語整理 P. 312

015.mp3

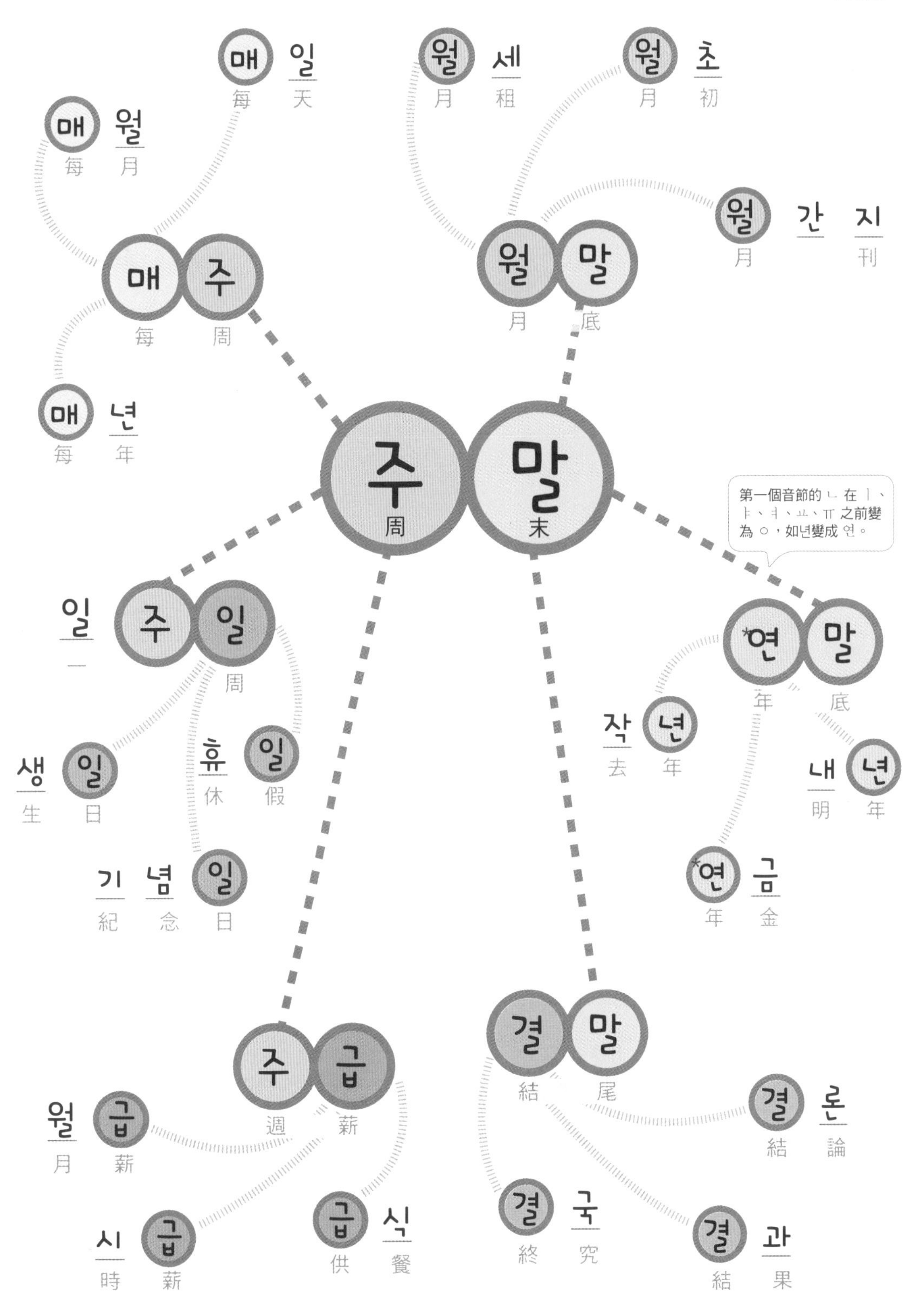

話說文化

韓語中的英語外來語

韓語中有不少的外來語來自英語，而且為了能融入韓語，許多的英語表達方式也已被修改。由於發音和用法上可能和英語非常不同，有時會難以理解其意思，因此為了讓韓國人能聽懂，你在說這些字詞時一定得使用韓式發音。

・附加 하다 於英語名詞之後

English word + 하다

하다 會接在許多來自西方的外來語之後，這些外來語沒有相對應的韓語。具代表性的例子像是 컴퓨터（電腦）、인터넷（網路）、이메일（電子郵件）、게임（電玩遊戲）及 블로그（部落格）。最近也出現像 컴퓨터하다、인터넷하다、이메일하다、게임하다 及 블로그하다 等動詞來表達使用這些東西的動作。 也可以附加在源自西方社會中日常生活的字，不一定是現代科技相關，例如 데이트（約會）、드라이브（開車）及쇼핑（購物），變成動詞如 데이트하다、드라이브하다 及 쇼핑하다 。

・附加 하다 於英語形容詞之後

雖然不被認為是標準韓語，還是有不少英文形容詞被韓國人用來形容人或物。這些字詞混合了英文和韓文，且夾雜著英文單字，如「tough 強硬」、「sexy 性感」及「luxury 奢華」等單字加上 하다，變成 터프하다（強硬的）、섹시하다（性感的）及 럭셔리하다（奢華的）。因為這些英文形容詞被當作名詞使用，因此可依照類似前述之語法在名詞後加上 하다 變成動詞。

・縮寫

這類字詞是從較長的英文單字簡化而成，大多數用來表達從國外引進的較長名稱。如「air conditioner 冷氣機」或「remote control 遙控器」，因為名稱太長，因此「con」之後的音節都被省略，簡略成 에어컨 及 리모컨。「Apartment 公寓」簡化成 아파트，而車輛的「accelerator 油門」則被簡化成 액셀。雖然韓國人會用英文字彙，但超過五個韓文字母的英文單字對韓國人來說太難發音，在韓文中使用也會顯得太長。

・來自「韓式英文」的範例

有許多字詞並未從原有英文單字中簡化，但有趣的是，不少韓國人不曉得這些用字在英語系國家中表達的意思與韓語不盡相同。試著記得這些字詞，不然將會很難理解韓國人想表達的意思。

- **핸드폰**（手電話 → 手機）이 고장 나서 **에이에스**（AS: 售後服務 → 客服）맡겼어.
  因為我手機壞了，我將其托給客服處理。
- **아이쇼핑**（眼睛購物 → 逛街）하러 명동에 갔는데 유명한 배우를 만나서 **사인**（簽名 → 簽名照）받았어. 我去明洞逛街，看到一個明星然後拿到了他的簽名照。
- **원샷**（一杯）합시다. 乾杯!
- **파이팅**（加油）！祝好運！（在活動前對其他人說）

第 03 課

약속

約定

目標
- 談論個人喜好
- 提出意見
- 約見面
- 給原因或理由
- 更改約定
- 取消約定
- 禮貌地開啟對話
- 修正看法

文法

❶ -(으)ㄹ까요? 「（我們）要不要…?」
-(으)ㄴ/는 것 將動詞轉換為名詞

❷ -아/어서 「因為…」
-기로 하다 「決定要…」

❸ -(으)니까 「因為…」
-는 게 = -는 것이 : -는 게 어때요 ? 「…如何?」
-는 게 좋겠어요「…會比較好」

文法 1

- (으)ㄹ까요? 「（我們）要不要…」

詞形變化表 P. 298

A 차 한 잔 마실까요?
我們要不要去喝一杯茶？

B 좋아요.
當然好。

-(으)ㄹ까요？用於詢問聽者的意願或是提議一起做某件事，也可在話者禮貌性的提出想法時使用。-(으)ㄹ까요？接在動詞語幹之後，口說時於句尾提高語調。

- A 오늘 저녁에 만날까요? 今天傍晚要碰個面嗎？
  B 좋아요. 저녁에 만나요. 好啊，傍晚見。
- A 내일 같이 점심 먹을까요? 明天要一起吃午餐嗎？
  B 미안해요. 내일은 시간이 없어요. 對不起，明天沒有空。

- (으)ㄴ/는 것 將動詞轉換為名詞

文法補充說明 P. 261 詞形變化表 P. 301

A 취미가 뭐예요?
你的興趣是什麼？

B 제 취미는 여행 기념품을 모으는 것이에요.
我的興趣是蒐集旅遊紀念品。

當動詞、形容詞或片語以名詞的形態顯示於主語、受詞或句中其它位置時，-(으)ㄴ/는 것 具有將動詞、形容詞或片語轉換為名詞的功能。-는 것 接在動詞之後，用來表達現在時制。-ㄴ 것 接在動詞之後表達過去時制，也可以接在形容詞之後。口語中，帶有主格助詞的 것이 經常被簡略為 게，것은 被簡略為 건。것이에요 在口語上則簡略為 거예요。

- 한국 문화를 이해하는 것이 한국 생활에서 필요해요. 理解韓國文化這件事，在韓國生活是必須的。
- 친구와 약속을 지키는 게 (= 것이) 중요해요. 遵守和朋友的約定是重要的。
- 사람마다 성격이 다른 건 (= 것은) 알고 있어요. 我知道我跟我朋友的個性不一樣。

▸解答 P. 308

1 그림을 보고 '-(으)ㄹ까요?'를 사용하여 대화를 완성하세요.

(1)
A 오늘부터 휴가예요. 이번 주말에 같이 ______________?
B 그래요. 같이 여행 가요.

(2)
A 좋은 식당을 알아요. 오늘 같이 ______________?
B 미안해요. 벌써 식사했어요.

(3)
A 같이 영화 보고 싶어요. 제가 표를 ______________?
B 아니에요. 이번에는 제가 표를 예매할게요.

(4)
A 좋은 음악이 있어요. 같이 음악을 ______________?
B 좋아요. 같이 음악을 들어요.

2 다음에서 알맞은 답을 골라서 문장을 완성하세요.

사용하다　　필요하다　　전화하다　　쉬다

(1) 밖에 나가지 마세요. 피곤하면 집에서 ______________ 게 필요해요.
(2) 단어를 외우는 것보다 단어를 ______________ 것이 더 어려워요.
(3) 한국어 공부할 때 가장 ______________ 것은 자신감이에요.
(4) 어제 너무 정신이 없어서 ______________ 것을 잊어버렸어요.

3 알맞은 답을 고르세요.

(1) 김치냉장고는 한국인들이 집집마다 많이 ⓐ 사용한 / ⓑ 사용하는 것이에요.
(2) 제가 졸업한 후 하고 ⓐ 싶은 / ⓑ 싶는 것은 세계 여행이에요.
(3) 어제 제가 ⓐ 본 / ⓑ 보는 것이 생각이 안 나요.
(4) 음식을 직접 만드는 ⓐ 게 / ⓑ 걸 사 먹는 것보다 훨씬 맛있어요.
(5) 주말에 집에서 혼자 음식을 만드는 ⓐ 게 / ⓑ 걸 좋아해요.

對話 ❶

016.mp3

마크 리나 씨, 운동하는 것을 좋아해요?

리나 저는 직접 운동하는 것보다 운동 경기 보는 것을 더 좋아해요.

마크 그래요? 어떤 운동 경기를 자주 봐요?

리나 야구나 축구 같은 거 좋아해요.

마크 저도요. 그럼, 이번 주말에 같이 야구 경기 보러 갈까요?

리나 좋아요. 몇 시요?

마크 토요일 오후 2시 어때요?

리나 경기가 몇 시에 시작해요?

마크 6시 반에 시작해요.
그러니까 같이 점심 먹고 시간 맞춰서 경기장에 가요.

리나 그래요. 2시에 어디에서 볼까요?

마크 종합운동장역 5번 출구에서 봐요.

리나 알겠어요. 표는 어떻게 할까요?

마크 표는 제가 예매할게요.

리나 그래요. 그럼, 그때 봐요.

馬克 莉娜，妳喜歡運動嗎？

莉娜 比起運動我比較喜歡看體育賽事。

馬克 是嗎？妳經常看哪一類的運動比賽？

莉娜 我喜歡看棒球或足球之類的運動。

馬克 我也是。那妳這個週末要不要一起去看棒球？

莉娜 好啊，幾點？

馬克 星期六下午2點如何？

莉娜 比賽幾點開始？

馬克 6:30開始，所以我們可以先一起吃午餐，然後在比賽開始前到現場。

莉娜 好的，我們2點在哪裡碰面？

馬克 在綜合體育館站的5號出口見。

莉娜 好，那門票要怎麼辦？

馬克 票我會先訂。

莉娜 好，那到時候見。

單字 ▸P. 319

직접 | 경기 | 시간 맞추다 | 경기장 | 출구 | 예매하다

表現 ▸P. 319

- 야구나 축구 같은 거 좋아해요.
- 오후 2시 어때요?
- 그때 봐요.

小祕訣

1 舉例的方式

談話要舉例時，例子必須放置在話題之前。

- 저는 과자 **같은 거** 안 좋아해요.
  我不喜歡餅乾之類的東西。
- 불고기나 갈비 **같은 것**을 자주 먹어요.
  我常常吃烤肉或排骨之類的食物。
- 경복궁, 인사동 **같은 곳**에 가고 싶어요.
  我想去景福宮、仁寺洞這樣的景點。

2 그래요 的兩種含意

在上面課文中，第一個 그래요 表達對另一方言論感到驚訝；第二個 그래요 則是表達接受提議。

- **그래요?** 저는 그 사실을 몰랐어요.
  是喔？我不知道那項事實。
- **그래요**. 같이 밥 먹어요.
  好啊，一起吃飯吧。

017.mp3

❶ 表達時間

• 15분(이) 지났어요.
已經過15分鐘了。

• 15분(이) 남았어요.
還剩下15分鐘。

• 7시가 넘었어요.
過7點了。

• 7시가 안 됐어요.
還沒7點。

• 약속 시간까지 30분 **남았으니까** 시간은 **충분해요**. 서두르지 마세요.
離約定的時間還有30分鐘，所以時間很充足，請別著急。
• 약속 시간이 15분 **지났어요**. 서둘러도 이미 늦었어요. 시간이 **부족해요**.
離約定的時間已過了15分鐘，就算加緊腳步也已經晚了，時間不夠。
• 벌써 7시가 **넘었으니까** 아마 회의가 끝났을 거예요. 已經過7點了，會議應該已經結束了。
• 아직 7시도 **안 됐으니까** 한참 기다려야 할 거예요. 還沒7點，可能還得再等一會。

❷ 時間相關表現

• 시간이 나다 有空、有時間
• 시간을 내다 抽空
• 시간을 보내다 排遣時間
• 시간을 쓰다 用時間
• 시간을 절약하다 (= 아껴 쓰다) 節用時間
• 시간을 낭비하다 浪費時間

• 오랜만에 휴가지요? 즐거운 **시간 보내세요.** 好久沒休假了吧？假期愉快。
• **시간이** 안 **나겠지만** 내일 잠깐이라도 **시간을 내** 보세요.
雖然你可能沒空，但就算是一下下也好，明天請抽出一點時間。
• 시간은 되돌아오지 않아요. 이렇게 **시간을 낭비하지** 말고 **아껴 쓰세요**.
時間不會再重來，不要這樣浪費你的時間，要節用時間。

❸ 約定時間相關表現

• 시간 맞춰 오다 準時（抵達）
• 정각에 오다 正好準時（抵達）
• [다른 사람]하고 시간을 맞추다
配合[另一人的]行程
• [다른 사람]하고 시간이 맞다
某人的時間符合[另一人的]
• 시간을 늦추다
延後時間

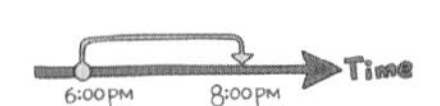

• 시간을 앞당기다
提早時間

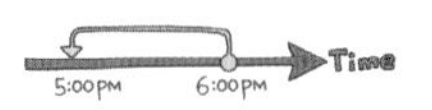

• 딱 **시간 맞춰** 왔어요. 영화가 곧 시작할 거예요. 我們準時抵達，電影正要開始。
• 사장님은 항상 회의 시작 **정각에** 오세요.
老闆總是在會議開始時正好準時抵達。
• 친구하고 **시간이 안 맞아서** 퇴근 **시간을 앞당겼지만** 결국 못 만나게 됐어요.
因為時間跟朋友對不上所以提早下班，結果終究沒見到面。
• 친구하고 퇴근 **시간을 맞춰** 만나려고 했지만 일이 안 끝나서 약속을 2시간 후로 **늦췄어요**.
雖然跟朋友敲好時間打算下班碰面，但工作沒做完，只好把見面的時間延後2小時。

精準表達

• 밤 11시가 넘어서 도착했어요.
我晚上**11**點後抵達的。
• 아침 8시도 안 돼서 도착했어요.
我早上**8**點不到就抵達了。
• 아침 9시에 맞춰서 도착했어요.
我早上準時**9**點抵達。

文法 ❷

- 아/어서「因為…」

詞形變化表 P. 297

A 왜 늦게 왔어요?
你為什麼遲到？

B 길이 막혀서 늦게 왔어요.
因為塞車所以才來晚了。

–아/어서 用來表示作為一件事情或情況的原因和理由。–아/어서 接在表原因的字句之後，且一定是放在原因產生的後果之前。–아/어서 附加於動詞及形容詞語幹之後，但是 –아/어서 如果接在 이다 之後，則變成 –(이)라서。–아/어서 不可搭配過去時制 –았/었– 或未來時制 –겠– 一起使用。

- 요즘 바빠서 운동을 못 해요. (= 요즘 바빠요. 그래서 운동을 못 해요.)
  因為最近很忙，所以無法去運動。（最近很忙，所以無法去運動）
- 어제 시간이 없어서 전화 못 했어요.
  昨天因為沒空，所以無法打電話給你。
- 반찬이 무료라서 처음에 깜짝 놀랐어요.
  因為小菜是免費的，所以一開始我驚訝了一下。

- 기로 하다「決定要…」

詞形變化表 P. 294

A 리나 씨하고 무슨 얘기를 했어요?
你跟莉娜說了些什麼？

B 아침마다 같이 운동하기로 했어요.
我們決定要每天早上一起去運動。

–기로 하다 用來表達話者已經決定做某件事情，或某項承諾。–기로 하다 接在動詞語幹之後，–기로 하다 的 하다 也可以用動詞如 약속하다、결정하다、정하다 或 결심하다 替換使用（如以下例句）。如果這個決定是在對話之前就已經做好的，可以用 –기로 했다。如果這個決定是在談話過程中才做的，則使用 –기로 하다。

- 이번에 회사를 그만두기로 결정했어요. 我這次決定要辭職。
- 건강을 위해서 담배를 끊기로 결심했어요. 為了健康著想，我下定決心要戒菸。
- 우리 이제부터 서로에게 거짓말하지 않기로 해요. 我們從今以後不會再對彼此說謊。

▸解答 P. 308

1 **알맞은 답을 고르세요.**

(1) 점심을 ⓐ 먹어서 / ⓑ 못 먹어서 너무 배고파요.

(2) 색이 마음에 ⓐ 들어서 / ⓑ 안 들어서 물건을 바꾸고 싶어요.

(3) 스트레스를 많이 ⓐ 받아서 / ⓑ 받지 않아서 회사를 그만뒀어요.

(4) 한국 역사에 관심이 ⓐ 있어서 / ⓑ 없어서 역사 책을 샀어요.

(5) 지난주에 늦게까지 ⓐ 일해서 / ⓑ 일했어서 이번 주에 일찍 집에 가요.

(6) 요즘 많이 살이 ⓐ 쪄서 / ⓑ 쪘어서 운동을 시작할 거예요.

2 **다음에서 알맞은 답을 골라서 '-아/어서'를 사용하여 문장을 완성하세요.**

성격이 안 맞다
배터리가 다 되다
문법 질문이 있다
자판기가 고장 나다
갑자기 다른 일이 생기다

(1) ______________ 약속을 취소했어요.

(2) ______________ 음료수를 못 샀어요.

(3) ______________ 지금 충전하고 있어요.

(4) ______________ 여자 친구하고 헤어졌어요.

(5) ______________ 친구한테 전화해서 문법에 대해 물어보려고 해요.

3 보기 **와 같이 문장을 완성하세요.**

마크 내일 7시에 만나요.
리나 좋아요.

보기 리나하고 내일 7시에 만나기로 했어요.

이제부터 매일 꼭 운동할 거예요.

(1) 이제부터 매일 꼭 ______________ 결심했어요.

앞으로 한국어를 열심히 공부할 거예요.

(2) 앞으로 한국어를 열심히 ______________ 마음 먹었어요.

진수 미안해요. 앞으로 늦지 않을게요.
리나 알겠어요.

(3) 진수가 리나한테 앞으로 ______________ 약속했어요.

유키 휴가 때 같이 여행 갈까요?
링링 그래요. 같이 가요.

(4) 휴가 때 친구하고 같이 ______________ 정했어요.

對話 ❷

018.mp3

케빈 여보세요. 저 케빈인데요.
유키 안녕하세요. 케빈 씨, 그런데 웬일이에요?
케빈 우리 다음 주 금요일 7시에 만나기로 했죠?
유키 네, 그런데 왜요?
케빈 그날 회사에 일이 생겨서 7시까지 못 가요.
유키 그럼, 몇 시까지 올 수 있어요?
케빈 글쎄요, 잘 모르겠어요.
혹시 약속을 다른 날로 미룰 수 있어요?
유키 어떡하죠? 다른 사람들한테 벌써 다 연락해서 지금 약속을 바꿀 수 없어요.
케빈 그렇군요. 그럼, 미안하지만 저는 이번에 못 가요.
유키 알겠어요. 다음에 만나기로 해요.
케빈 그래요. 다른 사람들한테도 안부 전해 주세요.
유키 그럴게요. 다음에 봐요.
케빈 네, 끊을게요.

凱文 喂？我是凱文。
由紀 你好，凱文，有什麼事情嗎？
凱文 我們說好下個星期五7點碰面對吧？
由紀 對，怎麼了嗎？
凱文 那天公司有些事，我7點到不了。
由紀 那麼，你幾點可以到？
凱文 這個嘛，我也不曉得。約會能不能延到別的日子？
由紀 怎麼辦？我已經聯絡好所有人，現在已經不能改時間了。
凱文 這樣啊，那很抱歉，這次我無法出席了。
由紀 我明白了，我們下次再見面吧。
凱文 好的，請幫我跟其他人問好。
由紀 我會的，下次見。
凱文 好的，我掛了。

單字 ▸P. 319

그날 | 일이 생기다 | 혹시 | (약속을) 미루다 | 벌써 | 바꾸다 | 안부 | 전하다

表現 ▸P. 319

- 웬일이에요?
- 안부 전해 주세요.
- 끊을게요.

小祕訣

1 助詞 까지：「直到」

助詞 -까지 用來表達一個時間上或空間上的終點（直到）。當講時間時，使用 -부터……-까지；當意指空間範圍時，則用 -에서 …… -까지。

- 월요일부터 금요일**까지** 문을 열어요.
  星期一到星期五有營業。
- 다음 주 월요일**까지** 숙제를 내세요.
  請在下週一之前交作業。
- 여기**에서** 공원**까지** 너무 멀어요.
  從這裡到公園太遠了。
- 여기**까지** 해야 해요. 我必須做到這邊。

2 助詞 -도 的使用方式

助詞 -도 不可與主格助詞 -이/가 或受格助詞 -을/를 一起使用，但可以與其他助詞合用（例如：-에, -에서, -한테 等），合用時，-도 接在最後。

- 영화**도** 좋아하고 음악**도** 좋아해요. [-을/를 被省略.]
  我喜歡電影，也喜歡音樂。
- 다음 주말에**도** 다시 올게요. 我下週末還會再來。
- 동생한테**도** 말하지 마세요. 也請不要告訴弟弟。

019.mp3

❶ 約定：主動和被動的表達方式

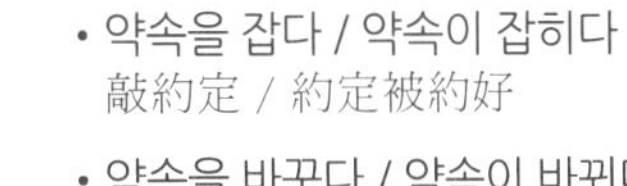

- 약속을 잡다 / 약속이 잡히다
  敲約定 / 約定被約好
- 약속을 바꾸다 / 약속이 바뀌다
  更改約定 / 約定被更改
- 약속을 취소하다 / 약속이 취소되다
  取消約定 / 約定被取消
- 약속을 미루다 (= 연기하다) / 약속이 미뤄지다 (= 연기되다)
  延後約定（= 延遲）/ 約定被延後（= 被延遲）
- 약속 시간을 늦추다 / 약속 시간이 늦춰지다
  推遲約定的時間 / 約定時間被推遲
- 약속 시간을 앞당기다 / 약속 시간이 앞당겨지다
  提早約定時間 / 約定時間被提早

- 수요일에 만나기로 **약속 잡았는데**, 갑자기 일이 생겨서 **약속을 바꿨어요**.
  我約了星期三會面，但是忽然有些事情所以就更改了我的約。
- 친구와 영화 보기로 했는데 시간이 안 맞아서 약속을 **취소했어요**.
  我本來決定跟朋友去看電影，但我們的時間無法配合所以就取消了。
- 금요일 **약속을** 일요일로 **미룰** 수 있어요? 아니면 수요일로 **앞당길** 수 있어요?
  可以把星期五的約延到禮拜天嗎？不然，可以提前到週三嗎？

❷ 約定相關動詞

- 약속을 확인하다 確認約定
- 약속을 지키다 遵守約定
- 약속이 겹치다 約會重疊
- 약속을 어기다 違約／違背承諾

- **약속을 확인**하니까 금요일에 **약속 두 개가 겹쳤어요**. 그래서 약속 한 개를 취소했어요.
  確認了一下約定，發現禮拜五有兩個約重疊了，所以取消了其中一個。
- **약속을 안 지키는** 사람은 그 다음에도 계속 **약속을 어길** 거예요. 기대하지 마세요.
  一個不遵守約定的人下次依然會失約，不要期望太高。

❸ 잘못:表達錯誤

- 약속 시간을 잘못 알다 弄錯會面時間
- 약속 장소를 잘못 듣다 聽錯會面地點
- 약속 날짜를 잘못 보다 （看的時候）弄錯會面日期

- 제가 3시 약속을 4시로 **잘못 알아서** 친구가 저를 오래 기다렸어요.
  我把3點的約記成4點，結果害朋友等我等了老半天。
- 약속 장소를 **잘못 들어서** 다른 데로 갔어요. 我去了另一個地方，因為我聽錯我們在哪裡碰面。

❹ 表示時間長短的副詞

更久的時間

- 잠깐 一下子
- 한참 片刻
- 오래 很久

- 친구를 **한참** 기다렸는데 친구가 오지 않아요.
  我等我朋友等了一陣子，但他沒有來。

精準表達

- 아직 시간 남았어요. 천천히 하세요.
  還有時間，請慢慢來。
- 벌써 시간이 다 됐네요. 서두르세요!
  時間已經到了，請快一點！

文法 ③

- (으)니까「因為…」

▶ 文法補充說明 P. 262 詞形變化表 P. 299

A 약속 시간에 늦었어요. 어떡하죠?
我們見面要遲到了，怎麼辦？

B 길이 막히니까 지하철로 갑시다!
路上塞車，我們去搭地鐵吧！

－(으)니까表示一個情況的原因。－(으)니까接在動詞、形容詞及이다語幹之後，前面可搭配過去時制－았/었－一起使用。雖然－아/어서也用來表原因，但當句尾為祈使句或勸誘句時不能使用－아/어서，應使用－(으)니까。

- 오늘 수업이 없으니까 학교에 안 갔어요. 因為今天沒有課，所以沒去學校。
- 여기는 도서관이니까 음식을 가지고 들어가면 안 돼요. 這裡是圖書館，不可以帶食物進去。
- 회의가 끝났으니까 같이 식사하는 게 어때요? 會議結束了，一起用餐如何？

- 는 게

=-는 것이 : -는 게 어때요?「…如何？」
-는 게 좋겠어요「…會比較好」

▶ 文法補充說明 P. 262 詞形變化表 P. 295

A 같이 선물하는 게 어때요?
我們一起合送禮物如何？

B 제 생각에는 따로 선물하는 게 좋겠어요.
我覺得分開送會比較好。

這裡我們介紹 –는 게 的兩種用法。第一種用法 –는 게 어때요? 可以用來做一個禮貌的建議；第二種用法 –는 게 좋겠다 則用來表達話者主觀的看法。兩種用法都接於動詞語幹之後。

- 그 사람과 먼저 얘기를 하는 게 어때요? 先跟那個人聊聊如何？
- 건강을 위해서 담배를 피우지 않는 게 좋겠어요. 為了健康著想，不抽菸會比較好。
- 계속 비가 오니까 오늘 약속은 취소하는 게 좋겠어요. 一直下雨，今天的約會取消會比較好。

▸解答 P. 308

1 알맞은 답을 고르세요.

(1) 배가 ⓐ 고파서 / ⓑ 고프니까 일단 식사부터 할까요?

(2) 어제 ⓐ 바빠서 / ⓑ 바쁘니까 전화 못 했어요.

(3) 친구가 안 ⓐ 와서 / ⓑ 오니까 연락해 보는 게 어때요?

(4) 작년에 여행 안 ⓐ 갔어서 / ⓑ 갔으니까 올해에 여행 가고 싶어요.

(5) 친구가 벌써 일을 다 ⓐ 해서 / ⓑ 하니까 저는 하나도 일을 안 했어요.

(6) 정시에 ⓐ 출발해서 / ⓑ 출발하니까 늦게 오지 마세요.

2 다음에서 알맞은 답을 골라서 '-(으)니까'를 사용하여 대화를 완성하세요.

보다 맛있다 끝나다 불편하다 잠이 들다

(1) A 왜 비싼 식당에 가요?
B 비싸지만 ________________ 그 식당에 가끔 가요.

(2) A 왜 높은 구두를 안 신어요?
B 높은 구두는 ________________ 보통 편한 신발을 신어요.

(3) A 이 영화를 볼까요?
B 이 영화는 벌써 ________________ 다른 영화 봅시다.

(4) A 음악 소리를 키울까요?
B 아이가 조금 전에 ________________ 음악 소리를 줄여 주세요.

(5) A 회의실에 들어갈까요?
B 아직 회의가 ________________ 지금은 회의실에 들어가지 마세요.

3 문장을 완성하도록 알맞은 것끼리 연결하세요.

(1) 비가 올 수도 있으니까 • • ⓐ 조금 일찍 출발하는 게 어때요?

(2) 요리 솜씨가 좋지 않으니까 • • ⓑ 우산을 가져가는 게 좋겠어요.

(3) 길이 막힐 수도 있으니까 • • ⓒ 저녁에 커피를 마시지 않는 게 좋겠어요.

(4) 잠이 안 올 수도 있으니까 • • ⓓ 식사는 밖에서 사 먹는 게 좋겠어요.

對話 ❸

020.mp3

민호 오늘 저녁에 같이 뭐 좀 먹으러 가요.

새라 그래요. 그런데 뭐 먹을까요?

민호 우리 회사 근처에 한정식 집이 있어요.
값도 적당하고 음식도 맛있으니까 거기 가는 게 어때요?

새라 좋아요. 몇 시요?

민호 저녁 7시쯤 어때요?

새라 제가 7시 넘어서 일이 끝나요. 좀 더 늦게 저녁 먹는 건 어때요?

민호 저는 언제든지 괜찮아요. 새라 씨는 몇 시가 좋아요?

새라 보통 7시 30분쯤 일이 끝나니까 8시 이후에 보는 게 좋겠어요.

민호 그래요. 넉넉하게 8시 반으로 예약할게요.

새라 어디에서 봐요?

민호 제가 오늘 차를 가지고 왔으니까 새라 씨를 데리러 갈까요?

새라 그러면 좋지요. 일이 끝나고 바로 연락할게요.

민호 전 괜찮으니까 서두르지 마세요.

새라 네, 이따가 봐요.

民浩 今天晚上我們一起去吃些東西吧。

莎拉 好，不過要吃什麼？

民浩 我們辦公室附近有間做韓式套餐的店，價錢還算合理而且食物好吃，我們去那裡如何？

莎拉 好啊，幾點？

民浩 晚上7點如何？

莎拉 我忙完會超過7點，我們可以晚點吃嗎？

民浩 我幾點都行，妳覺得什麼時間方便？

莎拉 我通常7:30左右結束工作，所以8點後見面會比較好。

民浩 好的，為了時間充裕，我就預約8:30。

莎拉 我們約哪裡碰面？

民浩 我今天有開車，要不要我去載妳？

莎拉 那樣的話再好不過了，我下班之後會馬上打給你。

民浩 我沒問題，妳慢慢來別著急。

莎拉 好，那等會見。

單字 ▸P. 319

뭐 | 한정식 | 값 | 적당하다 | 넘어서 | 언제든지 | 이후 | 넉넉하게 | 가지고 오다 | 데리러 가다 | 연락하다 | 서두르다

表現 ▸P. 320

- 저는 언제든지 괜찮아요.
- 그러면 좋지요.
- 서두르지 마세요.

小祕訣

1 뭐 的兩種意思

在此對話中，第一個 뭐 意指非特定的受詞（「東西」），而第二個 뭐 則是指疑問字詞（「什麼」）。

- **뭐** 좀 얘기할 게 있어요. 我有事情要跟你說。
- **뭐** 얘기했어요? 你說了什麼？

2 連接兩個形容詞的語法

-고 具有「而且、又」的意思，用於連接兩個形容詞或副詞。

- 예쁜하고 멋있는 (X) → 예쁘**고** 멋있는 여자 (O)
  漂亮又帥氣的女生。
- 친절하게 하고 예의 있게 (X)
  → 친절하**고** 예의 있**게** 말했어요. (O)
  他講得親切又有禮。

❶ 뭐/누가/어디/언제的兩種含意

	疑問字詞	不明確的含意（加上 -ㄴ가 增加其不確定性）	
뭐/무엇	**뭐** 먹을래요? 你想吃什麼？	얼굴에 **뭐가** 났어요. 有東西在我臉上。	**뭔가** 이상해요. 有事不對勁。
누가/누구	**누가** 찾아왔어요? 誰來找（我）？	**누가** 찾아왔어요. 有人來找（某人）。	**누군가** 밖에 있는 것 같아요. 外面好像有人。
어디	**어디가** 좋겠어요? 哪裡方便？	**어디** 가서 얘기 좀 해요. 我們去別處談。	**어딘가**에서 소리가 나요. 有聲音從某處傳來。
언제	**언제** 모여요? 我們什麼時候集合？	**언제** 한번 같이 가요. 有時間一起去。	**언젠가** 다시 만날 수 있을 거예요. 我們總有一天會再碰面的。

021.mp3

❷ 辨別相關複合動詞不同的含意

1.

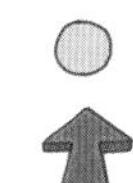

物品
가지러 가다 去拿

人 [一般]
데리러 가다 去接

人 [尊待語]
모시러 가다 去接

2.

物品
가지러 오다 來拿

人 [一般]
데리러 오다 來接

人 [尊待語]
모시러 오다 來接

3.

With

物品
가지고 가다
（把物品從話者身邊）拿開

人 [一般]
데리고 가다
（把人從話者身旁）帶離

人 [尊待語]
모시고 가다
（把人從話者身旁）帶離

4.

With

物品
가지고 오다
（把物品朝話者方向）拿來

人 [一般]
데리고 오다
（把人向話者方向）帶來

人 [尊待語]
모시고 오다
（把人向話者方向）帶來

5.

With

物品
가져다주다
（幫某人忙）帶（東西）來

人 [一般]
데려다주다
（幫某人忙）帶（人）來

人 [尊待語]
모셔다드리다
（幫某人忙）帶（人）來

6. 마중 나가다 出去見面
（通常目的為去接某人）

7. 마중 나오다 出來見面
（通常目的為去接某人）

8. 배웅하다 去送行

精準表達

- 언제든지 상관없어요. 什麼時候都可以。
- 아무 때나 괜찮아요. 任何時間都可以。
- 편한 대로 하세요. 就照你方便的做。

一起聊天吧！

口說策略 不明確的表達方式

- 그런 편이에요.（某人）挺像這樣。
- 그때그때 달라요. 看時間而定。
- 상황에 따라 달라요. 看情況而定。

다음 중 어떤 것이 더 좋아요? 왜 그렇게 생각하세요?

1 □ 내가 약속 시간과 약속 장소를 정한다.
□ 친구가 약속 시간과 약속 장소를 정하게 한다.

- 보통 언제 친구를 만나요? 얼마나 자주 만나요?
- 어디에서 친구를 만나요? 보통 친구를 만나서 뭐 해요?

2 □ 나는 친구를 만나기 전에 미리 계획을 세운다.
□ 나는 친구를 만나서 생각나는 대로 한다.

- 공연이나 식당을 예약/예매를 할 때 보통 누가 해요?
- 친구를 만나기 전에 좋은 장소를 미리 찾아요?

3 □ 나는 약속을 잘 바꾸지 않는다.
□ 나는 약속을 잘 바꾸는 편이다.

- 약속을 잘 바꾸는 것에 대해 어떻게 생각해요?
- 언제 약속을 취소하거나 연기해 봤어요?

4 □ 약속 시간에 딱 맞춰서 나간다.
□ 약속 시간보다 조금 일찍 나간다.

- 약속에 늦었을 때 어떻게 변명해요?
- 친구가 약속에 늦었을 때 어떻게 해요?

5 □ 친구 한 명씩 만나는 것을 좋아한다.
□ 친구 여러 명을 함께 만나는 것을 좋아한다.

- 왜 그렇게 해요?
- 한 명 만날 때 뭐 해요? 여러 명을 만날 때 뭐 해요?

6 □ 친구를 만날 때 옷에 신경을 쓴다.
□ 친구를 만날 때 옷에 신경을 쓰지 않는다.

- 친구를 만날 때 어떤 것에 신경을 써요?
- 친구를 만날 때 어떤 것에 신경을 안 써요?

7 □ 식사한 후 음식값을 반반씩 낸다.
□ 친구와 돌아가면서 음식값을 낸다.

- 친구와 만날 때 돈을 어떻게 내요?
- 보통 돈을 얼마나 써요?

新單字／詞彙

상황 情況 | 정하다 決定 | 미리 事先 | 변명하다 找藉口 | 신경을 쓰다 注意 | 예매하다 預購

022.mp3

單字心智圖

▶ 單字心智圖漢字語整理 P. 312

023.mp3

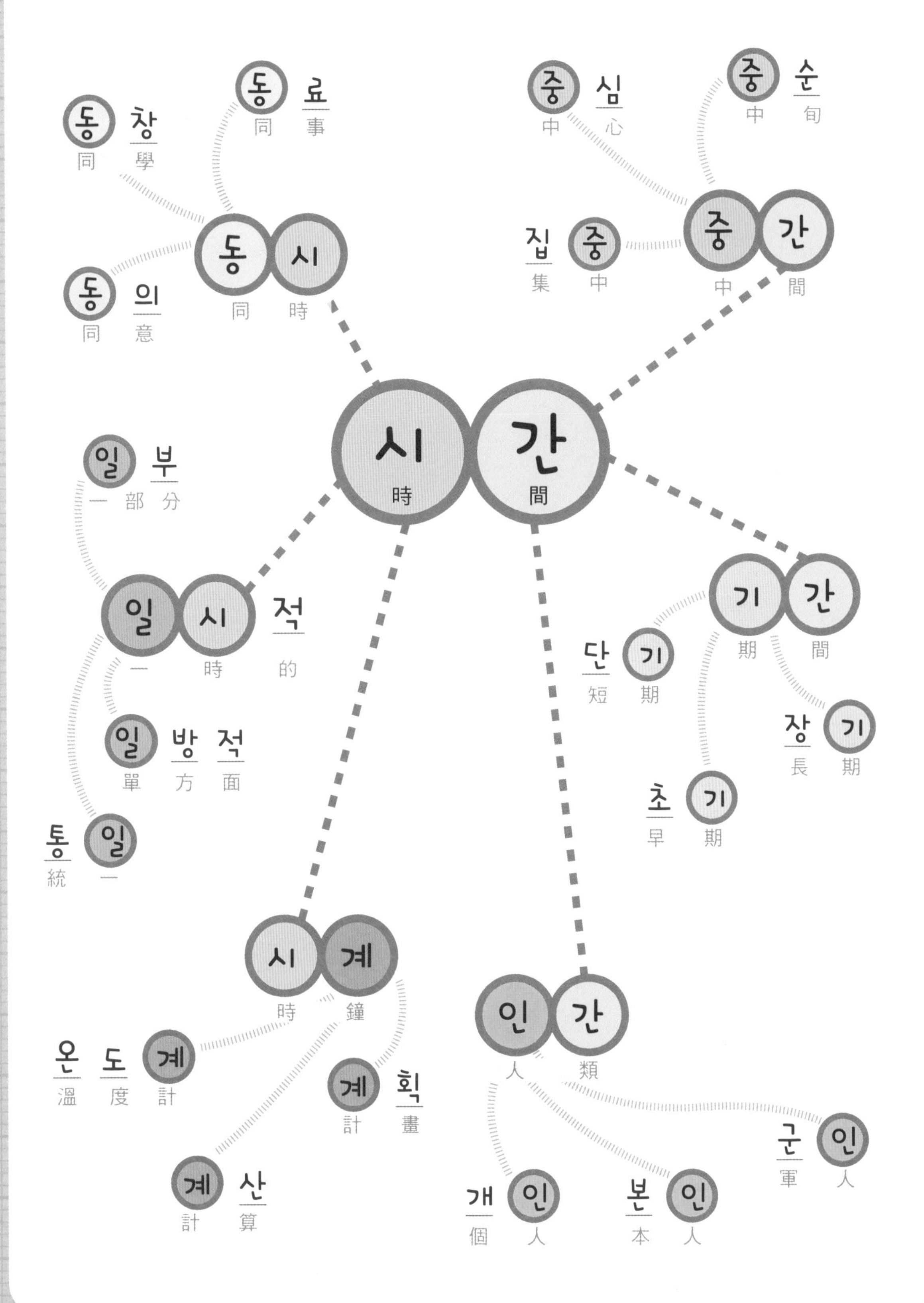

話說文化

有關等待的表達方式

• 눈이 빠지게 直到眼睛掉下來
목이 빠지게 直到脖子斷掉

눈이 빠지게 或是 목이 빠지게 會有何種與等待相關的含意呢？其實這些表達方式用於誇飾為了等待某人花了很長一段時間。此用法是從村子口等著迎接人的動作延伸出來的，邊等邊盯著看，看到人的「眼睛都掉了」，以及邊伸長脖子邊觀望從遠處來訪的人，直到他的「脖子都斷了」。換句話説，都是焦急等待的意思。這樣的表達方式充分顯示出過去用電話傳遞消息不是那麼容易的事情，以及在等人但不確定到底會不會來的時候，人們所感受到的焦急心情。舉例來說，可以用在等待大學入學考試有沒有過的通知，或是用於正在等待聽到親人活著還是過世的消息。

• 바람맞다 被放鴿子

如某人與你約好見面卻沒有出現，可以使用 바람맞았다。但是跟「風」有什麼關聯？你可以記住這個表達方式，想像你在等待另一個人時有風不停往你的臉上吹，或是 바람 在字典裡有「中風」的解釋，你也可以想像成用來表達等待另一個人的心情彷彿像是快要中風一樣！雖然此表達的字詞根源並不明確，但現在多半用 바람맞다 來表示被放鴿子而非生病的意思。當你放別人鴿子的時候則用 바람맞혔다。

• 약속을 칼같이 지키다 正好準時赴約

時鐘經由西方文化傳入之前，韓國有日晷和水鐘，當時多數人利用這兩種儀器觀測太陽的高度及軌跡以粗略地劃分時間。事實上，一個能準時甚至分秒不差地赴約的人被隱喻為「刀」，而這個表達方式保留了以前觀測時間的文化。一把刀乾淨地切開橫斷面是用來比喻恰好準時地赴約，同樣的道理，沒有加班準時於6點下班叫做 칼퇴근。

第 04 課

길 찾기

問路

目標
- 向陌生人禮貌問路
- 問路及給予指引
- 在商店裡詢問物品位置
- 確認聽到或知道的訊息
- 迷路及尋求協助
- 形容附近環境

文法

❶ -(으)면 「若是、假如」
아/어 주시겠어요? 「你可以 / 能不能…?」

❷ -(으)ㄴ/는데 提供背景資訊
-자마자 「一…就…」

❸ -(으)ㄴ/는지 間接疑問語
-지요 (= 죠) 表達話者相信聽者所知事物為真

文法 1

- (으)면「若是、假如」

▶ 文法補充說明 P. 262 詞形變化表 P. 299

A 공원에 어떻게 가요?
我要怎麼去公園？

B 다리를 건너면 왼쪽에 공원이 보여요.
你若過了橋，就會看到公園在你的左邊。

-(으)면 表達一個狀況，此狀況必須於結果之前先行表達。-(으)면 附加於動詞、形容詞及 이다 語幹之後。

- 이번 주에 바쁘면 다음에 만나는 게 좋겠어요. (= 이번 주에 바빠요? 그러면 다음에 만날까요?)
  這週忙的話，下週再碰面會比較好。（＝這週忙嗎？那要下次再碰面嗎？）
- 시간이 있으면 같이 영화 보러 가요. 有空的話，一起去看電影。
- 외국인이면 비자가 필요해요. 如果是外國人就需要簽證。

- 아/어 주시겠어요?「你可以 / 能不能…？」

詞形變化表 P. 297

A 이것 좀 사장님께 전해 주시겠어요?
你能不能幫我把這個轉交給老闆？

B 네, 전해 드릴게요.
好，我會幫你轉交。

-아/어 주시겠어요? 用來向第一次見面的對象提出禮貌的請求，或是話者求別人幫忙時，內心其實在猶豫，不知自己是否應該開這個口。-아/어 주시겠어요? 比 -아/어 주세요 還要有禮貌，兩者均接在動詞語幹之後。當話者向某人索取某物時，주시겠어요? 則接在名詞之後。加上 좀 會顯得尊敬一點，좀 放在名詞 -을/를 之後，動詞之前，如以下第三個例句所示。談話時，在 좀 之後會稍作停頓。

- [對陌生人] 죄송하지만, 길 좀 가르쳐 주시겠어요?
  不好意思，可以請你告訴我怎麼走（到一個地點）嗎？
- [對年長的人] 잠깐 제 얘기 좀 들어 주시겠어요? 可以請你稍微聽一下我想說的話嗎？
- [對職員] 실례합니다만, 좀 한 번 더 확인해 주시겠어요?
  不好意思，可以請你再確認一次嗎？
- [對職員] 물 좀 주시겠어요? 可以請你給我水嗎？

注意
도와주세요? (X)
도와주시겠어요? (O)
도와주세요. (O)

自我小測驗

▸解答 P. 308

1 **다음에서 알맞은 답을 골라서 '-(으)면'을 사용하여 문장을 완성하세요.**

읽다　　늦다　　마시다　　물어보다

(1) 직원에게 ________ 물건 위치를 알려 줄 거예요.

(2) 내일도 그 사람이 약속에 ________ 저는 화가 날 거예요.

(3) 매일 30분씩 책을 ________ 한국어 실력이 좋아질 거예요.

(4) 따뜻한 차를 꾸준히 ________ 감기가 금방 나을 거예요.

2 **그림을 보고 알맞은 답을 고르세요.**

(1)
ⓐ 불을 켜 주시겠어요? □
ⓑ 불을 꺼 주시겠어요? □

(2)
ⓐ 소리를 키워 주시겠어요? □
ⓑ 소리를 줄여 주시겠어요? □

(3)
ⓐ 접시 좀 갖다주시겠어요? □
ⓑ 접시 좀 치워 주시겠어요? □

(4)
ⓐ 물건을 넣어 주시겠어요? □
ⓑ 물건을 빼 주시겠어요? □

3 **알맞은 것끼리 연결하세요.**

(1) 다른 사람의 말을 이해할 수 없으면 •　　• ⓐ 좀 크게 말씀해 주시겠어요?

(2) 너무 작게 말해서 목소리가 안 들리면 •　　• ⓑ 계산서 좀 갖다주시겠어요?

(3) 다른 옷을 더 보고 싶으면 •　　• ⓒ 다시 한번 설명해 주시겠어요?

(4) 식사를 끝낸 후 식당에서 나가고 싶으면 •　　• ⓓ 다른 것으로 보여 주시겠어요?

對話 ❶

024.mp3

마크 저, 실례합니다. 길 좀 가르쳐 주시겠어요?

행인 어디 가세요?

마크 동대문시장요. 여기에서 어떻게 가요?

행인 동대문시장은 이쪽이 아니라 저쪽이에요.

마크 네? 저쪽요?

행인 네, 이 길을 건너서 왼쪽으로 쭉 가면 오른쪽에 있어요.

마크 죄송하지만, 좀 자세히 설명해 주시겠어요?

행인 알겠어요. 처음부터 다시 말할게요. 여기 횡단보도를 건너서 왼쪽으로 쭉 가면 오른쪽에 약국이 보여요.

마크 약국요? 그다음에는요?

행인 그 약국을 끼고 오른쪽으로 돌아서 쭉 가면 시장 입구가 보여요.

마크 여기서 걸어서 갈 수 있어요?

행인 그럼요, 10분만 걸으면 돼요. 잘 모르겠으면 약국 근처에 가서 다른 사람에게 또 물어보세요.

마크 네, 감사합니다.

馬克 那個…不好意思，妳能不能教我怎麼走？

路人 你要到哪裡？

馬克 我要去東大門市場，我從這裡要怎麼走？

路人 東大門市場不是這個方向，是那個方向。

馬克 什麼？那個方向嗎？

路人 對，你過了這條馬路之後左轉直走的話，市場就在你右手邊。

馬克 我很抱歉，妳可以再跟我說得詳細一點嗎？

路人 沒問題，我再從頭說一遍。若是你從這裡過斑馬線之後，左轉再繼續往前直走，你就會看到右手邊有一間藥局。

馬克 藥局嗎？然後呢？

路人 走到藥局後右轉，再往前走，就會看到市場的入口了。

馬克 從這裡走路可以到嗎？

路人 當然可以，只要走十分鐘就到了。如果你還是不確定，等到藥局附近再問人吧。

馬克 好的，謝謝妳。

單字 ▸P. 320

이쪽 | 저쪽 | 건너다 | 자세히 | 설명하다 | 처음 | 횡단보도 | 보이다 | 끼고 돌다 | 또 | 물어보다

表現 ▸P. 320

- 저, 실례합니다.
- 이쪽이 아니라 저쪽이에요.
- 좀 자세히 설명해 주시겠어요?

小祕訣

1 被動表達方式：보이다, 들리다

於上述對話中，當指引方向時因為焦點放在地點，所以用 보이다（「被看到」）而不是 보다（「看到」）。同樣地，當正在談論一個聲音時，句子中的焦點是聲音，因此用 들리다（「被聽見」）而非 듣다（「聽見」）。

- 글자가 안 **보여요**. 좀 크게 써 주세요.
  看不到字，請寫大一點。
- 소리가 안 **들려요**. 좀 크게 말해 주세요.
  聽不到聲音，請講大聲一點。

2 方向助詞 -(으)로

當使用動作動詞，助詞 -(으)로 放在目的地之後。對於表達存在的動詞如 있다/없다，則是用助詞 -에。

- 동**쪽으로** 100미터쯤 걸어가면 돼요.
  往東邊走100公尺就到了。
- 지하철역은 동쪽**에** 있어요.
  地鐵站在東邊。

025.mp3

❶ 解釋方向

1. 왼쪽으로 가세요.
   請左轉。
2. 쭉 가세요.
   請直走。
3. 오른쪽으로 가세요.
   請右轉。

4. 길을 건너세요.
   請過馬路。
5. 골목으로 들어가세요.
   請走進巷子／小街。

6. 맞은편에 있어요.
   在對面。
7. 모퉁이에 있어요.
   在轉角。

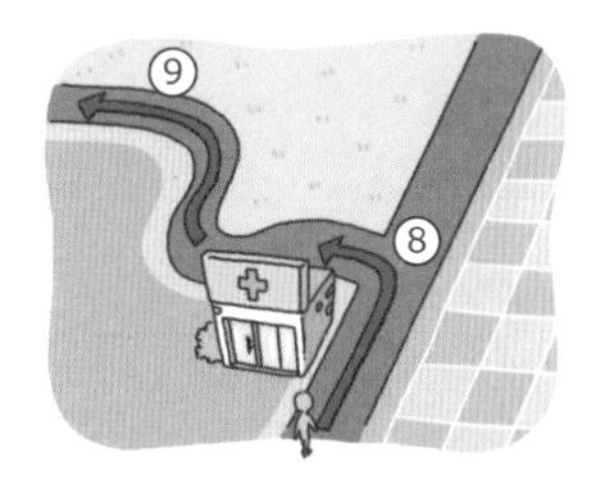

8. 약국을 끼고 도세요.
   請於藥局轉彎。
9. 길을 따라가세요.
   請沿著街走。

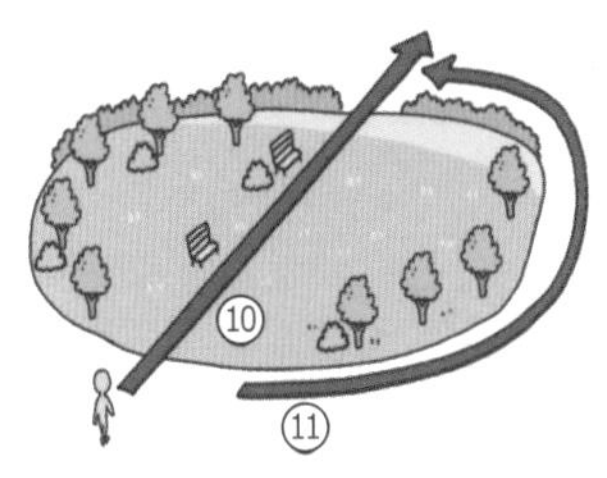

10. 공원을 가로질러 가세요.
    穿過公園。
11. 공원을 돌아서 가세요.
    繞過公園。

12. 다리를 건너세요.
    請過橋。
13. 다리 밑으로 지나가세요.
    請從橋底下過。

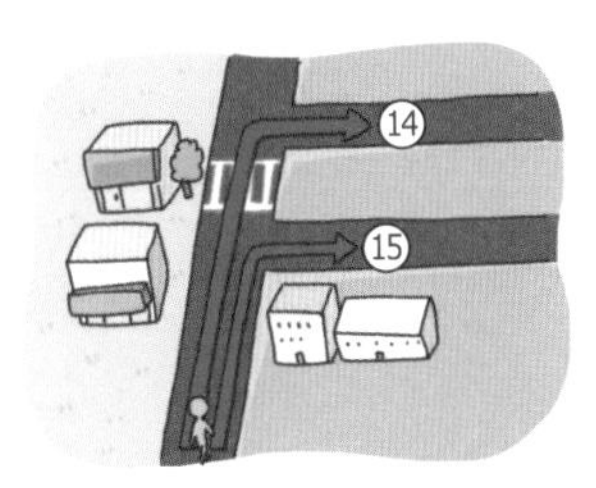

14. 횡단보도를 지나서 오른쪽으로 가세요.
    走過斑馬線後請右轉。
15. 횡단보도를 지나기 전에 오른쪽으로 가세요.
    過斑馬線之前請右轉。

16. 오르막길을 올라 가세요.
    請走上坡。
17. 내리막길을 내려 가세요.
    請走下坡。

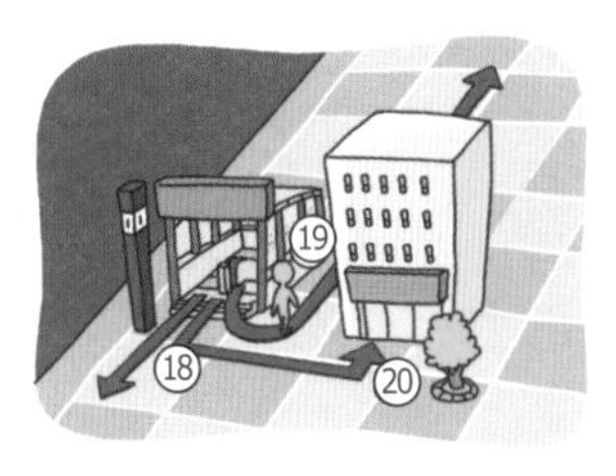

18. 출구에서 나온 방향으로 쭉 가세요.
    你走出站後請直走。
19. 출구에서 나온 방향의 반대쪽으로 쭉 가세요.
    你走出站後請往反方向走。
20. 출구에서 나오자마자 바로 앞에 있어요.
    你出站後就在你前面。

❷ 向計程車司機解釋方向

- 직진하세요. 請直走。
- 좌회전하세요. 請左轉。
- 우회전하세요. 請右轉。
- 여기에서 유턴하세요. 請這裡迴轉。
- 여기에서 세워 주세요. 請在這裡停車。

精準表達

- 다시 한번 말씀해 주시겠어요?
  你能不能再跟我說一次？
- 잘 못 들었는데요.
  我沒有聽到你說的。
- 방금 전에 뭐라고 하셨어요?
  你剛剛說什麼？

文法 2

-(으)ㄴ/는데 提供背景資訊

文法補充說明 P. 263　詞形變化表 P. 302

A 좀 더운데, 에어컨 좀 켜 주시겠어요?
有點熱，你可以開一下冷氣嗎？

B 네, 알겠습니다.
好的，沒問題。

-(으)ㄴ/는데 是話者說出一個句子之前，先給予一個情況或是背景資訊，以幫助聽者理解前後關係，附加於動詞或形容詞之後，用來描述情況。連接 -(으)ㄴ/는데 的子句可以是有關方向、命令、請求、提議、疑問或一個情況的資訊，或用以表達話者對於主要想說的事的感覺。隨著背景資訊結尾為動詞或形容詞，以及所用的時制不同，-(으)ㄴ/는데 會連接不同的語尾。

- [推薦的情況] 이 식당은 갈비가 유명한데 한번 드셔 보세요. 這家餐廳排骨很有名，請嚐嚐看。
- [疑問的情況] 얼굴이 안 좋아 보이는데 무슨 일 있어요? 你看起來臉色不好，發生什麼事了嗎？
- [具體背景資訊] 시장에서 가방을 샀는데 그 가방이 값도 싸고 품질도 좋아요.
  我在市場買了包包，那個包包價格便宜而且品質良好。

-자마자「一…就…」

詞形變化表 P. 294

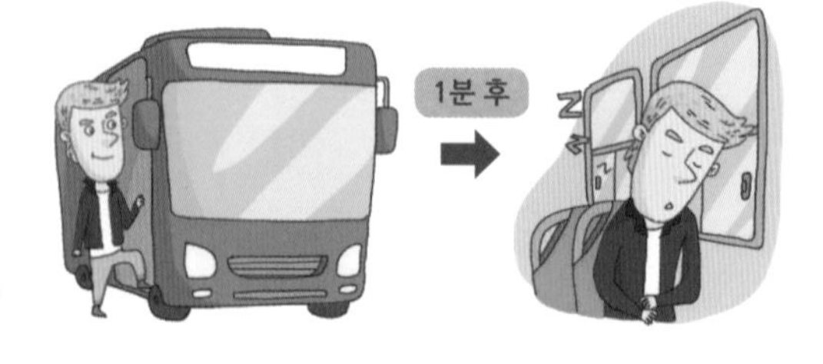

A 언제 버스에서 잠이 들었어요?
我在公車上何時睡著的？

B 버스를 타자마자 잠이 들었어요.
你上車後就睡著了。

使用 -자마자 以表達一個情況緊接著另一個情況發生，附加於動詞語幹之後。

- 영화가 끝나자마자 사람들이 극장에서 나왔어요. 電影一結束，觀眾就離開影廳了。
- 이 책은 출판되자마자 많이 팔리기 시작했어요. 這本書一出版就開始大賣。
- 전화를 끊자마자 다른 전화가 왔어요. 一掛斷電話就又有其他電話進來。

▸解答 P. 308

1 문장을 완성하도록 알맞은 것끼리 연결하세요.

(1) 수업에서 설명을 들었는데 •	• ⓐ 혹시 저 기억하세요?
(2) 친구에게 여러 번 전화했는데 •	• ⓑ 요즘은 바빠서 만날 수 없어요.
(3) 우리 전에 한 번 만났는데 •	• ⓒ 음식을 배달시키면 어때요?
(4) 이번에 불고기를 먹었는데 •	• ⓓ 친구가 전화를 안 받았어요.
(5) 한국 친구가 한 명 있는데 •	• ⓔ 아직도 잘 모르겠어요.
(6) 냉장고에 아무것도 없는데 •	• ⓕ 전보다 훨씬 맛있었어요.

2 알맞은 답을 고르세요.

(1) 집에 갔는데 ⓐ 음식을 찾았어요. / ⓑ 음식이 없었어요.

(2) 책을 사고 싶지만 돈이 없는데 ⓐ 책을 살 수 없어요. / ⓑ 친구가 빌려줬어요.

(3) 머리가 아픈데 ⓐ 약이 없어요. / ⓑ 약을 먹었어요.

(4) 제주도에 여행 갔는데 ⓐ 바닷가에서 수영했어요. / ⓑ 바다에서 수영할 수 없었어요.

3 보기 와 같이 '-자마자'를 사용하여 대화를 완성하세요.

보기 A 언제 집에 가요?

B 수업이 끝나자마자 집에 가요. (수업이 끝난 다음에 바로)

(1) A 언제 한국에 왔어요?

B ______________________ 한국에 왔어요. (대학교를 졸업하고 바로)

(2) A 언제 진수 집에 갔다 왔어요?

B ______________________ 진수 집에 갔다 왔어요. (소식을 듣고 바로)

(3) A 언제 핸드폰이 고장 났어요?

B ______________________ 고장이 났어요. (핸드폰을 산 다음에 바로)

(4) A 언제 여행 떠날 거예요?

B ______________________ 떠날 거예요. (숙소를 찾은 다음에 바로)

(5) A 언제 저한테 전화할 거예요?

B ______________________ 전화할게요. (집에 들어간 다음에 바로)

對話 ❷

026.mp3

새라 저기요, 휴지를 못 찾겠는데, 휴지가 어디에 있어요?

직원 휴지요? 휴지는 지하1층에 있어요.

새라 지하 1층 어디요? 여기 좀 복잡해서 잘 모르겠는데, 더 자세히 말해 주시겠어요?

직원 알겠습니다. 저기 에스컬레이터 보이죠?

새라 네, 보여요.

직원 저 에스컬레이터로 내려가자마자 바로 오른쪽에 있어요.

새라 내려가자마자 오른쪽요?

직원 네.

새라 그럼, 거기에 와인도 있어요?

직원 아니요, 와인은 2층에 있어요. 이쪽 계단으로 올라가면 음료수 코너가 보여요. 와인은 그 맞은편에 있어요.

새라 감사합니다.

직원 또 필요한 거 없으세요?

새라 아니요, 이제 없어요.

莎拉 不好意思，我找不到面紙，面紙放哪裡？

店員 面紙嗎？面紙在B1樓層。

莎拉 B1樓層的哪裡？這裡有點複雜，你能不能跟我說得詳細一點？

店員 沒問題，妳有看到那邊的手扶梯吧？

莎拉 對，我看到了。

店員 妳下手扶梯後，就在右邊。

莎拉 下手扶梯之後就在右邊嗎？

店員 是的。

莎拉 那麼，紅酒也放在那邊嗎？

店員 沒有，紅酒在2樓。假如從這邊的階梯上樓，妳就會看到飲料區，紅酒是在它的對面。

莎拉 謝謝你。

店員 還有其他需要幫忙的嗎？

莎拉 沒有，就這樣。

單字 ▸P. 320

휴지 | 지하 | 복잡하다 | 내려가다 | 계단 | 음료수 | 코너 | 맞은편 | 이제

表現 ▸P. 320

- 더 자세히 말해 주시겠어요?
- 저기 名詞 보이죠?
- 또 필요한 거 없으세요?

小祕訣

1 저기 的兩種含意

於上述對話中，第一個 저기 是指「不好意思」，僅用於發出聲來引起他人的注意。第二個 저기 則是表示「那邊」，用來指向一個離話者跟聽者都很遠的物品。

- **저기**요, **저기** 갈색 가방이 얼마예요?
  不好意思，那邊那個咖啡色的皮包多少錢？

2 바로 的兩種含意

바로 在韓文中有許多不同的含意。作為時間字詞，意思是指「快要」或是「馬上」；而作為地點字詞，則有強調一個名詞靠近一個特定的地點的意思。（就在那裡）。

- 문제가 생기면 **바로** 연락하세요.
  如果有問題，請馬上打電話給我。
- 출구에서 나오면 버스 정류장이 **바로** 앞에 있어요.
  你若從出口出來，公車站牌就在你的面前。

027.mp3

1 表達樓層

1. 옥상 頂樓
2. 5층 五樓
3. 4층 四樓
4. 3층 三樓
5. 2층 二樓
6. 1층 一樓
7. 지하1층 地下一樓
8. 지하2층 地下二樓

- 이 엘리베이터는 **1층**부터 **4층**까지만 운행합니다.
  這部電梯只跑一到四樓。
- 여기는 **3층**인데요. 전자제품은 **한 층** 더 올라가야 됩니다.
  這裡是三樓，電器用品還得再往上一層樓。
- 주차장은 이 건물의 **옥상**에 있습니다.
  停車場在這棟樓的頂樓。

2 指出陳列中的一個物品

1. 맨 윗줄 最上排
2. 위에서 두 번째 줄
   從上往下第二排
3. 밑에서 두 번째 줄
   從下往上第二排
4. 맨 밑의 줄 最底排
5. 맨 밑의 줄에서 맨 왼쪽 칸
   最底排最左邊一格
6. 두 번째 줄의 왼쪽에서 두 번째 칸
   第二排左邊數過來第二格
7. 맨 밑의 줄의 오른쪽에서 두 번째 칸
   底排右邊數過來第二格
8. 맨 윗줄의 맨 오른쪽 칸
   最上排最右邊一格

- 과일은 **맨 윗줄**에 있고 채소는 **아래 두 줄**에 있습니다. 水果在最上排，然後蔬菜是在下面兩排。
- 수박은 **맨 윗줄**의 **맨 오른쪽 칸**에 있습니다. 西瓜在最上排最右邊一格。
- 당근은 **세 번째 줄**의 **맨 왼쪽 칸**에 있습니다. 紅蘿蔔在第三排最左邊一格。
- 감자는 **맨 밑의 줄**의 **가운데 칸**에 있습니다. 馬鈴薯在最底排的中間那格。

3 描述地點

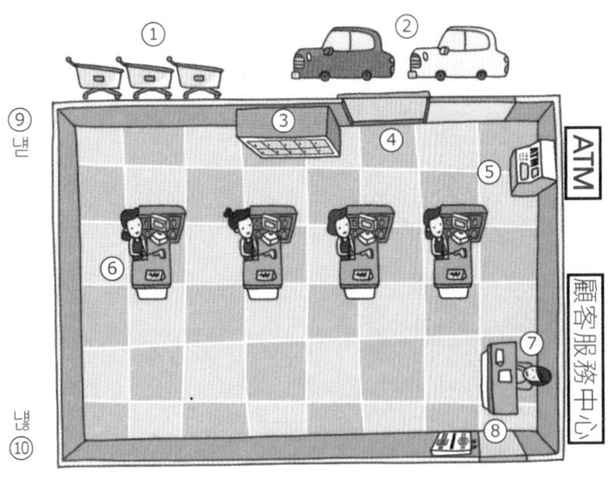

1. 카트 推車
2. 주차장 停車場
3. 보관함 置物櫃
4. 입구 入口
5. ATM 自動提款機
6. 계산대 收銀台
7. 고객 센터 顧客服務中心
8. 화장실 洗手間
9. 입구 쪽 入口方向
10. 입구의 반대쪽
    入口反方向

- 보관함이 **입구 쪽**에 있어요.
  置物櫃在靠近入口的位置。
- 화장실이 **입구 반대쪽**에 있어요. 洗手間位於入口的反方向。
- 건전지가 **계산대 근처**에 있어요. 電池放在收銀台附近。
- ATM은 계산대 **오른쪽**에 있어요.ATM在收銀台的右邊。
- 카트는 주차장으로 나가는 문 **밖**에 있어요.
  推車放在通往停車場的門外面。

精準表達

- 다음 칸에 있어요. 位於下一個間格裡。
- 다음다음 칸에 있어요. 在下下個間格裡。
- 한 층 내려가면 오른쪽에 있어요.
  你若是往下一樓，就在你的右手邊。

文法 3

-(으)ㄴ/는지 間接疑問語

文法補充說明 P. 263 詞形變化表 P. 302

A 왜 여자 친구가 화가 났어요?
你女朋友為什麼生氣？

B 왜 화가 났는지 잘 모르겠어요.
我不知道她為何生氣。

-(으)ㄴ/는지 被用來當做疑問詞疑問句的間接問句，它的詞類變化取決於間接問句是動詞或形容詞，以及時制是過去時制、現在時制或未來時制。

- 이 책에서 뭐가 중요한지 알고 싶어요. 我想知道這本書有何重要的地方。
- 이 음식을 어떻게 먹는지 몰라서 당황했어요. 我有些慌張，因為我不知道如何吃這個食物。
- 어제 왜 약속에 늦게 왔는지 아직 말 안 했어요. 你還沒有解釋你昨天見面為什麼遲到。

- 지요 (= 죠) 表達話者相信聽者所知事物為真

詞形變化表 P. 293

A 오늘 좀 춥죠?
今天有點冷吧？

B 네, 좀 추워요.
對，有點冷。

-지요 用來表達話者相信聽者也認同為真的一件事實。當用在疑問句時，話者是想確認聽者也認同一個事實。-지요 接於動詞、形容詞及 이다 語幹之後，並可搭配過去時制 -았/었- 一起使用。在口語中時常被簡略成 -죠。

- 누구에게나 건강이 중요하지요. 對每個人來說健康都很重要。
- 어렸을 때는 과자를 많이 먹었죠. 小時候吃了很多餅乾。
- A 이 김치가 생각보다 안 맵지요? 這辛奇比預期得還不辣對吧？

  B 네, 별로 맵지 않아요. 是，不怎麼辣。

▸解答 P. 308

1 '-(으)ㄴ/는지'를 사용하여 문장을 완성하세요.

2 알맞은 답을 고르세요.

(1) 그 친구와 언제 처음 ⓐ 만나는지 / ⓑ 만났는지 생각이 안 나요.

(2) 왜 생선을 ⓐ 먹지 않은지 / ⓑ 먹지 않는지 설명할게요.

(3) 어디에서 만나기로 ⓐ 하는지 / ⓑ 했는지 생각 났어요.

(4) 어떤 서류가 ⓐ 필요한지 / ⓑ 필요하는지 미리 얘기해 주세요.

3 '-지요'를 사용하여 대화를 완성하세요.

(1) A 이 가게가 값이 ________?
B 네, 싸요.

(2) A 날씨가 ________?
B 네, 더워요.

(3) A 한국어 공부가 ________?
B 네, 쉽지 않아요.

(4) A 밥을 ________?
B 그럼요, 벌써 먹었죠.

(5) A 아이들이 책을 많이 ________?
B 네, 많이 읽어요.

(6) A 고향이 ________?
B 맞아요, 부산이에요.

對話 ❸

028.mp3

리나 여보세요.

케빈 리나 씨! 저 케빈이에요.

리나 케빈 씨, 거의 다 왔어요?

케빈 아니요, 사실은 여기서 어떻게 가는지 잘 모르겠어요.

리나 네? 지하철에서 내렸어요?

케빈 지하철역 출구에서 나왔는데, 그다음부터 잘 모르겠어요.

리나 지금 주변에 뭐가 보여요?

케빈 앞에 '서울'이라는 식당이 있어요.

리나 '서울식당'요? 잘 모르겠어요. 식당 말고 더 큰 건물 없어요?

케빈 음……, 길 건너편에 큰 서점이 있고 그 옆에 동상 같은 것도 있어요.

리나 아! 어딘지 알겠어요. 서점 입구에 계단이 보이죠?

케빈 네, 맞아요. 계단이 있어요.

리나 제가 지금 마중 나갈게요. 길 건너서 서점 입구에서 기다리세요.

莉娜 喂？

凱文 莉娜！我是凱文。

莉娜 凱文，你快到了沒？

凱文 還沒，其實我不知道怎麼從這裡去到那邊。

莉娜 什麼？你下地鐵了嗎？

凱文 我已經出地鐵站了，但我不道接下來怎麼走。

莉娜 現在在你的周圍能看到什麼？

凱文 前面有家叫「首爾」的餐廳。

莉娜 「首爾」餐廳嗎？我不知道耶，除了餐廳之外沒有更大的建築物了嗎？

凱文 嗯…，馬路對面有一間大書局，然後旁邊有個東西看起來像是一座銅像。

莉娜 啊！我知道你在哪裡了。你應該有看到書局入口的階梯吧？

凱文 對，有，那裡有階梯。

莉娜 我現在出去接你，你過馬路到書局的入口等我吧。

單字 ▸P. 320

사실은 | 내리다 | 나오다 | 주변 | 말고 | 건너편 | 동상 | 마중 나가다 | 입구

表現 ▸P. 320

- 거의 다 왔어요?
- 어떻게 가는지 잘 모르겠어요.
- 〔A〕 말고 〔B〕 없어요?

小祕訣

1 말고 的用法

말고 接在名詞後表示「不是這個[名詞]，而是…」，或是「除了[名詞]之外」的意思。-도 及 -는 可接於 말고 之後。

- 사과 **말고** 딸기 없어요? 我不要蘋果，沒有草莓嗎？
- 빨간색 **말고** 다른 것으로 주세요.
  不要紅色，請給我其他顏色。
- 우유 **말고도** 커피도 샀어요.
  除了牛奶之外也買了咖啡。
- 동생 **말고는** 아무도 그 사실을 몰라요.
  除了弟弟，誰也不曉得那項事實。

2 모르겠어요 VS. 몰라요

몰라요 用於當一個人不知道一些訊息；모르겠어요 則用於當一個人對於訊息不是很確定或是不理解。

- 마크는 선생님 전화번호를 **몰라요**. (O)
  馬克不知道老師的電話號碼。
  마크는 선생님 전화번호를 모르겠어요. (X)
- 이게 맞는지 몰라요. (X)
  이게 맞는지 **모르겠어요**. (O)
  我不曉得這個是否正確。

029.mp3

在街道上的行為及動作

ⓐ 길을 건너다 過馬路
ⓑ 길을 걷다 在街上走

ⓐ 버스를 타다 上公車
ⓑ 버스를 내리다 下公車

ⓐ 줄을 서다 排隊
ⓑ 신호를 기다리다 等紅綠燈

ⓐ 물건을 팔다 賣東西、商品
ⓑ 물건을 사다 買東西、商品

ⓐ 쓰레기를 버리다 丟垃圾
ⓑ 쓰레기를 줍다 撿垃圾

ⓐ 동전을 넣다 投幣
ⓑ 물건을 꺼내다 拿取物品

ⓐ 계단을 내려가다 下樓
ⓑ 계단을 올라오다 上樓

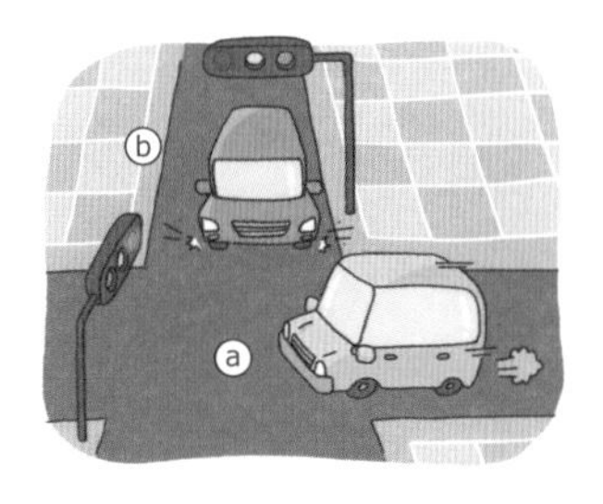

ⓐ 차가 출발하다 車輛開走
ⓑ 차가 멈추다 車輛停止

精準表達

- 아직 멀었어요. 我還離很遠。
- 반쯤 왔어요. 已經在半路上了。
- 거의 다 왔어요. 我快到了。
- 다 왔어요. 我到了。

一起聊天吧！

口說策略　確認訊息

- 몇 번 버스요? 幾號公車？
- 몇 호선요? 幾號線？
- 몇 번 출구요? 幾號出口？
- 몇 번째 정거장요? 幾號車站？
- 언제요? 什麼時候？
- 어디요? 在哪裡？

❶

이 곳에 가는 방법

친구들과 주말에 만나기 좋은 곳
혼자 산책하기 좋은 곳
쇼핑할 때 가는 단골 가게
데이트하기 좋은 곳
부모님께서 한국에 오셨을 때 같이 가고 싶은 곳
여행 가기 좋은 곳

❷ 교통수단

버스

버스를 타면 한 번에 가요?
몇 번 버스를 타요?
버스가 자주 와요?
몇 정거장 가요?
어느 정류장에서 내려요?
버스비가 얼마예요?
시간이 얼마나 걸려요?

지하철

지하철을 타면 몇 번 갈아타요?
지하철 몇 호선을 타요?
지하철이 얼마나 자주 와요?
몇 정거장 가요?
무슨 역에서 내려요?
몇 번 출구로 나가요?
지하철 요금이 얼마예요?
시간이 얼마나 걸려요?

想知道

첫 번째 정거장, 두 번째 정거장, 세 번째 정거장, 네 번째 정거장, 다섯 번째 정거장

❸ 주변 물건

그 근처에 가면 뭐가 있어요?

광장　궁　동상　분수　공원

놀이터　성당　교회　절

우리 집은 공원에서 5분쯤 걸으면 나와요.

놀이터가 있죠? 놀이터에서 바로 보여요.

동상이 있어요. 그 가게는 동상에서 100m(미터)쯤 가면 있어요.

030.mp3

新單字／詞彙

위치 位置 ｜ 교통수단 交通方式 ｜ 한번에 一下子、一口氣 ｜ 정거장 車站 ｜ 정류장 公車站 ｜ 갈아타다 轉乘 ｜ 호선 （地鐵）線 ｜ 단골 常客

單字心智圖

單字心智圖漢字語整理 P. 313

031.mp3

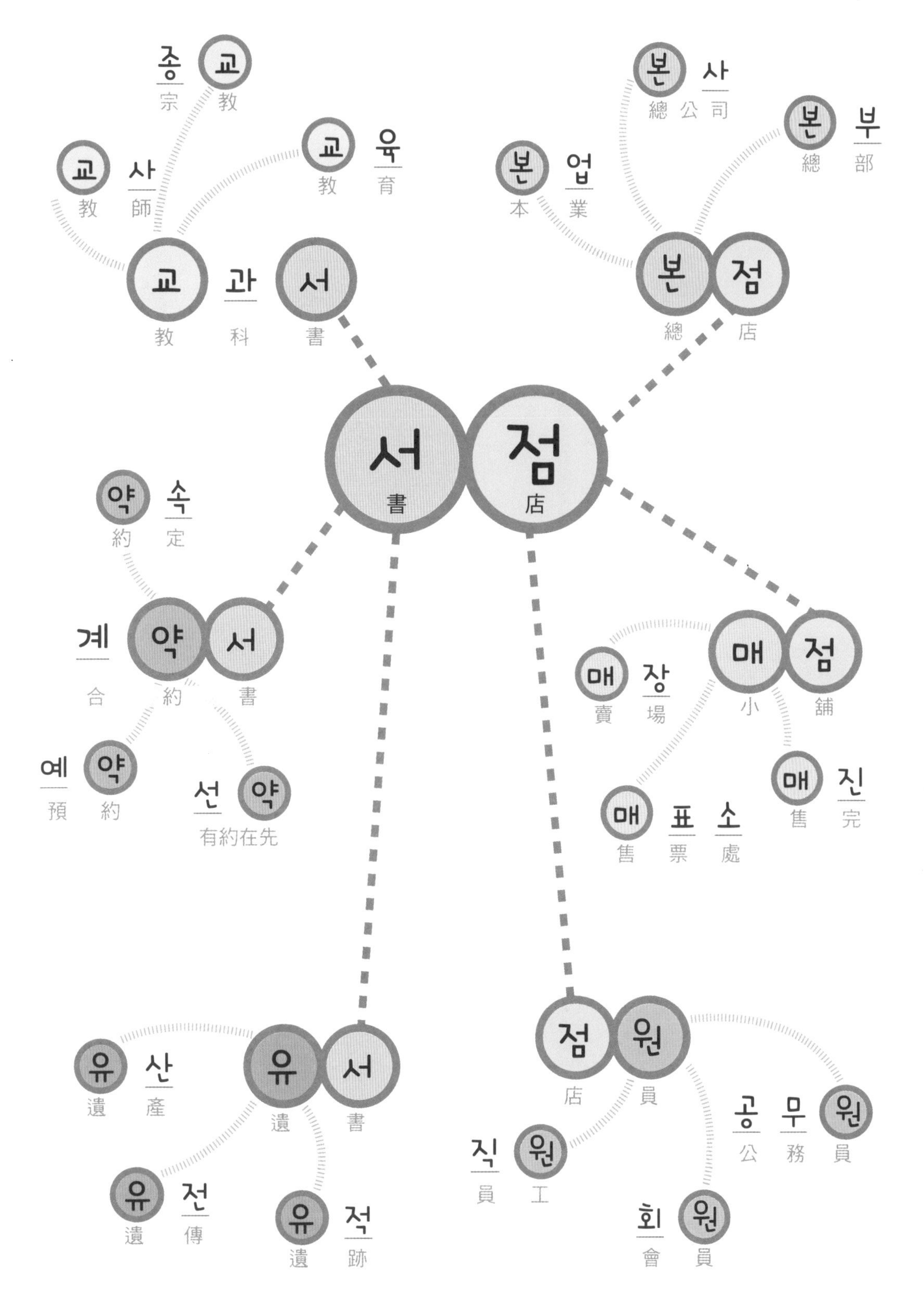

話說文化

一起聊聊人們！

• 길치（路癡）음치（音癡）박치（節奏白癡）몸치（舞癡）

當我們走在熟悉的地方，不管何時總是會遇到有人迷路。在韓國，這樣的人被稱為 길치。치 原本意指癡，但現在則是接在其他字詞用來玩笑性地挖苦別人，而不具任何貶低的意味。因此，如有人完全沒有方向感，他們會叫自己 길치，並讓其他人去找路。而韓國人常用的相關字詞還有哪些呢？음치 是指一個人唱歌時走音或是音癡；박치 是指一個人的節奏感不好；而 몸치 則指一個人笨手笨腳，例如只需花一小時學的舞蹈，但這個人學了三小時才學會。另外，由於在韓國跟同事一起吃飯被當成一個可以放鬆的場合，因此韓國人在這類飯局上會玩笑式地互稱對方 음치、박치 和 몸치。

• 백수（無業遊民），고수（高手）

백수 字面的意思是源自漢字語「白手」，白手意指從沒做過工也沒有被太陽曬過，因此用 백수 來表示一個人無特定工作且整天遊手好閒。對比來看，실업자（「失業者」）用於如報紙上或新聞等正式情境，而 백수 則是日常生活口語中使用，具有負面意思的術語。另一個相似的漢字語為 고수（高手），這裡的 수 不是指手，而是指有方法或是能力。因此 고수 是指某人在一個特定領域中有非常好的技術。

• 술고래 酒鬼、千杯不醉

술고래 意指某人很會喝酒，像 고래（鯨魚）一樣喝下再多海水也沒感覺。술고래 用來表示一個人可以一直繼續喝酒，而且似乎感覺不出有任何問題。

第 05 課

음식

食物

目標
- 談談你喜歡和討厭的食物
- 談論你想做什麼
- 點菜
- 形容餐點
- 推薦餐廳

文法

❶ -(으)려고 하다 「想要…」、「打算要…」
-(으)ㄴ/는데요 緩和語調，或於解釋情形時表現遲疑的態度

❷ -아/어 줄까요? 詢問聽者是否需要幫忙
-(으)ㄴ/는 대신에 以後面的內容代替前面的內容

❸ -(으)ㄴ 적이 있다 「曾有…的經驗」
-고 있다 「正在做…」

文法 1

- (으)려고 하다「想要…」、「打算要…」

▶ 文法補充說明 P. 264
詞形變化表 P. 300

A 주말에 뭐 할 거예요?
你週末要做什麼？

B 집에서 쉬려고 해요.
我打算在家裡休息。

–(으)려고 하다 用來表達話者想做一件事的意圖，以及描述一個將要改變或發生的情況（如第三個例句）。接於動詞語幹之後。

- 이번 휴가 때 친구들하고 해외로 여행 가려고 해요. 這次休假我想跟朋友們去國外旅行。
- 이따가 갈비를 먹으려고 하는데 같이 갈 수 있어요? 我待會要去吃排骨，你可以一起去嗎？
- 기차가 출발하려고 해요. 빨리 기차 탑시다. 火車要開了，快點上車吧。

- (으)ㄴ/는데요 緩和語調，或於解釋情形時表現遲疑的態度

▶ 文法補充說明 P. 265
詞形變化表 P. 302

A 오늘 저녁에 영화 볼까요?
我們今晚看電影好嗎？

B 오늘은 일이 많은데요.
我今天有很多工作呢。

此表達方式是以較和緩的語氣向聽者間接解釋一個人的情況。上述例子中，莉娜用 –(으)ㄴ/는데요 來解釋她有很多工作要做，而不是直接說出「我今天不能跟你去看電影」，等於是用了較迂迴的表態拒絕民浩的提議。–는데요 附加於動詞語幹之後，–(으)ㄴ데요 則接於形容詞語幹之後，而 –았/었는데요 可接於動詞和形容詞語幹之後來表達過去時制。

- A 월요일까지 이 서류를 끝내세요. 請在星期一之前完成這份資料。
  B 저는 다른 서류를 만들고 있는데요. (“다른 사람에게 시키세요.” 被省略。)
  但我正在做其他資料。
- A 아까 왜 전화 안 했어요? 你剛剛怎麼不打電話？
  B 배터리가 떨어졌는데요. (“그래서 전화 못 했어요.” 被省略。) 我手機沒電了。

▸解答 P. 309

1 그림을 보고 보기 와 같이 '-(으)려고 하다'를 사용하여 다음 대화를 완성하세요.

보기 A 다음 주 월요일에 뭐 할 거예요?
B 쇼핑하려고 해요.

(1) A 다음 주 화요일에 밖에서 친구를 만날 거예요?
B 아니요, 집에서 ____________________.

(2) A 언제 영화를 볼 거예요?
B ____________________ 는데 같이 갈까요?

(3) A 주말에 등산 갈 거예요?
B 아니요, 다음 주말에는 ____________________.

2 알맞은 답을 고르세요.

(1) A 어제 일을 다 끝냈어요?
B 아니요, ⓐ 일을 끝내려고 하는데 / ⓑ 일을 끝내려고 했는데 갑자기 일이 생겨서 못 했어요.

(2) 시험 준비가 부족해서 이번에는 ⓐ 시험을 보려고 해요. / ⓑ 시험을 보지 않으려고 해요.

(3) 다이어트 때문에 초콜릿을 ⓐ 먹으려고 했지만 / ⓑ 먹지 않으려고 했지만 너무 맛있어 보여서 먹어 버렸어요.

(4) A ⓐ 회의가 시작하려고 하는데 / ⓑ 회의가 시작했는데 왜 안 와요? 곧 시작할 거예요.
B 입구에 도착했어요. 조금만 더 기다려 주세요.

3 대화를 완성하도록 알맞은 대답을 연결하세요.

(1) 이따가 6시에 만날까요? •
(2) 직원한테 문제를 말해 보세요. •
(3) 전화 한 통만 할 수 있어요? •
(4) 한국어 공부 좀 도와주세요. •

• ⓐ 저도 핸드폰을 집에 놓고 왔는데요.
• ⓑ 저도 한국어 잘 못하는데요.
• ⓒ 벌써 말했는데요.
• ⓓ 저는 7시에 일이 끝나는데요.

對話 ❶

032.mp3

링링 지금 어디에 가요?
마크 식당에 가요. 좀 일찍 밥을 먹으려고 해요.
링링 저도 지금 밥 먹으려고 하는데, 같이 갈까요?
마크 좋아요. 같이 가요.
링링 마크 씨는 무슨 음식 좋아해요?
마크 저는 한식 좋아해요.
링링 그럼, 김치찌개 먹으면 어때요?
마크 제가 매운 거 잘 못 먹는데요.
링링 그래요? 매운 거 빼고 다른 건 괜찮아요?
마크 네, 맵지 않으면 다 괜찮아요.
링링 그럼, 된장찌개는 어때요?
마크 그건 안 매워요?
링링 네, 안 매워요.
마크 그럼, 전 된장찌개 한번 먹어 볼게요.

玲玲 你要去哪裡？
馬克 去餐廳，我想早點吃飯。
玲玲 我現在也正要去吃飯，不如我們一起去？
馬克 好啊，一起去吧。
玲玲 馬克，你喜歡吃什麼菜？
馬克 我喜歡韓國菜。
玲玲 那麼，吃泡菜鍋如何？
馬克 但我不太能吃辣。
玲玲 真的嗎？那除了辣的之外其他你都可以接受嗎？
馬克 對，只要不辣都可以。
玲玲 那大醬湯如何？
馬克 那個不辣嗎？
玲玲 是的，那不會辣。
馬克 那我可以試試看大醬湯。

單字 ▶P. 320

일찍 | 한식 | 맵다 | 잘 | 다

表現 ▶P. 320

- 名詞 먹으면 어때요?
- 名詞 빼고 다른 건 괜찮아요?
- -(으)면 다 괜찮아요.

小祕訣

1 잘 못 VS 잘못

잘 못的不同之處，在於中間隔了空白鍵表示口說時有停頓，而 잘못 則沒有停頓。잘 못 意指一個人做不好某件事，而 잘못 則有一個人做錯事的意思。在此對話中，잘 和 못 分隔開，意思是在表達做不好某件事情。

- 운동을 **잘 못하지만** 노래는 잘해요.
  我雖然不擅長運動，但很會唱歌。
- 계산을 **잘못해서** 돈을 더 냈어요.
  因為帳算錯了，我多付了錢。

2 口語中使用簡略用法

口語的簡略用法使用上比書寫更頻繁。這些簡略用法讓人談話時可以更自然且更加流暢。以下表達方式為使用簡略用法的幾個例子。

게 (= 것이), 걸 (= 것을), 건 (= 것은), 그건 (= 그것은)
전 (= 저는), 널 (= 너를), 좀 (= 조금), 그럼 (= 그러면)

- **이건** 얼마예요? 這個多少錢？
- **전** 그 얘기를 처음 들었어요. 我第一次聽說那件事。

❶ 味道及口感

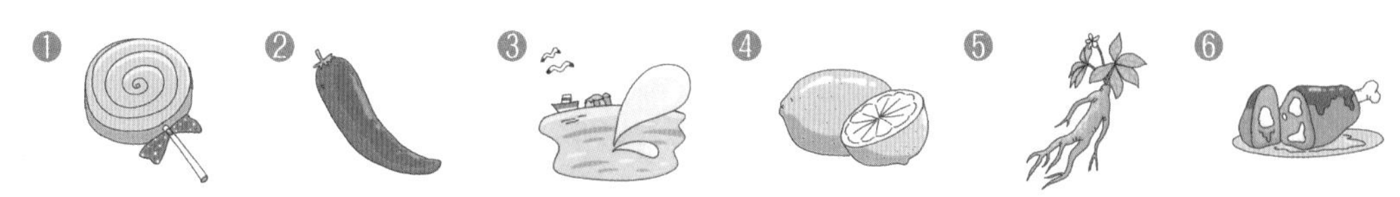

1. 달다 甜的
2. 맵다 辣的
3. 짜다 鹹的
4. 시다 酸的
5. 쓰다 苦的
6. 느끼하다 油膩的
7. 달콤하다 香甜的、甜甜的
8. 매콤하다 辣辣甜甜的
9. 짭짤하다 鹹鹹的
10. 새콤하다 酸酸甜甜的
11. 고소하다 美味的、香噴噴的
12. 얼큰하다 辣的（麻的感覺）
13. 싱겁다 平淡無奇的
14. 담백하다 淡的（口味上）
15. 부드럽다 軟的
16. 쫄깃하다 有嚼勁的
17. 상큼하다 清爽的
18. 시원하다 清爽的、爽口的

- **달고 짠** 음식은 건강에 안 좋으니까 조심하세요.
  甜和鹹的食物對健康不好，要小心。
- 음식이 **싱거워도** 소금이나 후추를 너무 많이 넣지 마세요.
  即使食物清淡，也不要加太多的鹽或胡椒。

❷ 食材狀態

1. 新鮮度

- 과일이 **신선해요.**
  水果新鮮。
- 생선이 **싱싱해요.**
  魚新鮮。

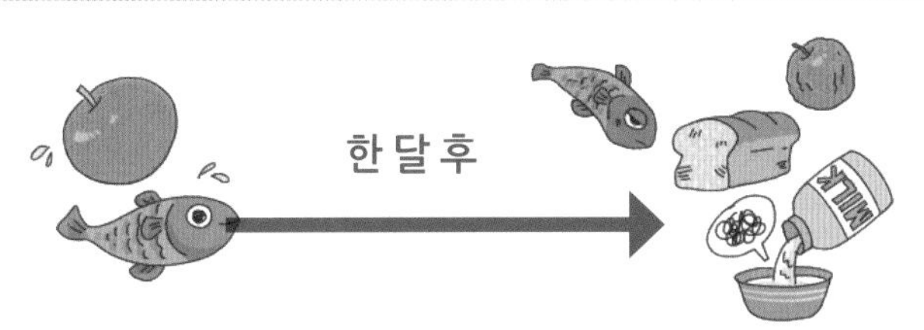

- 사과가 **썩었어요.**
  蘋果爛了。
- 빵이 **오래됐어요.**
  麵包不新鮮。
- 우유가 **상했어요.**
  牛奶酸了。

2. 熟度

- 새우가 **덜 익었어요.** 蝦子沒煮熟。
- 새우가 **잘 익었어요.** 蝦子煮得剛剛好。

3. 柔軟度

- 케이크가 **부드러워요.** 蛋糕很軟。
- 빵이 **딱딱해요.** 麵包很硬。

4. 液體的溫度

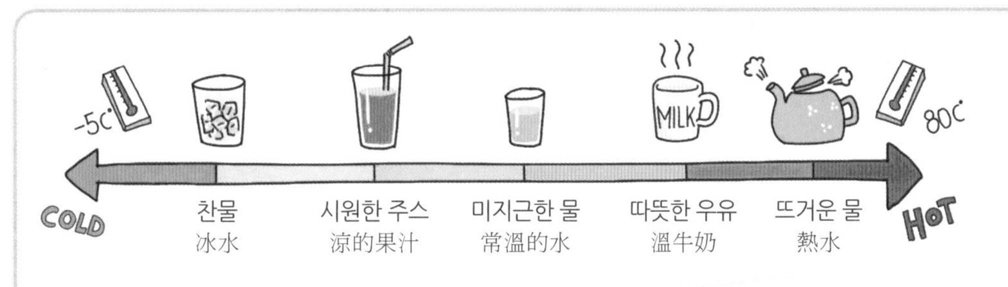

- 음식이 **따뜻해요.** 식기 전에 드세요.
  食物是溫熱的，請在冷掉前食用。
- **찬** 머핀을 전자레인지에 데워 주세요.
  請用微波爐加熱一下冷掉的馬芬蛋糕。

精準表達

- 저는 가리지 않고 다 좋아해요.
  我不挑剔，我什麼都喜歡。
- 저는 닭고기 빼고 다 괜찮아요.
  除了雞肉以外我什麼都可以。

文法 2

- 아/어 줄까요? 詢問聽者是否需要幫忙

詞形變化表 P. 297

A 무겁죠? 짐 들어 줄까요?
很重吧？要幫你提行李嗎？

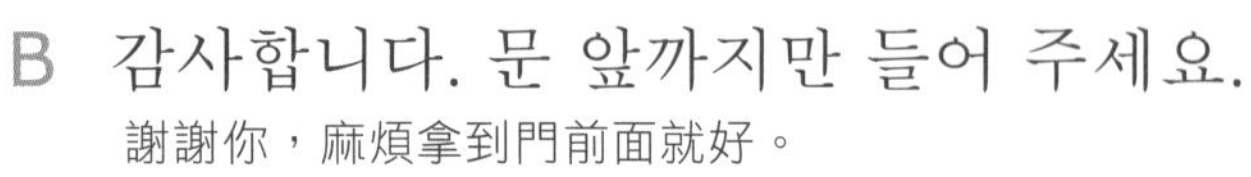

B 감사합니다. 문 앞까지만 들어 주세요.
謝謝你，麻煩拿到門前面就好。

話者用 –아/어 줄까요? 來詢問聽者是否需要幫忙，接於動詞語幹之後，如果對方身分地位較高，則使用 –아/어 드릴까요?。如果提供給聽者的是一項物品而非幫助時，則將 줄까요? 或 드릴까요? 接在物品之後。

- A 마크 씨 전화번호 몰라요? 제가 아는데 알려 줄까요?
  你不知道馬克的電話嗎？我知道，要告訴你嗎？
  B 그래요? 그럼, 좀 알려 주세요. 是喔？那麼，請跟我說。
- A 박 선생님은 지금 안 계신데요. 메모 전해 드릴까요?
  朴老師現在不在，要幫您轉交留言嗎？
  B 네, 이 메모 좀 전해 주세요. 好的，請幫我轉交這張便條紙。
- 따뜻한 물 드릴까요? 아니면 찬물 드릴까요? 您想喝熱水還是喝冰水？

- (으)ㄴ/는 대신에 以後面的內容代替前面的內容

▶ 文法補充說明 P. 265 詞形變化表 P. 301

A 배고픈데 간식 없어요?
我餓了，你有沒有零食？

B 밤에는 간식을 먹는 대신에 물을 드세요.
晚上你還是喝點水來代替吃零食吧。

–(으)ㄴ/는 대신에 用來表達以後面的內容代替前面的內容。，–는 대신에 用於現在時制動詞，而 –(으)ㄴ 대신에 則使用於過去時制動詞及現在時制形容詞。

- 주말에 여행 가는 대신에 집에서 책을 읽기로 했어요. 我決定週末不去旅行，而是在家裡讀書。
- 이번 주에 많이 일하는 대신에 다음 주는 쉴 거예요. 我決定這週做多一點，下週休息。
- 지난 주말에 일한 대신에 내일은 쉴 거예요. 我上個週末工作，明天休息。

▸解答 P. 309

1 그림을 보고 알맞은 답을 고르세요.

(1)

A 음식이 다 식었죠?
따뜻하게 ⓐ 데워 줄까요? / ⓑ 데워 주세요.

B 네, 감사합니다.

(2)

A 여기 젓가락 좀 ⓐ 갖다줄까요? / ⓑ 갖다주세요.

B 네, 알겠습니다.

(3)

A 저는 지하철역까지 걸어 가요.

B 제가 자동차가 있어요.
지하철역까지 ⓐ 태울까요? / ⓑ 태워 줄까요?

(4)

A 글자가 작아서 안 보이네.

B 할머니, 제가 읽어 ⓐ 줄까요? / ⓑ 드릴까요?

2 대화를 완성하도록 알맞은 것끼리 연결하세요.

(1) 잘 먹었습니다. •	• ⓐ 음악을 틀어 줄까요?
(2) 컴퓨터 선이 빠졌어요. •	• ⓑ 이따가 선생님께 전해 드릴까요?
(3) 선물을 살 시간이 없어요. •	• ⓒ 그럼, 그릇을 치워 드릴까요?
(4) 선생님께 메모를 남기고 싶은데요. •	• ⓓ 제가 선을 다시 연결해 드릴까요?
(5) 좋은 음악을 듣고 싶어요. •	• ⓔ 그럼, 제가 선물을 사다 줄까요?

3 다음에서 알맞은 답을 골라서 문장을 완성하세요.

분위기가 좋다　　얼굴이 예쁘다　　운전하다　　사다

(1) 그 여자는 ________________ 대신에 성격이 안 좋아요.

(2) 그 식당은 ________________ 대신에 너무 비싸요.

(3) 돈이 없어서 책을 ________________ 대신에 빌려서 읽어요.

(4) 운동할 시간이 없어서 ________________ 대신에 지하철을 자주 이용해요.

對話 ❷

034.mp3

직원 뭐 드시겠어요?

마크 된장찌개 하나 주세요.

직원 죄송합니다. 손님. 지금 된장이 떨어져서 된장찌개가 안 되는데요.

마크 그래요? 다른 건 돼요?

직원 네, 된장찌개만 빼고 다른 건 다 돼요.

마크 그럼, 이 중에서 안 매운 게 어떤 거예요?

직원 불고기하고 갈비탕이 안 매워요.

마크 갈비탕은 안 먹어 봤는데요. 뭘로 만들어요?

직원 소고기를 물에 넣고 끓인 거예요.

마크 고기 대신에 채소로 만든 건 없어요?

직원 그럼, 비빔밥은 어떠세요? 여기에는 고기가 안 들어가요. 매운 거 안 좋아하시면 고추장을 넣지 말고 따로 드릴까요?

마크 네, 가능하면 맵지 않게 해 주세요.

직원 알겠습니다.

服務生 你想吃什麼？

馬克 請給我一份大醬湯。

服務生 先生很抱歉，我們現在大醬用完了，所以不能做大醬湯。

馬克 真的嗎？那有其他菜可以點嗎？

服務生 有的，除了大醬湯以外其他都有。

馬克 那其他的菜有哪些是不辣的？

服務生 烤牛肉跟牛排骨湯不辣。

馬克 我沒有吃過牛排骨湯，那是怎麼做的？

服務生 是一道用水燉煮牛肉的料理。

馬克 有什麼不是肉而是蔬菜煮的？

服務生 那拌飯如何？裡面沒有肉，如果你不喜歡辣的食物，是否我不放辣椒醬然後分開著給你？

馬克 好，如果可以的話請不要做成辣的。

服務生 好的。

單字 ▸P. 321

된장 | 손님 | 떨어지다 | (음식이) 안 되다 | 이 중에서 | 뭘로 (= 무엇으로) | 넣다 | 끓이다 | 고기 | 채소 | 들어가다 | 따로 | 가능하면

表現 ▸P. 321

- 뭐 드시겠어요?
- 다른 건 다 돼요?
- 가능하면 맵지 않게 해 주세요.

小祕訣

1 助詞 -만

助詞 -만 意指「只有」，用來限制之前提及的動作。-만 接於名詞之後，而 -기만 하다 則接於形容詞及動詞之後。

- 저는 검정색 옷**만** 입어요.
  我只穿黑色衣服。
- 좀 피곤하**기만 해요**. 아프지는 않아요.
  只是有點累，沒有生病。
- 친구가 아무 말도 안 하고 울**기만 했어요**.
  朋友一句話也不說，就是一直哭。

2 -(으)ㄴ/는 거예요:「是…的」

此對話中，-(으)ㄴ/는 거예요 用來強調牛排骨湯是怎麼做成的，-는 거예요 接於現在時制動詞之後；而 -(으)ㄴ 거예요 則接於過去時制動詞之後。

- 떡국은 한국 사람들이 설날 때 먹**는 거예요**.
  年糕湯是韓國人新年吃的料理。
- 이 목걸이는 할머니한테 받**은 거예요**.
  這條項鍊是奶奶送給我的。

補充單字

035.mp3

❶ 채소 蔬菜

 오이 小黃瓜
 마늘 大蒜
 무 白蘿蔔
 감자 馬鈴薯

 당근 紅蘿蔔
 고추 辣椒
 상추 生菜
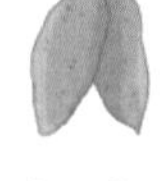 고구마 地瓜

파 青蔥
 배추 大白菜
 버섯 蘑菇
 시금치 菠菜

 양파 洋蔥
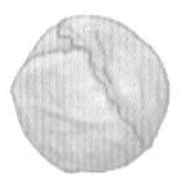 양배추 高麗菜
 호박 南瓜
 콩 豆子

❷ 과일 水果

 사과 蘋果
 수박 西瓜
 감 柿子

배 梨子
 참외 香瓜
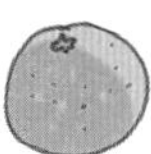 귤 橘子

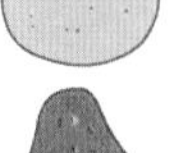 딸기 草莓
 포도 葡萄
 복숭아 桃子

❸ 고기 肉類

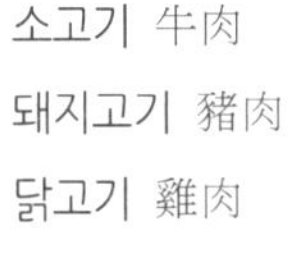

소고기 牛肉
돼지고기 豬肉
닭고기 雞肉
오리고기 鴨肉
양고기 羊肉

❹ 해물 (= 해산물) 海鮮類

 조개 蛤蠣
 게 螃蟹
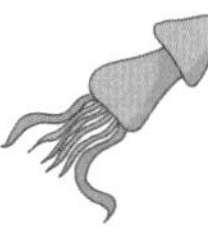 오징어 魷魚

 홍합 貽貝
 가재 小龍蝦
 문어 章魚

 굴 牡蠣
 새우 蝦
 낙지 小章魚

❺ 생선 魚類

고등어 鯖魚
연어 鮭魚
장어 鰻魚
참치鮪魚
갈치 帶魚
멸치 鯷魚

❻ 기타 其他

 쌀 稻米
 달걀/계란 雞蛋

밀가루 麵粉
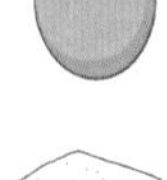 두부 豆腐

면 麵
인삼 人參

❼ 식재료 食材

날것 生的　말린 것 乾的
익힌 것 煮熟的　얼린 것 冷凍的

精準表達

- [名詞]만 빼 주세요. 請不要加 [名詞]。
- [A] 빼고 [B]만 넣어 주세요.
  請不加[A]只加[B]。

文法 3

- (으)ㄴ 적이 있다「曾有…的經驗」

▶ 文法補充說明 P. 265
詞形變化表 P. 300

A 전에 지갑을 잃어버린 적이 있어요?
你以前有掉過錢包嗎？

B 아니요, 그런 적 없어요.
沒有，我不曾掉過錢包。

–(으)ㄴ 적이 있다 用於表達一個人的經驗，附加在動詞、形容詞及 이다 語幹之後。當表達一個人對某件事毫無經驗時可以用 –(으)ㄴ 적이 없다。而補助性動詞 보다 表達嘗試某件事物，跟 –(으)ㄴ 적이 있다 合在一起，表示嘗試某件事物的意圖。

- 전에 아프리카에 여행 간 적이 있어요. 我以前去非洲旅行過。
- 한 번도 해 본 적이 없어서 자신이 없어요. 我從沒嘗試過，所以沒信心。
- 저 사람은 어디선가 본 적이 있는데, 이름이 기억이 안 나요.
  我好像在哪裡見過那個人，但我想不起來他的名字。

-고 있다「正在做…」

▶ 文法補充說明 P. 266
詞形變化表 P. 294

A 지금 잠깐 얘기할 수 있어요?
你現在可以說一下話嗎？

B 미안해요. 지금 회의하고 있어요.
抱歉，我現在正在開會。

用 –고 있다 以表達現在正在持續發生的動作，也可用於表達在一段時間範圍內重複的動作。–고 있다 附加於動詞語幹之後。–고 있다 用於現在時制，過去時制用 –고 있었다；未來時制用 –고 있을 것이다，而否定形態則用 –고 있지 않다。

- 지금 밥을 먹고 있으니까 제가 나중에 다시 전화할게요. 我現在在吃飯，晚點再打給您。
- 지난달부터 운동하고 있는데 살이 빠지지 않아요. 我從上個月開始運動，但沒有變瘦。
- 요즘은 아르바이트를 하고 있지 않아요. 我最近沒有在打工。

▸解答 P. 309

1 **그림을 보고 알맞은 답을 고르세요.**

(1)

ⓐ 여자가 전화하고 있어요.
ⓑ 여자가 전화하려고 해요.

(2)

ⓐ 여자가 운전하고 있어요.
ⓑ 여자가 운전하려고 해요.

(3)

ⓐ 남자가 샤워하고 있어요.
ⓑ 남자가 샤워하고 있지 않아요.

(4)

ⓐ 남자가 옷을 갈아입고 있어요.
ⓑ 남자가 옷을 갈아입고 있지 않아요.

2 **알맞은 답을 고르세요.**

(1) A 한국 음식을 지금 ⓐ 만들고 있는데 / ⓑ 만든 적이 없지만 우리 집에 와서 좀 도와주세요.
B 저는 한국 음식을 만들어 본 적이 없는데요.

(2) A 케빈 씨가 전에 부산에 살았어요?
B 잘 모르겠어요. 전에 어디에 ⓐ 살고 있는지 / ⓑ 산 적이 있는지 케빈 씨한테 물어볼까요?

(3) A 태권도를 배우고 싶어서 지금 학원을 ⓐ 알아보고 있어요. / ⓑ 알아본 적이 있어요.
B 저도 같이 하면 좋겠어요.

(4) A 대사관 전화번호 좀 가르쳐 주세요.
B 예전 전화번호만 알고 지금 전화번호는 ⓐ 갖고 있어요. / ⓑ 갖고 있지 않아요.

3 **'-(으)ㄴ 적이 있다'나 '-(으)ㄴ 적이 없다'를 사용하여 문장을 완성하세요.**

(1) 얼마 전에 경주에 ________________ 는데 정말 재미있었어요. (가다)
(2) 어렸을 때 피아노를 ________________ 지만 잘 못 쳐요. (배우다)
(3) 아직 ________________ 지만 기회가 있으면 해 보고 싶어요. (해 보다)
(4) 전에 삼계탕을 ________________ 는데 되게 맛있었어요. (먹다)
(5) 그런 얘기는 이제까지 ________________ 는데요. (듣다)
(6) 바다 근처에 ________________ 아서/어서 해산물에 익숙하지 않아요. (살다)

對話 ❸

036.mp3

유키 뭐 하고 있어요?
케빈 맛집을 찾고 있어요.
유키 맛집은 왜요?
케빈 다음 주에 부모님이 한국에 오셔서 식당을 알아보고 있어요.
유키 그래요? 맛집은 찾았어요?
케빈 아니요, 어제부터 찾고 있는데, 아직 못 찾았어요.
유키 부모님이 한국에 오시니까 한정식 집을 찾고 있죠?
케빈 네, 맛도 좋고 분위기도 좋은 식당을 알면 추천해 주세요.
유키 혹시 '최고의 맛'이라는 식당에 가 본 적이 있어요?
케빈 아니요, 가 본 적이 없는데요.
유키 그럼, 거기에 한번 가 보세요.
며칠 전에 갔는데 맛있었어요.
케빈 그래요? 맛이 어때요?
유키 맵지도 않고 짜지도 않아서 외국인 입맛에 잘 맞을 거예요.
케빈 거기가 좋겠네요. 알려 줘서 고마워요.

由紀 你在做什麼？
凱文 我正在找一間美食餐廳。
由紀 為什麼要找美食餐廳？
凱文 我父母下星期來韓國，所以我正在找餐廳。
由紀 真的嗎？那你找到美食餐廳了嗎？
凱文 沒有，我從昨天就開始找了，但還沒找到。
由紀 既然你的父母來韓國，你應該是在找有賣韓式套餐的餐廳對吧？
凱文 對，如果妳知道食物美味且氣氛又好的餐廳，麻煩推薦給我。
由紀 你有沒有去過一家叫「最佳美味」的餐廳？
凱文 沒有，我從來沒去過。
由紀 那去那家試試，我幾天前去過，滿好吃的。
凱文 真的？口味如何？
由紀 不會太辣也不會太鹹，應該會很合外國人的口味。
凱文 聽起來是個好地方，謝謝妳告訴我。

單字 ▶P. 321

맛집 | 알아보다 | 한정식 집 | 맛이 좋다 | 분위기 | 추천하다 | 며칠 | 입맛에 맞다

表現 ▶P. 321

- 아직 못 찾았어요.
- 名詞에 가 본 적이 있어요?
- 알려 줘서 고마워요.

小祕訣

1 表尊待的 -(으)시-

-(으)시- 接於動詞或形容詞語幹之後，表示對句中主語的尊待。當加上連接語尾時，各詞形變化如下：

- 오고 [一般]: 오**시고** [尊待語] (←오+시+고)
- 읽고 [一般]: 읽**으시고** [尊待語] (← 읽+으시+고)
- 와서 [一般]: 오**셔서** [尊待語] (← 오+시+어서)
- 읽어서 [一般]: 읽**으셔서** [尊待語] (←읽+으시+어서)

2 姓名+ -(이)라는

當介紹新名字或是頭銜時，用 -(이)라는 附加於名詞之後。

- '김진수'**라는** 학생을 알아요?
  你知道「金真秀」這個學生嗎？
- '아리랑'**이라는** 식당에 가 본 적이 있어요?
  你有去過一家叫「阿里郎」的餐廳嗎？

❶ 烹煮方式

1.

끓이다 煮

2.
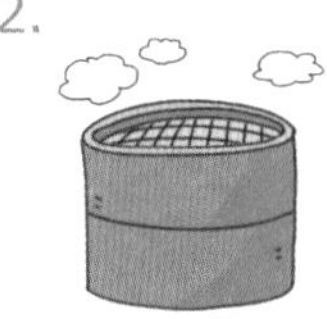
찌다 蒸

3.

볶다 炒

4.
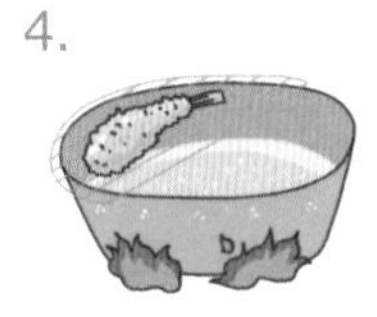
튀기다 油炸

5.

부치다 煎

6.

굽다 烤

7. 삶다 水煮（如：水煮蛋、煮麵）
8. 데치다 川燙（如：燙青菜）

❷ 食用方式

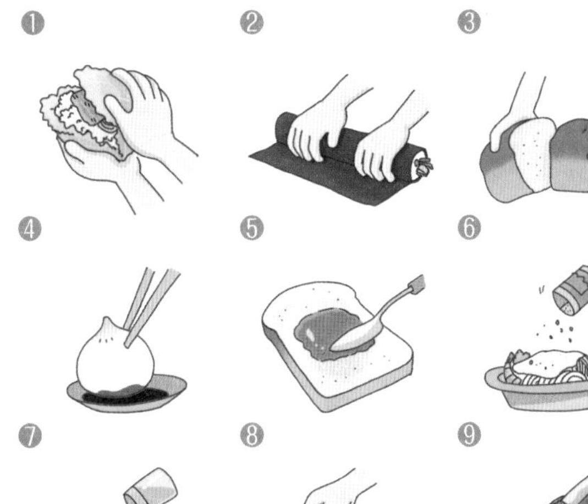

1. 채소를 싸다.
   用菜包（東西）。
2. 김을 말다. 捲紫菜。
3. 빵을 반으로 자르다. 麵包切對半。
4. 간장을 찍다. 沾醬油。
5. 소스를 바르다. 塗醬料。
6. 후추를 뿌리다. 撒上胡椒。
7. 식초를 넣다. 加醋。
8. 껍질을 벗기다. 把皮剝掉。
9. 사과(껍질)을 깎다. 削蘋果（皮）。

注意
벗기다 用手剝
깎다 用刀子削

❸ 描述餐廳

- 값이 싸다. 價錢便宜。
- 맛있다. 美味。
- 양이 많다. 分量大。
- 깨끗하다. 乾淨。
- 서비스가 좋다. 服務好。
- 손님이 많다. 顧客很多。
- 분위기가 좋다. 氣氛佳。
- 조용하다. 安靜。
- 유명하다. 有名。
- 메뉴가 다양하다. 菜單多樣化。
- 젊은 사람들한테 인기가 많다.
  很受年輕人歡迎。
- OO 전문점이다. (예: 두부 전문점)
  ○○專賣店（例：豆腐專賣店）
- 입맛에 맞다. 合味口。
- 건강식이다. 是健康食物。
- 유기농 재료를 쓰다.
  使用有機的食材。

精準表達

- 메뉴판 좀 갖다주세요. 麻煩請給我菜單。
- 반찬 좀 더 주세요.
  請再多給我一些小菜。

一起聊天吧！

口說策略　同意

- 맞아요. 한국 음식은 매운 편이죠. 沒錯，韓國食物是偏辣的。
- 그렇죠? 맵죠? 對吧？辣吧？
- 이거 좀 맵지 않아요? 你不覺得這個有點辣嗎？

飲食習慣

❶ 평소 어떤 음식을 잘 먹어요?

❷ 보통 음식을 사 먹어요? 해 먹어요? 어떤 음식을 사 먹고 어떤 음식을 해 먹어요?
요리하는 것을 좋아해요? 어떤 음식을 잘 만들어요?

❸ 어떤 음식을 제일 좋아해요? 한국 음식 중에서 어떤 음식이 입에 잘 맞아요?
그 음식 맛이 어때요? 그 음식을 어디에서 먹었어요?

❹ 어떤 음식을 싫어해요? 한국 음식 중에서 못 먹는 음식이 있어요?
왜 그 음식을 못 먹어요? 혹시 음식 알레르기가 있어요?

❺ 자주 가는 식당이 있어요? 왜 거기에 자주 가요?

- ☐ 값에 비해 음식 맛이 좋은 편이에요.
- ☐ 싸고 양이 많아요.
- ☐ 가까워서 가기 편해요.
- ☐ 재료가 신선해요.
- ☐ 유기농 음식이에요.
- ☐ 집에서 만들 수 없는 맛이에요.
- ☐ 맛이 자극적이지 않아요.
- ☐ 기타

038.mp3

新單字／詞彙

평소 平時、平常 | 사 먹다 買東西吃 | 해 먹다 煮來吃 | 알레르기 過敏 | 양 份量 | 에 비해 比較 | 유기농 음식 有機食品 | 자극적이다 刺激性的

單字心智圖

單字心智圖漢字語整理 P. 313

039.mp3

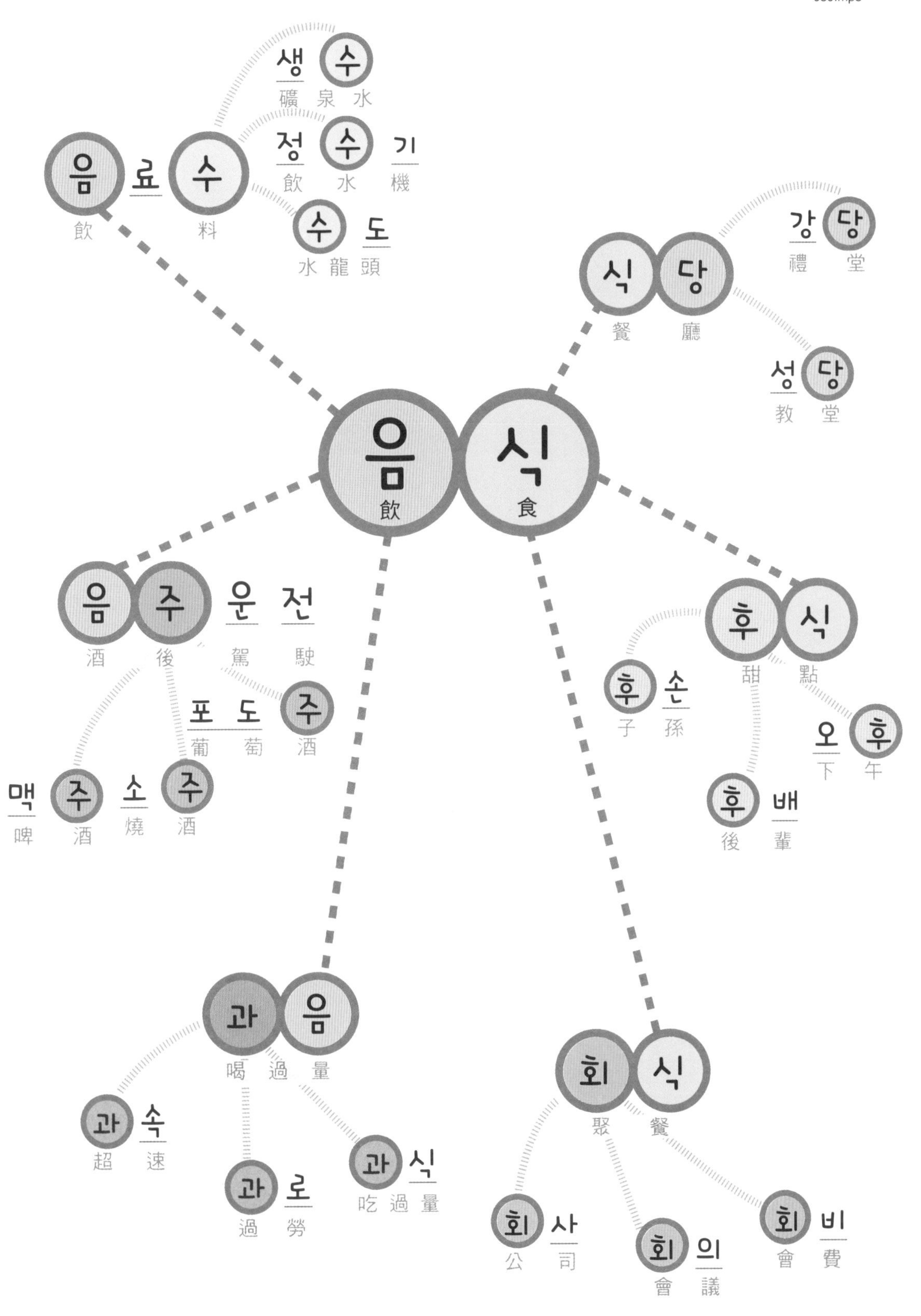

話説文化

形容味道的細微差異

• 시원하다 感到清新、振作精神的，有「滿足感」

시원하다 原本意指「清涼的感覺」，例如喝下一杯冰涼的果汁，帶來清涼感而有精神恢復的感覺。然而 시원하다 的用法及含意至今已有大幅度地延伸。시원하다 不只用於喝涼飲或冷湯，也矛盾地用於熱湯和燉菜，因為韓國人相信熱湯和熱燉菜同樣可恢復精神且能帶來「滿足感」。시원하다 也包含按摩、三溫暖或運動之後獲得的舒暢、精神百倍的感覺。另外，시원하다 的意象亦可用在當一個人解決了感到壓力很大的難題後，忽然如釋重負的心情。最後，시원하다 可以用來形容一個不被認為是古板或霸道蠻橫，反而個性上直接且好相處的人。

• 油腔滑調

不喜歡吃油膩食物的人會用 느끼하다 來形容油膩的料理。與其用 싫다，人們會用 느끼하다 來指某人的行為或說話方式油腔滑調。而這樣帶有貶意的表達方式通常是用於形容男人以粗糙的手法接近女人。

• 香噴噴

고소하다 原指吃到好吃的味道時心情愉悅的感覺，也可以用來形容當一個人看到壞事發生在他不喜歡的人身上時幸災樂禍的情緒。舉例來說，得知上司發現某個自私的同事常常躲避工作時，可以用 고소하다 而非 기분 좋다 來表達心中的快感。

第 06 課

공공 규칙

公共場合守則

目標
- 詢問許可
- 說明規定
- 形容物品細節
- 住宿的問與答
- 預約會面
- 關於公司規定的問與答
- 討論公司文化中合宜的行為舉止
- 與別人談話應對

文法

❶ -아/어도 되다 「可以…」
-아/어야 되다 「必須…」、「應該…」、「一定要…」

❷ -아/어 있다 表達一個動作完成後狀態的持續
-든지 「或是」

❸ -(으)면 안 되다 「不可以…」
-네요 「呢」

文法 1

-아/어도 되다「可以…」

▶ 文法補充說明 P. 267 詞形變化表 P. 296

A 잠깐 들어가도 돼요?
我可以進去一下嗎？

B 네, 들어오세요.
是，請進來。

-아/어도 되다 可用於疑問句或肯定句，接在動詞語幹之後，表示話者向聽者提出請求。請聽者允許話者做某一動作，或向聽者詢問某一特定狀態是否被允許。此時聽者可以用-(으)세요 來准許話者提出的請求，也可用-아/어도 되다 表達一般常識或社會文化上的規範。當-아/어도 되다 用來表達一般常識或社會文化規範時，接在動詞、形容詞及 이다 語幹之後。

- A 화장실 좀 써도 돼요? 可以借一下洗手間嗎？
  B 네, 그러세요. 好的，請用。
- 회의는 끝났으니까 일찍 퇴근해도 돼요. 會議結束了，可以提早下班。
- 녹차 물은 그렇게 뜨겁지 않아도 돼요. 綠茶可以不用那麼燙。

-아/어야 되다「必須…」、「應該…」、「一定要…」

▶ 文法補充說明 P. 267 詞形變化表 P. 296

A 카드로 계산해도 돼요?
可以刷卡嗎？

B 아니요, 현금으로 계산해야 돼요.
不行，必須用現金結帳。

-아/어야 되다 用來表達一個義務或者必須執行的狀況，-아/어야 되다 附加在動詞、形容詞及 이다 語幹之後。可用 하다 以代替 되다，且時制標示於 되다 或 하다。

- 한국에서는 신발을 벗고 집에 들어가야 돼요. 在韓國必須脫鞋子才能進屋。
- 산에 가고 싶으면 지도가 꼭 있어야 해요. 如果想去山上，一定要有地圖。
- 어제는 늦게까지 회사에서 일해야 했어요. 昨天必須在公司工作到很晚。

▸解答 P. 309

1 그림을 보고 '-아/어도 되다'를 사용하여 대화를 완성하세요.

(1)

A 화장실 좀 ______________ 돼요?

B 저쪽이에요, 쓰세요.

(2)

A 자리에 ______________ 돼요?

B 물론이죠, 앉으세요.

(3)

A 사진 좀 ______________ 돼요?

B 그러세요, 보세요.

(4)

A 이 옷을 ______________ 돼요?

B 그럼요, 입어 보세요.

2 다음에서 알맞은 답을 골라서 '-아/어야 되다'나 '-아/어야 하다'를 사용하여 문장을 완성하세요.

줄이다　　맡기다　　모으다　　지키다

(1) 여행 가고 싶으면 돈을 ______________ 돼요.

(2) 친구하고 비밀을 말하지 않기로 약속했으니까 비밀을 ______________ 해요.

(3) 살을 빼고 싶으면 매일 30분씩 운동하고 음식을 ______________ 돼요.

(4) 컴퓨터가 고장 났는데 혼자 고칠 수 없어요. 서비스 센터에 컴퓨터를 ______________ 돼요.

3 알맞은 답을 고르세요.

(1) 식당에서 밥 먹은 후 아직 돈을 안 냈어요. 집에 가기 전에 꼭 ⓐ 돈을 내도 돼요. ⓑ 돈을 내야 돼요.

(2) 많이 바쁘면 저는 다른 사람하고 갈게요. ⓐ 같이 안 가도 돼요. ⓑ 같이 안 가야 돼요.

(3) 이건 중요한 얘기예요. 그러니까 엄마한테 반드시 ⓐ 얘기해도 돼요. ⓑ 얘기해야 돼요.

(4) 아까 사무실 전화번호를 몰랐기 때문에 전화했는데 지금 알아요. ⓐ 저한테 전화 안 해도 돼요. ⓑ 저한테 전화 안 해야 돼요.

對話 1

040.mp3

유키 저기요, 뭐 좀 물어봐도 돼요?
직원 네, 말씀하세요.
유키 저 컴퓨터 좀 써도 돼요?
직원 쓰세요.
유키 이용료를 내야 돼요?
직원 아니요, 학생증이 있으면 무료예요.
유키 네. 아, 잠깐만요. 하나만 더 물어볼게요.
컴퓨터실이 몇 시에 문을 닫아요?
직원 평일에는 저녁 7시에 문을 닫아요.
유키 그럼, 주말에는요?
직원 토요일에는 오후 3시에 문을 닫고 일요일에는 문을 안 열어요.
유키 네. 여기 와이파이도 되죠?
직원 그럼요, 되죠.
유키 비밀번호가 뭐예요?
직원 이 비밀번호를 입력하면 돼요.
유키 감사합니다.

由紀 不好意思，我可以問個問題嗎？
店員 好的，請說。
由紀 我可以用那台電腦嗎？
店員 請用吧。
由紀 需要付使用費嗎？
店員 不需要，如果妳有學生證的話免費。
由紀 好的，啊，等等。我再問個問題就好，電腦室幾點關門呢？
店員 平日週間晚上7點關門。
由紀 那週末呢？
店員 星期六下午3點關門，星期天不開放。
由紀 好的，這裡有Wi-Fi吧？
店員 當然了，有。
由紀 密碼是多少呢？
店員 輸入這組密碼就好。
由紀 謝謝你。

單字 ▸P. 321

말씀하다 | 이용료 | 내다 | 학생증 | 무료 | 평일 | 비밀번호 | 입력하다

表現 ▸P. 321

- 뭐 좀 물어봐도 돼요?
- 말씀하세요.
- 하나만 더 물어볼게요.

小祕訣

1 尊待語 말씀하시다 與 말씀드리다

當主語需使用尊待語時，말하다 改為 말씀하시다。以上對話，店員用 말씀하시다 表示對由紀的尊待；相反地於以下例句中，말씀드리다 則是向句子中的受詞表示尊待（說話的對象）。

- 곧 사장님께서 **말씀하시겠습니다.** 我馬上稟報社長。
- 제가 사장님께 **말씀드리겠습니다.** 我會向社長稟報。

2 그럼 的兩種含意

於此對話中，第一個 그럼요 在非正式的口語裡表示確定剛剛說的話（「當然」）；而第二個 그럼 則是由 그러면 簡化而成，用於引出一個新的想法（「那麼」）。

- **그럼요,** 제가 정말 좋아하죠.
當然了，我真的很喜歡。
- 피곤해요? **그럼,** 집에서 쉬세요.
很累嗎？那麼，請在家休息。

❶ 區分時間

1. 한 달 一個月

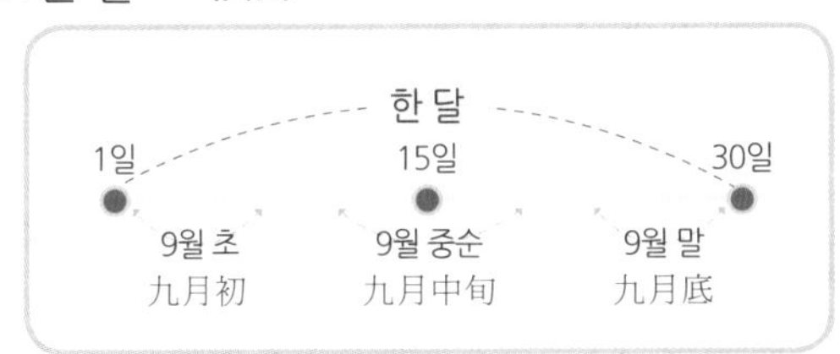

2. 1년 一年

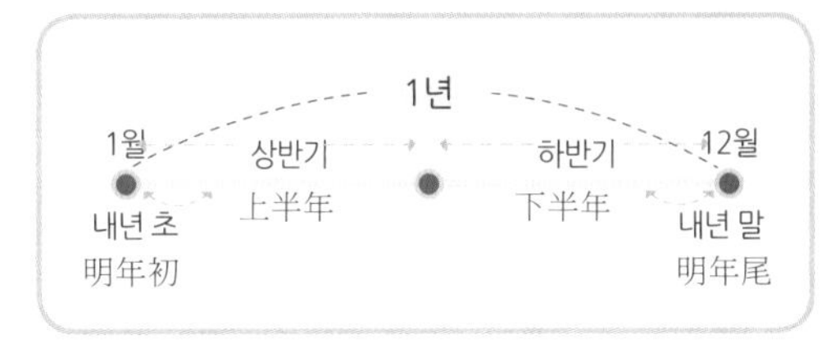

3. 10년 十年

4. 100년 一百年

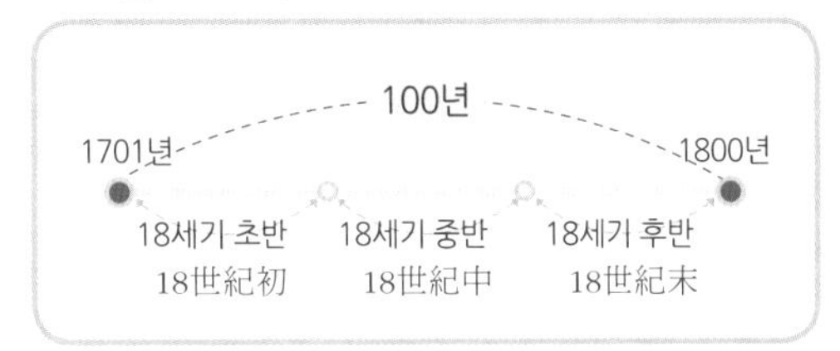

- 세금은 보통 **월말**에 내요. 稅金通常於月底繳交。
- **내년 초**에는 새 차를 사려고 해요. 我明年初想買一輛新車。
- **1970년대 중반**에 이 노래가 유행했어요. 這首歌在70年代中期很流行。
- 이 건물은 **18세기 후반**에 만들어졌어요. 這棟建築建於18世紀末。

❷ 日期

1. 일 天（月份）

3박 4일 四天三夜
- 첫날 第一天
- 둘째 날 (= 그다음 날) 第二天（＝隔天）
- 셋째 날 第三天
- 넷째 날 (= 마지막 날) 第四天（＝最後一天）

2. 주 星期／週

한 달 一個月
- 첫째 주 第一週
- 둘째 주 第二週
- 셋째 주 第三週
- 넷째 주 (= 마지막 주) 第四週（＝最後一週）

- 입학 **첫날**에 긴장되기도 하고 설레기도 했어요. 我入學的第一天，既緊張又興奮。
- 매월 **첫째 주**와 **셋째 주** 일요일에 쉽니다. 每個月的第一個及第三個星期天休息。

❸ 辨讀日期

- 2-3일: 이삼 일
  2到3天
- 2-5일: 이 일에서 오 일
  2到5天
- 2일-15일: 이 일부터 십오 일까지
  2號至15號

- 이번 조사는 **3-4일(삼사 일)** 걸릴 거예요.
  此次調查會需要3到4天。
- 시간이 **3-5일(삼 일에서 오 일)** 정도 더 필요해요.
  還需要3到5天左右的時間。
- 신청 기간은**15일-30일(십오 일부터 삼십 일까지)**예요.
  申請期間為15號至30號。

❹ 表達日期

- 매주 화, 목은 3시에 수업이 끝나요.
  每週的週二和週四3點下課。
- 월, 화 드라마는 10시에 시작해요.
  週一跟週二播的戲劇於10點開始。

精準表達
- 언제까지 해야 돼요?
  什麼時候得完成？
- 시간이 얼마나 더 필요해요?
  你還需要多少時間？

文法 2

- 아/어 있다 表達一個動作完成後狀態的持續

▶ 文法補充說明 P. 268
詞形變化表 P. 297

A 집에 불이 켜져 있어요.
房子裡的燈還亮著。

B 이상해요. 아까 불을 껐지요?
真奇怪，剛才有關燈吧？

－아/어 있다 表達一個動作完成後狀態的持續，接在動詞語幹之後。如需表達一個狀態未持續，則將－지 않다 接在 있다 之後，變成－아/어 있지 않다。而 있다 也可以加上過去時制－았/었－變成－아/어 있었다。

- 가방 안에 지갑하고 책이 들어 있어요. 包包裡面有錢包跟書。
- 책에 이름이 쓰여 있지 않아요. 書上沒有寫名字。
- 조금 전에는 바닥에 아무것도 떨어져 있지 않았어요. 不久前地上沒有掉落任何東西。

-든지「或是」

詞形變化表 P. 292

A 서류는 어떻게 내야 돼요?
我應該怎麼繳交文件？

B 서류는 회사에 직접 내든지 우편으로 보내든지 하세요.
你可以直接到公司繳交，或是以郵寄的方式寄去。

－든지 用來在前後兩個子句之間提供選擇，接在動詞、形容詞及 이다 語幹之後，也可搭配過去時制－았/었－一起使用。－든지 的 지 可以省略只留下－든，且幾乎在每種情況下都可以跟－거나 互換使用。當－든지 用來表達做與不做一個動作的選擇時，可使用－든지 말든지。若搭配 무엇、누구、언제 和 어디 等疑問詞一起使用，則表示兩者之間的選擇無關緊要。

- 남자든지 여자든지 상관없으니까 누구든지 오세요. 男生女生都無妨，任何人都可以來。
- 미리 얘기했든 안 했든 지금 상황은 바뀌지 않아요. 不管有沒有先講，現在情況也不會有任何改變。
- 표를 이미 예약했으니까 가든지 말든지 마음대로 하세요. 票已經先買好了，看您想不想去。
- 무엇을 먹든지 아무거나 잘 먹어요. 不論吃什麼都吃得很香。

▸解答 P. 309

1 그림을 보고 알맞은 답을 고르세요.

(1)

ⓐ 의자에 남자가 앉고 있어요.
ⓑ 의자에 남자가 앉아 있어요.

(2)

ⓐ 공책에 글을 쓰고 있어요.
ⓑ 공책에 글이 쓰여 있어요.

(3)

ⓐ 조금 전에 책상 위에 노트북이 놓여 있어요.
ⓑ 조금 전에 책상 위에 노트북이 놓여 있었어요.

(4)

ⓐ 바지 주머니에 아무것도 들어 없어요.
ⓑ 바지 주머니에 아무것도 들어 있지 않아요.

2 보기 와 같이 '-든지'를 사용하여 알맞게 바꿔 쓰세요.

보기

☑ 매일 MP3로 듣기 연습해요.
☐ 한국 텔레비전을 많이 봐요.
☑ 한국 친구를 사귀어요.

A 한국어 듣기는 어떻게 하면 잘해요?
B 매일 MP3로 듣기 연습하든지
한국 친구를 사귀든지 하면 돼요.

(1)

☑ 인터넷으로 사요.
☑ 여행사에 전화해요.
☐ 가족에게 부탁해요.

A 이번 여행 비행기 표는 어떻게 살 거예요?
B ______________ 든지
______________ 든지 할 거예요.

(2)

☐ 극장에서 영화를 봐요.
☑ 공원에서 산책해요.
☑ 맛있는 음식을 먹어요.

A 주말에 뭐 하고 싶어요?
B ______________ 든지
______________ 든지 하고 싶어요.

(3)

☑ 택시를 타요.
☑ 한국 사람에게 길을 물어봐요.
☐ 한국 친구에게 전화해요.

A 길을 잃어버리면 어떻게 해요?
B ______________ 든지
______________ 든지 해요.

對話 ❷

041.mp3

맥스 저, 이거 가져가도 돼요?

직원 물론이죠, 가져가세요.

맥스 지도도 있어요?

직원 여기 있어요.

맥스 여기에 숙박 시설도 나와 있어요?

직원 네, 어떤 숙박 시설을 찾으세요?

맥스 비싸지 않고 조용한 곳을 찾고 있어요.

직원 저기 탁자 위에 여러 가지 안내 책자가 놓여 있지요? 거기에 다양한 숙박 시설과 연락처가 나와 있어요.

맥스 여기에서 숙박 시설을 예약할 수 있어요?

직원 아니요, 여기에서는 예약이 안 돼요. 인터넷으로 예약하든지 직접 전화해서 물어보세요.

맥스 그럼, 여기에서 인터넷을 써도 돼요?

직원 그럼요, 이 컴퓨터를 쓰세요. 숙박 시설의 홈페이지에 들어가면 더 자세한 정보가 다양한 언어로 나와 있어요.

麥克思 不好意思，我可以拿走這個嗎？

員工 當然可以，請拿吧。

麥克思 你們有地圖嗎？

員工 在這裡。

麥克思 這裡有沒有任何關於住宿的資訊？

員工 有的，你想找哪一類的住宿？

麥克思 我在找便宜且安靜的地方。

員工 桌上有各種導覽小冊子，你有看到吧？那裡面有很多有關住宿的資訊和連絡方式。

麥克思 我可以在這裡預訂住宿嗎？

員工 不行，你不能在這裡預訂。你可以用網路預訂，或者直接打電話向他們詢問。

麥克思 那我可以用這裡的網路嗎？

員工 沒問題，請用這台電腦。如果你上住宿網站，會有更多不同語言的詳細資訊。

單字 ▸P. 321

가져가다 | 물론 | 지도 | 숙박 시설 | 조용하다 | 곳 | 탁자 | 안내 책자 | 놓이다 | 예약하다 | 자세하다 | 정보

表現 ▸P. 321

- 이거 가져가도 돼요?
- 물론이죠.
- 더 자세한 정보가 나와 있어요.

小祕訣

1 되다 的多重含意

되다 有幾個不同的意思：首先，可以用於被動語態（如 시작되다「被啟動」，취소되다「被取消」）；也可以用來表達一個機器運作正常。通常 되다 接於名詞之後，而 안 되다 則有相反的意思（「不可能」、「不能用」、「不被允許」）

- 오늘 배달**돼요**? 今天會送到嗎？
- 어제부터 컴퓨터가 **안 돼요**. 電腦從昨天就壞了。

2 저기「那裡」vs. 거기「那裡」

저기 及 거기 最主要的差異，在於 저기 是談話中離你我都遠的地方為 저기。，而 거기 則是指離聽話人近的地方。

- 내일 수업 후에 **저기**에서 만나요.
  明天下課後那裡見。
- 내일 콘서트가 있는데 **거기**에 가고 싶어요.
  明天有演唱會，我想去那裡。

❶ 比較動態與靜止狀態

1. ⓐ  ⓑ 

ⓐ 남자가 가고 있어요.
男子正要過去。

ⓑ 남자가 가 있어요.
男子在那裡了。

2. ⓐ  ⓑ 

ⓐ 여자가 창문을 닫고 있어요.
女子正在關窗戶。

ⓑ 창문이 닫혀 있어요.
窗戶關著。

3. ⓐ ⓑ 

ⓐ 남자가 이름을 쓰고 있어요.
男人正在寫名字。

ⓑ 이름이 쓰여 있어요.
寫著名字。

4. ⓐ 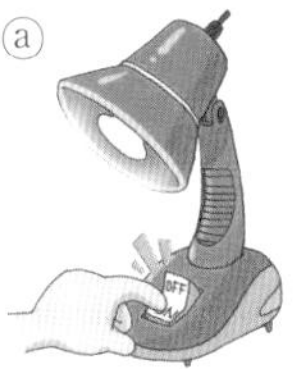 ⓑ 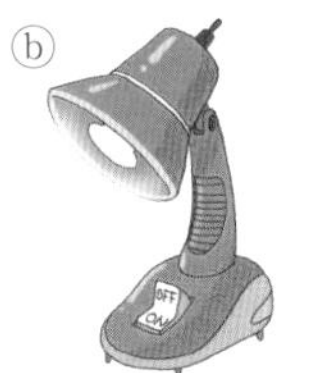

ⓐ 남자가 불을 켜고 있어요.
男人正在開燈。

ⓑ 불이 켜져 있어요.
燈開著。

5. ⓐ 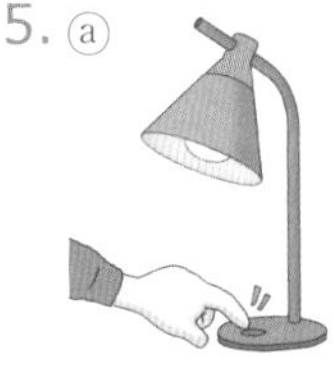 ⓑ 

ⓐ 남자가 불을 끄고 있어요.
男人正在關燈。

ⓑ 불이 꺼져 있어요.
燈關著。

6. ⓐ 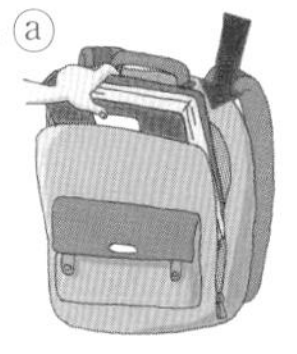 ⓑ 

ⓐ 남자가 책을 넣고 있어요.
男人正在把書放進去。

ⓑ 책이 들어 있어요.
裡面裝著書。

7. ⓐ  ⓑ 

ⓐ 여자가 컵을 놓고 있어요.
女人正在把杯子放下。

ⓑ 컵이 놓여 있어요.
杯子放在桌上。

8. ⓐ 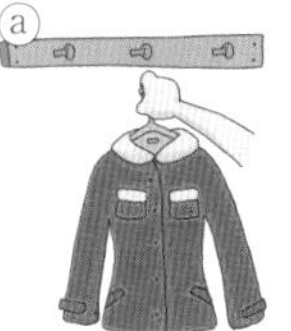 ⓑ 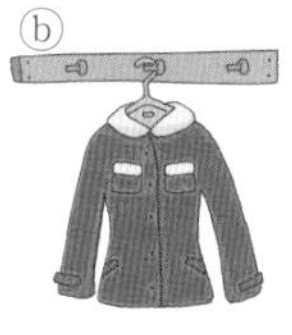

ⓐ 여자가 옷을 걸고 있어요.
女人正在掛衣服。

ⓑ 옷이 걸려 있어요.
衣服掛著。

9. ⓐ 

ⓑ 

ⓐ 여자가 전화번호를 저장하고 있어요.
女人正在儲存電話號碼。

ⓑ 전화번호가 저장 되어 있어요.
電話號碼儲存好了。

❷ 描述靜止狀態

- 남자가 와 있어요. 男子到了。
- 얼굴이 그려져 있어요. 畫著臉。
- 이름표가 달려 있어요. 別著名牌。
- 종이가 벽에 붙어 있어요. 紙黏在牆上。
- 종이가 떼어져 있어요. 紙分開了。
- 지갑이 떨어져 있어요. 皮夾掉了。
- 스마트폰이 물에 빠져 있어요. 手機掉進水裡。
- 연필이 부러져 있어요. 鉛筆斷了。
- 창문이 깨져 있어요. 窗戶破了。
- 표가 찢어져 있어요. 票被撕破了。
- 종이가 구겨져 있어요. 紙皺巴巴的。

精準表達

- 어떤 상태예요?
是什麼狀態？
- 어떻게 되어 있어요?
是由什麼組成的？

文法 ❸

- (으)면 안 되다「不可以…」

詞形變化表 P. 299

A 여기에서는 사진을 찍으면 안 됩니다.
你不可以在這裡照相。

B 죄송합니다. 몰랐어요.
對不起，我不知道。

－(으)면 안 되다 用來表達對一個動作的禁止或對一個狀態的限制，接在動詞、形容詞及 이다 語幹之後。過去時制－았/었－可附加於－(으)면 안 되다 的 되다 變成－(으)면 안 되었다。否定形態則接在－(으)면 안 되다 之前變成－지 않으면 안 되다，此否定用法特別強調做這個動作的義務規範。

- 위험하니까 운전하면서 전화하면 안 돼요. 因為很危險，所以不可以邊開車邊講電話。
- 환자니까 음식이 짜면 안 돼요. 因為是病人，所以飲食不可以太鹹。
- 중학생이면 안 돼요. 고등학생부터 이 영화를 볼 수 있어요.
  如果是國中生不可以。要高中以上才可以看這部電影。
- 시험 때 신분증이 없으면 안 돼요. (= 신분증이 꼭 있어야 돼요.)
  考試時如果沒有身分證是不行的。（＝一定要有身分證。）

- 네요「呢」

詞形變化表 P. 295

A 무선 인터넷이 잘 돼요?
無線網路好用嗎？

B 네, 진짜 빠르네요.
是的，真的很快呢。

－네요 用來表達話者親身經歷某件事情後，因瞭解到一個事實而感到驚訝。尤其是當話者注視著聽者，並欲確認聽者也有相同想法時便會這麼用。當提及的事實為現在的事實時，－네요 接在動詞、形容詞及 이다 語幹之後。當用來表達過去的事實時，則搭配過去時制－았/었－而成為－았/었네요。

- 외국인인데 한국어를 잘하시네요. 您是外國人，但您韓語說得真好。
- 벌써 7시네요. 퇴근할까요? 已經七點了呢，要下班嗎？
- 오늘 멋지게 옷을 입었네요. 어디 가세요? 今天穿得很帥呢，您要去哪裡嗎？

▸解答 P. 309

1 다음에서 알맞은 답을 골라서 '-(으)면 안 되다'를 사용하여 문장을 완성하세요.

늦게 오다　　예약을 미루다　　담배를 피우다　　음악을 틀다

(1)여기는 금연 구역이니까 여기에서 ______________________.

(2)7시 정각에 출발하니까 이번에도 ______________________.

(3)옆집에 방해가 되니까 밤늦게 큰 소리로 ______________________.

(4)표가 몇 장 안 남았으니까 ______________________.

2 문장을 완성하도록 알맞은 것끼리 연결하세요.

(1) 예의가 아니니까 •	• ⓐ 실수하면 안 돼요.
(2) 그날 전부 만나기로 했으니까 •	• ⓑ 너무 빨리 말하면 안 돼요.
(3) 건강을 생각해야 하니까 •	• ⓒ 이제부터 술을 마시면 안 돼요.
(4) 한국어를 잘 못하니까 •	• ⓓ 고춧가루를 넣으면 안 돼요.
(5) 매운 것을 잘 못 먹으니까 •	• ⓔ 어른 앞에서 담배를 피우면 안 돼요.
(6) 이번 발표는 아주 중요하니까 •	• ⓕ 다른 약속을 잡으면 안 돼요.

3 알맞은 답을 고르세요.

(1) A 제 친구는 혼자 삼겹살 10인분을 먹어요.
B ⓐ 진짜 많이 먹네요.
ⓑ 삼겹살이 맛있네요.

(2) A 집에서 회사까지 5분밖에 안 걸려요.
B ⓐ 정말 가깝네요.
ⓑ 늦게 출발하네요.

(3) A 도서관이 3시에 문을 닫아요.
B ⓐ 일찍 닫네요.
ⓑ 책을 못 찾네요.

(4) A 지난주에 밤 12시까지 일했어요.
B ⓐ 힘드네요.
ⓑ 늦게까지 일했네요.

(5) A 어제 지갑을 잃어버렸어요.
B ⓐ 속상하시겠네요.
ⓑ 지갑을 찾았네요.

(6) A 드디어 운전 면허증을 땄어요.
B ⓐ 축하하네요.
ⓑ 차를 사야겠네요.

對話 ❸

042.mp3

리나 회사에 잘 다니고 있어요?
웨이 네, 회사 생활에 잘 적응하고 있어요.
리나 그런데 오늘은 정장을 안 입었네요. 회사에 안 갔어요?
웨이 갔다 왔어요.
그런데 우리 회사에서는 정장을 안 입어도 돼요.
리나 그래요? 회사 분위기가 자유롭네요.
웨이 네, 그런 편이에요. 특히 복장은 엄격하지 않아요.
리나 주중에도 청바지 같은 편한 옷을 입고 출근해도 돼요?
웨이 네, 마음대로 입어도 돼요.
하지만 회의 때에는 꼭 정장을 입어야 돼요.
리나 출퇴근 시간은 어때요?
웨이 정해진 시간은 없고 하루에 8시간 일하면 돼요.
리나 한국 회사는 회식도 자주 하는데, 회식에 빠져도 돼요?
웨이 회식에 빠지면 안 돼요.
하지만 술을 싫어하면 안 마셔도 돼요.
리나 좋네요. 자주 회식해요?
웨이 가끔 회식하는데, 회식 때 동료들과 얘기할 수 있어서 좋아요.

莉娜 你的工作還順利嗎？
偉 是的，對於公司生活我適應得很好。
莉娜 但你今天沒穿西裝呢，你沒去上班嗎？
偉 我已經回來了，不過我們公司不需要穿西裝。
莉娜 真的啊？你們公司的風氣真自由呢。
偉 是的，算是滿自由的，特別是對服裝的規定不嚴格。
莉娜 即使是週間，也可以穿像是牛仔褲這樣舒適的衣服去上班嗎？
偉 對啊，我們想穿什麼都可以，但是開會時我們一定得穿西裝。
莉娜 那上下班時間呢？
偉 沒有固定的時間，只要每天上滿八小時就可以了。
莉娜 在韓國公司裡常需要跟同事一起吃飯，你可以不參加公司的聚餐嗎？
偉 聚餐不可以缺席，但如果不喜歡喝酒，可以不用喝。
莉娜 真好呢！公司常常聚餐嗎？
偉 有時候會聚餐，聚餐時可以跟同事交談所以挺好的。

單字 ▸P. 322

다니다 | 적응하다 | 정장 | 갔다 오다 | 분위기 | 자유롭다 | 특히 | 엄격하다 | 출근하다 | 마음대로 | 꼭 | 정해진 시간 | 회식 | 빠지다 | 싫어하다 | 동료

表現 ▸P. 322

- 名詞 에 잘 적응하고 있어요.
- 그런 편이에요.
- 마음대로 입어도 돼요.

小祕訣

1 使用 -았/었- 表示穿著

韓文中，-고 있다 及表完成的-았/었-皆用來表達穿著。如使用現在時制，則表示正在穿的動作。

- 민수는 지금 운동화를 **신고 있어요 (= 신었어요).**
  民秀現在穿著運動鞋。
  ≠ 민수는 지금 운동화를 **신어요.**
  民秀現在正在穿運動鞋。

2 助詞 -대로

-대로 接在像是 사실（「事實」）、약속（「承諾」）、마음（「心」）、규칙（「規則」）、법（「法律」）等名詞之後，表達該名詞作為一個動作的基準。當接在像是 예상（「預測」）、생각（「想法」）及 계획（「計劃」）等字詞之後時，則表示沒有任何變化。

- 약속**대로** 제가 도와줄게요. 如承諾過的，我會幫助你。
- 예상**대로** 제주도는 정말 아름다웠어요.
  如預期的，濟州島真的很美。

043.mp3

❶ 找工作之前

- 일자리를 찾다 找工作
- 원서를 내다 遞申請書
- 면접을 보다 面試
- 취직하다 找工作

- 요즘 일자리를 찾고 있지만 취직하기 너무 어려워요.
  最近我正在找工作，但是很不好找。
- 제 친구는 원서를 60번이나 냈지만 3번만 면접을 봤어요.
  我朋友遞出了六十個工作申請，但只有三個獲得面試。

❷ 與工作有關的漢字語

근〔勤〕
- 출근하다 上班〔出勤〕
- 퇴근하다 下班〔退勤〕
- 야근하다 加班〔夜勤〕
- 결근하다 請假〔缺勤〕
- 근무하다 在上班〔勤務〕
- 교대 근무하다 輪班〔交待勤務〕
- 재택근무하다 居家辦公〔在宅勤務〕

직〔工作〕
- 취직하다 找到工作〔就職〕
- 휴직하다 停職、休假〔休職〕
- 퇴직하다 退休、離職〔退職〕
- 이직하다 離職、跳蹧、換工作〔移職〕

❸ 工作場所上常用詞彙

與人碰面
- 회의하다 開會
- 회식하다 聚餐

寫報告跟向別人報告
- 작성하다 撰寫
- 보고하다 報告
- 결재를 받다 獲得裁可
- 발표하다 上台報告

職責
- 일을 맡기다 指派工作
- 일을 맡다 接工作
- (인사/재무/영업/홍보)을/를 담당하다
  負責（人資／財務／業務／公關）

工作進度
- 일이 잘되다 工作進行順利
- 일이 안되다 工作進行不順利

使用 가다 的表達方式
- 휴가 가다 去放假
- 출장 가다 去出差
- 연수 가다 去進修

幸運的情形
- 월급을 받다 收到薪水
- 월급이 오르다 加薪
- 승진하다 升遷

不好的情形
- 일을 그만두다 辭去工作
- 해고되다 被開除
- 파업하다 罷工

- 이번에는 꼭 **승진해서 월급이 올랐으면** 좋겠어요. 我希望這次我一定要升遷和加薪。
- 사업하고 싶어서 **일을 그만두고** 가게를 차렸어요. 我想創業，所以我辭掉工作然後開了一家店。
- 부장님이 이번 프로젝트를 저에게 **일을 맡겨서** 어제부터 제가 **맡게** 됐어요.
  部長把這次的企劃案交給我，所以我昨天就接手了。
- 일을 잘하면 회사에서 인정받을 수 있을 거예요. **일이 잘 되었으면** 좋겠어요.
  如果把工作做好就會獲得公司認可。我希望我有做好我的工作。

精準表達
- 큰 차이가 있네요.
  有很大的差別呢。
- 별 차이가 없네요.
  沒有什麼差別呢。

一起聊天吧！

口說策略 比較韓國和我的國家

- 우리나라는 한국처럼 我的國家就跟韓國一樣…
- 우리나라는 한국과 비슷하게 我的國家與韓國相似的地方是…
- 우리나라는 한국과 달리 我的國家與韓國不同的地方是…

❶ 한국 생활에서 필요한 정보는 어떻게 찾아요?
거기에 어떤 정보가 나와 있어요?

❷ 어떤 정보가 도움이 돼요?
어떤 정보가 도움이 안 돼요?

□ 날씨 □ 여행 □ 맛집 □ 뉴스
□ 대중문화 □ 문화 □ 쇼핑 □ 요리
□ 영화 리뷰 □ 길찾기 □ 패션 □ 역사

❸ 한국을 소개하는 웹사이트나 블로그를 만들 거예요. 한국에 대한 어떤 정보를 더 자세히 넣고 싶어요? 한국 생활에서 유용한 정보를 생각해 보세요.

좋은 점	안 좋은 점	신기한 점
1. ______	1. ______	1. ______
2. ______	2. ______	2. ______
3. ______	3. ______	3. ______

한국 지하철 요금이 정말 싼데 깨끗하기도 해서 정말 좋아요. 게다가 지하철에서 무선 인터넷이 되니까 정말 편리해요.

한국 택시는 일본 택시보다 요금이 훨씬 싸서 한국에서 자주 타요. 하지만 몇몇 아저씨가 택시 요금을 너무 비싸게 받아서 바가지를 썼어요.

한국은 우리나라와 달리 AS 센터의 서비스가 정말 빨라요. AS를 신청하면 그날이나 그다음 날에 결과가 나와요. 많이 기다리지 않아도 돼서 정말 편해요.

한국에서는 중국처럼 인터넷으로 할 수 있는 것이 많아서 좋아요. 또 인터넷이 빨라서 저는 인터넷으로 쇼핑도 하고 여러 가지 정보도 쉽게 찾아요. 인터넷을 못 하면 한국 생활이 불편할 거예요.

新單字／詞彙

도움이 되다 有幫助 | 유용하다 有用的 | 훨씬 更多 | 바가지를 쓰다 被坑 | 신청하다 申請

044.mp3

單字心智圖

單字心智圖漢字語整理 P. 314

045.mp3

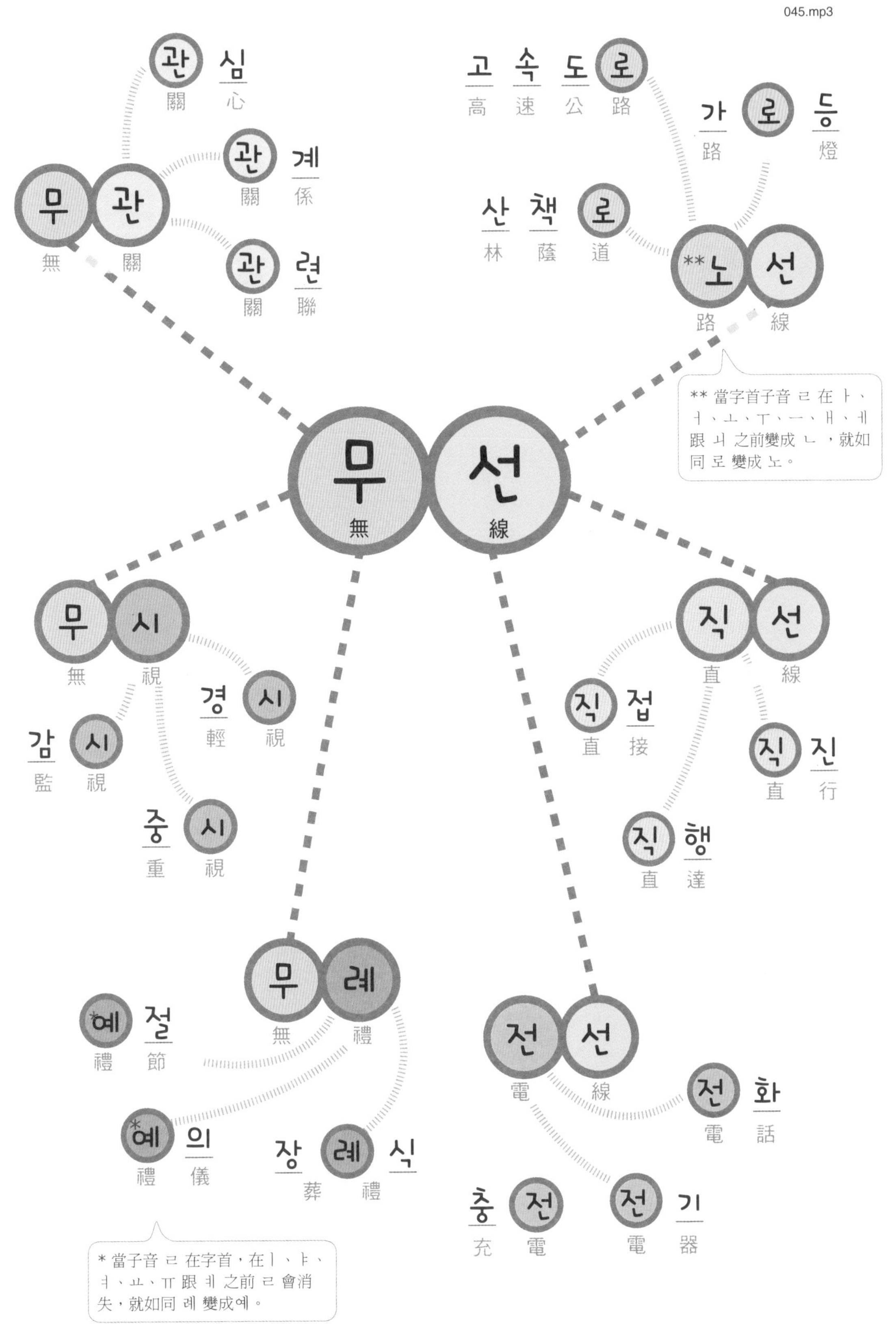

話說文化

韓國文化意識

・눈치가 없다 不機靈的、不會看眼色、遲鈍的

눈치 在韓國社會中，是一個人人必須要有的重要社交技巧。눈치 的意思是指即使他人不明說，也能看出別人當下心情的能力。自古以來，東亞地區將隱藏自己的感情視為一種美德，所以 눈치 被視為一種社交技能。假如一個人沒有 눈치，通常會把情況弄得很僵。因為缺少 눈치 表示一個人無法解讀上司、長輩們的心情，也導致這些人在社會上會過得比較辛苦。相反地，一個 눈치 빠른 的人（有眼力）在社會上則過得相對輕鬆，因為這些人能讀出上司、長輩們未明講的心情。

・눈치를 채다 察言觀色

눈치를 채다 表達一個人光憑感覺而非透過言語去瞭解一件事情、情況或氣氛。一個 눈치가 빠른 的人可以馬上察覺到事物，迅速發現別人想隱瞞的秘密或是想隱藏的情緒。反之，一個 눈치가 느린 的人則毫無頭緒，即使給予暗示，仍無法察覺現在是什麼情況。

・눈치를 보다 解讀一個人的情緒

눈치를 보다 用來表達觀察別人的情緒或心情。눈치가 보이다 為被動態，且用於當一個人必須能去察覺的情況。舉例來說，當一個丈夫本來計畫跟他的朋友去喝酒，但他察覺他的妻子正在生氣，最後決定不出門。能有 눈치 是很重要的，但是當一個人有太多 눈치，盡力地討好別人而不顧自己時，則會給別人留下極度有損尊嚴的印象。而 눈치를 준다 則表達用眼神而不是用言語來傳遞一個訊息給他人。

第 07 課

집

家

目標
- 討論單人住宅的優點
- 討論單人住宅的缺點
- 討論找房子
- 不同意一個看法
- 解釋家中問題
- 給予原因
- 提出解決方案

文法

❶ -기 쉽다/어렵다「易於／難於」
-게 되다 「成為」、「以至於」

❷ -기 때문에 「因為」
-기는요 表達對陳述的否定

❸ -거든요 表達及強調一個原因或理由
-지 그래요? 表示溫和的建議

- 기 쉽다/어렵다 (좋다/나쁘다/힘들다, 편하다/불편하다)

詞形變化表 P. 294

「易於/ 難於」(好的／不好的／困難的，方便的／不方便的)

A 깨지기 쉬운 물건이니까 조심하세요.
這很容易破掉，請小心。

B 알겠습니다.
好的。

此文法規則將 –기 接於動詞語幹之後並加上 쉽다（「容易的」）、어렵다（「困難的」）、좋다（「好的」）、나쁘다（「不好的」）、힘들다（「艱難的」）、편하다（「方便的」）、불편하다（「不方便的」）等特定字詞，以表達符合一個動作或是狀態的可能性。–기 不可搭配過去時制–았/었–一起使用，要表達時制，需將時制呈現在–기 之後所接的形容詞上，而助詞 가 和 도 可接在–기 之後一起使用。

- 공원이 가깝고 교통도 편해서 살기 좋아요. 離公園近，交通便利，所以適合居住。
- 초급 때 한국어 단어를 발음하기 어려웠어요. 初級時韓語單字發音困難。
- 5층까지 계단으로 올라가기가 힘들 거예요. 爬樓梯到五樓會很累。

-게 되다「成為」、「以至於」

詞形變化表 P. 293

A 왜 축구 경기를 보러 안 갔어요?
你為何沒有去看足球比賽？

B 비 때문에 못 가게 됐어요.
因為下雨以至於我不能去。

–게 되다 用來表達一個後果的產生是因為外在的影響所導致，而非話者本身的意願。–게 됐다 通常使用於一個已經發生的狀態，且 –게 되다 接於動詞及形容詞語幹之後。

- 일찍 출발했는데 길이 막혀서 회의 시간에 늦게 됐어요.
  雖然提早出發，但路上塞車，開會就遲到了。
- 처음에는 매운 음식을 못 먹었는데 지금은 잘 먹을 수 있게 됐어요.
  一開始沒辦法吃辣的食物，但現在吃得很香。
- 텔레비전을 너무 많이 보면 눈이 나쁘게 돼요. 如果看太多電視，眼睛會壞掉。

▸解答 P. 309

1 **알맞은 답을 고르세요.**

(1) 동료하고 사이가 좋아서 ⓐ 일하기 좋아요. ⓑ 일하기 싫어요.

(2) 옷이 몸에 너무 딱 끼니까 ⓐ 입기 편해요. ⓑ 입기 불편해요.

(3) 오늘은 날씨가 따뜻하니까 ⓐ 산책하기 좋아요. ⓑ 산책하기 나빠요.

(4) 발음이 헷갈려서 ⓐ 외우기 쉬워요. ⓑ 외우기 어려워요.

(5) 윗집의 소음 때문에 ⓐ 살기 좋아요. ⓑ 살기 힘들어요.

(6) 매일 똑같은 잔소리는 ⓐ 듣기 좋아요. ⓑ 듣기 싫어요.

2 다음에서 알맞은 답을 골라서 '-게 되다'를 사용하여 문장을 완성하세요.

짜다 잘하다 적응하다 그만두다

(1) 취직한 지 얼마 안 돼서 건강 때문에 회사를 ________________.

(2) 보통 음식을 싱겁게 하는데 이번에는 음식이 ________________.

(3) 처음에는 회사 생활이 너무 힘들었는데 동료들 덕분에 잘 ________________.

(4) 처음에는 누구나 듣기를 어려워하지만 많이 들으면 ________________.

3 **문장을 완성하도록 알맞은 것끼리 연결하세요.**

(1) 이 일을 혼자 하기 힘들면 • • ⓐ 한국 음식을 만들기 어렵지 않았어요.

(2) 일단 그 사람의 얘기를 들으면 • • ⓑ 다른 사람에게 도움을 요청하세요.

(3) 요리책이 잘 설명되어 있어서 • • ⓒ 그때부터 사귀게 됐어요.

(4) 대학교 때 동아리에서 만나서 • • ⓓ 지금은 잘 어울리게 됐어요.

(5) 전에는 사람들과 쉽게 어울리지 못했는데 • • ⓔ 그 사람이 마음에 들게 될 거예요.

對話 ❶

046.mp3

유키 지금 어디에서 살아요?

케빈 이태원에 살아요.

유키 동네가 어때요?

케빈 조용하고 깨끗해서 살기 편해요.

유키 교통은 편리해요?

케빈 네, 지하철역도 가깝고 버스 정류장까지도 얼마 안 걸려요 .

유키 집은 어때요?

케빈 방과 화장실이 두 개씩 있고 거실과 주방이 따로 있어요.

유키 집세는 싸요?

케빈 아니요, 집세는 좀 비싸요. 하지만 그거 빼고 나머지는 다 괜찮아요. 집 근처에 공원이 있어서 산책하기도 좋아요.

유키 집은 어떻게 찾았어요?

케빈 제 친구가 전에 이 집에 살았어요. 그 친구가 한국을 떠나면서 이 집을 소개해서 살게 됐어요.

유키 그랬군요.

由紀 你現在住在哪裡？

凱文 我住在梨泰院。

由紀 社區怎麼樣？

凱文 安靜又乾淨，住起來很舒適。

由紀 交通也很方便嗎？

凱文 是的，距離地鐵站也很近，而且不用走很遠就有公車站。

由紀 房子如何？

凱文 房間跟衛浴各兩間，另外還有一個客廳和廚房。

由紀 房租便宜嗎？

凱文 不，房租有點貴，但除了這以外其他都好。我家附近還有一個公園可以去散步，所以很不錯。

由紀 你怎麼找到這間房子的？

凱文 我朋友之前住在這間房子，後來他要離開韓國之前把房子介紹給我，於是我就住在這裡了。

由紀 原來如此。

單字 ▸P. 322

동네 | 깨끗하다 | 편하다 | 교통 | 거실 | 주방 | 집세 | 나머지 | 떠나다

表現 ▸P. 322

- 名詞 이/가 어때요?
- 얼마 안 걸려요.
- 그거 빼고 나머지는 다 괜찮아요.

小祕訣

1 與動詞 살다 一起合用的助詞

－에 及 －에서 兩者皆可與動詞 살다 合用。

- 지금은 기숙사**에** 살아요. 我現在住在宿舍。
- 한국을 떠날 때까지 우리 집**에서** 같이 살아요.
  離開韓國前，就在我家一起住吧。

2 字尾 -씩

－씩 用於量詞名詞後，表示分隔成特定的數量，如「各個」或是重複性質的「每」。

- 빵과 우유를 하나**씩** 가져가세요.
  請帶走一塊麵包跟一瓶牛奶。
- 매일 2시간**씩** 운동해요.
  每天運動兩小時。

❶ 家中物品

1. 방 房間

①서랍장 衣櫃 ②옷장 衣櫥 ③이불 被子
④침대 床 ⑤베개 枕頭 ⑥스탠드 桌燈
⑦화장품 化妝品 ⑧화장대 梳妝台
⑨휴지통 垃圾桶

2. 거실 客廳

①선반 擱架 ②벽 牆 ③화분 盆栽 ④그림 掛畫
⑤소파 沙發 ⑥탁자 桌子 ⑦천장 天花板
⑧커튼 窗簾 ⑨텔레비전 電視機 ⑩TV장 電視櫃

3. 서재 書房

①책장 書櫃 ②의자 椅子 ③블라인드 百葉窗
④책꽂이 書架 ⑤시계 時鐘 ⑥달력 月曆
⑦책상 書桌

4. 화장실 浴室

①욕조 浴缸 ②수도꼭지 水龍頭 ③세면대 洗手台
④칫솔 牙刷 ⑤치약 牙膏 ⑥빗 梳子 ⑦비누 肥皂
⑧거울 鏡子 ⑨수건 毛巾 ⑩변기 馬桶 ⑪휴지 面紙

5. 주방 廚房

①정수기 濾水器、飲水機 ②냉장고 冰箱
③전자레인지 微波爐 ④냄비 鍋子 ⑤주전자 熱水壺
⑥가스레인지 瓦斯爐 ⑦주방 후드 抽油煙機 ⑧전기밥솥 電飯鍋
⑨싱크대 水槽 ⑩찬장 櫥櫃 ⑪식기세척기 洗碗機

❷ 房屋其他組成結構

- 현관 玄關
- 계단 樓梯
- 옥상 屋頂
- 창고 置物間／儲藏室
- 주차장 停車場
- 베란다 陽台
- 정원 花園
- 마당 院子

精準表達

- 화장실을 각자/따로 써요.
  我們有各自的浴室。
- 화장실을 공동으로 써요.
  我們合用一間浴室。

文法 2

- 기 때문에「因為」

文法補充說明 P. 268 詞形變化表 P. 292

A 왜 음식을 안 먹어요?
你為什麼不吃東西？

B 목이 아프기 때문에 음식을 먹을 수 없어요.
因為我喉嚨痛，所以不能吃東西。

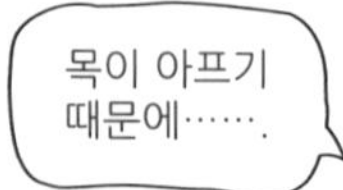

–기 때문에 用來表達一件事情或是情況的原因，通常–기 때문에 接在原因之後，再跟著說出結果。–기 때문에 附加在動詞、形容詞及 이다 語幹之後，如果搭配過去時制 – 았/었 –，則變成 –았/었기 때문에。–기 때문에 不可以是命令 –(으)세요 或是提議 –(으)ㅂ시다 的緣由或原因。

- 이 일은 중요하기 때문에 먼저 끝내야 해요. 因為這件事很重要，所以得先完成。
- 음식을 만들지 않기 때문에 밖에서 음식을 사 먹어요. 因為沒有煮飯，所以在外面買來吃。
- 돈이 필요했기 때문에 학생 때부터 일하기 시작했어요. 因為需要錢，所以從學生時期就開始工作。

- 기는요 表達對陳述的否定

詞形變化表 P. 294

A 마크 씨, 노래 잘하죠?
馬克，你很會唱歌吧？

B 노래를 잘하기는요. 정말 못해요.
哪裡唱得好啊，我真的不會唱歌。

–기는요 用來禮貌地否定他人的看法，僅限口語中使用，且通常被簡化為 –긴요。–기는요 附加於動詞及形容詞語幹之後，而 –은/는요 則接於名詞之後。–기는요 不可與過去時制 –았/었– 一起使用。當禮貌性地否定某人的看法時，通常會在使用–기는요的子句之後接–(으)ㄴ/는데요 結尾的句子來表達話者認為是真的的事情。

- A 한국어 발음이 쉽지요? 韓語發音簡單吧？
  B 발음이 쉽긴요. 발음 때문에 자신이 없는데요. 哪裡簡單，因為發音我都沒有自信。
- A 어제 일 다 했어요? 昨天工作都做完了嗎？
  B 다 하기는요. 아직 반도 못 했는데요. 怎麼可能做完，連一半都不到。

▸解答 P. 309

1 알맞은 답을 고르세요.

(1) ⓐ 배고프기 때문에 / ⓑ 배고프니까 먼저 밥부터 먹읍시다.

(2) 비가 와서 ⓐ 위험하니까 / ⓑ 위험하기 때문에 빠르게 운전하지 마세요.

(3) 한 달 전부터 여행 가고 ⓐ 싶기 때문에 / ⓑ 싶었기 때문에 미리 호텔을 알아봤어요.

(4) 그 사람은 ⓐ 학생 때문에 / ⓑ 학생이기 때문에 돈을 안 내도 돼요.

(5) 이상한 ⓐ 직장 상사 때문에 / ⓑ 직장 상사이기 때문에 어쩔 수 없이 회사를 그만뒀어요.

(6) 그냥 집에 돌아갔어요. 왜냐하면 친구가 갑자기 약속을 ⓐ 취소하기 / ⓑ 취소했기 때문이에요.

2 '-기는요'를 사용하여 대화를 완성하세요.

(1) A 저 남자가 멋있죠?

B ________________. 옷도 이상하게 입었는데요.

(2) A 제가 요리를 못해요.

B ________________. 아주 잘하시는데요.

(3) A 준비가 힘들죠?

B ________________. 저는 별로 하는 것도 없는데요.

(4) A 숙제 안 했죠?

B ________________. 일주일 전에 벌써 끝냈는데요.

(5) A 항상 저를 도와주셔서 고마워요.

B ________________. 제가 오히려 도움을 많이 받았는데요.

(6) A 정말 미인이시네요.

B ________________. 아니에요.

3 밑줄 친 것을 고치세요.

(1) 바람이 많이 <u>불기 때문에</u> 옷을 따뜻하게 입으세요. ➡

(2) 지난주에 전화를 <u>받기 때문에</u> 그 얘기를 알고 있어요. ➡

(3) 저 <u>친구들이기 때문에</u> 기분이 상했어요. ➡

(4) <u>피곤하기 때문에</u> 푹 쉬세요. ➡

對話 ❷

048.mp3

새라 웨이 씨 동네는 어때요? 살기 좋아요?

웨이 살기 좋기는요. 여러 가지 불편해요.

새라 그래요? 뭐가 문제예요?

웨이 우선 집에서 직장까지 너무 멀기 때문에 출퇴근이 너무 불편해요.

새라 시간이 얼마나 걸려요?

웨이 두 시간이나 걸려요.

새라 시간이 너무 많이 걸리네요.

웨이 그리고 주변이 시끄럽기 때문에 집에서 일하기도 어려워요.

새라 문제네요. 집은 마음에 들어요?

웨이 아니요, 집도 너무 좁고 오래됐어요. 가끔 벌레가 나오기도 해요.

새라 그럼, 이사하면 어때요?

웨이 저도 지금 생각 중이에요.

새라 사실은 저도 집이 불편해서 이사를 생각하고 있어요.

웨이 그래요? 그럼, 우리 같이 좋은 집을 찾아봐요.

莎拉 偉，你住的社區怎麼樣？好住嗎？

偉 哪裡好住啊，有很多地方都不方便。

莎拉 真的嗎？有什麼樣的問題？

偉 首先，因為我家很遠所以上下班很不方便。

莎拉 要花多久時間？

偉 要兩個小時。

莎拉 真的很花時間呢。

偉 而且因為附近很吵，要在家裡工作也很困難。

莎拉 是個問題呢，你喜歡你的房子嗎？

偉 不喜歡，我的房子太小又很老舊，有時候甚至有蟲。

莎拉 那麼，搬家如何？

偉 我現在也正在考慮這件事。

莎拉 其實，我也因為我家不太方便，正在考慮搬家的事。

偉 真的嗎？那我們一起找找看好的房子吧。

單字 ▸P. 322

여러 가지 | 불편하다 | 우선 | 직장 | 주변 | 마음에 들다 | 오래되다 | 벌레 | 이사하다 | 생각 중

表現 ▸P. 322

- 뭐가 문제예요?
- 집은 마음에 들어요?
- 저도 지금 생각 중이에요.

小祕訣

1 助詞 (이)나

-(이)나 用於名詞之後，表達對數字或程度上感到訝異，因為比預期的數字大或比預期的程度更多。

- 혼자 고기 10인분이나 먹었어요.
  我自己吃了十份肉。
- 벌써 반이나 끝냈어요.
  已經完成一半了。

2 중 的表達方式

중 接於名詞如 생각（想法）、고민（擔憂）、통화（通話）、회의（會議）、식사（用餐）、외출（外出）、공사（施工）、수리（維修）以及 사용（使用）之後，以表達某件事正在持續進行（類似於 -고 있다）。

- 친구한테 전화했는데 통화 중이에요.
  打給朋友，可是他電話中。
- 1층 화장실이 수리 중이니까 2층으로 가세요.
  一樓洗手間正在維修中，請上二樓。

049.mp3

描述家中狀態

1.

밝다 亮的

어둡다 暗的

2.

조용하다 安靜的

시끄럽다 吵鬧的

3.

넓다 寬敞的

좁다 窄的

4.

따뜻하다 暖和的

춥다 冷的

5.

깨끗하다
乾淨的

더럽다 (지저분하다)
髒的（髒亂的）

6.

새 집이다
新的房子

지은 지 얼마 안 됐다
最近新蓋的

오래되다
老舊的

1. (월세가) 싸다（月租）是便宜的。
   (월세가) 비싸다（月租）是昂貴的。
2. (동네가) 안전하다（社區）是安全的。
   (동네가) 위험하다（社區）是危險的。
3. 교통이 편리하다 交通便利。
   교통이 불편하다 交通不方便。
4. 주변 환경이 좋다 周遭環境好。
   주변 환경이 나쁘다 周遭環境不好。
5. 최신식이다 最新流行的樣式。
   구식이다 老式／老派的。
6. 집 주변에 공기가 좋다 房子周遭空氣品質好。
   집 주변에 공기가 나쁘다 房子周遭空氣品質不好。
7. 전망이 좋다 視野好。
   전망이 안 좋다 視野不好。
8. 집주인이 친절하다 房東親切。
   집주인이 불친절하다 房東不親切。
9. 바람이 잘 통하다 通風良好。
   바람이 안 통하다 通風不好。
10. 햇빛이 잘 들어오다 採光好的。
    햇빛이 안 들어오다 採光不好。
11. 수납공간이 많다 有很多儲藏空間。
    수납공간이 없다 沒有儲藏空間。

精準表達

- 월세가 한 달에 [50만 원]쯤 해요.
  每個月的房租大約[50萬元]。
- 월세가 한 달에 [50만 원] 좀 넘어요.
  每個月的房租比[50萬元]稍微高一些。
- 월세가 한 달에 [50만 원] 좀 안 돼요.
  每個月的房租比[50萬元]稍微便宜一些。

文法 ❸

-거든요 表達及強調一個原因或理由

詞形變化表 P. 293

A 왜 같이 안 가요?
你為什麼不跟我去？

B 오늘 아르바이트가 있거든요.
今天我得打工。

-거든요 放在一個陳述或問題之後，表達一個人對所言之想法或理由。-거든요 接在一個動作、情況或問題之後來表達其理由或依據，而此用法僅限口語使用，不能用於寫作。因為使用 -거든요 帶有交代一件聽者所不知道的事實的感覺，通常用於好友之間或是較年輕的對象，而不與較年長的人使用。附加於動詞、形容詞及 이다 語幹之後。如果提及的理由或依據已經發生或完成，則於 -았/었- 之後加上 -거든요 而變成 -았/었거든요。

- 비빔밥을 드세요. 이 식당은 비빔밥이 제일 맛있거든요. 請享用拌飯。這家餐廳拌飯最好吃了。
- 제가 제임스를 잘 알아요. 제 친구거든요. 我跟詹姆士很熟，他是我朋友。
- A 왜 이렇게 피곤해 보여요? 你怎麼看起來這麼累？
  B 어제 잠을 못 잤거든요. 因為昨天睡不好。

- 지 그래요? 表示溫和的建議

詞形變化表 P. 294

A 많이 아파요? 그럼 병원에 가 보지 그래요?
你是不是病得很嚴重？你怎麼不去一下醫院呢？

B 아니에요. 괜찮아요.
不用，沒關係。

用來對聽者表達一個語氣溫和的建議或忠告。接於動詞語幹之後，且通常用在處於輕鬆氣氛下的口語交談。如為建議聽者不要去做某件事，可以加上 -지 말다 組成 -지 말지 그래요？ 而當詢問某人為何沒有做某件事，則可用 -지 그랬어요？但須注意此用法有些許指控的意味，因此只能與較年輕或是同年齡的人使用。

- 배부르면 그만 먹지 그래요? 如果吃飽了，不如就別吃了。
- 머리가 아프면 오늘 밖에 나가지 말지 그래요? 頭痛的話，要不今天就別出門了。
- 늦었는데 택시를 타지 그랬어요? 그러면 늦지 않았을 거예요.
  已經遲到了，怎麼不搭計程車？那樣的話就不會遲到了。

▸解答 P. 309

1 **두 문장이 이어지도록 알맞은 것끼리 연결하세요.**

(1) 좀 천천히 말해 주세요. •
(2) 담배를 꺼 주시겠어요? •
(3) 제가 오늘 집까지 태워 줄게요. •
(4) 출근 시간에는 지하철을 타요. •
(5) 보통 아침에 늦게 일어나는 편이에요. •

• ⓐ 밤에 늦게 자거든요.
• ⓑ 길이 많이 막히거든요.
• ⓒ 오늘 차를 가져왔거든요.
• ⓓ 여기는 금연 구역이거든요.
• ⓔ 제가 아직 한국어를 잘 못하거든요.

2 **다음에서 알맞은 답을 골라서 '-거든요'를 사용하여 문장을 완성하세요.**

있다　　살다　　잘하다　　다르다　　오다

(1) 저 사람을 믿지 마세요. 저 사람은 거짓말을 ____________.

(2) 저는 독일로 자주 출장 가요. 독일에 우리 회사 지사가 ____________.

(3) 마크가 한자를 조금 읽을 수 있어요. 전에 중국에서 ____________.

(4) 내일 공항에 마중 나가야 해요. 친구가 한국에 ____________.

(5) 저는 이 빵집에서만 빵을 사요. 다른 빵집하고 맛이 ____________.

3 **알맞은 답을 고르세요.**

(1) A 보일러가 자꾸 고장 나요.
B 그럼, ⓐ 새 보일러로 바꾸지 그래요?
ⓑ 새 보일러로 바꾸지 말지 그래요?

(2) A 우산이 없어서 비를 맞았어요.
B 오는 길에 편의점에서 ⓐ 우산을 사지 그래요?
ⓑ 우산을 사지 그랬어요?

(3) A 친구가 기분이 안 좋아요.
B 그럼, 지금 ⓐ 얘기해 보지 그래요?
ⓑ 얘기하지 말지 그래요?
얘기는 나중에 하는 게 좋겠어요.

(4) A 어제 연락 못 해서 미안해요. 오늘 약속이 취소됐어요.
B ⓐ 미리 전화해 주지 그래요?
ⓑ 미리 전화해 주지 그랬어요?

對話 ❸

050.mp3

리나 얼굴이 안 좋아 보여요. 무슨 일 있어요?
마크 피곤해서 그래요. 어제 잠을 한숨도 못 잤거든요.
리나 왜요? 무슨 문제가 있어요?
마크 화장실에 문제가 생겨서 밤새 고쳤어요.
리나 그래요?
마크 게다가 창문 틈으로 바람이 많이 들어와서 방이 너무 추워요.
리나 집주인한테 얘기하지 그랬어요?
마크 얘기했어요. 집주인이 다음 주에 고쳐 주기로 했어요.
리나 다행이네요.
마크 그런데 문제가 또 있어요. 제 방에서 옆집 소리가 다 들리거든요.
리나 그래요? 옆집에 가서 얘기해 봤어요?
마크 아니요, 옆집 사람하고 아직 인사도 못 했어요.
리나 그러지 말고 옆집에 가서 직접 말하지 그래요? 이번 기회에 인사도 하세요.
마크 그게 좋겠네요.

莉娜 你看起來不太好，怎麼了嗎？
馬克 因為我覺得累，我昨晚一夜沒闔眼。
莉娜 為什麼？是出了什麼問題嗎？
馬克 我整晚沒睡都在修理浴室。
莉娜 真的？
馬克 而且，風從窗戶的隙縫吹進來，房間很冷。
莉娜 你應該跟房東說的。
馬克 已經說了，房東告訴我下星期會幫我修好。
莉娜 那就好。
馬克 但還有另一個問題，我從我的房間可以聽到隔壁所有的聲音。
莉娜 真的嗎？你有沒有試過去隔壁跟你的鄰居說？
馬克 沒有，我還沒跟他們打過招呼。
莉娜 你不是應該直接跟他們說嗎？你還可以藉此機會跟他們打招呼。
馬克 感覺是個好方法。

單字 ▸P. 322

숨 | 밤새 | 고치다 | 게다가 | 틈 | 들어오다 | 다행이다 | 옆집 | 소리 | 들리다 | 인사하다 | 기회

表現 ▸P. 322

- 다행이네요.
- 그러지 말고 …지 그래요?
- 그게 좋겠네요.

小祕訣

1 量的表達方式

以下語法為表達量的方式，用於強調無法做某件事情時。

- 어제 바빠서 빵 **한 입도 못 먹었어요**.
  昨天因為忙，連一口麵包都沒吃。
- 저는 술을 **한 모금도 못 마셔요**.
  我一口酒都沒辦法喝。
- 너무 무서워서 말 **한 마디도 못 했어요**.
  因為太害怕了，連一句話都不敢說。
- 돈이 **한 푼도 없어요**. 一毛錢都沒有。

2 說服的表達方式

當試著說服別人去做某件事，而這件事並不是他人已經做了或是要去做的事情時，用 그러지 말고。此用法接在命令或是建議句型之前。

- A 오늘 영화 보는 게 어때요? 今天去看電影如何？
  B **그러지 말고** 쇼핑하러 가요.
  不要去看電影，去購物吧。
- **그러지 말고** 내 얘기 좀 들어 보세요.
  別那樣，請聽我說。

051.mp3

常見家中問題

1\.

물이 새다
漏水

2\.

수도꼭지가 고장 났다
水龍頭壞掉

3\.

변기가 막혔다
馬桶阻塞

4\.

하수구에서 냄새가 나다
水溝有臭味

5\.

창문이 안 닫히다
窗戶關不起來

6\.
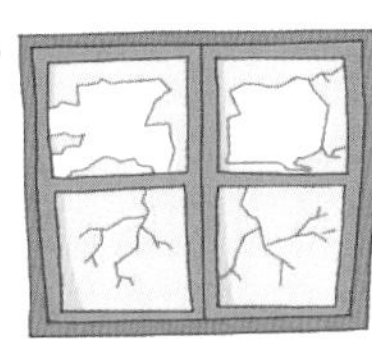

창문이 깨졌다
窗戶破掉

7\.
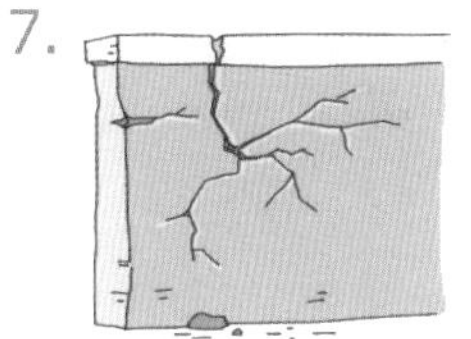

벽에 금이 갔다
牆壁有裂縫

8\.
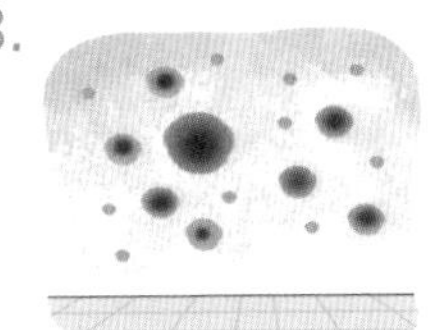

벽에 곰팡이가 생겼다
牆壁長黴菌

9\.

불이 안 켜지다
燈打不開

10\.

가스가 안 켜지다
瓦斯打不開

11\.

난방이 안 되다
沒有暖氣

12\.

더운 물이 안 나오다
沒有熱水

13\.

문이 잠겼다
門鎖住了

14\.

손잡이가 망가지다
門把壞掉

15\.

소음이 심하다
噪音大聲（極度／刺耳）

16\.

벌레가 많다
有很多蟲子

精準表達

- 직접 고쳤어요. 我自己修好了。
- 수리 기사를 불렀어요. 我叫了修理工。
- 문제를 그대로 내버려 뒀어요. 問題還是在同樣的地方。

一起聊天吧！

口說策略 修正一個人剛說的話

- 사실은요,....... 其實…
- 실제로는요,....... 其實…
- 꼭 그런 건 아니에요. 不一定是那樣。
- 오히려 반대예요. 反而是相反的。

❶ 지금 어디에 살고 있어요?

- 어떻게 이 집을 알게 됐어요?
- 왜 이 집을 선택했어요?
- 어떤 점이 마음에 들었어요?

❷ 지금 살고 있는 집이 어때요?

- 지금 살고 있는 집의 장점이 뭐예요?
- 지금 살고 있는 집의 단점이 뭐예요?
- 집을 구할 때 어떤 점이 가장 중요해요?

□ 날씨	□ 시설	□ 가격
□ 크기	□ 집주인	□ 이웃
□ 주변 환경	□ 채광 (햇빛)	□ 통풍 (바람)
□ 방범	□ 편의 시설 (병원, 식당, 편의점 등)	

I wonder

여기 사무실의 반(1/2)쯤 돼요. 這裡大約是辦公室的一半。
여기 사무실의 반의 반(1/4)쯤 돼요. 這裡大約是辦公室的四分之一大。
여기 사무실의 2배쯤 돼요. 這裡大約是辦公室的2倍大。

052.mp3

新單字／詞彙

장점 優點 | 단점 缺點 | 구하다 找尋 | 시설 設施 | 크기 尺寸 | 이웃 鄰居 | 채광 採光 | 통풍 通風 | 방범 犯罪預防 | 편의 시설 設備 | 배 次數 | 월세 月租 | 부담되다 壓力大的 | 계약하다 定合約 | 벽 牆壁 | 곰팡이 黴菌

單字心智圖

單字心智圖漢字語整理 P. 314

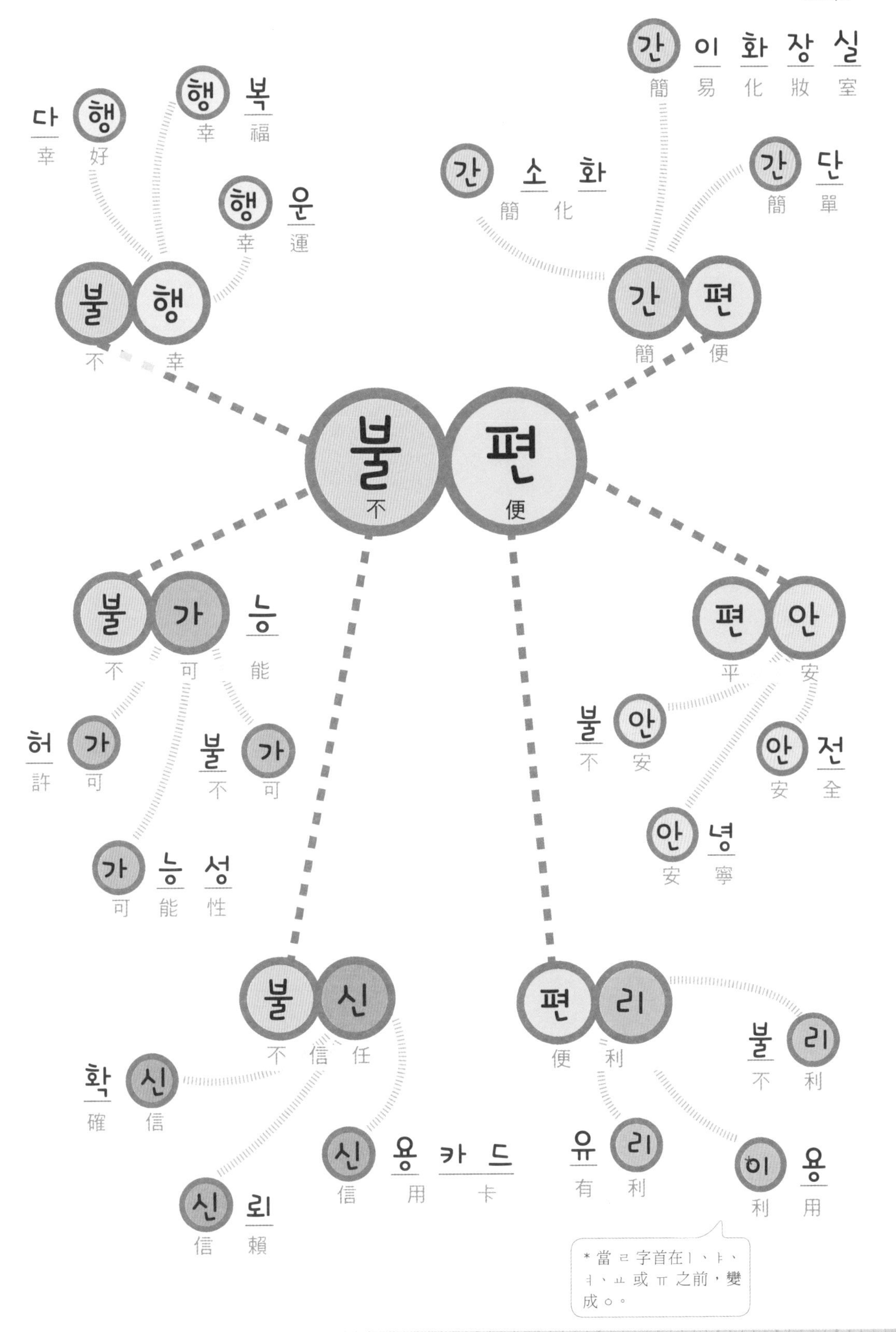

話說文化

讓我們來學習如何使用 방（房間）及 집（家）！

• 來我們舒適的방!

在韓國，방 這個字在使用上會給人一種溫暖且舒適的形象。雖然另一個相似的字 실，可以用來表達一個具有特定大小及功能的地方，例如 교실（「教室」）、화장실（「化妝室」）和 사무실（「辦公室」），但含有 방 的字詞則能喚起一種整齊的感覺以及對熟悉味道的回憶。有溫暖跟舒適含意的 방 字，也可以用於形容房屋以外的地方，幾個具代表性的例子為 노래방（KTV）、찜질방（三溫暖）、만화방（漫畫屋）及 PC 방（網咖）。通常這個字會用在有個別房間的地方，像是 노래방 和 찜질방，但也可以用於沒有個別房間卻相對較為密閉而小的空間，如 만화방 和 PC 방。值得注意的是，방 一字的用法與地方實際的大小或空間規劃無關，商家在使用此字時，其用法的主要用意為表達一種親密且舒適的場所。

• 歡迎來到집!

집 一字意指家人一起居住的空間，而從自家延伸其意，집 也可以用來喚起溫暖和舒適場所的畫面。因此 집 一字也用來表示一間特別小又溫馨的店家，代表性的例子包括 꽃집（花店）、빵집（麵包店）、떡집（糕餅店）、술집（酒吧）、고깃집（燒烤店、牛排館），而這些都是在往家附近常見的店。집 也可以接在某些食品後面以表示「一家有賣___的商店」。

另外，於日常對話中，韓國人常會在店裡問店員 이 집에서 뭐가 제일 맛있어요?（店裡最好吃的是什麼？）或是 이 집에서 뭐가 제일 잘 나가요?（店裡賣得最好的商品是什麼？）。雖然對於特定的店家有特定的字詞可以使用（如 식당「餐廳」），但如果一個人已經在店裡的時候，可以用 집 來指這家店，所以此時 집 的意思為「我目前所在的地方」。

第 08 課

쇼핑

購物

目標
- 商品問與答
- 討論商品優缺點
- 比較
- 購買商品
- 更換商品
- 解釋商品問題
- 詢問聽者的意圖
- 說明更換商品的原因
- 解釋退貨程序

文法

❶ -(으)ㄴ/는데「但是」；對比來說
-는 동안에 「之間」、「當…的時候」

❷ -(으)니까 表達做了一項動作後領悟到某件事
-(으)시겠어요? 「你想…？」

❸ -(스)ㅂ니다 正式言談
-는 대로 「一…就…」

文法 1

● -(으)ㄴ/는데「但是」；對比來說

詞形變化表 P. 302

A 친구하고 어떻게 달라요?
你跟你朋友有什麼不同之處？

B 저는 운동을 좋아하는데,
제 친구는 운동을 안 좋아해요.
我喜歡運動，但我朋友不喜歡運動。

–(으)ㄴ/는데 用來比較或對比兩個想法，其詞形變化和第4課裡提及的 –(으)ㄴ/는데 相同。補助詞 –은/는 接在進行比較的話題上，以強調對比性。

- 저 여자는 얼굴은 예쁜데 성격은 안 좋아요. 那女生臉蛋漂亮，但個性不好。
  (= 저 여자는 얼굴은 예뻐요. 그런데 성격은 안 좋아요.)（＝那女生臉蛋漂亮。可是個性不好。）
- 열심히 준비했는데 시험을 잘 못 봤어요. 雖然認真準備了，但考試沒考好。
- 3년 전에는 학생이었는데 지금은 학생이 아니에요. 三年前是學生，但現在不是學生。

● -는 동안에「之間」、「當…的時候」

▶ 文法補充說明 P. 269
詞形變化表 P. 295

A 언제 어머니가 책을 읽어요?
媽媽什麼時候閱讀書籍？

B 아기가 자는 동안에 어머니는 아기 옆에서 책을 읽어요.
當小孩在睡覺的時候，媽媽在小孩旁邊閱讀。

–는 동안에 用來表達一個動作或狀態與另一個動作或狀態同時間發生，且 –는 동안에 連接於動詞語幹之後。–는 동안에 連接兩個同時間進行的動作，而 –(으)ㄴ 동안에 則是表達目前的狀態為另一個動作完成後的結果。例如下列最後一個例句，在「離開」的動作完成後接著發生下一個動作，因此出現「離開了」的狀態。

- 밥을 먹는 동안에 텔레비전을 보지 마세요. 吃飯的時候不要看電視。
- 내가 옷을 구경하는 동안에 도둑이 내 지갑을 훔쳐 갔어요. 在我挑衣服的時候小偷偷走了我的錢包。
- 선생님이 교실에 없는 동안에 학생들이 장난을 쳤어요. 老師不在教室的時候，學生們嬉笑打鬧。
  (= 선생님이 교실을 나간 동안에 학생들이 장 난을 쳤어요.)
  （＝老師離開教室的時候，學生們嬉笑打鬧。）

▸解答 P. 309

1 문장을 완성하도록 알맞은 것끼리 연결하세요.

(1) 그 식당은 음식은 맛있는데 •
(2) 제 친구는 밥은 많이 먹는데 •
(3) 10년 전에는 날씬했는데 •
(4) 제 친구는 돈을 많이 버는데 •
(5) 어제 친구들의 이름을 외웠는데 •

• ⓐ 값이 너무 비싸요.
• ⓑ 지금은 살이 쪘어요.
• ⓒ 돈을 쓰지 않아요.
• ⓓ 하나도 생각이 안 나요.
• ⓔ 운동은 전혀 안 해요.

2 다음에서 알맞은 답을 골라서 '-는 동안에'를 사용하여 문장을 완성하세요.

살다 다니다 외출하다 회의하다 공부하다

(1) 학교에 ____________ 마크는 한 번도 결석하지 않았어요.
(2) 도서관에서 ____________ 말 한 마디도 안 하고 책만 읽었어요.
(3) 친구하고 한 집에서 같이 ____________ 작은 문제 때문에 많이 싸웠어요.
(4) 회사에서 ____________ 전화를 진동으로 바꾸세요.
(5) 엄마가 ____________ 아이가 컴퓨터 게임을 했어요.

2 그림을 보고 알맞은 답을 고르세요.

(1)

ⓐ 아기가 자면서 엄마가 집안일을 해요.
ⓑ 아기가 자는 동안에 엄마가 집안일을 해요.

(2)

ⓐ 낮에는 일하면서 밤에는 공부해요.
ⓑ 낮에는 일하는 동안에 밤에는 공부해요.

(3)

ⓐ 비가 온 동안에 운동을 못 했어요.
ⓑ 비가 오는 동안에 운동을 못 했어요.

(4)

ⓐ 여자가 화장실을 가면서 남자가 전화했어요.
ⓑ 여자가 화장실을 간 동안에 남자가 전화했어요.

對話 ❶

054.mp3

직원 뭐 찾으세요?

링링 노트북 보러 왔는데요.

직원 어떤 거 찾으세요?

링링 사용하기 편한 거 찾아요.

직원 이거 어떠세요? 요즘 이게 제일 잘 나가요.

링링 이게 어디 거예요?

직원 한국 거예요.

링링 디자인은 마음에 드는데 좀 비싸네요. 다른 거 없어요?

직원 그럼, 이거 어떠세요?
이건 좀 값이 싸서 젊은 사람들한테 인기가 있어요.

링링 음……, 값은 괜찮은데 색이 마음에 안 들어요.
다른 색 있어요?

직원 죄송합니다. 다른 색은 없는데요.

링링 그럼, 이 중에서 어떤 게 고장이 잘 안 나요?

직원 둘 다 튼튼해요. 사용하는 동안에 문제가 생기면 언제든지 가져오세요. 수리해 드릴게요.

링링 그럼, 이걸로 주세요.

店員 您要找什麼？

玲玲 我來看筆電。

店員 您想找哪個種類的？

玲玲 我想找操作簡單容易的。

店員 這個如何？這是最近的熱銷商品。

玲玲 這是哪裡的？

店員 韓國的。

玲玲 我喜歡它的設計，但是有點貴，還有其他的款式嗎？

店員 那這款如何？這個價錢稍微便宜一些，所以很受年輕人歡迎。

玲玲 嗯……價錢可以，但我不喜歡這個顏色。有其他顏色嗎？

店員 抱歉，我們沒有其他顏色。

玲玲 那麼就這兩款來說，哪一個比較不容易壞掉？

店員 兩款都算耐用，如果您使用上有任何問題，可以隨時拿過來，我們會幫您修好。

玲玲 那請給我這個。

單字 ▸P. 323

사용하다 | 잘 나가다 | 젊다 | 인기가 있다 | 색 | 고장이 나다 | 둘 다 | 튼튼하다 | 가져오다 | 수리하다

表現 ▸P. 323

- 요즘 이게 제일 잘 나가요.
- 이게 어디 거예요?
- 이걸로 주세요.

小祕訣

1 簡化的方法

口語對話中 이것（「這個」）所接的助詞通常會簡略。

이것이 → 이게/이거　　이것은 → 이건
이것을 → 이걸/이거　　이것으로 → 이걸로

- **이게** 제일 싸요. (= 이것이 제일 싸요.)
  這個最便宜。
- **이걸로** 보여 주세요. (= 이것으로 보여 주세요.)
  請讓我看一下這個。

2 어떤 的兩種含意

어떤 為含有兩種意思的疑問字詞。於此對話中，第一個 어떤 用來詢問特色或是狀態（「哪種」），而第二次出現則是用來請聽者於選項中做出決定（「哪一個」）。

- 사장님이 **어떤** 사람이에요? 社長是怎樣的人？
- 이 중에서 **어떤** 게 제일 맛있어요?
  這裡面哪個最好吃？

● 形容商品

1. 재료 材質

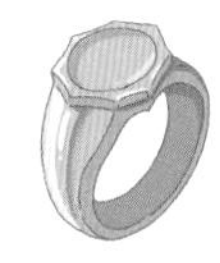

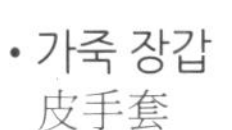

- 가죽 장갑
  皮手套
- 금반지
  金戒指
- 은 목걸이
  銀項鍊
- 유리 주전자
  玻璃茶壺
- 털장갑
  毛料／羊毛手套
- 나무젓가락
  木頭筷子

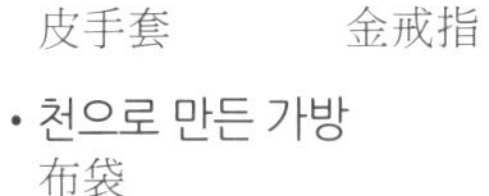

- 천으로 만든 가방
  布袋
- 나무로 만든 의자
  木椅
- 흙으로 만든 도자기
  土製陶器

2. 가격 價格

- 값이 싸다 (= 저렴하다)
  便宜（= 低廉的）
- 값이 적당하다 恰好合適的價格
- 값이 비싸다 昂貴的

- 값이 적당해서 사려고 해요.
  價格剛好合適，所以我想買。

3. 디자인 設計

- 최신식이다 最新款式
  ↔ 구식이다 舊款式
- 디자인이 마음에 들다 喜歡一個設計
- 〔사람〕한테 잘 어울리다
  穿／戴在〔人〕身上好看

- 이 제품은 디자인이 독특해서 마음에 들어요.
  這個商品設計很特別，所以我很喜歡。

4. 품질 品質

- 품질이 좋다 品質好
  ↔ 품질이 나쁘다 品質不好
- 정품이다 是真品
  ↔ 정품이 아니다 不是真品
- 튼튼하다 = 고장이 잘 안 나다
  耐用 = 不容易壞

- 품질이 좋아요. 品質好。
- 품질이 나빠요. 品質不好。
- 정품이에요. 是真品。
- 정품이 아니에요. 不是真品。
- 튼튼해요. 很耐用。
- 고장이 잘 안 나요. 不容易壞掉。

5. 무게 重量

- 가볍다 → 들고 다니기 쉽다
  輕的 → 攜帶方便
- 무겁다 → 들고 다니기 어렵다
  重的 → 攜帶不方便

- 이건 가벼워서 들고 다니기 쉬워요.
  這個因為很輕所以攜帶方便。
- 가죽 가방은 들고 다니기 어려울 거예요.
  皮製包包不好攜帶。

6. 부피 體積

精準表達

- 어떻게 생겼어요? = 어떤 모양이에요?
  長什麼樣子？
- [디자인/색]이 어때요?
  [設計／顏色] 如何？
- 값이 얼마나 해요?/크기가 얼마나 해요?
  價錢是多少／大小是多大？

文法 ❷

-(으)니까 表達做了一項動作後領悟到某件事

▶ 文法補充說明 P. 269　詞形變化表 P. 300

A 빵을 안 사 왔어요?
你沒有買麵包回來嗎？

B 빵집에 가니까 문을 안 열었어요.
我去了麵包店，店沒開門。

–(으)니까 用來表達實際做了一個動作或一個情況發生後所領悟到的結果。此文法接在實際做出的動作動詞或是已經發生的情況之後，後面接上領悟到的結果。雖然 –(으)니까 有表達過去發生的動作或情況之意，但當–(으)니까 用來表達領悟了某個內容時，並非所有情況都可以搭配過去時制–았/었––起使用。當–(으)니까 用來解釋一個原因，則可搭配過去時制一起使用。此外，–(으)니까–也可接於–아/어 보다 而成–아/어 보니까，用以表達嘗試新事物後所獲得的領悟。

- 사무실에 전화하니까 민호 씨는 벌써 퇴근했어요. 打電話去辦公室，結果民浩已經下班了。
- 어른이 되니까 부모님의 마음을 더 잘 이해할 수 있어요. 長大了，所以更能理解父母的心。
- 김치가 매워 보였는데 먹어 보니까 맵지 않고 맛있었어요.
  辛奇看起來很辣，但吃過之後覺得不辣，而且很好吃。

-(으)시겠어요?「您想…？」

詞形變化表 P. 300

A 어떤 걸로 하시겠어요?
您想要哪一個？

B 파란색으로 할게요.
我想要那個藍色的。

–(으)시겠어요? 用來禮貌地詢問地位較高的人想怎麼做，添加–(으)시–是對子句中的主語表示尊待。舉例來說，為了詢問對方的意願，–(으)시–可用於孩童詢問父母、學生詢問老師、員工詢問上司、店員詢問顧客或是某人詢問陌生人。–(으)시겠어요? 接於動詞語幹之後。當詢問的對象不需使用尊待語時，則可用–겠어요?代替。而回應這樣的問句時，可用 –(으)ㄹ게요 來表達一個人的意願。

- A 어디에서 기다리시겠어요? 您要在哪裡等呢？
  B 1층에서 기다릴게요. 我在一樓等。
- A 커피와 녹차가 있는데 뭐 드시겠어요? 有咖啡跟綠茶，您想喝什麼？
  B 저는 커피 마실게요. 我要喝咖啡。

▸解答 P. 309

1 **알맞은 것을 고르세요.**

(1) 집에 가니까 ⓐ 편지를 썼어요. / ⓑ 편지가 와 있었어요.

(2) 책을 보니까 ⓐ 어렸을 때를 생각했어요. / ⓑ 어렸을 때가 생각 났어요.

(3) 한국에 살아 보니까 ⓐ 지하철이 정말 편해요. / ⓑ 지하철을 안 타 봤어요.

(4) 회사에 도착하니까 ⓐ 아무도 없었어요. / ⓑ 일한 적이 있어요.

2 **다음에서 알맞은 답을 골라서 '-아/어 보니까'를 사용하여 문장을 완성하세요.**

전화하다 태권도를 배우다 지하철을 타다 차를 마시다 음악을 듣다

(1) ______________________ 이상한 노래였어요.

(2) ______________________ 아무도 전화를 받지 않았어요.

(3) ______________________ 기침에 효과가 있어요.

(4) ______________________ 생각보다 어렵지 않았어요.

(5) ______________________ 깨끗하고 편리했어요.

3 **그림을 보고 '-(으)시겠어요?'를 사용하여 대화를 완성하세요.**

(1)

A 어떤 신발을 ______________________?

B 구두를 신을게요.

(2)

A 뭐 ______________________?

B 저는 커피를 마실게요.

(3)

A 어떤 선물을 ______________________?

B 둘 다 사고 싶은데요.

(4)

A 어느 영화를 ______________________?

B 저는 둘 다 보고 싶지 않아요.

對話 ❷

056.mp3

직원 어떻게 오셨어요?

링링 며칠 전에 여기에서 노트북을 샀는데요.
집에 가서 보니까 전원이 안 켜져요.

직원 그러세요? 노트북 좀 보여 주시겠어요?

링링 여기 있어요.

직원 죄송합니다, 손님.
확인해 보니까 전원 버튼에 문제가 있네요.

링링 바꿔 줄 수 있어요?

직원 물론이죠. 새 제품으로 교환해 드릴게요.
같은 제품으로 하시겠어요?

링링 네, 같은 걸로 주세요.

직원 알겠습니다. 영수증 좀 보여 주시겠어요?

링링 여기 영수증요.

직원 여기 새 제품 있습니다. 확인해 보시겠어요?

링링 네, 확인해 볼게요.
문제없네요. 이걸로 가져갈게요.

店員 需要我幫忙嗎？

玲玲 前幾天我在這裡買了一台筆電，當我回到家後，我發現電源打不開。

店員 這樣啊？可以讓我看一下您的筆電嗎？

玲玲 在這裡。

店員 小姐很抱歉，我檢查了之後，發現這個電源鍵有問題。

玲玲 可以幫我換一台嗎？

店員 當然，我換一台新的給您，您還想要同一款商品嗎？

玲玲 是的，請給我同一款。

店員 好的，可以請您讓我看一下發票嗎？

玲玲 發票在這裡。

店員 這裡是新的商品，您要檢查一下嗎？

玲玲 好的，我看一下。
沒有問題，我就拿這台。

單字 ▸P. 323

전원 | 켜지다 | 버튼 | 새 | 제품 | 교환하다 | 영수증

表現 ▸P. 323

- 어떻게 오셨어요?
- 전원이 안 켜져요.
- 名詞 좀 보여 주시겠어요?
- 물론이죠.

小祕訣

1 協助性動詞 -아/어 주다

協助性動詞 주다 用於表達幫他人做一個動作。於此對話中，교환해 주다 用來表達幫顧客完成換貨的動作。然而，對話中使用 드리다 而非 주다 是為了對接受動作的對象表示尊重。

- 친구를 위해 이 사실을 말해 **줘야** 해요.
  為了朋友好，一定要告訴他這項事實。
- 부모님을 위해 스마트폰 사용법을 설명해 **드렸어요.**
  為父母解說智慧型手機的使用方法。

2 -(으)로 表示改變的方向

助詞 -(으)로 用來表達一個變化的方向。舉例來說，從A點轉乘至B點、從A物件換到B物件、或是從A地方搬到B地方，於這樣的用法中，-(으)로 接於B之後。

- 종로에서 3호선**으로** 갈아타세요.
  請在鍾路改搭3號線。
- 명동**으로** 이사할 거예요. 我要搬到明洞。
- 원을 달러**로** 환전해 주세요.
  請幫我把韓幣換成美金。

補充單字

057.mp3

❶ 衣服問題

1. 사이즈가 안 맞아요.
   尺寸不合
2. 옷에 구멍이 났어요.
   衣服上有破洞。
3. 옷에 얼룩이 있어요.
   衣服上有污漬。
4. 바느질이 엉망이에요.
   脫線了。
5. 지퍼가 고장 났어요.
   拉鍊壞了。
6. 세탁 후에 옷이 줄어들었어요.
   衣服洗過之後縮水了。

❷ 電器用品問題

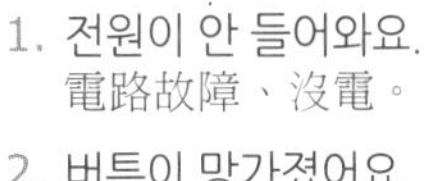

1. 전원이 안 들어와요.
   電路故障、沒電。
2. 버튼이 망가졌어요.
   按鍵壞了。
3. 이상한 소리가 나요.
   發出奇怪的聲音。
4. 작동이 안 돼요.
   不會運轉。
5. 과열됐어요.
   過熱。
6. 배터리가 금방 떨어져요.
   電池很快就沒電了。

❸ 家具問題

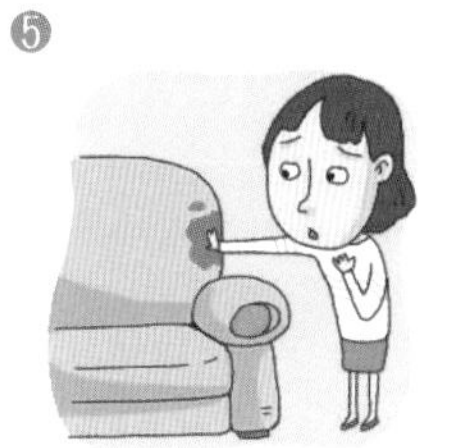

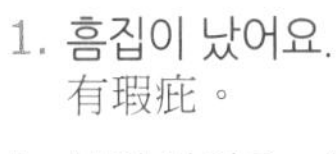

1. 흠집이 났어요.
   有瑕疵。
2. 금이 갔어요. 有裂縫。
3. 찌그러졌어요. 有凹陷。
4. 페인트가 벗겨졌어요. 油漆剝落。
5. 뭐가 묻었어요. 沾到了什麼。
6. 냄새가 나요. 散發出氣味。

精準表達

- 교환 가능하죠?
  可以更換吧？
- 다른 걸로 바꿔 주세요.
  請幫我換一個。
- 환불하고 싶어요.
  我想退費。

文法 3

- (스)ㅂ니다 正式言談

▶ 文法補充說明 P. 270　詞形變化表 P. 306

A 죄송합니다. 지금 커피가 떨어졌습니다.
抱歉，咖啡剛好沒有了。

B 그럼, 녹차 주세요.
那請給我綠茶。

-(스)ㅂ니다 為一種正式或官方的語尾，用在公開演說、簡報或是某個必須表現正式的場合中，如商業關係。當動詞或形容詞的結尾為母音或是字詞結尾為 이다 時用-ㅂ니다，而-습니다 則用在結尾為子音的字詞上。當要尊待句中的主語時可加上-(으)시，若字尾沒有終聲就變成-십니다，若字尾有終聲則變成-으십니다。

- 도시는 교통이 편리해서 살기 좋습니다. 都市交通便利，所以適合居住。
- 오늘은 회의가 있기 때문에 일이 늦게 끝납니다. 因為今天有會議，所以比較晚下班。
- 사장님께서 사무실에 오셔서 같이 회의하십니다. 社長親臨辦公室，一起開會。

- 는 대로 「一…就…」

詞形變化表 P. 295

A 언제 전화할 거예요?
你什麼時候會打電話給我？

B 집에 도착하는 대로 연락할게요.
我一到家就跟你連絡。

-는 대로 用來表達一個動作緊接於另一個動作或情況之後發生，-는 대로 附加於動詞之後，且前面不可加上 -았/었- 一起使用。

- 회의가 끝나는 대로 출발합시다. 會議一結束就出發吧。
- 진수 소식을 듣는 대로 선생님께 알려 드렸어요. 一聽到真秀的消息就馬上告訴老師。

注意

因為意思相似，於多數情形下-는 대로 可與 -자마자 互換使用，
但是 -는 대로 不能用在巧合的情況發生時。
- 기차가 출발하는 대로 사고가 났어요. (X)
- 기차가 출발하자마자 사고가 났어요. (O) 火車剛出發就發生事故。

▸解答 P. 309

1 보기 와 같이 '-(스)ㅂ니다'를 사용하여 문장을 완성하세요.

보기 제 친구에 대해 **소개하겠습니다**. (소개할게요)

친구의 직업은 (1) ______________ (변호사예요).
학생 때 그 친구와 많은 시간을 함께 (2) ______________ (보냈어요).
그런데 요즘은 친구가 바쁘니까 자주 못 (3) ______________ (만나요).
그래서 가끔 전화로 이야기를 (4) ______________ (주고받아요).
그 친구와 자주 못 보는 것이 (5) ______________ (아쉬워요).

우리 회사 사장님에 대해 (6) ______________ (말씀드릴게요).
사장님께서는 건강을 위해 운전하지 않고 지하철을
(7) ______________ (타세요). 평소에 사장님께서 우리를
가족처럼 (8) ______________ (대해 주세요). 어제도 사장님께서
회사 사람들과 함께 (9) ______________ (식사하셨어요).
우리 모두는 사장님을 (10) ______________ (존경하고 있어요).

2 밑줄 친 것을 '- (스)ㅂ니다'로 바꾸세요.

(1) A 혹시 경찰이세요?
B 아니요, 저는 이 회사 직원이에요.

(2) A 미국에서 오셨어요?
B 그래요.

(3) A 저한테 전화해 주세요.
B 그렇게 할게요.

(4) A 같이 식사부터 해요!
B 그래요.

3 다음에서 알맞은 답을 골라서 '-는 대로'를 사용하여 문장을 완성하세요.

읽다 밝다 받다 끝나다

(1) 연락을 ______________ 제가 여기로 오겠습니다.
(2) 일이 ______________ 출발하세요.
(3) 날이 ______________ 여기를 떠나세요.
(4) 이 책을 다 ______________ 저한테도 빌려주세요.

對話 ❸

058.mp3

직원 '패션 쇼핑몰' 입니다. 무엇을 도와 드릴까요?

영주 인터넷으로 회색 바지를 샀는데, 바지를 입어 보니까 바지가 딱 껴서 불편해요. 더 큰 사이즈로 교환돼요?

직원 사이즈가 있으면 교환됩니다. 성함이 어떻게 되십니까?

영주 박영주예요.

직원 확인되었습니다. 그런데 죄송하지만, 같은 상품으로 더 큰 사이즈는 없습니다.

영주 그래요? 그럼, 반품은 돼요?

직원 네, 됩니다. 다만, 배송비는 고객님이 내셔야 합니다.

영주 할 수 없죠. 배송비 낼게요. 반품 접수해 주세요.

직원 반품 접수되었습니다. 상품을 상자에 넣어서 포장해 주십시오. 내일 오전 중에 택배 기사님이 방문할 겁니다.

영주 알겠어요. 언제 환불돼요?

직원 상품을 확인하는 대로 환불 처리해 드리겠습니다. 다른 문의 사항은 없으십니까?

영주 없어요. 감사합니다.

店員 這裡是時尚購物百貨，我能給您什麼協助呢？

榮珠 我從網路上買了一條灰色的褲子，但我試穿後發現褲子太緊了不舒服，請問我可以更換大一點的尺寸嗎？

店員 如果我們有您需要的尺寸便可以更換。請問您的大名是？

榮珠 我叫朴榮珠。

店員 我已經確認您的名字了，我很抱歉，可是這件商品我們沒有更大的尺寸了。

榮珠 真的嗎？那我可以退貨嗎？

店員 是的，可以退。但是您必須自付運費。

榮珠 這也是沒辦法的事，我會付這筆費用的，麻煩請幫我確認退貨。

店員 退貨已確認，請將商品裝在箱子裡並包裝好，明天早上會有宅配司機到家門口收取。

榮珠 好，我什麼時候可以收到退款？

店員 我們收到商品就會幫您處理退款，請問您還有其他的問題嗎？

榮珠 沒有了，謝謝。

單字 ▸P. 323

딱 끼다 | 성함 | 반품 | 배송비 | 고객님 | 접수 | 상품 | 상자 | 포장하다 | 택배 기사님 | 환불 | 방문하다 | 처리하다 | 문의 사항

表現 ▸P. 323

- 무엇을 도와 드릴까요?
- 성함이 어떻게 되십니까?
- 다른 문의 사항은 없으십니까?

小秘訣

1 -아/어 드릴까요?

-아/어 줄까요? 是用協助性動詞-아/어 주다加-(으)ㄹ까요? 組成的，用於主動幫聽者做某件事的情境上。當對聽者使用敬語時，則用 -아/어 드릴까요? ，而適當的回復為 -아/어 주세요。

- 파전 먹고 싶어요? 제가 만들**어 줄까요**?
  想吃煎餅嗎？我做給你吃？
- A 길을 잃어버리셨어요? 제가 길을 가르쳐 **드릴까요**?
  您迷路了嗎？需要我教您怎麼走嗎？
  B 감사합니다. 좀 가르쳐 주세요.
  謝謝，麻煩您教我怎麼走。

2 오전 중에 VS. 오전 내내

當중에用在一個表達時間的字詞之後，如오전（「AM」），其意思為早上的某個時間，那個時間點沒有超過12點。另一方面，當내내被用在同樣的例句中，則表示持續整個早上。

- 비는 **오전 중에** 그치겠습니다.
  雨勢中午之前會停。
- **오전 내내** 전화했지만 그 사람이 전화를 안 받아요.
  我早上一直打電話，但那個人不接電話。

059.mp3

❶ 與金錢有關的動詞

反義表達方式

• 돈을 벌다 賺錢	↔	• 돈을 쓰다 花錢
• 돈을 절약하다 省錢	↔	• 돈을 낭비하다 浪費錢

動作與結果

• 돈을 모으다 存錢	→	• 돈이 모이다 錢被存起來
• 돈을 들이다 花錢	→	• 돈이 들다 很花錢
• 돈을 남기다 留下錢	→	• 돈이 남다 剩下的錢

錢的用法	錢的流通	其他類
• 값을 깎다 削價 • 계산하다 計算、結帳 • 돈을 내다 (= 지불하다) 付錢 • 돈을 받다 收錢	• 돈을 빌려주다 借錢給別人 • 돈을 빌리다 向別人借錢 • 돈을 돌려주다 把錢送回 • 돈을 갚다 還錢	• 돈이 떨어지다 錢用完 • 환전하다 換錢

- 친구는 **돈을 벌**지 않고 **쓰**기만 해요. 我的朋友不賺錢又只會花錢。
- **돈을 모으고** 있는데 **돈이 모이**면 여행 갈 거예요. 我正在存錢，如果我存夠了我就要去旅行。
- **돈을 들여서** 집을 고쳤어요. 생각보다 **돈이** 많이 **들었어요**.
  我花錢修理房屋，花的錢比我預期的多出許多。
- **돈이 떨어지면** 저한테 연락하세요. 假如你錢用完了，請跟我聯絡。
- **돈을 빌려주세요**. 돈이 생기면 바로 **갚을게요**. 請借我一點錢，等我有錢就會馬上還給你。
- 길에서 돈을 주워서 주인에게 **돌려줬어요**. 我在街上撿到一些錢，然後我把錢送回給失主。

❷ 與金錢有關的漢字語

1. OO값 各類物品價格	2. OO비 花費高的錢	3. OO금 特定目的的錢	4. OO료 有關費用的錢	5. OO세 稅金
옷값 衣服價格 신발값 鞋子價格 가방값 皮包價格 가구값 傢俱價格	교통비 交通費 식비 伙食費 숙박비 住宿費 수리비 維修費	등록금 學費 장학금 獎學金 벌금 罰鍰、罰金 상금 獎金	수수료 手續費 입장료 入場費 보험료 保險費 대여료 租金	소득세 所得稅 재산세 財產稅 주민세 居民稅 부가가치세 增值稅（VAT）

❸ 付款方式

1. 돈 金錢

- 현금 現金
- 지폐 紙鈔
- 동전 銅板
- 수표 支票

2. 신용카드 信用卡

- 일시불 一次性支付（一次付清）
- 할부 分期付款
- 이자 利息
- 무이자 할부 分期零利率
- 수수료 手續費

3. 其他類

- 공짜 免費
- 거스름돈 (= 잔돈) 零錢
- 영수증 發票、收據
- 사은품 贈品

精準表達

- 돈이 남아요.
  錢有剩。
- 돈이 모자라요.
  錢不夠。

一起聊天吧！

口說策略　表達驚喜

- 當表達正面的情緒 우와! 哇！
  끝내준다! 太棒了！
- 當表達負面情緒或懷疑時 진짜? 真的假的？
  말도 안 돼! 不可能吧！

❶ 쇼핑할 때 주로 사는 게 뭐예요?

❷ 물건을 살 때 뭐가 제일 중요해요?

□ 디자인　□ 가격　□ 품질　□ 크기　□ 상품평
□ 기능　□ 브랜드　□ 색　□ 무게　□ 보증기간

❸ 최근에 산 물건 중에 가장 마음에 드는 게 뭐예요?
어떤 점이 마음에 들어요? 그 물건값이 어때요? 정가예요?
할인받았어요? 바가지 썼어요?

❹ 단골 가게가 있어요? 그 가게가 어디에 있어요?
왜 단골이 됐어요? 얼마나 자주 가요?

❺ 최근에 산 물건 중에서 문제가 있는 것이 있었어요?
어떤 물건이에요?
어떤 문제가 있었어요?
문제를 어떻게 해결했어요?

060.mp3

新單字／詞彙

전자제품 電子產品 | 가전제품 家用電器 | 생활용품 生活用品 | 식료품 食品 | 품질 品質 | 기능 功能 | 보증기간 保固期限 | 정가 定價 | 할인 折扣 | 바가지 冤大頭 | 해결하다 解決

單字心智圖

▶ 單字心智圖漢字語整理 P. 314

061.mp3

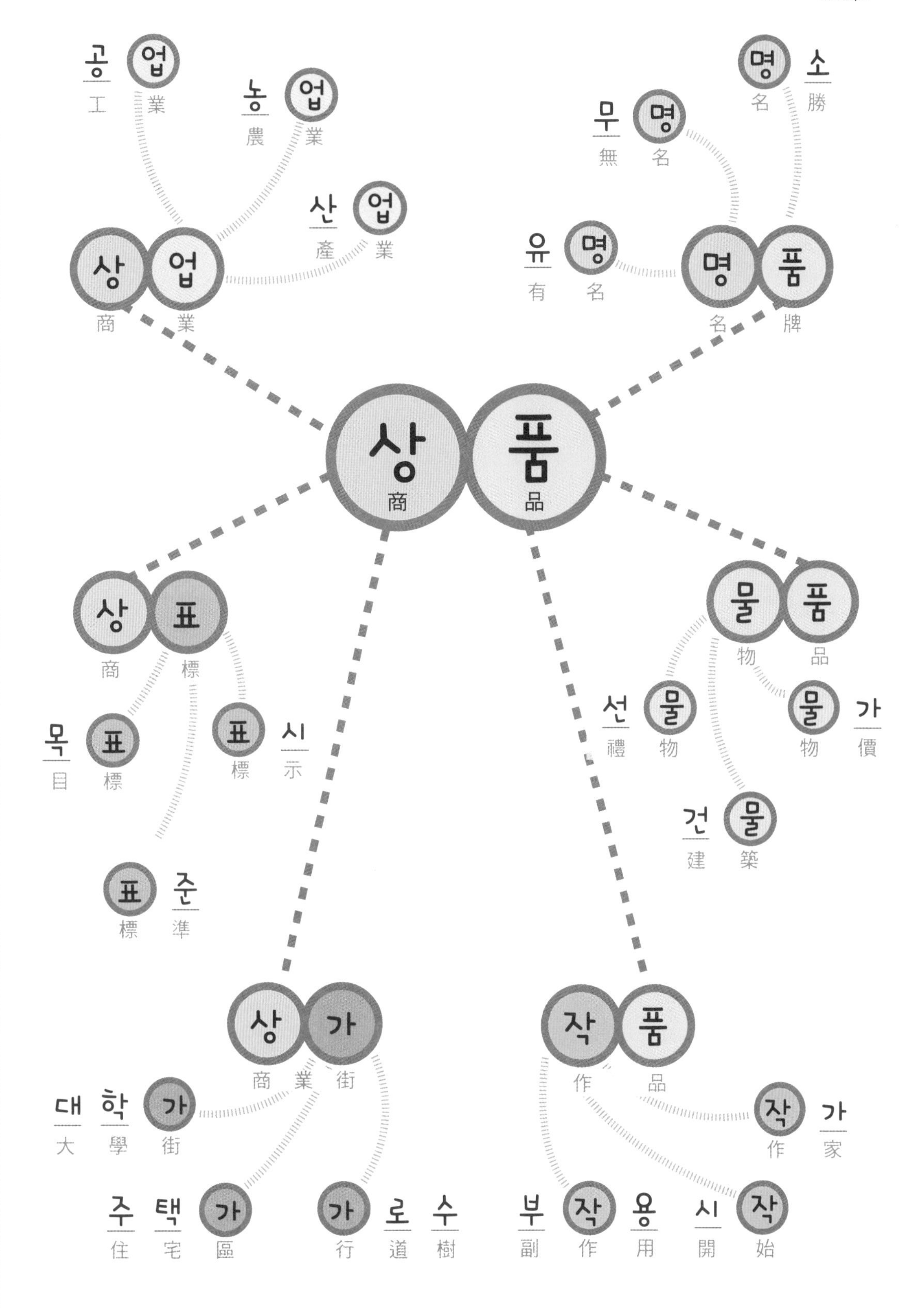

話說文化

購物時所使用的表達方式

• 바가지 쓰다 被坑了

如果你曾經因為不太精明地亂花錢而買了不具相當價值的東西，你可以說 바가지를 썼다。此表達方式意指即便價錢就寫在你的眼前，也完全沒有價格的概念，因為你正戴著一個 바가지（「大水瓢」）在頭上。바가지 씌운다 用來表達某人抬高價格或費用來坑一個顧客。因此當一件東西沒有標上價格或沒有寫明費用時，得特別小心留意，因為這種情況下你很容易落入被坑的下場。

• 대박 好讚！

대박 用來表示一件好事的發生。대박 字面的意思為大葫蘆，由於自古以來葫蘆被視為寶箱，因此連帶具有成功的意涵。如果你有辦法便宜地買到一件商品，可以稱為 대박。另外，若陳列中的商品前面寫著 대박 상품，則表明這些商品正在大特價。假如使用 대박 來形容電影或是戲劇表演，可解讀為票房很好、很成功的意思。總而言之，當任何一種令人驚喜的好事發生時都可以使用 대박。

• 싸구려 便宜的商品跟可恥的行為

싸구려 意指一樣便宜或是品質差的東西，是從 싸다（低廉的）一字延伸出來的字詞，也可用在形容不分青紅皂白或是令人感到可恥的行為。因為 싸구려 有品質差或等級低的意味，具有負面的意思，所以不適合用 싸구려 來形容他人的衣服或擁有的物品。然而，在傳統市場裡會聽到有人叫喊 싸구려，這裡的用意則是為了強調他們賣的東西便宜，以吸引消費者的注意。

第 **09** 課

한국 생활

韓國生活

目標
- 比較剛抵達韓國的情形和現況
- 討論錯誤
- 表達情感
- 表達學韓語的難處
- 詢問及給予建議
- 討論一個人的工作及未來目標

文法

❶ -(으)ㄹ 때 「當…的時候」
-겠- 推測字尾

❷ -아/어도 「即使」、「即便」
-아/어지다 「變得…」

❸ -(으)려고 「為了要…」、「打算…」
-(으)려면 「如果打算要…」、「如果想要…」

文法 1

- (으)ㄹ 때「當…的時候」

▶ 文法補充說明 P. 271　詞形變化表 P. 298

A 한국에서는 사진을 찍을 때 뭐라고 말해요?
在韓國，當你們拍照的時候會說什麼？

B 사진을 찍을 때 '김치'라고 말해요.
我們拍照的時候會說「泡菜」。

-(으)ㄹ 때 用於點出動作或事情正在發生的時間點，或是正處於發生狀態下的時間點。-(으)ㄹ 때 附加在動詞、形容詞及 이다 語幹之後，通常用在前後子句同時間發生的情形。若前面的事情已經結束，則接上 -았/었- 而成 -았/었을 때。

- 밤에 잘 때 무서운 꿈을 꿨어요. 晚上睡覺時作了可怕的夢。
- 저는 스트레스를 받을 때 많이 먹어요. 我壓力大的時候會吃很多。
- 그 사람을 처음 만났을 때 잠깐 얘기했어요. 我第一次跟那個人見面時稍微聊了一下。

-겠- 推測字尾

詞形變化表 P. 293

A 뭐 먹을까요?
我們要吃什麼呢？

B 저게 맛있겠네요. 저거 주문할까요?
那看起來好像很好吃，我們點那道如何？

-겠- 用在一個人依據所知道、看到的事實做出推測，或是藉由另一個人所說的內容而推測。附加於動詞、形容詞及 이다 語幹之後。假使推測的動作已經發生了，則可接上 -았/었- 而成 -았/었겠-（「一定…」）。

- 아침을 안 먹었으니까 배고프겠어요. 沒吃早餐，想必肚子很餓吧。
- 음식을 많이 만들었어요. 혼자 다 먹을 수 없겠어요. 煮了很多料理，我自己一個人應該吃不完。
- 혼자 이사했으니까 힘들었겠네요. 自己搬家，應該很辛苦。

▸解答 P. 309

1 **알맞은 것끼리 연결하세요.**

(1) 회사에서 승진했을 때 •
(2) 친구가 약속 때마다 늦게 올 때 •
(3) 지하철에서 지갑을 잃어버렸을 때 •
(4) 좋은 기회였는데 기회를 놓쳤을 때 •
(5) 어린 아이가 어려운 수학 문제를 풀 때 •

• ⓐ 짜증 나요.
• ⓑ 아쉬웠어요.
• ⓒ 신기해요.
• ⓓ 속상했어요.
• ⓔ 신났어요.

2 **다음에서 알맞은 답을 골라서 '-(으)ㄹ 때'를 사용하여 대화를 완성하세요.**

처음 만나다　　시간이 나다　　회사를 그만두다　　하기 싫은 일을 하다

(1) A 보통 언제 친구하고 문자를 주고받아요?
B ______________ 때마다 문자를 주고받아요.

(2) A 보통 언제 스트레스를 받아요?
B ______________ 때 스트레스를 많이 받아요.

(3) A 언제부터 그 사람이 마음에 들었어요?
B ______________ 때부터 마음에 들었어요.

(4) A 언제까지 한국에서 살 거예요?
B ______________ 때까지 한국에서 살 거예요.

3 **알맞은 답을 고르세요.**

(1) A 제 친구는 매일 하루에 2번씩 라면을 먹어요.
B 와! 진짜 많이 ⓐ 먹어요. / ⓑ 먹겠어요.

(2) A 제 집 바로 앞에 버스 정류장이 있어요.
B 정말 ⓐ 편하네요. / ⓑ 편하겠네요.

(3) A 요즘 매일 야근하고 있어요.
B ⓐ 피곤해요. / ⓑ 피곤하겠어요.

(4) A 지난주에 3시간 동안 걸었어요.
B 많이 ⓐ 걸었네요. / ⓑ 걸었겠네요.

對話 ❶

062.mp3

유키 마크 씨, 한국 생활이 어때요?

마크 지금은 괜찮지만, 처음에는 힘들었어요.

유키 언제 제일 힘들었어요?

마크 한국 사람하고 말이 안 통할 때 정말 힘들었어요.

유키 힘들었겠네요. 지금은 말이 잘 통해요?

마크 조금요. 말이 통하니까 한국 생활도 더 재미있어요.

유키 한국하고 미국은 생활 방식도 사고방식도 다른데 적응하기 쉬웠어요?

마크 아니요, 처음에는 문화 차이 때문에 적응이 안 됐어요. 또, 왜 그렇게 해야 하는지 모르니까 실수도 많이 했어요.

유키 지금은 적응했어요?

마크 완벽하게 적응하지 못했지만, 이제 많이 익숙해졌어요. 실수하면서 많이 배웠어요.

유키 예를 들면 어떤 실수를 했어요?

마크 전에 어떤 아줌마한테 반말을 해서 혼난 적도 있어요.

由紀 馬克，在韓國生活過得如何？

馬克 現在不錯，但剛開始很辛苦。

由紀 什麼時候是最辛苦的？

馬克 當我還不能跟韓國人溝通的時候，真的很辛苦。

由紀 你一定吃了不少苦吧？你現在和別人溝通良好嗎？

馬克 還可以，自從我可以跟其他人溝通後，在韓國的生活也更有趣了。

由紀 韓國跟美國的生活方式和思考模式都不一樣，要去適應這些容易嗎？

馬克 不容易，我剛開始因為文化差異不太能適應，還有，因為不知道為何得那麼做也犯了不少錯。

由紀 那你現在適應了嗎？

馬克 雖然還不能完全適應，但已經習慣很多了，我從犯錯的過程中學了不少。

由紀 你做錯過什麼樣的事情？

馬克 我曾經因為用半語跟大嬸說話結果被罵了。

單字 ▸P. 323

말이 통하다 | 생활 방식 | 사고방식 | 차이 | 적응이 되다 | 실수 | 완벽하게 | 어떤 | 반말 | 혼나다

表現 ▸P. 323

- 적응이 안 됐어요.
- 이제 많이 익숙해졌어요.
- 예를 들면

小祕訣

1 副詞 잘 VS. 안

可以附加副詞 잘 來強調一個片語的意思，當搭配안一起使用，則強調否定的語氣。

- 그 사람과는 말이 **잘** 안 통해요. (말이 통하다) 我和那個人雞同鴨講。
- 이 음식은 제 입에 **잘** 맞아요. (입에 맞다) 這食物很合我的口味。
- 사업은 제 적성에 잘 **안** 맞아요. (적성에 맞다) 我不適合做生意。

2 使用 되다 表達結果

被動的表達方式通常用在動作動詞導致的結果，許多動詞的被動形式由一個名詞加上助詞 -이/가 和 되다 構成。否定被動形式為 안 되다。

- 이 부분을 여러 번 읽으니까 **이해가 돼요**. 這個部分讀了好幾次之後，我能理解了。
- 집중하려고 했지만 너무 시끄러워서 **집중이 안 돼요**. 我試著要專心，但因為實在太吵了所以我無法專心。

063.mp3

❶ 情感表達→〔漢字語 하다〕

- 당황하다: 외국인이 저한테 외국어로 말을 걸었을 때 **당황했어요**.
  恐慌、慌張: 當有一個外國人跟我說外語時我慌張了。
- 창피하다: 사람들 앞에서 미끄러졌을 때 정말 **창피했어요**.
  丟臉、難為情: 當我在人群面前滑倒時真的覺得很丟臉。
- 불안하다: 18살짜리 동생이 혼자 여행을 떠났을 때 걱정돼서 **불안했어요**.
  不安、擔心: 我18歲的小弟自己一個人去旅行時，我因為擔心而感到不安。
- 실망하다: 친구가 저한테 거짓말을 한 것을 알았을 때 친구한테 **실망했어요**.
  失望、沮喪: 當我發現朋友對我說謊時，我對朋友感到很失望。
- 좌절하다: 계속해서 시험에 다섯 번 떨어졌을 때 정말 **좌절했어요**.
  受到挫折: 當我連續五次參加考試都失敗時，真的非常挫折。
- 우울하다: 돈도 없고 여자 친구도 없고 취직도 안 돼서 정말 **우울해요**.
  憂鬱、悶悶不樂: 我沒錢、沒女朋友又沒工作，真的很鬱悶。
- 억울하다: 제가 잘못하지 않았는데 엄마가 저를 혼낼 때 **억울했어요**.
  冤枉、委屈：當我沒有犯錯媽媽卻罵我時，我很冤枉。

❷ 情感表達→〔固有語 하다〕

- 심심하다: 나는 약속도 없고 할 일이 없을 때 **심심해요**.
  無聊: 當我沒有約、沒有事情做的時候覺得很無聊。
- 답답하다: 시험에서 공부한 단어가 생각 안 날 때 **답답해요**.
  焦急、煩悶: 考試時因為想不起來讀過的單字而覺得很焦急。
- 속상하다: 어머니께 선물받은 소중한 목걸이를 잃어버렸을 때 **속상했어요**.
  懊惱: 當弄丟我媽送給我的珍貴項鍊時，我感到很懊惱。
- 서운하다: 친한 친구가 제 생일을 잊어버리고 지나갔을 때 친구한테 **서운했어요**.
  失望: 我對我的好友感到很失望，因為我生日都已經過了他竟然也不記得。

❸ 關於人或物的情感表達

- 지겹다: 매일 똑같은 음식을 먹으면 그 음식이 **지겨울** 거예요.
  厭煩: 假如你每天都吃一樣的食物，會感到厭煩的。
- 부럽다: 조금만 공부해도 잘 기억하는 사람이 **부러워요**.
  羨慕: 我羨慕那些念一下書就可以記住很多的人。
- 귀찮다: 주말에 집에서 쉴 때 집안일 하는 것이 **귀찮아요**.
  討厭的: 週末在家休息時，做家事這件事讓人不耐煩。
- 그립다: 오랫동안 외국에서 사니까 고향 음식이 너무 **그리워요**.
  想念: 在國外住了這麼久，我非常想念家鄉的食物。
- 대단하다: 저 사람은 혼자 한국어를 공부했는데 정말 잘해요. 저 사람이 **대단해요**.
  厲害的: 那個人的韓文雖然是自學的，但真的說得很好，那個人真厲害。
- 지루하다: 영화가 너무 **지루해서** 영화 보다가 잠이 들었어요.
  無聊: 那電影實在有夠無聊，我看電影時睡著了。
- 신기하다: 한국어를 잘 못하는데 한국 사람하고 말이 잘 통하는 것이 **신기해요**.
  神奇的: 我不太會說韓語，但能跟韓國人溝通覺得很神奇。
- 불쌍하다: 부모가 없는 아이들이 어렵게 생활하는 것을 보면 아이들이 **불쌍해요**.
  可憐的: 當我看到沒有父母的小孩過著辛苦的生活時，我覺得孩子們很可憐。
- 끔찍하다: 뉴스에 나온 교통 사고 장면이 정말 **끔찍했어요**.
  可怕的: 新聞上關於交通事故的畫面真的很可怕。
- 징그럽다: 큰 벌레가 정말 **징그러웠어요**.
  噁心的: 大的蟲子真的很噁心。

注意

當表達對一個人或物的心情時，通常話者是被省略的，並使用 -이/가 加在所感覺的人或物上，把人或物當作主語使用。

例如 (저는) 이 음식이 지겨워요.
我對這食物感到厭煩。

精準表達

- 신기한 느낌이 들어요.
  感覺很神奇。
- 신기하게 생각하고 있어요.
  我認為那很神奇。
- 신기하다고 생각해요.
  我覺得很神奇。

文法 2

-아/어도「即使」、「即便」

詞形變化表 P. 296

A 그 사람 이름이 뭐예요?
那個人叫什麼名字？

B 아무리 생각해도 그 사람 이름이 생각 안 나요.
即使想再久，我也想不起他的名字。

–아/어도 用來表達一個動作或事件的發生與期望或預期不同，接在動詞及形容詞語幹之後。當其後面跟著 이다 時，則變成 –(이)라도。副詞 아무리（不管）可加於第一個子句之前以表示強調的語氣。

- 운동해도 살이 빠지지 않아요. 即使運動也沒有瘦。
- 아무리 버스를 기다려도 버스가 오지 않아요. 不論怎麼等，公車都沒來。
- 동생이 똑똑하니까 걱정하지 않아도 잘할 거예요. 弟弟很聰明，即便不擔心也會做得很好。
- 학생이라도 자기 잘못은 책임져야 해요. 即使是學生也該為自己的錯誤負責。

- 아/어지다「變得…」

文法補充說明 P. 271 詞形變化表 P. 297

A 날씨가 어때요?
天氣怎麼樣？

B 6월이 되니까 점점 더워져요.
因為已經六月了，正逐漸變暖和。

–아/어지다 附加於形容詞語幹之後，用來表達一個狀態的改變。當形容詞與–아/어지다–連在一起時，其作用就像動詞一樣。

- 자주 만나면 그 사람과 더 친해져요. 常見面的話，會變得更親近。
- 텔레비전에 나온 후 그 가수가 유명해졌어요. 上電視後，那位歌手就紅了。
- 새로 사업을 시작했으니까 앞으로 바빠질 거예요. 開始新的事業，以後會變得很忙。

▸解答 P. 310

1 알맞은 답을 고르세요.

(1) 여러 번 전화해도 ⓐ 전화를 받았어요. / ⓑ 전화를 안 받았어요.

(2) 밥을 많이 먹어도 ⓐ 아직 배가 고파요. / ⓑ 벌써 배가 불러요.

(3) 아무리 얘기해도 ⓐ 제 말을 잘 들어요. / ⓑ 제 말을 듣지 않아요.

(4) ⓐ 열심히 일해서 / ⓑ 열심히 일해도 돈을 모았어요.

(5) ⓐ 물건값이 싸서 / ⓑ 물건값이 싸도 품질이 좋아요.

(6) ⓐ 음식이 싱거워서 / ⓑ 음식이 싱거워도 소금을 넣지 마세요.

2 문장을 완성하도록 알맞은 것끼리 연결하세요.

(1) 봄이 되면 • • ⓐ 몸이 건강해져요.

(2) 운동을 하면 • • ⓑ 건강이 나빠질 거예요.

(3) 겨울이 되면 • • ⓒ 눈이 나빠져요.

(4) 담배를 피우면 • • ⓓ 더 예뻐질 거예요.

(5) 어두운 곳에서 책을 읽으면 • • ⓔ 날씨가 추워져요.

(6) 외모에 신경을 쓰면 • • ⓕ 날씨가 따뜻해져요.

3 다음에서 알맞은 답을 골라서 '-아/어도'나 '-아/어지다'를 사용하여 문장을 완성하세요.

춥다 편하다 비싸다 연습하다 한국인이다

(1) 그 음식은 값이 ______________ 맛없어요.

(2) 컴퓨터 덕분에 옛날보다 생활이 ______________.

(3) 아무리 ______________ 한국어 발음이 쉽지 않아요.

(4) 가을이 되면 바람이 불어서 날씨가 ______________.

(5) ______________ 한국어 문법을 모를 때가 있어요.

對話 ❷

064.mp3

리나　무슨 고민이 있어요? 왜 그래요?
케빈　요즘 한국어를 배우고 있는데, 열심히 공부해도 한국어 실력이 늘지 않아요. 말하기도 너무 어렵고요.
리나　한국어를 공부한 지 얼마나 됐어요?
케빈　한 6개월쯤 됐어요.
리나　얼마 안 됐네요. 실력이 늘 때까지 시간이 어느 정도 걸려요.
케빈　저도 알고 있지만 실력이 좋아지지 않아서 자신감이 점점 없어져요.
리나　보통 공부할 때 어떻게 해요? 한국 친구를 자주 만나요?
케빈　아니요, 일도 해야 되고 숙제도 많아서 친구 만날 시간이 없어요.
리나　혼자 열심히 공부해도 사람들하고 연습하지 않으면 실력이 늘지 않아요.
케빈　네, 저도 그렇게 생각해요.
리나　한국 친구를 최대한 많이 만나세요. 한국 친구하고 얘기할 때 한국어만 사용하고요.
케빈　알겠어요. 그렇게 해 볼게요.
리나　매일 꾸준히 연습하면 한국어 실력이 곧 좋아질 거예요.

莉娜　你有什麼煩惱嗎？怎麼這個樣子？
凱文　最近我在學韓語，但即使我努力學，我的韓語能力還是沒有進步，口說也好難。
莉娜　你學韓語多久了？
凱文　大概6個月了。
莉娜　還沒有很久嘛，是需要一段時間你的程度才會有所進步。
凱文　我也知道，但因為實力沒有變好，我漸漸失去信心了。
莉娜　你平常怎麼讀書的？你常常與韓國朋友見面嗎？
凱文　沒有，我要工作而且有很多功課要做，所以連跟朋友見面的時間都沒有。
莉娜　即使你自己讀得很認真，如果你不跟人練習，你的能力也不會變好。
凱文　對，我也是那麼想的。
莉娜　盡可能跟你的韓國朋友見面，當你跟他們交談時，只使用韓語。
凱文　好的，我會試看看。
莉娜　如果你每天持續地練習，你的韓語能力一定會進步的。

單字 ▸P. 323

고민 | 실력 | 한 | 어느 정도 | 자신감 | 점점 | 없어지다 | 최대한 | 꾸준히 | 곧

表現 ▸P. 324

- 무슨 고민이 있어요?
- 저도 그렇게 생각해요.
- 최대한 많이

小秘訣

1 -고요: 而且、也

附加 -고요 用來對一個話題做出額外的言論，在日常口語對話中，時常會聽到使用 -구요。

- 채소를 많이 드세요. 그리고 매일 운동하세요.
  → 채소를 많이 드세요. 매일 운동하**고요**.
  請多吃蔬菜，然後每天運動。
- 혼자 문제를 푸세요. 그리고 사전을 보지 마세요.
  → 혼자 문제를 푸세요. 사전을 보**지 말고요**.
  請自己解題，不要查字典。

2 不定詞 -(으)ㄹ

-(으)ㄹ 用來修飾一個尚未發生或是於將來可能會發生的名詞。於上述對話中，話者尚未與他的朋友碰面，但未來有機會與他們碰面，所以必須使用 만날 시간 ，而不是用 만나는 시간。

- 어제 해야 할 **일**이 많아서 늦게 잤어요.
  因為昨天必須處理的事情很多，所以晚睡。

065.mp3

❶ 連接 나다 的情感表達方式

- 화나다 (= 화가 나다): 친구가 나를 무시했을 때 진짜 **화가 났어요**.
  生氣: 當我朋友瞧不起我時，我真的很生氣。
- 짜증 나다 (= 짜증이 나다): 공부하는데 친구가 자꾸 말을 시켜서 **짜증 났어요**.
  覺得煩: 我朋友在我唸書時一直跟我講話，我覺得很煩。
- 신나다 (= 신이 나다): 사람들이 음악을 듣고 **신이 나서** 춤을 추기 시작해요.
  感到興奮: 當人們聽到音樂後變得很興奮，然後開始跳舞。
- 겁나다 (= 겁이 나다): 사업에서 실패할 수 있다고 생각하니까 **겁이 났어요**.
  害怕: 我想我的生意可能會失敗，因而感到害怕。
- 싫증 나다 (= 싫증이 나다): 공부에 **싫증 나서** 더 이상 공부하고 싶지 않아요.
  討厭、覺得膩了: 我對讀書感到厭煩，我不想再念書了。

注意

情緒表達方式 -이/가 나다 可以變化成 -을/를 내다 使用，用來暗喻經由一個動作來表達情緒。

- 너무 많이 화가 나서 처음으로 친구에게 화를 냈어요.
  因為太生氣了，我第一次對我的朋友發脾氣

❷ 使用 되다 的情感表達方式

- 긴장되다: 취업 면접을 앞두고 너무 긴장돼요.
  緊張: 面對工作面試我很緊張。
- 걱정되다: 내일이 시험인데 합격을 못 할까 봐 걱정돼요.
  擔心: 測驗就在明天，而我擔心我不會過。
- 안심되다: 어두운 길을 걸을 때 친구와 함께 걸으면 안심돼요.
  安心: 走昏暗的街道時，有朋友一起同行我覺得安心。
- 기대되다: 새로운 곳에서 새로운 경험을 할 것이 기대돼요.
  期待: 我期待在新的地方體驗新事物。
- 흥분되다: 우리 축구 팀이 이겼을 때 정말 흥분됐어요.
  激動興奮: 當我們的足球隊贏了的時候我真的非常激動。
- 후회되다: 젊었을 때 더 많은 경험을 했으면 좋았을 텐데 후회돼요.
  遺憾: 我遺憾在我年輕的時候沒有太多的經歷。

注意

當描述一個一般狀態或情況下的情緒，而不是表達當下所感受的心情時，正確的表達方式為 하다。

- 저는 시험 전에는 항상 긴장해서 아무것도 먹지 않아요.
  我考試前總是會緊張，所以什麼都吃不下。 [一般情形]
- 5분 후에 시험이 있어요. 긴장돼요. 5分鐘後有一個測驗，我很緊張。

❸ 其他用於情感表達的方式

- 즐겁다: 다른 사람을 도와주면, 몸은 힘들지만 마음이 즐거워요.
  愉快的: 幫助他人雖然身體會累，但心情是愉快的。
- 기쁘다: 오랫동안 준비해 온 시험에 합격했을 때 정말 기뻤어요.
  高興: 當我考過了一個我準備很久的考試時，我真的覺得很高興。
- 무섭다: 밤에 집에 혼자 있을 때 이상한 소리가 나면 무서워요.
  感到害怕: 當我晚上一個人在家的時候，只要有奇怪的聲音我就會覺得害怕。
- 외롭다: 크리스마스에 외국에서 혼자 지내야 하니까 외로운 생각이 들었어요.
  孤單: 因為我得在國外一個人過聖誕節，所以我覺得孤單。
- 괴롭다: 이상한 직장 상사 때문에 회사 생활이 너무 괴로워요.
  痛苦的: 因為一位奇怪的上司之故，我的職場生活非常痛苦。
- 부끄럽다: 아이한테 한 약속을 내가 지키지 않았을 때 아이한테 부끄러웠어요.
  慚愧: 當我無法遵守對孩子所做的承諾時，我感到很慚愧。
- 안타깝다: 친구가 열심히 노력했지만 시험에서 떨어져서 안타까워요.
  惋惜的、焦急的、遺憾（一件事在某人身上發生）: 雖然我朋友非常努力，但考試依舊落榜，實在很可惜。
- 아깝다: 하루에 술값으로 100만 원을 쓰다니 정말 돈이 아까워요.
  珍惜的: 一天就花了100萬韓元喝酒，真的太浪費錢了。
- 아쉽다: 한국에서 더 있고 싶은데 내일 떠나야 해서 정말 아쉬워요.
  可惜（因為錯失機會）: 我想在韓國再住久一點，但我明天就得離開，真的很可惜。

精準表達

- 언제 이런 느낌이 들어요?
  你什麼時候感覺這樣？
- 언제 이런 느낌을 받아요?
  你什麼時候會有這樣的感受？

文法 3

- (으)려고「為了要…」、「打算…」 ▶文法補充說明 P. 272 詞形變化表 P. 300

A 왜 이 책을 샀어요?
你為什麼買這本書？

B 지하철에서 읽으려고 이 책을 샀어요.
我為了要在搭地鐵時閱讀就買了這本書。

–(으)려고 用來表達一個人的意圖或目的。在一個句子裡，意圖或目的會跟著 –(으)려고 出現在句子的前面，在 –(으)려고 之後接為了達成該意圖或目的而進行的動作。–(으)려고 接在動詞語幹之後，且此語法前後子句所使用的主語必須一致。

- 나중에 유학 가려고 외국어를 공부하고 있어요. 以後打算去留學，現在正在學習外語。
- 설날에 입으려고 한복을 준비했어요. 為了新年的時候穿，準備了韓服。
- 약속에 늦지 않으려고 아침 일찍 출발했어요. 為了約會不要遲到，早上很早就出發了。

- (으)려면「如果打算要…」、「如果想要…」 詞形變化表 P. 300

A 명동에 어떻게 가요?
請問怎麼去明洞？

B 명동에 가려면 여기에서 버스를 타세요.
如果你想去明洞，請在這裡搭公車。

–(으)려면 用來假設一個人想做某件事的情況。用法為在 –(으)려면 之後接為了達成目的而進行的動作，這個動作可以是一個命令、建議、必須發生的情況、意圖或是為了實現意圖而採取的動作。接於動詞語幹之後。

- 표를 사려면 일찍 가서 줄을 서야 돼요.
  如果想要買票，必須早點過去排隊。
- 수업 시간에 졸지 않으려면 커피를 마셔야 돼요.
  如果上課時不想打瞌睡，就得喝咖啡。
- 건강해지려면 담배를 끊고 운동하세요.
  如果想變健康，請戒菸然後運動。

注意

以上兩個文法重點皆為進行動作來實現一個目的，但用法上後面接的子句卻不相同。

- 한국어를 잘하려고 열심히 연습했어요.
- 한국어를 잘하려면 열심히 연습하세요.

▸解答 P. 310

1 문장을 완성하도록 알맞은 것끼리 연결하세요.

(1) 가방이 너무 무거워서 •	• ① 돈을 벌려고 •	• ⓐ 녹음해요.
(2) 선생님 말이 너무 빨라서 •	• ② 빨리 가려고 •	• ⓑ 새 노트북을 샀어요.
(3) 돈이 다 떨어져서 •	• ③ 가볍게 들고 다니려고 •	• ⓒ 택시를 타요.
(4) 약속에 늦어서 •	• ④ 나중에 다시 들으려고 •	• ⓓ 아르바이트를 시작했어요.

2 다음에서 알맞은 답을 골라서 '-(으)려면'을 사용하여 대화를 완성하세요.

타다　　잘하다　　후회하다　　거절하다　　화해하다

(1) A 한국어 공부가 어려운데 한국어를 ______________ 어떻게 해야 돼요?
B 일단 한국 친구를 많이 사귀세요.

(2) A 고속버스를 ______________ 어느 쪽으로 가야 돼요?
B 저기 매점에서 오른쪽으로 가면 터미널이 나와요.

(3) A 친구의 부탁을 ______________ 어떻게 해야 돼요?
B 친구가 기분 나빠하지 않게 솔직하게 말하세요.

(4) A 친구와 싸웠는데 ______________ 어떻게 해야 돼요?
B 먼저 친구에게 사과하세요.

(5) A 나중에 자기 인생을 ______________ 어떻게 해야 돼요?
B 하고 싶은 일을 포기하지 말고 도전하세요.

3 알맞은 답을 고르세요.

(1) 시간 있으면 우리 집에 ⓐ 놀러 / ⓑ 놀려고 오세요.

(2) ⓐ 운동하러 / ⓑ 운동하려고 체육관에 등록했어요.

(3) 시험을 잘 ⓐ 보려고 / ⓑ 보려면 수업에 빠지지 마세요.

(4) 서로 잘 ⓐ 이해하려고 / ⓑ 이해하려면 많이 노력했어요.

(5) 비행기 표를 싸게 ⓐ 사려고 / ⓑ 사려면 인터넷에서 사세요.

對話 ❸

066.mp3

유키 요즘 어떻게 지내요?

웨이 한국 요리를 배우고 있어요.

유키 재미있겠네요. 그런데 어렵지 않아요?

웨이 한국 사람처럼 잘하기는 어렵지만 생각보다 재미있어요.

유키 대단하네요. 그런데 왜 요리를 배워요?

웨이 저는 원래 한국 문화에 관심이 많이 있어요.
요리도 한국 문화를 더 잘 이해하려고 배워요.

유키 웨이 씨만큼 요리하려면 얼마나 배워야 돼요?

웨이 사람마다 다르죠. 익숙해지려면 적어도 6개월 이상 배워야 돼요.

유키 그렇군요. 저는 가요나 드라마 같은 것을 좋아해요.
특히 요즘에는 한국어 연습하려고 드라마를 잘 봐요.

웨이 드라마가 한국어 연습에 도움이 돼요?

유키 그럼요, 듣기 연습도 되고 문화도 배울 수 있어서 좋아요.

웨이 저는 드라마를 봤을 때 잘 못 알아들어서 금방 포기했어요.

유키 포기하지 말고 꾸준히 해 보세요. 자꾸 들으면 알아들을 수 있게 돼요.

由紀 你最近都在做些什麼？

偉 我在學做韓國菜。

由紀 那一定很有趣，但會不會很困難？

偉 要煮得跟韓國人一樣不容易，但比我想像得還要有趣。

由紀 真了不起，不過你為什麼學做菜呢？

偉 我原本就對韓國文化很有興趣，學做菜也是為了能多瞭解韓國文化。

由紀 要學多久才能煮得跟你一樣好？

偉 因人而異，如果想熟悉煮法，至少要花上六個月以上。

由紀 有道理。我喜歡歌曲跟電視劇，所以最近我特別看了很多電視劇來練習韓語。

偉 看電視劇對練習韓語有用嗎？

由紀 當然了，既能練習聽力也可以學到文化，所以很不錯。

偉 我看電視劇時因為聽不太懂，所以很快就放棄了。

由紀 別放棄，繼續試看看。如果你持續練習去聽，你就能聽懂的。

單字 ▸P. 324

대단하다 | 원래 | 이해하다 | 만큼 | 적어도 | 이상 | 알아듣다 | 포기하다 | 자꾸

表現 ▸P. 324

- 요즘 어떻게 지내요?
- 사람마다 다르죠.
- 〔A〕이/가〔B〕에 도움이 돼요.

小祕訣

1 助詞 -만큼

助詞 -만큼 用來表達與連接的名詞程度上相近。

- 그 사람도 가수**만큼** 노래해요.
  那個人也是唱歌唱得跟歌手一樣好。
- 벌레가 손바닥**만큼** 커요.
  蟲子跟我的手掌一樣大。

2 잘 的兩種含意

副詞 잘 有許多不同的意思，於此對話中，第一個 잘 이해하다 的 잘 表示「詳細且準確地」；第二個 잘 보다 的 잘 則是有「很多」的意思。

- 그 사람에 대해 잘 알고 있어요. 我很瞭解那個人。
- 아이들은 잘 울어요. 小孩常常會哭。

067.mp3

❶ 名詞+있다:「是」、「有」

- 재미: 재미가 있다 有趣的／好笑的
  ↔ 재미가 없다 不有趣的／不好笑的
- 인기: 인기가 있다 受歡迎的
  ↔ 인기가 없다 不受歡迎的
- 예의: 예의가 있다 有禮貌的
  ↔ 예의가 없다 沒禮貌的
- 실력: 실력이 있다 有實力的
  ↔ 실력이 없다 沒有實力的
- 책임감: 책임감이 있다 有責任感的
  ↔ 책임감이 없다 沒有責任感的
- 의미: 의미가 있다 有意義的
  ↔ 의미가 없다 沒有意義的
- 관심: 관심이 있다 有興趣的
  ↔ 관심이 없다 沒有興趣的
- 자신: 자신이 있다 有自信的
  ↔ 자신이 없다 沒有自信的
- 매력: 매력이 있다 有魅力的
  ↔ 매력이 없다 沒有魅力的
- 재능: 재능이 있다 有天賦的
  ↔ 재능이 없다 沒有天賦的
- 효과: 효과가 있다 有效的
  ↔ 효과가 없다 沒有效的
- 관련: 관련이 있다 相關的
  ↔ 관련이 없다 不相關的

- 언제나 **예의가 있는** 남자가 여자에게 **인기가 있어요**. 有禮貌的男人總是受女人歡迎。

❷ 名詞+많다:「有很多的」

- 돈: 돈이 많다 ↔ 돈이 없다
  有很多錢 ↔ 沒有錢
- 정: 정이 많다 ↔ 정이 없다
  重感情的 ↔ 無情的
- 욕심: 욕심이 많다 ↔ 욕심이 없다
  很貪心的 ↔ 不貪心的
- 인내심: 인내심이 많다 ↔ 인내심이 없다
  很有耐心的 ↔ 沒有耐心的

- 그 사람은 **돈이 없지만** 착하고 **정이 많은** 사람이에요. 那個人沒有錢，但是他為人善良又重感情。

❸ 名詞+나다:「吐露出」

- 화: 화가 나다 ↔ 화가 안 나다
  生氣憤怒 ↔ 不生氣憤怒
- 힘: 힘이 나다 ↔ 힘이 안 나다
  有活力 ↔ 沒有活力
- 차이: 차이가 나다 ↔ 차이가 안 나다
  有差別 ↔ 沒有差別
- 샘: 샘이 나다 ↔ 샘이 안 나다
  羨慕 ↔ 不羨慕

- 그 사람과 생각의 **차이가 나지만** 그 사람과 얘기하는 것이 재미있어요.
  雖然我的看法與他的不同，但是跟他聊天還挺有趣的。

❹ 名詞+되다:「變成」、「發生」

- 이해: 이해가 되다 ↔ 이해가 안 되다
  明白 ↔ 不明白
- 적응: 적응이 되다 ↔ 적응이 안 되다
  習慣、熟悉 ↔ 不習慣、不熟悉
- 도움: 도움이 되다 ↔ 도움이 안 되다
  有幫助的 ↔ 沒有幫助的
- 해: 해가 되다 ↔ 해가 안 되다
  有害的 ↔ 無害的

- 건강에 **해가 되는** 음식을 왜 먹는지 **이해가 안 돼요**.
  我不明白人為什麼要吃對他們健康有害的食物。

❺ 其他

- 힘이 세다 力氣大 ↔ 힘이 약하다 力氣小
- 키가 크다 個子高 ↔ 키가 작다 個子矮
- 나이가 많다 老的 ↔ 나이가 적다 年輕的
- 운이 좋다 運氣好 ↔ 운이 나쁘다 運氣不好
- 기분이 좋다 心情好 ↔ 기분이 나쁘다 心情不好
- 마음이 넓다 心胸寬大 ↔ 마음이 좁다 心胸狹隘

精準表達

- 어떤 것에나 관심이 있어요.
  我對所有事物都感興趣。
- 어떤 것에도 관심이 없어요.
  我對什麼事物都沒有興趣。

一起聊天吧！

口說策略 回應他人的感受

- 當同情聽者現在的心情時用 그렇겠네요. 那一定是（辛苦的／傷心的／等）
- 當同情聽者過去的心情時用 그랬겠네요. 那曾經一定是（辛苦的／傷心的／等）

❶ 여러분은 언제 이런 느낌이 들어요?

正面情緒	負面情緒
신나요. 令人興奮的。	걱정돼요. 我很擔心。
편해요. 舒服的。	긴장돼요. 我很緊張。
신기해요. 太棒了／太神奇了。	겁이 나요. 我很害怕。
힘이 나요. 我感到有活力。	불편해요. 我覺得不舒服。
재미있어요. 有意思。	힘들어요. 很困難。
감동적이에요. 很感人。	헷갈려요. 我覺得困惑。
흥미가 생겨요. 我有興趣。	당황했어요. 我很慌張。
호기심이 생겨요. 我很好奇。	황당했어요. 這太荒唐了。
자신감이 생겨요. 我有自信。	이해가 안 돼요. 我不明白。

영어에는 존댓말이 없어서 언제 존댓말을 쓰고 언제 반말을 써야 하는지 아직도 헷갈려요.

그렇겠네요.

❷ 한국 사람과 언제 사고방식의 차이를 느껴요? 여러분 나라와 한국이 어떤 문화 차이가 있어요?

한국에서는 회사에서 회의할 때 자기보다 나이가 많거나 지위가 높은 사람 앞에서 자신의 의견을 솔직하게 말하는 사람이 적은 것을 보고 깜짝 놀랐어요. 정말 사고방식이 달라요.

일본에서는 친구나 동료하고 같이 식사하면 반반씩 돈을 내지만, 한국에서는 돌아가면서 돈을 내는 경우가 많아요. 이럴 때 한국하고 일본이 사고방식이 다른 것을 느껴요.

한국에서는 나이가 많은 사람에게 이름을 부르는 경우가 적은데, 미국에서는 저보다 3-4살 많아도 이름을 부르는 것이 보통이에요. 나이가 많아도 친구니까 그냥 이름을 불러도 돼요.

❸ 한국에서 생활하면서 어떤 실수를 한 적이 있어요?

전에 실수로 아줌마한테 반말로 말한 적이 있는데 아줌마가 화를 내서 당황했어요. 그때 저는 왜 아줌마가 화가 났는지 이해가 안 됐어요. 그래서 …….

068.mp3

新單字／詞彙

감동적이다 感人的 | 흥미 興趣 | 호기심 好奇心 | 헷갈리다 困惑 | 지위 地位 | 솔직하게 誠實的 | 돌아가면서 輪流 | 경우 案例

單字心智圖

單字心智圖漢字語整理 P. 315

069.mp3

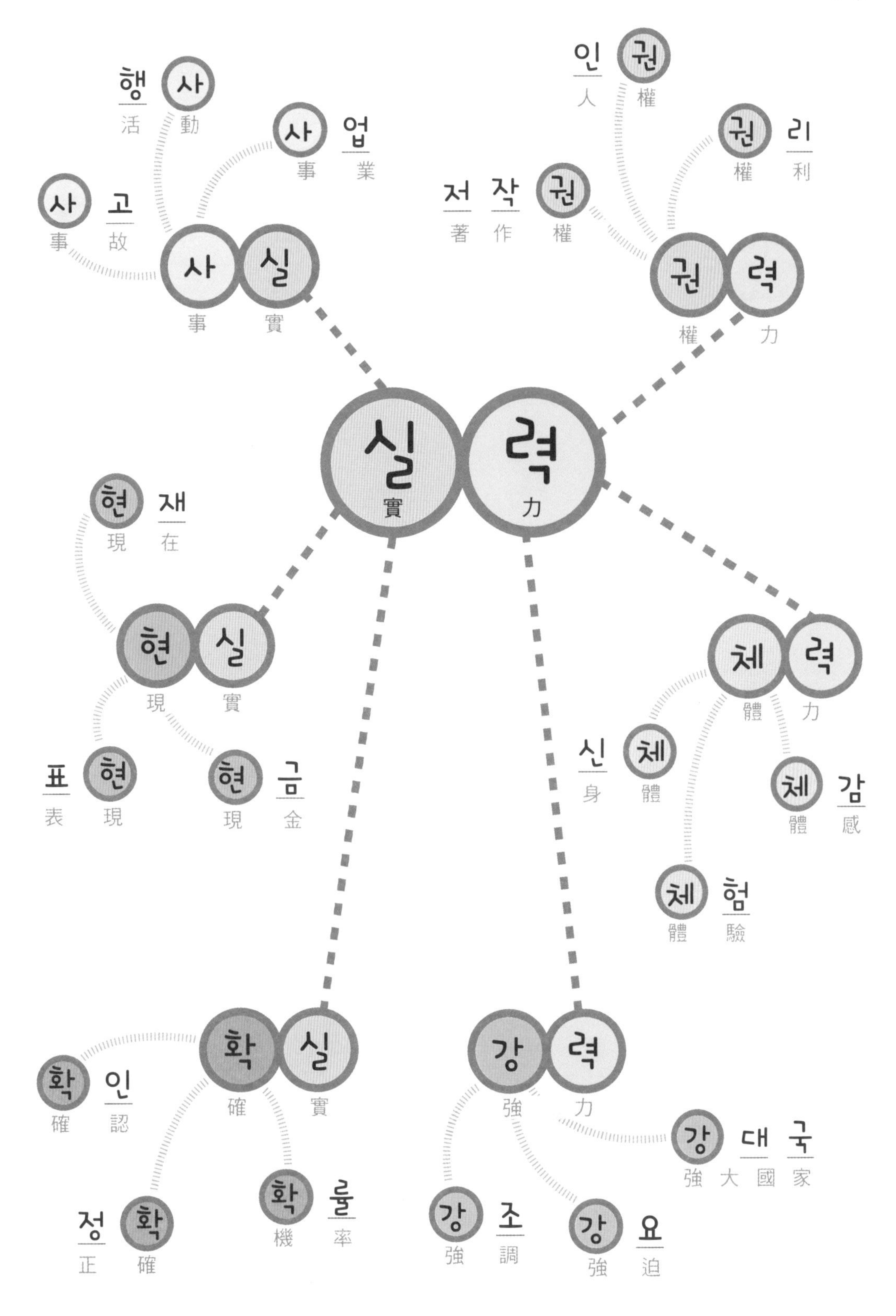

話說文化

韓國人常用的感嘆詞

• 아이고! 啊！

當感到疼痛、遭遇困難、稍微被嚇到或是驚訝的時候，韓國人常會說 아이고！通常會被發音成「아이구」，且無論男女老幼都可以使用。韓國人會說出 아이고！的其他情況也包括：不小心將東西掉在地上、撞到東西、對某人的壞消息做出反應，或是忽然領悟到某件事情。

• 깜짝이야! 我的天啊！

깜짝 為當一個人忽然受到驚嚇時所使用的副詞，而 깜짝이야 則是一個人感到訝異時用的感嘆語。譬如說，當你正坐著發呆做白日夢時，某人忽然拍你肩膀；或是晚上一個人在路上走，忽然看到不知道從何處跑出來的黑影時，可以用 깜짝이야 來表達忽然被驚嚇的心情。此用法有比 아이고 更強烈的情緒，且用在當一個人被嚇到，或是當發現一些消息沒有想像中來得嚴重時，用來表示終於能放心的語氣。

• 맙소사! 세상에! 天啊！

舉例來說，它可以用在一個人遇到了從來沒想過會發生的事時所發出的感嘆。像是一個人發現家人或認識的人發生意外，或是一個人所投資的錢被詐騙了，在這些情況下也可以用세상에! 但是세상에! 也用在感到某人發生不好的事情時的回應。這兩個詞都用在當一個人遇到一個糟糕的情況以及感嘆不幸。

• 이야~! 哇！

이야 用在當一個人因為一件厲害的事情感到驚喜，或是當一個人碰到很久沒見的朋友。而於實際生活中使用時，通常會拉長音且聽起來像是 이야~。

第 10 課

문제

難題

目標
- 詢問與回覆問題
- 提出請求
- 接受請求
- 對天氣氣候的關注
- 建議新點子
- 提及義務及責任
- 談論決定

文法

❶ 반말 「平語／半語」（非尊待語）
-(으)ㄴ/는데요? 詢問更多細節

❷ -(으)ㄹ 줄 알다 「懂得如何做…」
-(으)ㄹ까 봐 「我擔心…」

❸ -아/어야지요 「你應該…」
-아/어야겠다 「我得…」

文法 1

반말「平語／半語」（非尊待語）

▶ 文法補充說明 P. 272
詞形變化表 P. 307

A 지금 뭐 하고 있어요?
你在做什麼？

B 책 읽고 있어요.
我正在看書。

平語／半語（非尊待語）通常與以下對象交談時使用：跟自己有親屬關係且年紀較輕的家人（手足、小孩、姪子和姪女等）、朋友（兒時或學校認識的）、親近的年輕同事或同學，或年齡明顯比自己小的人。此語法能給別人一種親密感，一般於口語交談使用。

- A 어제 친구 만났어요? 昨天跟朋友見面了嗎？
  B 아니요, 집에 있었어요. 沒有，我待在家裡。
- 너한테 할 말이 있으니까 내 얘기 좀 들어 봐. (← 보세요) 我有話跟你說，你聽我說。
- 이따가 나하고 같이 영화 보자. (← 봅시다) 待會跟我一起看電影吧。

-(으)ㄴ/는데요? 詢問更多細節

詞形變化表 P. 302

A 배가 아파요.
我肚子痛。

B 무슨 음식을 먹었는데요?
你吃了些什麼？

-(으)ㄴ/는데요？是話者針對剛剛說過的事情向某人詢問更多細節，語法上為含有詢問字詞的問句。-(으)ㄴ/는데요？僅限用於口說，且因為其作用為回應前一個句子，因此不能於對話的一開始就使用。-(으)ㄴ/는데 此語法的詞形變化與第4課中提到的文法重點相同。

- A 나는 고기를 안 먹어. 我不吃肉。
  B 그럼, 무슨 음식을 좋아하는데?
  那麼，你喜歡什麼樣的食物？
- A 어제 집에 있었어요. 我昨天待在家裡。
  B 집에서 뭐 했는데요? 你待在家裡做什麼？

注意

-(으)ㄴ/는데요? 只能用於含有詢問字詞的問句，不可使用於對方會回覆「是或不是」的疑問句。
- 한국 음식을 좋아하는데요? (X)
- 무슨 음식을 좋아하는데요? (O)
  你喜歡哪種食物？

▸解答 P. 310

1 그림을 보고 더 적절한 답을 고르세요.

(1)

ⓐ 뭐 먹고 싶어요?
ⓑ 뭐 먹고 싶어?

(2)

ⓐ 회의가 언제 시작합니까?
ⓑ 회의가 언제 시작해?

(3)

ⓐ 몇 번 버스가 남산에 가요?
ⓑ 몇 번 버스가 남산에 가?

(4)

ⓐ 우리 집에 가요.
ⓑ 우리 집에 가자.

2 다음 대화를 반말로 바꾸세요.

리나	진수 씨, 내일 시간 있어요?
진수	네, 있어요. 왜요?
리나	내일 같이 영화 보러 가요.
진수	좋아요. 제가 표를 살게요.
리나	아니에요. 표는 저한테 있어요. 진수 씨는 저녁을 사 주세요.
진수	알았어요. 내일 봐요.

반말

리나	너, 내일 시간 (1) __________?
진수	(2) __________, 있어. (3) __________?
리나	내일 같이 영화 보러 (4) __________.
진수	좋아. (5) __________ 표를 살게.
리나	(6) __________. 표는 (7) __________ 있어. (8) __________ 저녁을 (9) __________.
진수	알았어. 내일 (10) __________.

3 밑줄 친 것을 고치세요.

(1) 저는 요즘 건강을 위해 운동을 시작했어.

(2) 네가 이따가 전화할게.

(3) 오늘 시간 있어요? 같이 밥 먹자.

(4) A 지금 여권 있어?
B 네, 있어.

對話 ❶

070.mp3

리나 진수야! 지금 뭐 하고 있어?

진수 아무것도 안 해. 그냥 쉬고 있어.

리나 그래? 그럼, 내 부탁 좀 들어줘.

진수 무슨 부탁인데?

리나 내 컴퓨터가 고장 났는데, 고치는 것 좀 도와줘.

진수 그래? 어떻게 안 되는데?

리나 갑자기 컴퓨터가 안 켜져. 왜 그런지 모르겠어.

진수 언제부터 그랬어?

리나 지금 막 고장 났어. 좀 전까지는 괜찮았는데…….

진수 선도 연결되어 있어?

리나 어, 그것도 확인했는데 선에는 아무 문제 없어.

진수 그럼, 이따가 저녁 먹은 후에 가서 고쳐 줄게.

리나 좀 급한데 지금 와서 도와주면 안 돼?

진수 알았어. 금방 갈게.

莉娜 真秀！你現在在做什麼？

真秀 我沒有在做任何事，就只是在休息。

莉娜 真的嗎？那我想麻煩你幫個忙。

真秀 什麼忙？

莉娜 我的電腦壞了，你可以幫我修理嗎？

真秀 是嗎？哪裡不能用？

莉娜 就忽然沒辦法開機，我也不知道為什麼會這樣。

真秀 從何時開始發生這樣的情況？

莉娜 剛剛才壞的，不久之前還好好的…

真秀 有插電嗎？

莉娜 有，那個我也檢查過了，線沒有問題。

真秀 那我吃過晚飯後過去幫你修理。

莉娜 我有點趕時間，你可以現在過來幫忙嗎？

真秀 好，我等會就到。

單字 ▸P. 324

아무 | 부탁을 들어주다 | 고장 나다 | 고치다 | 갑자기 | 막 | 선 | 연결되다 | 문제 | 급하다

表現 ▸P. 324

- 아무것도 안 해.
- 지금 막 고장 났어.
- 〔名詞〕에는 아무 문제 없어.

小祕訣

1 좀 的兩種含意

좀 有兩個意思，於此對話中，第一和第二個 좀 表示「麻煩、請」，為請人幫忙時表現禮貌的方式。而第三跟第四個 좀 則是口語中 조금 的簡略用法。

- 이것 **좀** 도와주세요.
  這個請你幫我一下。
- 저한테는 이 음식이 **좀** 매워요.
  這食物對我來說有點辣。

2 아무 的用法

아무 通常用於否定句，表示「沒有」，而用於肯定句時則有「都可以」（不指定哪一個）的意思。

- **아무도** 안 왔어요. 沒有人來。
- **아무** 말**도** 안 했어요. 什麼都沒說。

- **아무나** 들어가도 돼요. 任何人都可以進來。
- **아무거나** 얘기하세요. 什麼事都可以講。

071.mp3

● 與使用物品相關的動詞

1.

불을 켜다 ↔ 불을 끄다
開燈 關燈

2.

선풍기를 틀다 ↔ 선풍기를 끄다
打開電扇 關電扇

3.

소리를 높이다 ↔ 소리를 줄이다
調高音量 調低音量

4.

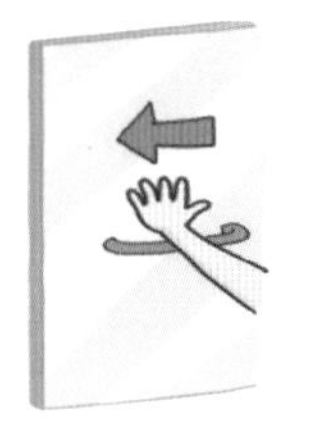

문을 밀다 ↔ 문을 당기다
推開門 拉開門

5.

책을 꺼내다 ↔ 책을 넣다
拿出一本書 放入一本書

6.

가방을 들다 ↔ 가방을 놓다
提包／袋 放下包／袋

7.

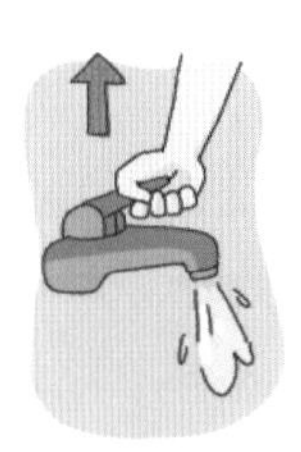
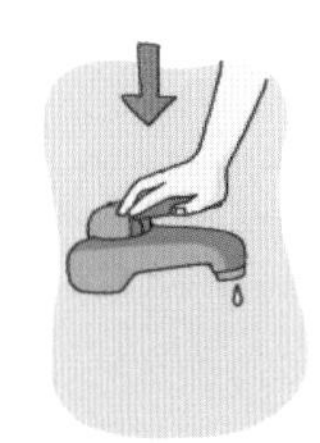

수도꼭지를 올리다 ↔ 수도꼭지를 내리다
上提水龍頭 下壓水龍頭

8.

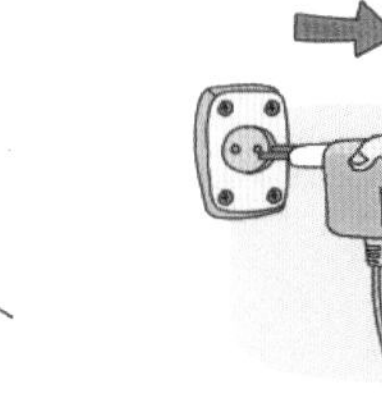

충전기를 꽂다 ↔ 충전기를 빼다
插進充電器 拔充電器

9. 창문을 열다 ↔ 창문을 닫다
打開窗戶 ↔ 關上窗戶

10. 문을 열다 ↔ 문을 잠그다
開門 ↔ 鎖門

11. 뚜껑을 열다 ↔ 뚜껑을 덮다
打開蓋子 ↔ 蓋上蓋子

12. 책을 펴다 ↔ 책을 덮다
打開書 ↔ 闔上書

13. 버튼을 누르다 按按鈕
14. 채널을 돌리다 換電視頻道（轉台）
15. 카드를 대다 感應卡片
16. 손잡이를 잡다 握住把手
17. 배터리를 충전하다 電池充電
18. 알람을 맞추다 設定鬧鐘

精準表達

- 컴퓨터가 망가졌어. 電腦壞了。
- 배터리가 떨어졌어. 電池沒電了。
- 시계가 죽었어. 手錶停了。

文法 ❷

- (으)ㄹ 줄 알다「懂得如何做…」

詞形變化表 P. 300

A 수영할 줄 알아요?
你會游泳嗎？

B 아니요, 수영할 줄 몰라요.
不，我不會游泳。

–(으)ㄹ 줄 알다 用來表達一個人做某件事情的能力或知識，如果一個人沒有這項能力或知識，則使用 –(으)ㄹ 줄 모르다。–(으)ㄹ 줄 알다 附加於動詞語幹之後。

- 중국 사람이니까 한자를 읽을 줄 알아요.
  因為是中國人，所以會讀漢字。
- 자전거를 탈 줄 몰라요. 가르쳐 주세요.
  我不會騎腳踏車，請教我。
- 전에는 독일어를 할 줄 알았는데, 지금은 다 잊어버렸어요.
  以前懂德語，但現在全忘了。

注意

因為 -(으)ㄹ 줄 알다 是用以表達一個人所學到的知識，所以不可用在天生具有的能力，或是一項不需要學習自然就知道的能力。
- 저는 텔레비전을 볼 줄 알아요. (X)
- 저는 텔레비전을 볼 수 있어요. (O)
  我會看電視。

- (으)ㄹ까 봐「我擔心…」

詞形變化表 P. 298

A 왜 아이스크림을 안 먹어요?
你為什麼不吃冰淇淋？

B 살이 찔까 봐 안 먹어요.
我擔心變胖所以不吃。

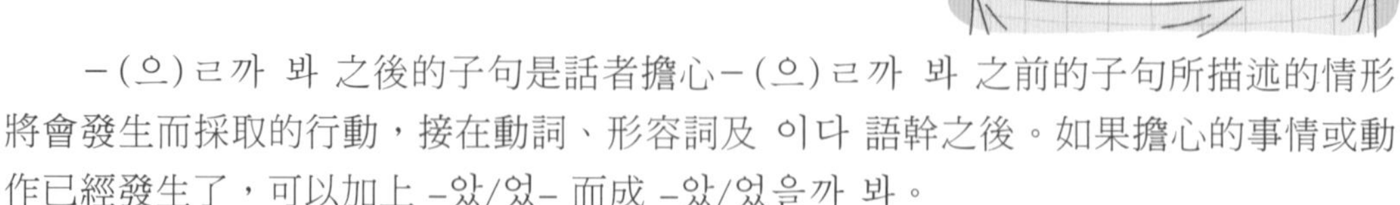
–(으)ㄹ까 봐 之後的子句是話者擔心–(으)ㄹ까 봐 之前的子句所描述的情形將會發生而採取的行動，接在動詞、形容詞及 이다 語幹之後。如果擔心的事情或動作已經發生了，可以加上 –았/었– 而成 –았/었을까 봐。

- 시험이 너무 어려워서 떨어질까 봐 걱정돼요.
  考試太難了，我擔心考不過。
- 약속에 늦을까 봐 택시를 탔어요.
  我擔心約會遲到，所以搭計程車。
- 기차가 벌써 출발했을까 봐 기차역까지 뛰어갔어요.
  我怕火車出發了，用跑的去火車站。

注意

接在-(으)ㄹ까 봐 之後的動作是已經發生或為一個常規動作，因此不可使用表示未來會發生的動作時制，如 -(으)세요, -(으)ㅂ시다 及 -아/어야 하다。
- 비가 올까 봐 우산을 가져가세요. (X)
- 비가 올까 봐 우산을 가져왔어요. (O)
  擔心會下雨就帶了雨傘。

▸解答 P. 310

1 **'-(으)ㄹ 줄 알다'나 '-(으)ㄹ 줄 모르다'를 사용하여 문장을 완성하세요.**

(1) 저는 한국 요리를 좋아하지만 ______________. (만들다)

(2) 자전거를 ______________ 니까 저한테 자전거가 필요 없어요. (타다)

(3) 제가 컴퓨터를 ______________ 니까 문제 생기면 말씀하세요. (고치다)

(4) ______________ 면 저 대신에 운전 좀 해 주세요. (운전하다)

(5) 교통 카드를 ______________ 서 개찰구 앞에서 계속 서 있었어요. (사용하다)

2 **문장을 완성하도록 알맞은 것끼리 연결하세요.**

(1) 학생들이 이해 못 할까 봐 • • ⓐ 지도를 가져왔어요.

(2) 길을 헤맬까 봐 • • ⓑ 밤새 공부했어요.

(3) 아침에 못 일어날까 봐 • • ⓒ 선생님이 천천히 말했어요.

(4) 시험을 못 볼까 봐 • • ⓓ 가방에 신경 많이 썼어요.

(5) 물건을 도둑맞을까 봐 • • ⓔ 알람 시계를 두 개 맞췄어요.

3 **알맞은 답을 고르세요.**

(1) 한국 노래를 ⓐ 부를 줄 아니까 / ⓑ 부를 줄 모르니까 저는 미국 노래만 불렀어요.

(2) 친구 연락처를 ⓐ 기억할까 봐 / ⓑ 잊어버릴까 봐 핸드폰에 저장했어요.

(3) 아기가 침대에서 ⓐ 떨어질까 봐 / ⓑ 떨어지지 않을까 봐 엄마가 아기 옆에서 보고 있어요.

(4) 친구가 컴퓨터를 ⓐ 사용할 줄 아니까 / ⓑ 사용할 줄 모르니까 가르쳐 주고 있어요.

(5) 건강이 더 ⓐ 좋아질까 봐 / ⓑ 안 좋아질까 봐 술과 담배를 끊었어요.

(6) 부모님이 핸드폰 사용법을 ⓐ 이해할까 봐 / ⓑ 이해하지 못할까 봐 다시 설명해 드렸어요.

對話 ❷

마크 새라야, 무슨 일 있어? 왜 그래?
새라 이번 주말에 비가 올까 봐 걱정이야.
마크 주말 날씨에 왜 신경을 쓰는데?
새라 이번 주말에 부모님 모시고 제주도로 여행 떠나거든.
마크 우산 가지고 가면 되지, 뭐.
새라 제주도의 유명한 '올레' 길을 걸으려고 하는데, 날씨 때문에…….
마크 그렇구나! 비가 오면 걷기 힘들겠다!
새라 그래서 어떻게 해야 할지 생각하고 있어.
마크 운전할 줄 알아?
새라 알지. 그건 왜?
마크 그럼, 제주도에서 자동차를 빌려서 드라이브하면 어때?
새라 그런데 제주도에 뭐가 있는지도 잘 모르는데…….
마크 제주도는 바다 경치가 유명하니까 바닷가 근처에 좋은 데가 있을 거야.
새라 그거 좋은 생각이다. 알려 줘서 고마워.
마크 고맙긴. 여행 잘 다녀와.

馬克 莎拉，發生了什麼事？妳怎麼了？
莎拉 我擔心這個週末會下雨。
馬克 為什麼要擔心這個週末的天氣？
莎拉 這週末我要帶我的父母去濟州島旅行。
馬克 帶把雨傘不就好了。
莎拉 我計畫要去走濟州島有名的「小徑」徒步路線，但因為天氣…
馬克 原來是這樣啊，那如果下雨的話真的會很不好走！
莎拉 所以我正在想應該要怎麼辦。
馬克 妳會開車嗎？
莎拉 會啊，怎麼了？
馬克 那麼，妳何不租車在濟州島上到處繞繞？
莎拉 但是我不知道濟洲島上有什麼可以去的地方…
馬克 濟州島的海景很有名，海邊一定會有不錯的景點。
莎拉 那是個好點子，謝謝你告訴我。
馬克 謝什麼，祝妳旅途愉快。

單字 ▸P. 324

날씨 | 모시고 | 걷다 | 빌리다 | 바닷가 | 경치 | 데 | 알리다

表現 ▸P. 324

- 무슨 일 있어?
- 그거 좋은 생각이다.
- 여행 잘 다녀와.

小祕訣

1 -(으)면 되지, 뭐: 用不拘禮節的方式給予建議

此表達方式用來針對一個不是很重要的問題提出建議，通常使用於親近朋友之間不需拘禮的情況。可以於結尾加上 뭐 以強調給予的建議並不是很慎重。

- 지금부터 공부하**면 되죠, 뭐**.
  從現在開始唸書不就好了。

2 使用疑問字詞（什麼、如何、哪裡等）+ 做

-아/어야 할지 用來表達一個人必須去做的動作。

- 무엇을 해**야 할지** 알려 주세요.
  請告訴我應該要怎麼做。
- 어디에 가**야 할지** 모르겠어요.
  我不知道應該去哪裡。。

073.mp3

❶ 氣象詞彙

1. 나다 2. 끼다 3. 오다/내리다 4. 불다 5. 치다

1. 나다
- 해가 나다 太陽出來
- 햇빛 陽光
- 햇볕 日光

2. 끼다
- 구름이 끼다 有雲的
- 안개가 끼다 有霧的
- 먹구름 烏雲

3. 오다/내리다
- 비가 오다/내리다 下雨
- 눈이 오다/내리다 下雪
- 소나기 陣雨
- 폭우 大雨
- 폭설 暴風雪

4. 불다
- 바람이 불다 吹風
- 태풍이 불다 颱颱風
- 비바람 暴風雨

5. 치다
- 번개가 치다 雷擊
- 천둥이 치다 打雷
- 벼락 閃電

- **소나기**가 내린 후 **해가 났어요**. 陣雨過後太陽出來了。
- **바람이 불고 번개가 치는 날**에는 밖에 안 나가는 게 좋아요.
  遇到颱風又打雷的日子最好不要外出。

❷ 形容天氣

1.

맑다 晴朗的

흐리다 陰天的

개다 放晴

(비/눈/바람/태풍)이/가 그치다
（雨／雪／風／颱風）停
(구름/안개)이/가 걷히다
（雲／霧）散去
- 추위 冷／寒
- 더위 熱／暑

2.

춥다 寒冷的

쌀쌀하다 冷颼颼的　시원하다 涼爽的

따뜻하다 溫暖的

덥다 熱的

3.

건조하다 乾燥的	햇빛이 강하다 太陽光強
습도가 높다 濕度高	(날씨가) 변덕스럽다 （天氣）變化無常的
후텁지근하다 黏膩、悶熱	(날씨가) 포근하다 （天氣）舒適的

- **비가 그치고 날씨가 갰으니까** 이따가 산책 가요.
  雨停了天氣也放晴了，待會一起去散步。
- 날씨가 **쌀쌀하니까** 밖에 나가려면 겉옷을 가져가야 해요.
  天氣變涼了，外出的話得加件外套。
- 겨울에는 너무 **건조해서** 크림을 바르는 게 피부에 좋아요.
  因為冬季很乾燥，在皮膚上塗點乳液是好的。

精準表達
- 오전 내내 비가 오겠습니다.
  整個上午大概都會下雨。
- 오후에 비가 그치겠습니다.
  這雨大概下午會停。

文法 ❸

- 아/어야지요「你應該…」

▶ 文法補充說明 P. 273 詞形變化表 P. 296

A 물건이 잘못 배송 되었는데 어떡하죠?
我收到錯的包裹，我該怎麼辦？

B 우선 고객 센터에 전화해야지요.
你應該先打電話給客服中心。

–아/어야지요 用來告知聽者一件很明顯要去做的事情，或是用以強調必定會發生的狀態。此用法接於動詞、形容詞及 이다 語幹之後，且通常使用於口語交談。假使要說一件很清楚不能去做的事情時，可在 –아/어야지요 之前加上 –지 않다 及 –지 말다，分別組成 –지 않아야지요 及 –지 말아야지요 的句型使用。如需要強調話者的期許，則會比較傾向於使用 –지 말아야지요。

- 감기에 걸렸으면 푹 쉬어야지요. 如果感冒，應該要好好休息。
- 가게 직원은 손님에게 친절해야죠. 商店店員對待客人應該要親切。
- 어제 지각했으면 오늘은 늦지 말아야지요. 如果你昨天遲到，今天就不該再遲到。

- 아/어야겠다「我得…」

詞形變化表 P. 297

A 벌써 8시네요.
已經8點了呢。

B 이제 집에 가 봐야겠어요.
我現在得回家了。

–아/어야겠다 用於話者為了表達其強烈意願要去做一件非做不可的事情，並用此來意指一個承諾，或是對一個人本身的譴責和責難。使用上多用於口語，且附加於動詞及形容詞語幹之後。當使用在否定句時，在此之前加上 –지 않다 或 –지 말다，分別構成 –지 않아야겠다 和 –지 말아야겠다。如需要強調話者的期許，則比較傾向使用 –지 말아야겠다。

- 요즘 친구가 연락이 안 돼요. 전화해 봐야겠어요. 最近朋友都沒消息，我得打個電話。
- 행복하게 살려면 건강해야겠어요. 想過得幸福快樂，就必須健健康康的。
- 이제부터 회사에 지각하지 말아야겠어. 從現在開始我上班不能再遲到了。

▸解答 P. 310

1 알맞은 답을 고르세요.

(1) 수영장에 가려면 ⓐ 수영복을 가져와야죠.
ⓑ 수영복을 가져오지 않아야죠.

(2) 그 사람이 친구라면 ⓐ 거짓말을 해야죠.
ⓑ 거짓말을 하지 말아야죠.

(3) 내일까지 일을 끝내려면 ⓐ 오늘 다른 약속을 잡아야죠.
ⓑ 오늘 다른 약속을 잡지 않아야죠.

(4) 여권을 잃어버리면 ⓐ 경찰에게 숨겨야죠.
ⓑ 경찰에게 신고해야죠.

2 다음에서 알맞은 답을 골라서 '-아/어야겠다'를 사용하여 대화를 완성하세요.

일하다　　피우다　　준비하다　　알아보다

(1) A 자주 길을 잃어버려서 걱정이에요.
B 맞아요. 다음부터는 꼭 지도를 ______________.

(2) A 사고를 예방하려면 왜 사고가 났는지 알아봐야죠.
B 맞아요. 먼저 사고 원인부터 ______________.

(3) A 이번에 승진이 안 됐네.
B 어, 내년에 승진하려면 더 열심히 ______________.

(4) A 요즘 건강이 안 좋아졌어요? 얼굴이 안 좋아 보여요.
B 네, 요즘 건강이 안 좋네요. 이제 담배를 ______________.

3 문장을 완성하도록 알맞은 것끼리 연결하세요.

(1) 비가 오니까 •　　• ⓐ 재료부터 사 와야지.
(2) 여행을 가려면 •　　• ⓑ 우산을 사야겠어요.
(3) 음식을 만들려면 •　　• ⓒ 먼저 돈을 모아야죠.
(4) 친구가 오해할 수 있으니까 •　　• ⓓ 계획을 잘 세워야지요.
(5) 실패하지 않으려면 •　　• ⓔ 사실을 말해야겠어요.

對話 ❸

074.mp3

링링 지갑을 잃어버렸어. 어떡하지?
웨이 어디에서 잃어버렸는지 기억나?
링링 잘 모르겠어, 기억 안 나.
웨이 잘 생각해 봐. 마지막으로 언제 지갑을 봤는데?
링링 아까 식당에서 계산했을 때 지갑을 꺼냈어. 그 후에는 지갑을 못 봤어.
웨이 지갑 안에 뭐가 들어 있는데?
링링 카드하고 현금, 신분증이 들어 있어.
웨이 카드는 정지했어?
링링 아니, 깜빡 잊어버리고 아직 못 했어.
웨이 카드를 빨리 정지해야지. 그렇지 않으면 더 큰 문제가 생길 수도 있어.
링링 맞다! 은행에 전화해야겠다.
웨이 유실물 센터에는 가 봤어?
링링 아니, 아직 못 가 봤어.
웨이 유실물 센터에도 가 봐야지.
링링 알았어. 일단 유실물 센터부터 가 봐야겠다.

玲玲 我的錢包丟了，我該怎麼辦？
偉 你記得你在哪裡掉的嗎？
玲玲 我不確定，我不記得了。
偉 仔細地想想，你最後一次看到錢包是什麼時候？
玲玲 我剛剛才拿出我的錢包在餐廳付帳，在那之後我就沒看到了。
偉 你錢包裡有放什麼？
玲玲 裡面有信用卡、現金、身分證件。
偉 你取消你的信用卡了沒？
玲玲 還沒，我完全忘記了所以還沒做這件事。
偉 你應該趕快去取消，不然你會有更麻煩的問題。
玲玲 沒錯！我應該打電話給銀行。
偉 你有試著去失物招領找看看嗎？
玲玲 沒有，我還沒能去那裡。
偉 你應該也去失物招領處問問。
玲玲 好，我想我得先去失物招領處一趟。

單字 ▸P. 324

지갑 | 잃어버리다 | 기억나다 | 마지막으로 | 계산하다 | 꺼내다 | 들어 있다 | 현금 | 신분증 | 정지하다 | 깜빡 | 잊어버리다 | 유실물 센터 | 일단

表現 ▸P. 324

- 어떡하지?
- 기억 안 나.
- 깜빡 잊어버리고 아직 못 했어.

小祕訣

1 기억하다/생각하다 VS. 기억나다/생각나다

기억하다 和 생각하다 的意思指仔細地去想或試著記住某件事，而 기억나다 和 생각나다 則是指突然且不經意地記起或是想起一件事。因此在語法上，-을/를 後面接 기억하다；而 기억나다 後面接著的助詞則是 -이/가。

- 그 사람의 이름을 **생각해도** 이름이 **생각 안 나요**.
  雖然我試著想起那人的名字，但我就是想不起來。

2 일단（名詞）부터：「先（名詞）」

當一個人有很多事情要去作時，可以用 일단 加於名詞前面，表示一件最首先要去做的事，並於名詞後接 -부터。

- **일단** 밥**부터** 먹읍시다. 我們先吃飯吧。
- **일단** 책**부터** 정리하죠. 我們先整理書。

075.mp3

● 常見問題

1.

여권을 잃어버리다
遺失護照

2.

지갑을 도둑맞다
錢包被偷

3.

중요한 서류가 없어지다
重要文件遺失

4.

길을 헤매다
在街上徘徊

5.

버스나 지하철을 잘못 타다
搭錯公車或地鐵

6.

차가 밀리다 (= 길이 막히다)
塞車

7.

우산을 놓고 오다
忘了拿走雨傘

8.

비밀번호를 잊어버리다
忘記密碼

9.

시험에서 떨어지다
沒通過測驗

10.

전자제품이 망가지다
電器用品壞掉

11.

다른 사람의 물건을 망가뜨리다
弄壞別人的東西

12.

돈이 다 떨어지다
錢用完

13. 거짓말이 들통나다 謊言被識破
14. 사업이 망하다 生意破產
15. 사기를 당하다 被詐騙

精準表達

- 일단 신고부터 하세요. 請先去報案。
- 일단 전화부터 해 보세요. 請先打電話（給某人）。
- 일단 가방부터 다시 살펴보세요. 請先從包包重新找起。

一起聊天吧！

口說策略　給予建議

- 제 경우에는 혼자 생각해 보는 것이 도움이 많이 됐어요.
  對我來說，獨自思考這件事對我很有幫助。
- 다른 사람과 얘기할 시간을 갖는 것이 좋겠어요.
  花點時間去跟別人談話是好的。
- 먼저 그 사람과 얘기를 해 보는 게 좋지 않을까요?
  先試著跟那個人講話不是會比較好嗎？

❶ 어떤 고민이 있었어요? 고민이 있을 때 어떻게 했어요? 고민이 해결됐어요?

어렸을 때	친구 관계에서	학교 생활에서	회사 생활에서
______	______	______	______
______	______	______	______
______	______	______	______

제 친구 중에 어떤 친구가 너무 자주 전화하고 문자해서 제 생활에 방해가 돼요.

그 친구에게 솔직하게 얘기하는 게 좋지 않을까요?

❷ 친구의 고민을 듣고 좋은 조언을 해 주세요.

- 친구가 자꾸 나를 오해해서 그 친구와 사이가 불편해졌어요.
- 직장 상사가 저를 싫어해요. 저는 매일 직장 상사에게 혼나요.
- 주변에 사람이 많아도 진짜 친구가 없어서 항상 외로워요.
- 아직 젊은데 머리가 자꾸 빠져요. 그래서 머리에 자꾸 신경이 쓰여요.
- 여러 가지 해 봐도 흥미가 없어요. 몸도 게을러져요.
- 열심히 공부하지만 단어를 외워도 자꾸 잊어버려요.
- 몸이 피곤하지만 밤에 잠이 안 와요.
- 외국어로 말할 때 너무 긴장해서 말이 안 나와요.
- 회사에서 언제 해고될지 몰라서 불안해요.
- 일을 그만두고 싶은데 돈이 없어서 계속 일해야 돼요.
- 아내가 낭비가 심해서 항상 돈이 부족해요.
- 하고 싶은 일이 있는데 부모님이 반대하세요.

076.mp3

新單字／詞彙

해결되다 得到解決 | 방해가 되다 礙事 | 조언 建議、忠告 | 오해하다 誤解 | 직장 상사 上司 | 외롭다 寂寞 | 신경이 쓰이다 注意、關心 | 흥미가 없다 不感興趣 | 외우다 背誦 | 해고되다 被開除 | 낭비가 심하다 十分浪費的 | 부족하다 不足 | 반대하다 反對

單字心智圖

▶ 單字心智圖漢字語整理 P. 315

077.mp3

＊字首 ㄹ 在 ㅏ、ㅓ、ㅗ、ㅜ、ㅡ、ㅐ、ㅔ、ㅚ 之前時變成 ㄴ，如例子中的 로 變成 노。

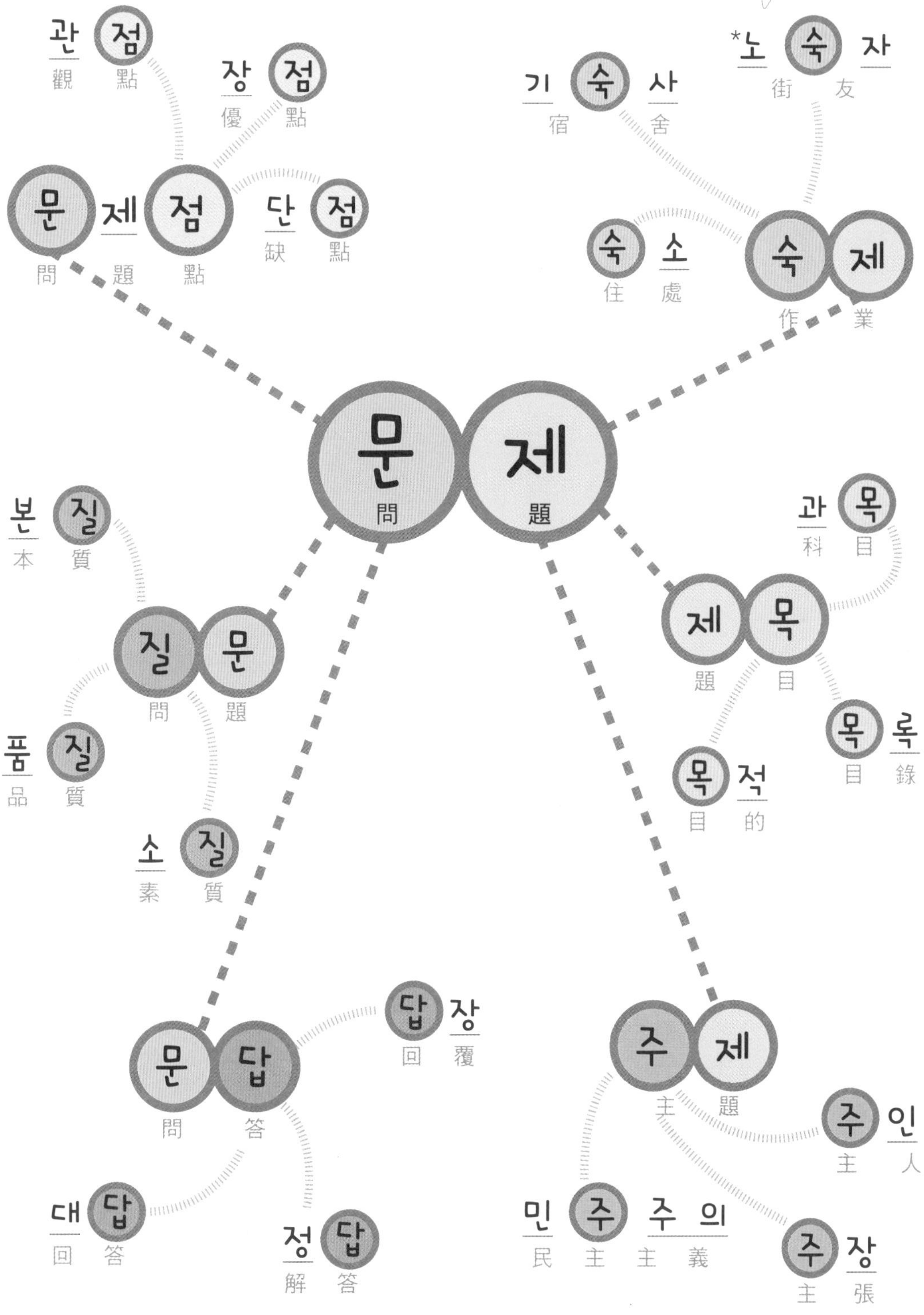

문제 問題

- 문제점 問題點
  - 관점 觀點
  - 장점 優點
  - 단점 缺點
- 숙제 作業
  - 기숙사 宿舍
  - *노숙자 街友
  - 숙소 住處
- 질문 問題
  - 본질 本質
  - 품질 品質
  - 소질 素質
- 제목 題目
  - 과목 科目
  - 목록 目錄
  - 목적 目的
- 문답 問答
  - 답장 回覆
  - 대답 回答
  - 정답 解答
- 주제 主題
  - 주인 主人
  - 민주주의 民主主義
  - 주장 主張

話說文化

你什麼時候可以說「너」？

반말 是在不需拘泥禮節的情況下所使用的口語，例如跟兄弟姊妹、親近的友人或是年紀明顯輕許多的對象。用法上可以想成像是用簡短字詞來回應一個可以自在地相處的朋友。但對外國人來說，理解什麼叫做「自在的關係」不是一件容易的事情。所以到底什麼樣的時機可以使用？

舉例來說，當對方是一名七歲小孩，即使是第一次見面也可以用 반말。但如果對方年齡相仿或是只比自己年輕一些，於第一次見面就莽撞地使用 반말 的話，是非常危險的做法。當對方年紀相對只小一點，而且已經是成年人時，使用 반말 特別會有污辱人的意思。這是因為 반말 被視為一種不需要有禮貌的表達方式，如對陌生人使用，則容易被解讀成帶有高高在上的態度。所以一般人並不會在第一次和同年齡的人見面時就馬上用 반말，而是當兩人彼此都同意使用 반말 時才會講 반말，尤其會在雙方已經建立起親近關係之後才開始使用 반말。

對於相處在同一個社群的人而言，使用 반말 可視為一種親密的象徵。例如一名年紀較長的大學學生只對其中一名年紀較輕的學生使用 반말，表示這名學生對使用 반말 的對象感到比較親近。換句話說，一個人可以藉由不使用 반말 來跟不怎麼友善的人保持距離。

然而，就算兩個人之間很親近，也不代表可以無條件地使用 반말。舉例來說，即使已經建立起親近關係，通常還是不會對同事、顧客、店家老闆或是類似有生意往來的對象使用 반말。반말 一般會用在年輕的同學之間，特別是對於那些能自在地分享私密回憶和想法的同學。因此，一個常去店裡的常客對年輕的打工店員使用 반말，是一種粗魯又沒有禮貌的行為；如果在這種情況下相遇的其中一方對另一方使用 너，會因為帶有鄙視對方的含意而顯得更加無禮。總結來說，此用法表示一種輕鬆、非正式且親近的關係，一個人可依照關係上的親密程度來決定能否使用 반말。

第 11 課

사람

人

目標
- 描述人的外貌
- 討論轉變及狀態的變化
- 描述人的穿著
- 表達不明確的疑問句
- 確認訊息
- 討論人的期許
- 討論人做事情的目的

文法

❶ -(으)ㄴ/는 修飾名詞
-아/어 보이다「看起來…」

❷ -(으)ㄹ까요? 表達不明確的疑問句
-잖아요 提醒聽者已經知道的事實

❸ -았/었으면 좋겠다
「我希望」、「我期望」、「如果可以…就好了」
-도록 表程度、目的、範圍

文法 1

- (으)ㄴ/는 修飾名詞

文法補充說明 P. 274 詞形變化表 P. 301

A 지금 뭐 해요?

你現在在做什麼？

B 학생들한테 받은 편지를 읽고 있어요.

我正在看我學生給我的信件。

附加在有關聯性的子句之後，給名詞更多特定細節。這些關聯子句永遠放在要修飾的名詞之前，並且會因接在動詞、形容詞或 이다 語幹之後而有所不同，另外也會隨著關聯性子句的時制而變化。-는、-(으)ㄴ、-(으)ㄹ 皆可附加於動詞語幹之後：-는為表達現在時制的修飾，-(으)ㄴ 表達過去時制，而 -(으)ㄹ 則表達未來時制。-(으)ㄴ 也可接於形容詞語幹之後，但此時所表達的則是作為現在時制的修飾。

- 음악을 좋아하는 사람들이 이곳에 자주 가요. 喜歡音樂的人常常去這個地方。
- 아까 먹은 음식의 이름이 뭐예요? 剛才吃的食物叫什麼名字？
- 내일 여행갈 사람은 오늘까지 신청하세요. 明天要去旅遊的人請在今天之前申請。

- 아/어 보이다「看起來…」

詞形變化表 P. 297

A 그 사람의 첫인상이 어때요?

你對那個人的第一印象如何？

B 정말 무서워 보여요.

他看起來真的很嚇人。

–아/어 보이다表示只由外表看到的來猜測對一個人的感覺，也就是只憑外表來描述對他人的第一印象。-아/어 보이다 附加於形容詞語幹之後。

- 옷을 그렇게 입으니까 젊어 보여요.
  那樣穿衣服，看起來很年輕。
- 이 음식이 정말 맛있어 보여. 이거 먹어 보자.
  這食物看起來真的很好吃，吃這個吧。
- 신발이 편해 보여서 샀는데 실제로 불편해요.
  鞋子看起來很舒服就買了，實際上卻很難穿。

注意

보이다 接於形容詞語幹時是 -아/어 보이다；接於名詞時則為 -처럼 보이다。

- 화장을 하니까 예뻐 보여요.
  化妝了，看起來很美。
- 화장을 하니까 배우처럼 보여요.
  化妝了，看起來像演員一樣。

▸解答 P. 310

1 알맞은 답을 고르세요.

(1) 몇 년 전에 ⓐ 졸업하는 / ⓑ 졸업한 학교에 다시 가 보려고 해요.

(2) 이 목걸이는 10년 전에 친구가 ⓐ 주는 / ⓑ 준 목걸이예요.

(3) 어렸을 때 키가 ⓐ 작은 / ⓑ 작았던 친구가 지금은 제일 키가 커요.

(4) ⓐ 할 / ⓑ 하는 말이 있는데 잠깐 얘기할 수 있어요?

(5) 지난주에 슈퍼에 가서 다음 주에 ⓐ 먹을 / ⓑ 먹은 음식을 사 왔어요.

(6) 어제 만난 사람 중에서 마음에 ⓐ 드는 / ⓑ 든 사람이 있었어요.

2 다음에서 알맞은 답을 골라서 '-(으)ㄴ/는'을 사용하여 대화를 완성하세요.

시설이 깨끗하다　　친구하고 같이 보다　　스트레스를 받지 않다　　얘기를 잘 들어 주다

(1) A 어떤 집을 구하고 있어요?
B ______________ 집을 구하고 있어요.

(2) A 어떤 생활을 하고 싶어요?
B ______________ 생활을 하고 싶어요.

(3) A 어떤 사람을 좋아해요?
B ______________ 사람을 좋아해요.

(4) A 어떤 영화가 재미있었어요?
B 어제 ______________ 영화가 재미있었어요.

3 그림을 보고 다음에서 알맞은 답을 골라서 '-아/어 보이다'를 사용하여 문장을 완성하세요.

친하다　　맛있다　　나이 들다　　피곤하다

(1) 케이크가 진짜 ______________ 보이네요. 저거 한번 먹어 봐요.

(2) 얼굴이 ______________ 보이네요. 어제 잠을 못 잤어요?

(3) 이런 옷을 입으면 ______________ 보여요.

(4) 두 사람이 정말 ______________ 보이네요. 오랜 친구 같아요.

對話 ❶

078.mp3

마크 이 중에서 네 남자 친구가 누구야?

새라 맨 오른쪽에 있는 사람이야.

마크 갈색 머리에 수염 있는 사람?

새라 어, 맞아.

마크 야~ 네 남자 친구 진짜 멋지다! 배우 같다!

새라 그치? 키도 크고 체격도 좋아.

마크 성격도 좋아 보이는데? 네가 딱 좋아하는 스타일이네.

새라 외모만이 아니야. 좋아하는 것도 나랑 비슷해.

마크 그래? 그나저나 처음에 어떻게 만났는데?

새라 전에 회사에서 같이 일한 적이 있는데 그때 얘기를 많이 하면서 친해졌어.

마크 첫눈에 반한 거야?

새라 아니야. 처음에는 그냥 그랬는데, 계속 만나니까 진짜 마음에 들어. 같이 얘기하면 마음이 되게 편해져.

마크 그렇구나. 좋겠다! 잘해 봐.

새라 나중에 기회가 되면 너한테 소개할게.

馬克 這些人當中哪一位是妳的男朋友？

莎拉 最右邊的那位。

馬克 有著棕髮和鬍子的人嗎？

莎拉 嗯，沒錯。

馬克 哇～妳的男朋友長得真帥，就像演員一樣。

莎拉 是吧？他個子又高體格又好。

馬克 個性看起來也不錯。完全是妳喜歡的類型呢。

莎拉 不只是他的長相，他的興趣跟我也很類似。

馬克 真的嗎？話說回來，妳跟他是怎麼認識的？

莎拉 他以前曾經待過我們公司，當時常常聊天，後來兩人關係就拉近了。

馬克 是一見鍾情嗎？

莎拉 不是，一開始覺得他還好，但越認識他之後我就真的越喜歡他了，當我跟他說話的時候我感到非常自在。

馬克 這樣啊？太好了。祝妳好運。

莎拉 下次有機會的話我再介紹他給你認識。

單字 ▸P. 325

맨 | 갈색 | 수염 | 배우 | 체격 | 딱 | 그나저나 | 친하다 | 첫눈에 반하다 | 계속 | 되게 | 소개하다

表現 ▸P. 325

- 그치?
- 첫눈에 반한 거야?
- 잘해 봐.

小祕訣

1 使用 같다 的表達方式

當比較一個相似的東西時，可以用 같다 接於比較的對象之後。같다 的形式依所用場合不同而有所改變。

- 그 사람이 영화 배우 **같아요**.
  那個人看起來像個演員。[作謂詞用]
- 그 사람이 배우 **같은** 옷을 입었어요.
  那個人穿著看起來像是演員的服裝。[放於名詞前，作修飾用]
- 그 사람이 배우**같이** 말해요. (= 그 사람이 배우처럼 말해요.)
  那個人講話像個演員。[放於動詞前，作副詞用]

2 (이)랑：「和」

하고、와/과 或(이)랑 可以放在名詞之間表示「和」，當與另一個位階相仿的人以非常口語的形式交談時，可用(이)랑 表達「和」。

- 김치**와** 밥 = 밥**과** 김치 [正式]
- 김치**하고** 밥 = 밥**하고** 김치 [非正式]
- 김치**랑** 밥 = 밥**이랑** 김치 [口語]
  辛奇和飯＝飯和辛奇

079.mp3

❶ 臉部特徵

- 얼굴이 둥글다 臉圓圓的
- 눈이 크다 眼睛大
- 눈썹이 짙다 眉毛濃
- 쌍꺼풀이 있다 有雙眼皮
- 코가 납작하다 鼻子扁
- 입술이 두껍다 嘴唇厚
- 턱수염이 있다 有山羊鬍
- 콧수염이 없다 沒有小鬍子
- 피부가 까무잡잡하다 皮膚黝黑

- 얼굴이 갸름하다 臉瘦長的
- 눈이 작다 眼睛小
- 눈썹이 가늘다 眉毛細
- 쌍꺼풀이 없다 沒有雙眼皮
- 코가 오뚝하다 鼻子高
- 입술이 얇다 嘴唇薄
- 턱수염이 없다 沒有山羊鬍
- 콧수염이 있다 有留小鬍子
- 피부가 하얀 편이다 皮膚白皙

❷ 頭髮及髮型

- 검은색 머리 黑髮
- 생머리 直髮
- 단발머리 中短髮
- 핀을 꽂다 夾髮夾

- 갈색 머리 棕髮
- 곱슬머리 捲髮
- 커트 머리 短髮
- 머리띠를 하다 扎髮箍

- 금발 머리 金髮
- 파마머리 燙髮
- 긴 머리 長髮
- 머리를 묶다 綁頭髮

- 그 사람은 **이마가 넓고 눈썹이 짙고 수염이 있어서** 남자다워요.
  那人的額頭寬、眉毛濃而且還有留鬍子，所以他看起來很有男人味。
- 제 동생은 동양인인데 **피부가 까무잡잡한** 편이에요. 我妹妹是亞洲人，但是她的皮膚還滿黝黑的。
- 제 친구는 **긴 생머리를 묶고** 다녔는데, 요즘 머리를 짧게 잘랐어요.
  我朋友以前會把她的長直髮綁起來，但她最近把頭髮剪短了。

我想知道
- 갈색으로 염색한 머리 染成棕色的頭髮
- 머리카락 = 머리 頭髮

注意
- 그 사람은 검은색 머리가 있어요. (X)
- 그 사람은 검은색 머리예요. (O)
  那個人是黑色的頭髮。

我想知道
- 흰머리가 있다 有白頭髮
- 대머리이다 禿頭
- 가발을 쓰다 戴假髮

❸ 體格及年齡

- 키가 크다 個子高
- 마르다 瘦的
- 20대 초반이다 二十歲初頭

- 보통 키이다 一般身高
- 보통 체격이다 一般體格
- 30대 중반이다 三十五歲上下

- 키가 작다 個子矮
- 뚱뚱하다 胖的
- 40대 후반이다 年近五十

❹ 第一印象

- 아름답다 美麗的
- 귀엽다 可愛的
- 날씬하다 苗條的
- 잘생겼다 長得好看的
- 남성적이다 男性化的
- 어려 보이다 看起來年輕的
- 예쁘다 漂亮的
- 멋지다 俊帥的
- 깔끔하다 乾淨的
- 못생겼다 醜的
- 여성적이다 女性化的
- 나이 들어 보이다 看起來老的

精準表達
- 名詞 처럼 생겼어요.
  他／她看起來像〔名詞〕。
- 名詞 하고 닮았어요. (= 비슷해요.)
  他／她和〔名詞〕長得像。
- 名詞 하고 안 닮았어요.
  他／她和〔名詞〕長得不像。

文法 2

- (으)ㄹ까요? 表達不明確的疑問句

詞形變化表 P. 298

A 두 팀 중에서 누가 이길까요?

你覺得兩隊之間誰會贏？

B 글쎄요, 저도 잘 모르겠는데요.

這個嘛，我也不是很確定。

－(으)ㄹ까요? 用來表達一個修飾性疑問，或向聽者詢問不解問題。－(으)ㄹ까요? 通常用－(으)ㄹ 거예요 來回覆，具有推測的意思。－(으)ㄹ까요? 接在動詞、形容詞及 이다 語幹之後。當要表達一件已經結束的事情時，則加上過去時制－았/었－而成－았/었을까요?

- 공부하면 정말 시험을 잘 볼 수 있을까? 讀書的話，真的就能考好嗎？
- A 내일 전시회에 사람들이 많이 올까요? 明天展覽會有很多人來嗎？
  B 아마 많이 올 거예요. 應該會來很多人吧。
- 누가 아침 일찍 와서 청소를 했을까요? 是誰一大早提早來打掃的？

- 잖아요 提醒聽者已經知道的事實

詞形變化表 P. 293

A 어디가 좋을까요?

哪裡好呢？

B 남산이 제일 유명하잖아요. 거기로 가 보세요.

南山不是最有名的嗎？去那邊看看吧。

- 잖아요 用來確認聽者本身知道的事實，或是提醒聽者已經知道的事實。此語通常只用於對話而不用於書寫。- 잖아요 帶有「教導」聽者的強烈涵義，因此一般僅用於親近好友或年輕人之間，並不常和年長的人使用。如真的需要對年長者使用，使用時則應該伴隨著小心謹慎的語調。－잖아요 接在動詞、形容詞及 이다 語幹之後，如果確認的事實已經完成，則在－잖아요 之前加上過去時制－았/었－而成－았/었잖아요。

- 내가 고기를 안 먹잖아. 그러니까 고기 말고 다른 것 먹자.
  我不是不吃肉嗎，所以不要吃肉，吃別的吧。
- 제가 요즘 시험 때문에 바쁘잖아요. 이해해 주세요. 我最近因為考試不是很忙嗎，請體諒我。
- 제가 전에 말했잖아요. 기억 안 나요? 我之前不是說過了，你沒印象嗎？

▸解答 P. 310

1 보기 와 같이 '-(으)ㄹ까요'를 사용하여 문장을 완성하세요.

그 사람에 대해 궁금한 게 많이 있어요.

보기 그 여자의 직업이 ___뭘까요___? (뭐예요?)

(1) 나이가 ________? (몇 살이에요?)

(2) 어디에 ________? (살아요?)

(3) 남자 친구가 ________? (있어요?)

(4) 나에 대해 어떻게 ________? (생각해요?)

(5) 여기에 ________? (왜 왔어요?)

2 알맞은 답을 고르세요.

(1) A 높은 구두를 사고 싶어요.

B 왜요? ⓐ 키가 작잖아요. / ⓑ 키가 크잖아요. 높은 구두 안 신어도 돼요.

(2) A 운동 갔다 올게요.

B 지금 비가 ⓐ 오잖아요. / ⓑ 안 오잖아요. 운동은 나중에 하세요.

(3) A 진수한테도 이번 여행에 대해 말해야지.

B 어제 만나서 ⓐ 말했잖아. / ⓑ 말 안 했잖아. 생각 안 나?

(4) A 매튜한테 한자 책을 사 주면 어때요?

B 매튜가 오랫동안 중국에서 ⓐ 살았잖아요. / ⓑ 안 살았잖아요. 한자를 잘 알아요.

(5) A 자신이 없어서 너무 긴장돼요.

B 이제까지 ⓐ 잘했잖아요. / ⓑ 잘 못했잖아요. 이번에도 잘할 수 있을 거예요.

3 대화를 완성하도록 알맞은 것끼리 연결하세요.

(1) 그 사람이 나를 좋아할까요? •

(2) 이번 시험이 많이 어려울까요? •

(3) 영화가 벌써 시작했을까요? •

(4) 친구가 다른 사람에게 비밀을 말했을까요? •

• ⓐ 고민하지 말고 직접 물어보면 되잖아요.

• ⓑ 친구가 약속했잖아요. 친구를 믿어 보세요.

• ⓒ 선생님이 말했잖아요. 아마 어렵지 않을 거예요.

• ⓓ 시작 전에 광고를 하잖아요. 아직 시작 안 했을 거예요.

對話 ❷

080.mp3

리나 아까 여기에 온 사람이 누구야?

진수 누구?

리나 회색 티셔츠에 청바지 입은 사람 말이야.

진수 누구지? 키가 크고 좀 마른 사람?

리나 어, 파란색 큰 우산을 들고 온 사람.

진수 내 친구의 친구 준기야. 근데 그건 왜?

리나 어디선가 봤는데 이름이 생각 안 나서.

진수 지난 수업 때 준기가 발표하는 거 같이 봤잖아.

리나 아! 맞다! 근데 머리 모양이 달라져서 못 알아봤어. 어쨌든 그 사람이 여기에 이 우산을 놓고 갔어.

진수 우산을? 그 사람이 우산을 찾으러 다시 올까?

리나 글쎄. 네가 그 사람 연락처를 알면 이것 좀 갖다줘.

진수 연락처는 나도 모르는데. 어떡하지?

리나 네 친구한테 물어보면 되잖아.

진수 맞다! 친구가 알겠구나! 그럼, 이거 내가 전해 줄게.

莉娜 剛才進來的人是誰？

真秀 誰？

莉娜 那個穿灰色T恤和牛仔褲的人。

真秀 誰啊？個子高高有點瘦的人嗎？

莉娜 嗯，拿著一把藍色大傘的那個人。

真秀 那是我朋友的朋友准基，妳怎麼會問那個？

莉娜 因為我在哪裡曾經見過他，但我想不起他的名字。

真秀 上一堂課不是有一起看准基上台報告嗎？

莉娜 啊！對！因為他髮型不一樣了我沒認出他來。總之，他把他的傘留在這裡了。

真秀 把雨傘留在這？你覺得他會回來找嗎？

莉娜 我也不曉得，如果你知道他的聯絡方式就把這把傘帶給他吧。

真秀 我也不知道他的聯絡方式，怎麼辦？

莉娜 問你的朋友不就好了。

真秀 對喔！我朋友一定知道！那我就把雨傘轉交給他吧。

單字 ▸P. 325

청바지 | 들다 | 그건 | 어디선가 | 생각나다 | 지난 | 발표하다 | 어쨌든 | 놓고 가다 | 갖다주다

表現 ▸P. 325

- 어디선가 봤는데
- 아! 맞다!
- 글쎄.

小祕訣

1 名詞 말이다：強調一個話題

말이다 不可單獨使用，前面一定會接名詞或片語，且用於以下兩種談話情境，上述對話中使用的是第二種意思。

(1) 於對話開頭點出一個新話題。

- 어제 만난 사람 **말이야**. 그 사람 이름이 뭐지?
  昨天遇到的人啊，那個人叫什麼名字？

(2) 釐清先前提到的話題。

- A 그 영화 재미있었지요? 那電影很有趣吧？
  B 무슨 영화요? 哪一部電影？
  A 어제 본 영화 **말이에요**. 我們昨天看的那部電影。

2 否定字詞 못

一般來說，안（不）及 못（不能）在用法和意思上有不同的否定含意。但是感知動詞，如 알다（知道）、인식하다（認知）、알아차리다（領悟）以及 알아보다（辨認出）等，即使有「不」的意思，也應該使用 못 而不是 안。

- 그 사람이 누군지 알아차리**지 못했어요**.
  我不認得那個人是誰。
- 안경을 안 써서 **못** 알아봤어요.
  因為沒戴眼鏡所以沒認出來。

081.mp3

❶ 穿衣服

1. 입다
用於穿一件衣物在身上

• 긴팔 티셔츠 長袖T恤

• 반팔 티셔츠 短恤T恤

• 정장 西裝、套裝

• 반바지 短褲

• 청바지 牛仔褲

2. 신다
用於穿在腳上的物件

• 구두 鞋子

• 운동화 球鞋

3. 쓰다
用於穿戴在頭上的物件

• 모자 帽子

• 안경 眼鏡

4. 하다
用於穿戴飾品

• 목걸이 項鍊

• 귀걸이 耳環

5. 끼다
用於必須有穿戴「進去」動作的飾品

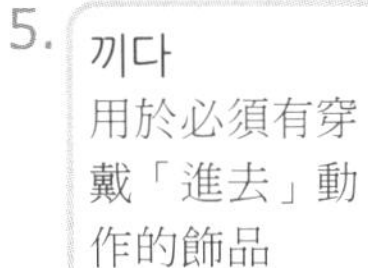

• 반지 戒指

• 장갑 手套

6. 차다
用於穿戴在身體某一部位的物件

• 시계 手錶

• 벨트 皮帶

我想知道

即使是同一件衣物，但隨著穿戴動作不同而會使用不同的動詞。
• 넥타이: 하다（如飾品）
매다（繞著脖子綁）
• 안경: 쓰다（放在臉上）
끼다（戴著耳朵上）
• 우산: 쓰다（拿在頭頂上）
들다（拿在手上）
• 가방: 들다（拿在手上）
메다（放在肩上）
끌다（有輪子的袋子）

❷ 形容物品

1. 모양 形狀

• 둥근 거울 圓鏡

• 네모난 안경 方形眼鏡

• 세모난 귀걸이 三角形的耳環

• 사과 모양의 머리핀 蘋果造型的髮夾

• 하트 모양의 목걸이 心型項鍊

• 별 모양의 귀걸이 星星造型的耳環

2. 크기 尺寸

• 옷이 딱 끼다 衣服太緊
• 소매가 짧다 袖子太短

• 옷이 딱 맞다 衣服正好合身

• 옷이 헐렁헐렁하다 衣服鬆鬆垮垮的
• 소매가 길다 袖子太長

3. 무늬 圖案設計

• 줄무늬 셔츠 條紋襯衫
• 체크무늬 셔츠 格紋襯衫
• 무늬 없는 셔츠 (= 민무늬 셔츠) 素面襯衫

4. 색깔 顏色

• 연한 보라색 淺紫色
• 진한 갈색 深棕色

精準表達

• 옷이 그 사람한테 잘 어울려요. ↔ 옷이 안 어울려요.
衣服跟他很搭 ↔ 衣服跟他不搭
• 옷을 잘 입어요. ↔ 옷을 못 입어요.
穿得很有型 ↔ 穿得很挫
• 세련됐어요. ↔ 촌스러워요.
很時尚 ↔ 很俗氣

文法 ❸

- 았/었으면 좋겠다 「我希望」、「我期望」、「如果可以…就好了」

▶ 文法補充說明 P. 274
詞形變化表 P. 299

A 지금 제일 바라는 게 뭐예요?

你現在最希望的是什麼？

B 한국어를 잘했으면 좋겠어요.

如果可以說一口流利的韓語就好了。

- 았/었으면 좋겠다 用來表達希望某件事會發生在自己身上，或是一個與現實相反的狀態。 - 았/었으면 좋겠다 接於期望發生的情況之後，且附加於動詞、形容詞及 이다 語幹之後。要表達一個不希望發生的情況時，在－았/었으면 좋겠다 前加上－지 않다 或－지 말다。－지 말았으면 좋겠다 表示話者強烈地期盼某個情況不要發生。口語中時常用 하다 取代 좋겠다 變成－았/었으면 하다。

- 부모님이 건강하셨으면 좋겠어요.我希望父母健康就好。
- 사업이 잘됐으면 좋겠어요. 要是事業成功就好了。
- 여기에 휴지를 버리지 말았으면 좋겠어요. 希望別在這裡丟衛生紙就好了。
- 후회할 일을 하지 않았으면 해요. 希望不要做會讓自己後悔的事。

- 도록 表程度、目的、範圍

▶ 文法補充說明 P. 275 詞形變化表 P. 294

A 잊어버리지 않도록 메모하세요.

請做筆記，這樣才不會忘記。

B 알겠어요. 메모할게요.

我知道了，我會做筆記的。

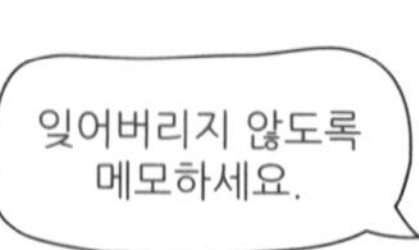

附加 - 도록 的子句表達一個動作的程度、目的或範圍，而後面接的子句則表達採取的行動。於上述例句中，做筆記的動作是為了達到不要忘記的目的。 - 도록 接於動詞語幹之後，且－도록 之前不可附加過去時制 - 았/었 - 。－도록前後連接的兩個子句可使用相同或不同的主語。

- 친구가 한국 생활에 쉽게 적응하도록 제가 도와줬어요. 我幫朋友輕鬆適應韓國生活。
- 다시는 회사에 늦지 않도록 조심하겠습니다. 我會小心以後上班不要遲到。
- 감기에 걸리지 않도록 손을 깨끗이 씻읍시다. 請洗淨雙手以免感冒。

▸解答 P. 310

1 그림을 보고 '-았/었으면 좋겠다'를 사용하여 문장을 완성하세요.

(1) 한국에서 일을 ______________. (구하다)

(2) 한국 친구를 많이 ______________. (사귀다)

(3) 아버지께서 ______________. (건강하다)

(4) 행복하게 ______________. (지내다)

(5) 집에 문제가 ______________. (생기다)

2 알맞은 답을 고르세요.

(1) 옆으로 ⓐ 지나가도록 / ⓑ 지나가지 못하도록 길 좀 비켜 주시겠어요?

(2) 눈이 오면 길이 미끄러우니까 ⓐ 넘어지도록 / ⓑ 넘어지지 않도록 조심하세요.

(3) 지하철역이 가까우니까 약속에 ⓐ 늦도록 / ⓑ 늦지 않도록 지하철을 타는 게 어때요?

(4) 비가 올 수도 있으니까 비를 맞지 않도록 우산을 ⓐ 가져가세요. / ⓑ 집에 두고 가세요.

(5) 날씨가 쌀쌀하니까 감기에 걸리지 않도록 ⓐ 얇은 / ⓑ 두꺼운 옷을 입는 게 좋겠어요.

3 문장을 완성하도록 알맞은 것끼리 연결하세요.

(1) 스트레스를 풀 수 있도록 •	• ⓐ 자동차가 있었으면 좋겠어요.
(2) 건강한 음식을 먹을 수 있도록 •	• ⓑ 한국어를 잘했으면 좋겠어요.
(3) 한국 사람과 말이 잘 통하도록 •	• ⓒ 요리를 배울 수 있었으면 좋겠어요.
(4) 편하게 이동할 수 있도록 •	• ⓓ 성격이 사교적이었으면 좋겠어요.
(5) 걸을 때 발이 아프지 않도록 •	• ⓔ 이번 주말에 여행 갔으면 좋겠어요.
(6) 많은 사람들과 어울릴 수 있도록 •	• ⓕ 가볍고 편한 신발을 샀으면 좋겠어요.

對話 ❸

082.mp3

케빈 한국 친구를 사귀고 싶은데 어떻게 하면 좋을까요?

리나 동호회에 가입하지 그래요?

케빈 제가 수줍음이 많아서요. 괜찮은 한국 친구 있으면 좀 소개해 주세요.

리나 좋아요. 어떤 사람이 마음에 들어요?

케빈 제가 조용한 편이니까 좀 활발한 사람이었으면 좋겠어요.

리나 활발한 사람요. 그리고요?

케빈 같이 편하게 지낼 수 있도록 저하고 말이 잘 통했으면 좋겠어요.

리나 나이는요?

케빈 나이는 상관없어요. 하지만 성격이 중요해요.
전에 어떤 사람을 소개받았는데, 저하고 성격이 안 맞아서 힘들었거든요

리나 또 다른 건 뭐가 중요해요?

케빈 제 취미는 운동인데요. 함께 얘기도 하면서 운동할 수 있도록 그 사람이 운동을 좋아했으면 좋겠어요.

리나 알겠어요. 그런 사람으로 찾아볼게요.

凱文 我想交個韓國朋友，我該怎麼做呢？

莉娜 你何不加入社團？

凱文 我相當害羞，如果妳有好的韓國朋友，請介紹他們給我認識。

莉娜 好，你喜歡哪一類型的人？

凱文 因為我很安靜，如果可以認識比較活潑的人就好了。

莉娜 活潑的人，還有呢？

凱文 如果我們可以談得來就好了，這樣我們可以相處愉快。

莉娜 那年齡呢？

凱文 年紀不重要，重要的是個性。之前有人介紹別人給我認識，但因為我們的個性不合，所以很難相處。

莉娜 還有其他什麼重要的嗎？

凱文 我的興趣是運動，為了能夠一起聊天一起運動，我希望那個人也喜歡運動。

莉娜 好的，我會找找看像這樣的人。

單字 ▸P. 325

사귀다 | 동호회 | 가입하다 | 수줍음이 많다 | 활발하다 | 상관없다 | 성격이 맞다

表現 ▸P. 325

- 어떻게 하면 좋을까요?
- 나이는 상관없어요.
- 또 다른 건 뭐가 …?

小祕訣

1 口語常見簡略用法

談話中，把可以藉由上下文了解的字詞省略或縮減掉是很常見的。本篇對話中，因為上下文很清楚知道在問什麼，因此可以將疑問句 그리고 어떤 사람이 마음에 들어요? 簡略成 그리고요?

2 於疑問詞之後的助詞 -이/가 不可被省略

提問問題時，連接著疑問詞的受格助詞 을/를 時常被省略，但如果連接主格助詞 이/가，則不可省略。

- 뭐**가** 마음에 안 들어요? 你哪邊不滿意？
- 뭐를 제일 좋아해요? 你最喜歡什麼？

083.mp3

❶ 對比個人特質

1. 착하다 ↔ 못됐다 善良的 ↔ 惡劣的	• 옛날 이야기에서는 **착한** 사람은 복을 받고 **못된** 사람은 벌을 받아요. 古老的故事裡，善良的人得到幸福而壞的人獲得懲罰。
2. 겸손하다 ↔ 거만하다 謙虛的 ↔ 狂妄自大的	• **겸손한** 사람은 자기 자랑을 하지 않는데 **거만한** 사람은 다른 사람을 무시해요. 謙虛的人不吹噓自己，而狂妄自大的人總是看低別人。
3. 활발하다 ↔ 조용하다 活潑的 ↔ 安靜的	• **활발한** 사람과 함께 있으면 힘이 생기고, **조용한** 사람과 있으면 차분해져요. 如果跟活潑的人在一起我會產生活力，若跟安靜的人在一起時我會變得很文靜。
4. 부지런하다 ↔ 게으르다 勤勞的 ↔ 懶惰的	• **부지런한** 사람은 항상 열심히 일하는 반면에, **게으른** 사람은 항상 일을 미뤄요. 勤奮的人總是認真工作，而懶惰的人總是拖延工作。
5. 예의 바르다 ↔ 예의 없다 有禮貌的 ↔ 無禮的	• **예의 바른** 사람은 예의 있게 행동하는데, **예의 없는** 사람은 자기 마음대로 행동해요. 有禮貌的人行為得體，而無禮的人則為所欲為。
6. 다정하다 ↔ 냉정하다 親切的 ↔ 冷漠的	• **다정한** 사람은 정이 많아서 따뜻한데, **냉정한** 사람은 차가워요. 親切的人因為重感情所以溫暖熱情，而冷漠的人則是冷冷淡淡的。
7. 보수적이다 ↔ 개방적이다 保守的 ↔ 開放的	• **보수적인** 사람은 새로운 것보다 전통을 좋아하는 반면에, **개방적인** 사람은 새로운 것을 좋아해요. 保守的人喜歡傳統的事物多過新事物，而思想開放的人則喜歡新事物。
8. 적극적이다 ↔ 소극적이다 積極的 ↔ 消極的	• **적극적인** 사람은 문제가 생겼을 때 열심히 해결하는 반면에, **소극적인** 사람은 문제를 피해요. 積極的人遇到問題時會努力解決，而消極的人則會躲避問題。
9. 자신감이 있다 ↔ 자신감이 없다 有自信的 ↔ 沒有自信的	• **자신감이 있는** 사람은 자신의 능력을 믿는데, **자신감이 없는** 사람은 자신의 능력을 믿지 않아요. 有自信的人相信他們自己的能力，而缺乏自信心的人則不相信自己的能力。
10. 책임감이 있다 ↔ 책임감이 없다 有責任感的 ↔ 無責任感的	• **책임감이 있는** 사람은 맡은 일을 끝까지 하는데, **책임감이 없는** 사람은 금방 포기해요. 有責任感的人對於負責的工作會一直做到完成為止，而無責任感的人則會馬上放棄。
11. 인내심이 많다 ↔ 인내심이 없다 有耐心的 ↔ 沒有耐心的	• **인내심이 많은** 사람은 힘들어도 참을 수 있는데, **인내심이 없는** 사람은 참을 수 없어요. 有耐心的人再怎麼辛苦也會忍耐，但沒有耐心的人則無法忍耐。
12. 고집이 세다 ↔ 고집이 없다 固執的 ↔ 不固執的	• **고집이 센** 사람은 자신의 생각을 잘 바꾸지 않는데, **고집이 없는** 사람은 다른 사람의 의견을 잘 들어요. 固執的人不太會改變自己的想法，而不固執的人通常會聆聽別人的意見。

❷ 其他個人特質

- 이기적이다: **이기적인** 사람은 자기만 생각하고 다른 사람을 배려하지 않아요.
  自私的: 自私的人只會想到自己而不會顧到別人。
- 변덕스럽다: **변덕스러운** 사람은 기분이 자꾸 바뀌어서 옆에 있는 사람이 힘들어요.
  善變的: 善變的人心情變化無常，因此他們身邊的人相當辛苦。
- 욕심이 많다: **욕심이 많은** 사람은 자기가 갖고 있는 것에 만족하지 못해요.
  貪心的: 貪心的人對於自己所擁有的不會感到滿足。
- 사교적이다: **사교적인** 사람은 쉽게 친구를 사귈 수 있어요.
  善於交際的: 善於交際的人很容易結交朋友。
- 성실하다: **성실한** 사람은 자기가 맡은 일을 열심히 해요.
  老實的: 老實的人會認真處理自己負責的工作。
- 솔직하다: **솔직한** 사람은 거짓말을 하지 않아요.
  坦率的: 坦率的人不會說謊。

精準表達

- 우리는 공통점이 많아요.
  我們有許多共通點。
- 우리는 공통점이 하나도 없어요.
  我們沒有任何共通點。

一起聊天吧！

口說策略 形容人們

- 얼굴은 ______________ 을/를 닮았어요. 他／她的臉看起來像________。
- 스타일은 ______________ 같아요. 他／她的造型像________。
- 키는 ______________ 만 해요. 他跟________一樣高。
- ______________ 처럼 행동해요. 他舉止像________。

❶ 주변 인물을 소개해 보세요.

대학교 친구인데 4년 동안 항상 같이 다녔어요. 갸름한 얼굴에 눈이 크고 입이 작아서 귀엽게 생겼어요. 편한 옷을 즐겨 입는데, 특히 신발에 신경을 많이 쓰는 편이었어요. 우리는 둘 다 솔직하고 활발해서 마음이 잘 맞아요. 요즘에는 친구가 바빠서 자주 못 보지만 이메일로 연락해요.

어렸을 때 친구

대학교 친구

예전 남자 친구

남자 친구

동료

직장 상사

(1) 누구
- 이름이 뭐예요?
- 어떤 관계예요?
- 언제 처음 만났어요? 어떻게 친하게 됐어요?

(2) 외모
- 어떻게 생겼어요? (얼굴, 머리 모양, 체격 등)
- 첫인상이 어땠어요?

(3) 옷차림
- 평소 옷차림이 어때요?
- 무엇에 신경 쓰는 편이에요? (옷, 머리 스타일, 피부, 말투 등)

(4) 성격
- 성격이 어때요?
- 어떤 점이 비슷해요? 어떤 점이 달라요?
- 그 친구 성격의 장점과 단점이 뭐예요?

(5) 현재
- 지금 그 친구는 어떻게 지내요?
- 얼마나 자주 연락해요?

❷ 어떤 사람이에요?

- 이성에게 매력적인 사람 (남자/여자)
- 회사 면접 때 인기가 좋은 사람 (남자/여자)
- 스트레스를 주는 사람 (남자/여자)
- 제일 존경하는 사람 (남자/여자)

新單字／詞彙

즐기다 讓人高興的 | 관계 關係 | 옷차림 穿著 | 매력적이다 迷人的 | 존경하다 尊重

084.mp3

單字心智圖

單字心智圖漢字語整理 P. 316

085.mp3

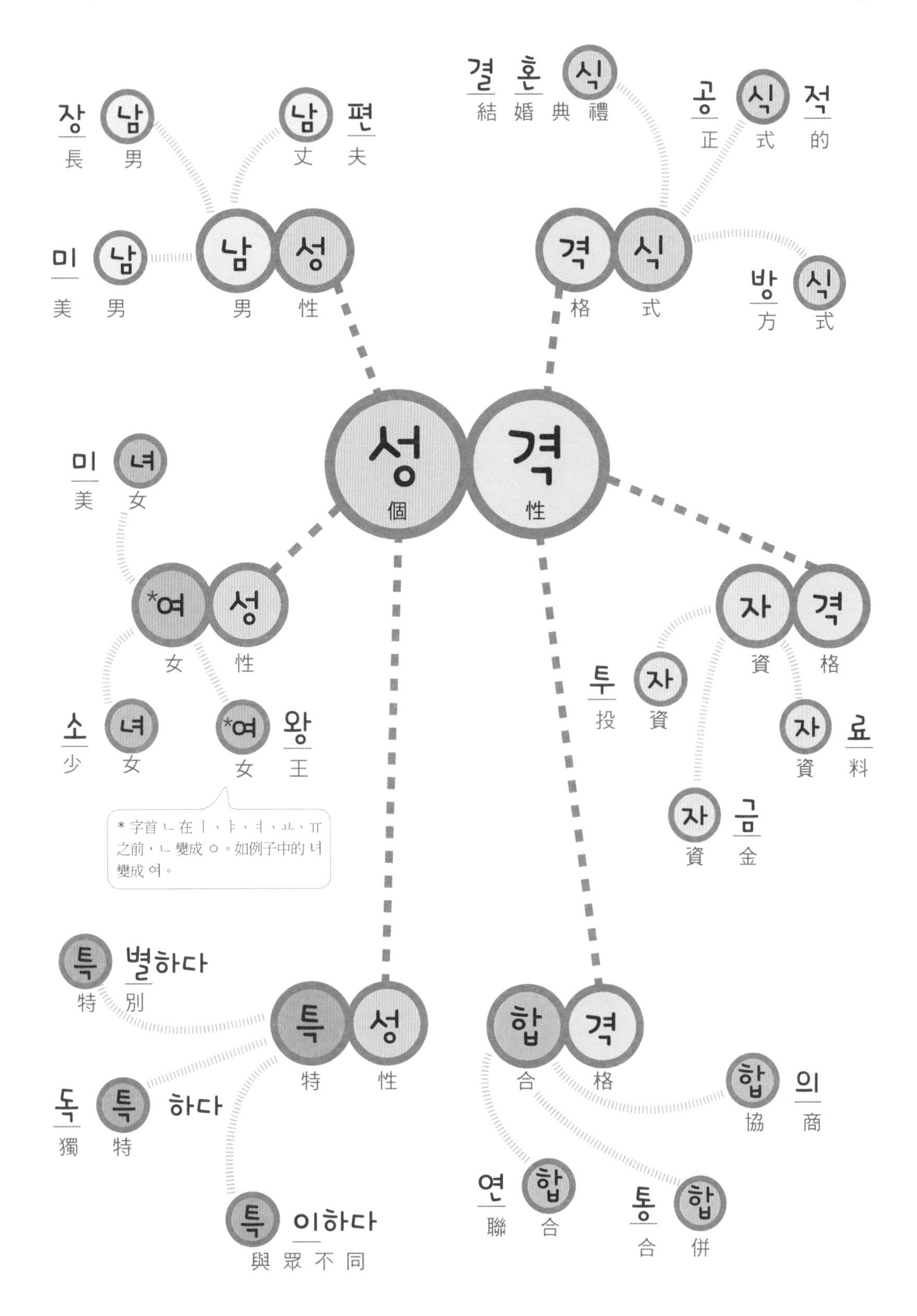

話說文化

一起聊聊個性！

• 통이 크다 大方 vs. 통이 작다 小氣

原本 통 的含意是指褲子或袖子裡的寬度，但也用來比喻一個人有多慷概大方，因此 통이 크다 有形容一個人慷概大方且不拘小節的意思。以捐款為例，若一個人不只捐一千或一萬韓幣，而是捐一億或十億韓幣時，就可以用 통이 크게 來形容這樣的行為。當你替某人付帳時，통 크게 한턱내다 則表示請某人吃一頓罕見又昂貴的飯。相反地，통이 작다 指的是一個人小氣或挑剔，且錙銖必較的意思。

在大方被視作重要特質的韓國文化裡，통이 큰 的人自然會比較討喜受歡迎，尤其是男人必須 통이 크다。這是因為，假如一個人一直試著替別人付帳，但卻又堅持找回的錢要分毫不差，這樣就會顯得與小氣吝嗇沒有什麼兩樣。而外出用餐時，由長輩和男人買單的文化也與人們偏愛통이 큰的人有所關聯。

• 뒤끝이 있다 怨懟 vs. 뒤끝이 없다 寬恕

뒤끝 意指即使一件事情已經結束了 (뒤)，心裡受傷的感覺卻仍然存在。譬如，吵架雖然吵完了也和解了，但我們可以用뒤끝 있다來形容吵架後依然殘留的負面情緒。相反地，뒤끝 없다 則表示一個人具有解決問題並將其淡忘的能力。在韓國 뒤끝 없다 被視為一種正面的個人特質，就像 통이 큰 的人一樣會比較受別人喜歡。

第 12 課

건강

健康

目標
- 相關消息
- 確認剛聽到的訊息
- 做推測
- 做出不明確的猜測
- 確認傳聞
- 與人打招呼後提出問題
- 解釋受傷及生病的原因

文法

❶ -다고 하다 間接引用
-다고요?「你是説…？」

❷ -(으)ㄴ/는 것 같다「似乎…」
-(으)ㄹ지도 모르다「也許…也不一定」

❸ -다면서요?「我聽説…？」
-(으)ㄹ 뻔하다「差一點…」

文法 1

- 다고 하다 間接引用

文法補充說明 P. 275 詞形變化表 P. 304

A 진수가 "오늘은 시간이 없어." 라고 했어요.
真秀說：「我今天沒有時間」。

→ 진수가 오늘은 시간이 없다고 했어요.
真秀說他今天沒有時間。

間接引用的 -다고 하다 用來表達某人說過的話，-다고 하다 接於引述內容之後，依以下各類情形而有不同的詞形變化：-다고 하다 引述的內容為現在或過去所發生的；使用的謂詞為動詞、形容詞或是 이다；整句為直述、疑問、提議或是命令。另外，하다 可用 말하다（說）、얘기하다（告訴）或 듣다（聽到）等動詞取代。

- 진수가 "매일 12시에 자요."라고 했어요. → 진수가 매일 12시에 잔다고 했어요.
  真秀說：「我每天12點睡覺。」→真秀說他每天12點睡覺。
- 리나가 "보통 아침을 먹지 않아요."라고 말했어요. → 리나가 보통 아침을 먹지 않는다고 말했어요.
  莉娜說：「我通常不吃早餐。」→莉娜說她通常不吃早餐。
- 민호가 "저한테 얘기하세요."라고 했어요. → 민호가 자기한테 얘기하라고 했어요.
  民浩說：「請跟我說。」→民浩要我跟他說。

- 다고요?「你是說…？」

A 어제 여권을 잃어버렸어요.
昨天我的護照掉了。

B 여권을 잃어버렸다고요?
你是說你的護照弄丟了？

-다고요? 用以確認某人所說的話，或是口頭上重申，迫使對方反思自己所說的話。用法是用引述內容＋다고，把-다고 하다 省略掉再加入問號，以表達一個作為確認性質的問句。若需要尊待談話對象，則在-다고 之後加上-요，且字詞變化方式與間接引用的變化相同。

- A 나는 한국 친구가 한 명도 없어. 我沒有半個韓國朋友。
  B 한국 친구가 한 명도 없다고? 你說你沒有半個韓國朋友？
- A 내일 여행 갈까요? 明天要去旅行嗎？
  B 네? 내일 여행 가자고요? 什麼？你說明天去旅行？

▸解答 P.310

1 보기 와 같이 '-다고 하다'를 사용하여 문장을 완성하세요.

보기 새라가 버스를 잘못 탔다고 말했어요.

(1) 리나가 ______________ 걱정했어요.

(2) 마크가 ______________ 조언했어요.

(3) 유키가 ______________ 질문했어요.

(4) 웨이가 ______________ 제안했어요.

(5) 민호가 ______________ 부탁했어요.

2 '-다고요?'를 사용하여 대화를 완성하세요.

(1) A 친구를 사귀기 어려워요.
B 친구를 사귀기 ______________? 맞아요. 저도 그래요.

(2) A 한국 노래를 하나도 몰라요.
B 한국 노래를 하나도 ______________? 그럼, 제가 가르쳐 줄까요?

(3) A 다른 친구에게 비밀을 말하지 마세요.
B 다른 친구에게 비밀을 ______________? 걱정하지 마세요.

(4) A 조금 후에 다시 전화할게.
B 조금 후에 다시 ______________? 그럼, 전화 기다릴게.

3 밑줄 친 것을 고치세요.

(1) 친구가 <u>네라고</u> 대답했어요. ➡

(2) 리나는 <u>제 지갑이</u> 갈색이라고 말했어요. ➡

(3) 피터는 보통 편지를 <u>쓰지 않다고</u> 들었어요. ➡

(4) 동생이 한국 음식을 <u>먹고 싶는다고</u> 자주 말했어요. ➡

(5) 하숙집이 불편하면 원룸에서 <u>살으라고요</u>? ➡

對話 1

086.mp3

케빈 진수 씨 얘기 들었어요?
유키 아니요, 못 들었어요. 무슨 얘기요?
케빈 진수 씨가 어제 교통사고가 났다고 해요.
유키 뭐라고요? 어디를 다쳤대요?
케빈 다리를 다쳐서 병원에 입원했다고 들었어요.
유키 병원이라고요? 수술했대요?
케빈 그건 잘 모르겠어요. 저도 오늘 아침에 연락받았거든요.
유키 그렇군요. 많이 안 다쳤으면 좋겠네요.
케빈 저도 그러길 바라고 있어요.
유키 우리도 병원에 가야죠?
케빈 그럼요, 친구들한테 연락해서 같이 병문안 가요.
제가 다른 친구들한테 연락해 볼게요.
유키 그 전에 병원에 전화해서 면회 시간을 알아보는 게 좋겠어요.
케빈 그게 좋겠네요.

凱文 妳聽說真秀的事了嗎？
由紀 沒有，我沒聽說。什麼事啊？
凱文 他昨天出車禍了。
由紀 你說什麼？傷到哪裡了？
凱文 聽說傷到腿住院了。
由紀 醫院？開刀了嗎？
凱文 那我就不清楚了，我也是今天早上才收到通知的。
由紀 原來是這樣，希望他傷得不重。
凱文 我也希望如此。
由紀 我們得去醫院探病吧？
凱文 當然了，跟朋友們聯絡一下一起去探病吧，我來連絡看看他們。
由紀 在那之前先打去醫院問一下探病時間會比較好。
凱文 這個主意不錯。

單字 ▸P. 325

교통사고 | 사고가 나다 | 다치다 | 입원하다 | 수술하다 | 바라다 | 병문안 | 면회

表現 ▸P. 325

- 뭐라고요?
- 그건 잘 모르겠어요.
- 저도 그러길 바라고 있어요.

小祕訣

1 否定字詞 못

안（沒有）和 못（不能）在語法上是有差異的。當使用意指如視覺（보다「看到」）以及聽覺（듣다「聽到」）的感官動詞時，即使句意的意思是「沒有」，使用 못 還是會比較自然，除非是刻意地表達一個人試著不去看到或是聽到某件事。

- 조금 전에 여기서 흰색 자동차 **못 봤어요**?
  你沒看見剛剛在這裡的那輛白色轎車嗎？
- 그런 애기는 **못 들었는데요**.
  我沒聽到那件事。

2 -기 바라다：期望／希望…

-기 바라다 用於表達一個人期望或希望某個動作會成功，或希望一個情況會發生。-기 바라다 可附加 를 變成-기를 바라다，也可以省略成-길 바라다。通常此語法使用於正式談話或書寫。

- 이번에 꼭 승진하**길 바라고 있어요**.
  我希望我這次一定要升遷。
- 올해도 하시는 일이 잘되시**길 바랍니다**.
  祝你今年也能事業順利。

087.mp3

1 身體部位

- 머리 頭部
- 머리카락 頭髮
- 눈 眼睛
- 눈썹 眉毛
- 쌍꺼풀 雙眼皮
- 귀 耳朵
- 턱 下巴
- 점 痣
- 얼굴 臉部
- 이마 額頭
- 볼 臉頰
- 보조개 酒窩
- 코 鼻子
- 입 嘴巴
- 입술 嘴唇
- 이 牙齒
- 혀 舌頭

- 목 頸部
- 가슴 胸部
- 팔 手臂
- 팔뚝 前臂
- 어깨 肩膀
- 배 腹部
- 배꼽 肚臍
- 팔꿈치 手肘

- 등 背部
- 엉덩이 臀部
- 허리 腰部，下背部
- 옆구리 肋下

- 다리 腿部
- 무릎 膝蓋
- 허벅지 大腿
- 발꿈치 腳跟

- 피부 皮膚
- 근육 肌肉
- 피 血液
- 뼈 骨骼
- 털 體毛
- 지방 脂肪

- 손 手
- 발 腳
- 손목 手腕
- 발목 腳踝
- 손가락 手指
- 발가락 腳指
- 손톱 手指甲
- 발톱 腳指甲
- 손바닥 手掌
- 발바닥 腳掌
- 손등 手背
- 발등 腳背

2 與身體部位相關的動詞

눈 眼睛
- 눈을 감다 閉眼
- 눈을 뜨다 睜眼
- 눈을 깜빡이다 眨眼
- 눈을 찡그리다 皺眉

코 鼻子
- 냄새를 맡다 聞到味道
- 코를 골다 打呼
- 코를 막다 掩鼻
- 코를 풀다 擤鼻涕

입 嘴巴
- 하품하다 打呵欠
- 숨을 쉬다 吸氣
- 한숨을 쉬다 嘆氣
- 말하다 說話
- 소리를 지르다 尖叫
- 소리치다 高聲呼喊
- 입을 다물다 閉口
- 입을 벌리다 開口
- 씹다 咀嚼
- 삼키다 吞嚥
- 뱉다 吐
- 토하다 嘔吐

손 手部
- 들다 拿
- 잡다 抓
- 놓다 放下
- 악수하다 握手
- 박수를 치다 鼓掌
- 만지다 觸摸
- 대다 摸；貼近東西
- 머리를 쓰다듬다 撫摸某人的頭髮

몸 身體
- 몸을 떨다 身體顫抖、發抖
- 몸을 흔들다 搖擺（如跟著音樂）
- 땀을 흘리다 流汗
- 앉다 坐下
- 서다 站起
- 기대다 靠著
- 눕다 躺著

발 腳
- 걷다 走路
- 뛰다 跑步
- 달리다 賽跑
- 밟다 踩

精準表達
- 어디가 아파요? 哪裡不舒服？
- 아픈 데가 어디예요? 你不舒服的地方是哪裡？
- 다친 데 없어요? 有受傷嗎？

文法 ❷

- (으)ㄴ/는 것 같다「似乎…」

▶ 文法補充說明 P. 278 詞形變化表 P. 301

A 밖에 날씨가 어때요?

外面天氣如何？

B 비가 오는 것 같아요.
사람들이 우산을 쓰고 있어요.

好像在下雨，人們拿著雨傘。

基於一個人的觀察，使用 -(으)ㄴ/는 것 같다 來猜測已經發生或是正在發生的動作、狀態或是事件。如猜測的是現在正在發生的事情，則使用 -(으)ㄴ 것 같다 附加於形容詞語幹之後，而 -는 것 같다 接於動詞語幹之後。(으)ㄴ/는 것 같다 也可用來表達一個人主觀的看法，於此情況下，-(으)ㄴ/는 것 같다 是以有禮、溫和且委婉的方式表達話者的意見。

- 어제 마크 씨가 늦게 잔 것 같아요. 피곤해 보여요. 馬克昨天好像很晚睡，看起來很累。
- 요즘 진수가 일이 많은 것 같아. 주말에도 회사에 출근해. 真秀最近工作似乎很多，週末還要上班。
- 한국어를 공부해 보니까 생각보다 어렵지 않은 것 같아요. 學了韓語之後，發現比想像中的簡單。

- (으)ㄹ지도 모르다「也許…也不一定」

詞形變化表 P. 298

A 야구 경기 보러 가요!

去看場棒球賽吧！

B 주말이니까 표가 없을지도 몰라요.

現在是週末，也許沒票也不一定。

-(으)ㄹ지도 모르다 用來表達模糊的猜測，尤其是用在沒有特定基準或是話者沒有太多自信時所做的猜測。語法上接於動詞、形容詞及 이다 語幹之後。如猜測的情況已經完成或結束，則使用 -았/었을지도 모르다。

- 그런 얘기를 하면 진수가 기분 나빠할지도 몰라. 說那種話的話，真秀心情也許會變差。
- 바닷가는 저녁에 추울지도 모르니까 겉옷을 가져가세요. 海邊傍晚有可能會變冷，請帶一件外套。
- 리나는 영화를 좋아하니까 벌써 그 영화를 봤을지도 몰라요.
  莉娜喜歡電影，也許已經看過那部電影了。

▸解答 P. 310

1 알맞은 답을 고르세요.

(1) 이 영화가 ⓐ 재미있는 / ⓑ 재미없는 것 같아. 평일에 가도 표가 없어.

(2) 마크 씨가 전에 중국에서 ⓐ 산 / ⓑ 살은 것 같아요. 중국어를 잘해요.

(3) 리나 씨가 이 책을 ⓐ 읽지 않는 / ⓑ 읽지 않은 것 같아요. 이 책을 선물합시다!

(4) 미리 준비하면 시험이 그렇게 ⓐ 어렵지 않은 / ⓑ 어렵지 않는 것 같아요.

(5) 알람 시계가 없으면 내일도 늦게 ⓐ 일어나는 / ⓑ 일어날 것 같아.

(6) 여행을 가기 전에 더 많은 정보가 ⓐ 필요한 / ⓑ 필요하는 것 같아요.

2 문장을 완성하도록 알맞은 것끼리 연결하세요.

(1) 방에 불이 켜져 있어요. •
(2) 아이가 세 살인데 책을 읽어요. •
(3) 길에 차가 너무 많아요. •
(4) 민호가 회사에 안 왔대요. •
(5) 한국어를 못해서 말이 안 통해요. •
(6) 법에 대해 잘 알아요. •

• ⓐ 정말 똑똑한 것 같아요.
• ⓑ 약속 시간 안에 못 갈 것 같아요.
• ⓒ 무슨 일이 생긴 것 같아요.
• ⓓ 변호사인 것 같아요.
• ⓔ 아직 안 자는 것 같아요.
• ⓕ 한국에서 살기 힘들 것 같아요.

3 다음에서 알맞은 답을 골라서 '-(으)ㄹ지도 모르다'를 사용하여 문장을 완성하세요.

알다 받다 가다 늦다 싸다 말하다

(1) 그 사람은 항상 지각하니까 오늘도 ______________ 몰라요.

(2) 친구가 요즘 바쁘니까 전화를 안 ______________ 몰라.

(3) 유키 씨가 마크 씨하고 친하니까 마크 씨 전화번호를 ______________ 모르잖아요.

(4) 그 물건을 사기 전에 값을 물어보세요. 비싸 보이지만 실제로 ______________ 몰라요.

(5) 리나 씨가 교실에서 일찍 나갔으니까 벌써 집에 ______________ 몰라.

(6) 진수 씨가 민호 씨하고 친하니까 그 얘기를 민호 씨한테 벌써 ______________ 몰라요.

對話 ❷

088.mp3

마크 약속 시간이 지났는데, 새라는 왜 안 와요?

리나 아까 새라한테서 전화 왔는데 연락 못 받았어요?

마크 아니요, 새라가 뭐라고 했어요?

리나 오늘 사정이 있어서 약속에 못 온다고 했어요.

마크 그래요? 왜요?

리나 잘 모르겠지만, 몸이 안 좋은 것 같아요.

마크 어디가 아프대요?

리나 그런 말은 안 했는데, 목소리를 들어 보니까 감기에 걸린 것 같아요.

마크 감기에 걸렸다고요? 많이 아픈 것 같아요?

리나 그런 것 같아요. 평소와 달리 힘이 너무 없었어요.

마크 새라한테 전화해 봐야겠네요.

리나 전화는 나중에 해 보세요. 지금 자고 있을지도 몰라요.

마크 낮인데요?

리나 몸이 안 좋잖아요. 전화는 내일 하는 게 좋을 것 같아요.

馬克 已經過了約好的時間，為什麼莎拉還沒來？

莉娜 莎拉剛打給我，你沒有收到通知嗎？

馬克 沒有，莎拉說什麼？

莉娜 她說她今天有事所以不能來赴約了。

馬克 是喔？為什麼？

莉娜 我不太清楚，但是她似乎身體不太舒服。

馬克 她有說哪裡不舒服嗎？

莉娜 她沒有講，但聽她的聲音，好像是感冒了。

馬克 她感冒了？病得很嚴重嗎？

莉娜 好像是，跟她平時不同，一點活力都沒有。

馬克 我想我應該打個電話給莎拉。

莉娜 晚點再打吧，她現在也許在睡覺也不一定。

馬克 但現在是白天耶？

莉娜 可是她生病了啊，最好是明天再打電話給她吧。

單字 ▸P. 325

(시간이) 지나다 | 아까 | 전화가 오다 | 사정이 있다 | 몸이 안 좋다 | 그런 | 목소리 | 감기에 걸리다 | 힘이 없다 | 낮

表現 ▸P. 326

- 뭐라고 했어요?
- 그런 것 같아요.
- 평소와 달리

小祕訣

1 用 어디 詢問一個區域或部位

어디 用來詢問特定的區域或部位。於此對話中，使用 어디가 아프대요? 詢問莎拉身體哪個部位疼痛。

- **어디** 좀 봅시다. 讓我看看。
- **어디**가 문제가 있어요? 哪個部位有問題？

2 -(으)ㄴ/는데요? : 但是…

用 -(으)ㄴ/는데요? 表示對他人說的話有些許遲疑。如上述對話中 낮인데요? 意指「現在是白天，但是她在睡覺？」此語法的意思和第9課中學到的 -아/어도 類似。

- A 밖에 나가서 운동해요. 我要出去運動。
  B 지금 비가 오**는데요**? 但現在在下雨耶？

089.mp3

❶ 身體部位使用 아프다 的表達方式

- 허리가 아프다 下背部疼痛
- 어깨가 아프다 肩膀疼痛
- 목이 아프다 喉嚨痛

❷ 身體部位使用漢字語 통（痛）的表達方式

- 두통이 있다 (= 머리가 아프다)
  頭痛（= 頭在痛）
- 치통이 있다 (= 이가 아프다)
  牙齒痛（= 牙齒在痛）
- 통증이 있다 有疼痛感

❸ 使用動詞 나다 表達身體的疾病及傷勢

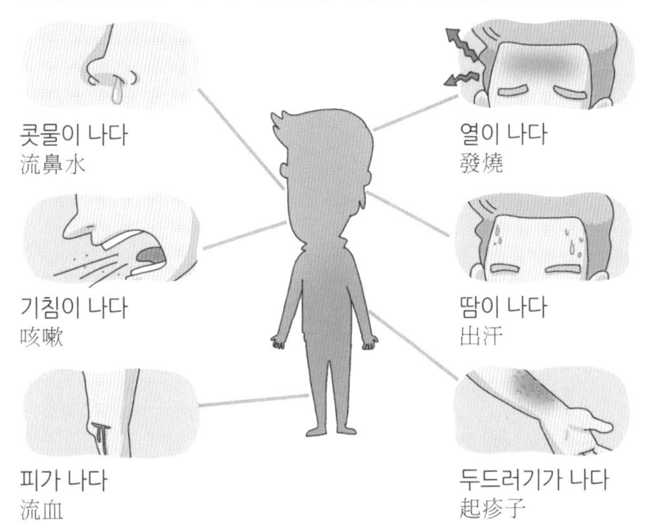

- 재채기가 나다 打噴嚏
- 눈물이 나다 流眼淚
- 수염이 나다 長鬍子
- 털이 나다 長體毛
- 흰머리가 나다 長白頭髮
- 여드름이 나다 長青春痘
- 상처가 나다 受傷
- 혹이 나다 頭上腫一個包
- 멀미가 나다 感到暈車
- 몸살이 나다 感覺全身無力
- 배탈이 나다 肚子不舒服
- 설사가 나다 腹瀉

❹ 使用 걸리다 或 있다 描述特定情況的表達方式

1. 걸리다

- 감기에 걸리다 感冒
- 눈병에 걸리다 患有眼睛方面的疾病
- 치매에 걸리다 患有阿茲海默症
- (폐암/위암/간암)에 걸리다 患有（肺／胃／肝）癌
- (위염/장염)에 걸리다 有胃炎／腸炎

2. 있다

- 우울증이 있다 有憂鬱症
- 불면증이 있다 患有失眠症
- 건망증이 있다 有健忘症
- 변비가 있다 有便秘
- 알레르기가 있다 有過敏

❺ 其他

- 소화가 안 되다 (= 체했다)
  消化不良
- 어지럽다 感到暈眩的
- 가렵다 癢的
- 매스껍다 感到噁心的
- 목이 부었다
  喉嚨腫
- 어깨가 쑤시다
  肩膀痠痛
- 눈이 충혈됐다
  眼睛佈滿血絲

精準表達

- 평소처럼 목소리가 밝았어요.
  她如平常般聲音清晰。
- 평소와 달리 목소리가 힘이 없었어요.
  她和平常不同，聲音沒有力氣。

文法 ③

- 다면서요?「我聽說⋯？」

A　시험에 합격했다면서요? 축하해요.

聽説你通過考試了？恭喜啊。

B　고마워요.

謝謝你。

- 다면서요? 用來確認一個人所聽到的消息，確認的消息可以是關於聽者，也可以是關於另一個人。這個語法的結尾處使用間接引用－다고 하다，用－면서요? 取代－고 하다 以構成－다면서요? 當與一個朋友使用半語說話時，可以使用－다면서? 甚至可簡化成－다며? 而此語法的詞形變化與間接引用相同。

마신다~~고 했어요~~. + 면서요? → 마신다면서요?
읽으라~~고 했어요~~. + 면서요? → 읽으라면서요?

- 내일 학교에 일찍 오라면서? 무슨 일이야? 聽說明天要早點到校？什麼事啊？
- 매일 아침 8시에 회의 시작한다면서요? 정말이에요? 聽說要開始每天早上八點開會？真的嗎？
- 발표 준비를 같이 하자며? 잘 생각했어! 聽說你要一起準備發表？真明智！

- (으)ㄹ 뻔하다「差一點⋯」

詞形變化表 P. 300

A　무슨 일 있었어?

發生了什麼事？

B　길이 미끄러워서 넘어질 뻔했어.

路上滑我差一點跌倒。

- (으)ㄹ 뻔하다 用來表達一件幾乎要發生的事件，用法上接於動詞語幹之後，且一律使用過去時制 - (으)ㄹ 뻔했다 來描述這些事件。

- 오늘 출근할 때 교통사고가 날 뻔했어요. 다행히 안 다쳤어요.
  今天上班的時候差點出車禍，幸好沒受傷。
- 약속을 잊어버릴 뻔했는데 메모를 확인하고 약속에 나갔어요.
  差點忘記約會，後來確認過MEMO就去赴約了。
- 이번 시험에서 떨어질 뻔했는데 운이 좋아서 겨우 합격했어요.
  這次考試差點考不過，但運氣好，終於考過了。

▸解答 P. 310

1 보기 **와 같이 '-다면서요?'를 사용하여 문장을 완성하세요.**

준기 씨가 지난주에 회사를 그만뒀어요.

준기 씨가 다음 달에 결혼할 거예요.

준기 씨의 집이 크고 집세도 싸요.

준기 씨가 회사에 갈 때 버스로 2시간 걸려요.

준기 씨가 바빠서 시간이 없어요.

준기 씨의 양복이 백만 원이에요.

보기 준기 씨가 지난주에 회사를 그만뒀다면서요? 그러면 앞으로 뭐 할 거라고 했어요?

(1) ________________________? 저도 그런 집에서 살고 싶어요.

(2) ________________________? 언제 시간이 날까요?

(3) ________________________? 자동차를 사는 게 좋겠어요.

(4) ________________________? 왜 그렇게 비싸요?

(5) ________________________? 어디에서 결혼하는지 알아요?

2 **알맞은 답을 고르세요.**

(1) 어제 길에서 ⓐ 넘어졌어요. / ⓑ 넘어질 뻔했어요. 그래서 다리를 심하게 다쳤어요.

(2) 친구에게 실수로 사실을 ⓐ 말했어요. / ⓑ 말할 뻔했어요. 다행히 말하지 않았어요.

(3) 배고파서 ⓐ 죽었어요. / ⓑ 죽을 뻔했어요. 그래서 밥을 많이 먹었어요.

(4) 학교에 ⓐ 갔어요. / ⓑ 갈 뻔했어요. 그런데 학교에 아무도 없었어요.

(5) 오늘 회사에 ⓐ 늦었어요. / ⓑ 늦을 뻔했어요. 뛰어가서 늦지 않게 도착했어요.

(6) 친구 생일을 ⓐ 잊어버렸어요. / ⓑ 잊어버릴 뻔했어요. 다행히 생각나서 선물을 샀어요.

3 **밑줄 친 것을 고치세요.**

(1) 그 사람이 사장님이다면서요? 저는 직원이라고 생각했어요. ➡

(2) 1시간 더 기다려라면서요? 진짜 그렇게 말했어요? ➡

(3) 시험을 못 봐서 떨어질 뻔해요. 다행히 떨어지지 않았어요. ➡

(4) 오늘 회식이 있는다면서요? 언제 모여요? ➡

對話 ❸

090.mp3

새라 지난주에 다리를 다쳤다면서요?

진수 얘기 들었어요?

새라 네, 케빈한테서 들었어요. 많이 다쳤어요?

진수 교통사고가 나서 다리가 부러질 뻔했는데 다행히 괜찮아요. 다리는 안 부러졌고 그냥 약간 삐었어요.

새라 큰일 날 뻔했네요. 병원에는 갔어요?

진수 지금도 병원에 왔다 갔다 하면서 치료받고 있어요. 곧 괜찮아질 거래요.

새라 그렇군요. 많이 다쳤을까 봐 걱정 많이 했어요.

진수 걱정해 줘서 고마워요.
새라 씨도 감기에 심하게 걸렸다면서요? 괜찮아요?

새라 지난주에 많이 고생했는데, 지금은 다 나았어요.

진수 다행이네요. 요즘에 감기에 걸린 사람이 많은 것 같아요.

새라 그런 것 같아요. 건강에 더 신경 써야겠어요.

진수 저도요. 새라 씨, 몸조리 잘하세요.

새라 고마워요. 진수 씨도 빨리 낫기를 바랄게요.

莎拉 聽說上星期你傷到腳了？

真秀 妳聽說了啊？

莎拉 是的，我聽凱文說的。傷得很嚴重嗎？

真秀 我出車禍差一點跌斷腿，但所幸沒有大礙。我沒摔斷腿，只是有一點扭傷。

莎拉 真是千鈞一髮！你有去醫院嗎？

真秀 我現在還是要去醫院接受治療，醫生說很快就會好的。

莎拉 這樣啊？我怕你傷得很重，很擔心呢。

真秀 謝謝妳替我擔心，我也聽說妳得了重感冒，妳還好嗎？

莎拉 上星期我吃了不少苦頭，但現在已經完全好了。

真秀 那就好，最近好像很多人感冒。

莎拉 似乎是這樣，我想我應該更注意自己的健康才對。

真秀 我也是，莎拉，好好照顧妳的身體。

莎拉 謝謝你，也希望你早日康復。

單字 ▸P. 326

부러지다 | 다행히 | 약간 | 큰일(이) 나다 | 왔다 갔다 하다 | 치료받다 | 걱정하다 | 심하게 | 고생하다 | 낫다

表現 ▸P. 326

- 큰일 날 뻔했네요.
- 몸조리 잘하세요.
- 빨리 낫기를 바랄게요.

小祕訣

1 왔다 갔다 하다：「反反覆覆（做一個動作）」

此片語表達反覆地進行兩個相反卻有關聯的動作，使用 -다 -다 하다 連接這些動作。

- 아이가 불을 **켰다 껐다 하면서** 장난을 쳐요.
  小孩把燈開開關關地在胡鬧。
- 다리 운동을 위해 계단을 **올라갔다 내려갔다 하는** 운동을 하고 있어요.
  為了做腿部運動，我利用樓梯上上下下做著運動。

2 使用 받다 的被動表達方式

韓國人使用很多不同的方式來表達被動語氣，其中一種為提到某些特定名詞時，使用 받다 代替 하다。於此對話中，是用 치료 받다 來表達病人接受治療。

- 수술 **받으면** 병을 고칠 수 있대요.
  他們說如果你接受手術，就可以治癒你的疾病。
- 사장님께 칭찬**받아서** 정말 기분이 좋았어요.
  我受到老闆的誇獎，心情真的很好。

091.mp3

❶ 受傷

불에 데다
被燙傷

칼에 베다
被刀割傷

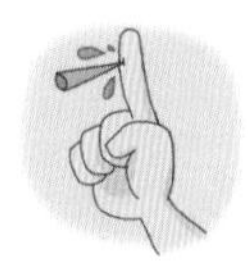

가시에 찔리다
被刺刺傷

이마가 찢어지다
額頭上有撕裂傷

팔이 긁히다
手臂被抓傷

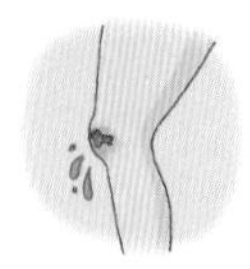

무릎이 까지다
膝蓋被磨破

멍이 들다
瘀青

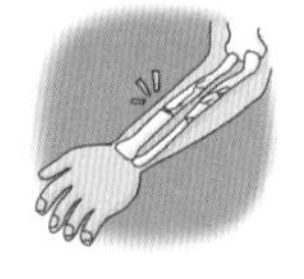

뼈에 금이 가다
骨裂

뼈가 부러지다
骨折

발목이 삐다
腳踝扭到

눈에 뭐가 들어가다
有東西跑進眼睛裡

얼굴에 뭐가 나다
臉上長東西

❷ 受傷的原因

- 넘어지다 跌倒
- 미끄러지다 滑倒
- 다른 사람과 부딪치다 和別人相撞
- 차에 치이다 被汽車撞到
- 사고가 나다 發生意外
- 공에 맞다 被球砸到
- 무리해서 운동하다 運動過度
- 고양이가 할퀴다 被貓抓傷
- 개에게 물리다 被狗咬傷
- 기절하다 暈倒

❸ 治療傷口或疾病

1. 약 醫藥

- 소독하다
  消毒
- 약을 바르다
  塗藥、抹藥
- 약을 뿌리다
  噴藥
- 약을 먹다
  服藥
- 약을 넣다
  上藥、點藥

2. 붙이다、감다 貼上、包紮

- 파스를 붙이다
  貼上藥布
- 밴드를 붙이다
  貼上OK繃
- 붕대를 감다
  包紮繃帶
- 깁스하다
  打石膏

3. 맞다、받다 打、接受

- 주사를 맞다
  打針
- 링거를 맞다
  打點滴
- 침을 맞다
  接受針灸
- 응급 치료를 받다
  接受急救
- 물리 치료를 받다
  接受物理治療

4. 其他

- 수술하다
  動手術
- 꿰매다
  縫
- 입원하다
  住院
- 찜질하다
  熱敷
- 얼음찜질하다
  冰敷

❹ 藥品的種類

- 소화제 幫助消化的藥品
- 해열제 退燒藥
- 진통제 止痛藥
- 수면제 安眠藥
- 소염제 消炎藥
- 감기약 感冒藥
- 멀미약 暈車藥／暈船藥／暈機藥
- 소독약 消毒劑
- 구급약 急救藥品
- 안약 眼藥水

精準表達

- 빨리 나으세요. 早日康復。
- 몸조리 잘하세요.
  照顧好自己。

一起聊天吧！

口說策略　以婉轉的方式表達個人意見

- 제가 보기에……. -(으)ㄴ/는 것 같아요. 在我看來，似乎…
- 제가 알기에……. 據我所知…
- 제가 듣기에……. 據我所聞…
- 제가 느끼기에……. 我覺得…

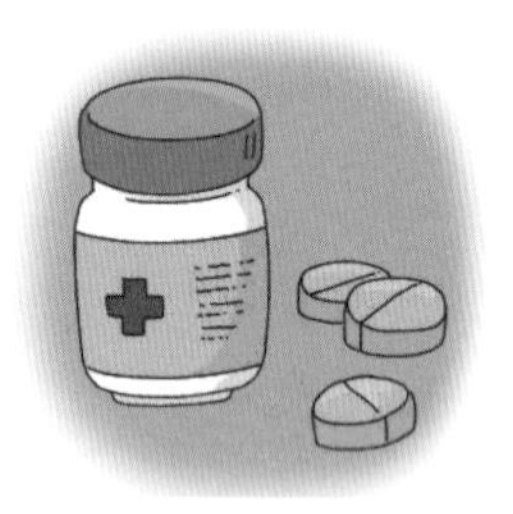

❶ 보통 아프면 어떻게 해요?

- 병원에 자주 가요? 약을 자주 먹는 편이에요?
- 자주 먹는 약이 있나요?

❷ 어렸을 때 심하게 아프거나 다친 적이 있어요?

- 언제 그랬어요? 왜 그랬어요?

❸ 병원에 일주일 이상 입원한 적이 있어요?

- 무슨 일로 입원했어요?
- 어떻게 치료했어요? 치료가 얼마나 걸렸어요?

❹ 건강을 위해 특별히 운동하고 있어요?

- 어떤 운동을 했어요?
- 효과가 있었어요?

❺ 보통 이럴 때 어떻게 해요?

- 효과적인 방법을 소개해 주세요.
- 실제로 해 봤어요?

잠이 안 올 때

감기에 걸렸을 때

스트레스를 심하게 받을 때

어깨가 아플 때

新單字／詞彙

名詞을/를 위해 為了名詞 ｜ 효과가 있다 有效果 ｜ 효과적이다 有效果的

092.mp3

單字心智圖 ▶ 單字心智圖漢字語整理 P. 316

093.mp3

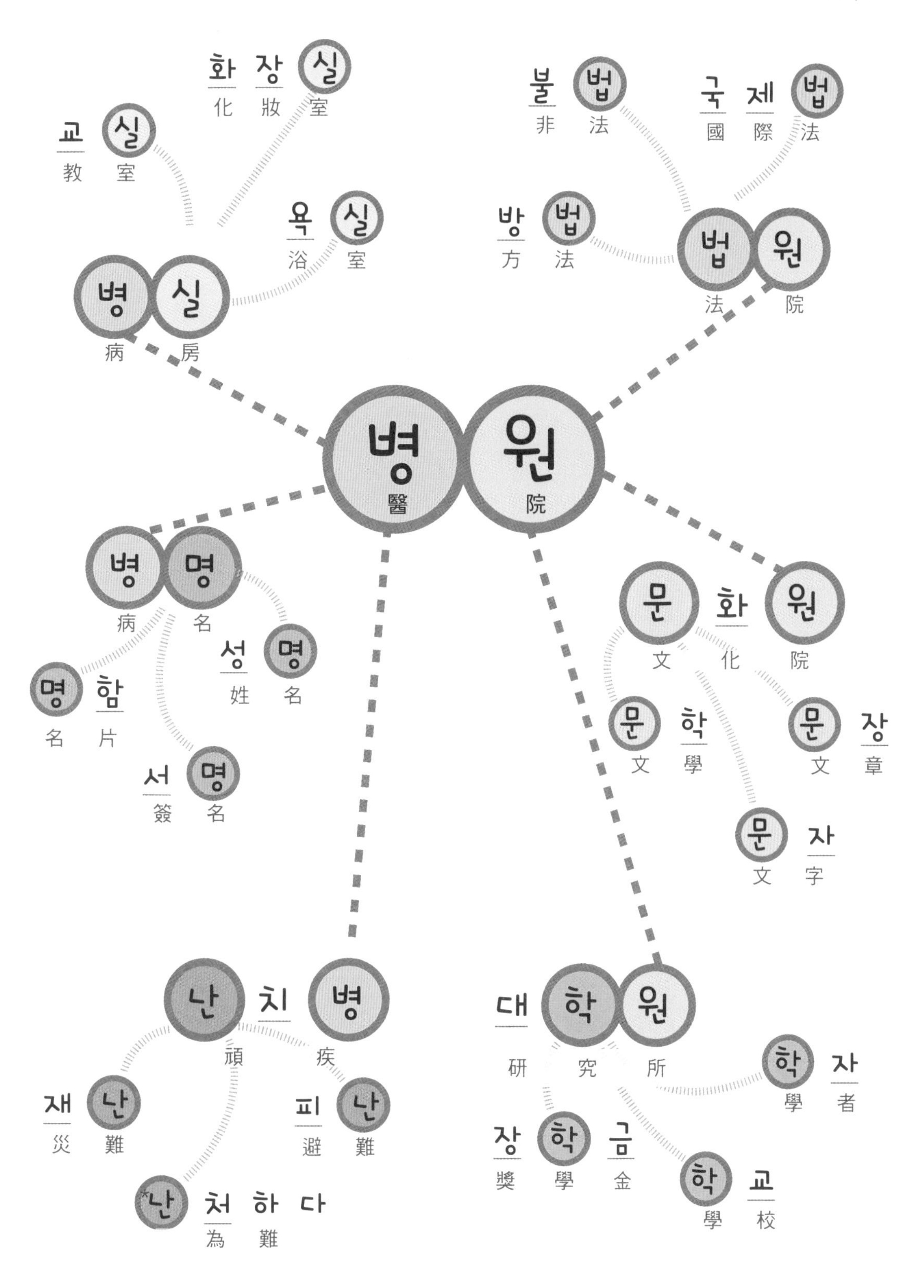

話説文化

與身體部位 애 有關的慣用語

• 애타다（= 애가 타다）焦慮的

애 在過去指的是「內臟」的意思，但現今則意指一個人焦慮到五臟肺腑都在擔心的心情。애가 타다 表示一直擔心直到肺腑都燒壞了。舉例來說，當家人因嚴重意外而正在接受緊急手術時，便可以使用 애가 탄다 形容一個人當下焦急等待的心情。

• 애태우다（= 애를 태우다）造成擔心

애를 태우다 意指讓另一個人 애가 타다，也就是感到極度擔心的意思。例如小孩逃家而使父母焦急地等待著，這樣的情況可以說這個小孩正讓他／她的父母 애를 태운다（擔心）。

• 애쓰다（= 애를 쓰다）做努力

애를 쓰다 意指一個人費盡心力或是耗盡全部力量，有「竭盡所能」、「煞費苦心」或是「歷經千辛萬苦」的意思。譬如可以用 애 쓰고 있다 來形容某人為了通過一個困難的考試正勤奮地讀著書；而當某人已經解決問題、完成一個困難的工作或是度過一段壓力大的時期之後，可以說 애 썼다。

• 애먹다（= 애를 먹다）歷經辛苦

애를 먹다 意指某人歷經千辛萬苦，可以理解成努力到「必須吃自己的腸子」的程度。舉例來說，當你出國旅行卻碰到航空公司弄丟你的行李，導致你遭遇意料之外的困難，此時便可用 애 먹었다 形容你所遭遇的困境。在另一個例子裡，當一個員工必須為一個難以取悅、討人厭又挑剔且讓該員工覺得很辛苦的老闆工作時，也可以用 애 먹고 있다 來形容。

第 **13** 課

관심사

感興趣的事

目標
- 談論個人計畫
- 提出邀約
- 表達擔心
- 給予鼓勵
- 禮貌地表達個人觀點
- 給予忠告意見

文法

❶ -(으)ㄹ 테니까 表達話者的意圖或推測
-(으)ㄹ래요「我要…」、「我想…」

❷ -(으)ㄹ까 하다「我想…」
-(으)ㄹ수록「越…」

❸ -기는 하지만「是…，但…」
-군요 表達認知且瞭解一個新獲得的事實

文法 1

- (으)ㄹ 테니까 表達話者的意圖或推測

詞形變化表 P. 298

A 다녀올게요.
我出門了。

B 이따가 비가 올 테니까 우산을 가져가세요.
待會好像會下雨，帶把傘吧。

-(으)ㄹ 테니까 用在猜測一件事情將會發生，而表達個人的建議去做一個動作。-(으)ㄹ 테니까 接於動詞、形容詞及 이다 語幹之後，且子句中的主語可為任何人。如猜測的事情已經結束，則加上 -았/었- 而為 -았/었을 테니까。另一種 -(으)ㄹ 테니까 的用法為表達一個人承諾或有意願去做某件事，因此話者可以向對方提出一個請求或是給予意見。而此用法的 -(으)ㄹ 테니까 接於動詞語幹之後，且第一個子句中的主語必須為話者。

- 너도 그 사람을 보면 알 테니까 나중에 서로 인사해. 你看到那個人就會知道了，以後彼此打個招呼。
- 이제 회의가 끝났을 테니까 전화해도 될 거예요. 現在會議已經結束，你可以打電話了。
- 이 책을 빌려줄 테니까 다음 주에 돌려주세요. 我會借你這本書，請在下週還給我。

- (으)ㄹ래요「我要…」、「我想…」

文法補充說明 P. 279
詞形變化表 P. 300

A 지금 점심 먹으러 가는데 같이 갈래요?
我現在要去吃午餐，你想跟我一起去嗎？

B 좋아요. 같이 가요.
好啊，一起去吧。

-(으)ㄹ래요 表達話者的意願或渴望，附加於動詞語幹之後。如使用疑問句 -(으)ㄹ래요? 則用來詢問聽者有沒有意願、能不能幫忙、或是向對方提出邀請。此語法通常用於口語對話，且談話的雙方之間有舒服自在的關係，而使用此語法能製造一種不拘小節和親密的氛圍。

- 시간이 오래 걸릴 테니까 먼저 갈래요? 會花很多時間，要先走嗎？
- 이 일이 힘들어도 이번에는 혼자 할래요. 就算這件事情很累，我這次也要自己做。
- 가방을 잃어버렸는데 도와줄래요? 包包丟了，可以幫我嗎？

▶解答 P. 310

1 **다음에서 알맞은 답을 골라서 '-(으)ㄹ 테니까'를 사용하여 대화를 완성하세요.**

짜다　　말하다　　돌보다　　막히다　　도착하다

(1) 소금을 더 넣으면 ______________ 그만 넣는 게 좋겠어요.

(2) 내가 아이를 잠깐 ______________ 밖에 나갔다 오세요.

(3) 지금은 길이 ______________ 지하철로 가는 게 어때요?

(4) 나도 그 사람에게 ______________ 너도 말하지 마.

(5) 지금쯤 집에 ______________ 한번 전화해 보세요.

2 **알맞은 답을 고르세요.**

(1) A 뭐 먹을래요?
　B 비빔밥 ⓐ 먹을게요. / ⓑ 먹어 줄게요.

(2) A 잠깐만 기다려 줄래?
　B 여기에서 ⓐ 기다릴게. / ⓑ 기다리자.

(3) A 내일부터 같이 운동할래?
　B ⓐ 그럴래. / ⓑ 그러자.

(4) A 내 부탁 좀 들어줄래?
　B ⓐ 들어줄게. / ⓑ 들어주자. 말해 봐.

(5) A 커피와 녹차 중에서 어떤 거 드실래요?
　B 커피 ⓐ 마실래요. / ⓑ 마셔 줄래요.

(6) A 우리 계획 같이 세울래요?
　B 좋아요. 같이 ⓐ 세울게요. / ⓑ 세웁시다.

3 **문장을 완성하도록 알맞은 것끼리 연결하세요.**

(1) 지난번보다 어려울 테니까 • 　　　• ⓐ 내 차에 탈래?

(2) 날씨 때문에 고생할 테니까 • 　　　• ⓑ 난 좀 더 연습할래요.

(3) 내가 먹을 것을 사 올 테니까 • 　　　• ⓒ 여기에서 잠깐 기다릴래?

(4) 채소가 건강에 좋을 테니까 • 　　　• ⓓ 소풍을 다른 날로 연기할래?

(5) 내가 집까지 데려다줄 테니까 • 　　　• ⓔ 이제부터 꾸준히 먹어 볼래요.

對話 ❶

094.mp3

민호 한국어를 배운 다음에 뭐 할 거예요?
유키 일을 찾으려고 해요.
민호 무슨 일을 하고 싶은데요?
유키 한국어를 사용해서 하는 일을 했으면 좋겠어요.
민호 혹시 한국에서 일을 찾고 있어요?
유키 네, 고향에 돌아가기 전에 한국에서 경험을 쌓고 싶어요.
민호 좋은 경험이 되겠네요.
유키 그런데 요즘 일자리가 별로 없어서 걱정이에요.
민호 그렇긴 하죠. 전에 아르바이트로 번역해 본 적이 있죠?
유키 네, 몇 번 해 봤어요.
민호 통역에도 관심 있다고 했죠?
유키 관심 있죠. 그런데 그건 왜요?
민호 제가 통역 아르바이트 소개해 줄 테니까 한번 해 볼래요?
유키 통역요? 통역은 해 본 적이 없는데 괜찮을까요?
민호 지금부터 준비하면 되죠. 잘할 수 있을 테니까 걱정하지 마세요.
유키 그렇게 얘기해 줘서 고마워요.

民浩 妳學了韓語之後想做什麼呢？
由紀 我想找工作。
民浩 妳想找哪一類型的工作？
由紀 我希望可以找一份用得到韓語的工作。
民浩 妳現在在韓國找工作嗎？
由紀 是的，我想趁回國之前在韓國累積工作經驗。
民浩 那會是很棒的經驗呢。
由紀 可是最近沒什麼職缺，我挺擔心的。
民浩 那倒是真的，妳曾接過翻譯的兼差吧？
由紀 對，我接過幾次。
民浩 妳說妳對口譯也有興趣對吧？
由紀 我是有興趣，不過你怎麼會這麼問？
民浩 我想幫妳介紹一個口譯的兼職工作，想試試看嗎？
由紀 口譯嗎？我從來沒做過口譯，你覺得我可以嗎？
民浩 現在開始準備就可以了，別擔心，妳能把這工作做好的。
由紀 謝謝你這麼說。

單字 ▸P. 326

고향 | 경험을 쌓다 | 일자리 | 번역하다 | 통역

表現 ▸P. 326

- 그렇긴 하죠.
- 몇 번 해 봤어요.
- 그렇게 얘기해 줘서 고마워요.

小祕訣

1 部分同意的表達方式

當聽完另一人說的話後，如果有不同的看法，可以使用 -긴 하죠 來表達一個人並不完全同意。語法上 -긴 하죠 接於動詞、形容詞及 이다 語幹之後，如該話內容為過去時制，可以使用 -긴 했죠。

- 그건 그래요. 주말에는 보통 늦잠을 자**긴 하죠**.
  你說得沒錯，週末時我通常睡得比較晚。
- 맞아요. 저도 어렸을 때 노는 것을 좋아하**긴 했죠**.
  你說得沒錯，我小的時候也喜歡遊玩。

2 表達感謝的方式

當使用 -아/어 줘서 或是 -아/어 주셔서 來感謝某人時，可另外使用 고맙다 或是 감사합니다 以表達致謝的原因。

- 제 얘기를 들었으니까 고마워요. (X)
- 제 얘기를 들어서 고마워요. (X)
- 제 얘기를 들**어 줘서** 고마워요. (O)
  謝謝你聽我說。

095.mp3

興趣領域

1. 
여행
旅遊

2. 
요리
烹飪

3. 
독서
閱讀

4. 
음악
音樂

5. 
미술
美術

6. 
사진
攝影

7. 
등산
登山

8. 
스포츠
運動／體育

9. 

건강
健康

10. 

영화
電影

11. 
가요
流行歌曲

12. 
드라마
戲劇

13. 
패션
時尚

14. 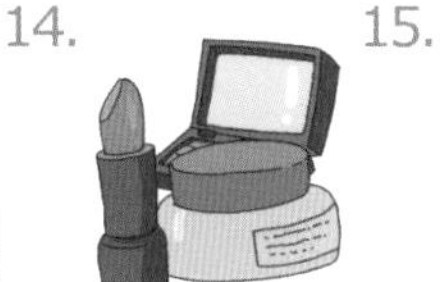
미용
美妝

15. 

쇼핑
購物

16. 
외국어
外語

17. 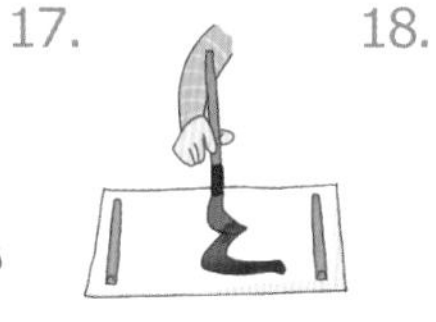
서예
書法

18. 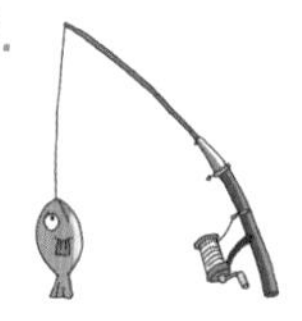
낚시
釣魚

19. 
게임
電玩

20. 
역사
歷史

21. 

문학
文學

22. 
정치
政治

23. 
경제
經濟

24. 
환경
環境

- 모으다 (= 수집하다) 收集／蒐集
- 만들다 做
- 글을 쓰다 寫文章
- 인터넷을 검색하다 搜尋網路
- 악기를 배우다 學習樂器
- 수리하다 維修
- 뜨개질을 하다 編織
- 맛집을 찾아다니다 找美食餐廳

- 취미 활동으로 다음 달부터 **악기를 배워** 보려고 해요.
  作為興趣活動，我計畫從下個月開始學樂器。
- 제 친구는 **여행하는** 것을 정말 좋아해요. 여러 나라의 **기념품을 모으고** 있어요.
  我朋友真的很喜歡旅行，她在收集各個國家的紀念品。
- 저는 음식에 **관심이 많이 있어서** 요즘에는 **맛집을 찾아다니고** 있어요.
  我對食物非常有興趣，因此最近我一直在找餐廳。

精準表達

- 시간이 날 때마다
  每次有時間的時候
- 여유가 있을 때마다
  每當有空的時候
- 기회가 생길 때마다
  每當機會來臨的時候

文法 ❷

-(으)ㄹ까 하다「我想…」

▶ 文法補充說明 P. 280
詞形變化表 P. 300

A 주말에 뭐 할 거예요?
你這個週末要做什麼？

B 날씨가 더워지니까 여름 옷을 살까 해요.
因為天氣漸漸變熱，我想要去買夏天的衣服。

-(으)ㄹ까 하다 用來表達話者自己的計畫或想法，而此計畫、想法尚不具體，僅為腦中浮現的不明確概念。使用上主語必須為話者，-(으)ㄹ까 하다 僅限第一人稱使用，且語法上接在動詞語幹之後。

- 올해에는 태권도를 배워 볼까 해요. 我今年想學跆拳道。
- 이따가 산책할지도 모르니까 운동화를 신을까 해요. 待會有可能會散步，我在想是否要穿運動鞋。
- 이번 휴가 때 여행을 갈까 말까 고민하고 있어요. 我正在苦惱這次休假要不要去旅行。

-(으)ㄹ수록「越…」

詞形變化表 P. 300

A 또 먹고 싶어요?
你又想吃了嗎？

B 네, 먹을수록 더 먹고 싶어져요.
對，我越吃就越想吃。

-(으)ㄹ수록 表達第一個子句的情況進行或發生的次數越頻繁，第二個子句隨著發生的次數也會越多。語法上附加於動詞、形容詞及 이다 語幹之後，且在 -(으)ㄹ수록 之前加 -(으)면，以強調第一個提到的動作其行為的重複性。

- 많이 연습할수록 실력이 늘겠죠. 練習越多實力就提升越多。
- 친구는 많으면 많을수록 좋아요. 朋友越多越好。
- 나이가 들수록 기억력이 안 좋아요. 年紀越大記憶力越差。

▸解答 P.311

1 알맞은 답을 고르세요.

(1) 한국 요리 수업이 주말에 있대요.
저도 주말에 그 수업을 ⓐ 들을까 해요. / ⓑ 듣지 말까 해요.

(2) 돈이 좀 부족하니까 이번 달에는 ⓐ 쇼핑할까 해요. / ⓑ 쇼핑하지 말까 해요.

(3) 건강에 좋다고 하니까 운동을 ⓐ 시작할까 해요. / ⓑ 시작하지 말까 해요.

(4) 혼자 여행하는 것은 위험하니까 앞으로 혼자 ⓐ 여행할까 해요. / ⓑ 여행하지 말까 해요.

2 그림을 보고 다음에서 알맞은 답을 골라서 '-(으)ㄹ까 하다'를 사용하여 문장을 완성하세요.

가다　　먹다　　배우다　　사다

(1) 한국 노래를 하나도 몰라요.
내년부터 한국 노래를 조금씩 ＿＿＿＿＿＿.

(2) 전에 제주도에 가 봤어요.
그러니까 이번에는 제주도에 ＿＿＿＿＿＿.

(3) 오늘 점심은 국수를 ＿＿＿＿＿＿ 는데 너도 같이 갈래?

(4) 가방이 너무 비싸서 ＿＿＿＿＿＿ 말까 고민하고 있어요.

3 '-(으)ㄹ수록'을 사용하여 문장을 완성하세요.

(1) 물이 부족하면 건강에 안 좋아요. 물을 많이 ＿＿＿＿＿＿ 몸에 좋아요. (마시다)

(2) 돈이 없을 때는 욕심이 없었어요. 그런데 돈이 ＿＿＿＿＿＿ 욕심이 더 생겨요. (많다)

(3) 그 사람은 항상 함부로 말해요. 그래서 그 사람의 말을 ＿＿＿＿＿＿ 화가 나요. (듣다)

(4) 어렸을 때는 매일 친구하고만 놀았어요.
그런데 나이가 ＿＿＿＿＿＿ 가족이 소중하게 느껴져요. (들다)

對話 ❷

096.mp3

마크 다음 달부터 한자를 공부할까 하는데, 같이 할래?
새라 글쎄, 난 수영을 시작할까 해. 수영을 하나도 못하거든.
마크 왜 갑자기 수영을 시작하는데?
새라 요즘 살이 많이 쪘어. 그리고 나이 들수록 운동이 중요한 것 같아서.
마크 그건 그렇지!
새라 그런데 내가 보기에 수영이 어려운 것 같아서 걱정이야.
마크 아니야. 어렵지 않아. 너도 실제로 해 보면 생각이 바뀔걸.
새라 그럴까? 사실은 전에 수영을 배우려고 했는데 어려워 보여서 포기했거든.
마크 처음에는 어렵지. 그래도 연습하면 좋아져.
새라 많이 연습해야겠지? 잘하려면 얼마나 해야 돼?
마크 많이 연습할수록 좋지. 일주일에 2-3일씩 최소한 6개월 이상 해야 돼.
새라 내가 할 수 있을까? 자신이 없는데…….
마크 일단 시작해 봐. 내가 조금씩 가르쳐 줄게.
새라 알았어. 고마워.

馬克 我想從下個月開始學漢字，要一起學嗎？
莎拉 這個嘛，我可能會開始學游泳，我完全不會游泳。
馬克 妳為什麼會忽然決定要學游泳？
莎拉 我最近胖了許多，何況，感覺年紀越大運動就越重要。
馬克 沒錯！
莎拉 但是就我所見，游泳看起來很困難，我有點擔心。
馬克 不會，那不難。如果妳實際去做，妳可能會改觀。
莎拉 會嗎？其實我之前曾經打算要學游泳，但好像很不容易所以就放棄了。
馬克 一開始當然難，但只要練習就會進步。
莎拉 必須多練習對吧？如果我想要游得好，需要練習多久？
馬克 練習得越多，就會進步越多，妳需要一個星期練習兩到三次，至少持續六個月。
莎拉 我做得到嗎？我不是很有自信…
馬克 就先開始做吧，我會慢慢教妳。
莎拉 好的，謝謝。

單字 ▸P. 326

한자 | 살이 찌다 | 실제로 | 바뀌다 | 씩 | 최소한 | 조금씩

表現 ▸P. 326

- 그건 그렇지!
- 내가 보기에
- 최소한 6개월 이상

小祕訣

1 -(으)ㄹ걸요 :「可能」[推測]

用來表達一個話者不是很確定的猜測。因為有不需要對所作出的猜測負責任的感覺，所以此用法不能對比自己地位高的人使用。大部分用於非正式場合，且對地位與自己相符，或是位階較低的人使用。語法上接於動詞、形容詞或 이다 語幹之後，且雖然不是疑問句，但口說時語調會於結尾上揚。

- 리나는 아마 집에 있**을걸**. 莉娜可能在家裡。
- 진수가 친구들한테 벌써 말했**을걸요**.
  真秀可能已經跟他的朋友說了。

2 使用 -아/어야겠지? 的語法

-아/어야겠지? 為一個疑問句，用來確認話者猜想聽者已經知道的一個事實。聽者回覆此疑問時，可於句尾加上-지，而其用法如第4課所學到的。

- A 내가 잘못했으니까 먼저 사과해**야겠지**?
  我錯了，應該要先道歉吧？
  B 그럼, 먼저 사과하면 좋**지**.
  當然，先道歉會比較好。

097.mp3

❶ 語意相反的副詞

1. 최대한 ↔ 최소한
   最多 ↔ 最少
   - 보고서는 **최소한** 3페이지 이상 써야 해요.
     報告最少必須寫3頁。
2. 많아도 ↔ 적어도
   至多 ↔ 至少
   - 표는 **적어도** 일주일 전에는 예매해야 돼요.
     至少得在一週前訂票。
3. 빨라도 ↔ 늦어도
   最早 ↔ 最晚
   - 2시에 시작하니까 **늦어도** 1시 50분까지 오세요.
     因為2點開始，最晚請於1:50到。
4. 오래 ↔ 잠깐
   很久的時間 ↔ 短暫的時間
   - 친구와 **오래** 얘기하고 싶었지만 **잠깐** 얘기했어요.
     我想跟我朋友們講很久，但我們只有講一下子。
5. 더 ↔ 덜
   多 ↔ 少
   - 채소는 **더** 먹고 고기는 **덜** 먹어야 돼요.
     你必須吃多點蔬菜少吃點肉。
6. 일찍 ↔ 늦게
   早 ↔ 晚
   - **일찍** 도착하려고 했는데 **늦게** 도착했네요.
     我計畫早到，但我晚到了。
7. 같이 ↔ 따로
   一起 ↔ 分開
   - 항상 식사비를 **같이** 계산했는데 이번에는 **따로** 계산했어요.
     我們總是一起付吃的，但這次我們分開付帳。
8. 함께 ↔ 혼자
   一起 ↔ 獨自
   - **함께** 먹으면 **혼자** 먹을 때보다 음식이 더 맛있어요.
     一起吃飯比獨自一個人吃來得有滋味。
9. 먼저 ↔ 나중에
   先 ↔ 後
   - **먼저** 시작하세요. 전 **나중에** 해도 돼요.
     請先開始，我可以之後再做。
10. 전에 ↔ 나중에
    之前 ↔ 之後
    - **전에** 만난 적이 있죠? **나중에** 또 만나요.
      我們之前見過面吧？以後再一起碰面吧。
11. 아까 ↔ 이따가
    剛剛 ↔ 稍後、待會
    - **아까** 얘기 못했어요. **이따가** 얘기할게요.
      剛剛沒辦法跟你講，我待會會跟你說。
12. 처음 ↔ 마지막으로
    第一次 ↔ 最後一次
    - **처음** 만났을 때 첫인상이 정말 좋았어요.
      當我第一次與他見面時，我對他的第一印象真的很好。
13. 처음에 ↔ 마지막에
    起先 ↔ 最後
    - 영화 **처음에**는 재미있었는데 **마지막에**는 지루했어요.
      電影起先很有趣，但最後很無聊。
14. 아직 ↔ 벌써
    還沒 ↔ 已經
    - **아직** 안 왔어요? **벌써** 영화가 시작했어요.
      他還沒來嗎？電影已經開始了。
15. 계속 ↔ 그만
    持續地 ↔ 停止
    - 음식을 **계속** 먹을 수 있었지만 **그만** 먹었어요.
      我可以繼續吃，但我停下來了。
16. 실수로 ↔ 일부러
    不小心 ↔ 故意地
    - **실수로** 잘못 말했어요. **일부러** 그런 건 아니에요.
      我不小心說錯話了，不是故意的。
17. 대충 ↔ 자세히
    粗略地 ↔ 詳細地、仔細地
    - 보통 뉴스를 **대충** 보지만 오늘 뉴스는 **자세히** 봤어요.
      我通常看新聞只看大概，但今天我很仔細地看了。
18. 충분히 ↔ 부족하게
    充分地 ↔ 不足地
    - 뭐든지 **충분히** 연습해야 돼요.
      無論如何都必須充分練習。

❷ 常見表達

1. **이상** 以上 ↔ 이하 以下
   - 이 영화는 19세 **이상**만 볼 수 있습니다. 19세 **미만**은 볼 수 없습니다.
     只有19歲或超過19歲的人可以看這部電影，未滿19歲的人不能看。
2. **초과** 超過 ↔ **미만** 未滿
   - 이 엘레베이터는 700kg을 **초과**하면 안 됩니다. 700kg 이하는 괜찮습니다.
     這部電梯不能乘載超過700公斤的重量，700公斤以下是允許的。

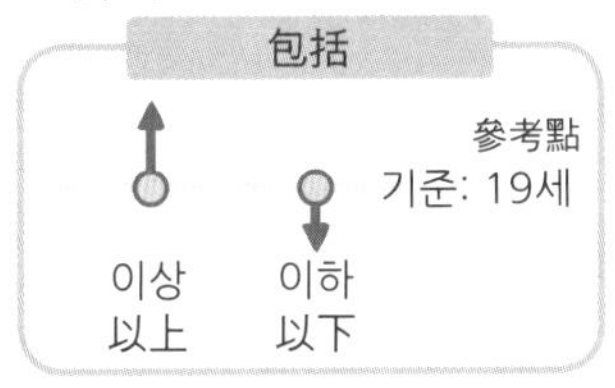

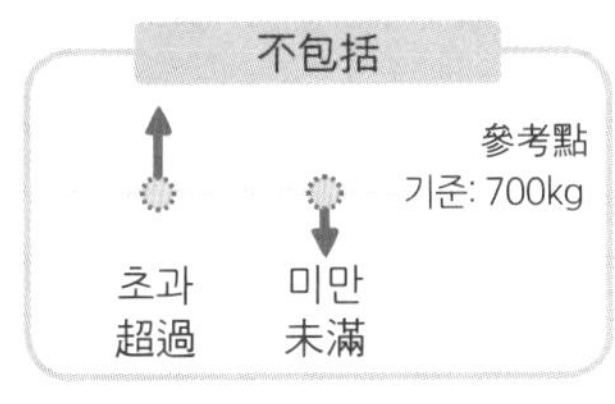

精準表達

- 일주일에 최소한 세 번 이상
  一個星期最少三次以上
- 적어도 30분 이상 至少30分鐘以上
- 늦어도 잠자기 한 시간 전에
  最晚於睡前一個小時

文法 3

- 기는 하지만「是…，但…」

▶ 文法補充說明 P. 280 詞形變化表 P. 292

A 이 구두 정말 예쁘죠?
這鞋子真的很美吧？

B 구두가 예쁘긴 하지만 값이 너무 비싸네요.
這鞋子是很美，但價錢太貴了。

用 -기는 하지만 表示認定第一個子句，但隨後接著的子句帶有相反的內容，語氣上比 -지만 來得溫和。-기는 하지만 附加於動詞、形容詞及 이다 語幹之後，且 -기는 可以簡短成 -긴。如提及的談話內容已經發生，則使用 -기는 했지만。

- 한국어가 어렵기는 하지만 재미있어요. 韓語很難，但很有趣。
  (= 한국어가 어렵기는 해요. 하지만 재미있어요.)（＝韓語是很難，但是很有趣。）
- 텔레비전을 보긴 하는데 무슨 말인지 이해할 수 없어요.
  我是看電視了，但我無法理解他們在講什麼。
- 친구를 만나긴 했지만 그 얘기를 하지 못했어요. 雖然跟朋友見面了，但我沒能提及那件事。

- 군요 表達認知且瞭解一個新獲知的事實

▶ 文法補充說明 P. 280 詞形變化表 P. 303

A 매워서 먹을 수 없어요.
這個太辣我沒辦法吃。

B 매운 음식을 못 먹는군요.
原來你不能吃辣。

-군요 用在目睹一個情況、聽到一項訊息並得知一些新的事實。這個語尾同時也意指在這之前話者並不知道此事。通常僅於口語使用，-는군요 接於現在時制的動詞語幹之後；而 -군요 則接於形容詞及 이다 語幹之後。當談到現在發生的事物時，可加上 -었/았 - 或 - 겠 - 而成 -았/었군요 或是 -겠군요。半語的 -군요 為 -구나。

- 한국어를 배워 보니까 발음이 어렵군요. 學了韓語之後，發現發音好難。
- 혼자 살면 한국 생활이 외롭겠군요. 自己一個人生活的話，感覺韓國生活會很孤單。
- 아파서 학교에 안 나왔구나! 原來是生病了所以沒來上學啊！

▸解答 P. 311

1 알맞은 답을 고르세요.

(1) 맛있긴 하지만 생각보다 ⓐ 비싸요. / ⓑ 안 비싸요.

(2) 그 사람에 대해 알긴 하지만 말해 줄 수 ⓐ 있어요. / ⓑ 없어요.

(3) ⓐ 마음에 들긴 한데 / ⓑ 마음에 들긴 하는데 너무 비싸서 못 샀어요.

(4) 한국에 온 지 ⓐ 오래되긴 하지만 / ⓑ 오래되긴 했지만 아직 한국어를 잘 못해요.

(5) 그 사람을 곧 ⓐ 만나긴 하겠지만 / ⓑ 만나긴 했지만 이번 주말에는 안 만날 거예요.

2 다음 대답 중에서 틀린 것 하나를 고르세요.

(1) A 집에서 회사까지 2시간이나 걸려요.

B ⓐ 시간이 많이 걸리는군요.
ⓑ 집에서 회사까지 멀군요.
ⓒ 아침마다 고생하겠군요.
ⓓ 집에서 일찍 출발하는군요.

(2) A 저녁에 운동하러 체육관에 가요.

B ⓐ 건강해지는군요.
ⓑ 살이 빠지겠군요.
ⓒ 저녁에 집에 없겠군요.
ⓓ 집에서 운동 안 하는군요.

(3) A 내일 아침에 여행 떠나요.

B ⓐ 신나겠군요.
ⓑ 오늘 짐을 싸야겠군요.
ⓒ 스트레스가 풀리는군요.
ⓓ 내일 오후에 만날 수 없군요.

(4) A 어제 감기 때문에 너무 많이 아팠어.

B ⓐ 많이 아팠구나.
ⓑ 힘들었겠구나.
ⓒ 감기에 걸렸겠구나.
ⓓ 약이 필요했겠구나.

3 '-군요'를 사용하여 대화를 완성하세요.

(1) A 이 노래를 들어 보세요. 좋죠?
B 가수의 목소리가 듣기 ______________. (좋다)
가수 이름이 뭐예요?

(2) A 한국에 온 지 1년 됐어요.
B 1년 전에 한국에 ______________. (오다)
저보다 일찍 왔네요.

(3) A 몇 년 전에 부산에서 살았어요.
B 부산에 대해 잘 ______________. (알다)
부산 여행 때 안내 좀 부탁해요.

(4) A 저는 어렸을 때하고 지금이 얼굴이 똑같아요.
B 그러면 어렸을 때도 ______________. (귀엽다)
어렸을 때의 사진을 보고 싶네요.

對話 ③

098.mp3

리나 대학교를 졸업한 후에 뭐 할 거야?
진수 취직할까 대학원에 갈까 고민 중이야.
리나 아직 못 정했구나! 대학원에 갈 거라고 생각했는데.
진수 더 공부하고 싶긴 한데 사회에서 경험을 쌓는 것도 좋을 것 같아.
리나 그래도 계속 공부하는 게 낫지 않을까?
진수 그렇긴 하지만 공부하려면 돈이 필요해서 취직도 생각하 고 있어.
리나 장학금을 받아서 공부하면 되잖아. 네 생각은 어때?
진수 그러면 좋지. 하지만 장학금 받는 게 쉽지 않잖아.
리나 하긴. 그런데 대학원에 가게 되면 뭐 전공하려고?
진수 국제 관계를 전공하려고 해.
리나 그렇구나! 같은 분야를 전공하는 사람과 얘기해 봤어?
진수 아니, 적당한 사람이 없어서 아직 얘기 못 해 봤어.
리나 그래? 내 친구 중에 국제 관계를 전공하는 친구가 한 명 있는데, 만나 볼래?
진수 정말? 만나면 도움이 많이 될 것 같아. 고마워.
리나 알았어. 그 친구한테 연락해 보고 말해 줄게.

莉娜 你大學畢業後打算做什麼？
真秀 我正在考慮要找工作還是讀研究所。
莉娜 原來你還沒決定啊！我以為你要去唸研究所。
真秀 我是想多讀點書，但累積社會經驗也挺好的。
莉娜 話雖如此，但繼續念書不是比較好嗎？
真秀 是沒錯，但如果我想念書，我也會需要錢，所以我正在考慮找個工作。
莉娜 那拿個獎學金去念不就好了，你覺得如何？
真秀 如果可以當然好，但是要拿獎學金也不容易啊。
莉娜 這倒是真的，如果你最後去念研究所，你想鑽研哪一個領域？
真秀 我想專攻國際關係。
莉娜 原來如此。你有跟其他念這個領域的人聊過嗎？
真秀 沒有，因為沒適合的人選，我還沒跟人聊過。
莉娜 是嗎？我的朋友中有人念國際關係，你想見見他嗎？
真秀 真的嗎？我想跟他見個面應該會很有幫助，謝謝妳。
莉娜 好，我會跟他聯絡，再跟你說。

單字 ▸P. 326

졸업하다 | 취직 | 대학원 | 사회 | 낫다 | 장학금 | 전공하다 | 국제 관계 | 분야

表現 ▸P. 326

- 네 생각은 어때?
- 그러면 좋지.
- 하긴.

小祕訣

1 하긴：「是沒錯」

하긴 用於認同另一人所說的，但同時表達相反的意見。此語法用在可使用非正式口語的情況。

- A 백화점은 너무 비싸지 않아요? 百貨公司不是很貴嗎？
  B 비싸긴 하지만 품질이 좋잖아요. 貴是貴，但品質好呀。
  A **하긴** 품질은 좋지요. 確實，品質滿好的。

2 口語對話中的簡略用法

在某些特定的口語交談情況下，部分文法可被省略。如於以上對話中，뭐 전공하려고 해? 可被簡略成 뭐 전공하려고?，此時該片語可發音為 뭐 전공하려구?。

❶ 人口統計語法

1.
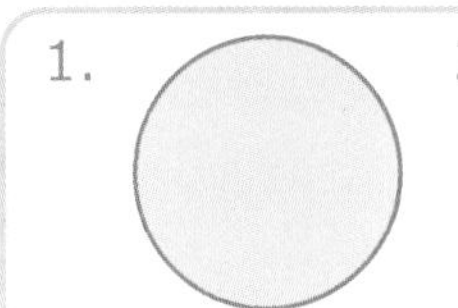
전부, 모든 N (100%)
全數、全部

2.
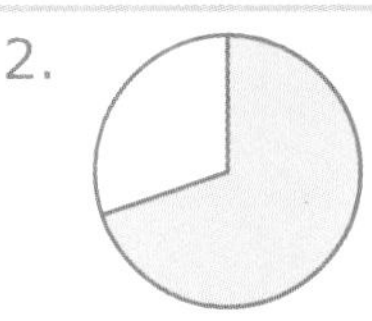
대부분 (70-80%)
大多數、大部分

3.
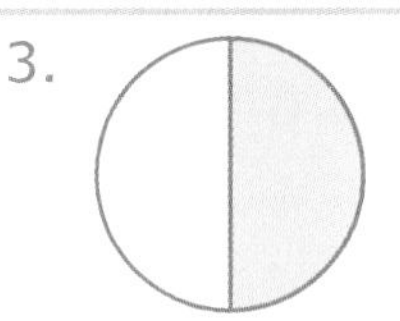
절반 (50%)
半數

4.
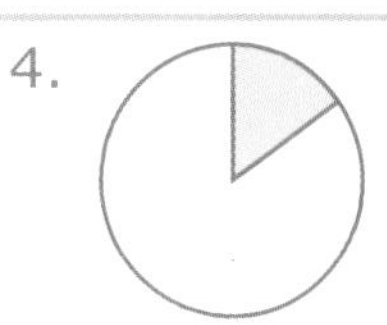
일부 (10-20%)
部分

5.
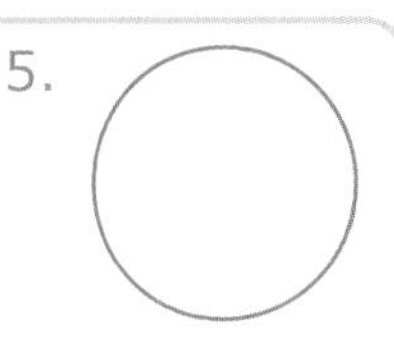
어떤 N도 ……
안/못 (0%)
沒有一人…

- 20대 남자 전부가 건강해요.
  20幾歲的男人全部都很健康。
- 20대 남자 대부분이 운동을 좋아해요.
  20幾歲的男人大多數都喜歡運動。
- 20대 남자 절반이 모임에 왔어요.
  20幾歲的男人有半數來參加會議。
- 20대 남자 일부가 졸업하지 않았어요.
  20幾歲的男人有部分沒有畢業。
- 20대 남자 중 어떤 사람도 취직하지 못했어요.
  20幾歲的男人中沒有一人找到工作。
- 모든 20대 남자가 건강해요.
  所有20幾歲的男人都是健康的。
- 대부분의 20대 남자가 운동을 좋아해요.
  大部分20幾歲的男人都喜歡運動。
- 절반의 20대 남자가 모임에 왔어요.
  有半數20幾歲的男人來參加會議。
- 일부 20대 남자가 졸업하지 않았어요.
  有部分20幾歲的男人沒有畢業。
- 어떤 20대 남자도 취직하지 못했어요.
  沒有任何一個20幾歲的男人找到工作。

❷ 比較標準單位

1. **1/2:** 이 분의 일 二分之一
   1/3: 삼 분의 일 三分之一
   1/4: 사 분의 일 四分之一
2. 만큼 一樣多
3. 2 (두) 배 兩倍
   3 (세) 배 三倍
   1.5 (일점오) 배 一點五倍

- 우리 반 학생들의 **1/3**이 일본 사람이에요. 我們班上的學生有三分之一是日本人。
- 이 사무실은 내 방**만큼** 좁아요. 這間辦公室跟我的房間一樣小。
- 이 가방은 내 가방보다 **두 배** 비싸요. 這個皮包比我的皮包貴兩倍。

❸ 看讀圖表

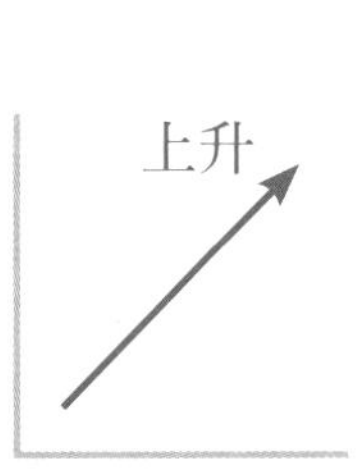

- 값이 올라가다 價格上漲 ↔ 값이 내려가다 價格下跌
- 실력이 늘다 能力進步 ↔ 실력이 줄다 能力退步
- 돈이 늘어나다/증가하다 金錢增加 ↔ 돈이 줄어들다/감소하다 金錢減少
- 수가 늘다/늘어나다/증가하다 數字上升／增加 ↔ 수가 줄다/줄어들다/감소하다 數字下降／減少

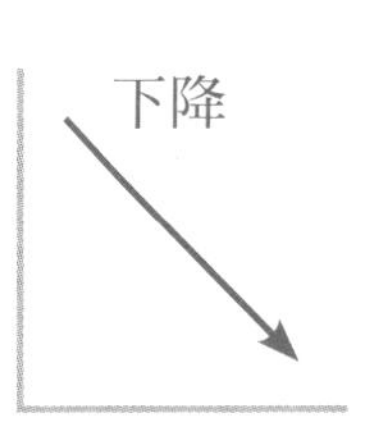

- 지난 10년 동안 집세가 점점 **올라가고** 있어요.
  在過去十年中，房租逐漸上漲。
- 한국어 실력이 많이 **늘었어요**.
  韓語能力進步很多。
- 이번 휴가 때 관광객이 크게 **늘어났어요**.
  在這次假期中，觀光客的人數大幅增加。

精準表達

- [名詞]이/가 서서히 늘어났어요.
  [名詞] 逐漸增加。
- [名詞]이/가 급격히 줄어들었어요.
  [名詞] 急速減少。
- [名詞]이/가 그대로예요. [名詞] 持平。

一起聊天吧！

口說策略 回顧資訊

- 그 사람 이름이 뭐더라? 那個人的名字叫什麼？
- 얼마더라? 是多少錢？
- 언제 봤더라? 是什麼時候看到的？

❶ 무엇에 관심이 있어요? 왜 그것에 관심이 생겼어요?

	나	친구
• 좋아하는 책		
• 하고 싶은 운동		
• 자주 듣는 음악		
• 자주 보는 텔레비전 프로그램		
• 하기 싫은 일		
• 잘하는 음식		
• 배우고 싶은 것		
• 일하고 싶은 분야		
• 한국에 대해 제일 관심 있는 것		
• 한국어를 배운 후 계획		

❷ 시간이 있을 때 주로 어떤 것을 해요?

책

- 무엇에 관한 책을 주로 읽어요?
- 좋아하는 작가가 누구예요? 왜 좋아해요?
- 한국에 대한 책을 읽은 적이 있어요?

영화

- 어떤 영화를 좋아해요? (액션 영화, 드라마, 공포 영화, 코미디 영화, 스릴러 ……)
- 어떤 영화가 제일 좋았어요? 왜요?
- 그 영화에 어떤 배우가 나와요? 영화감독이 누구예요?

공연이나 콘서트

- 어떤 공연을 좋아해요? 얼마나 자주 가요?
- 최근에 어떤 공연을 봤어요? 어디에서 했어요?
- 누구하고 같이 갔어요?

운동 경기

- 어떤 운동 경기를 자주 봐요?
- 최근에 언제 경기를 봤어요?
- 응원하는 팀이 이겼어요? 누가 이겼어요? 누가 졌어요?

100.mp3

작가 作家 | 감독 監督 | 응원하다 打氣、支持 | 이기다 贏 | 지다 輸

單字心智圖

▶ 單字心智圖漢字語整理 P. 316

101.mp3

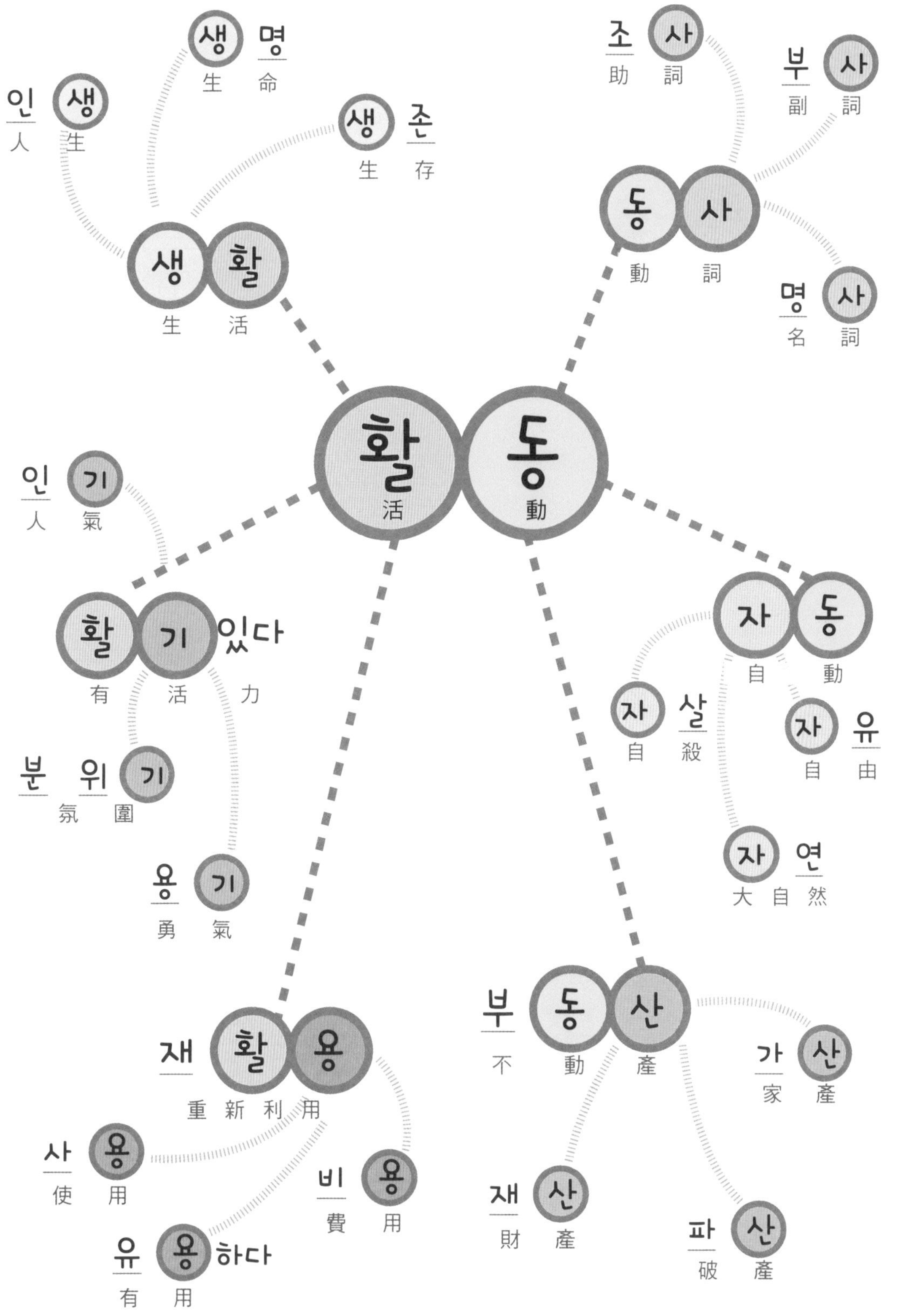

활동 (活動)

- 생활 (生活)
  - 인생 (人生)
  - 생명 (生命)
  - 생존 (生存)
- 동사 (動詞)
  - 조사 (助詞)
  - 부사 (副詞)
  - 명사 (名詞)
- 활기 있다 (有活力)
  - 인기 (人氣)
  - 분위기 (氛圍)
  - 용기 (勇氣)
- 자동 (自動)
  - 자살 (自殺)
  - 자유 (自由)
  - 자연 (大自然)
- 재활용 (重新利用)
  - 사용 (使用)
  - 비용 (費用)
  - 유용하다 (有用)
- 부동산 (不動產)
  - 가산 (家產)
  - 재산 (財產)
  - 파산 (破產)

話說文化

聊聊人們吧！

• 괴짜 他有點…特立獨行

괴짜 是指一個行為古怪、特立獨行的人，「特立獨行」指的是做出一般人通常不會做的行為或舉止。當一個人有著迷人且讓人感興趣的自我認知時，「特立獨行」可被視為一個正面的個人特質；但是當一個人的行為舉止不能被一般人理解時，這樣的「特立獨行」也可能會被視為負面的個人特質。有一種說法認為一個 괴짜 在過去傳統的韓國社會中難以生存，因為以前的人們非常重視一個人是否能察言觀色。但如今新世代反而視創意為一項重要的個人特質，因此現今生活中，或許有人會覺得 괴짜 是獨特且有魅力的。

• 왕따 不要排擠我！

왕따　的意思為放逐某人的動作，或是被視作賤民而孤立某人，따 源自 따돌림 一字（排擠），而前面的 왕 則有「認真去做」或是「經常執行」的含意。每個社會在某種程度上都是由一群有著類似利害關係的人所組成，但韓國社會卻是由一個共同的社群文化發展而來，由於 왕따 無法參與任何一個群體，而且會承受很大的心理壓力。因此在群體意識特別強的團體中，如學校、軍隊和公司，왕따 會面臨到很多社會上的問題。

• 컴맹 你會用電腦嗎？

由於近年來電腦已成為生活中不可或缺的一部分，因此若缺乏電腦操作能力也更容易讓人發現。컴맹　是指對科技方面特別不靈敏、特別不精明的人。컴　取自　컴퓨터，맹　則有無知的意思。用法上常會被使用電腦有困難的人拿來消遣自己，特別是在請求其他懂電腦的人幫忙自己維修電腦的時候。

• 몸짱 身材真好！

몸짱 用來形容認真勤勞在運動，且將自己身體保持於最佳狀態的人。此字詞由 몸（身體），及 짱 組成，有「最好的」的意思。因此，몸짱 意指一個人有著大家夢寐以求的好身材，尤其是在現今社會，因為健康概念特別受到大家重視，因此這個字可以被當作一個欽佩的字詞使用，表示佩服一個人為了鍛鍊、保持自己的身材而做的努力。

第 14 課

여행

旅遊

目標
- 推測
- 討論誤會
- 討論旅行回憶
- 旅行經驗的問與答
- 討論習以為常的行為和動作
- 找尋藉口
- 討論遺憾

文法

❶ -나 보다「好像…」、「應該…」
-(으)ㄴ/는 줄 알았다「以為…」

❷ -던 回顧性修飾
-곤 하다「通常」、「經常」

❸ -느라고「因為」
-(으)ㄹ걸 그랬다「早知道就…」

文法 1

- 나 보다「好像…」、「應該…」

文法補充說明 P. 281 詞形變化表 P. 303

A 저 식당에 많은 사람들이 줄을 서 있어요.
那間餐廳有好多人在排隊。

B 저 식당 음식이 맛있나 봐요.
那間餐廳的食物好像很好吃。

-나 보다 用在一個人基於所看到的來做行為或狀態的推測。如果推測的是現在，-(으)ㄴ 가 보다 接在形容詞及 이다 語幹之後，-나 보다 接在動詞語幹之後。如推測的是過去，則以 -았/었나 보다 接在動詞、形容詞及 이다 語幹之後。

- 민호는 요즘 바쁜가 봐. 연락이 안 되네. 民浩最近好像很忙，都沒有聯絡。
- 많은 사람들이 모여 있어요. 유명한 사람이 왔나 봐요. 許多人聚集在一起，應該是有名人來了。
- 저 사람이 리나의 남자 친구인가 봐. 리나하고 손을 잡고 걸어가네.
  那個人應該是莉娜的男朋友，他跟莉娜手牽手走著。

-(으)ㄴ/는 줄 알았다「以為…」

文法補充說明 P. 282 詞形變化表 P. 301

A 저는 한국 음식이 다 매운 줄 알았어요. 그런데 이건 안 매워요.
我以為所有的韓國菜都是辣的，但是這不會辣。

B 안 매운 음식도 있지요.
也是有不會辣的菜。

-(으)ㄴ/는 줄 알았다 用來表達對一個事實或是情形的誤解或誤會，其前面接的子句為誤解的事物。要表示現在發生的誤會，使用 -는 줄 알았다 接在動詞語幹之後，用 -(으)ㄴ 줄 알았다 接在形容詞及 이다 語幹之後。要表示過去的誤會，則使用 -(은)줄 알았다 接在動詞語幹之後。要表達未來的誤解或推測時，使用 -(으)ㄹ 줄 알았다 接在動詞、形容詞及 이다 語幹之後。

- 진수가 농담하는 줄 알았어요. 그런데 진심이었어요. 我以為真秀在開玩笑，可是他是認真的。
- 처음에는 한국 물가가 싼 줄 알았는데 와 보니까 생각보다 비싸요.
  一開始以為韓國物價便宜，結果來了之後比想像中還貴。
- 영어를 잘해서 미국 사람인 줄 알았는데 독일 사람이에요.
  他英語流利，我以為是美國人，結果是德國人。

▸解答 P.311

1 알맞은 것을 고르세요.

(1) 우리 선생님이 오늘 옷을 예쁘게 입었어요. ⓐ 배우인가 봐요. / ⓑ 데이트하나 봐요.

(2) 마크가 어제부터 아무것도 못 먹었대요. ⓐ 배가 아픈가 봐요. / ⓑ 배가 고픈가 봐요.

(3) 가게에 사람들이 줄을 서 있어요. ⓐ 음식이 맛있나 봐요. / ⓑ 돈을 많이 버나 봐요.

(4) 원래 집까지 30분 걸리는데 오늘은 2시간 걸렸대요. ⓐ 피곤한가 봐요. / ⓑ 길이 막혔나 봐요.

2 다음에서 알맞은 답을 골라서 '-나 보다'를 사용하여 문장을 완성하세요.

멀다　　자다　　오다　　있다　　유명하다

(1) 옷이 다 젖었어요. 밖에 비가 ______________.

(2) 오늘 피곤해 보여요. 어제 잠을 못 ______________.

(3) 사람들이 모두 저 사람의 이름을 알아요. 저 사람이 ______________.

(4) 리나가 요즘에 항상 학교에 늦게 와요. 집이 학교에서 ______________.

(5) 민호가 요즘 얼굴 표정이 밝아요. 민호에게 좋은 일이 ______________.

3 '-(으)ㄴ/는 줄 알았다'를 사용하여 문장을 완성하세요.

(1) A 케빈은 전에 중국에서 살았나 봐요.
B 아니요, 그런 적이 없는데요.
A 그래요? 중국어를 잘해서 전에 중국에서 ______________.

(2) A 리나는 영화 보러 자주 가나 봐요.
B 아니요, 시간이 없어서 자주 못 가요.
A 그래요? 영화에 대해 잘 알아서 극장에 자주 ______________.

(3) A 오랫동안 여기에서 일했나 봐요.
B 아니요, 저도 일한 지 얼마 안 되는데요.
A 그래요? 회사 사람들하고 친해 보여서 오랫동안 ______________.

(4) A 찌개가 매운가 봐요.
B 아니요, 하나도 안 매워요. 왜 그렇게 생각했어요?
A 사람들이 찌개를 먹으면서 땀을 많이 흘려서 ______________.

對話 ❶

102.mp3

새라 이게 언제 찍은 사진이에요?

진수 초등학교 때 찍은 사진이에요.

새라 어렸을 때 정말 귀여웠네요.
어디에서 이 사진을 찍었어요?

진수 어디더라? 부산에 여행 갔을 때 찍은 것 같아요.

새라 오른쪽 옆에 있는 사람이 동생인가 봐요. 얼굴이 닮았네요.

진수 아니요, 그 애는 어렸을 때 제 친구예요.

새라 그래요? 저는 얼굴이 비슷해서 동생인 줄 알았어요.

진수 그런 얘기 많이 들었어요.

새라 같이 여행도 다닌 것을 보니까 많이 친했나 봐요.

진수 방학 때 이 친구네 가족이랑 바닷가에 자주 놀러 갔어요.

새라 그랬군요. 지금도 이 친구를 자주 만나요?

진수 아니요, 제가 이사 가면서 친구하고 연락이 끊겼어요.

새라 안타깝네요.

莎拉 你這張照片是什麼時候照的？

真秀 是我小學的時候照的。

莎拉 你小時候真的很可愛呢！這張照片是去哪裡照的？

真秀 那是哪裡呢？好像是我去釜山旅遊的時候照的。

莎拉 在你右邊的那個人應該是你的弟弟吧？你們長得很像呢。

真秀 不是，那小孩是我小時候的朋友。

莎拉 真的嗎？因為你們長得很像，我還以為他是你弟弟。

真秀 我常聽到別人這麼說。

莎拉 看你們還一起旅行，你們兩個好像很要好。

真秀 放假的時候，我常跟這個朋友的家人一起去海邊玩。

莎拉 原來如此，那你現在也常跟這位朋友碰面嗎？

真秀 沒有，後來我搬家就跟朋友失去聯繫了。

莎拉 真是遺憾！

單字 ▸P. 326

초등학교 | 어렸을 때 | 귀엽다 | 여행 다니다 | 지금도 | 이사 가다 | 연락이 끊기다

表現 ▸P. 327

- 어디더라?
- 그런 얘기 많이 들었어요.
- 안타깝네요.

小祕訣

1 回顧資訊

表示試著從記憶裡尋找某些訊息，在語法上被視為自言自語（혼잣말），因此沒有所謂的正式形式用法。-더라 接在動詞、形容詞及 이다 語幹之後，也可接在疑問字詞之後。

- 이름이 뭐**더라?** 생각이 안 나네.
  他叫什麼名字來著？我想不起來呢。
- 언제 여행 **갔더라?** 기억이 안 나네요.
  什麼時候去旅行的？我記不得了。

2 -네: 一個人的家人／一個人的家

네 接在意指包含某個人的名詞之後，用以含括隸屬於一個特定群體的人。在本篇對話中也是如此，친구네 가족 的意思與친구의 가족 相同，後面的 가족 跟 집 可以使用，也可省略不用。

- 지난 주말에 동생**네**에 갔다 왔어요.
  上週末我去了弟弟的家裡。
- 민수**네** 얘기를 들었어요?
  你聽說民秀一家人的事了嗎？

❶ 辨識人的位置

• 뒷줄 (세 번째 줄)
後排（第三排）

• 가운데 줄 (두 번째 줄)
中間排（第二排）

• 앞줄 (첫 번째 줄)
前排（第一排）

❶ 마지막 줄의 맨 왼쪽에서 두 번째
最後一排左邊數過來第二個

❷ 뒷줄의 중앙 (= 가운데)
後排中間

❸ 두 번째 줄의 맨 왼쪽
第二排最左邊

❹ 앞줄의 왼쪽에서 두 번째
前排左邊數過來第二個

❺ 가운데 줄의 오른쪽에서 세 번째
中間排右邊數過來第三個

❻ 첫 번째 줄의 맨 오른쪽
前排最右邊

❷ 辨識照片的日期

❶ 사진의 **뒷면**에 날짜를 써서 친구에게 줬어요.
我在照片的背面寫上日期，然後送給我朋友。

❷ 사진의 **오른쪽 아래**에 사진 찍은 날짜가 나와 있어요.
照片的右下方有顯示拍照日期。

❸ 常用描述照片的說法

1. **사진이 잘 나왔어요. = 사진이 뚜렷하게 나왔어요.**
照片照得好。= 照片照得清楚。

2. **사진이 잘 안 나왔어요.**
照片照得不好。

• 사진이 흐리게 나왔어요.
照片照得模糊。

• 사진이 초점이 안 맞아요.
照片的焦距不對。

• 사진이 흔들렸어요.
照片晃到了。

• 얼굴이 잘렸어요.
臉被切掉了。

3. **사진을 거꾸로 들고 있어요.**
把照片倒著拿。

4. **사진을 뒤집어서 들고 있어요.**
把照片反過來拿。

精準表達

• 언제 찍은 사진이에요? 這張照片是什麼時候照的？
• 어디서 찍었어요? 在哪裡拍的？
• 옆에 있는 사람이 누구예요? 在你旁邊的人是誰？

文法 ❷

- 던 回顧性修飾

▶ 文法補充說明 P. 282 詞形變化表 P. 293

A 예전 집에 가 봤어요?

你有去你的舊家看過嗎？

B 어릴 때 살던 집이 지금은 없어졌어요.

我小時候住的房子現在已經不在了。

-던 在名詞前面，用來修飾並回顧過去的狀態及事件，接在動詞、形容詞及 이다 語幹之後。-던 意指曾經反覆一段時間的動作或習慣，也可以指一個持續一段時間的狀態。-던 也可以附加 -았/었- 而成 -았/었던，表示該動作或狀態過去曾經發生過一次或僅僅少數幾次。

- 항상 웃던 친구의 얼굴이 지금도 기억나요. 我至今仍記得笑口常開那位朋友的笑容。
- 내가 지난번에 말했던 얘기 생각나? 你還記得我上次說的事情嗎？
- 3년 전까지 야구 선수였던 사람이 지금은 가수가 됐어요.
  三年前還是棒球選手的人，如今已成為歌手。

- 곤 하다「通常」、「經常」

詞形變化表 P. 294

A 그 공원에 가 본 적이 있어요?

你有去過那個公園嗎？

B 어렸을 때 가족과 같이 공원에 놀러 가곤 했어요.

我小時候經常跟家人去那個公園玩。

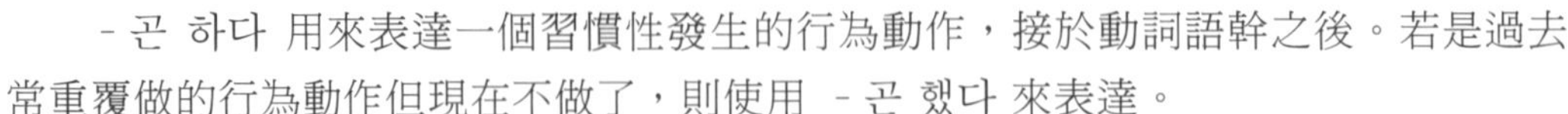

-곤 하다 用來表達一個習慣性發生的行為動作，接於動詞語幹之後。若是過去常重覆做的行為動作但現在不做了，則使用 -곤 했다 來表達。

- 피곤하면 음악을 듣곤 해요. 如果疲倦，通常會聽音樂。
- 어렸을 때 심하게 장난쳐서 엄마한테 혼나곤 했어요.
  我小時候經常因為開玩笑開得太過火被媽媽罵。
- 전에는 친구와 가끔 점심을 먹곤 했는데 요즘은 바빠서 못 해요.
  之前有時候會跟朋友一起吃午餐，但最近太忙就沒辦法。

▸解答 P. 311

1 그림을 보고 '-던'을 사용하여 문장을 완성하세요.

몇 년 전에
할머니께서 주셨어요.

5년 전에
제 회사 동료였어요.

어렸을 때
가지고 놀았어요.

70년대에
유행했어요.

전에 친구하고
갈비를 먹었어요.

학교 다닐 때
키가 작았어요.

(1) ____________________ 노래를 다시 들어 보고 싶어요.

(2) ____________________ 인형을 창고에서 발견했어요.

(3) ____________________ 식당이 어디에 있는지 생각 안 나요.

(4) ____________________ 친구가 지금은 우리 중에서 키가 제일 커요.

(5) ____________________ 사람이 우리 옆집에 살아요.

(6) ____________________ 반지를 어제 길에서 잃어버려서 너무 속상해요.

2 알맞은 답을 고르세요.

(1) 10년 동안 ⓐ 쓰는 / ⓑ 쓰던 자동차를 지난달에 바꿨어요.

(2) 1년 전에 ⓐ 결혼한 / ⓑ 결혼했던 부부가 지금도 잘 살고 있대요.

(3) 지난주에 ⓐ 보내던 / ⓑ 보냈던 편지가 아직도 도착 안 했나 봐요.

(4) 다 ⓐ 읽은 / ⓑ 읽었던 책은 책상 위에 놓아 주세요. 제가 나중에 정리할게요.

(5) 전화 끊었어? 그럼 아까 ⓐ 먹던 / ⓑ 먹었던 밥 계속 먹어.

3 '-곤 하다'를 사용하여 문장을 완성하세요.

(1) 평소에는 밖에서 사 먹지만 가끔 도시락을 싸 와서 ____________________. (먹다)

(2) 혼자 영화 보는 것을 좋아해서 평일에 가끔 혼자 영화 ____________________. (보다)

(3) 지금은 동생하고 사이가 좋지만 어렸을 때는 가끔 ____________________. (싸우다)

(4) 요즘에는 시간이 없어서 산책을 못 하지만 예전에는 시간이 날 때마다 한강에서 ____________________. (산책하다)

對話 ❷

103.mp3

마크 이건 태국에 여행 가서 찍었던 사진이에요.

리나 네? 이 사람이 마크 씨예요?
머리 모양이 달라서 다른 사람인 줄 알았어요.

마크 그렇죠? 다른 사람들도 다 그렇게 말해요.

리나 그런데 전부 혼자 찍은 사진이네요. 혼자 여행 갔나 봐요.

마크 네, 전에는 혼자 여기저기 돌아다니면서 여행하곤 했어요.

리나 요즘에도 혼자 여행 가요?

마크 아니요, 이제는 친구랑 같이 편하게 다니는 게 좋아요.

리나 저도 그래요.
여행할 때 먹었던 음식 중에서 뭐가 제일 생각나요?

마크 거기에서 먹었던 팟타이 맛을 지금도 잊을 수 없어요.

리나 그렇게 맛있었어요?

마크 네, 관광객이 찾는 식당 말고 현지인들이 가는 식당이 더 싸고 맛있었어요.

리나 그렇군요.

馬克 這是我到泰國旅遊時拍的照片。

莉娜 什麼？這個人是你？髮型不一樣，我以為那是別人。

馬克 是嗎？其他人也這麼說。

莉娜 可是你的照片都是自己拍的，看起來你是單獨一個人去旅行的。

馬克 是的，我以前常自己到處旅行。

莉娜 你近來也獨自旅行嗎？

馬克 沒有，現在我喜歡跟我朋友自在地去旅行。

莉娜 我也是。你旅行時吃過的所有食物當中，什麼是你印象最深的？

馬克 直到現在，我還忘不了我在那裡嚐到的泰式炒河粉的味道。

莉娜 那麼美味嗎？

馬克 對，當地人去的餐廳比遊客會去的來得便宜又更加好吃。

莉娜 原來如此。

單字 ▸P. 327

모양 | 전부 | 잊다 | 관광객 | 현지인

表現 ▸P. 327

- 다른 사람들도 다 그렇게 말해요.
- 뭐가 제일 생각나요?
- 지금도 잊을 수 없어요.

小秘訣

1 針對不特定的物品及地點的表達方式

- **여기저기** 찾아봤지만 지갑이 없어요.
  我到處找來找去，但還是找不到我的錢包。
- 오랜만에 쇼핑해서 **이것저것** 많이 샀어요.
  我買這買那的，因為我已經好久沒購物了。
- 친구를 만나서 **이런저런** 얘기를 했어요.
  我跟我的朋友見面，我們什麼都聊。
- 친구는 변덕스러워서 항상 **이랬다 저랬다** 해요.
  我朋友很善變，所以他總是反反覆覆的。

2 저도 그래요 的用法

表示一個人與話者有著相同的心情、情況或是經驗。可簡略為 저도요，可以用於肯定和否定句型。

- A 여행할 때는 기차를 자주 타요.
  我旅行的時候常常搭火車。

  B **저도 그래요**. 我也是。
- A 오늘 기분이 안 좋아. 我今天心情不好。

  B **나도 그래**. 我也是。

❶ 旅行打包

1. 의류
衣服

- 옷 衣服
- 속옷 內衣
- 양말 襪子
- 잠옷 睡衣
- 겉옷 外套
- 수영복 泳衣
- 스키복 滑雪服
- 등산복 登山服

2. 세면도구
盥洗用品

- 수건 毛巾
- 칫솔 牙刷
- 치약 牙膏
- 비누 肥皂
- 샴푸 洗髮精
- 린스 潤髮乳

3. 소지품
私人物品

- 핸드폰 手機
- 충전기 充電器
- 카메라 相機
- 여권 護照
- 지갑 錢包
- 돈 錢
- 화장품 化妝品
- 휴지 面紙
- 지도 地圖
- 선글라스 太陽眼鏡
- 모자 帽子
- 비상약 急救藥品

4. 기타
其他

- 노트북 筆記型電腦
- 책 書籍
- 사전 字典
- 필기도구 書寫工具
- 모기약 防蚊液
- 컵라면 杯麵
- 통조림 罐頭
- 부채 扇子
- 우산 雨傘
- 장갑 手套
- 물병 水壺

❷ 旅遊準備

- 여행 정보를 찾다 搜尋旅遊資訊
- 여행 일정을 짜다 訂定旅遊日程
- (비행기/기차/버스) 표를 사다 買（飛機／火車／巴士）票
- 숙소를 예약하다 預約住宿
- 환전하다 兌換貨幣
- 비자를 받다 收到簽證
- 예약을 확인하다 確認預定
- 여행자 보험에 들다 加入旅遊保險
- 비상약을 준비하다 準備急救藥品
- 예방 주사를 맞다 施打預防針

❸ 旅遊目的地

1. 도시
城市

- 시내 市區
- 관광지 觀光景點
- 맛집 美食餐廳
- 전시회 展覽會
- 야경 명소 夜景景點
- 백화점 百貨公司
- 면세점 免稅商店
- 박물관 博物館
- 전통적인 건물 傳統建築
- 광장 廣場

2. 시골
郊區

- 바다 大海
- 강 河川
- 호수 湖泊
- 시내 溪流
- 연못 小池塘
- 바닷가 海邊
- 섬 島嶼
- 산 山脈
- 계곡 河谷
- 폭포 瀑布
- 숲 森林
- 동굴 洞穴
- 들 原野
- 논 水田
- 역사 유적지 歷史古蹟
- 절 佛寺、廟
- 교회 教堂、教會
- 성당 天主教教堂
- 밭 旱田
- 일출 (일몰) 명소 日出（日落）景點

❹ 旅遊日期長度

- 당일 여행 一日遊
- 1박 2일 兩天一夜
- 2박 3일 三天兩夜
- 무박 2일 通宵二日遊

❺ 旅遊種類

- 국내 여행 國內旅遊
- 해외여행 國外旅遊
- 단체 여행 團體旅遊
- 개별 여행 個人旅遊
- 단기 여행 短期旅遊
- 장기 여행 長期旅遊

精準表達

- 최대한 빨리 盡快
- 되도록 일찍 盡早
- 가능하면 미리 如果可以的話提前

❻ 旅遊花費

- 숙박비 住宿費
- 교통비 交通費
- 식비 餐費、伙食費
- 입장료 (박물관, 공연 등) 入場費（博物館、公演等）

文法 ❸

- 느라고「因為」

▶ 文法補充說明 P. 283 詞形變化表 P. 295

A 왜 전화를 안 받았어요?
你為什麼沒有接電話？

B 음악을 듣느라고 전화 소리를 못 들었어요.
因為我正在聽音樂，所以我沒有聽到電話鈴聲。

-느라고 用來表示因為做了某個特別的行為動作，而導致一個並非刻意造成的負面結果。放置於 -느라고 前面的子句為造成負面結果的原因，而後面接著的子句則為產生的後果。此文法通常用在解釋意料之外的負面情形為何會發生在主語身上。另一方面，也可以使用 -느라고 來感謝某人所做的事，在這個用法裡，-느라고 被說話的人拿來向主語的所做所為表達感謝之意。在這兩個情形中，-느라고 都跟動詞語幹接在一起，但不可和 -았/었- 以及否定 -지 않다 一起使用。

- 우리 아이는 밖에서 노느라고 공부는 안 해요. 我家孩子因為在外面玩，結果沒有讀書。
- 돈을 모으느라고 한동안 여행을 못 갔어요. 因為在存錢，所以有一段時間不能去旅行。
- 이렇게 많은 음식을 준비하느라고 수고하셨습니다. 要準備這麼多食物，辛苦了。

- (으)ㄹ 걸 그랬다「早知道就…」

▶ 文法補充說明 P. 284 詞形變化表 P. 300

A 기차를 놓쳤네요.
火車跑掉了。

B 집에서 1시간 일찍 나올 걸 그랬어요.
早知道就提早一小時出門了。

-(으)ㄹ걸 그랬다 用於表示後悔過去沒有做另一個決定。接於 -(으)ㄹ걸 그랬다 前面的子句是敘述後悔，大部分用於口語對話，使用上附加於動詞語幹之後。若要表達後悔做了某件事，則使用否定 -지 않을걸 그랬다 或是 -지 말걸 그랬다。

- 시험을 잘 못 본 것 같아요. 열심히 공부할 걸 그랬어요. 考試好像沒考好，早知道就認真念書了。
- 약을 좀 더 일찍 먹을 걸 그랬어요. 그러면 지금쯤은 열이 내렸을 거예요.
  早知道就早點吃藥了，那樣的話現在差不多也退燒了。
- 담배를 피우지 말 걸 그랬어요. 그러면 건강이 이렇게 나빠지지 않았을 거예요.
  早知道就不抽菸了，那樣的話，健康狀況也不會變得這麼差。

▸解答 P. 311

1 **다음에서 알맞은 답을 골라서 '-느라고'를 사용하여 문장을 완성하세요.**

사다　　참다　　찾다　　나오다　　돌보다　　공부하다

(1) 시험 때문에 어제 ______________ 밤을 새웠어요.

(2) 웃음을 ______________ 얼굴이 빨개졌어요.

(3) 이것저것 선물을 ______________ 돈을 다 썼어요.

(4) 아이를 ______________ 일을 그만뒀어요.

(5) 시간이 있을 때마다 정보를 ______________ 정신이 없어요.

(6) 집에서 급하게 ______________ 지갑을 집에 두고 왔어요.

2 **밑줄 친 것을 고치세요.**

(1) 비가 오느라고 오늘은 운동 못 해요.

(2) 바쁘느라고 친구한테 연락 못 했어요.

(3) 갑자기 회의가 있느라고 전화를 못 받았어요.

(4) 동생이 음악을 듣느라고 제가 공부하지 못했어요.

(5) 여자 친구가 생기느라고 요즘 열심히 공부하지 않아요.

3 **알맞은 답을 고르세요.**

(1) 표를 사려고 하는데 다 팔렸어요. ⓐ 미리 표를 살걸 그랬어요.
ⓑ 미리 표를 사지 말걸 그랬어요.

(2) 결혼하니까 정말 행복해요. ⓐ 일찍 결혼할 걸 그랬어요.
ⓑ 일찍 결혼하지 말 걸 그랬어요.

(3) 길에서 지갑을 잃어버렸어요. ⓐ 집에서 지갑을 가지고 올 걸 그랬어요.
ⓑ 집에서 지갑을 가지고 오지 말 걸 그랬어요.

(4) 아침에 늦게 일어나서 회사에 늦었어요. ⓐ 알람 시계를 맞추고 잘 걸 그랬어요.
ⓑ 알람 시계를 맞추고 자지 않을 걸 그랬어요.

(5) 중고 자동차가 자꾸 고장 나요. ⓐ 중고 자동차를 살 걸 그랬어요.
ⓑ 중고 자동차를 사지 말 걸 그랬어요.

對話 ❸

105.mp3

유키 지난 휴가 때 여행 갔다 왔다면서요?
케빈 얘기 들었어요? 친구들하고 동해에 갔다 왔어요.
유키 그래요? 여행이 어땠어요?
케빈 서울하고 분위기가 진짜 달라서 재미있었어요.
유키 좋았겠네요. 동해는 해산물이 유명한데 먹어 봤어요?
케빈 당연히 먹었죠. 정말 싱싱해서 서울에서 먹은 것보다 훨씬 맛있었어요.
유키 그럼, 일출은 봤어요?
케빈 아니요, 원래 일출을 보려고 했는데 자느라고 못 봤어요. 그 전날 설악산을 등산했거든요. 정말 아쉬워요.
유키 일출을 본 다음에 설악산에 가지 그랬어요?
케빈 맞아요. 먼저 일출부터 볼 걸 그랬어요.
유키 너무 아쉬워하지 마세요. 다음에 또 가면 되죠, 뭐.
케빈 그렇긴 해요.
유키 그럼, 다음에 같이 가는 게 어때요?
케빈 그래요. 시간 맞춰서 같이 가요.

由紀 聽說你上次休假去旅行了？
凱文 妳聽說了？我跟我的朋友去了一趟東海。
由紀 真的啊？去玩得如何？
凱文 氣氛與首爾真的不一樣。很好玩。
由紀 那一定很不錯，東海的海鮮很有名，你有沒有吃到？
凱文 當然有吃了，海鮮真的非常新鮮，比我在首爾吃過的還好吃。
由紀 那麼，你有看到日出嗎？
凱文 沒有，我原本計畫要看日出，但因為我還在睡所以沒有看到。前一天我們才登上雪嶽山，實在很遺憾。
由紀 你們為什麼不看過日出後再去爬雪嶽山？
凱文 對，早知道應該先看日出的。
由紀 不要太難過，你可以下次再去看。
凱文 沒錯。
由紀 那麼，我們下次一起去如何？
凱文 好，配合日期我們一起去。

單字 ▸P. 327

해산물 | 당연히 | 싱싱하다 | 일출 | 전날 | 등산하다 | 아쉽다

表現 ▸P. 327

- 당연히 먹었죠.
- 너무 아쉬워하지 마세요.
- 시간 맞춰서 같이 가요.

小祕訣

1 그 的用法

提到與一個特定日子有關的時間點時使用 그，如於對話中用以表示特定提及的某一天，전 或 다음 接於其後，表先前提到的時間點。

- 그 전날 / 그다음 날
  那前一天 / 那隔一天
- 그 전주 / 그다음 주
  那前一週 / 那隔一週
- 그 전달 / 그다음 달
  那前一個月 / 那隔一個月
- 그 전해 / 그다음 해
  那前一年 / 那隔一年

2 아쉽다 對比 아쉬워하다

韓文中，雖然可以使用情緒形容詞來描述心情，但一個人不可能能夠全然地瞭解另一個人心裡真正的感覺。我們只能依照別人的行為舉止來猜測情緒，即以 -아/어하다 附加於情緒形容詞來描述另一個人的情緒狀態或舉止。加上 -아/어하다 之後，即變成動詞使用。

- (제가) 지갑을 잃어버려서 **속상해요**.
  我很懊惱因為我的錢包掉了。
- 너무 **속상해하**지 마세요. 지갑을 곧 찾을 거예요.
  別太懊惱了，你很快就會找到你的錢包。
  [-지 마세요 必須使用動詞，因此 -아/어하다 須附加於形容詞之後。]

106.mp3

❶ 副詞的表達方式

1. 대로

- 계획대로 按照計畫
- 생각대로 依照所想
- 예상대로 如預期地

2. 와/과 달리

- 계획과 달리 與計畫不同
- 생각과 달리 與所想不同
- 예상과 달리 和預期不同

3. 보다

- 계획보다 比計畫的…
- 생각보다 比所想的…
- 예상보다 比預期的…

- 계획**대로** 되지 않아서 걱정돼요. 沒有按照計畫進行所以我很擔心。
- 예상**과 달리** 숙소가 너무 좁았어요. 和預期的不同，房間太小了。
- 생각**보다** 날씨가 더웠어요. 天氣比我想像中的還要熱。

4. 없이

- 계획 없이 沒有計畫地
- 생각 없이 沒有設想地
- 돈 없이 沒有錢地

5. 외로

- 예상 외로 出乎意料地
- 생각 외로 出乎意料地
- 상상 외로 超乎想像之外

6. 기타

- 일반적으로 (= 흔히, 보통) 一般地（= 通常地、普遍地）
- 예외적으로 例外

- 생각 **없이** 말했는데 친구가 기분 나빠했어요. 我說話不經思考，惹我的朋友生氣了。
- 예상 **외로** 여행비가 많이 들었어요. 旅費出乎意料地多出許多。
- **일반적으로** 실내에서는 사진을 찍을 수 없어요. 一般來說不可以在室內照相。
- 그런데 여기에서는 **예외적으로** 사진을 찍을 수 있어요. 但是，這裡出乎意料地可以拍照。

❷ 旅遊問題

1. 사람들 人們

- 말이 안 통하다 語言不通
- 문화가 다르다 文化不同
- 사람들이 불친절하다 人不友善
- 아는 사람이 없다 不認識任何人

2. 음식 食物

- 음식이 입에 안 맞다 食物不合口味
- 배탈이 나다 拉肚子

3. 숙소 住宿

- 숙소가 예약이 안 되어 있다 沒有預訂到住宿
- 숙소에 빈방이 없다 沒有空房間

4. 쇼핑 購物

- 물가가 너무 비싸다 物價太貴
- 바가지를 쓰다 被坑了

5. 교통 交通

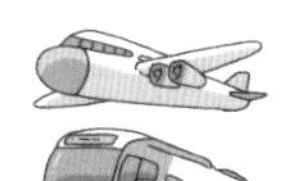

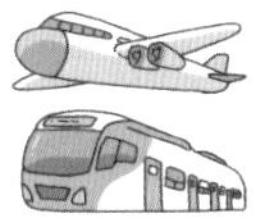

- 기차를 놓치다 錯過火車
- 비행기가 늦게 도착하다 (= 연착하다) 飛機延誤抵達
- 멀미가 나다 暈（車／飛機／船）

6. 사고 事故

- 여권을 잃어버리다 遺失護照
- 가방을 도둑맞다 包／袋子被偷

7. 날씨 氣候

- 날씨가 너무 덥다 天氣太熱
- 날씨가 너무 춥다 天氣太冷

8. 기타 其他

- 여행지가 위험하다 旅遊目的地危險
- 관광지가 공사 중이다 觀光景點施工中
- 길을 헤메다 迷路
- 비행기가 결항하다 航班取消
- 표가 매진되다 票賣光了

精準表達

- 바가지를 쓰는 것이 보통이에요. 被坑是正常的。
- 빈방이 있을 때가 드물어요. 很難得有空房間。

一起聊天吧！

口說策略 談話時的遲疑語氣

- 음……. 嗯…
- 글쎄요. 這個嘛…
- 그게 말이에요. 那意思是…

❶ 자주 여행 가요? 어떤 여행을 좋아해요?

❷ 제일 기억에 남는 여행 장소를 소개해 주세요.

	어디예요?	언제 갔어요?	어떤 느낌?	주의 사항?
• 흥미로운 장소				
• 야경이 아름다운 곳				
• 음식이 색다른 곳				
• 다시는 가고 싶지 않은 곳				
• 말이 안 통했던 곳				
• 문화가 많이 달랐던 곳				
• 경치가 좋았던 곳				
• 물가가 쌌던 곳				
• 바가지 썼던 곳				
• 혼자 여행하기 좋은 곳				

- 뭐가 인상적이었어요?
- 뭐 때문에 힘들었어요?
- 여행할 때 알면 좋은 정보가 뭐예요?

음……, 제 경우에는 여행지에 아는 사람이 없으면 숙소 서비스를 먼저 확인해요. 어떤 숙소는 예약하면 그 숙소에서 공항까지 저를 마중 나와서 편하거든요.

글쎄요. 여행지가 좋아도 밤늦게 혼자 돌아다니는 게 위험하니까 어두워진 후에 혼자 돌아다니지 마세요. 낮에도 위험한 곳이 있을 수 있어요.

新單字／詞彙

휴양지 渡假村 | 유적지 歷史古蹟 | 흥미롭다 有趣的 | 야경 夜景 | 색다르다 與眾不同 | 물가 物價 | 인상적이다 難忘的，令人印象深刻的 | 숙소 住宿 | 마중 나오다 出來迎接

107.mp3

單字心智圖

單字心智圖漢字語整理 P. 317

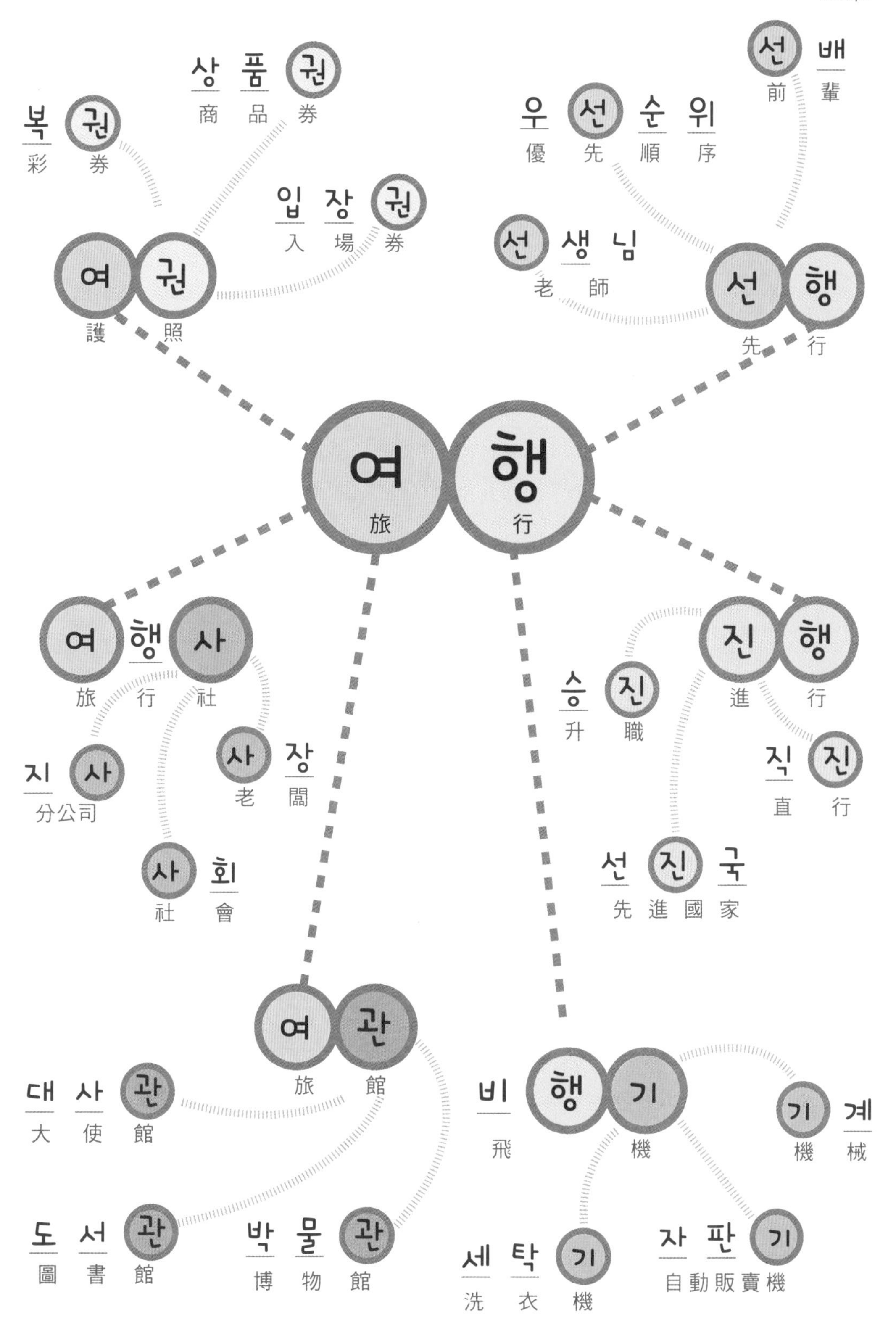

話說文化

一起聊聊吃的！

• 파전 蔥煎餅和 막걸리 韓國小米酒瑪格莉

在濕冷的下雨天，韓國人特別喜歡吃某些食物，像是 파전（蔥煎餅）和 막걸리（韓國小米酒瑪格莉）。韓國人相信當氣溫比平常低一點時，吃韓國版本的比薩：鍋煎的 파전，一邊酌飲一杯由米釀成的 막걸리，這樣的組合與下雨天的氣氛堪稱絕配。韓國人也堅信較油膩的食物適合在比較涼爽的下雨天吃。當然也有人會想到要吃 찌개 配上其他湯類的料理，但土生土長的韓國人在下雨天則會選擇 파전 和 막걸리。

• 김밥 韓式紫菜飯捲

當學童去野餐時，會帶著裝有 김밥（韓式紫菜飯捲）的午餐盒。雖然現在可以很便宜地買到紫菜飯捲，但於90年代期間，김밥 被視為眾所期待的一種料理，因為通常只能在出去野餐的時候才能吃到。製作 김밥 的食材會依每個家庭媽媽的偏好習慣而有所不同，當韓國人一想到野餐，必定會想到 김밥。

• 짜장면 炸醬麵

在沒有時間煮飯的日子，如搬家或打掃房子，韓國人大多會叫 짜장면 外送吃（韓國版本的中式炸醬麵）。炸醬麵被訂來吃的原因不是因為它提供家常料理的美好回憶或是在雨天吃的料理，而是因為它很便宜、方便而且可以吃飽。炸醬麵變成基本的外送料理，甚至可以說所有的中華料理餐廳都有外送炸醬麵。不論你在沙灘、公園還是漢江，只要一通電話，炸醬麵隨時可以外送至任何地點。

• 치맥 炸雞配啤酒

像是看棒球或足球比賽等運動節目，或從事一些戶外活動時，韓國人會邊吃炸雞邊喝冰啤酒。這樣的組合叫做 치맥（由 치킨 炸雞及 맥주 啤酒兩個字詞的字首所組成）。如同一般人看電影時會想到要吃爆米花，韓國人觀賞棒球、足球賽或是在戶外時，會想到要吃 치맥。特別的是，치맥 是公司職員晚上最常點的外送。

第 15 課

관계

關係

目標
- 解釋說明個人行為
- 向人詢問意見
- 斥責某人沒去做應該要做的事
- 找尋藉口
- 正式道歉
- 拒絕請求
- 猜想將會發生的事件
- 描述另一個人

文法

❶ -다가「當…持續中」、「在…途中」
-(으)ㄴ/는데도「即使」、「即便」

❷ -았/었어야죠「你應該要…」
-았/었어야 했는데「應該要…，但…」

❸ -(으)ㄹ 텐데 表達揣測、希望及假設情境：
-(으)려던 참이다「正想…」

- 다가「當…持續中」、「在…途中」

文法補充說明 P. 285
詞形變化表 P. 293

A 왜 전화 안 했어요?
你為什麼沒打電話來？

B 텔레비전을 보다가 잠이 들었어요.
我在看電視時睡著了。

- 다가 表達一個動作被另一個動作或狀態給打斷，語法上接於用以描述改變的動作或狀態的動詞及形容詞語幹之後，且前後兩個子句的主語必須一致。 - 다가 也可以用來表達一個意料之外的情形發生。通常是指一個動作進行的過程中發生了另一個負面的情境。而這樣的用法中，前後子句的主語可以不同，但第二個子句裡的情形必須發生在第一個子句的主語身上，或與第一個子句的主語有關聯。

- 회의하다가 전화를 받았어요. 開會開到一半接了電話。
- 집에 가다가 편의점에 잠깐 들렀어요. 回家的路上順道繞進便利商店。
- 옷을 입다가 옷이 찢어졌어요. 穿衣服的時候衣服扯破了。

- (으)ㄴ/는데도「即使」、「即便」

詞形變化表 P. 302

A 아까 커피를 안 마셨어요?
你剛剛沒喝咖啡嗎？

B 커피를 세 잔이나 마셨는데도 계속 졸려요.
即使我喝了三杯咖啡，我還是想睡覺。

- (으)ㄴ/는데도 用來表示後面子句的內容不論前面子句的內容做了什麼，後面子句的內容仍然會發生。在上述例子中，一個人會期待他已經喝了咖啡就不會想睡覺，但話者喝了咖啡仍然想睡。如果前面的子句是現在時制， - 는데도 接動詞語幹之後，而 - (으)ㄴ데도 接形容詞及 이다 語幹之後。如果前面的子句是過去時制， - 았/었는데도 接動詞、形容詞和 이다 語幹之後。這個用法和第4課的 - (으)ㄴ/는데 相同。

注意

-(으)ㄴ/는데도 的用法與第9課提到的 -아/어도 類似，但 -아/어도 可以使用於假設的情形，而 -(으)ㄴ/는데도 則不行。
- 앞으로 무슨 일이 있어도 저만 믿으세요. (O)
- 앞으로 무슨 일이 있는데도 저만 믿으세요. (X)

- 내 동생은 키가 작은데도 저보다 힘이 세요.
  我妹妹即便個子嬌小，但力氣比我大。
- 그 사람의 얼굴을 아는데도 이름이 생각이 안 나요.
  即使認得那個人的臉，但我想不起他的名字。
- 몇 번이나 설명했는데도 그 사람은 제 말을 이해 못 해요.
  即使我解說了好幾遍，但那個人還是聽不懂我在說什麼。

▸解答 P. 311

1 **문장을 완성하도록 알맞은 것끼리 연결하세요.**

(1) 영화를 보다가 •	• ① 친구가 안 와서 •	• ⓐ 돈을 더 찾았어요.
(2) 친구를 기다리다가 •	• ② 소리가 너무 커서 •	• ⓑ 극장 밖으로 나갔어요.
(3) 쇼핑하다가 •	• ③ 재미없어서 •	• ⓒ 비를 맞았어요.
(4) 음악을 듣다가 •	• ④ 돈이 떨어져서 •	• ⓓ 친구한테 전화했어요.
(5) 친구하고 얘기하다가 •	• ⑤ 갑자기 비가 와서 •	• ⓔ 전화 받으러 나갔어요.
(6) 길을 걷다가 •	• ⑥ 전화가 와서 •	• ⓕ 소리를 줄였어요.

2 **그림을 보고 다음에서 알맞은 답을 골라서 '-다가'를 사용하여 문장을 완성하세요.**

걷다　　들다　　졸다　　놀다

(1)  무거운 물건을 ______________ 허리를 다쳤어요.

(2) 친구하고 ______________ 공에 맞아서 얼굴에 멍이 들었어요. 

(3)  지하철에서 ______________ 정류장을 지나쳤어요.

(4) 높은 구두를 신고 ______________ 발목을 삐었어요. 

3 **알맞은 답을 고르세요.**

(1) 여러 번 전화했는데도 전화를 ⓐ 받아요. / ⓑ 안 받아요.

(2) 저는 친구가 많은데도 항상 ⓐ 외로워요. / ⓑ 외롭지 않아요.

(3) 전화번호를 바꿨는데도 계속 전화가 ⓐ 와요. / ⓑ 안 와요.

(4) 제 친구는 매일 ⓐ 노는데도 / ⓑ 놀지 않는데도 시험을 잘 봐요.

(5) 이 가게 물건은 값이 ⓐ 싼데도 / ⓑ 비싼데도 품질이 안 좋아요.

(6) 제 동생은 ⓐ 운동선수인데도 / ⓑ 운동선수가 아닌데도 운동을 잘해요.

對話 ❶

109.mp3

리나 저 리나인데요. 지금 통화 괜찮아요?

케빈 네, 잠깐이면 괜찮아요. 그런데 무슨 일이에요?

리나 영화 표 예매하다가 문제가 생겨서 전화했어요.

케빈 무슨 문제요?

리나 토요일에 보기로 한 영화 말이에요.
예매하려고 하는데 표가 다 팔렸어요.

케빈 다른 영화관에도 표가 없어요?

리나 이 영화가 인기가 많은가 봐요. 다른 영화관을 찾았는데도 자리가 없어요. 아무래도 다른 영화를 봐야 할 것 같아요.

케빈 저는 어떻게 하든지 상관없어요.
리나 씨 마음대로 하세요. 그럼, 얘기 다 끝난 거예요?

리나 잠깐만요. 하나만 더 물어볼게요.
영화가 좀 늦게 끝나도 괜찮아요?
아까 문자 몇 번이나 보냈는데도 답장이 없어서요.

케빈 미안해요. 제가 일하느라고 답장 못 보냈어요.
저는 몇 시든지 괜찮아요. 리나 씨! 제가 일하다가 전화 받아서 통화 오래 못 할 것 같아요.

리나 알겠어요. 그럼, 영화 표 예매하면 문자 보낼게요.

莉娜 我是莉娜，你現在方便講電話嗎？

凱文 是，可以稍微講一下沒關係，怎麼了嗎？

莉娜 我打給你是因為我在預訂電影票時遇到了一個問題。

凱文 什麼問題？

莉娜 就是我們決定星期六要去看的那部電影啊，我想訂票但是票賣光了。

凱文 其他電影院也都沒票了嗎？

莉娜 這部電影似乎很熱門，我甚至查了其他家電影院，但是也都沒有空位。看來不管怎樣只能看其他電影了。

凱文 我看哪部都行，妳決定就好。那妳都說完了嗎？

莉娜 等一下，我再問一個，電影結束得晚一點也沒關係嗎？我剛傳了幾封簡訊給你，但你沒回覆。

凱文 抱歉，我在工作所以沒能回簡訊，任何時間都沒關係。莉娜！我在工作中接電話，不能講太久。

莉娜 好，那我訂好票時再傳簡訊給你。

單字 ▸P. 327

표가 팔리다 | 영화관 | 자리 | 아무래도

表現 ▸P. 327

- 무슨 일이에요?
- 상관없어요.
- 하나만 더 물어볼게요.

小祕訣

1 確認結束：-(으)ㄴ 거예요?

此表達方式用來確認一個動作已經結束。
-(으)ㄴ 거예요 語法上接於動詞語幹之後。

- 얘기 다 끝난 **거예요**? 都說完了嗎？
- 밥이 다 된 **거예요**? 飯煮好了嗎？
- 다 말한 **거예요**? 全講了嗎？

2 몇 的兩種含意

몇 是放在可數名詞前表示「多少」的疑問字詞，也可以用來表示一個沒有設限的量質。於此對話中，第一個 몇 於 몇 번이나 裡的用法為「幾次」的意思；而第二個 몇 在 몇 시든지 裡的用法則為「何時都可以」。

- 우리 집에 **몇** 명 왔어요? 有多少人來我們家？
- **몇** 명 왔어요. 有幾個人來。

110.mp3

❶ 預約

1. 訂票

- 표를 예매하다 訂票
- 주차비가 무료이다
  停車免費
  팝콘이 공짜다
  爆米花免費
- 표가 많이 남아 있다
  還剩下很多票
  표가 얼마 남아 있지 않다
  沒剩多少票
- 표가 다 팔렸어요. (= 매진이 됐어요.)
  票全部賣完了
- 지정석 / 자유석
  對號座 / 自由座
- 입장하다 / 퇴장하다
  進場 / 離場
- 예매가 안 됐어요. 沒有預訂。

2. 預約

- 방을 예약하다 預訂房間
- 조식이 포함되어 있다
  包含早餐
  조식이 포함되어 있지 않다
  不包含早餐
- 빈방이 많다
  空房很多
  빈방이 얼마 남아 있지 않다
  空房所剩不多
- 방이 다 찼어요. (= 빈방이 없어요)
  房間全數客滿 （= 沒有空房）
- 1인실 / 2인실
  單人房 / 雙人房
- 체크인(입실)하다 / 체크아웃(퇴실)하다
  登記入房 / 登記退房
- 예약이 안 됐어요. 沒有預訂。

- 영화 표를 인터넷으로 **예매하려고** 했는데, 보고 싶은 영화 **표가 다 팔렸어요**. 그래서 다른 시간도 알아봤지만 **표가 얼마 남아 있지 않았어요**. 我打算用網路訂票，但我想看的電影票都賣光了。所以我查了其他時間，但也沒剩多少票了。
- 호텔 방을 인터넷으로 **예약하려고** 했는데, 가고 싶은 호텔에는 **빈방이 없었어요**. 그래서 다른 호텔에도 알아봤지만 성수기라서 **빈방이 얼마 남아 있지 않았어요**. 我打算用網路訂旅館房間，但我想住的旅館都沒有空房了。所以我查了其他家旅館，但因為是旺季，空房所剩不多。

❷ 電話上使用的口語

1. **전화하다** 打電話

- 전화를 걸다 打電話
- 전화를 받다 接電話
- 통화하다 講電話
- 전화를 끊다 掛電話

2. **메시지** 訊息

- 문자/음성/영상 메시지를 보내다 傳文字／聲音／影像訊息。
- 문자/음성/영상 메시지를 받다 收到文字／聲音／影像訊息。
- 문자/음성/영상 메시지를 확인하다 確認文字／聲音／影像訊息。

★ 口語中，문자 메시지可只講문자；음성 메시지可只講음성；영상 메시지可只講영상。

3. **전화 표현** 使用電話時的表達方式

- 통화 중이에요. （某人）正在講電話。
- 외출 중이에요. （某人）外出中。
- 회의 중이에요. （某人）正在開會。
- 전화 잘못 걸었어요. 你打錯電話了。
- 전화를 안 받아요. （某人）不接電話。
- 신호가 약해요. 收訊不良。
- 전원이 꺼져 있어요. 電話已關機。
- 배터리가 떨어졌어요. 電池沒電。

精準表達

於電話上道別
- 안녕히 계세요. 再見。
- 들어가세요. 再見。
- 전화 끊을게요.
  我要掛電話了。

文法 2

- 았/었어야지요「你應該要…」

詞形變化表 P. 296

A 그렇게 많이 아프면 병원에 갔어야죠.
왜 안 갔어요?
如果你病得那麼嚴重，你應該要去醫院的，為什麼你沒去？

B 아까는 이렇게 안 아팠어요.
我剛才沒這麼不舒服。

- 았/었어야지요 用來責備對方沒去做一件應該要做的動作，或是沒有維持一個應該要保持的狀態。此語法通常用於口語對話。前面的子句描述過去應該要實行的動作行為，使用 - 았/었어야지요 附加於動詞、形容詞及 이다 語幹之後。若要責備某人做了一個不應該做的動作，可以使用 - 지 않았어야지요 或是 - 지 말았어야지요，而 - 지요 也可簡略為 - 죠。

- 약속을 했으면 약속을 지켰어야죠. 안 지키면 어떡해요?
  跟人約好了就應該要遵守約定，你怎麼能失約？
- 그런 일이 있으면 나한테 미리 말했어야지. 왜 말 안 했어?
  發生那種事你應該要先跟我說，你為什麼沒講？
- 그 사람의 비밀을 말하지 말았어야죠. 얘기하면 어떡해요?
  你不該講出那個人的秘密，你怎麼可以說出來？

- 았/었어야 했는데「應該要…，但…」

詞形變化表 P. 296

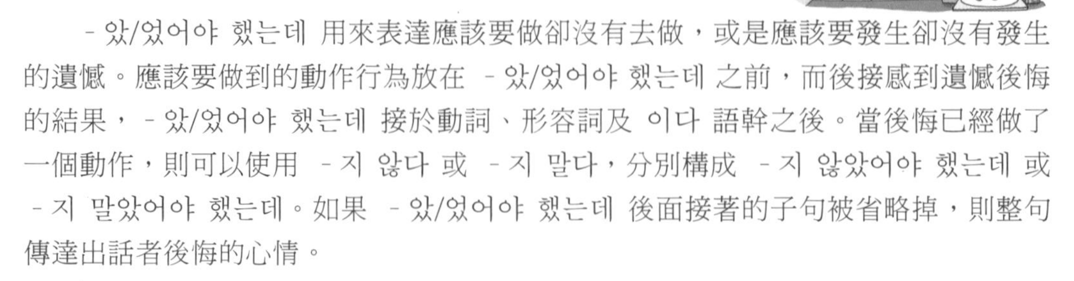

A 생일 선물을 미리 준비했어야 했는데 미안해.
我事先應該要準備生日禮物的，對不起。

B 괜찮아. 선물은 안 해도 돼.
沒關係，你不需要送我禮物。

- 았/었어야 했는데 用來表達應該要做卻沒有去做，或是應該要發生卻沒有發生的遺憾。應該要做到的動作行為放在 - 았/었어야 했는데 之前，而後接感到遺憾後悔的結果，- 았/었어야 했는데 接於動詞、形容詞及 이다 語幹之後。當後悔已經做了一個動作，則可以使用 - 지 않다 或 - 지 말다，分別構成 - 지 않았어야 했는데 或 - 지 말았어야 했는데。如果 - 았/었어야 했는데 後面接著的子句被省略掉，則整句傳達出話者後悔的心情。

- 미리 말했어야 했는데 걱정할까 봐 얘기 못 했어요. 本來應該要先講的，但因為擔心就沒能說出口。
- 모델을 하려면 키가 더 컸어야 했는데 아쉽네요. 想當模特兒的話，身高應該要再高一點，真可惜啊。
- 무거운 짐을 혼자 들지 말았어야 했는데 결국 허리를 다쳤어요.
  我不該自己一個人拿很重的行李，結果傷到腰了。
- 내가 더 신경 썼어야 했는데……. 我應該要再多費點心的……。

▸解答 P. 311

1 다음에서 알맞은 답을 골라서 '-았/었어야지요'나 '-지 말았어야지요'를 사용하여 문장을 완성하세요.

받다 참다 나가다 확인하다 예약하다

(1) 여름에 휴가 가려면 미리 호텔을 ______________. 지금은 방이 없잖아요.

(2) 아무리 화가 나도 끝까지 ______________. 그렇게 화를 내면 어떡해요?

(3) 중요한 회의 시간에는 전화를 ______________. 사장님이 화가 나셨잖아요.

(4) 감기에 걸렸으면 밖에 ______________. 감기가 낫지 않았잖아요.

(5) 그렇게 중요한 서류는 내기 전에 ______________. 확인도 안 하면 어떡해?

2 '-았/었어야 했는데'를 사용하여 대화를 완성하세요.

(1) A 어제 모임에 늦게라도 갔어야죠. 왜 안 갔어요?
B ______________ 갑자기 집에 일이 생겨서 못 갔어요.

(2) A 잘못했으면 먼저 사과했어야죠. 왜 사과 안 해요?
B ______________ 사과할 기회가 없어서 못 했어요.

(3) A 어제까지 책을 돌려준다고 약속했으면 돌려줬어야죠. 왜 안 돌려줘요?
B ______________ 집에 책을 놓고 와서 못 돌려줬어요.

(4) A 사장님이 심각하게 말씀하실 때 웃지 말았어야죠. 웃으면 어떡해요?
B ______________ 갑자기 다른 일이 생각나서 웃었어요. 미안해요.

3 알맞은 답을 고르세요.

(1) 아프면 미리 ⓐ 말했어야죠. / ⓑ 말하지 말았어야죠. 그냥 숨기면 어떻게 해요?

(2) 친구가 유학을 떠나기 전에 ⓐ 말했어야죠. / ⓑ 만나지 말았어야 했는데 결국 못 만났어요.

(3) 친구가 부탁하면 그 부탁을 ⓐ 잊어버렸어야죠. / ⓑ 잊어버리지 말았어야죠. 잊어버리면 어떡해요?

(4) 아이에게 위험한 물건을 ⓐ 줬어야죠. / ⓑ 주지 말았어야죠. 혹시 아이가 다치면 어떡해요?

(5) 어제까지 보고서를 ⓐ 냈어야 했는데 / ⓑ 내지 않았어야 했는데 결국 못 냈어요.

對話 ❷

111.mp3

민호 늦어서 죄송합니다.
상사 왜 이렇게 늦었어요?
회의에 1시간이나 늦게 오면 어떡합니까?
민호 교통사고 때문에 길이 너무 많이 막혀서 늦었습니다.
상사 차가 밀리는 시간을 생각해서 일찍 출발했어야죠.
민호 더 일찍 출발했어야 했는데 죄송합니다.
상사 박민호 씨를 기다리다가 회의가 늦어졌잖아요.
민호 죄송합니다.
상사 전화는 왜 안 했어요? 늦으면 미리 전화를 했어야죠.
민호 미리 연락을 했어야 했는데 마침 배터리가 떨어져서 못 했습니다.
상사 박민호 씨, 요즘 왜 이렇게 정신이 없어요?
민호 죄송합니다. 앞으로 다시는 이런 일이 생기지 않도록 조심하겠습니다.
상사 다음부터는 회의 시간에 늦지 않도록 하세요.
민호 네, 알겠습니다.
상사 그리고 다음 회의 때 문제가 생기지 않도록 자료 준비는 미리 하세요.
민호 그렇게 하겠습니다.

民浩 對不起，我遲到了。
上司 你怎麼這麼晚？你開會晚到一個小時我們是要怎麼處理？
民浩 有個交通事故塞車塞得很嚴重，所以遲到了。
上司 你應該要考慮到塞車的時間提早出門啊。
民浩 我應該要早點出門的，對不起。
上司 為了等你會議都延後了。
民浩 對不起。
上司 為什麼沒有打電話？晚到的話，你應該要先打電話告知。
民浩 我應該要先打電話的，但剛好我的電池沒電了，所以我沒能打電話。
上司 朴民浩，你最近為什麼如此心不在焉？
民浩 對不起，我會小心以後不再發生這種狀況。
上司 下次開會不要再遲到了。
民浩 是，我知道了。
上司 還有，下次開會時，資料要提前準備以免開會出問題。
民浩 我會照辦的。

單字 ▸P. 327

죄송하다 | 길이 막히다 | 차가 밀리다 | 출발하다 | 마침 | 정신이 없다 | 조심하다 | 자료

表現 ▸P. 327

- 늦어서 죄송합니다.
- 다음부터는…지 않도록 하세요.
- 그렇게 하겠습니다.

小祕訣

1 왜 이렇게 的用法

왜 이렇게 放在副詞或是形容詞前面，用來強調對於一個情況或是行為動作不能理解或表示訝異。

- **왜 이렇게** 더워요? 為什麼會這麼熱？
- **왜 이렇게** 많이 싸워요? 為什麼吵得這麼兇？

2 -도록 하세요 正式表達方式

當話者於正式場合中命令或督促聽者去做某件事情，可於句尾使用 -도록 하세요 代替 -(으)세요，接在動詞語幹之後。

- 내일까지 서류를 준비하**도록 하세요**. (= 준비하세요.)
  於明天之前準備好文件。
- 이 일을 잊지 않**도록 하세요**. (= 잊지 마세요.)
  別忘了這件事。

112.mp3

● 받다：解讀被動含意

1. 질문하다 - 질문받다 問問題 – 被問問題	• **질문받은** 것 중에서 이해 안 되는 게 있으면 **질문하세요**. 如對提出的問題有任何不懂的地方，請發問。
2. 초대하다 - 초대받다 邀請 – 受邀	• 이 모임에는 **초대받은** 사람만 올 수 있어요. 此聚會只有受邀的人可以來。
3. 부탁하다 - 부탁받다 拜託 – 被拜託	• **부탁받은** 것 중에서 친구가 **부탁한** 것을 먼저 할까 해요. 所有別人拜託我的事情當中，我想先做朋友拜託的事。
4. 조언하다 - 조언받다 給建言 – 接受建言	• 친구가 **조언해** 준 것을 실천해 보려고 해요. 我打算去做我朋友建議我的事。
5. 허락하다 - 허락받다 准許 – 得到准許	• 결혼하기 전에 부모님께 결혼을 **허락받고** 싶어요. 在結婚之前，我想先得到我父母的允許。
6. 명령하다 - 명령받다 命令 – 接到命令	• **명령하는** 사람은 그것에 대한 책임도 져야 해요. 命令做這件事的人也應該要對此負責。
7. 지시하다 - 지시받다 下指令 – 接受指令	• 어제 본부에서 **지시받았는데** 왜 시작도 안 했어요? 昨天就接到總部的指令了，為何還不開始進行？
8. 요구하다 - 요구받다 提出要求 – 接到要求	• 인터넷으로 산 물건의 반품을 **요구했지만** 결국 반품 못 했어요. 我在網路上提出退貨申請，但最終無法退貨。
9. 신청하다 - 신청받다 提出申請 – 收到申請	• 이 프로그램을 하고 싶은 사람은 내일까지 사무실에 **신청하세요**. 想參加這項計畫的人，請在明天之前向辦公室提出申請。
10. 사과하다 - 사과받다 道歉 – 接受道歉	• 잘못한 일을 **사과하는** 것은 용기 있는 행동이야. 對做錯的事情道歉是很有勇氣的行為。
11. 추천하다 - 추천받다 推薦 – 獲得推薦	• 이번에는 **추천받은** 사람 중에서 뽑으려고 해요. 這次我們打算從推薦的人選中挑選。
12. 소개하다 - 소개받다 介紹 – 被介紹	• **소개받은** 사람이 별로 마음에 들지 않아요. 我其實並不喜歡那個被介紹給我的人。
13. 칭찬하다 - 칭찬받다 稱讚 – 被稱讚	• 잘 **칭찬하지** 않는 사장님께 **칭찬받아서** 정말 기분이 좋아요. 我被不常稱讚別人的老闆誇獎了，心情真的很好。
14. 비판하다 - 비판받다 批評 – 被批評	• 정부를 **비판하는** 여론이 요즘 심해졌어요. 最近批評政府的輿論更加嚴厲了。
15. 인정하다 - 인정받다 認可 – 被認可	• 회사에서 **인정받지** 못한 사람은 승진할 수 없어요. 那些不受公司認可的人無法升遷。
16. 무시하다 - 무시받다 忽視 – 被忽視	• 다른 사람을 **무시하는** 것은 예의 없는 행동이에요. 無視他人是一種無禮的行為。
17. 위로하다 - 위로받다 安慰 – 受到安慰	• 안 좋은 일이 있는 친구를 **위로하느라고** 집에 못 갔어요. 因為我在安慰發生了不好的事情的朋友，所以無法回家。
18. 격려하다 - 격려받다 鼓勵 – 受到鼓勵	• 선생님이 **격려해** 주셔서 다시 자신감을 찾았어요. 因為老師鼓勵我，讓我再次找回自信心。
19. 방해하다 - 방해받다 攪亂 – 受到攪亂	• 어른이 됐으니까 다른 사람에게 **방해받고** 싶지 않아요. 因為我已經是成年人了，我不想被其他人所打擾。
20. 간섭하다 - 간섭받다 干涉 – 被干涉	• 이건 제 일이에요. 남의 일에 **간섭하지** 마세요. 這是我的工作，請別干涉別人的工作。
21. 용서하다 - 용서받다 原諒 – 被原諒	• 너무 크게 잘못해서 이번에는 **용서받기** 어려울 것 같아. 你犯的錯太大了，這次可能很難被原諒。
22. 제안하다 - 제안받다 建議 – 接受建議	• 같이 일하자고 **제안했지만** 그 사람은 받아들이지 않았어요. 雖然我建議一起合作，但那個人拒絕了。

精準表達

• 반드시(= 꼭) 질문하세요.
請務必提出問題。

• 절대로 방해하지 마세요.
請絕對不要妨礙我們。

文法 3

-(으)ㄹ 텐데 表達揣測、希望及假設情境

文法補充說明 P. 285
詞形變化表 P. 299

A 비 오는 날에 운전하면 위험할 텐데.
下雨天開車的話應該很危險。

B 그러게 말이에요.
就是說啊。

如果一個子句接在 -(으)ㄹ 텐데 之後，它可能跟 -(으)ㄹ 텐데 之前的那個子句有關聯性或與其相對。-(으)ㄹ 텐데 接在動詞、形容詞及 이다 語幹之後，就像 -(으)ㄴ/는데 一樣，接在 -(으)ㄹ 텐데 之後的內容可能會被省略掉。

- 아침부터 아무것도 안 먹었으니까 배고플 텐데 이것 좀 드세요.
  您從早上就沒吃任何東西，想必肚子餓了，請吃這個。
- 옷을 그렇게 두껍게 입으면 오늘 더 텐데 괜찮겠어요?
  今天應該會很熱，衣服如果穿那麼厚沒關係嗎？
- 조금만 더 열심히 하면 잘할 텐데 (아쉽네요). 如果再努力一點應該可以做好（真可惜）。

-(으)려던 참이다「正想…」

詞形變化表 P. 300

A 지금 뭐 해요?
你現在在做什麼？

B 막 자려던 참이었어요.
我正想睡了。

-(으)려던 참이다 表達當下想做的動作正要付諸行動的那個時間點，接在動詞語幹之後。

- 마침 너한테 전화하려던 참인데, 전화 잘 했어. 我正想打電話給你，你打來得正好。
- 명동에 간다고? 나도 명동에 가려던 참인데 같이 가자.
  你要去明洞？我正好也要去明洞，一起去吧。
- 잘 왔네요. 지금 점심을 먹으려던 참인데 같이 먹어요.
  你來得正好，我正想去吃午餐，一起去吃吧。

▸解答 P. 311

1 알맞은 답을 고르세요.

(1) 밖에 비가 오니까 ⓐ 더울 텐데 / ⓑ 추울 텐데 겉옷을 가져가는 게 어때요?

(2) 아이들이 많이 오면 음식이 ⓐ 부족할 텐데 / ⓑ 충분할 텐데 더 만들까요?

(3) 중요한 일이니까 ⓐ 잘할 텐데 / ⓑ 잘해야 할 텐데 너무 긴장돼요.

(4) 아무 일도 ⓐ 없을 텐데 / ⓑ 없어야 할 텐데 실수할까 봐 자꾸 걱정돼요.

(5) 친구한테 말하면 친구가 ⓐ 도와줄 텐데 / ⓑ 도와줘야 할 텐데 왜 말 안 해요?

(6) 어제 늦게 자지 않았으면 오늘 이렇게 ⓐ 피곤했을 텐데 / ⓑ 피곤하지 않았을 텐데 후회돼요.

2 다음에서 알맞은 답을 골라서 '-(으)ㄹ 텐데'를 사용하여 문장을 완성하세요.

비싸다 아니다 예쁘다 심심하다 화가 나다

(1) 웃으면서 인사하면 더 ________ 왜 저한테는 웃지 않을까요?

(2) 백화점이 시장보다 ________ 왜 백화점에 가요?

(3) 혼자 여행하면 ________ 나하고 같이 가자!

(4) 일부러 그런 것은 ________ 직접 얘기를 들어 보면 어때요?

(5) 그 사람도 분명히 ________ 겉으로 화를 내지 않았어요.

3 문장을 완성하도록 알맞은 것끼리 연결하세요.

(1) 저도 식사하러 나가려던 참인데 •

(2) 이제 막 일을 끝내려던 참인데 •

(3) 그 얘기를 하려던 참이었는데 •

(4) 이 종이를 버리려던 참이었는데 •

• ⓐ 같이 드실래요?

• ⓑ 재활용하면 더 좋지요.

• ⓒ 무슨 일이 또 있어요?

• ⓓ 친구가 먼저 그 얘기를 꺼냈어요.

對話 ❸

113.mp3

민호 안녕하세요? 새라 씨. 저 민호예요.

새라 민호 씨? 저도 민호 씨한테 전화하려던 참이었는데 잘됐네요.

민호 그래요? 무슨 일 있어요?

새라 사실은 지난주에 부탁했던 번역 말이에요. 제가 못 하게 될 것 같아요.

민호 네? 왜요?

새라 이번에 회사에서 다른 일을 맡게 됐어요. 미안해요.

민호 그랬군요. 새라 씨한테 잘된 일이네요. 그런데 갑자기 다른 사람을 구하기 힘들 텐데 걱정이네요.

새라 저 말고 부탁할 사람이 없어요?

민호 글쎄요, 좀 더 시간이 있으면 찾을 수 있을 텐데 지금은 모르겠어요.

새라 그럼, 제가 다른 사람을 소개하면 어떨까요?

민호 어떤 사람인데요?

새라 제 친구를 통해 아는 사람인데요, 다른 데서 번역했던 경험이 많아요. 번역한 것을 보니까 실력도 좋은 것 같아요.

민호 그래요? 한번 만나 보면 좋겠네요.

民浩 你好？莎拉，我是民浩。

莎拉 民浩？我正好要打電話給你，太好了。

民浩 真的嗎？怎麼了嗎？

莎拉 其實是關於你上星期請我做的翻譯，我覺得我沒有辦法接這個工作。

民浩 啊？為什麼？

莎拉 公司讓我負責另一個工作了，抱歉。

民浩 我明白了，對妳而言是件好事，但我擔心現在臨時要找到另一個人應該很困難。

莎拉 除了我之外，沒有其他人可以找嗎？

民浩 這個嘛，如果有多一點時間，我可能還有辦法找到別人，但現在我不知道找誰。

莎拉 那麼，如果我介紹別人給你呢？

民浩 什麼樣的人？

莎拉 我從一個朋友那認識的，他在別的地方有很多的翻譯經驗，我看過他的翻譯作品，實力似乎挺不錯。

民浩 真的嗎？那希望我可以跟他碰個面。

單字 ▸P. 327

잘되다 | 부탁하다 | 맡다 | 을/를 통해

表現 ▸P. 327

- 전화하려던 참이었는데 잘됐네요.
- 저 말고 부탁할 사람이 없어요?
- 제가 다른 사람을 소개하면 어떨까요?

小祕訣

1 於電話上透露一個人的姓名

當於電話上透露自己的名字時，如上述對話，可在名字前加上 저。注意此時不是使用 저는，尤其是當電話那頭的對方已經知道你的名字時，使用 저 是比較適當的。

- 기억 안 나세요? **저** 민수예요.
  你不記得了嗎？我是民秀。

2 名詞 말고：「不是」、「除了」

말고 用來表達要找的不是某一個物件，而是另外不同的。通常用於口語對話，且接於名詞之後。

- 빨간색 **말고** 파란색 없어요?
  不是紅的，沒有藍色的嗎？
- 이 영화 **말고** 다른 영화 봐요.
  不是這部電影，我們去看別部電影。

114.mp3

描述對話

1. 물어보다 提問

이 문법은 언제 사용해요?

자세히 대답하다 詳細地回答 — 이 문법은 나이가 많은 사람에게 …….

간단하게 대답하다 概略地回答 — 이 문법은 부탁할 때 사용해요.

2. 허락을 구하다 尋求許可

노트북 좀 써도 돼요?

허락하다 准許、允許 — 그럼요, 쓰세요.

허락하지 않다 不准許、不允許 — 미안하지만, 저도 지금 써야 하는데요.

3. 설명하다 解釋

이 문법은 주로 나이가 어린 …….

이해가 되다 瞭解 — 그렇군요. 알겠어요.

이해가 잘 안 되다 不能瞭解 — 잘 모르겠는데요.

4. 초대하다 邀請

이번 주말에 우리 집에서 집들이하는데 올래요?

초대를 받아들이다 接受邀請 — 좋아요. 갈게요.

초대를 거절하다 婉拒邀請 — 미안해요. 다른 일이 있어요.

5. 제안하다 建議

이번 주말에 같이 영화 보는 게 어때요?

제안을 받아들이다 接受建議 — 좋아요. 같이 봐요.

제안을 거절하다 婉拒建議 — 미안해요. 다음에 같이 가요.

6. 부탁하다 請求（幫忙）

다음 주말에 이사하는데 좀 도와줄래요?

부탁을 받아들이다 接受請求 — 그래요. 몇 시까지 가면 돼요?

부탁을 거절하다 拒絕請求 — 미안해요. 그날은 다른 약속이 있어요.

7. 사과하다 道歉

늦어서 미안해요.

사과를 받아들이다 接受道歉 — 아니에요. 별로 오래 기다리지 않았어요.

8. 변명하다 辯解

길이 너무 많이 막혀서 늦었어요.

精準表達

- 글쎄요. 這個嘛…
- 잠시만요. 等一下。
- 생각 좀 해 볼게요. 我會考慮看看。

一起聊天吧！

口說策略 同意及不同意

同意
- 저도 그렇게 생각해요. 我也是那麼想的。
- 제 생각도 같아요. 我的看法也相同。
- 저도 마찬가지예요. 我也一樣。

不同意
- 저는 그렇게 생각하지 않아요. 我並不那麼認為。
- 제 생각은 달라요. 我的看法不同。

❶ 친구나 아는 사람에게 이렇게 해 본 적이 있어요?

	나	친구 1	친구 2
• 친구에게 어려운 부탁을 하다			
• 추천받은 것에 실망하다			
• 친구의 부탁을 거절하다			
• 친구의 충고를 무시하다			
• 잘못했는데 사과 안 하다			
• 다른 사람이 기분 나빠할까 봐 거짓말하다			
• 잘 모르는 사람을 다른 사람에게 소개하다			
• 이해 못 했는데 이해한 척하다			
• 사람들 앞에서 칭찬받다			
• 다른 사람의 일에 간섭하다			

언제 이런 일이 있었어요?

그래서 어떻게 됐어요?

저는 친구의 부탁을 거절 못 하는 편이에요. 그래서 하기 싫어도 어쩔 수 없이 친구의 부탁을 들어줘요. 친구의 부탁을 거절하면 친구하고 관계가 멀어질 것 같아요.

저는 그렇게 생각하지 않아요. 하기 싫은데 억지로 부탁을 들어주면 그건 친구 사이가 아니라고 생각해요. 친구라면 솔직하게 말해야 해요.

❷ 사람들과 좋은 관계를 유지하려면 어떻게 해야 해요?

115.mp3

新單字／詞彙

실망하다 失望 | 거절하다 拒絕 | 무시하다 無視 | 잘못하다 犯錯 | 사과하다 道歉 | -는 척하다 裝作… | 칭찬받다 被稱讚、被讚美 | 간섭하다 介入、干涉 | 어쩔 수 없어 不可避免

單字心智圖

▸ 單字心智圖漢字語整理 P. 317

116.mp3

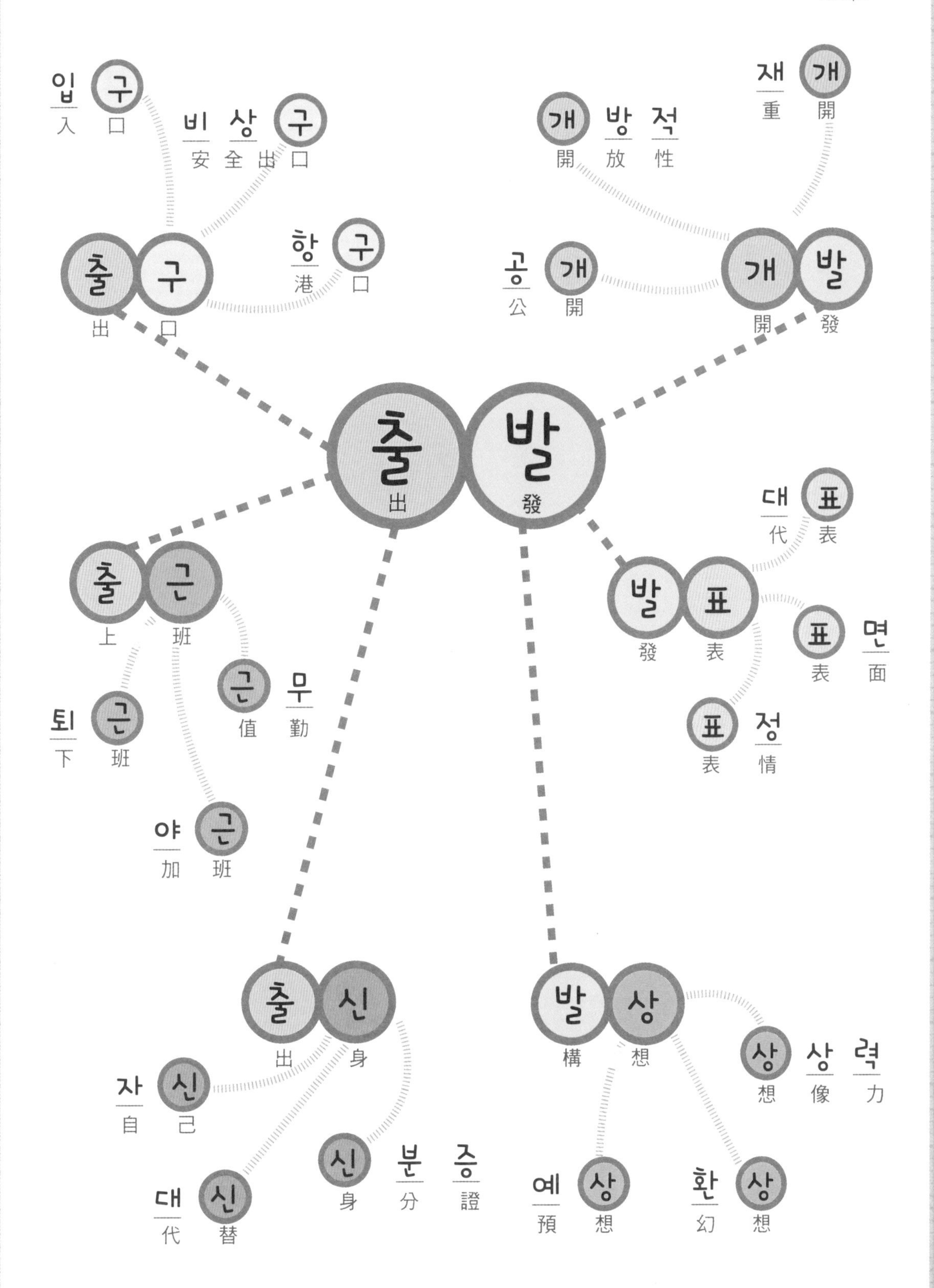

話說文化

一起學簡化用語！

讓我們一起習慣愛傳簡訊的新世代常用的簡化用語吧！年輕一代會將超過三個音節的字詞簡化，以加快打字速度並且同時確保溝通上能彼此心領神會。在數不清的簡化用語當中，有些字詞不出現在字典裡，而不被視為標準用法，但是這些簡化用語在日常生活中不分世代受到民眾廣泛使用。就讓我們一起來熟悉這些受到大眾歡迎的表達方式吧。

‧結合字詞首音作為簡化用語

在三、四音節，甚至更多音節的字詞中，有許多的片語是由結合各個字詞第一個音所組成的簡化用語。具代表性的例子為 남친（男朋友）和 여친（女朋友），남친 分別由 남자 和 친구 的前部分所組成，而 여친 則是由 여자 和 친구 的前部分組成。日常生活中會遇到不少這樣的字詞組合，如由 자동판매기 簡化而成的 자판기（自動販賣機），由 소주 和 맥주 兩個字詞簡化而來的 소맥（燒酒加啤酒）等。

남친 여친

‧縮短字詞的簡化用語

三個音節的 선생님 可以被簡化成 샘 使用，而類似這種非正式的簡化字詞只能用於親近的關係上，因為 샘 表達著一種親密感，因此要記得此用法並不帶有尊敬或禮貌之意。如身處於一個正式的場合，最好不要使用此簡化字詞。外來語 아르바이트（兼職工作）常被縮短簡化成 알바，稱呼打工的學生為 알바생 也十分普遍。會縮短簡化是因為此字詞為一個較長的外來語。而 알바 一詞並不僅限於用在非正式的口語對話，甚至會出現在找兼職員工的招募廣告中。

除了以上提到的字詞之外，另一具代表性的例子為 욜，而此用法不用於口語對話，經常於文本上出現。此簡化用語是由 요일（曜日）縮短而成，以此推論，화요일 可以縮短成 화욜，而 금요일 則可簡短成 금욜。

선생님 ➡ 샘

아르바이트 ➡ 알바

화요일 ➡ 화욜

附錄

文法補充說明

第 1 課

疑問句用語

1 使用疑問句用語

韓文用助詞有標記主語及受詞的文法功能，除了謂詞必須放在句尾之外，文法上並沒有一定的字詞排列順序。當使用韓文提出疑問句時，是用一個助詞跟隨在疑問詞之後來標示出它在句子中的角色。

A 동생이 누구에게 책을 줬어요? 弟弟給誰書？
B 동생이 선생님에게 책을 줬어요. 弟弟給老師書。

人	누가 誰 〔主語〕	누가 밥을 먹어요? 誰在吃飯？
	누구 誰	진수 씨가 누구를 좋아해요? 真秀喜歡誰？
		조금 전에 누구하고 얘기했어요? 你剛剛在跟誰說話？
物	뭐 什麼 〔非正式〕	뭐가 건강에 좋아요? 什麼是有益健康的？
		보통 저녁에 뭐 먹어요? 你晚上通常吃什麼？
		뭐에 관심이 있어요? 你對什麼有興趣？
	무엇 什麼 〔正式〕	이름이 무엇입니까? 你的大名是什麼？
		무엇을 도와 드릴까요? 我可以幫你什麼忙？
特性／種類	무슨 何種／哪種	무슨 일을 해요? 你從事哪種工作？
	어떤 何種	어떤 사람이에요? 是什麼樣的人？
	어느 哪一個	어느 건물에서 일해요? 你在哪一棟大樓上班？
時間	언제 何時	언제 여행을 떠나요? 你什麼時候去旅行？
	며칠 哪一天	며칠에 파티를 해요? 你哪一天要開派對？
時間長度	얼마나 多久時間	집에서 회사까지 시간이 얼마나 걸려요? 從你家到上班地點需要多久時間？
	얼마 동안 多長時間	얼마 동안 한국에 살았어요? 你在韓國住了多久？
地點	어디 哪裡	화장실이 어디에 있어요? 洗手間在哪裡？
		어디에서 친구를 만났어요? 你在哪裡跟你的朋友見面？
原因	왜 為什麼	왜 늦게 왔어요? 你為什麼遲到？
方法	어떻게 如何	어떻게 그 사실을 알았어요? 你怎麼發現那項事實的？
價錢	얼마 多少錢	그 가방을 얼마에 샀어요? 你花多少錢買那個包？
	얼마나 多少錢	돈이 얼마나 들었어요? 這花費多少？
程度上	얼마나 多	집이 얼마나 커요? 你的房子有多大？
頻率	얼마나 자주 多常	얼마나 자주 운동해요? 你多常運動？
數數字	몇 幾	모자가 몇 개 있어요? 你有幾頂帽子？
		친구가 몇 명 집에 왔어요? 有幾個朋友來你家？
		부산에 몇 번 가 봤어요? 你去過釜山幾次？
讀數字	몇 幾、多少	몇 번에 전화했어요? 你剛撥電話幾號？

我想知道

疑問字詞 무엇 會隨著對話為正式或非正式而改變成不同的形式。

- 뭐〔非正式〕：이름이 뭐예요? 你叫什麼名字？
- 무엇〔正式〕：이름이 무엇입니까?
  你叫什麼名字？

口語對話中，放在疑問字詞後的助詞 을/를 可以省略，但所有其他種類助詞皆不可省略。

- 어제 시장에서 뭐 샀어요?
  你昨天在市場買了什麼？
  = 어제 시장에서 뭐를 샀어요?
- 인사동은 뭐가 유명해요? (○)
  仁寺洞什麼東西有名？
  인사동은 뭐 유명해요? (×)

2 이다 與疑問字詞合用

當出現的疑問字詞（什麼、誰、何時、哪裡等）含有一個訊息的時候（例如姓名、人、物、時間、地點、價錢等），此疑問字

詞與 이다 合用，並放置於句尾。

- 집이 어디예요? 你家在哪裡？
- 졸업식이 언제예요? 畢業典禮是什麼時候？

3 누가 和 누구

韓文中對應「誰」的字詞是 누가 和 누구。當詢問做一個動作的主語時會使用 누가，누구 則用在其他的所有狀況。

- 누가 일찍 왔어요? (◯) 誰提早來了？
  누구 일찍 왔어요? (×)
- 지금 누구를 기다려요? 現在在等誰？
- 누구하고 같이 일했어요? 你跟誰一起共事？
- 마이클 씨가 누구예요? (◯) 麥克是誰？
  마이클 씨가 누가예요? (×)

4 몇 的用法

몇 用來數數字或是讀數字，且 몇 不能單獨使用，須依照搭配的名詞而接於不同的量詞。回答的時候，則依答覆的內容為一個數字或是頻率次數而有不同的讀法。

- 모임에 사람들이 몇 명 왔어요?
  聚會來了多少人？
- 나이가 몇 살이에요? 你幾歲？
- 어제 삼겹살을 몇 인분 먹었어요?
  你昨天吃了幾人份的五花肉？

在回答 몇 번 的時候，數字的讀法會因為答案是一個數字或某種頻率（次數）而有所不同。

讀一個數字

A 몇 번 문제를 몰라요? 你第幾題不會？
B 3(삼) 번이에요.〔以韓字數字讀〕第三題。

表示頻率次數

A 제주도에 몇 번 갔어요? 你去過濟州島幾次？
B 3(세) 번 갔어요.〔以固有數字讀〕去過三次。

● -(으)ㄴ 지「已經有（多長時間）」

詞形變化表 P. 300

-(으)ㄴ 지 用來表達一個動作或是情形已經發生了多長時間。-(으)ㄴ 지 附加於動詞語幹使用，後面接著表達時間長度的名詞。동안 也表達時間長度，但不可與 -(으)ㄴ 지 一起使用。

- 한국에 산 지 2년 됐어요. (◯)
  在韓國生活已經2年了。
  한국에 산 지 2년 동안 됐어요. (×)

注意

以下時間名詞會依使用的是漢字數字或固有數字而有不同的變化。

3초 (3秒)	3분 (3分鐘)	3시간 (3小時)	3일 (3天)	3주일 (3週)	3개월/3달 (3個月)	3년 (3年)
삼 초	삼 분	세 시간	삼 일	삼 주일	삼 개월 / 세 달	삼 년

使用 얼마나 來詢問已經過了多久的時間。

A 태권도를 배운 지 얼마나 됐어요?
  你學跆拳道多久了？
B 한 달 됐어요. 一個月了。

在 -(으)ㄴ 지 之後，可以接著一個表達特定時間長度的名詞，或是一個表示大概時間長短的副詞，如 한참（「一陣子」）或是 오래（「很久了」）。另外，쯤 或 정도 可附加於時間長度來表達大約的意思，且 -(으)ㄴ지 之後可以使用 되다, 지나다 或 남다 等動詞。

- 이 회사에 다닌 지 3년 정도 됐어요.
  在這公司上班三年左右。
- 결혼한 지 벌써 10년이 넘었어요.
  已經結婚超過10年了。
- 그 사람하고 헤어진 지 한참 지났어요.
  已經和那個人分手一段時間了。

當話者覺得一段時間特別長，可以用 -(이)나 接在名詞之後表示一段時間。當話者覺得一段時間特別短，可以使用「-밖에+안+動詞」。

- 이 컴퓨터가 고장 난 지 일주일이나 지났어요.
  這台電腦已故障一個星期了。
- 한국어 공부를 시작한 지 1년밖에 안 됐어요. 하지만 한국어를 잘해요.
  開始學韓語一年而已，但韓語說得很好。
- 이 선풍기를 산 지 얼마 안 됐어요. 그런데 벌써 고장 났어요.
  這台電風扇買沒多久，可是已經壞了。

● -(으)러「為了」

詞形變化表 P. 300

-(으)러 後面接移動動詞，如 가다、오다 和 다니다，表示移動到某處的目的。-(으)러 可附加在動詞語幹後以表達此目的。移動目的地後接地方助詞 ，並可擺在 -(으)러 之前或之後。

注意

一個動詞的動作可以接在 -(으)러 之後，但不能放於 -(으)러 之前，且當此動作為目標時可以使用 -(으)려고。

- 고향에 가러 공항에 갔어요. (×)
  고향에 가려고 공항에 갔어요. (◯)
  為了回故鄉而去機場。

注意

-에 是動作動詞的目的，接在 -(으)러 之後。如以下例句，식당 不是「吃」這個動作被施行的地方，而是主語去吃東西的目的地，因此這裡用 -에。

- 식당에 밥을 먹으러 갑시다. (◯)
  我們一起去餐廳吃飯吧。
  식당에서 밥을 먹으러 갑시다. (×)

辨讀固有數字

讀電話號碼、密碼、房號或是頁數時，使用漢字數字；而固有數字則用在數人或物品，於數字之後接量詞。數字1到4（其他如11至14，21至24，31至34等）及20會依量詞的不同而有些許變化。

	固有數字	接於量詞前的形態變化
1	하나	한 개
2	둘	두 개
3	셋	세 개
4	넷	네 개
5	다섯	다섯 개
6	여섯	여섯 개
7	일곱	일곱 개
8	여덟	여덟 개
9	아홉	아홉 개
10	열	열 개
11	열하나	열한 개
12	열둘	열두 개
13	열셋	열세 개
14	열넷	열네 개
15	열다섯	열다섯 개
20	스물	스무 개
21	스물하나	스물한 개
22	스물둘	스물두 개
23	스물셋	스물세 개
24	스물넷	스물네 개
25	스물다섯	스물다섯 개

依不同的名詞種類用不同的量詞，以下為常用的量詞。

개〔個〕	명〔名〕	분〔位〕	마리〔隻〕	장〔張〕
한 개	두 명	세 분	네 마리	다섯 장
잔〔杯〕	병〔瓶〕	대〔台〕	송이〔束〕	켤레〔雙〕
여섯 잔	일곱 병	여덟 대	아홉 송이	열 켤레
살〔歲〕	번〔次〕	통〔封〕	끼〔餐〕	곡〔曲〕
한 살	두 번	세 통	네 끼	다섯 곡
군데〔地點〕	마디〔節、句〕	방울〔滴〕	모금〔一口〕	입〔一口〕
한 군데	한 마디	한 방울	한 모금	한 입

★모금 指的是含在嘴裡的份量，譬如含著水；한입 則是指一次咬的份量，包含可以咀嚼到碎的。

- 보통 하루에 전화 열 통쯤 해요.
  通常一天打大約10通電話。
- 말 한 마디도 못 했어요. 一句話也說不出口。
- 매장 여러 군데를 가 봤지만 물건이 없었어요.
  去賣場好幾處看了看，但都沒有商品。

原本固有數字是用來數物件的數量，但龐大的數字（如百、千、萬等）則通常會用漢字數字表達。固有數字一般只用到20，而20以上的數字則大多使用漢字字數。

- 교실에 의자가 18(열여덟) 개 있어요.
  教室有18張椅子。
- 편의점은 24(이십사) 시간 영업해요.
  便利商店營業24小時。
- 이 체육관은 한번에 50(오십) 명씩 운동할 수 있어요.
  這個體育館一次可容納50人運動。

不過，所有的年齡都可以在 살 之前接固有數字。當用來表達年長者（以話者的角度來看）的年齡時，則可省略 살，直接單獨使用固有數字。口語中，固有數字會搭配 살

一起使用；而在正式文件中，則會以漢字數字搭配 세 一起使用。

10	20	30	40	50	60	70	80	90	100
열	스물	서른	마흔	쉰	예순	일흔	여든	아흔	백

- 제 동생은 30(서른) 살이 안 됐어요.
  我弟弟不到30歲。
- 우리 할머니는 90(아흔)이 다 되셨지만 건강하세요.
  我奶奶90歲了，但還很健康。
- 23(이십삼) 세 이상 지원할 수 있습니다.
  23歲以上可報名。

注意

韓文表達人和物品的年齡需使用不同的字詞。

- 그 아이는 10살이에요.〔人的年齡：살〕
  那孩子10歲。
- 이 건물은 10년 됐어요.〔物品的年齡：년〕
  這棟建築已經10年了。

其他例外包括 킬로미터（公尺）和 킬로그램（公斤），以及 인분（表示食物份量的量詞）都是使用漢字數字。

- 요즘 3(삼) kg 살이 빠졌어요. 最近瘦了三公斤。
- 저 사람은 혼자 삼겹살 5(오) 인분을 먹을 수 있어요.
  那個人可以自己吃5人份的五花肉。

注意

依照名詞的使用狀況（如 동），來判斷要使用固有數字或是漢字數字。

〔當數公寓大樓數量時〕
한강아파트는 모두 3(세) 동이 있어요.
漢江公寓總共有3棟。
〔當數公寓大樓門牌號碼時〕

- 우리 집은 3(삼) 동 101호예요.
  我們家在3棟101號。

所有格助詞 의

所有格助詞 의 表達一個所屬關係，且語法上放置於所有者與所有物品之間。口語中，의 經常被發音成 에，或直接被省略掉。

- 그 사람의 목소리 = 그 사람 목소리 那個人的聲音。

當 의 附加於代名詞時，내（나의「我的」）和 네（너의「你的」）在標準韓語中的發音相同。為了區別語意，내 時常發音成 네，而 네 通常發音成 니。

- 나의 얘기 = 내 얘기 我的故事。
- 너의 계획 = 네 계획 (= 니 계획) 你的計劃。
- 저의 연락처 = 제 연락처 我的連絡電話。

如果所有者或是所有物品因為一個名詞或形容詞而有所變化，則不可省略所有格助詞 의。

- 친구의 빨간색 지갑 (◯) ≠ 친구 빨간색 지갑 (×)
  朋友的紅色錢包。
- 우리 가족의 생활 (◯) ≠ 우리 가족 생활 (×)
  我家人的生活。

如果所有者為代名詞時，所有格助詞就必須得省略掉。

- 내 친구의 책 (O) ≠ 나의 친구의 책 (X) 我朋友的書。

第 2 課

-고「以及」

詞形變化表 P. 292

1 連接兩個動作或狀態

－고 用來表達兩個沒有時間先後之分的動作或是狀態，假使放置於 －고 前後的兩個子句互換，也不會影響其意思。－고 附加於動詞、形容詞及 이다 語幹之後，且前面可連接 －았/었－。

- 그 여자는 키가 커요. 그리고 머리가 길어요.
  那女子個子高，而且頭髮長。
  → 그 여자는 키가 크고 머리가 길어요.
  (= 그 여자는 머리가 길고 키가 커요.)
- 지난 휴가 때 친구도 만났고 책도 많이 읽었어요.
  上次休假見了朋友並讀了很多書。
  (= 지난 휴가 때 친구도 만나고 책도 많이 읽었어요.)
- 그 사람은 국적이 미국인이고 직업이 운동선수예요.
  那個人的國籍是美國人，職業是運動選手。

注意

「以及」依照後面接的內容改變形式。

그리고〔用在兩個句子之間，放在第二句的句首〕	저녁을 먹어요. 그리고 책을 읽어요. 我吃晚餐，並且讀書。
-고〔置於動詞和形容詞之間〕	밥을 먹고 커피를 마셔요. 我吃飯並喝咖啡。
-하고〔置於名詞之間〕	밥하고 반찬을 먹어요. 我吃飯跟配菜。

2 表達有時間先後順序的兩個動作

1) -고

–고 用來連接兩個依序發生的動作。在著重時間順序的情況下，句意會隨著哪一個動作放在前面而有所不同。–고 的用法附加於動詞語幹之後，但前面不可加上 –았/었– 或是 –겠–。接連的兩個子句可有不一樣的主語。

- 수업이 끝나고 학생들이 자리에서 일어났어요.
  下課後學生們從座位上站起來。
  (≠학생들이 자리에서 일어나고 수업이 끝났어요.)
- 어젯밤에 샤워하고 잤어요. (◯)
  昨晚沖澡後就睡了。
  어젯밤에 샤워했고 잤어요. (×)

2) -아/어서

當兩個依序發生的動作有所關聯時，可以用 –아/어서 來代替 –고。反之，–고 則用來表達兩個依序發生但卻不相干的動作。

- 친구를 만나서 저녁을 먹었어요.
  跟朋友見面並共進晚餐。
  （話者跟朋友碰面並共進晚餐。）
- 친구를 만나고 저녁을 먹었어요.
  見了朋友然後吃了晚餐。
  （話者跟朋友碰面後，沒有跟碰面的朋友共進晚餐，而是自己去吃飯，或是和別的朋友一起吃飯。）

當 –아/어서 作為「以及」的意思使用時，兩個子句中的主語必須相同。

- 동생이 돈을 모아서 여행을 가고 싶어 해요.
  我小弟想存錢去度假。
- 제가 생선을 사서 요리할 거예요.
  我要去買一些魚來煮。
  ≠ 제가 생선을 사서 엄마가 요리할 거예요.
  ≠ 我要去買一些魚，然後我媽媽會煮。

注意

-고 在否定句中會依照後面跟隨的內容來改變型態。

後接名詞	直述句	저 사람은 일본 사람이 아니고 한국 사람이에요. 那個人不是日本人，是韓國人。 (= 일본 사람이 아니에요. 그리고 ……)
	命令／提議句	저 사람에게 커피 말고 녹차를 주세요. 請給那個人綠茶，不要給他咖啡。 (= 저 사람에게 커피 주지 마세요. 그리고 ……)
後接動詞	直述句	친구는 제 얘기를 듣지 않고 밖으로 나갔어요. 朋友不聽我說，跑去外面了。 (= 친구는 제 얘기를 듣지 않았어요. 그리고 ……)
	命令／提議句	담배를 피우지 말고 운동을 시작하세요. 請運動然後別抽菸。 (= 담배를 피우지 마세요. 그리고 ……)

● -(으)면서「邊…邊…」

詞形變化表 P. 299

1 表達同時間發生的動作或是狀態

–(으)면서 用來表達兩個同時間發生的動作或是狀態，接於動詞、形容詞及 이다 語幹之後，且不可附加 –았/었– 或是 –겠–。

- 운전하면서 전화하면 위험해요.
  邊開車邊打電話很危險。
- 품질이 좋으면서 싼 물건은 많지 않아요.
  品質好又便宜的東西不多。
- 제 친구는 대학생이면서 작가예요.
  我朋友是大學生，同時也是作家。

–(으)면서 通常用於談話，而 –(으)며 則用於書寫。

- 책을 읽으면서 친구를 기다려요. [口語]
  一邊看書一邊等朋友。
  책을 읽으며 친구를 기다린다. [寫作]

放置於 –(으)면서 前後子句中的主語必須相同。

- 친구가 운동하면서 전화가 왔어요. (×)
  친구가 운동하면서 전화를 받았어요. (◯)
  朋友邊運動邊接電話。

2 表達對比

–(으)면서 也可以用來表達兩個意思相反的動作或狀態，而在這樣的用法下，不可與 –(으)며 交換使用。

- 그 여자는 그 남자를 좋아하면서 싫어하는 척해요.
  那女子明明喜歡那男子，卻裝作討厭對方的樣子。
- 그 사람은 다 알면서 거짓말했어요.
  那個人明明都知道卻說謊。
- 이 식당은 비싸지 않으면서 음식 맛이 좋아요.
  這家餐廳不貴，餐點味道好。

● -거나「或是」

詞形變化表 P. 292

–거나 用來表達兩個動作或狀態之間的選擇，–거나 接於動詞及形容詞語幹之後，也可以附加 –았/었–。

- 바쁘지 않거나 관심이 있는 사람은 저한테 연락해 주세요.
  不忙或是有興趣的人請聯繫我。
- 그 돈은 벌써 썼거나 다른 사람에게 줬을 거예요.
  那筆錢如果不是已經花光，就是給別人了。

注意

「或是」的形式隨後面接著的內容有所改變。

아니면/또는〔置於兩句之間，放句首〕	커피 드릴까요? 아니면 녹차를 드릴까요? 您要喝咖啡嗎？還是要喝綠茶？ 음식을 해 먹어요. 또는 밖에서 사 먹어요. 自己煮來吃，或是從外面買回來吃。
-거나〔置於動詞或形容詞之間〕	쉬거나 자요. 休息或睡覺。 방이 작거나 추우면 얘기하세요. 房間如果太小或太冷請跟我說。
-(이)나〔置於名詞之間〕	버스나 지하철로 가요. 搭公車或地鐵去。 금요일이나 토요일에 시간 있어요. 星期五或星期六有空。

當否定字詞 -지 않다 搭配 -(으)ㄴ/는 편이다 一起使用時，其形式變化取決於這組字詞跟隨的是動詞或形容詞。

	동사 動詞	형용사 形容詞
肯定句	일찍 일어나는 편이에요. 算是早起的類型。	키가 큰 편이에요. 算是個子高的人。
否定句	일찍 일어나지 않는 편이에요. 算是不會早起的類型。	키가 크지 않은 편이에요. 算是個子不高的人。

注意

-(으)ㄴ/는 편이다 不能與特定形容詞一起使用，如 아프다「生病」，因為這類形容詞在韓文中，並沒有嚴重程度的分別。

• 저는 머리가 아픈 편이에요. (×)
저는 머리가 아파요. (◯) 我頭痛。

-(으)ㄴ/는 편이다 「屬於…」、「偏…」

詞形變化表 P. 301

-(으)ㄴ/는 편이다 用來表達一個相對的判斷而不是絕對的判斷。

• 우리 동네는 조용해요.〔絕對性〕
我們社區很安靜。
• 우리 동네는 조용한 편이에요.〔相對性〕
我們社區算是比較安靜的。

시끄럽다 — 보통 — 조용하다

-는 편이다 附加於動詞語幹之後，而 -(으)ㄴ 편이다 則接於形容詞語幹之後。

• 저는 노래는 못하는 편이니까 노래방에 가고 싶지 않아요.
我算是不太會唱歌的人，所以不想去KTV。
• 저는 음악을 즐겨 듣는 편이 아니에요.
我不是喜歡聽音樂的人。
• 어렸을 때는 조용한 편이었는데 지금은 아니에요.
小時候是安靜的類型，但現在不是。

注意

當 -(으)ㄴ/는 편이다 跟動詞接在一起時，一定要加上一個用來表達程度的副詞。而那個動詞本身沒有表示程度的含意。

• 저는 물을 마시는 편이에요. (×)
저는 물을 [많이/조금/자주/가끔] 마시는 편이에요. (◯) 我算是〔喝很多水／水喝不多／常常喝水／偶爾喝水〕的類型。

第 3 課

-(으)ㄴ/는 것 將動詞轉換為名詞

詞形變化表 P. 301

-(으)ㄴ/는 것 具有轉換一個動詞、形容詞或是片語為名詞的作用，當句中需要出現名詞的時候，能因此轉換成動名詞使用。可以於一個句子裡，代替需要使用主語或是受詞的部分。

• 저는 한국 사람하고 얘기하는 것을 좋아해요.〔名詞位置〕
我喜歡跟韓國人聊天。

當表達現在時制的動詞時，-는 것 接於動詞語幹之後，而 -(으)ㄴ 것 則接於形容詞語幹之後。

• 한국어를 듣는 것은 괜찮지만 말하는 것이 어려워요.
聽韓語還可以，但開口說有點難。
• 한국 생활에서 제일 재미있는 것은 한국 친구를 사귀는 것이에요.
韓國生活最有趣的就是交韓國朋友。
• 한국 회사에서는 일을 잘하는 것도 중요하지만 성실한 것이 더 중요해요.
在韓國公司做好工作也很重要，但誠信更重要。

當 -것 之後加上助詞，其變化的形式在口語中會被簡化。如 것이 變成 게，것을 變成 걸，것은 變成 건，것이에요 變成 거예요。

• 것을 → 걸 (= 거): 저는 운동하는 걸 좋아해요.
我喜歡運動。

• 것이 → 게 (= 거): 요리를 잘하는 게 정말 부러워요.
真羨慕會做菜的人。
• 것은 → 건: 친구들에게 연락하는 건 제가 할게요.
我來聯絡朋友們。
• 것이에요 → 거예요: 인생에서 중요한 것은 좋은 친구를 찾는 거예요.
人生中重要的事就是尋找好朋友。

● -(으)니까 「因為…」

詞形變化表 P. 299

−(으)니까 用來提供一個事件或情況的原因或是理由。−(으)니까 接於說明原因的子句之後，且一定必須放於表達結果的子句前面。語法上 −(으)니까 接於動詞、形容詞及 이다 語幹之後，也可搭配 −았/었− 一起使用。

• 우리 집에 김치가 있으니까 제가 김치를 가져올게요.
我家有辛奇，我會帶辛奇來。
• 오늘 일을 다 끝냈으니까 이제 퇴근해도 돼요.
今天工作都做完了，可以下班了。

−(으)니까 和 −아/어서 扮演著類似的角色，用來表達理由或是原因。然而，這個 −아/어서 不會和 −았/었− 相連接；但是 −(으)니까 會。

• 어제 늦게 집에 들어갔으니까 피곤할 거예요.
= 어제 늦게 집에 들어가서 피곤할 거예요.
昨天晚回家，應該很累吧。

如果一個句子以命令或是建議語氣結尾，可以使用 −(으)니까 來表達其原因，但 −아/어서 則不行。

• 제가 옆에 있으니까 언제든지 저를 불러 주세요. (◯)
我會在旁邊，有事請隨時叫我。
제가 옆에 있어서 언제든지 저를 불러 주세요. (×)
• 오늘은 시간이 있으니까 같이 영화 볼까요? (◯)
今天有時間，要不要一起看電影？
오늘은 시간이 있어서 같이 영화 볼까요? (×)

● -는 게 -는 것이 的句法使用

詞形變化表 P. 295

−는 것 後面接助詞 이（縮寫成 −는 게）。如果它所處的位置會出現當作主語的名詞，就接在動詞之後，接著會接主語補語如 어때요？或 좋겠다 來完成一個句子。

1 -는 게 어때요？「…如何？」

−는 게 어때요? 用來詢問聽者對於去做某個動作的意見。−는 게 어때요? 附加於動詞語幹之後，且談話時於句尾上揚語調。−는 게 (= 것이) 어때요? 可以和 −는 건 (= 것은) 어때요? 替換使用，且詞形變化與 −는 것 相同。

A 제주도는 작년에 가 봤으니까 이번에는 부산에 가는 게 어때요?
濟州島去年去過了，這次去釜山如何？
B 좋아요. 부산에 가요. 好啊，去釜山吧。

2 -는 게 좋겠다 「…會比較好」

−는 게 좋겠다 用來向聽者禮貌地表達一個主觀的意見，通常是向正在聆聽的對方建議或是闡述個人看法。−는 게 좋겠다 接著動詞語幹使用，因為它用來表達一個意見，句型經常會以 제 생각에는（我覺得）或是 제가 보기에는（以我看來）開頭。

• 오늘은 늦게 일이 끝나니까 내일 만나는 게 좋겠어요.
今天工作會很晚結束，明天再碰面會比較好。
• 제 생각에는 혼자 지내는 것보다 사람들하고 함께 어울리는 게 좋겠어요. 我覺得跟人往來會比獨自一人獨處來得好。

如果建議的是名詞，則使用 −이/가 좋겠다。

• 밤에 잠을 못 자니까 커피보다는 우유가 좋겠어요.
晚上無法睡覺，喝牛奶會比喝咖啡好。

第 4 課

● -(으)면 「若是、如果」

詞形變化表 P. 299

1 表達條件

−(으)면 用來表達條件，附加於動詞、形容詞及 이다 語幹之後，且 −(으)면 可搭配 −았/었− 一起使用。

• 열심히 준비하세요. 그러면 좋은 결과가 있을 거예요.
請認真準備，那麼我想會有好結果的。
→ 열심히 준비하면 좋은 결과가 있을 거예요.
如果認真準備，會有好結果的。
• 학생이면 무료예요. 그냥 들어가세요.
如果是學生的話免費，請直接進去。
• 이 일을 시작했으면 끝까지 책임지세요.
如果開始做這件事，就請負責到底。

注意

韓文中，그러면 和 그래서 皆有「所以」的意思，但請記得，要表達條件—結果時要使用 그러면；要表達原因—結果時則使用 그래서。

- [條件] 날씨가 추워요. 그러면 두꺼운 옷을 입으세요.
  天氣冷，那麼請穿厚衣服。
- [原因] 날씨가 추워요. 그래서 감기에 걸렸어요.
  天起冷，所以感冒了。

我想知道

在口語中 그러면 可簡略成 그럼。

2 表達推測

-(으)면 用來假設一個不確定、不可能或是沒有實現的動作或情況。前面的第一個子句表達推測，而後面的第二個子句則為結論。

- 돈을 많이 벌면 여행을 떠나고 싶어요.
  如果賺很多錢，我想去旅行。
- 복권에 당첨되면 그 돈으로 뭐 하고 싶어요?
  如果中樂透，你想用那筆錢做什麼？
- 그 사실을 미리 알았으면 그 일을 하지 않았을 거예요.
  如果事先知道那個事實，我就不會做那件事了。

-(으)ㄴ/는데 提供背景資訊

詞形變化表 P. 302

-(으)ㄴ/는 用來提供一個問題、要求、提議或是命令的背景資訊，或在給出詳細資訊前先提供粗略的情況說明，或是傳達話者的情緒或想法。第一個子句表達情況或背景資訊，並於子句之後接 -(으)ㄴ/는데。

- 운동을 시작하고 싶은데, 가르쳐 주시겠어요?
  我想開始運動，你能教我嗎？
  〔在提出請求之前〕
- 한국학을 전공하고 있는데, 특히 한국 역사에 관심이 있어요.
  我主修韓國學，尤其對韓國歷史感興趣。
  〔在闡述一個特定訊息之前〕
- 요즘 태권도를 배우고 있는데, 생각보다 어렵지 않아요.
  我最近在學跆拳道，比我想像的簡單。
  〔在描述個人心情或是想法之前〕

當解釋情況或是背景說明的子句以現在時制動詞結尾時，後接 -는데；當句子結尾為形容詞時，則後接 -(으)ㄴ데；而當句子結尾為 이다 時，後接 인데。如子句結尾為過去時制動詞或是形容詞，則連接 -았/었는데。

- 오늘은 좀 바쁜데, 내일 만나는 게 어때요?
  今天有點忙，明天再碰面怎樣？
- 여기는 남산인데, 야경이 아름다워요.
  這裡是南山，夜景很美。
- 집에 들어갔는데, 아무도 없었어요.
  我回家，但家裡沒有人。

注意

-아/어서 被用來取代 -(으)ㄴ/는데 來表示一個直接因素或理由的背景資訊或情況。

- 시간이 없는데 오늘 만날 수 없어요. (×)
  시간이 없어서 오늘 만날 수 없어요. (◯)
  我沒空，今天無法碰面。

-(으)려고 하는데 被用來表示主語在未來想做的事情的背景資訊。然而，-(으)ㄹ건데 常被用來表示非出自話者自身意願的未來事件。-(으)ㄹ텐데 被用來表示一個猜想的背景資訊。

- 내일 친구하고 부산에 여행 가려고 하는데 아직 표를 못 샀어요.
  我明天要跟朋友去釜山旅行，但我還沒訂票。
- 다음 주에 프로젝트가 끝날 건데, 그 다음에 뭐 할까요?
  下週專案就結束了，接下來要做什麼？
- 지금 출발하면 약속에 늦을 텐데 택시를 타는 게 좋겠어요.
  現在出發的話約會應該會遲到，搭計程車會比較好。

注意

一個句子中只能使用一次 -(으)ㄴ/는데。

- 이번 주에 시험이 있는데 공부를 안 했는데 걱정 돼요. (×)
  이번 주에 시험이 있는데 공부를 안 해서 걱정 돼요. (◯)
  這週有考試，但我沒讀書，所以有點擔心。

-(으)ㄴ/는지 間接疑問語

詞形變化表 P. 302

-(으)ㄴ/는지 表達話者的間接疑問，可以放置於主語或受詞的位置。

- 이 제품이 왜 인기가 많아요? + 알고 싶어요.
  這產品為什麼受歡迎＋想知道
  이 제품이 왜 인기가 많은지 알고 싶어요.

我想知道這產品為什麼受歡迎。
〔疑問字詞出現在表示 알다 受詞的位置。〕

如果疑問句句尾為動詞現在時制，搭配 －는지一起使用；如果句尾為形容詞現在時制或是 이다，則搭配 －(으)ㄴ지 一起使用。若為動詞過去時制或形容詞過去時制，使用 －았/었는지；若為動詞未來時制或形容詞未來時制則使用 －(으)ㄹ지。

- 한국 음식을 어떻게 만드는지 배울 거예요.
  我要學習如何做韓國菜。
- 신청자가 얼마나 많은지 미리 알아보세요.
  請先打聽有多少觀眾。
- 그 사람 나이가 몇 살인지 궁금해요.
  我想知道那個人幾歲。
- 사장님이 왜 화가 났는지 잘 모르겠어요.
  我不曉得老闆為什麼生氣。
- 앞으로 어떻게 할지 생각해 봐야겠어요.
  得想想以後該怎麼辦。

如為否定疑問句，則 －지 않다 的形態會依照後面接著的是形容詞或動詞而有所不同。

- 왜 일하지 않는지 그 이유를 모르겠어요.〔動詞〕
  我不曉得他為何不工作的原因。
- 어떤 것이 맵지 않은지 알려 주세요.〔形容詞〕
  請告訴我哪個不辣。

如疑問字詞後接 이다，則其字詞變化如下：

	〔正式〕〔非正式〕
뭐예요?	→ 무엇인지 / 뭔지
누구예요?	→ 누구인지 / 누군지
언제예요?	→ 언제인지 / 언젠지
어디예요?	→ 어디인지 / 어딘지

- 저 사람의 이름이 뭔지 아세요?
  你知道那個人的名字叫什麼嗎？
- 저 사람이 누군지 확인한 다음에 알려 주세요.
  確認那個人是誰後請告訴我。

也可以使用在詢問 －(으)ㄴ/는지「是或不是」的疑問句（不需要使用疑問字詞）。

- 그 사람이 한국 음식을 좋아하는지 알고 싶어요.
  我想知道那個人喜不喜歡韓國菜。
- 친구에게 이 책을 읽어 봤는지 물어볼 거예요.
  我會問我朋友有沒有看這本書。

－(으)ㄴ/는지可以於句子中重複使用，如以下例句：

- 몇 명이 가는지, 언제 출발하는지 확인하세요.
  請確認有多少人要去、何時出發。
- 키가 큰지 작은지는 중요하지 않아요.
  個子高不高不重要。
- 이따가 영화를 볼지 저녁을 먹을지 같이 정해요.
  一起決定待會要看電影還是吃晚餐。

－(으)ㄴ/는지 可以與下列否定字詞合用來表達「與否」。

- 이게 사실인지 아닌지 솔직하게 말해 주세요.
  請告訴我這是不是真的。
- 이 일이 중요한지 중요하지 않은지 제가 말할 수 없어요.
  我無法評論這件事重不重要。
- 이 사실을 친구에게 말해야 할지 말지 아직 못 정했어요.
  我還無法決定要不要告訴朋友這項事實。

第 5 課

-(으)려고 하다 「想要…」、「打算要…」 詞形變化表 P. 300

1 表達主語的意圖或目的

－(으)려고 하다 用來表達話者想去做某件事情的意圖或目的，附加於動作動詞語幹之後，而 －았/었－ 只能接於 하다。

- 내년에는 꼭 취직하려고 해요.
  我明年一定要找到工作。
- 주말에 등산하려고 하는데 같이 가면 어때요?
  我週末要去爬山，一起去如何？
- 이제부터 담배를 피우지 않으려고 해요.
  我從現在開始打算戒菸。
- 어제 전화하려고 했는데 시간이 없어서 못 했어요.
  昨天本來想打電話，但沒時間所以沒打。

於口語對話中，－(으)려고 해요 時常化成 －(으)려고요 使用，而當回覆有關某人將來意圖的疑問句時，有時被發音成 －(으)려구요。

A 언제 숙제 시작할 거예요?
  你什麼時候要開始寫作業？
B 조금 후에 시작하려고요. 我打算待會開始寫。

注意

－(으)려고 하다 通常會附加著 ㄹ 一起使用，即便這種用法並非「標準」文法。

- 이거 살려고 해요. 我想要買這個。
  [이거 사려고 해요 此為標準語法句型〕

我想知道

－(으)려고 하다 表達句中主語的意圖，而 －(으)ㄹ 거예요 則是表達一個預期中的將來。

- 내년에 미국에 유학 가려고 해요. 그래서 지금 열심히 영어를 공부해요. 我明年要去美國留學，所以現在在努力學英語。
- 열심히 공부하면 시험을 잘 볼 거예요.
  努力念書的話，考試會考好的。

2描述一個將要發生的情況

-(으)려고 하다 也可以用來描述有此傾向。

• 영화가 시작하려고 해요. 빨리 들어갑시다.
  電影要開始了，快進去吧。
• 아기가 울려고 하는데 어떡해요?
  孩子要哭了，怎麼辦？
• 단추가 떨어지려고 하니까 다른 옷으로 갈아입으세요.
  扣子快掉了，請換別件衣服。

-(으)ㄴ/는데요 緩和語調，或於解釋情形時表現遲疑的態度

詞形變化表 P.302

在使用韓語時，會經常遇到話者為了降低聽者的反應，而避開重點不講，刻意拐彎抹角地表達一個情形的狀況。當韓國人為了表示有禮貌，於談話時小心謹慎，便經常會使用此片語。

A 오늘 같이 저녁 먹을까요? 今天要一起吃晚餐嗎？
B 다른 약속이 있는데요. (意指："같이 저녁 못 먹어요.")
  我有其他的約了。

在這樣的語法情況下，-(으)ㄴ/는데요 接於描述的情境之後。舉以下對話為例，B只說明因為天氣太熱，而不是直接地講明不想去，意思上便委婉地拒絕A提出散步的建議。-(으)ㄴ/는데요 的詞形變化依照後面接著的是動詞、形容詞或是「將要」而有所不同。此語法的詞形變化與第4課所提到的 -(으)ㄴ/는데 相同。

A 잠깐 밖에 산책하러 가는 게 어때요?
  暫時去外面散散步如何？
B 지금 더운데요. [意即 "산책하러 가고 싶지 않아요."]
  現在很熱耶。

A 이 모임을 계속할 거예요? 這個聚會要繼續辦嗎？
B 아직 못 정했는데요. [意即 "왜 물어보세요?"]
  還沒決定呢。

-(으)ㄴ/는데 也可以用來暗示一個不需要明講的提議或是協助，並等待聽者的回覆。以下例句中，話者僅描述最近有很多有趣的電影，其目的在於提議聽者跟他／她一起去看電影。

• 요즘 재미있는 영화가 많은데…….
  最近有趣的電影很多……
  ["같이 영화 봅시다." 省略了.]
  〔省略了（一起看電影吧）〕
• 소금이 다 떨어졌는데…… ["소금 좀 사다 주세요." 省略了]
  鹽巴用完了……〔省略了（請幫我買鹽巴）〕

-(으)ㄴ/는 대신에 以後面的內容代替前面的內容

詞形變化表 P.301

-(으)ㄴ/는 대신에 用來表達第一個子句中的動作被第二個子句中的動作所取代。如前後子句發生在同個時間，-는 대신에 接於動詞語幹之後，-(으)ㄴ 대신에 接於形容詞語幹之後。而當第一個子句在第二個子句發生前已經結束時，則使用 -(으)ㄴ 대신에 接於動詞及形容詞語幹之後。-(으)ㄴ 대신에 附加於現在時制的形容詞之後。

• 제가 이 일을 하는 대신에 제 부탁 좀 들어주세요.
  我幫你做這件事，請你聽聽我的請求。
• 음식을 만드는 대신에 사 가려고 해요.
  我打算去買外食替代自己做菜。

-(으)ㄴ/는 대신에 也可用來描述跟第一個子句中的動作比較之下，另一個情況會是更好的選擇。

• 월급을 많이 받는 대신에 늦게까지 일해야 돼요.
  領高薪，但得工作到很晚。
• 동생에게 장난감을 양보하는 대신에 엄마에게 칭찬을 받았어요.
  把玩具讓給弟弟，我得到媽媽的稱讚。
• 칼로리 높은 음식을 많이 먹은 대신에 운동을 많이 해야 돼요.
  吃高熱量飲食，相對的必須做很多運動。

另一個用法，-(으)ㄴ/는 대신에 可描述一個與前面子句相反的情況。

• 그 아이는 공부에 소질이 있는 대신에 운동에 소질이 없어요.
  那孩子有讀書的資質，但沒有運動的天分。
• 그 가게는 비싼 대신에 품질이 더 좋아요.
  那家店很貴，但品質更好。

대신에 附加於名詞之後。

• 아침에 시간이 없어서 밥 대신에 사과를 먹어요.
  早上沒有時間，所以吃蘋果代替飯。

-(으)ㄴ 적이 있다 「曾有…的經驗」

詞形變化表 P.300

用 -(으)ㄴ 적이 있다 表達一個人的經驗。-(으)ㄴ 적이 있다 接於動詞、形容詞及 이다 語幹之後，-(으)ㄴ 적이 없다 表達缺乏做某事的經驗。可以用 일 代替 적，因為 -(으)ㄴ 已經有表示過去的意思，因此不須要說 -(으)ㄴ 적이 있었다。

• 어렸을 때 팔을 다친 적이 있어요. 小時候曾經傷過手。

- 이제까지 행복한 적이 없어요.
  至今未曾幸福過。
- 잃어버린 물건을 찾은 일이 한 번도 없어요.
  我從未找過遺失物。

> **注意**
>
> 일 可以用來代替 적 以表達經歷，但不可用 것 來代替。
>
> - 주차장에서 일한 적이 있어요. (◯)
>   我曾在停車場工作過。
>   = 주차장에서 일한 일이 있어요.
>   ≠ 주차장에서 일한 것이 있어요. (×)

加上 -아/어 보다 而成 -아/어 본 적이 있다，表達曾經試著去做過某件事的意思，보다 是補助動詞 보다 唯一不能附加的動詞，此時是使用 본 적이 있다。

- 몽골 음식을 먹어 본 적이 없으니까 한번 먹어 보고 싶어요.
  我沒吃過蒙古料理，想吃吃看。
- 한국 영화를 본 적이 있어요. 我曾看過韓國電影。
  ≠ 한국 영화를 봐 본 적이 있어요. (×)

-(으)ㄴ 적이 있다 用來尋求一個「是或不是」的答案，如以下例句所示，在確認答覆後，必須以簡單的過去時制談論具體的細節，而不能使用 -(으)ㄴ 적이 있다。

A 삼계탕을 먹은 적이 있어요? 你吃過蔘雞湯嗎？
B 네, 한 번 있어요. 有，吃過一次。

A 언제 먹었어요? [不用 언제 먹은 적이 있어요?]
  什麼時候吃的？
B 1년 전에 처음 먹었어요. 一年前第一次吃。

-고 있다「正在做…」

詞形變化表 P. 294

1 描述一個正在進行當中的動作

-고 있다 用來表達一個現在正在持續的動作，或是於一段時間內重複發生的動作。依 이다 的詞形變化來表達時制或否定狀態，使用 -고 있었다 表達過去時制、-고 있을 것이다 表達未來時制，而 -고 있지 않다 則表達否定句。

- 요즘 일자리를 알아보고 있지만 좋은 일자리가 없어요.
  最近在打聽新工作，但沒有好職缺。
- 어제 저녁 7시에 집에서 밥을 먹고 있었어요. 회사에 없었어요.
  昨晚七點我在家裡吃飯，不在公司。
- 이사는 지금 생각하고 있지 않아요. 지금 집에 만족하고 있어요.
  我現在沒有想搬家的意思，我對我現在的房子很滿意。

> **我想知道**
>
> -고 있다可以使用 -고 계시다，以表示對句中主語的尊待。
>
> - 〔正式〕동생이 책을 읽고 있어요.
>   弟弟正在讀書。
> - 〔敬語〕할아버지 책을 읽고 계세요.
>   爺爺正在讀書。

> **注意**
>
> -고 있었다只能用來表達一個發生於過去特定時間範圍內的動作。
>
> - 3년 전에 백화점에서 아르바이트를 하고 있었어요. (×)
>   3년 전에 백화점에서 아르바이트를 했어요. (◯)
>   我三年前在百貨公司打工過。
> - 어제 친구의 전화를 받았을 때 청소하고 있었어요. (◯)
>   昨天接朋友電話時我正在打掃。

2 描述狀態

-고 있다 也可以與一些像是 갖다（拿、有）或是보관하다（保留）的動詞合用，以表達擁有某物品的狀態。

- 유실물 센터에서 잃어버린 물건을 보관하고 있어요.
  失物中心保管著遺失物品。
- 저는 그 책을 갖고 있지 않아요. 다른 사람에게 물어 보세요.
  我沒有那本書，請問問看別人。
- 5년 전에 저는 자동차를 갖고 있었어요.
  我五年前曾有一台車。

-고 있다 也能用於形容人的打扮。韓語中，會隨著衣著或是飾品配件如何穿戴、穿戴於哪一處身體部位而使用不同的動詞。

- 저는 검은색 옷에 청바지를 입고 있어요.
  我穿黑色衣服配牛仔褲。
  [입다: 穿在身上（無論是穿於上身或下身）]
- 친구는 운동화를 신고 있어요.
  朋友穿著運動鞋。
  [신다: 穿在腳上：鞋子、球鞋、襪子、絲襪]
- 할머니가 모자를 쓰고 계세요.
  奶奶戴著帽子。
  [쓰다: 戴在頭上：帽子、眼鏡、假髮、面具]
- 선생님이 목걸이를 하고 있어요.
  老師戴著項鍊。
  [하다: 戴一件配件：圍巾、耳環、領帶]
- 저는 시계를 안 차고 있어요.
  我沒戴著手錶。
  [차다: 環繞著穿戴：手錶、皮帶]
- 친구는 반지를 끼고 있지 않아요.

朋友沒戴著戒指。
[끼다: 這個穿戴需要有放入、套入的動作：戒指、手套、隱形眼鏡]

第 6 課

-아/어도 되다「可以…」

1 詢問許可

-아/어도 되다 用於疑問句中，以詢問聽者能否允許一個動作或狀態。-아/어도 되다 附加於動詞語幹使用；-(으)세요 則可接於相關動詞之後來給予某人許可。如不能授予許可時，可使用 -(으)ㄴ/는데요 表示較有禮貌的婉拒語氣，而不是使用語法上較直接的 -지 마세요。

A 이 옷 좀 입어 봐도 돼요?
　可以穿穿看這件衣服嗎？
B 그럼요, 저기 탈의실에서 입어 보세요.
　當然可以，請到那邊的試衣間試穿。

A 이 물 마셔도 돼요?
　這杯水可以喝嗎？
B 이건 물이 아닌데요.
　這不是水。

-아/어도 되다. -(으)ㄹ까요? 可用 괜찮다 或 좋다 代替 。而當想顯得更有禮貌的時候，也可加上 -아/어도 될까요?。

A 옆 자리에 앉아도 괜찮아요?
　我可以坐您旁邊的位子嗎？
B 물론이죠. 앉으세요. 當然了，請坐。

A 음악 소리를 좀 크게 틀어도 될까요?
　我可以把音樂轉大聲一點嗎？
B 마음대로 하세요.
　請便。

注意

當許可一個動作時，應使用 -(으)세요 而不是 -(으)ㄹ 수 있다。

A 이 옷 좀 입어 봐도 돼요?
　我可以試穿這件衣服嗎？
B 네, 입어 봐도 돼요. (X)
　입어 볼 수 있어요. (X)
　→ 입어 보세요. (O) 請試穿看看。

2 表示允許

-아/어도 되다 用來表達基於社會或文化規範的一般常識下所被允許的動作行為或狀態。而在這類的語法使用上，-아/어도 되다 附加於動詞、形容詞及 이다 語幹之後，也可以用 좋다 和 괜찮다 來代替 되다。

- 냉장고의 음식은 아무거나 먹어도 돼요.
  冰箱裡的食物都可以吃。
- 이번 숙제는 하지 않아도 돼요.
  這次的作業可以不用寫。
- 음식이 이 정도 매워도 괜찮아요. 먹을 수 있어요.
  餐點這個辣度沒關係，我可以吃。
- A 회사 지원 자격은 꼭 한국인만 돼요?
  　公司應徵條件一定要韓國人嗎？
  B 아니요, 외국인이어도 돼요. 상관없어요.
  　不用，外國人也可以，無所謂。

-았/었- 附加於 -아/어도 되다，以表達過去被允許的一個動作行為或狀態。

- 전에는 신분증만 있으면 들어가도 됐는데, 요즘에는 들어갈 수 없어요. 之前只要有身分證就可以進去，但最近卻不行。
- 실수로 불을 껐어도 괜찮아요. 다시 불을 켜면 돼요.
  不小心失手關燈也沒關係，再打開就好了。

-아/어야 되다「必須…」、「應該…」「一定要…」

詞形變化表 P. 296

-아/어야 되다 用以表達一個情況或狀態下的義務及職責，或表示一個必須發生的條件。-아/어야 되다 接於動詞、形容詞及 이다 語幹之後。

- 학교에서는 모든 학생이 교복을 입어야 돼요.
  在學校裡所有學生都得穿校服。
- 시험을 볼 때 꼭 신분증이 있어야 돼요.
  考試時一定要帶身分證。

-아/어야 되다的되다 可以用 하다 來代替，語意上不會有太大差異。-아/어야 되다 通常用於口說；而 -아/어야 하다 一般用於書寫。

- 나이가 많은 사람에게 존댓말을 사용해야 돼요.
  對年長者一定要用尊待語。
- 밤 10시까지 기숙사에 들어와야 합니다.
  晚上10點前必須回到宿舍。

되다 可利用詞形變化以表達時制。否定句中，-아/어야 되다 附加 -지 않다 以構成 -지 않아야 되다。-지 말아야 되다 也可以用來表示話者的希望或期許。

- 학생 때 낮에 일하고 밤에 공부해야 됐어요 (= 해야 했어요).
  讀書時必須白天工作晚上讀書。

- 내일은 평소보다 더 일찍 출발해야 될 거예요.
  明天得比平常更早出發。
- 이번 회의에는 절대로 늦지 않아야 돼요.
  = 이번 회의에는 절대로 늦지 말아야 돼요.
  這次開會絕對不可遲到。

注意

–아/어야 되다 用來意指義務及條件，而 –아/어 보세요 則用於推薦及建議。

- 회사에는 늦어도 9시까지 와야 돼요.〔職責〕
  公司最晚九點要上班。
- 제주도에 한번 가 보세요. 정말 좋아요.〔建議〕
  請去濟州島走走，真的很棒。

● -아/어 있다 表達一個動作完成後狀態的持續

–고 있다 用來表達一個進行中的動作，而 –아/어 있다 則表示在一個動作結束後持續維持的狀態。

ⓑ

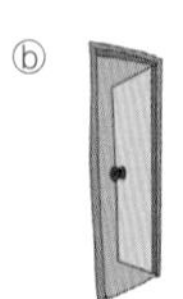

ⓐ진수가 문을 열고 있어요. 真秀正在開門。
ⓑ문이 열려 있어요. 門打開著。

–아/어 있다 通常與不需要有受詞的不及物動詞一起使用，且語法上附加於動詞語幹之後。–아/어 있지 않다 接於動詞語幹之後，以表達一個狀態沒有繼續發生，而表達過去的狀態則使用–아/어 있었다。

- 저는 약속 장소에 벌써 와 있어요.
  我已經抵達約定場所。
- 회사 전화번호가 핸드폰에 저장되어 있지 않아요.
  我沒把公司電話號碼存在手機裡。
- 아까 탁자 위에 열쇠가 놓여 있었어요.
  剛才桌上放著鑰匙。

注意

由於 –아/어 있다 接在不及物動詞之後，因此動詞的主語，其助詞需使用 이/가 而非 을/를。

- 문을 열려 있어요. (×)
  문이 열려 있어요. (◯) 門開著。

注意

–아/어 있다 的否定用法不是 –아/어 없다，而是 –아/어 있지 않다。

- 사람들이 의자에 앉아 없어요. (×)
  사람들이 의자에 앉아 있지 않아요. (◯)
  人們沒有坐在椅子上。

第 7 課

● -기 때문에「因為」

–기 때문에 用來表達一個動作或狀態的原因。–기 때문에 附加於描述原因的子句，後面連接結果。–기 때문에 附加於動詞、形容詞及 이다 語幹之後，–았/었– 也可附加於 –기 때문에 組成 –았/었기 때문에。

- 텔레비전이 없기 때문에 드라마를 볼 수 없어요.
  因為沒有電視，所以無法看電視劇。
- 저는 외국인이기 때문에 빨리 말하면 알아들을 수 없어요.
  因為我是外國人，如果講太快我聽不懂。
- 주말에 일하지 않기 때문에 보통 주말 오전에는 시간이 있어요.
  因為週末休息，我通常週末上午有空。
- 지갑을 잃어버렸기 때문에 돈이 없어요.
  因為錢包丟了，所以我沒有錢。

–기 때문에 不可用來表達一個命令（句尾為 –(으)세요）或是一個建議（句尾為 –(으)ㅂ시다）的原因，若要表達命令句或勸誘句的原因，必須使用 –(으)니까。

- 배가 고프기 때문에 밥 먼저 드세요. (×)
  배가 고프니까 밥 먼저 드세요. (◯)
  肚子餓了，請先用餐。

–기 때문에 附加於名詞後的 이다 語幹之後，此語法的含意與 때문에 直接附加於名詞之後不同，表示該名詞為導致負面後果的直接原因。

- 아기이기 때문에 혼자 걷지 못해요.
  因為是寶寶，所以無法自己走路。
- 아기 때문에 제가 잠을 못 잤어요.
  因為寶寶的關係我無法睡覺。

注意

學習者常會混淆 이기 때문에 和 때문에 的使用時機。只要記住，이기 때문에 若用中文來說，意思為「因為（主語）是（名詞）」；而 때문에 若用中文來說，意思為「因為（名詞）」，兩者為相對的用法。

- 금요일이기 때문에 시내에 사람이 많아요. (◯)
  因為是星期五，市內人潮眾多。
  금요일 때문에 시내에 사람이 많아요. (×)

如果結果在原因之前，則原句必須被分成兩個句子，句子的順序如下列例句所示。

- 그 사람은 학생이기 때문에 오전에 학교에 가야 해요.
  因為那個人是學生，所以上午必須去上學。
  = 그 사람은 오전에 학교에 가야 해요. 왜냐하면 학생이기 때문이에요.
  那個人上午必須去上學，因為他是學生。

第 8 課

-는 동안에 「之間」,「當…的時候」

詞形變化表 P.295

-는 동안에 表達一個動作或狀態的延續，且 -는 동안에 接於動詞語幹之後。

- 아내가 집안일을 하는 동안에 남편이 아이를 돌봐요.
  妻子做家事的期間丈夫照顧孩子。
- 제가 없는 동안에 무슨 일이 있었어요?
  我不在的時候有什麼事嗎？
- 한국에서 사는 동안에 많은 경험을 하고 싶어요.
  在韓國生活的期間我想體驗許多事情。

在類似的語意上可以用 -(으)면서 代替 -는 동안에，但使用 -(으)면서 時，句中兩個子句的主語必須一致；而使用 -는 동안에 時，兩個子句的主語可以不同。

- 운전하는 동안에 전화를 받지 마세요. (◯)
  開車期間請勿接電話。
  = 운전하면서 전화를 받지 마세요. (◯)
  請勿邊開車邊接電話。
- 비가 오는 동안에 실내에서 커피를 마셨어요. (◯)
  下雨的期間我在室內喝咖啡。
  ≠ 비가 오면서 실내에서 커피를 마셨어요. (×)

-는 동안에 連接的兩個子句，其動作發生於同一個時間點。若在第一個動作完成後才發生第二個動作，則使用 -(으)ㄴ 동안에。

- 남편은 지하철을 타고 가는 동안에 책을 읽어요.
  丈夫在搭乘地鐵的時候閱讀書籍。
- 남편은 회사에 간 동안에 아내는 집안일을 해요.
  太太在先生出門上班後做家事。

-(으)니까 表達做了一項動作後領悟到某件事

-(으)니까 表達做了一個動作之後，領悟瞭解到一件新的事實。-(으)니까 接於第一個子句的動作使用，而新領悟的事實則表達於第二個子句。-(으)니까 接於動詞語幹之後，其詞形變化與第3課所提到的解釋原因 -(으)니까 相同。

- 집에 가니까 집에 아무도 없었어요.
  回到家發現家裡沒人。
- 이 책을 보니까 한국어 문법 설명이 잘 나와 있어요.
  讀了這本書，發現韓語文法解說整理得很好。

-아/어 보다 可附加 -(으)니까 以組成文法 -아/어 보니까，表達嘗試一個新體驗後獲得的領悟。但當使用動詞 보다（「看到」）時，則必須用 보니까 而不是 봐 보니까。

- 가방 안을 찾아보니까 지갑이 없어요.
  在包裡找了找，找不錢包。
- 한국에서 살아 보니까 한국 문화가 저하고 잘 맞아요.
  在韓國生活後，發現韓國文化跟我很合。
- 한국 텔레비전을 보니까 드라마가 다양했어요.
  看了韓國電視，發現有各式各樣的電視劇。

注意

於某項動作之後領悟到的事實結果放在 -(으)니까 之後，而表達話者意圖的動詞不可使用於第二個子句中。

- 제주도에 가 보니까 바다에서 수영했어요. (×)
  제주도에 가 보니까 바다에서 수영하고 싶었어요. (◯)
  當我到了濟州島，我想在大海裡游泳。
  제주도에 가 보니까 바다가 아름다웠어요. (◯)
  到了濟州島後，發現大海好美。

使用 -(으)니까 時，表示動作和領悟依序發生。即使該動作發生於過去，也不能讓 -(으)니까 搭配 -았/었- 一起使用。

- 그 사람을 만나 봤으니까 좋은 사람이에요. (×)
  그 사람을 만나 보니까 좋은 사람이에요. (◯)
  跟那個人碰面後，發現是個不錯的人。

雖然使用 -(으)니까 來表達動作和隨後的領悟時，不可與 -았/었- 合用，但當使用在表達原因時則可以合用。

- 어제 회사에 일찍 갔으니까 아침에 서류를 다 끝낼 수

있었어요.〔原因〕昨天很早就去公司，今天早上應該可以把資料全整理好。
• 어제 회사에 일찍 가니까 사람들이 아무도 없었어요.〔領悟〕昨天很早就到公司，結果沒有半個人。

-(스)ㅂ니다 正式言談

詞形變化表 P. 306

－(스)ㅂ니다 用在官方或正式場合，如向大眾發表演說，或是工作上與某人正式交談等。這個語尾通常被新聞播報員、服務人群的人像是空服員或百貨公司員工等必須身穿制服禮貌地服務客人的人們所使用。此語尾也用於軍中。相較之下，－(스)ㅂ니다 比 －아/어요 正式許多。

• 저는 항상 8시에 회사에 도착해요. 〔非正式〕
我總是8點到公司。
저는 항상 8시에 회사에 도착합니다.〔正式〕
我總是8點到公司。

如果動詞、形容詞和 이다 以母音結尾，加 －ㅂ니다；當以子音結尾時，則加 －습니다。表達過去時制時在語幹之後接 －았/었습니다，表達未來時制時則在語幹之後接 －(으)ㄹ 것입니다。

• 채소와 과일이 건강에 좋습니다.
蔬菜跟水果對健康有益。
• 요즘에는 종이 신문을 많이 읽지 않습니다.
我最近不太看報紙。
• 제가 표를 사 오겠습니다. 我會買票回來。
• 지난주에 일을 그만뒀습니다. 我上週辭職。
• 다음 주부터 일을 찾을 것입니다.
我下週開始要找工作。

我想知道

口語中表達未來時制時，것입니다 經常簡略成 겁니다。

• 다음 주에 신제품을 발표할 겁니다. (= 발표할 것입니다.)
下週將發表新產品。
• 사장님께서 내일 여기에 오실 겁니다. (= 오실 것입니다.)
社長明天將會蒞臨這裡。

為了對句子中的主語表示尊待，可附加 －(으)시－ 而成 －(으)십니다。表達過去時制時，在語幹之後接 －(으)셨습니다；表達未來時制時，在語幹之後接 －(으)실 것입니다。

• 사장님께서 들어오십니다. 社長進來了。
• 부장님이 자리에 앉으셨습니다. 部長坐在位子上。
• 이제부터 사장님께서 발표하시겠습니다.
現在社長要發表談話。
• 회장님이 10분 후에 도착하실 것입니다.
會長10分鐘後將會抵達。

注意

正式場合中，特定的動詞如 먹다/마시다、있다、자다、말하다 必須轉為以下尊待語形式：드시다 (잡수시다)、계시다、주무시다 和 말씀하시다。

• 직원이 1층에 있습니다. 〔正式〕
員工在一樓。
• 사장님께서 10층에 계십니다.〔正式尊待語〕
社長在10樓。

當於正式言談中使用尊待語時，尊待語形式可依以下文法規則連接使用，如同在句尾接上 －(으)시－。

子音開頭的文法用詞		-(으) 開頭的文法用詞		-아/어 開頭的文法用詞	
一般	尊待	一般	尊待	一般	尊待
-고	-(으)시고	-(으)면	-(으)시면	-아/어서	-(으)셔서
-지만	-(으)시지만	-(으)려고	-(으)시려고	-아/어도	-(으)셔도
-기 전에	-(으)시기 전에	-(으)니까	-(으)시니까	-아/어야	-(으)셔야

• 사장님께서 일찍 출근하시지만 늦게 퇴근하십니다.
社長雖然很早上班，但很晚下班。
• 사장님께서 먼저 시작하시면 저희도 함께 하겠습니다.
如果社長先帶頭，我們也會跟著一起做。
• 사장님께서 바쁘셔서 오늘 모임에 오지 못하셨습니다.
社長忙碌，今天的聚會無法到場。

在正式場合提出問題時，用 －까? 取代 －(스)ㅂ니다 的－다 而成 －(스)ㅂ니까? 若聽者位階較高或為陌生人，致使話者必須使用敬語時，用 －까? 取代 －(으)십니다 的－다 而成－(으)십니까?回覆這樣的問句時，可用 네 或是 그렇습니다 來表示肯定的答覆；否定的答覆則為 아닙니다。

A 회의가 오후1시부터 시작합니까?
會議是下午一點開始嗎？
B 그렇습니다. 是的。
A 이번에 발표를 하십니까? 您這次有發表嗎？
B 아닙니다. 저는 다음에 발표할 것입니다.
沒有，我下次會發表。

正式言談中，－(으)십시오 接於動詞形成命令句，－(으)ㅂ시다 則接於動詞形成勸誘句。

• 질문이 있으면 손을 들고 질문하십시오.
如有疑問請舉手發問。
• 잠깐 쉬었다가 다시 회의 시작합시다.
稍微休息片刻又繼續接著開會。

注意

非正式語法 그래요 依不同的語境而有以下不同的變化用法。

- 〔答覆〕그래요. →〔正式〕그렇습니다.
- 〔疑問〕그래요? →〔正式〕그렇습니까?
- 〔命令〕그래요. →〔正式〕그러십시오.
- 〔提議〕그래요! →〔正式〕그럽시다.

第 9 課

-(으)ㄹ 때 「當…的時候」

詞形變化表 P.298

-(으)ㄹ 때 用於表示一個事件或狀態發生的特定時間點，或是發生中的一段時間。-(으)ㄹ 때 接於動詞、形容詞及 이다 語幹之後。

- 피곤할 때 집에서 쉬는 것이 좋아요.
  累的時候在家休息會比較好。
- 길에 자동차가 많을 때 지하철이 택시보다 더 빨라요.
  路上車子多時，地鐵比計程車更快。
- 10년 전에 외국에 살 때 기숙사에서 지냈어요.
  十年前在外國生活時，住在宿舍裡。

一般語法規則下，-(으)ㄹ 때 前後兩個子句中的事件發生在同一個時間點，也就是說，即使第二個子句的事件發生在過去，第一個子句中的事情在同一時間也發生了，此時還是使用 -(으)ㄹ 때。然而，如第一個子句的事件發生於過去，則加 -았/었- 於 -(으)ㄹ 때 之前，構成 -았/었을 때。如以下例句，若 그 친구를 처음 만났다（第一次見到那位朋友）與 대학교에 다녔다（上大學）同時發生，則可用 다닐 때；而如果話者想表達上大學這件事已經完成，則可使用 다녔을 때。這兩個句子基本上並無差別。

- 대학교에 다닐 때 그 친구를 처음 만났어요.
  上大學時我第一次遇見那位朋友。
  = 대학교에 다녔을 때 그 친구를 처음 만났어요.
- 아르바이트로 일할 때 많이 고생했어요.
  打工時受了很多苦。
  = 아르바이트로 일했을 때 많이 고생했어요.

但是，假如第一個子句中的動作為突然發生的，像是 보다（看到）、다치다（受傷）以及 죽다（死亡），若該動作發生在過去，則必須使用-았/었을 때。

- 전에 다리를 다쳤을 때 그 친구가 많이 도와줬어요. (◯)
  之前腿受傷時，那位朋友幫我很多。
  = 전에 다리를 다칠 때 그 친구가 많이 도와줬어요. (×)
- 그 사람을 처음 봤을 때 첫눈에 사랑에 빠졌어요. (◯)
  第一次見到那個人就一見鍾情。
  = 그 사람을 처음 볼 때 첫눈에 사랑에 빠졌어요. (×)

-(으)ㄹ 때 和 -았/었을 때 兩者也因為使用的動作動詞不同而有不同含意，動詞如 가다（去）及 오다（來）。갈 때/올 때 表示第二個動作發生於正在過去或是正在來的狀態之下；而 갔을 때/왔을 때 則是表示第二個動作於狀態結束後發生，也就是在抵達了之後才發生。

- 회사에 갈 때 지하철에서 책을 읽어요.〔動作當中〕
  上班時在地鐵上看書。
- 회사에 갔을 때 사무실에 아무도 없었어요.
  到公司時，辦公室裡沒有半個人。
  〔在完成動作後〕

注意

때 也可以接在一些名詞之後表達時間點，如 생일（生日）、방학（假期）、휴가（度假）以及 명절（節慶）；但其他時間名詞使用的是 -에 而不是 때，如 오전（上午）、오후（下午）、주말（週末）以及 주중（週間）。

- 생일 때 책 선물을 받고 싶어요. (◯)
  生日時我想收到書當禮物。
  주말 때 친구를 만날 거예요. (×)
  주말에 친구를 만날 거예요. (◯)
  週末要跟朋友見面。

-아/어지다 「變得…」

詞形變化表 P.297

-아/어지다 和 -게 되다 皆可以附加於形容詞語幹之後，表達狀態的改變。兩個意思上並無太大差異，但 -게 되다 語意上強調事情的結果並非話者的意願。用法上，-아/어지다 只能接於形容詞；而 -게 되다 則可以接於動詞和形容詞。

- 텔레비전에 자주 나와서 그 식당이 유명해졌어요.
  因為常出現在電視上，那家餐廳變有名。
- 텔레비전에 자주 나와서 그 식당이 유명하게 됐어요.
  因為常出現在電視上，那家餐廳就變有名了。

補助動詞像是 있다/없다（如 -(으)ㄹ 수 있다/없다）或 않다（如 -지 않다），必須搭配 -게 되다 一起使用以表達改變，而不與 -아/어지다 一起使用。

- 처음에는 매운 음식을 못 먹었는데 지금은 먹을 수 있게 됐어요. (◯)
  起初無法吃辣的食物，現在吃得了了。

처음에는 매운 음식을 못 먹었는데 지금은 먹을 수 있어졌어요. (×)

- 전에는 밤늦게 음식을 많이 먹었는데 지금은 먹지 않게 됐어요. (◯)
  之前很晚還吃一堆東西，現在不吃了。
  전에는 밤늦게 음식을 많이 먹었는데 지금은 먹지 않아졌어요. (×)

注意

有些特定文法句型不能使用形容詞，只能使用動詞，例如 -고 싶다（想要…）、-지 마세요（不要…）以及 -(으)려면（如果你想要…）。在這種情形之下，可以在形容詞語幹附加-아/어지다，將形容詞轉為動詞。

- 저 친구와 더 친해지고 싶어요. (◯)
  我想跟那位朋友變得更親近。
  저 친구와 더 친하고 싶어요. (×)

-(으)려고 「為了要…」、「打算…」 詞形變化表 P. 300

-(으)려고 用來表達一個動作行為的用意或目的，接於 -(으)려고 前後的子句需使用相同主語。

- 나중에 아이에게 보여 주려고 어릴 때 사진을 모으고 있어요.
  為了以後給孩子看，我正在收集孩子小時候的照片。
- 아기가 엄마하고 떨어지지 않으려고 계속 울어요.
  孩子不想跟媽媽分開，一直哭。

由於 -(으)려고 表達句中主語之動作或狀態的用意或目的，因此不能使用形容詞。-(으)려고 附加於動詞語幹之後。

- 피곤하지 않으려고 커피를 마셔요. (×)
  → 피곤해서 자지 않으려고 커피를 마셔요. (◯)
  很累可是不想睡覺，就喝咖啡。

-(으)려고 和 -(으)러 皆用來表達目的或用意，但接著不同的動詞一起使用。-(으)러 只能與表達動作的動詞合用，如 가다、오다 和 다니다；而 -(으)려고 前面可接任何一種動詞。

- 한국에 일하러 왔어요. (◯) 我來韓國工作。
  한국에 일하려고 왔어요. (◯)
  我想在韓國工作而來到韓國。
- 한국에서 일하러 한국어를 배워요. (×)
  한국에서 일하려고 한국어를 배워요. (◯)
  想在韓國工作而學韓語。

然而，位於 -(으)러 前面的動詞不可為否定動詞，即使與動作動詞合用也不行。

- 늦지 않으러 택시로 집에 가요. (×)
  늦지 않으려고 택시로 집에 가요. (◯)
  為了不遲到，我搭計程車回家。

此外，-(으)러 前面可以為命令 -(으)세요 或是提議 -(으)ㅂ시다，但 -(으)려고 則不能如此使用。

- 밥을 먹으러 식당에 갈까요? (◯)
  要不要去餐廳吃飯？
  밥을 먹으려고 식당에 갈까요? (×)

第 10 課

반말 「平語／半語」（非尊待語）

1「半語」的用法

「半語」（非尊待語）用於年輕的家庭成員（手足、姪子或姪女）、朋友之間（兒時或是就學期間認識）、年紀較小的同學、孩童或是關係上很親密的人。半語給人一種親密感和隨興的態度，因此與不熟或是不親近的人使用半語，會被認為是很無禮的行為。半語的形式是去掉尊待語語尾的 -요，且主格助詞 -이/가 及受格助詞 -을/를 通常會被省略。

A 보통 주말에 뭐 해요? 你週末通常都在做什麼？
B 집에서 쉬거나 친구를 만나요.
　在家休息或是跟朋友見面。

「是」以及「不是」則被省略如以下範例。

네 → 어/응
아니요 → 아니

A 밥 먹었어요? 你吃飯了嗎？
B 아니요, 아직 못 먹었어요. 沒，還沒吃。

2「半語」的多種詞形變化

一般而言，半語的形式是把 -아/어요 的 -요 給去掉，但同樣也有其他形式。

	詞形變化	範例
未來時制	-(으)ㄹ 거예요 → -(으)ㄹ 거야	다음 주에 여행 갈 거야. 我下週要去旅行。 조금 후에 점심 먹을 거야. 我待會要吃午餐。
動詞 이다	-예요/이에요 → -야/이야	남자야. 是男的。 미국 사람이야. 是美國人。
命令	-(으)세요 → -아/어	이것 좀 봐. (보세요 → 봐요) 看看這個。 기다려 줘. (주세요 → 줘요) 等我一下。
提議	-(으)ㅂ시다 → -자	집에 가자. 回家吧。 밥 먹자. 一起吃飯吧。

3 半語的人稱代名詞

就如同半語中不需對聽者使用尊待語，提到自己時也不需要使用表示謙卑的語氣。以下列出非正式口語中，表示人稱代名詞的用法。

第一人稱		第二人稱	
謙恭語氣	正常語氣	尊待語用法	一般語氣
저는	나는	OO 씨는（或為適當的稱謂）	너는
저를	나를	OO 씨를	너를
저한테	나한테	OO 씨한테	너한테
제가	내가	OO 씨가	네가
제	내	OO 씨	네

- 저는 마크예요. → 나는 마크야. 我是馬克。
- 데니 누가 저한테 전화할 거예요?
  → 누가 나한테 전화할 거야? 誰會打給我？
  리나 제가 데니 씨한테 전화할게요.
  → 내가 너한테 전화할게. 我會打給你。
- 제 책을 돌려주세요. → 내 책을 돌려줘. 把書還給我。
- 〔對真秀說〕진수 씨 말을 믿을 수 없어요.
  → 네 말을 믿을 수 없어. 我無法相信你的話。

4 使用「半語」叫某人的姓名

當使用「半語」形式直呼某人姓名時，如名字以母音結尾，於結尾處附加 –야!；若結尾為子音，則附加 –아!。

- 진수야! 밥 먹자! 真秀！一起吃飯吧！
- 민정아! 놀자! 泯柾！一起玩吧！

注意

半語用在非正式場合中，那些與自己關係親近的人身上。然而，即便某人處於一群朋友之間，也得對任何必須尊待的主語附加 –(으)시–。如以下例句，雖然是在一群朋友當中使用半語，但為了對聽者的父母及公司的總裁表示尊待，所以加 –(으)시–。

- 부모님께서 무슨 일 하셔? 父母親從事什麼工作？
  (= 하 + -시- + -어)
  〔尊待父母〕〔半語結尾〕
- 사장님께서 지난달에 한국에 오셨어.
  社長上個月來韓國。
  (= 오 + -시- + -었- + -어)
  〔尊待公司總裁〕〔過去時制〕〔半語結尾〕
- 내일도 부모님께서 연락하실 거야.
  明天也會聯絡父母。
  (= 연락하 + -시- + -ㄹ 거야)
  〔尊待父母〕〔未來時制，半語結尾〕

● -아/어야지요「你應該…」

詞形變化表 P. 296

1 強調動作的明顯性

–아/어야지요 強調聽者明確應該要做某件事，或必須明確地呈現某種狀態。因為此語法表現出一種緊急感，或是有責備缺乏實際作為的態度，因此不能用於比自己位階高的對象，而是與位階較低的對象使用。本文法使用於談話，而不用於書寫，–지요 可簡化成 –죠。–아/어야지요 附加於動詞、形容詞及 이다 語幹之後。

- 건강하게 살려면 매일 조금씩이라도 운동해야죠.
  想活得健康，應該至少每天做點運動。
- 사업이 잘되기 위해서는 바빠야죠.
  為了事業順利應該要忙一點。
- 지난번에는 남자였으니까 이번에는 여자여야죠.
  上次是男士，這次應該換女士。

若要表達不應該做某件事情，可在 –아/어야지요 之前加上 –지 않다 或 –지 말다 構成 –지 않아야지요 或 –지 말아야지요。當用來強調話者的強烈期許時，則使用 –지 말아야지요。

- 옆에 아기가 있으면 담배를 피우지 않아야죠. 그렇죠?
  旁邊如果有孩子就不該抽菸，對吧？
- 친구 사이인데 거짓말을 하지 말아야죠. 친구를 속이면 어떡해요?
  我們是朋友，彼此之間就不該說謊。怎麼可以欺騙朋友？

2 表達話者的決心或意願

當一個人要表現自己做一件事的決心或意圖時，會去掉 –아/어야지요 的 요。因為這個用法的對象為自己本身，所以不受文法形式侷限，可以省略 –요。–아/어야지 接於動詞語幹之後，於這樣的情形中，也可以使用 –아/어야겠다。

- 이제부터 열심히 공부해야지.
  從現在開始應該認真讀書才對。
  = 이제부터 열심히 공부해야겠다.
  從現在起得認真讀書了。
- 다음에는 저 공연을 꼭 봐야지.
  下次應該要看那齣公演。
  = 다음에는 저 공연을 꼭 봐야겠다.
  下次一定要看那齣公演。

–아/어야겠다 和 –아/어야지 兩種語法都可以用在對自己說話，兩者之間在使用上有些細微差別。–아/어야겠다 通常用在發現新的體悟之後；而 –아/어야지 則是用於對

一般事實的了解。

- 건강해지려면 운동해야지.〔一般事實的了解〕
  想變健康的話，就應該要運動。
- 건강이 안 좋아졌다. 이제부터 운동해야겠다.
  〔新的體悟〕
  身體變差了，現在開始得運動了。

第 11 課

● -(으)ㄴ/는 名詞修飾 詞形變化表 P. 301

修飾字尾 -(으)ㄴ/는 必須用於修飾名詞相關子句的句尾。韓文中，所有修飾的語法一定得放在需要修飾的字詞之前。修飾字尾附加於動詞、形容詞及 이다 語幹之後，使子句的結尾給予需修飾的名詞完整的描述。修飾字尾語法隨著前面連接的是動詞、形容詞或 이다 而有不同形式上的接法。

- 제일 늦게 퇴근하는 사람이 창문을 닫으세요.
  最後一個下班的人請關窗戶。
- 심한 운동은 약을 먹는 사람에게 위험해요.
  劇烈運動對吃藥的人來說是危險的。
- 가을에는 단풍이 유명한 곳에 가고 싶어요.
  秋天想去賞楓的知名景點。
- 직업이 화가인 내 친구는 항상 밤에 일해요.
  我職業是畫家的朋友總是在夜晚創作。

以 있다/없다 作為結尾的字詞使用 -는 接於語幹之後，而不是使用 은。

- 재미있는 책이 없어요. (◯) 沒有有趣的書。
  재미있은 책이 없어요. (×)

若相關修飾名詞的子句以現在時制的動詞結束，則使用 -는 附加於動詞語幹之後。語尾的 -는 表示相關子句中的動詞與主要句中的動詞同一時間發生。

- 그 사람은 제가 잘 아는 사람이에요.
  那個人是我很熟的人。
- 어젯밤에 친구가 전화하는 소리 때문에 잠을 못 잤어요.
  昨晚因為朋友講電話的聲音所以沒辦法睡。
  〔這裡使用 -는 是因為電話響起的時候，正是話者睡不著的時候。〕

當 -(으)ㄴ 或 -았/었던 用於相關子句句尾時，表達相關子句中的動詞比主要句中的動詞更早發生。

- 지난주에 본 영화가 재미있었어요.
  上週看的電影很有趣。
- 예전에 착했던 친구가 성격이 이상해졌어요.
  以前善良的朋友個性變奇怪了。
- 한때 야구 선수였던 그 남자는 지금은 회사원이에요.
  曾是棒球選手的那名男子如今是上班族。

於相關子句句尾使用 -(으)ㄹ 時，則表達相關子句的動作將會於不久的將來發生，或是一個尚未發生的動作行為。

- 다음 주에 먹을 음식 재료를 어제 시장에서 샀어요.
  昨天在市場買了下週要吃的食材。
  〔買東西的動作發生於過去，而吃的動作於之後發生。〕
- 어제 해야 할 일이 많아서 늦게 잤어요.
  昨天必須做的事情很多，所以很晚睡。
  〔直到昨天為止，要做的差事還沒有完成。〕
- 할 말이 있었지만 결국 말 못 했어요.
  雖然有話要說，但終究說不出口。
  〔該說的話到最後都沒說。〕

隨著 -지 않다 前面接的是動詞或形容詞，以及使用的時制不同，會有不同的詞形變化。

	過去	現在	未來／假設語氣
動詞	여행 가지 않은 사람	여행 가지 않는 사람	여행 가지 않을 사람
形容詞	필요하지 않았던 물건	필요하지 않은 물건	필요하지 않을 물건

注意

在相關子句中，使用補助詞 -은/는 連接主語是不自然的語法。

- 저는 이번에 여행 가는 곳이 부산이에요. (×)
  제가 이번에 여행 가는 곳이 부산이에요. (◯)
  我這次要去的地方是釜山。

● -았/었으면 좋겠다 「我希望」、「我期望」、「如果可以…就好了」 詞形變化表 P. 299

話者期望的某種情形接於 -았/었으면 좋겠다 之前，因此在 -았/었으면 좋겠다 前面不可使用 -고 싶다。

- 한국어를 잘했으면 좋겠어요. (◯)
  要是我韓語流利就好了。
- 한국어를 잘하고 싶었으면 좋겠어요. (×)

口語對話經常會使用 -았/었으면 하다 來代替 -았/었으면 좋겠다。

- 다른 집으로 이사했으면 해요 (= 좋겠어요).
  要是可以搬到其他房子就好了。

注意

當需要表達個人期望時，-았/었으면 좋겠다 和 -(으)면 좋겠다 兩者可相互交換使用。但 -았/었으면 用於表達話者對不太可能發生、與現實不符或是不可能發生的情況有著強烈的期待；而 -(으)면 좋겠다 一般用於表達條件或選擇上的期望。

- 언젠가 세계 여행을 했으면 좋겠어요.
  希望我哪天可以去環遊世界。
  〔表示一個期望〕
- 이번에는 제주도로 여행 가면 좋겠어요.
  希望這次可以去濟州島旅行。
  〔表示一個選擇性〕

-도록 表程度、目的、範圍 詞形變化表 P. 294

1 -도록 的用法

-도록 用來表達接在語法後之動作的目的、標準或是結果。

- 사람들이 지나가도록 길을 비켜 줬어요.
  我讓開以便其他人可以過去。
- 손님이 만족할 수 있도록 정성껏 음식을 만들어요.
  我誠心誠意地製作食物，以讓顧客感到開心。

-도록 附加於動詞語幹之後。-도록 之前不可接 -았/었-，但可接否定字尾如 -지 않다。-도록 前後子句的主語可以相同也可以不同。

- 나중에 가족이 놀라지 않도록 미리 얘기하세요.
  請先告訴家人以免他們日後嚇到。
- 아이들도 쉽게 따라 할 수 있도록 요리 책을 쉽게 만들었어요.
  料理書做得很簡單，就連小孩也能輕鬆跟著做。

2 比較 -도록 和 -게

-게 和 -도록 具有相同的意思，且同樣接於動詞語幹使用。-도록 比較正式，而 -게 則比較不正式。

- 나중에 문제가 생기지 않도록 지금 확인하는 게 좋겠습니다.
  避免以後出狀況，現在確認會比較好。
  = 나중에 문제가 생기지 않게 지금 확인하는 게 좋겠어요.

3 比較 -도록 和 -(으)려고

語法上，-도록 和 -(으)려고 都有表達主語意願的類似含意，但在特定情況下兩者有不同的使用方式。-(으)려고 強調話者的意願，因此 -(으)려고 前後子句中的主語必須一致。當前後子句主語相同時，使用 -도록 或 -(으)려고 並不會造成句意上的差別。

- 회사에 늦지 않으려고 택시를 탔어요. (◯)
  我上班不想遲到，就搭了計程車。
  = 회사에 늦지 않도록 택시를 탔어요. (◯)
  為了不要上班遲到，我搭了計程車。

然而，如以下例句所示，當前後子句中的主語不一樣時，只能使用 -(으)려고，不能使用 -도록。

- 학생들이 쉽게 이해하려고 선생님이 그림을 그려서 설명했어요. (×)
  학생들이 쉽게 이해하도록 선생님이 그림을 그려서 설명했어요. (◯)
  為了讓學生容易理解，老師畫圖解說。

另外，當第二個子句為命令句 -(으)세요 或是勸誘句 -(으)ㅂ시다 時，只能使用 -(으)려고，不能用 -도록。

- 늦지 않으려고 일찍 출발하세요. (×)
  늦지 않도록 일찍 출발하세요. (◯)
  請提早出發以免遲到。

第 12 課

-다고 하다 間接引用 詞形變化表 P. 304

間接引用用來引述另一人所說的話。依敘事、命令、勸誘或是疑問句而分別使用 -다고 하다, -(으)라고 하다, -자고 하다 或是 -냐고 하다。말하다（說）、얘기하다（談論）、제안하다（提議）、조언하다（建議）或 질문하다（詢問）等動詞可以用來代替 하다。

1 間接引述敘事時制

-다고 하다 附加於陳述句使用，如間接引述的陳述句為現在時制，使用 -ㄴ/는다고 接於動詞之後、-다고 하다 接於形容詞之後而 -(이)라고 하다 接於 이다 之後。假使引述的陳述句為過去時制，則使用 -았/었다고 하다 接於動詞、形容詞及 이다 語幹之後。如間接引述的陳述句為未來時制或是假設語氣，則使用 -(으)ㄹ 거라고 하다 接於動詞、形容詞及 이다 語幹之後。書寫時則使用 -(으)ㄹ 것이라고 하다。

- 진수가 "보통 아침에 7시에 일어나요."라고 했어요.
  真秀說：「我通常早上7點起床。」
  → 진수가 보통 아침에 7시에 일어난다고 했어요.
  真秀說他通常早上7點起床。
- 리나가 "일주일에 한 권씩 책을 읽어요."라고 말했어요.
  莉娜說：「我一週讀一本書。」
  → 리나가 일주일에 한 권씩 책을 읽는다고 말했어요.
  莉娜說她一週讀一本書。
- 케빈이 "갑자기 배가 아파요."라고 소리 질렀어요.
  凱文大喊：「我突然肚子好痛。」
  → 케빈이 갑자기 배가 아프다고 소리 질렀어요.
  凱文突然大喊肚子痛。
- 웨이가 "회사원이에요."라고 대답했어요.
  偉回答道：「我是上班族。」
  → 웨이가 회사원이라고 대답했어요.
  偉回答說他是上班族。
- 민호가 "어제 회사에 갑자기 일이 생겼어요."라고 얘기했어요.
  民浩說：「昨天公司突然有事。」
  → 민호가 어제 회사에 갑자기 일이 생겼다고 얘기했어요.
  民浩說昨天公司突然有事。
- 마크가 "다음 주에 미국에 갔다 올 거예요."라고 했어요.
  馬克說：「我下週會回美國一趟。」
  → 마크가 다음 주에 미국에 갔다 올 거라고 했어요.
  馬克說他下週會回美國一趟。

即將要發生的事件可以用現在時制。

- 친구들이 다음 주에 휴가 갈 거라고 말했어요.
  朋友們說他們下週要去渡假。
  = 친구들이 다음 주에 휴가 간다고 말했어요.

-(으)ㄹ게요 表達對聽者或是自己的承諾，如需間接引述此語法時，按照以下各種方式使用：

- 진수가 "이따가 연락할게요."라고 말했어요.
  真秀說：「待會再聯絡。」
  → 진수가 이따가 연락하겠다고 말했어요.
  真秀說待會再聯絡。
  = 진수가 이따가 연락한다고 말했어요.

間接引述回覆字詞為 네 時使用 그렇다고 하다 或是 맞다고 하다，而 아니오 的間接引述語法為 아니라고 하다。

- 진수가 "네."라고 했어요. → 진수가 그렇다고 했어요.
  真秀說：「好。」→真秀說好。
- 새라가 "아니오."라고 말했어요.
  → 새라가 아니라고 말했어요.
  莎拉說：「不是。」→莎拉說不是。

2使用間接引用時，記得以下文法重點

引述的陳述句結尾為否定語法 -지 않다 或 是 -지 못하다 時，會依後面接著動詞或形容詞而有不同的變化形式。當後面接形容詞時，否定用法為 -지 않다고 하다；而當後面接著動詞時，則使用 -지 않는다고 하다 或 -지 못한다고 하다。

- 리나가 "바쁘지 않아요."라고 했어요.
  莉娜說：「不忙。」
  → 리나가 바쁘지 않다고 했어요. 莉娜說不忙。
- 리나가 "운동하지 않아요."라고 했어요.
  莉娜說：「我不運動。」
  → 리나가 운동하지 않는다고 했어요.
  莉娜說她不運動。
- 리나가 "수영하지 못해요."라고 말했어요.
  莉娜說：「我不會游泳。」
  → 리나가 수영하지 못한다고 했어요.
  莉娜說她不會游泳。

當間接引用 -고 싶다 和 -아/어야 하다 等複合詞組（片語）時，會隨著複合詞組結尾為動詞或形容詞而有不同的詞形變化。舉例來說，因為 -고 싶다 以形容詞 싶다 結尾，因此使用 -다고 하다；除此之外，-아/어야 하다 的結尾為動詞 하다，所以使用 -ㄴ다고 하다；而 -(으)ㄴ/는 편이다 的結尾為名詞 편，所以使用 -(이)라고 하다。

形容詞的複合片語	動詞的複合片語
"먹고 싶어요." 我想吃。 → 먹고 싶다고 했어요. 我說我想吃。	"먹어야 해요." 一定要吃。 → 먹어야 한다고 했어요. 我說一定要吃。
"먹을 수 있어요." 我可以吃。 → 먹을 수 있다고 했어요. 我說我可以吃。	"먹으면 안 돼요." 不可以吃。 → 먹으면 안 된다고 했어요. 我說不可以吃。
"볼 수 없어요." 我看不了。 → 볼 수 없다고 했어요. 我說我看不了。	"먹으려고 해요." 我打算吃。 → 먹으려고 한다고 했어요. 我說我打算吃。
맛있나 봐요. 看起來很好吃。 맛있나 보다고 했어요. 我說看起來很好吃。	"먹을 줄 알아요." 我知道怎麼吃。 → 먹을 줄 안다고 했어요. 我說我知道怎麼吃。

結尾如 -네요、-군요、-거든요 和 -잖아요 在使用間接引用時不受影響，而尊待語形式在間接引用同樣也不受影響。

- 리나가 "비빔밥이 정말 맛있네요."라고 했어요.
  莉娜說：「拌飯真的很好吃。」
  → 리나가 비빔밥이 정말 맛있다고 했어요.
  莉娜說拌飯真的很好吃。
- 웨이가 "처음에 회사에서 많이 고생했군요."라고 말했어요.
  偉說：「你一開始在公司的時候辛苦了。」

→ 웨이가 처음에 회사에서 많이 고생했다고 말했어요.
偉跟我說，我一開始在公司的時候辛苦了。

- 가게 직원이 "손님들이 이 음식을 많이 주문하세요."라고 했어요.
  店員說：「客人們訂了很多這款食物。」
  → 가게 직원이 손님들이 이 음식을 많이 주문한다고 했어요.
  店員說客人們訂了很多這款食物。

引用第一人稱代名詞如 저, 나 或 우리 時，除非是引用所說的話，否則皆引用為 자기（自己）。

- 마크가 "직원이 저한테 전화했어요."라고 했어요.
  馬克說：「員工打給我。」
  → 마크가 직원이 자기한테 전화했다고 했어요.
  馬克說員工打給他。
- 에릭이 "내 친구의 이름은 박준수야."라고 말했어요.
  艾瑞克說：「我朋友的名字叫做朴俊秀。」
  → 에릭이 자기 친구의 이름은 박준수라고 말했어요.
  艾瑞克說他朋友的名字叫做朴俊秀。
- 피터가 "우리 회사 사람은 전부 남자예요."라고 했어요.
  彼得說：「我們公司的人全是男性。」
  → 피터가 자기 회사 사람은 전부 남자라고 했어요.
  彼得說他們公司的人全是男性。
- 저는 "제가 한국사람이에요."라고 말했어요.
  我說：「我是韓國人。」
  → 저는 자기가 한국사람이라고 했어요. (×)
  我說自己是韓國人。

如果間接引用的是某人所說的話，使用 -고 했다；假如引用的是一般陳述，則使用 -고 하다。

- 마크가 한국 음식이 건강에 좋다고 했어요.
  馬克說韓國飲食有益健康。
- 사람들이 한국 음식이 건강에 좋다고 해요.
  人們都說韓國飲食有益健康。

表達主語的意見或心情時，可以用 생각하다, 보다 和 느끼다 等動詞取代 -고 하다 的 하다。

- 마크는 "한국어를 공부할 때 단어가 제일 중요해요." 라고 생각해요.
  馬克認為：「學韓語時單字最重要。」
  → 마크는 한국어를 공부할 때 단어가 제일 중요하다고 생 각해요.
  馬克認為學韓語時單字最重要。
- 진수가 "요즘은 취직하기 어려워요."라고 느껴요.
  真秀覺得：「最近就業困難。」
  → 진수가 요즘은 취직하기 어렵다고 느껴요.
  真秀覺得最近就業困難。

3 表達間接引述的命令、提議或是疑問

若間接引用命令，使用 -(으)라고 하다；如引用提議，則使用 -자고 하다。假如引用否定，則在命令句中使用 말다 構成 -지 말라고 하다，在勸誘句中使用 말다 構成 -지 말자고 하다。

- 진수가 "지하철 3호선을 타세요."라고 했어요.
  真秀說：「請搭地鐵三號線。」
  → 진수가 지하철 3호선을 타라고 했어요.
  真秀說搭地鐵三號線。
- 리나가 "걱정하지 마세요."라고 얘기했어요.
  莉娜說：「請別擔心。」
  → 리나가 걱정하지 말라고 얘기했어요.
  莉娜說別擔心。
- 민호가 "다음에 만나서 얘기합시다."라고 말했어요.
  民浩說：「下次見面再聊。」
  → 민호가 다음에 만나서 얘기하자고 말했어요.
  民浩說下次見面再聊。
- 웨이가 "더 이상 걱정하지 맙시다."라고 했어요.
  偉說：「就別再擔心了。」
  → 웨이가 더 이상 걱정하지 말자고 말했어요.
  偉說就別再擔心了。

引用語法 -아/어 주세요 時，有兩種不同表達「給予」的方式。假使引用的動作是為了別人而做，使用 -아/어 주라고 했어요；如果是為了自己而做的動作時，則使用 -아/어 달라고 했어요。

- 진수가 "이 책을 리나에게 전해 주세요."라고 말했어요.
  真秀說：「請把這本書交給莉娜。」
  → 진수가 이 책을 리나한테 전해 주라고 했어요.
  真秀說把這本書交給莉娜。
  〔為莉娜〕
- 진수가 "이 책을 저한테 전해 주세요."라고 말했어요.
  真秀說：「請把這本書給我。」
  → 진수가 이 책을 자기한테 전해 달라고 했어요.
  真秀說把這本書給他。
  〔為真秀他自己〕

如引用疑問句，附加 -냐고 하다。-냐고 하다 為現在時制，-았/었냐고 하다 為過去時制，而 -(으)ㄹ 거냐고 하다 則是未來時制。

- 진수가 마크에게 "언제 한국에 왔어요?"라고 물어봤어요.
  真秀問馬克：「你什麼時候來韓國的？」
  → 진수가 마크에게 언제 한국에 왔냐고 물어봤어요.
  真秀問馬克什麼時候來到韓國。
- 리나가 유키에게 "한국 생활이 어때요?"라고 질문했어요.
  莉娜問由紀：「韓國生活怎麼樣？」
  → 리나가 유키에게 한국 생활이 어떠냐고 질문했어요.
  莉娜問由紀韓國生活怎麼樣。
- 마크가 민호에게 "휴가 때 뭐 할 거예요?"라고 질문했어요.
  馬克問民浩：「你休假要幹嘛？」
  → 마크가 민호에게 휴가 때 뭐 할 거냐고 질문했어요.
  馬克問民浩休假要幹嘛。

注意

間接疑問句之後不使用問號。

- 진수가 "어디에 가요?"라고 물어봤어요.
  真秀問：「你要去哪？」
  → 진수가 어디에 가냐고 물어봤어요? (×)
  → 진수가 어디에 가냐고 물어봤어요. (◯)
  真秀問我要去哪。

4 簡化間接引用

間接引用的形式在韓文中有極大差異，在半語或非正式對話中經常縮短間接引用。 -다고 했어요 變成 -대요，-라고 했어요 變成 -래요，-자고 했어요 變成 -재요，-냐고 했어요變成 -내요。

- 진수가 어제 잠을 못 자서 피곤하다고 했어요.
  → 피곤하대요
  真秀說他昨晚沒睡很累。
- 리나가 날씨가 안 좋으니까 우산을 가져가라고 했어요.
  莉娜說天氣不好叫我帶把傘。→ 가져가래요
- 새라가 주말에 같이 영화 보자고 제안했어요. → 보재요
  莎拉提議週末一起去看電影。
- 유키가 내일 시간이 있냐고 물어봤어요. → 있내요
  由紀問我明天有沒有空。

5 表達兩個同時發生的引用句，或是伴隨引用句同時發生的某個動作

-(으)면서 可用來連接兩個同時發生的動作，也可附加於 -고 하다 而成 -고 하면서，表達同時間發生的兩個陳述句，或是和陳述句同時發生的另一個動作。

- 케빈이 피곤하냐고 하면서 커피를 줬어요.
  凱文問我累不累的同時遞給我一杯咖啡。
- 리나가 음악을 듣고 싶다고 하면서 좋은 노래가 있냐고 물어봤어요.
  莉娜說想聽音樂，問我有沒有好聽的歌。

● -(으)ㄴ/는 것 같다「似乎…」

詞形變化表 P. 301

1 假設推測

-(으)ㄴ/는 것 같다 用於動作、狀態或事件的假設和推測。如推測為現在時制，形容詞語幹後附加 -(으)ㄴ 것 같다，動詞語幹後附加 -는 것 같다。如推測為過去時制，則形容詞後接 -았/었던 것 같다，動詞語幹後接 -(으)ㄴ 것 같다 。如假設為未來時制或為猜測，則於形容詞和動詞語幹之後連接 -(으)ㄹ 것 같다。

- 사람들이 두꺼운 옷을 입고 있어요. 밖이 추운 것 같아요.
  人們穿著厚厚的衣服，外面似乎會冷。
- 리나 씨가 답을 아는 것 같아요. 자신 있게 웃고 있어요.
  莉娜好像知道答案，有信心地笑著。
- 케빈한테 여자 친구가 생긴 것 같아. 시간이 날 때마다 전화하러 나가.
  凱文好像交女朋友了，只要有空就去打電話。
- 내 친구가 이 책을 읽은 것 같아. 여러 가지 물어봤는데 다 대답을 잘해.
  我朋友好像在看這本書，我問了許多問題他都答得很順。
- 발음을 들어 보니까 미국 사람인 것 같아.
  聽他的發音，似乎是美國人。
- 하늘이 어두워요. 비가 올 것 같아요.
  天好黑，好像要下雨了。
- 밥을 안 먹고 산에 올라가면 배가 고플 것 같아요.
  不吃飯就上山的話，感覺會肚子餓。

然而，如形容詞字詞結尾是 있다/없다（例如 재미있다, 맛있다 等），則後面附加 -(으)ㄴ 것 같다，而不使用 -는 것 같다。

- 저 음식이 제일 맛있는 것 같아요. 제일 많이 팔려요. (◯)
  那道餐點好像最美味，賣得最好。
- 저 음식이 제일 맛있은 것 같아요. 제일 많이 팔려요. (×)

注意

形容詞的未來時制或現在時制在句型使用上有些許不同。

- 주말에는 사람이 많은 것 같아. 週末應該人很多。
  〔表示推測，基於觀察，通常週末會有大批人潮。〕
- 주말에는 사람이 많을 것 같아.
  〔在沒有任何資訊或事前的了解下，假設週末會有很多人。〕

當否定字詞 -지 않다 放置於 -(으)ㄴ/는 것 같다 之前，其形式會隨著後面接上形容詞或動詞而有所不同。如語法後為形容詞，變化成 -지 않은 것 같다；如後面為動詞，則使用 -지 않는 것 같다。

- 오늘 날씨가 춥지 않은 것 같아요. 사람들이 옷을 얇게 입었어요.
  最近天氣好像不熱，人們都穿薄衣服。
- 저 사람은 영화를 자주 보지 않는 것 같아요. 요즘 영화에 대해 잘 몰라요. 那個人似乎不常看電影，對最近的電影不太了解。

注意

對話中，–는 것 같아요 也會被發音成 –는 거 같아요，雖然並非標準發音，但 같아요 也會發音成 같애요。

2 使用委婉的方式表達主觀的看法

–(으)/는 것 같다 不只可用於推測，也可以用來表達主觀的看法。表示話者對於一個議題不抱持強烈的意見，而是以委婉的語氣提供自己主觀的看法。

- 가격표를 보세요. 여기가 다른 가게보다 비싼 것 같아요.
  請看價目表，這裡似乎比其他店便宜多了。
  〔此人在表達看法，而不是推測。因為他正在看著標價，同時依自己直接的觀察或經驗陳述他的觀點。〕
- 작년에 산 바지가 작아. 내가 요즘 살이 찐 것 같아.
  去年買的褲子小了，我最近好像胖了。
  〔此人並沒有直接測量他／她的體重，而是基於自己的感覺表達想法。〕

第 13 課

- -(으)ㄹ래요 「我要…」、「我想…」 

詞形變化表 P. 300

1 表達意圖

–(으)ㄹ래요 用來表達話者的意圖，接於動詞語幹之後。一般用於口語，若附加 –지 않다 則構成否定 –지 않을래요。–(으)ㄹ래요 表現出非正式且自在的感覺，因此只能與同輩或位階較低的人使用。

- 오늘 좀 피곤하니까 운동은 쉴래요.
  今天有點累，我運動要休息。
- 나는 이거 안 먹을래. 我不吃這個。

2 詢問聽者的用意，或是提出請求或提議

使用 –(으)ㄹ래요? 的疑問句用於詢問聽者的意圖，或是提出請求或提議。在這種情況下，必須依照一個人的意願謹慎地回覆問題。可參照下列各種情境，瞭解如何正確使用此特定語法。

(1) 詢問意圖或打算

A 진수 씨, 뭐 마실래요? (= 먹고 싶어요?)
真秀，你想喝什麼？（＝想吃什麼？）
B 전 커피 마실게요.
我要喝咖啡。

注意

可以使用 –(으)ㄹ래요 來回覆–(으)ㄹ래요? 但用 –(으)ㄹ래료 回答問題，有不顧發問者而逕自決定的含意。因此這樣的用法隱約表現出魯莽又無禮的語氣。相反地，–(으)ㄹ게요 表達話者深思熟慮後的答覆，相較之下會禮貌許多。–(으)ㄹ래요 只能與關係親近且可以直接表現出自己想法的對象使用；而 –(으)ㄹ게요 則用於必須表現出尊敬態度的對象。

- 엄마: 밥 먹을래? 要吃飯嗎？
  아이: 싫어, 밥 안 먹을래. 不要，我不要吃飯。
  〔帶著稚氣語氣的抱怨〕
  저는 밥 안 먹을게요. 我不吃飯。
  〔有禮貌的拒絕〕

(2) 請求

A 사무실 연락처 좀 알려 줄래요?
(= 알려 주시겠어요?)
可以告訴我辦公室的電話號碼嗎？
B 알려 줄게요. 我跟你說。

(3) 提議

A 제가 밥을 살 테니까 같이 식사할래요?
(= 식사할까요?)
我請客，要一起吃飯嗎？
B 좋아요, 같이 식사해요. 好啊，一起吃飯吧。

使用否定句時，前面附加 –지 않다 或 –지 말다 而成 –지 않을래요 或 –지 말래요。

- 오늘 점심은 시원하게 국수로 먹지 않을래요?
  今天中午要不要一起痛快地吃個湯麵？
- 오늘 모임에 가지 말래요? 우리끼리 영화나 봐요.
  今天就別去參加聚會了吧，我們自己去看電影。

–(으)ㄹ래요? 用於不需表現禮貌的非正式情況，但若碰到必須對某人表示尊敬的情況時，可附加尊待語語法 –(으)시– 而成 –(으)실래요?。此語法可用在較熟的同事、同學或是關係較親近的親戚。

- 뭐 드실래요? 〔對象為親密的老同學〕
  你要吃什麼？
- 저하고 같이 준비하실래요? 〔對象是熟識的老同事〕
  要跟我一起準備嗎？

–(으)ㄹ래? 말래? 可用於相處上不需拘泥禮節的親密朋友，以詢問他們是否想做某件事情。

- 오늘 쇼핑하러 가는데 같이 갈래? 말래?
  我今天要去購物，你要一起去嗎？還是不要？
- 도시락 싸 왔어. 너도 같이 먹을래? 말래?
  我買了便當回來，你要一起吃嗎？還是不要？

-(으)ㄹ까 하다「我想…」

-(으)ㄹ까 하다 用來表達話者想做一個動作的念頭，於此用法上，這樣的念頭為籠統不明確的，因此也表示想做的動作是多個選擇的其中之一，也有可能隨時會改變。因使用時主語必須是說話的人，所以只可用第一人稱，且 -(으)ㄹ까 하다 附加於動詞語幹之後。

- 일이 끝났으니까 오랜만에 친구를 만날까 해요.
  工作忙完了，想說要不要見見好久沒見的朋友。
- 오늘 점심은 냉면을 먹을까 하는데 어때요?
  我在想今天中午要不要吃冷麵，你覺得呢？

我想知道

-(으)ㄹ까 하다 與 -(으)려고 하다 兩者皆有表達話者想法的意思，但 -(으)ㄹ까 하다 不表示已經下定主意的一個決定，比較像是表示將如何去做的模糊概念。相反地，-(으)려고 하다 則表達想做一個動作或執行一個計畫的打算。

- 이번 방학 때 제주도로 여행 갈까 해요.
  我在想這次放假要不要去濟州島旅行。
  〔可能隨時會變的模糊概念〕
- 이번 방학 때 제주도로 여행 가려고 해요.
  我這次放假打算去濟州島旅行。
  〔意指已經決定去執行的計畫〕

重複使用 -(으)ㄹ까 -(으)ㄹ까 表達要在多項選擇中做出決定時，那種猶豫不決的心情。假使一個人正在決定要不要做某件事，便可以用 -(으)ㄹ까 말까。

- 주말에 동창 모임에 갈까 집에서 쉴까 고민하고 있어요.
  我在苦惱週末要去參加同學會，還是在家休息。
- 물건은 마음에 드는데 비싸서 살까 말까 생각하고 있어요.
  東西我喜歡，但很貴，我正在想要不要買。

注意

-(으)ㄹ까 하다 中的 -(으)ㄹ까 有對自己提問的意思，因此只能使用第一人稱，不可用第二或第三人稱。且 -(으)ㄹ까 하다 不可拿來當疑問句詢問他人。

- 친구는 일을 그만둘까 해요. (×)
  → 친구는 일을 그만두려고 해요. (◯)
  朋友想辭職。
- 언제 일하기 시작할까 해요? (×)
  →언제 일하기 시작할 거예요? (◯)
  你什麼時候要開始工作？

-기는 하지만「是…，但…」

詞形變化表 P. 292

-기는 하지만 用在第一個子句表示部分同意，而後接著相反的意見。特別於辯論時會使用此語法，以表示同意另一人所言，但同時表達不同的看法。和 -지만 相比，此語法更為禮貌。附加於動詞、形容詞及 이다 語幹之後，且於口語中，-기는 可簡短成 -긴。

- 그 영화가 재미있기는 하지만 너무 길어요.
  那部電影很有趣，但太長了。
  (= 그 영화가 재미있기는 해요. 하지만 너무 길어요.)
- 고기를 먹을 수 있긴 하지만 좋아하지 않아요.
  我是可以吃肉，但不喜歡。

-(으)ㄴ/는데 可以和 -지만 替換使用。然而，使用動詞時接 -기는 하는데；使用形容詞時接 -기는 한데。

- 이 식당은 비싸긴 한데 맛있어요.
  這家餐廳是很貴，但好吃。
- 이 옷이 저한테 딱 맞기는 하는데 색이 마음에 안 들어요.
  這件衣服我穿起來是剛好，但顏色我不喜歡。

-기는 하다 的 하다 可以附加 -았/었-或 -겠- 一起使用。

- 여행이 힘들긴 했는데 재미있었어요.
  旅遊雖然累，但有趣。
- 제가 음식을 만들긴 하겠지만 맛이 없을 거예요.
  我雖然會準備食物，但不會好吃的。

使用 -기는 하지만 時，一定得於第二個子句表達出話者的強烈意見，因此基於禮貌上，自然會在口語對話中省略掉第二個子句。

- 그 식당이 맛있긴 해요. 那家餐廳是很好吃。
  〔話者同意餐廳好吃，但也同時暗示批評，像是抱怨對服務不滿意或是價錢太貴。〕
- 그 사람의 이름을 듣기는 했어요.
  我是聽過那個人的名字。
  〔話者承認他／她聽過那個人的名字，但暗示想不起來這個人的長相。〕

-군요 表達認知且瞭解一個新獲知的事實

詞形變化表 P. 303

為了表達認知且理解一個新得知的事實，話者使用 -군요，以表示對看到或聽到的新訊息感到訝異。如獲得的資訊發生在現在，使用 -는군요 附加於動詞語幹之後，-

군요 附加於形容詞及 이다 語幹之後。如獲得的資訊發生於過去，則使用 –았/었군요 接於動詞、形容詞及 이다 語幹之後。若是對自己說，可使用 –구나 代替 –군요。

- 어제 집에 일이 있었군요. 몰랐어요.
  原來昨天你家裡有事，我不曉得。
- 케빈은 정말 좋은 사람이구나!
  凱文真是個好人！

當話者基於當下發生的情況做出推測時，可使用 –겠– 接於 –군요 組成 –겠군요；而當話者基於已經發生的情況才做出推測時，則可在 –군요 之前附加 –았/었– 組成 –았/었겠군요。

- 하루에 열 시간씩 일하면 힘들겠군요.
  一天工作10小時的話一定很累。
- 여행할 때 가방을 도둑맞아서 고생했겠군요.
  旅行中包包被偷，想必吃了不少苦。

我想知道

–네요 和 –군요 兩種用法都表達話者的想法或心情，雖然兩者使用上類似，但卻有一個關鍵性的不同。

- 이 길이 맞네요. 제가 전에 말했잖아요.
  這條路是對的，我之前不是說了。
  〔話者強調所說的話如其預想的一樣。〕
- 이 길이 맞군요. 몰랐어요.
  這條路是對的啊，我不曉得。
  〔話者表示所理解到的事實為過去不曾發現的。〕

第 14 課

-나 보다 「好像…」、「應該…」 

1 推測

用 –나 보다 對動作、狀態或情況進行猜測。–나 보다 的用法包含話者同時看著某件事物而做出猜測，因此不能用於第一人稱。既然本文法有針對某件事物做出猜想的含意，則形式上需使用疑問字詞結尾 –나，後面附加 보다（此字含有「想」的意思）構成 –나 보다。如推測子句發生於現在，形容詞及 이다 語幹之後接 –(으)ㄴ가 보다，動詞語幹之後接 –나 보다。若該子句發生於過去，則附加 –았/었나 보다 於動詞、形容詞及 이다 語幹之後。

- 저 집은 과일을 많이 먹나 봐요. 매일 과일을 많이 사 가요.
  那戶人家好像吃很多水果，每天都去買很多水果。
- 역사에 관심이 많은가 봐요. 집에 역사책이 많이 있네요.
  感覺你對歷史很有興趣，家裡好多歷史書。
- 어젯밤에 잠을 못 잤나 봐요. 얼굴이 피곤해 보여요.
  看來你昨晚好像沒睡好，你的臉看起來好疲倦。

但是，如句中出現含 있다/없다 的形容詞時，則使用 –나 보다 來取代 –(으)ㄴ가 보다。

- 저 영화가 제일 재미있나 봐요. 표가 매진됐어요. (◯)
  那部電影好像最有趣，票都賣光了。
  저 영화가 제일 재미있은가 봐요. 표가 매진됐어요. (×)

2 比較 -나 보다 以及 -(으)ㄴ/는 것 같다

如同 –나 보다 的用法，–(으)ㄴ/는 것 같다 也具有表達話者根據情況做出推斷的含意。但使用 –(으)ㄴ/는 것 같다 時，表示話者根據過去的經驗做出看法或評估。根據直接經驗而做出猜測時，不可以使用 –나 보다。

- 식당에 사람들이 많은 것을 보니까 이 식당 음식이 맛있나 봐요. (◯)
  看餐廳裡人那麼多的樣子，這家餐廳好像很好吃。
  〔話者沒有在這間餐廳吃過，但看到餐廳裡有很多客人，所以根據此觀察做出餐點應該很美味的推測。〕
  = 식당에 사람들이 많은 것을 보니까 이 식당 음식이 맛있는 것 같아요. (◯)
  看餐廳裡人那麼多的樣子，這家餐廳好像很好吃。
- 전에 먹어 보니까 이 식당 음식이 맛있는 것 같아요. (◯)
  我之前吃過，這家餐廳的餐點感覺滿好吃的。
  〔話者根據以前的經驗來評估這間餐廳。〕
  = 전에 먹어 보니까 이 식당 음식이 맛있나 봐요. (×)

因此，帶有主觀語氣的副詞子句如제 생각에（我想）或是제가 보기에（在我看來）便不能與 –나 보다 合用，較自然的文法是與 –(으)ㄴ/는 것 같다 合用。

- 제 생각에 한국어 공부는 어려운가 봐요. (×)
  제 생각에 한국어 공부는 어려운 것 같아요. (◯)
  在我看來，韓語學習似乎很難。

此外，由於話者做出的推測不能與自身狀態有關，因此 –나 보다 不可用在第一人稱。

〔在聽見有個人的肚子發出咕嚕叫聲之後〕
- 제가 배고픈가 봐요. (×)
  제가 배고픈 것 같아요. (◯)
  我好像餓了。

但假使情況為話者晚了些才發現一件自己之前完全不知情的事情，此時 -나 보다 便可用於第一人稱。通常這樣的情境下不會有其他說話的對象，因此常會省略 -요，直接使用半語。

- 내가 저 사람을 좋아하나 봐.
  我好像喜歡那個人。
- 그 사실을 나만 몰랐나 봐.
  那項事實似乎只有我不曉得。

3 使用 -나 보다 時須留意的文法重點

使用 -나 보다 有許多文法限制，但可以結合時制助詞如 -았/었- 或是否定助詞 -지 않다 一起使用，這些助詞必須放在 -나 보다 前面，並附加假設推測的句型。

- 여행이 재미있나 봤어요. (×)
  → 여행이 재미있었나 봐요. (◯)
  旅行好像很有趣。
- 오늘 날씨가 추운가 보지 않아요 (×)
  → 오늘 날씨가 춥지 않은가 봐요. (◯)
  今天天氣應該不冷。

-(으)ㄴ/는 줄 알았다「以為…」

詞形變化表 P. 301

-(으)ㄴ/는 줄 알았다 用來表達對一個事實或狀態的錯誤想法。由於是一種誤以為的表達方式，因此必須使用 알았다。若錯誤的想法以現在時制動詞結尾，在動詞語幹之後附加 -는 줄 알았다。若以過去時制動詞結尾，則接 -(으)ㄴ 줄 알았다。-(으)ㄴ 줄 알았다 同樣也附加在現在時制形容詞和 이다 語幹之後。假如誤以為的情形發生於未來，或該情形為一項假設，則在動詞、形容詞及 이다 語幹之後接 -(으)ㄹ 줄 알았다。

- 처음에는 한국 사람이 영어를 못하는 줄 알았어요.
  我起初以為韓國人不會說英語。
  (= 처음에는 한국 사람이 영어를 못한다고 생각했는데 그렇지 않았어요.) 一開始我以為韓國人不會說英語，但並非如此。
- 어제 회사에 간 줄 알았는데 사실은 가지 않았대요.
  我以為他昨天有去上班，但他說他其實沒去。
- 얼굴이 어려 보여서 학생인 줄 알았는데 선생님이래요.
  他看起來很年輕，我以為是學生，結果他說他是老師。

我想知道

表達有能力做某件事情的文法 -(으)ㄹ 줄 알다 可能會與本文法的過去時制，表達錯誤設想的 -(으)ㄹ 줄 알았다 互相混淆。兩者雖然形式相同，但語意截然不同，因此必須透過內容來解讀正確含意。

- 전에는 피아노를 칠 줄 알았어요. 그런데 지금은 다 잊어버렸어요.〔知道如何做某件事〕
  我以前會彈鋼琴，但現在全忘了。
- 전에는 다른 사람이 피아노를 칠 줄 알았어요. 그런데 아니었어요.〔一個錯誤設想〕
  之前我以為其他人會彈鋼琴，可是不是這樣。

-(으)ㄴ/는 줄 몰랐다 用來表達話者事先沒有發覺到的事實，而 -(으)ㄴ/는 줄 알았다 則是強調一個錯誤的設想。-(으)ㄴ/는 줄 몰랐다 用來強調一個人對某件事不瞭解，其詞形變化和 -(으)ㄴ/는 줄 알았다 相同。

- 그 사람이 결혼한 줄 알았어요.
  我以為那個人已經結婚了。
  = 그 사람이 결혼 안 한 줄 몰랐어요.
  我不知道那個人沒有結婚。

注意

-(으)ㄴ/는 줄 알았다 表達一個錯誤的設想，而 -ㄴ/는다는 것을 알았다 則為表示領悟到一個事實或狀態。

- 그 사람이 나를 좋아하는 줄 알았다.〔誤以為〕
  我以為那個人喜歡我。
- 그 사람이 나를 좋아한다는 것을 알았다.〔瞭解事實〕
  我知道那個人喜歡我。

-던 回顧性修飾

詞形變化表 P. 293

1 回顧修飾 -던

-던 放在名詞後面，用來表達回顧過去發生的情形或狀態。使用 -던 以表達回溯過往，但現今不會再次出現的情形。

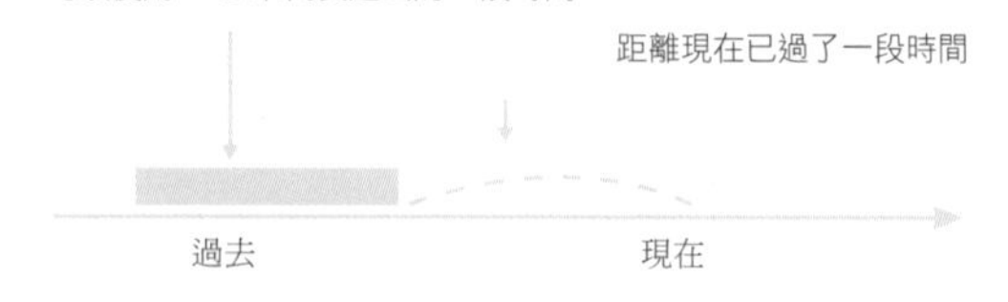

-던 接於動詞、形容詞及 이다 語幹之

後。當附加 –던 時，表示該動作在過去發生或持續過一段時間，或是該動作反覆地、習慣性地發生。可加上 –았/었– 組成 –았/었던–，以強調該動作只發生過一次或僅僅數次，且該動作未延續至現今。

• 어렸을 때 같이 놀던 친구하고 지금 연락이 안 돼요.
  我現在跟小時候一起玩的朋友失去聯繫。
• 전에는 활발하던 아이가 지금은 조용하네요.
  之前活潑的孩子現在好安靜。
• 사랑했던 사람을 잊을 수가 없어요.
  我忘不了曾經愛過的人。
• 학생 때 다리를 다쳤던 경험이 있어요.
  我讀書時有腿受傷的經驗。

2 比較 -던 以及 -았/었던

–던 附加於動詞語幹之後，表示過去曾經重複或習慣性發生的動作；而使用 –았/었던 附加於動詞語幹時，則有表達動作僅發生過一次或數次的意思。

• 학교 다닐 때 자주 가던 식당이 지금은 없어졌어요.
  上學時常常去的餐廳現在已經不見了。
• 그 공원은 옛날에 학교 다닐 때 한 번 갔던 곳이에요.
  那座公園是我以前上學時曾經去過的地方。

然而，如使用像是 살다（生活）、다니다（出席）、사귀다（交朋友、交往）和 좋아하다（喜歡）等動詞時，因這些動詞呈現一種持續的狀態而非單一的動作，所以句法上使用 –던 或 –았/었던 在語意上不會有太大的差別。

• 어렸을 때 내가 살던 동네에는 놀이터가 없었어요.
  我小時候居住的社區沒有遊樂場。
  = 어렸을 때 내가 살았던 동네에는 놀이터가 없었어요.

同樣的道理，使用如 죽다（死亡）、다치다（受傷）以及 결혼하다（結婚）等動詞時，因這些動詞發生於傾刻之間，所以使用 –았/었던，而不是 –던。

• 10년 전에 죽었던 개가 지금도 생각나요. (◯)
  我至今仍會想起10年前死掉的狗。
  10년 전에 죽던 개가 지금도 생각나요. (×)

假如一個形容詞描述過去一段期間曾經存在的狀態，此時使用 –던 或 –았/었던 便沒有意思上的差別。

• 예전에는 뚱뚱하던 친구가 지금은 날씬해졌어요.
  以前胖胖的朋友現在變瘦了。
  = 예전에는 뚱뚱했던 친구가 지금은 날씬해졌어요.

3 比較 -았/었던 和 -(으)ㄴ

談到有關過去的事件或狀態時，很多情況下 –(으)ㄴ 及 –았/었던 兩者可以互換使用。

• 전에 길에서 만난 친구 이름이 뭐예요?
  之前在路上遇到的朋友叫什麼名字。
  = 전에 길에서 만났던 친구 이름이 뭐예요?

–았/었던 點出過去一段時間內發生過的動作，但暗指該動作已不延續至現在。

• 그 사람은 3년 전에 결혼한 사람이에요.〔那人三年前結婚，且目前還是已婚狀態中。〕
  那個人3年前結婚了。
  그 사람은 3년 전에 결혼했던 사람이에요.〔那人三年前結婚，但現在已經不是處於結婚的狀態。〕
  那個人3年前曾結過婚。

另外，–았/었던 一般有回顧過往或是回憶的含意，因此不能用來形容一個剛剛才完成的動作或行為。

• 식사를 다 한 사람은 교실로 돌아가세요. (◯)
  吃飽的人請回到教室。
  식사를 다 했던 사람은 교실로 돌아가세요. (×)

4 使用 -던 形容被中斷的動作

–던 也可以用來表示一個過去的動作或情形因為被中途打斷而沒有結束的情況。表達該動作未完成時，不可附加含有結束和完成意思的 –았/었–。

• 아까 내가 마시던 커피가 어디 있지? 반도 안 마셨는데.
  我剛才喝的咖啡在哪？還喝不到一半呢。
• 회의가 끝났으니까 아까 하던 얘기 계속합시다.
  會議結束了，我們繼續稍早的話題吧。

在動作被中途打斷的情況下，使用 –던 和 –(으)ㄴ 在語意上會有明確的區隔。因為 –았/었– 表達完成的意思，所以 –았/었던 和 –(으)ㄴ 只能用於表示已經完成的動作。

• 아까 먹던 과자는 책상 위에 있으니까 먹어.
  剛才吃的餅乾擺在桌上，吃吧。
  〔被吃過但沒有吃完的餅乾〕
• 아까 먹은 (= 먹었던) 과자가 이상한 것 같아. 배가 아파.
  剛剛吃的餅乾好像怪怪的，我肚子痛。
  〔全部被吃完的餅乾〕

-느라고「因為」

詞形變化表 P. 295

1 -느라고 的用法

–느라고 表達因為一個動作導致的負面結果。通常用來當作負面後果的藉口理由，接在動作動詞語幹之後。

• 주말에 집안일 하느라고 쉬지 못했어요.
  週末因為做家事，沒能休息。

- 재미있는 책을 읽느라고 밤을 새웠어요.
  因為在看有趣的書，所以熬夜了。
- 요즘 아르바이트하느라고 바빠요.
  最近因為打工很忙。

本文法中使用如 수고하다（努力嘗試）或 애쓰다（努力去做）等具有跟 고생하다（吃苦頭）相似意思的動詞時，語意上並無表示藉口的含意，而是表達對聽者認真努力的感激。

- 그동안 많은 일을 혼자 하느라고 수고하셨습니다.
  這段時間你獨自一人做了很多工作，辛苦您了。
- 발표 준비하느라고 애쓰셨어요.
  為了準備發表您費心了。

2 -느라고 的錯誤用法

－느라고 意指因主語做的一個動作導致了負面結果的發生，所以 －느라고 前後子句中的主語必須一致。

- 갑자기 일이 생기느라고 전화 못 했어요. (×)
  → 갑자기 일이 생겨서 그 일을 하느라고 전화 못 했어요. (◯)
  因為突然有事，忙著處理那件事，所以沒能打電話。

出現在 －느라고 之前的子句為導致負面結果的動作，因此 －느라고 不可搭配形容詞一起使用。

- 춥느라고 감기에 걸렸어요. (×)
  → 추워서 감기에 걸렸어요. (◯)
  因為冷所以感冒了。

也因為 －느라고 表達負面結果之所以會發生，是源自做出一個動作的決定，在此情境之下，－느라고 前面不可使用其他否定句型。

- 전화 안 하느라고 친구가 화가 났어요. (×)
  → 전화 안 해서 친구가 화가 났어요. (◯)
  因為我沒打電話，朋友生氣了。

即使放在 －느라고 之前的動作發生在過去，前面也不可使用 －았/었－。

- 친구하고 놀았느라고 숙제를 못 했어요. (×)
  → 친구하고 노느라고 숙제를 못 했어요. (◯)
  因為和朋友玩，結果沒寫作業。

● -(으)ㄹ걸 그랬다「早知道就…」

詞形變化表 P.300

1 -(으)ㄹ걸 表示後悔：「我應該要…」

－(으)ㄹ걸 그랬다 表示因為沒去做某件事而後悔。그랬다 是指後悔過去沒有行動，而沒有付諸執行的動作則於句尾使用 －(으)ㄹ 來表達。口語對話中，그랬다 可以被省略不用，只留下 －(으)ㄹ걸。當口語表達後悔的心情時，語調不會跟著上揚。而當對自己說話時，－(으)ㄹ걸 之後不需加 －요。相對地，－지 않을걸 그랬다 或 －지 말걸 그랬다 則表示後悔過去做了某件事情。在這樣的情況下，也可以省略掉 그랬다 而成 －지 않을걸 或 －지 말걸。

- 미리 전화해 볼걸 그랬다. 그러면 오늘 퇴근이 늦는 것을 알았을 것을.
  早知道就先打電話了，那樣的話，就會知道你今天會晚下班。
- 아까 소금을 더 넣지 말걸 그랬어요. 먹어 보니까 음식이 좀 짜네요.
  早知道剛剛就不要再放鹽了，我嚐了一下，食物有點鹹。

> **注意**
>
> 由於動作沒有被實行，因此結尾使用 －(으)ㄹ 來呈現一個沒有被完成的動作。
>
> - 친구에게 미리 전화한걸 그랬어요. (×)
> - 친구에게 미리 전화할걸 그랬어요. (◯)
>   早知道就先打給朋友了。

2 使用 -(으)ㄹ걸 表推測：「也許」

第13課的第二個對話中使用了推測語氣的 －(으)ㄹ걸，看起來跟表示後悔的 －(으)ㄹ걸 그랬다 簡化語法相同，但卻有著完全不同的語意。推測語氣的 －(으)ㄹ걸 表達話者對於做出的揣測並不是很確定或是不具信心。且此用法不可用於正式場合，僅能使用在非正式的場合和關係親密的對象上。－(으)ㄹ걸 附加於動詞、形容詞、이다 語幹之後及 －요 之前，且語調會在句尾上揚。假使推測的動作已經完成，則於 －(으)ㄹ걸 之前加上 －았/었－ 構成 －았/었을걸요。

- 글쎄요, 아마 진수도 그 사실을 모를걸요.
  這個嘛，也許真秀也不曉得那項事實。
- 두고 봐. 내가 너보다 더 잘할걸.
  走著瞧，我會做得比你更好。
- 이미 표가 다 팔렸을걸. 그 영화가 얼마나 인기가 많은데.
  票應該已經都賣完了，那部電影不曉得多紅呢。

> **注意**
>
> 記得，表示後悔和推測的 －(으)ㄹ걸 雖看起來一樣，但在兩種句子結尾使用的語調不同。
>
> - 미리 준비할걸. 그러면 실수하지 않았을 거야.
>   早知道就先準備了，那樣就不會犯錯了。〔後悔〕
> - 미리 준비할걸. 리나는 항상 미리 하는 성격이잖아.
>   應該會先準備吧，莉娜的個性不是總會事先做好嗎。〔推測〕

第 15 課

-다가 「當…持續中」、「在…途中」 詞形變化表 P.293

1 在動作或狀態持續的當下轉換至另一個動作或狀態

–다가 表達自一特定動作或狀態正在發生的期間轉變至另一不同的動作或狀態。因 –다가 有表示動作或狀態改變的意思，所以前後兩個連接的子句所使用的主語必須一致。–다가 附加於動詞及形容詞的語幹之後。

- 그 책을 읽다가 어려워서 그만뒀어요.
  讀那本書讀到一半，因為太難就放棄了。
- 친구가 자동차를 5년 동안 쓰다가 저에게 줬어요.
  朋友把開了5年的車給我了。
- 오늘 오전에는 흐리다가 오후에는 개겠습니다.
  今天上午陰天，下午會放晴。

可於 –다가 之前加上 –았/었– 以表達動作或狀態已經完成或結束才轉變至另一個動作或狀態。

- 열이 났다가 약을 먹고 열이 떨어졌어요.
  發燒吃了藥後就退燒了。
- 여자 친구에게 반지를 선물했다가 헤어진 후 다시 가져갔어요.
  我送女友戒指，分手後又拿了回來。
- 그 사람은 원래는 군인이었다가 경찰이 됐어요.
  那個人本來是軍人，後來成為警察。

如動作被中斷而沒有完成，則不可於 –다가 前面附加 –았/었–。–았/었다가 表示第二個動作等到第一個動作結束後才發生。

- 집에 가다가 우연히 친구를 만났어요.
  我回家的路上偶然遇到朋友。
  〔在回家途中遇到朋友。〕
- 집에 갔다가 우연히 친구를 만났어요.
  我回家時偶然遇到了朋友。
  〔在到家之後才遇到朋友。〕

注意

–다가 前後的主語必須相同。

- 친구가 샤워하다가 전화가 왔어요. (×)
  → 친구가 샤워하다가 전화를 받았어요. (○)
  朋友洗澡洗到一半接了電話。

2 表達出乎意料的情形

–다가 也可用來表達在一個動作發生的期間，突然出現另一個非預期、出乎意料的情況。通常這樣的用法使用在負面的意外情境。

- 버스를 타고 가다가 지갑을 잃어버린 것 같아요.
  我搭公車去的路上好像掉了錢包。
- 뛰어가다가 (돌에 걸려서) 넘어졌어요.
  跑一跑（被石頭絆到）結果摔倒了。
- 샤워하다가 (미끄러져서) 허리를 다쳤어요.
  沖澡沖到一半（因為滑倒）結果腰受傷了。
- 친구하고 얘기하다가 그 사실을 알게 됐어요.
  和朋友聊天得知了該事實。

–다가 表達非預料中的情況，而 –아/어서 則表達刻意或預料之中的情況。

- 편의점에 들렀다가 친구를 만났어요.
  繞進商店的時候遇到朋友。
  〔進入便利商店時，話者忽然碰到一個朋友。〕
- 편의점에 들러서 친구를 만났어요.
  繞進商店跟朋友見面。
  〔話者預期在店裡跟朋友見面。〕

3 表達重複發生的情況

–다가 可以用在每一個動詞之上（後面接 하다，放在整個子句的最後）來表示重複發生的兩個以上的情形。–다가 的 가 可以去掉，形成 –다 – 다 하다。

- 공부하다가 텔레비전을 보다가 하면 집중할 수 없잖아.
  如果邊讀書邊看電視，不是無法專心嗎。
- 한국하고 일본을 왔다 갔다 하면서 사업하려고 해요.
  我打算往返韓國跟日本做生意。
- 스위치를 껐다 켰다 하지 마.
  開關不要開開關關的。

-(으)ㄹ 텐데 表達推測、希望及假設情形 詞形變化表 P.299

1 使用 -(으)ㄹ 텐데 表達推測語氣

–(으)ㄹ 텐데 用來表達話者所做的推測情境。與第4課提到的 –(으)ㄴ/는데 語法類似，後面連接的子句會和 –(으)ㄹ 텐데 前面的子句相關或是有相反的句意。–(으)ㄹ 텐데 附加於動詞、形容詞及 이다 語幹之後。與 –(으)ㄴ/는데 相同，–(으)ㄹ 텐데 之後的子句可被省略， 表示不直接明講而帶有暗示的意味。

- 이미 소금을 많이 넣어서 짤 텐데 또 소금을 넣으려고 해요?
  已經放很多鹽了應該很鹹，你還要放鹽？
- 매일 운동하면 건강이 좋아질 텐데 실제로 매일 운동하기 어려워요.
  如果每天運動會變得健康，但實際上很難每天運動。
- 넘어져서 꽤 아플 텐데 아이가 울지 않네요.

跌倒了一定很痛，但孩子沒哭呢。

• 어린아이가 혼자 유학 가는 것이 쉽지 않을 텐데.
小孩子自己去留學想必不容易。

如推測的情形已經發生完了，則可於 -ㄹ 텐데 之前加上 -았/었-而成 -았/었을 텐데。

• 회의가 이미 시작했을 텐데 어떻게 하죠?
會議應該已經開始了，怎麼辦？

• 3시 비행기니까 벌써 출발했을 텐데 전화를 해 볼까요?
3點的飛機應該已經出門了，還是你打電話看看？

我想知道

-(으)ㄹ 텐데 表達話者的揣測，而 -(으)ㄹ 건데 則表示將來想要去做的動作。

• 저 일은 혼자 하기 어려울 텐데 신입 사원이 혼자 맡았어요.
那項工作應該難以獨自完成，但新人自己接下來了。

• 내일 출장을 갈 건데 일이 아직 다 준비가 안 됐어요.
明天要出差了，但事情還沒完全準備好。

2使用 -아/어야 할 텐데 表示希望

可在 -(으)ㄹ 텐데 前面加上 -아/어야 하다 構成 -아/어야 할 텐데 以表達話者強烈地希望一個情況會發生。

• 이번에는 꼭 취직해야 할 텐데 걱정이에요.
這次一定要找到工作才行，我好擔心。

• 다음 주에 여행 가려면 날씨가 좋아야 할 텐데…….
如果下週要去旅行，天氣得好才行……

3使用 -(으)면 ……(으)ㄹ 텐데 表達假設的情境

-(으)면 和 -(으)ㄹ 텐데 可以合用，以表達一個假設的情境。

• 친구에게 사과하면 우리 사이가 다시 좋아질 텐데…….
如果我跟朋友道歉，我們的關係就能再次變好……
〔因為朋友還沒有道歉，所以兩人的關係尚未改善。〕

• 가족과 함께 있지 않으면 외로울 텐데…….
如果沒跟家人在一起應該會孤單……
〔話者跟家人在一起，因此並不孤單。〕

意指一個過去已經發生的假設情形時，可於其前加上 -았/었- 而成 -았/었으면……았/었을 텐데。

• 내가 좀 더 참았으면 친구하고 싸우지 않았을 텐데 (실제로
친구하고 싸워서) 후회돼요.
如果我再忍耐點就不會跟朋友吵架了（實際上跟朋友吵架了）很後悔。
〔表達因為無法控制自己的情緒，所以話者跟朋友吵架。〕

• 그때 친구가 나를 도와주지 않았으면 나는 그 일을 포기했을텐데 (친구가 도와줘서) 다행이에요.
當時朋友如果沒幫我，我早就放棄那件事了，（因為朋友幫忙）真是萬幸。
〔表達因為一個朋友的幫助，而使話者沒有放棄。〕

韓語詞形變化解說

1 何謂詞形變化？

韓文中，詞形變化是指在詞上加上不同的語尾以改變詞義的過程。特別是動詞、形容詞及連綴詞 이다。

有三種語尾可加在語幹上：先語末語尾（表時制、尊待語等），終結語尾（表句子的種類如陳述句、疑問句、命令句及勸誘句）和連結語尾（連接兩個子句，表達兩個子句的關係）。例如，當 읽다 變化成 읽어요/읽었어요 便可得知時制。若變化成 읽습니다/읽습니까/읽으십시오/읽읍시다，便可分辨句子的種類。如變化成 읽고/읽지만/읽어서/읽으면，則可辨別出前後兩個子句的關係。因此，動詞、形容詞及 이다 透過在語幹上加上不同的文法語尾來做詞形變化，會大大改變句子的意義。

語幹：動詞、形容詞或 이다 的形式；可自字詞的原型去掉 다 以辨別其語幹。

|Ex| 마시다(喝) ：마시 (語幹) + 다
먹다(吃) ：먹 (語幹) + 다
좋다(好) ：좋 (語幹) + 다
이다(是) ：이 (語幹) + 다

2 如何變化詞形？

進行詞形變化時，必須謹慎留意要變化的字詞是規則或不規則。

使用規則字詞的詞形變化

當規則變化的字詞附加語尾時，其後接一個固定的模式。

1. 語尾 -아/어 以下列方式附加於語幹：

❶ **語尾 -여：**

-여 接在以 하 結尾的語幹組成 해。

〔例〕 **하다**（做）：하（動詞語幹）＋-여（連結語尾）→ 해

❷ **語尾 -아：**

-아 接在語尾以母音 ㅏ 或 ㅗ 作結的語幹上。

〔例〕 **찾다**（找尋）：찾（動詞語幹）＋-아（連結語尾）→ 찾아
만나다（見面）：만나（動詞語幹）＋-아（連結語尾）→ 만나
〔當 ㅏ 和 ㅏ 連接使用時，則簡化為單一ㅏ。〕
좋다（好的）：좋（形容詞語幹）＋-아（連結語尾）→ 좋아
오다（來）：오（動詞語幹）＋-아（連結語尾）→ 와
〔當 ㅗ 和 ㅏ 連接使用時，母音簡化為 ㅘ。〕

❸ **語尾 -어：**

-어 接在字尾非 하，或不是以母音 ㅏ 或 ㅗ 結尾的語幹上。

〔例〕 **먹다**（吃）：먹（動詞語幹）+-어（連結語尾）→ 먹어
입다（穿）：입（動詞語幹）+-어（連結語尾）→ 입어
마시다（喝）：마시（動詞語幹）+-어（連結語尾）→ 마셔
〔當 ㅣ 和 ㅓ 連接使用時，母音簡化為 ㅕ。〕
줄다（下降、降低）：줄（動詞語幹）+-어（連結語尾）→ 줄어
주다（給予）：주（動詞語幹）+-어（連結語尾）→ 줘
〔當 ㅜ 和 ㅓ 連接使用時，母音簡化為 ㅝ。〕

2. 如要變化的字以 ㅡ 或 ㄹ 結尾，ㅡ 或 ㄹ 會因為連接下列語尾而被省略：

❶ **省略 ㅡ：**

當 ㅡ 後面接 -아/어 時，省略 ㅡ。

〔例〕 **바쁘다**（忙碌）：바쁘（形容詞語幹）+-아（連結語尾）→ 바빠〔ㅡ 省略〕
比較：바쁘（形容詞語幹）+-고（連結語尾）→ 바쁘고
〔因前接為子音，不省略 ㅡ 。〕
쓰다（書寫）：쓰（動詞語幹）+-어（字尾）→써〔ㅡ 省略不用〕
比較：쓰（動詞語幹）+ -면（連結語尾）→ 쓰면
〔因前接子音，不省略 ㅡ。〕

❷ **省略 ㄹ：**

ㄹ 若接以 ㄴ、ㅂ 或 ㅅ 開頭的語尾，則 ㄹ 省略。

〔例〕**살다**（生活）：살（動詞語幹）+-는（先語末語尾）→ 사는〔ㄹ 省略不用〕
살（動詞語幹）+-ㅂ니다（終結語尾）→ 삽니다〔ㄹ 省略不用〕
살（動詞語幹）+-세요（終結語尾）→ 사세요〔ㄹ 省略不用〕
살（動詞語幹）+-고（連結語尾）→ 살고
〔前接字詞不以ㄴ、ㅂ 或 ㅅ 結尾的子音時，不需要省略 ㄹ。〕
살（動詞語幹）+-아요（終結語尾）→ 살아요〔前接母音，不需省略ㄹ。〕

★ **語幹以 ㄹ 結尾時，不可與開頭為 -으- 的語尾合用。**

〔例〕**살다**（生活）： 살（動詞語幹）+-면（連結語尾）→ 살면 (○)
살（動詞語幹）+ -으면（連結語尾）→ 살으면(×)
〔으 不可接於 살 之後使用。〕
살（動詞語幹）+-ㄴ（先語末語尾）→ 산 (○)
살（動詞語幹）+-은（先語末語尾）→ 살은(×)
〔으 不可接於 살 之後使用。〕

不規則變化的詞形變化

當一個不規則變化的語幹接上一個語尾時，其詞形變化與動詞規則變化不同。以下為幾個常見的不規則變化。

1. 以下是含有相同語尾的各組語幹，不規則變化的字形變化與規則變化不同：

	規則詞形變化	不規則詞變化
ㄷ結尾的語幹	닫다（關上）：문을 닫아요. 받다（接受）：선물을 받아요. 〔詞形變化時，結尾 ㄷ 維持不變。〕	듣다（聽）：음악을 들어요. 걷다（走）：길을 걸어요. 〔詞形變化時，結尾 ㄷ 變化成 ㄹ，且拼法和發音皆跟著改變。〕
ㅂ結尾的語幹	입다（穿）：옷을 입어요. 좁다（狹窄的）：길이 좁아요. 〔詞形變化時，結尾 ㅂ 維持不變。〕	줍다（拿起）：길에서 돈을 주웠어요. 쉽다（容易的）：한국어 공부가 쉬워요. 〔詞形變化時，結尾 ㅂ 變化成 우，且拼法和發音皆跟著改變。〕
ㅅ結尾的語幹	웃다（笑）：크게 웃어요. 씻다（清洗）：손을 씻어요. 〔詞形變化時，結尾 ㅅ 維持不變。〕	짓다（建造）：건물을 지어요. 낫다（治癒）：감기가 나았어요. 〔詞形變化時，結尾 ㅅ 省略不用，且拼法和發音皆跟著改變。〕
르結尾的語幹	들르다（順路去）：친구 집에 잠깐 들렀어요. 따르다（跟隨）：친구를 따라 갔어요. 〔詞形變化時，不附加 ㄹ 於語幹且僅省略 ㅡ 不用。〕	누르다（按）：버튼을 눌러요. 다르다（不同的）：성격이 달라요. 〔詞形變化時，語幹的 ㅡ 省略並加上 ㄹ，且拼法和發音皆跟著改變。〕
ㅎ結尾的語幹	넣다（裝入）：물건을 가방에 넣어요. 좋다（好的）：날씨가 좋아요. 〔詞形變化時，結尾 ㅎ 維持不變。〕	그렇다（那樣）：정말 그래요. 하얗다（白色的）：눈이 하얘요. 〔省略字尾 ㅎ，且字結尾母音變化成 ㅐ 或 ㅒ，其拼音和發音皆跟著改變。〕

2. 不規則變化的語幹或是語尾依下列各種形式做變化：

❶ ㄷ 的不規則變化：

語幹結尾為 ㄷ 且後面連接母音時，ㄷ 變化成 ㄹ。

〔例〕**듣다（聽）**

(1) 於子音前	(2) 於母音 -아/어 前	(3) 於母音 -으 前
듣 + -고 → 듣고	듣 + -어요 → 들어요	듣 + -은 → 들은
듣 + -지 → 듣지	듣 + -어서 → 들어서	듣 + -을 → 들을
듣 + -니 → 듣니	듣 + -어도 → 들어도	듣 + -으면 → 들으면

只有在母音前會產生變化。

❷ ㅂ 的不規則變化：

語幹結尾為 ㅂ 且後面連接母音時，ㅂ 變成 우。

〔例〕 **덥다**（熱的）

(1) 於子音前	(2) 於母音 -아/어 前	(3) 於母音 -으 前
덥 + -고 → 덥고 덥 + -지 → 덥지 덥 + -니 → 덥니	덥 + -어요 → 더워요 덥 + -어서 → 더워서 덥 + -어도 → 더워도	덥 + -은 → 더운 덥 + -을 → 더울 덥 + -으면 → 더우면

只有在母音前會產生變化。

〔例〕 當動詞 돕다 以及形容詞 곱다 放置於母音 오 之前，其詞形變化為 우，而非 -아/어。

(1) 於子音前	(2) 於母音 -아/어 前	(3) 於母音 -으 前
돕 + -고 → 돕고 돕 + -지 → 돕지 돕 + -니 → 돕니	돕 + -아요 → 도와요 돕 + -아서 → 도와서 돕 + -아도 → 도와도	돕 + -은 → 도운 돕 + -을 → 도울 돕 + -으면 → 도우면

只有在 -아/어 前會產生變化。

❸ ㅅ 的不規則變化：

語幹結尾為 ㅅ 且後面連接母音時，ㅅ 省略。

〔例〕 짓다（建造）

(1) 於子音前	(2) 於母音 -아/어 前	(3) 於母音 -으 前
짓 + -고 → 짓고 짓 + -지 → 짓지 짓 + -니 → 짓니	짓 + -어요 → 지어요 짓 + -어서 → 지어서 짓 + -어도 → 지어도	짓 + -은 → 지은 짓 + -을 → 지을 짓 + -으면 → 지으면

只有在母音前會產生變化。

❹ 르 的不規則變化：

在母音前，語幹語尾 르 的 ㅡ 會省略，並在語幹附加另一個 ㄹ。以 모르다 為例，省略掉 ㅡ 後被留下來的ㄹ會搬家到前一個字去住，然後 ㄹ 原本的家會住進另一個 ㄹ。動詞或形容詞的語幹為陽性母音時接 -아요，모르다 的 ㅡ 為陽性母音，所以接 -아요。因此合起來變成 몰라요。

〔例〕 모르다（不知道）：모르（動詞語幹）+ -아요（終結語尾）

→ 모ㄹ（省略 ㅡ）+ ㄹ（附加上 ㄹ）+ -아요（終結語尾）→ 몰라요

(1) 於子音前	(2) 於母音 -아/어 前	(3) 於母音 -으 前
모르 + -고 → 모르고 모르 + -지 → 모르지 모르 + -니 → 모르니	모르 + -아요 → 몰라요 모르 + -아서 → 몰라서 모르 + -아도 → 몰라도	

只有在 -아/어 前會產生變化。

因 르 的不規則變化沒有終聲，所以無法和 -으 開頭的語尾結合。

5 ㅎ 的不規則變化：

當後面連接以母音、ㄴ 或 ㅁ 開頭的語尾時，語幹結尾的 ㅎ 省略。然而，假使連接的語尾為 -아/어 時，則省略 ㅎ，且母音變化為 ㅐ 或 ㅒ。

〔例〕그렇다（那樣）

(1) 於子音前	(2) 於母音 -아/어 前	(3) 於母音 -으 前
그렇 + -고 → 그렇고	그렇 + -어요 → 그래요	그렇 + -은 → 그런
그렇 + -지 → 그렇지	그렇 + -어서 → 그래서	그렇 + -을 → 그럴
그렇 + -니 → 그러니	그렇 + -어도 → 그래도	그렇 + -으면 → 그러면
只會在以 ㄴ 開頭的連結語尾前產生變化	只會在母音 -아/어 之前產生變化	只會在母音之前產生變化

★ 簡易不規則字詞表

ㄷ 不規則	ㅂ 不規則	ㅅ 不規則	르 不規則	ㅎ 不規則
듣다（聽）	돕다（幫忙）	짓다（建造）	모르다（不知道）	파랗다（藍色的）
걷다（走）	줍다（拿起）	낫다（治癒）	고르다（選擇）	빨갛다（紅色的）
묻다（詢問）	굽다（燒烤）	붓다（腫脹）	부르다（叫喚）	노랗다（黃色的）
싣다（裝載）	덥다（熱的）	잇다（連接）	흐르다（流動）	까맣다（黑色的）
깨닫다（明白）	어렵다（困難的）	긋다（畫）	빠르다（快速的）	하얗다（白色的）

詞形變化表

韓文中，在動詞、形容詞及 이다 的語幹加上連結語尾時會產生字形變化，這些字形變化整理如下。有些語尾無論前面接的是動詞或形容詞都不會有變化，另一方面，也有些字詞的語尾是會變化的。

I. 文法上使用的連結語尾，不因前面連接的是動詞或形容詞而改變其形態。

不會因為前面連接的是動詞或形容詞而影響其形態的連結語尾主要有三種類別。

● **以 ㄱ、ㄷ、ㅈ 開頭，附加於動詞、形容詞及 이다 語幹之後的連結語尾。**

	變化條件	範例	-지만 P. 20		-고 P. 32		-거나 P. 36		-든지 P. 100		-기 때문에 P. 116		-기는 하지만 P. 216	
			現在	-았/었-	現在	-았/었-	現在	-았/었-	現在	-았/었-	現在	-았/었-	現在	-았/었-
動詞	母音結尾	보다	보지만	봤지만	보고	봤고	보거나	봤거나	보든지	봤든지	보기 때문에	봤기 때문에	보기는 하지만	보기는 했지만
	子音結尾	먹다	먹지만	먹었지만	먹고	먹었고	먹거나	먹었거나	먹든지	먹었든지	먹기 때문에	먹었기 때문에	먹기는 하지만	먹기는 했지만
	으 省略	쓰다	쓰지만	★썼지만	쓰고	★썼고	쓰거나	★썼거나	쓰든지	★썼든지	쓰기 때문에	★썼기 때문에	쓰기는 하지만	쓰기는 했지만
	ㄹ 省略	살다	살지만	살았지만	살고	살았고	살거나	살았거나	살든지	살았든지	살기 때문에	살았기 때문에	살기는 하지만	살기는 했지만
	ㄷ 不規則	듣다	듣지만	★들었지만	듣고	★들었고	듣거나	★들었거나	듣든지	★들었든지	듣기 때문에	★들었기 때문에	듣기는 하지만	듣기는 했지만
	ㅂ 不規則	돕다	돕지만	★도왔지만	돕고	★도왔고	돕거나	★도왔거나	돕든지	★도왔든지	돕기 때문에	★도왔기 때문에	돕기는 하지만	돕기는 했지만
	ㅅ 不規則	짓다	짓지만	★지었지만	짓고	★지었고	짓거나	★지었거나	짓든지	★지었든지	짓기 때문에	★지었기 때문에	짓기는 하지만	짓기는 했지만
	르 不規則	모르다	모르지만	★몰랐지만	모르고	★몰랐고	모르거나	★몰랐거나	모르든지	★몰랐든지	모르기 때문에	★몰랐기 때문에	모르기는 하지만	모르기는 했지만
	있다/없다 存在／不存在	있다	있지만	있었지만	있고	있었고	있거나	있었거나	있든지	있었든지	있기 때문에	있었기 때문에	있기는 하지만	있기는 했지만
形容詞	母音結尾	편하다	편하지만	편했지만	편하고	편했고	편하거나	편했거나	편하든지	편했든지	편하기 때문에	편했기 때문에	편하기는 하지만	편하기는 했지만
	子音結尾	좋다	좋지만	좋았지만	좋고	좋았고	좋거나	좋았거나	좋든지	좋았든지	좋기 때문에	좋았기 때문에	좋기는 하지만	좋기는 했지만
	으 省略	바쁘다	바쁘지만	★바빴지만	바쁘고	★바빴고	바쁘거나	★바빴거나	바쁘든지	★바빴든지	바쁘기 때문에	★바빴기 때문에	바쁘기는 하지만	바쁘기는 했지만
	ㄹ 省略	길다	길지만	길었지만	길고	길었고	길거나	길었거나	길든지	길었든지	길기 때문에	길었기 때문에	길기는 하지만	길기는 했지만
	ㅂ 不規則	어렵다	어렵지만	★어려웠지만	어렵고	★어려웠고	어렵거나	★어려웠거나	어렵든지	★어려웠든지	어렵기 때문에	★어려웠기 때문에	어렵기는 하지만	어렵기는 했지만
	르 不規則	다르다	다르지만	★달랐지만	다르고	★달랐고	다르거나	★달랐거나	다르든지	★달랐든지	다르기 때문에	★달랐기 때문에	다르기는 하지만	다르기는 했지만
	'이다' 是	남자(이)다	남자지만	남자였지만	남자고	남자였고	남자거나	남자였거나	남자든지	남자였든지	남자기 때문에	남자였기 때문에	남자기는 하지만	남자기는 했지만
	'이다' 是	사람이다	사람이지만	사람이었지만	사람이고	사람이었고	사람이거나	사람이었거나	사람이든지	사람이었든지	사람이기 때문에	사람이었기 때문에	사람이기는 하지만	사람이기는 했지만

★ 有關不規則動詞詞形變化的詳細說明，請參考第283-285頁。

★★ -게 되다 附加於動詞跟形容詞語幹之後，"名詞+이다"變化成"名詞 이/가 되다"。

1. 以子音開頭的語尾

❶ 以 ㄱ、ㄷ、ㅈ 開頭的連結語尾。

不論前面連接的語尾是子音或母音，以ㄱ、ㄷ、ㅈ開頭的連結語尾附加於動詞語幹之後，即便遇到不規則動詞也不會改變。然而，若搭配 －았/었－ 一起使用，則會產生許多不規則變化。

我想知道

－다 結尾的語尾（如：－게 되다，－고 있다 等）可使用於口語和書寫；而結尾為 －요（如：－거든요，－지요 等）的語尾則僅限於口語對話中使用。

注意

須小心留意哪些語尾可以連接動詞、形容詞和 이다，以及哪些語尾只能連接動詞。
須小心留意不可連接 －았/었－ 一起使用的語尾，假如可以一起使用，必須留意那些語尾接在句中何處。。

-던 P. 228		-다가 P. 240		-지요 P. 72		-거든요 P. 120		-겠- P. 144		-잖아요 P. 180		-게 되다 P. 112	
現在	'-았/었-'	現在	'-았/었-'	現在	'-았/었-'	現在	'-았/었-'	現在	'-았/었-'	現在	'-았/었-'	現在	'-았/었-'
보던	봤던	보다가	봤다가	보지요	봤지요	보거든요	봤거든요	보겠어요	봤겠어요	보잖아요	봤잖아요	보게 돼요	보게 됐어요
먹던	먹었던	먹다가	먹었다가	먹지요	먹었지요	먹거든요	먹었거든요	먹겠어요	먹었겠어요	먹잖아요	먹었잖아요	먹게 돼요	먹게 됐어요
쓰던	★썼던	쓰다가	★썼다가	쓰지요	★썼지요	쓰거든요	★썼거든요	쓰겠어요	★썼겠어요	쓰잖아요	★썼잖아요	쓰게 돼요	쓰게 됐어요
살던	살았던	살다가	살았다가	살지요	살았지요	살거든요	살았거든요	살겠어요	살았겠어요	살잖아요	살았잖아요	살게 돼요	살게 됐어요
듣던	★들었던	듣다가	★들었다가	듣지요	★들었지요	듣거든요	★들었거든요	듣겠어요	★들었겠어요	듣잖아요	★들었잖아요	듣게 돼요	듣게 됐어요
돕던	★도왔던	돕다가	★도왔다가	돕지요	★도왔지요	돕거든요	★도왔거든요	돕겠어요	★도왔겠어요	돕잖아요	★도왔잖아요	돕게 돼요	돕게 됐어요
짓던	★지었던	짓다가	★지었다가	짓지요	★지었지요	짓거든요	★지었거든요	짓겠어요	★지었겠어요	짓잖아요	★지었잖아요	짓게 돼요	짓게 됐어요
모르던	★몰랐던	모르다가	★몰랐다가	모르지요	★몰랐지요	모르거든요	★몰랐거든요	모르겠어요	★몰랐겠어요	모르잖아요	★몰랐잖아요	모르게 돼요	모르게 됐어요
있던	있었던	있다가	있었다가	있지요	있었지요	있거든요	있었거든요	있겠어요	있었겠어요	있잖아요	있었잖아요	있게 돼요	있게 됐어요
편하던	편했던	편하다가	편했다가	편하지요	편했지요	편하거든요	편했거든요	편하겠어요	편했겠어요	편하잖아요	편했잖아요	편하게 돼요	편하게 됐어요
좋던	좋았던	좋다가	좋았다가	좋지요	좋았지요	좋거든요	좋았거든요	좋겠어요	좋았겠어요	좋잖아요	좋았잖아요	좋게 돼요	좋게 됐어요
바쁘던	★바빴던	바쁘다가	★바빴다가	바쁘지요	★바빴지요	바쁘거든요	★바빴거든요	바쁘겠어요	★바빴겠어요	바쁘잖아요	★바빴잖아요	바쁘게 돼요	바쁘게 됐어요
길던	길었던	길다가	길었다가	길지요	길었지요	길거든요	길었거든요	길겠어요	길었겠어요	길잖아요	길었잖아요	길게 돼요	길게 됐어요
어렵던	★어려웠던	어렵다가	★어려웠다가	어렵지요	★어려웠지요	어렵거든요	★어려웠거든요	어렵겠어요	★어려웠겠어요	어렵잖아요	★어려웠잖아요	어렵게 돼요	어렵게 됐어요
다르던	★달랐던	다르다가	★달랐다가	다르지요	★달랐지요	다르거든요	★달랐거든요	다르겠어요	★달랐겠어요	다르잖아요	★달랐잖아요	다르게 돼요	다르게 됐어요
남자던	남자였던	남자다가	남자였다가	남자지요	남자였지요	남자거든요	남자였거든요	남자겠어요	남자였겠어요	남자잖아요	남자였잖아요	★★남자가 돼요	★★남자가 됐어요
사람이던	사람이었던	사람이다가	사람이었다가	사람이지요	사람이었지요	사람이거든요	사람이었거든요	사람이겠어요	사람이었겠어요	사람이잖아요	사람이었잖아요	★★사람이 돼요	★★사람이 됐어요

● 以 ㄱ、ㄷ、ㅈ 開頭的終結語尾，附加於動詞、形容詞及 이다 語幹之後，不可搭配 -았/었- 一起使用。

	變化條件	範例	-기는요 P. 116
動詞	母音結尾	보다	보기는요
	子音結尾	먹다	먹기는요
	으 省略	쓰다	쓰기는요
	ㄹ 省略	살다	살기는요
	ㄷ 不規則	듣다	듣기는요
	ㅂ 不規則	돕다	돕기는요
	ㅅ 不規則	짓다	짓기는요
	르 不規則	부르다	부르기는요
	있다/없다 存在／不存在	있다	있기는요
形容詞	母音結尾	편하다	편하기는요
	子音結尾	좋다	좋기는요
	으 省略	바쁘다	바쁘기는요
	ㄹ 省略	길다	길기는요
	ㅂ 不規則	어렵다	어렵기는요
	르 不規則	다르다	다르기는요
	'이다' 是	남자(이)다	남자기는요
	'이다' 是	사람이다	사람이기는요

● 以 ㄱ、ㄷ、ㅈ 開頭，只能附加在動詞語幹之後的終結語尾。

	變化條件	範例	-기로 하다 P. 52		-고 있다 P. 88		-기 쉽다/어렵다 P. 112		-지 그래요? P. 120		-곤 하다 P. 228	
			現在	'-았/었-'	現在	'-았/었-'	現在	'-았/었-'	現在	'-았/었-'	現在	'-았/었-'
動詞	母音結尾	보다	보기로 해요	보기로 했어요	보고 있어요	보고 있었어요	보기 쉬워요	보기 쉬웠어요	보지 그래요?	보지 그랬어요?	보곤 해요	보곤 했어요
	子音結尾	먹다	먹기로 해요	먹기로 했어요	먹고 있어요	먹고 있었어요	먹기 쉬워요	먹기 쉬웠어요	먹지 그래요?	먹지 그랬어요?	먹곤 해요	먹곤 했어요
	으 省略	쓰다	쓰기로 해요	쓰기로 했어요	쓰고 있어요	쓰고 있었어요	쓰기 쉬워요	쓰기 쉬웠어요	쓰지 그래요	쓰지 그랬어요?	쓰곤 해요	쓰곤 했어요
	ㄹ 省略	살다	살기로 해요	살기로 했어요	살고 있어요	살고 있었어요	살기 쉬워요	살기 쉬웠어요	살지 그래요?	살지 그랬어요?	살곤 해요	살곤 했어요
	ㄷ 不規則	듣다	듣기로 해요	듣기로 했어요	듣고 있어요	듣고 있었어요	듣기 쉬워요	듣기 쉬웠어요	듣지 그래요?	듣지 그랬어요?	듣곤 해요	듣곤 했어요
	ㅂ 不規則	돕다	돕기로 해요	돕기로 했어요	돕고 있어요	돕고 있었어요	돕기 쉬워요	돕기 쉬웠어요	돕지 그래요?	돕지 그랬어요?	돕곤 해요	돕곤 했어요
	ㅅ 不規則	짓다	짓기로 해요	짓기로 했어요	짓고 있어요	짓고 있었어요	짓기 쉬워요	짓기 쉬웠어요	짓지 그래요?	짓지 그랬어요?	짓곤 해요	짓곤 했어요
	르 不規則	부르다	부르기로 해요	부르기로 했어요	부르고 있어요	부르고 있었어요	부르기 쉬워요	부르기 쉬웠어요	부르지 그래요?	부르지 그랬어요?	부르곤 해요	부르곤 했어요

• 以 ㄱ、ㄷ、ㅈ 開頭，只能附加在動詞語幹之後的連結語尾，不可搭配 -았/었- 一起使用。

	變化條件	範例	-기 전에 P. 40	-자마자 P. 68	-도록 P. 184	-다가 P. 240
動詞	母音結尾	보다	보기 전에	보자마자	보도록	보다가
	子音結尾	먹다	먹기 전에	먹자마자	먹도록	먹다가
	으 省略	쓰다	쓰기 전에	쓰자마자	쓰도록	쓰다가
	ㄹ 省略	살다	살기 전에	살자마자	살도록	살다가
	ㄷ 不規則	듣다	듣기 전에	듣자마자	듣도록	듣다가
	ㅂ 不規則	돕다	돕기 전에	돕자마자	돕도록	돕다가
	ㅅ 不規則	짓다	짓기 전에	짓자마자	짓도록	짓다가
	르 不規則	부르다	부르기 전에	부르자마자	부르도록	부르다가

❷ 以 ㄴ 開頭的語尾

當以 ㄴ 開頭的語尾接在終聲為 ㄹ 的語幹之後時，ㄹ 受到 ㄴ 的影響會被省略（如：살 + 네요 → 사네요）。

● **以 ㄴ 開頭的語尾附加於動詞、形容詞及 이다 語幹之後。**

	變化條件	範例	-네요 P. 104	
			現在	'-았/었-'
動詞	母音結尾	보다	보네요	봤네요
	子音結尾	먹다	먹네요	먹었네요
	으 省略	쓰다	쓰네요	★썼네요
	ㄹ 省略	살다	★사네요	살았네요
	ㄷ 不規則	듣다	듣네요	★들었네요
	ㅂ 不規則	돕다	돕네요	★도왔네요
	ㅅ 不規則	짓다	짓네요	★지었네요
	르 不規則	부르다	부르네요	★불렀네요
形容詞	母音結尾	편하다	편하네요	편했네요
	子音結尾	작다	작네요	작았네요
	으 省略	바쁘다	바쁘네요	★바빴네요
	ㄹ 省略	길다	★기네요	길었네요
	ㅂ 不規則	어렵다	어렵네요	★어려웠네요
	르 不規則	다르다	다르네요	★달랐네요
	'이다' 是	남자(이)다	남자네요	남자였네요
	'이다' 是	사람이다	사람이네요	사람이었네요

★ 有關不規則動詞詞形變化的詳細說明，請參考第289-291頁。

● **以 ㄴ 開頭，只能附加於動詞語幹之後的語尾，不可搭配 -았/었- 一起使用。**

	變化條件	範例	-는 게 어때요? P. 56	-는 게 좋겠다 P. 56	-는 동안에 P. 128	-는 대로 P. 136	-느라고 P. 232
動詞	母音結尾	보다	보는 게 어때요?	보는 게 좋겠어요	보는 동안에	보는 대로	보느라고
	子音結尾	먹다	먹는 게 어때요?	먹는 게 좋겠어요	먹는 동안에	먹는 대로	먹느라고
	으 省略	쓰다	쓰는 게 어때요?	쓰는 게 좋겠어요	쓰는 동안에	쓰는 대로	쓰느라고
	ㄹ 省略	살다	★사는 게 어때요?	★사는 게 좋겠어요	★사는 동안에	★사는 대로	★사느라고
	ㄷ 不規則	듣다	듣는 게 어때요?	듣는 게 좋겠어요	듣는 동안에	듣는 대로	듣느라고
	ㅂ 不規則	돕다	돕는 게 어때요?	돕는 게 좋겠어요	돕는 동안에	돕는 대로	돕느라고
	ㅅ 不規則	짓다	짓는 게 어때요?	짓는 게 좋겠어요	짓는 동안에	짓는 대로	짓느라고
	르 不規則	부르다	부르는 게 어때요?	부르는 게 좋겠어요	부르는 동안에	부르는 대로	부르느라고

★ 有關不規則動詞詞形變化的詳細說明，請參考第289-291頁。

2. 以 -아/어- 開頭的語尾

以 -아/어- 開頭的語尾，其詞形變化與 -아/어요 一樣。假如動詞或形容詞語幹結尾為 하，則 하 變為 해。此外，若語幹結尾的母音為 ㅏ 或 ㅗ，要使用 -아- 來連接，否則其餘皆使用 -어- 來連接。需特別留意在 -았/었- 之前以 르 結尾的不規則動詞。

● **以 -아/어- 開頭，附加於動詞、形容詞及 이다 語幹之後的語尾。**

	變化條件	範例	-아/어도 P. 148		-아/어도 되다 P. 96		-아/어야 되다 P. 96		-아/어야지요 P. 168, P. 244		-아/어야 했는데 P. 244	
			現在	-았/었-	現在	-았/었-	現在	-았/었-	現在	-았/었-	現在	-았/었-
動詞	結尾為 하 的語幹	일하다	일해도	일했어도	일해도 돼요	일해도 됐어요	일해야 돼요	일해야 됐어요	일해야지요	일했어야지요	일해야 했는데	일했어야 했는데
	★★★ㅏ	만나다	만나도	만났어도	만나도 돼요	만나도 됐어요	만나야 돼요	만나야 됐어요	만나야지요	만났어야지요	만나야 했는데	만났어야 했는데
	★★★ㅗ	보다	봐도	봤어도	봐도 돼요	봐도 됐어요	봐야 돼요	봐야 됐어요	봐야지요	봤어야지요	봐야 했는데	봤어야 했는데
	★★★ㅓ	먹다	먹어도	먹었어도	먹어도 돼요	먹어도 됐어요	먹어야 돼요	먹어야 됐어요	먹어야지요	먹었어야지요	먹어야 했는데	먹었어야 했는데
	★★★ㅣ	마시다	마셔도	마셨어도	마셔도 돼요	마셔도 됐어요	마셔야 돼요	마셔야 됐어요	마셔야지요	마셨어야지요	마셔야 했는데	마셨어야 했는데
	★★★ㅜ	주다	줘도	줬어도	줘도 돼요	줘도 됐어요	줘야 돼요	줘야 됐어요	줘야지요	줬어야지요	줘야 했는데	줬어야 했는데
	으 省略	쓰다	★써도	★썼어도	★써도 돼요	★써도 됐어요	★써야 돼요	★써야 됐어요	★써야지요	★썼어야지요	★써야 했는데	★썼어야 했는데
	ㄹ 省略	살다	살아도	살았어도	살아도 돼요	살아도 됐어요	살아야 돼요	살아야 됐어요	살아야지요	살았어야지요	살아야 했는데	살았어야 했는데
	ㄷ 不規則	듣다	★들어도	★들었어도	★들어도 돼요	★들어도 됐어요	★들어야 돼요	★들어야 됐어요	★들어야지요	★들었어야지요	★들어야 했는데	★들었어야 했는데
	ㅂ 不規則	돕다	★도와도	★도왔어도	★도와도 돼요	★도와도 됐어요	★도와야 돼요	★도와야 됐어요	★도와야지요	★도왔어야지요	★도와야 했는데	★도왔어야 했는데
	ㅅ 不規則	짓다	★지어도	★지었어도	★지어도 돼요	★지어도 됐어요	★지어야 돼요	★지어야 됐어요	★지어야지요	★지었어야지요	★지어야 했는데	★지었어야 했는데
	르 不規則	모르다	★몰라도	★몰랐어도	★몰라도 돼요	★몰라도 됐어요	★몰라야 돼요	★몰라야 됐어요	★몰라야지요	★몰랐어야지요	★몰라야 했는데	★몰랐어야 했는데
形容詞	結尾為 하 的語幹	편하다	편해도	편했어도	편해도 돼요	편해도 됐어요	불편해야 돼요	불편해야 됐어요	편해야지요	편했어야지요	편해야 했는데	편했어야 했는데
	★★★ㅏ	비싸다	비싸도	비쌌어도	비싸도 돼요	비싸도 됐어요	비싸야 돼요	비싸야 됐어요	비싸야지요	비쌌어야지요	비싸야 했는데	비쌌어야 했는데
	★★★ㅗ	많다	많아도	많았어도	많아도 돼요	많아도 됐어요	많아야 돼요	많아야 됐어요	많아야지요	많았어야지요	많아야 했는데	많았어야 했는데
	으 省略	바쁘다	★바빠도	★바빴어도	★바빠도 돼요	★바빠도 됐어요	★바빠야 돼요	★바빠야 됐어요	★바빠야지요	★바빴어야지요	★바빠야 했는데	★바빴어야 했는데
	ㄹ 省略	길다	길어도	길었어도	길어도 돼요	길어도 됐어요	길어야 돼요	길어야 됐어요	길어야지요	길었어야지요	길어야 했는데	길었어야 했는데
	ㅂ 不規則	어렵다	★어려워도	★어려웠어도	★어려워도 돼요	★어려워도 됐어요	★어려워야 돼요	★어려워야 됐어요	★어려워야지요	★어려웠어야지요	★어려워야 했는데	★어려웠어야 했는데
	르 不規則	다르다	★달라도	★달랐어도	★달라도 돼요	★달라도 됐어요	★달라야 돼요	★달라야 됐어요	★달라야지요	★달랐어야지요	★달라야 했는데	★달랐어야 했는데
	'이다' 是	남자(이)다	★남자라도	남자였어도	★★남자라도 돼요	★★남자라도 됐어요	남자여야 돼요	남자여야 됐어요	남자여야지요	남자였어야지요	남자여야 했는데	남자였어야 했는데
	'이다' 是	사람이다	★사람이라도	사람이었어도	★★사람이라도 돼요	★★사람이라도 됐어요	사람이어야 돼요	사람이어야 됐어요	사람이어야지요	사람이었어야지요	사람이어야 했는데	사람이었어야 했는데

★ 有關不規則動詞詞形變化的詳細說明，請參考第289-291頁。

★★ 如 아/어도 連接「名詞+ 이다」，則變化成「名詞+(이)라도」。然而，假使是句中附加 -았/었-，則變化成 -였어도/이었어도。

★★★ 詞形變化中所提到的母音，皆以字詞語幹的結尾字母為準。例如動詞 마시다 的語幹 (마시) 中含有兩個母音 ㅏ 以及 ㅣ，但語幹使用最後字母的母音為 ㅣ。

- **以 -아/어- 開頭，只能附加於動詞語幹之後的語尾，不可搭配 -았/었- 一起使用。**

	變化條件	範例	-아/어서 P. 52	-아/어 줄까요? P. 84	-아/어 주시겠어요? P. 64	-아/어야겠다 P. 168
動詞	結尾為 하 的語幹	일하다	일해서	일해 줄까요?	일해 주시겠어요?	일해야겠어요
	★★★ㅏ	가다	가서	가 줄까요?	가 주시겠어요?	가야겠어요
	★★★ㅗ	보다	봐서	봐 줄까요?	봐 주시겠어요?	봐야겠어요
	★★★ㅓ	읽다	읽어서	읽어 줄까요?	읽어 주시겠어요?	읽어야겠어요
	★★★ㅣ	기다리다	기다려서	기다려 줄까요?	기다려 주시겠어요?	기다려야겠어요
	★★★ㅜ	춤을 추다	춤을 춰서	춤을 춰 줄까요?	춤을 춰 주시겠어요?	춤을 춰야겠어요
	으 省略	쓰다	★써서	★써 줄까요?	★써 주시겠어요?	★써야겠어요
	ㄹ 省略	놀다	놀아서	놀아 줄까요?	놀아 주시겠어요?	놀아야겠어요
	ㄷ 不規則	듣다	★들어서	★들어 줄까요?	★들어 주시겠어요?	★들어야겠어요
	ㅂ 不規則	돕다	★도와서	★도와 줄까요?	★도와 주시겠어요?	★도와야겠어요
	ㅅ 不規則	짓다	★지어서	★지어 줄까요?	★지어 주시겠어요?	★지어야겠어요
	르 不規則	부르다	★불러서	★불러 줄까요?	★불러 주시겠어요?	★불러야겠어요

★ 有關不規則動詞詞形變化的詳細說明，請參考第289-291頁。
★★ 詞形變化中所提到的母音，皆以字詞語幹的結尾字母為準。

- **以 -아/어- 開頭，只能附加於形容詞語幹之後的語尾。**

	變化條件	範例	-아/어지다 P. 148		-아/어 보이다 P. 176	
			現在	'-았/었-'	現在	'-았/었-'
形容詞	結尾為 하 的語幹	유명하다	유명해져요	유명해졌어요	유명해 보여요	유명해 보였어요
	★★★ㅏ	비싸다	비싸져요	비싸졌어요	비싸 보여요	비싸 보였어요
	★★★ㅗ	많다	많아져요	많아졌어요	많아 보여요	많아 보였어요
	으 省略	바쁘다	★바빠져요	★바빠졌어요	★바빠 보여요	★바빠 보였어요
	ㄹ 不規則	길다	길어져요	길어졌어요	길어 보여요	길어 보였어요
	ㅂ 不規則	어렵다	★어려워져요	★어려워졌어요	★어려워 보여요	★어려워 보였어요
	르 不規則	다르다	★달라져요	★달라졌어요	★달라 보여요	★달라 보였어요

★ 有關不規則動詞詞形變化的詳細說明，請參考第289-291頁。
★★ 詞形變化中所提到的母音，皆以字詞語幹的結尾字母為準。

- **表示結果的 -아/어 있다：表達一個改變後的狀態或動作仍持續著。P.100**

살다 生活	살아 있다 活著	켜지다 打開	불이 켜져 있다 燈開著	쓰이다 被書寫	책에 이름이 쓰여 있다 書上寫著名字	떨어지다 掉落	바닥에 쓰레기가 떨어져 있다 垃圾掉在地上
죽다 死亡	죽어 있다 已故	꺼지다 關上	불이 꺼져 있다 燈熄了	그려지다 被畫	종이에 그림이 그려져 있다 紙上畫著畫	빠지다 掉落、脫落	물 속에 젓가락이 빠져 있다 筷子掉進水裡
가다 走去	가 있다 走了	열리다 打開	문이 열려 있다 門開著	걸리다 被懸掛	벽에 시계가 걸려 있다 牆上掛著鐘	부러지다 折斷	연필이 부러져 있다 鉛筆斷了
오다 過來	와 있다 抵達	닫히다 關上	문이 닫혀 있다 門關著	달리다 被懸	옷에 단추가 달려 있다 衣服上掛著扣子	깨지다 被打破	컵이 깨져 있다 杯子破了
앉다 坐下	앉아 있다 坐著	놓이다 被放下	책상 위에 책이 놓여 있다 書放在桌上	붙이다 被黏貼	벽에 종이가 붙어 있다 牆上貼著紙	찢어지다 被扯破	옷이 찢어져 있다 衣服被扯破了
서다 站立	서 있다 站著		★가방 안에 책이 들어 있다 書放進書包	새겨지다 被刻	반지에 글자가 새겨져 있다 戒指上刻著字	구겨지다 被弄皺	종이가 구겨져 있다 紙皺了

3. 以 -(으)- 開頭的語尾

當以 –(으)– 開頭的語尾接在以母音結尾的語幹之後時，–(으)– 會被省略。

● **以 -(으)- 開頭的語尾接在動詞、形容詞及 이다 語幹之後。**

	變化條件	範例	-(으)ㄹ 때 P. 144		-(으)ㄹ까 봐 P. 164		(으)ㄹ까요? P. 48 P. 180		-(으)ㄹ지도 모르다 P. 196		-(으)ㄹ 테니까 P. 208	
			現在	'-았/었-'	現在	'-았/었-'	現在	'-았/었-'	現在	'-았/었-'	現在	'-았/었-'
動詞	母音結尾	보다	볼 때	봤을 때	볼까 봐	봤을까 봐	볼까요?	봤을까요?	볼지도 몰라요	봤을지도 몰라요	볼 테니까	봤을 테니까
	子音結尾	먹다	먹을 때	먹었을 때	먹을까 봐	먹었을까 봐	먹을까요?	먹었을까 요?	먹을지도 몰라요	먹었을지도 몰라요	먹을 테니까	먹었을 테니까
	으 省略	쓰다	쓸 때	★썼을 때	쓸까 봐	★썼을까 봐	쓸까요?	★썼을까 요?	쓸지도 몰라요	★썼을지도 몰라요	쓸 테니까	★썼을 테니까
	ㄹ 省略	살다	살 때	살았을 때	살까 봐	살았을까 봐	살까요?	살았을까 요?	살지도 몰라요	살았을지도 몰라요	살 테니까	살았을 테니까
	ㄷ 不規則	듣다	★들을 때	★들었을 때	★들을까 봐	★들었을 까 봐	★들을까 요?	★들었을까 요?	★들을지 도 몰라요	★들었을지 도 몰라요	★들을 테니까	★들었을 테니까
	ㅂ 不規則	돕다	★도울 때	★도왔을 때	★도울까 봐	★도왔을 까 봐	★도울까 요?	★도왔을까 요?	★도울지 도 몰라요	★도왔을지 도 몰라요	★도울 테니까	★도왔을 테니까
	ㅅ 不規則	짓다	★지을 때	★지었을 때	★지을까 봐	★지었을 까 봐	★지을까 요?	★지었을까 요?	★지을지 도 몰라요	★지었을지 도 몰라요	★지을 테니까	★지었을 테니까
	르 不規則	모르다	모를 때	★몰랐을 때	모를까 봐	★몰랐을 까 봐	모를까요?	★몰랐을까 요?	모를지도 몰라요	★몰랐을지 도 몰라요	모를 테니까	★몰랐을 테니까
形容詞	母音結尾	불편하 다	불편할 때	불편했을 때	불편할까 봐	불편했을 까 봐	불편할까 요?	불편했을 까요?	불편할지 도 몰라요	불편했을지 도 몰라요	불편할 테니까	불편했을 테니까
	子音結尾	많다	많을 때	많았을 때	많을까 봐	많았을까 봐	많을까요?	많았을까 요?	많을지도 몰라요	많았을지도 몰라요	많을 테니까	많았을 테니까
	으 省略	바쁘다	바쁠 때	★바빴을 때	바쁠까 봐	★바빴을 까 봐	바쁠까요?	★바빴을까 요?	바쁠지도 몰라요	★바빴을지 도 몰라요	바쁠 테니까	★바빴을 테니까
	ㄹ 省略	길다	길 때	길었을 때	길까 봐	길었을까 봐	길까요?	길었을까 요?	길지도 몰라요	길었을지도 몰라요	길 테니까	길었을 테니까
	ㅂ 不規則	어렵다	★어려울 때	★어려웠을 때	★어려울까 봐	★어려웠 을까 봐	어려울까 요?	★어려웠을 까요?	★어려울 지도 몰라요	★어려웠을 지도 몰라 요	★어려울 테니까	★어려웠 을 테니까
	르 不規則	다르다	다를 때	★달랐을 때	다를까 봐	★달랐을 까 봐	다를까요?	★달랐을까 요?	다를지도 몰라요	★달랐을지 도 몰라요	다를 테니까	★달랐을 테니까
	'이다' 是	남자(이) 다	남자일 때	남자였을 때	남자일까 봐	남자였을 까 봐	남자일까 요?	남자였을 까요?	남자일지 도 몰라요	남자였을지 도 몰라요	남자일 테니까	남자였을 테니까
	'이다' 是	사람이 다	사람일 때	사람이었을 때	사람일까 봐	사람이었 을까 봐	사람일까 요?	사람이었을 까요?	사람일지 도 몰라요	사람이었을 지도 몰라 요	사람일 테니까	사람이었 을 테니까

★ 有關不規則動詞詞形變化的詳細說明，請參考第289-291頁。

-(으)ㄹ걸?: P. 232		(으)ㄹ 텐데 P. 248		-(으)니까 P. 132 P. 56		-(으)면 P. 32 P. 64		-(으)면 좋겠다 P. 184		-(으)면 안 되다 P. 104	
現在	'-았/었-'	現在	'-았/었-'	現在	'-았/었-'	現在	'-았/었-'	現在	'-았/었-'	現在	'-았/었-'
볼걸?	봤을걸?	볼 텐데	봤을 텐데	보니까	봤으니까	보면	봤으면	보면 좋겠어요	봤으면 좋겠어요	보면 안 돼요	보면 안 됐어요
먹을걸?	먹었을걸?	먹을 텐데	먹었을 텐데	먹으니까	먹었으니까	먹으면	먹었으면	먹으면 좋겠어요	먹었으면 좋겠어요	먹으면 안 돼요	먹으면 안 됐어요
쓸걸?	★썼을걸?	쓸 텐데	★썼을 텐데	쓰니까	★썼으니까	쓰면	★썼으면	쓰면 좋겠어요	★썼으면 좋겠어요	쓰면 안 돼요	쓰면 안 됐어요
살걸?	살았을걸?	살 텐데	살았을 텐데	★사니까	살았으니까	살면	살았으면	살면 좋겠어요	살았으면 좋겠어요	살면 안 돼요	살면 안 됐어요
★들을걸?	★들었을걸?	★들을 텐데	★들었을 텐데	★들으니까	★들었으니까	★들으면	★들었으면	★들으면 좋겠어요	★들었으면 좋겠어요	★들으면 안 돼요	★들으면 안 됐어요
★도울걸?	★도왔을걸?	★도울 텐데	★도왔을 텐데	★도우니까	★도왔으니까	★도우면	★도왔으면	★도우면 좋겠어요	★도왔으면 좋겠어요	★도우면 안 돼요	★도우면 안 됐어요
★지을걸?	★지었을걸?	★지을 텐데	★지었을 텐데	★지으니까	★지었으니까	★지으면	★지었으면	★지으면 좋겠어요	★지었으면 좋겠어요	★지으면 안 돼요	★지으면 안 됐어요
모를걸?	★몰랐을걸?	모를 텐데	★몰랐을 텐데	모르니까	★몰랐으니까	모르면	★몰랐으면	모르면 좋겠어요	★몰랐으면 좋겠어요	모르면 안 돼요	모르면 안 됐어요
불편할걸?	불편했을걸?	불편할 텐데	불편했을 텐데	불편하니까	불편했으니까	불편하면	불편했으면	불편하면 좋겠어요	불편했으면 좋겠어요	불편하면 안 돼요	불편하면 안 됐어요
많을걸?	많았을걸?	많을 텐데	많았을 텐데	많으니까	많았으니까	많으면	많았으면	많으면 좋겠어요	많았으면 좋겠어요	많으면 안 돼요	많으면 안 됐어요
바쁠걸?	★바빴을걸?	바쁠 텐데	★바빴을 텐데	바쁘니까	★바빴으니까	바쁘면	★바빴으면	바쁘면 좋겠어요	★바빴으면 좋겠어요	바쁘면 안 돼요	바쁘면 안 됐어요
길걸?	길었을걸?	길 텐데	길었을 텐데	★기니까	길었으니까	길면	길었으면	길면 좋겠어요	길었으면 좋겠어요	길면 안 돼요	길면 안 됐어요
★어려울걸?	★어려웠을걸?	★어려울 텐데	★어려웠을 텐데	★어려우니까	★어려웠으니까	★어려우면	★어려웠으면	★어려우면 좋겠어요	★어려웠으면 좋겠어요	어려우면 안 돼요	★어려우면 안 됐어요
다를걸?	★달랐을걸?	다를 텐데	★달랐을 텐데	다르니까	★달랐으니까	다르면	★달랐으면	다르면 좋겠어요	★달랐으면 좋겠어요	다르면 안 돼요	다르면 안 됐어요
남자일걸?	남자였을걸?	남자일 텐데	남자였을 텐데	남자니까	남자였으니까	남자(이)면	남자였으면	남자(이)면 좋겠어요	남자였으면 좋겠어요	남자(이)면 안 돼요	남자(이)면 안 됐어요
사람일걸?	사람이었을걸?	사람일 텐데	사람이었을 텐데	사람이니까	사람이었으니까	사람이면	사람이었으면	사람이면 좋겠어요	사람이었으면 좋겠어요	사람이면 안 돼요	사람이면 안 됐어요

● 以 -(으)- 開頭的語尾附加於動詞、形容詞及 이다 語幹之後，但不可搭配 -았/었- 一起使用。

	變化條件	範例	-(으)ㄴ 적이 있다 P. 88	-(으)ㄹ수록 P. 212
動詞	母音結尾	일하다	일한 적이 있어요	일할수록
	子音結尾	읽다	읽은 적이 있어요	읽을수록
	으 省略	쓰다	쓴 적이 있어요	쓸수록
	ㄹ 省略	놀다	★논 적이 있어요	놀수록
	ㄷ 不規則	걷다	★걸은 적이 있어요	★걸을수록
	ㅂ 不規則	돕다	★도운 적이 있어요	★도울수록
	ㅅ 不規則	짓다	★지은 적이 있어요	★지을수록
	르 不規則	부르다	부른 적이 있어요	부를수록

	變化條件	範例	-(으)ㄴ 적이 있다 P. 88	-(으)ㄹ수록 P. 212
形容詞	母音結尾	불편하다	불편한 적이 있어요	불편할수록
	子音結尾	많다	많은 적이 있어요	많을수록
	으 不規則	바쁘다	바쁜 적이 있어요	바쁠수록
	ㄹ 省略	길다	★긴 적이 있어요	길수록
	ㅂ 省略	어렵다	★어려운 적이 있어요	★어려울수록
	르 不規則	다르다	다른 적이 있어요	다를수록
	'이다' 是	가수(이)다	가수인 적이 있어요	가수일수록
	'이다' 是	학생이다	학생인 적이 있어요	학생일수록

★ 有關不規則動詞詞形變化的詳細說明，請參考第289-291頁。

● 以 -(으)- 開頭，只能附加於動詞語幹之後的語尾。

	變化條件	範例	-(으)려고 하다 P. 80		-(으)ㄹ 줄 알다 P. 164		-(으)ㄹ까 하다 P. 212	
			現在	'-았/었-'	現在	'-았/었-'	現在	'-았/었-'
動詞	母音結尾	하다	하려고 해요	하려고 했어요	할 줄 알아요	할 줄 알았어요	할까 해요	할까 했어요
	子音結尾	읽다	읽으려고 해요	읽으려고 했어요	읽을 줄 알아요	읽을 줄 알았어요	읽을까 해요	읽을까 했어요
	으 省略	쓰다	쓰려고 해요	쓰려고 했어요	쓸 줄 알아요	쓸 줄 알았어요	쓸까 해요	쓸까 했어요
	ㄹ 省略	놀다	놀려고 해요	놀려고 했어요	놀 줄 알아요	놀 줄 알았어요	놀까 해요	놀까 했어요
	ㄷ 不規則	듣다	★들으려고 해요	★들으려고 했어요	★들을 줄 알아요	★들을 줄 알았어요	★들을까 해요	★들을까 했어요
	ㅂ 不規則	돕다	★도우려고 해요	★도우려고 했어요	★도울 줄 알아요	★도울 줄 알았어요	★도울까 해요	★도울까 했어요
	ㅅ 不規則	짓다	★지으려고 해요	★지으려고 했어요	★지을 줄 알아요	★지을 줄 알았어요	★지을까 해요	★지을까 했어요
	르 不規則	부르다	부르려고 해요	부르려고 했어요	부를 줄 알아요	부를 줄 알았어요	부를까 해요	부를까 했어요

★ 有關不規則動詞詞形變化的詳細說明，請參考第289-291頁。

● 只能附加於動詞語幹之後的語尾，但不可搭配 -았/었- 一起使用。

	變化條件	範例	-(으)ㄴ 지 P. 16	-(으)ㄴ 후 P. 40	-(으)니까: 接連發生的事件 P. 132	-(으)러 P. 20	-(으)려고 P. 152, P. 212	-(으)려면 P. 152	-(으)ㄹ까요?: 提議 P. 48	-(으)ㄹ 뻔하다 P. 200	-(으)ㄹ래요 P. 208	-(으)ㄹ 걸 그랬다: 遺憾、後悔 P. 232	-(으)려던 참이다 P. 248	-(으)시겠어요? P. 132
動詞	母音結尾	보다	본 지	본 후	보니까	보러	보려고	보려면	볼까요?	볼 뻔했어요	볼래요	볼 걸 그랬어요	보려던 참이에요	보시겠어요?
	子音結尾	읽다	읽은 지	읽은 후	읽으니까	읽으러	읽으려고	읽으려면	읽을까요?	읽을 뻔했어요	읽을래요	읽을 걸 그랬어요	읽으려던 참이에요	읽으시겠어요?
	으 省略	쓰다	쓴 지	쓴 후	쓰니까	쓰러	쓰려고	쓰려면	쓸까요?	쓸 뻔했어요	쓸래요	쓸 걸 그랬어요	쓰려던 참이에요	쓰시겠어요?
	ㄹ 省略	놀다	★논 지	★논 후	★노니까	놀러	놀려고	놀려면	놀까요?	놀 뻔했어요	놀래요	놀 걸 그랬어요	놀려던 참이에요	★노시겠어요?
	ㄷ 不規則	듣다	★들은 지	★들은 후	★들으니까	★들으러	★들으려고	★들으려면	★들을까요?	★들을 뻔했어요	★들을래요	★들을 걸 그랬어요	★들으려던 참이에요	★들으시겠어요?
	ㅂ 不規則	돕다	★도운 지	★도운 후	★도우니까	★도우러	★도우려고	★도우려면	★도울까요?	★도울 뻔했어요	★도울래요	★도울 걸 그랬어요	★도우려던 참이에요	★도우시겠어요?
	ㅅ 不規則	짓다	★지은 지	★지은 후	★지으니까	★지으러	★지으려고	★지으려면	★지을까요?	★지을 뻔했어요	★지을래요	★지을 걸 그랬어요	★지으려던 참이에요	★지으시겠어요?
	르 不規則	부르다	부른 지	부른 후	부르니까	부르러	부르려고	부르려면	부를까요?	부를 뻔했어요	부를래요	부를 걸 그랬어요	부르려던 참이에요	부르시겠어요?

★ 有關不規則動詞詞形變化的詳細說明，請參考第289-291頁。

II. 文法上所使用的語尾，會隨著前面連接的是動詞或形容詞而改變其形式。

以下各表將隨著前面連接的是動詞或形容詞而產生不同詞形變化的語尾整理如下。

1. 以 -(으)ㄴ/는 開頭的語尾。

以 –는 開頭的語尾附加於動詞語幹之後；以 –(으)ㄴ 開頭的語尾附加於形容詞語幹之後；而 이다 則合併為 –인。但使用過去時制時，會依下表產生不同的詞形變化：

● **名詞修飾語尾：如 것、게 (= 것이)、대신、편 和 줄 等名詞不可單獨使用，須依附於修飾的子句。**

	變化條件	範例	-(으)ㄴ/는 + 名詞 P. 176		-(으)ㄴ/는 것 P. 48		-(으)ㄴ/는 것 같다 P. 196		-(으)ㄴ/는 편이다 P. 36		-(으)ㄴ/는 줄 알았다 P. 224		-(으)ㄴ/는 대신에 P. 84	
			現在	過去	現在	過去	現在	過去	現在	過去	現在	過去	現在	過去
動詞	母音結尾	만나다	만나는	만난	만나는 것	만난 것	만나는 것 같아요	만난 것 같아요	만나는 편이에요	만난 편이에요	만나는 줄 알았어요	만난 줄 알았어요	만나는 대신에	만난 대신에
動詞	子音結尾	읽다	읽는	읽은	읽는 것	읽은 것	읽는 것 같아요	읽은 것 같아요	읽는 편이에요	읽은 편이에요	읽는 줄 알았어요	읽은 줄 알았어요	읽는 대신에	읽은 대신에
動詞	으 省略	쓰다	쓰는	쓴	쓰는 것	쓴 것	쓰는 것 같아요	쓴 것 같아요	쓰는 편이에요	쓴 편이에요	쓰는 줄 알았어요	쓴 줄 알았어요	쓰는 대신에	쓴 대신에
動詞	ㄹ 省略	놀다	★노는	★논	★노는 것	★논 것	★노는 것 같아요	★논 것 같아요	★노는 편이에요	★논 편이에요	★노는 줄 알았어요	★논 줄 알았어요	★노는 대신에	★논 대신에
動詞	ㄷ 不規則	걷다	걷는	★걸은	걷는 것	★걸은 것	걷는 것 같아요	★걸은 것 같아요	걷는 편이에요	★걸은 편이에요	걷는 줄 알았어요	★걸은 줄 알았어요	걷는 대신에	★걸은 대신에
動詞	ㅂ 不規則	돕다	돕는	★도운	돕는 것	★도운 것	돕는 것 같아요	★도운 것 같아요	돕는 편이에요	★도운 편이에요	돕는 줄 알았어요	★도운 줄 알았어요	돕는 대신에	★도운 대신에
動詞	ㅅ 不規則	짓다	짓는	★지은	짓는 것	★지은 것	짓는 것 같아요	★지은 것 같아요	짓는 편이에요	★지은 편이에요	짓는 줄 알았어요	★지은 줄 알았어요	짓는 대신에	★지은 대신에
動詞	르 不規則	부르다	부르는	부른	부르는 것	부른 것	부르는 것 같아요	부른 것 같아요	부르는 편이에요	부른 편이에요	부르는 줄 알았어요	부른 줄 알았어요	부르는 대신에	부른 대신에
動詞	있다/없다 存在／不存在	있다	★있는	있었던	★있는 것	있었던 것	★있는 것 같아요	있었던 것 같아요	★있는 편이에요	있었던 편이에요	★있는 줄 알았어요		★있는 대신에	
形容詞	母音結尾	유명하다	유명한	유명했던	유명한 것	유명했던 것	유명한 것 같아요	유명했던 것 같아요	유명한 편이에요	유명했던 편이에요	유명한 줄 알았어요		유명한 대신에	
形容詞	子音結尾	많다	많은	많았던	많은 것	많았던 것	많은 것 같아요	많았던 것 같아요	많은 편이에요	많았던 편이에요	많은 줄 알았어요		많은 대신에	
形容詞	있다/없다 有 / 沒有	맛있다	★★맛있는	맛있었던	★★맛있는 것	맛있었던 것	★★맛있는 것 같아요	맛있었던 것 같아요	★★맛있는 편이에요	맛있었던 편이에요	★★맛있는 줄 알았어요		★★맛있는 대신에	
形容詞	으 省略	바쁘다	바쁜	★바빴던	바쁜 것	★바빴던 것	바쁜 것 같아요	★바빴던 것 같아요	바쁜 편이에요	★바빴던 편이에요	바쁜 줄 알았어요		바쁜 대신에	
形容詞	ㄹ 省略	길다	★긴	★길었던	★긴 것	★길었던 것	★긴 것 같아요	★길었던 것 같아요	★긴 편이에요	★길었던 편이에요	★긴 줄 알았어요		★긴 대신에	
形容詞	ㅂ 不規則	어렵다	★어려운	★어려웠던	★어려운 것	★어려웠던 것	★어려운 것 같아요	★어려웠던 것 같아요	★어려운 편이에요	★어려운 편이에요	★어려운 줄 알았어요		★어려운 대신에	
形容詞	르 不規則	다르다	다른	★달랐던	다른 것	★달랐던 것	다른 것 같아요	★달랐던 것 같아요	다른 편이에요	★달랐던 편이에요	다른 줄 알았어요		다른 대신에	
形容詞	'이다' 是	남자(이)다	남자인	남자였던	남자인 것	남자였던 것	남자인 것 같아요	남자였던 것 같아요	남자인 편이에요	남자였던 편이에요	남자인 줄 알았어요		남자인 대신에	
形容詞	'이다' 是	사람이다	사람인	사람이었던	사람인 것	사람이었던 것	사람인 것 같아요	사람이었던 것 같아요	사람인 편이에요	사람이었던 편이에요	사람인 줄 알았어요		사람인 대신에	

★★ 含有 있다 或 없다 的形容詞（例如：맛있다），使用成 -는。

● -(으)ㄴ/는데 以及 -(으)ㄴ/는지。

	變化條件	範例	-(으)ㄴ/는데(요) P. 68, P. 80, P. 128, P. 160			-(으)ㄴ/는데도 P. 240			-(으)ㄴ/는지 P. 72		
			現在	過去	未來／推測	現在	過去	未來／推測	現在	過去	未來／推測
動詞	母音結尾	만나다	만나는데	만났는데	만날 건데 / 만날 텐데	만나는데도	만났는데도	만날 건데도 / 만날 텐데도	만나는지	만났는지	만날지
	子音結尾	읽다	읽는데	읽었는데	읽을 건데 / 읽을 텐데	읽는데도	읽었는데도	읽을 건데도 / 읽을 텐데도	읽는지	읽었는지	읽을지
	으 省略	쓰다	쓰는데	★썼는데	쓸 건데 / 쓸 텐데	쓰는데도	★썼는데도	쓸 건데도 / 쓸 텐데도	쓰는지	★썼는지	쓸지
	ㄹ 省略	놀다	★노는데	놀았는데	놀 건데 / 놀 텐데	★노는데도	놀았는데도	놀 건데도 / 놀 텐데도	★노는지	놀았는지	놀지
	ㄷ 不規則	걷다	걷는데	★걸었는데	★걸을 건데 / 걸을 텐데	걷는데도	★걸었는데도	★걸을 건데도 / 걸을 텐데도	걷는지	★걸었는지	★걸을지
	ㅂ 不規則	돕다	돕는데	★도왔는데	★도울 건데 / 도울 텐데	돕는데도	★도왔는데도	★도울 건데도 / 도울 텐데도	돕는지	★도왔는지	★도울지
	ㅅ 不規則	짓다	짓는데	★지었는데	★지을 건데 / 지을 텐데	짓는데도	★지었는데도	★지을 건데도 / 지을 텐데도	짓는지	★지었는지	★지을지
	르 不規則	부르다	부르는데	★불렀는데	부를 건데 / 부를 텐데	부르는데도	★불렀는데도	부를 건데도 / 부를 텐데도	부르는지	★불렀는지	부를지
	있다/없다 存在／不存在	있다	있는데	있었는데	있을 건데 / 있을 텐데	있는데도	있었는데도	있을 건데도 / 있을 텐데도	있는지	있었는지	있을지
形容詞	母音結尾	유명하다	유명한데	유명했는데	유명할 건데 / 유명할 텐데	유명한데도	유명했는데도	유명할 건데도 / 유명할 텐데도	유명한지	유명했는지	유명할지
	子音結尾	많다	많은데	많았는데	많을 건데 / 많을 텐데	많은데도	많았는데도	많을 건데도 / 많을 텐데도	많은지	많았는지	많을지
	있다/없다 有／沒有	맛있다	★★맛있는데	맛있었는데	맛있을 건데 / 맛있을 텐데	★★맛있는데도	맛있었는데도	맛있을 건데도 / 많있을 텐데도	★★맛있는지	맛있었는지	맛있을지
	으 省略	바쁘다	바쁜데	★바빴는데	바쁠 건데 / 바쁠 텐데	바쁜데도	★바빴는데도	바쁠 건데도 / 바쁠 텐데도	바쁜지	★바빴는지	바쁠지
	ㄹ 省略	길다	★긴데	길었는데	길 건데 / 길 텐데	긴데도	길었는데도	길 건데도 / 길 텐데도	★긴지	길었는지	길지
	ㅂ 不規則	어렵다	★어려운데	★어려웠는데	★어려울 건데 / 어려울 텐데	★어려운데도	★어려웠는데도	★어려울 건데도 / 어려울 텐데도	★어려운지	★어려웠는지	★어려울지
	르 不規則	다르다	다른데	★달랐는데	다를 건데 / 다를 텐데	다른데도	★달랐는데도	다를 건데도 / 다를 텐데도	다른지	★달랐는지	다를지
	'이다' 是	남자(이)다	남자인데	남자였는데	남자일 건데 / 남자일 텐데	남자인데도	남자였는데도	남자일 건데도 / 남자일 텐데도	남자인지	남자였는지	남자일지
	'이다' 是	사람이다	사람인데	사람이었는데	사람일 건데 / 사람일 텐데	사람인데도	사람이었는데도	사람일 건데도 / 사람일 텐데도	사람인지	사람이었는지	사람일지

★ 有關不規則動詞詞形變化的詳細說明，請參考第289-291頁。

★★ 含有 있다 或 없다 的形容詞（例如：맛있다），則使用成 -는。

● –(는)군요: 表達認知。

	變化條件	範例	-(으)ㄴ/는군요 P. 216		
			現在	過去	未來／推測
動詞	母音結尾	만나다	만나는군요	만났군요	만날 거군요
	子音結尾	읽다	읽는군요	읽었군요	읽을 거군요
	으 省略	쓰다	쓰는군요	★썼군요	쓸 거군요
	ㄹ 省略	놀다	★노는군요	놀았군요	놀 거군요
	ㄷ 不規則	걷다	걷는군요	★걸었군요	걸을 거군요
	ㅂ 不規則	돕다	돕는군요	★도왔군요	★도울 거군요
	ㅅ 不規則	짓다	짓는군요	★지었군요	★지을 거군요
	르 不規則	부르다	부르는군요	★불렀군요	부를 거군요
	있다/없다 存在／不存在	있다	★있군요	있었군요	있을 거군요
形容詞	母音結尾	유명하다	유명하군요	유명했군요	유명할 거군요
	子音結尾	많다	많군요	많았군요	많을 거군요
	있다/없다 有／沒有	맛있다	★★맛있군요	맛있었군요	맛있을 거군요
	으 省略	바쁘다	바쁘군요	★바빴군요	바쁠 거군요
	ㄹ 省略	길다	길군요	길었군요	길 거군요
	ㅂ 不規則	어렵다	어렵군요	★어려웠군요	★어려울 거군요
	르 不規則	다르다	다르군요	★달랐군요	다를 거군요
	'이다' 是	남자(이)다	남자군요	남자였군요	남자일 거군요
	'이다' 是	사람이다	사람이군요	사람이었군요	사람일 거군요

★ 有關不規則動詞詞形變化的詳細說明，請參考第289-291頁。
★★ 含有 있다 或 없다 的形容詞（例如：맛있다），則使用成 -는데 或 -는지。

● -(으)ㄴ가/나 보다: 表示推測。

	變化條件	範例	-나 봐요 P. 224		
			現在	過去	未來／推測
動詞	母音結尾	만나다	만나나 봐요	만났나 봐요	만날 건가 봐요
	子音結尾	읽다	읽나 봐요	읽었나 봐요	읽을 건가 봐요
	으 省略	쓰다	쓰나 봐요	★썼나 봐요	쓸 건가 봐요
	ㄹ 省略	놀다	★노나 봐요	놀았나 봐요	놀 건가 봐요
	ㄷ 不規則	걷다	걷나 봐요	★걸었나 봐요	★걸을 건가 봐요
	ㅂ 不規則	돕다	돕나 봐요	★도왔나 봐요	★도울 건가 봐요
	ㅅ 不規則	짓다	짓나 봐요	★지었나 봐요	★지을 건가 봐요
	르 不規則	부르다	부르나 봐요	★불렀나 봐요	부를 건가 봐요
	있다/없다 存在／不存在	있다	★있나 봐요	있었나 봐요	있을 건가 봐요
形容詞	母音結尾	유명하다	유명한가 봐요	유명했나 봐요	
	子音結尾	많다	많은가 봐요	많았나 봐요	
	있다/없다 有／沒有	맛있다	★★맛있나 봐요	맛있었나 봐요	
	으 省略	바쁘다	바쁜가 봐요	★바빴나 봐요	
	ㄹ 省略	길다	★긴가 봐요	길었나 봐요	
	ㅂ 不規則	어렵다	★어려운가 봐요	★어려웠나 봐요	
	르 不規則	다르다	다른가 봐요	★달랐나 봐요	
	'이다' 是	남자(이)다	남자인가 봐요	남자였나 봐요	
	'이다' 是	사람이다	사람인가 봐요	사람이었나 봐요	

★ 有關不規則動詞詞形變化的詳細說明，請參考第289-291頁。
★★ 含有 있다 或 없다 的形容詞（例如：맛있다），則使用成 -나 보다。

2. 間接引用。

不定詞為 －다고 的間接引用語尾，其詞形變化如下。

	變化條件	範例	陳述句 -다고 하다 P. 192			疑問句 -냐고 하다 P. 192			命令句 -(으)라고 하다 P. 192		提議句 -자고 하다 P. 192	
			現在	過去	未來	現在	過去	未來	肯定	否定	肯定	否定
動詞	母音結尾	만나다	만난다고 했어요	만났다고 했어요	만날 거라고 했어요	만나냐고 했어요	만났냐고 했어요	만날 거냐고 했어요	만나라고 했어요	만나지 말라고 했어요	만나자고 했어요	만나지 말라고 했어요
動詞	子音結尾	읽다	읽는다고 했어요	읽었다고 했어요	읽을 거라고 했어요	읽냐고 했어요	읽었냐고 했어요	읽을 거냐고 했어요	읽으라고 했어요	읽지 말라고 했어요	읽자고 했어요	읽지 말자고 했어요
動詞	ㅡ 省略	쓰다	쓴다고 했어요	★썼다고 했어요	쓸 거라고 했어요	쓰냐고 했어요	★썼냐고 했어요	쓸 거냐고 했어요	쓰라고 했어요	쓰지 말라고 했어요	쓰자고 했어요	쓰지 말자고 했어요
動詞	ㄹ 省略	놀다	★논다고 했어요	놀았다고 했어요	놀 거라고 했어요	★노냐고 했어요	놀았냐고 했어요	놀 거냐고 했어요	놀라고 했어요	놀지 말라고 했어요	놀자고 했어요	놀지 말자고 했어요
動詞	ㄷ 不規則	걷다	걷는다고 했어요	★걸었다고 했어요	★걸을 거라고 했어요	걷냐고 했어요	★걸었냐고 했어요	★걸을 거냐고 했어요	★걸으라고 했어요	걷지 말라고 했어요	걷자고 했어요	걷지 말자고 했어요
動詞	ㅂ 不規則	돕다	돕는다고 했어요	★도왔다고 했어요	★도울 거라고 했어요	돕냐고 했어요	★도왔냐고 했어요	★도울 거냐고 했어요	★도우라고 했어요	돕지 말라고 했어요	돕자고 했어요	돕지 말자고 했어요
動詞	ㅅ 不規則	짓다	짓는다고 했어요	★지었다고 했어요	★지을 거라고 했어요	짓냐고 했어요	★지었냐고 했어요	★지을 거냐고 했어요	★지으라고 했어요	짓지 말라고 했어요	짓자고 했어요	짓지 말자고 했어요
動詞	르 不規則	부르다	부른다고 했어요	★불렀다고 했어요	부를 거라고 했어요	부르냐고 했어요	★불렀냐고 했어요	부를 거냐고 했어요	부르라고 했어요	부르지 말라고 했어요	부르자고 했어요	부르지 말자고 했어요
動詞	있다/없다 存在／不存在	있다	★있다고 했어요	있었다고 했어요	있을 거라고 했어요	있냐고 했어요	있었냐고 했어요	있을 거냐고 했어요	있으라고 했어요	있지 말라고 했어요	있자고 했어요	있지 말자고 했어요
形容詞	母音結尾	유명하다	유명하다고 했어요	유명했다고 했어요	유명할 거라고 했어요	유명하냐고 했어요	유명했냐고 했어요	유명할 거냐고 했어요				
形容詞	子音結尾	많다	많다고 했어요	많았다고 했어요	많을 거라고 했어요	많냐고 했어요	많았냐고 했어요	많을 거냐고 했어요				
形容詞	있다/없다 有／沒有	맛있다	★★맛있다고 했어요	맛있었다고 했어요	맛있을 거라고 했어요	★★맛있냐고 했어요	맛있었냐고 했어요	맛있을 거냐고 했어요				
形容詞	ㅡ 省略	바쁘다	바쁘다고 했어요	★바빴다고 했어요	바쁠 거라고 했어요	바쁘냐고 했어요	★바빴냐고 했어요	바쁠 거냐고 했어요				
形容詞	ㄹ 省略	길다	길다고 했어요	길었다고 했어요	길 거라고 했어요	★기냐고 했어요	길었냐고 했어요	길 거냐고 했어요				
形容詞	ㅂ 不規則	어렵다	어렵다고 했어요	★어려웠다고 했어요	★어려울 거라고 했어요	어렵냐고 했어요	★어려웠냐고 했어요	어려울 거냐고 했어요				
形容詞	르 不規則	다르다	다르다고 했어요	★달랐다고 했어요	다를 거라고 했어요	다르냐고 했어요	★달랐냐고 했어요	다를 거냐고 했어요				
形容詞	'이다' 是	남자(이)다	★남자라고 했어요	남자였다고 했어요	남자일 거라고 했어요	남자냐고 했어요	남자였냐고 했어요	남자일 거냐고 했어요				
形容詞	'이다' 是	사람이다	★사람이라고 했어요	사람이었다고 했어요	사람일 거라고 했어요	사람이냐고 했어요	사람이었냐고 했어요	사람일 거냐고 했어요				

★ 有關不規則動詞詞形變化的詳細說明，請參考第289-291頁。
★★ 含有 있다 或 없다 的形容詞（例如：맛있다），連接 다고 變成 있다고/없다고 使用。

3. 韓語的口語和尊待語。

● -(으)시- : **非正式談話尊待語。**

	變化條件	範例	一般口語型態			尊待語語法		
			現在 -아/어요	過去 -았/었어요	未來／推測語氣 -(으)ㄹ 거예요	現在 -(으)세요	過去 -(으)셨어요	未來／推測語氣 -(으)실 거예요
動詞	母音結尾	보다	봐요	봤어요	볼 거예요	보세요	보셨어요	보실 거예요
	子音結尾	읽다	읽어요	읽었어요	읽을 거예요	읽으세요	읽으셨어요	읽으실 거예요
	으 省略	쓰다	★써요	★썼어요	쓸 거예요	쓰세요	쓰셨어요	쓰실 거예요
	ㄹ 省略	살다	살아요	살았어요	살 거예요	★사세요	★사셨어요	★사실 거예요
	ㄷ 不規則	듣다	★들어요	★들었어요	★들을 거예요	★들으세요	★들으셨어요	★들으실 거예요
	ㅂ 不規則	돕다	★도와요	★도왔어요	★도울 거예요	★도우세요	★도우셨어요	★도우실 거예요
	ㅅ 不規則	짓다	★지어요	★지었어요	★지을 거예요	★지으세요	★지으셨어요	★지으실 거예요
	르 不規則	모르다	★몰라요	★몰랐어요	모를 거예요	모르세요	모르셨어요	모르실 거예요
	例外動詞	먹다	먹어요	먹었어요	먹을 거예요	★드세요	★드셨어요	★드실 거예요
		자다	자요	잤어요	잘 거예요	★주무세요	★주무셨어요	★주무실 거예요
		말하다	말해요	말했어요	말할 거예요	★말씀하세요	★말씀하셨어요	★말씀하실 거예요
		있다 (存在)	있어요	있었어요	있을 거예요	★계세요	★계셨어요	★계실 거예요
形容詞	있다 擁有著	있다 (擁有)	있어요	있었어요	있을 거예요	★있으세요	★있으셨어요	★있으실 거예요
	母音結尾	편하다	편해요	편했어요	편할 거예요	편하세요	편하셨어요	편하실 거예요
	子音結尾	좋다	좋아요	좋았어요	좋을 거예요	좋으세요	좋으셨어요	좋으실 거예요
	으 省略	바쁘다	★바빠요	★바빴어요	바쁠 거예요	바쁘세요	바쁘셨어요	바쁘실 거예요
	ㄹ 省略	길다	길어요	길었어요	길 거예요	★기세요	★기셨어요	★기실 거예요
	ㅂ 不規則	어렵다	★어려워요	★어려웠어요	★어려울 거예요	★어려우세요	★어려우셨어요	★어려우실 거예요
	르 不規則	다르다	★달라요	★달랐어요	다를 거예요	다르세요	다르셨어요	다르실 거예요
	'이다' 是	남자(이)다	남자예요	남자였어요	남자일 거예요	남자세요	남자셨어요	남자실 거예요
	'이다' 是	사람이다	사람이에요	사람이었어요	사람일 거예요	사람이세요	사람이셨어요	사람이실 거예요

★ 有關不規則動詞詞形變化的詳細說明，請參考第289-291頁。

• **正式談話 -(스)ㅂ니다：正式的尊待語。****P.136**

	變化條件	範例	陳述句						命令句		提議句	
			正式談話			正式尊待語			肯定	否定	肯定	否定
			現在 -(스)ㅂ니다	過去 -았/었습니다	未來／推測 -(으)ㄹ 것입니다	現在 -(으)십니다	過去 -(으)셨습니다	未來／推測 -(으)실 것입니다	-(으) 십시오	-지 마십시오	-(으)ㅂ시다	-지 맙시다
動詞	母音結尾	보다	봅니다	봤습니다	볼 것입니다	보십니다	보셨습니다	보실 것입니다	보십시오	보지 마십시오	봅시다	보지 맙시다
	子音結尾	읽다	읽습니다	읽었습니다	읽을 것입니다	읽으십니다	읽으셨습니다	읽으실 것입니다	읽으십시오	읽지 마십시오	읽읍시다	읽지 맙시다
	으 省略	쓰다	씁니다	★썼습니다	쓸 것입니다	쓰십니다	쓰셨습니다	쓰실 것입니다	쓰십시오	쓰지 마십시오	씁시다	쓰지 맙시다
	ㄹ 省略	살다	★삽니다	살았습니다	살 것입니다	★사십니다	★사셨습니다	★사실 것입니다	★사십시오	살지 마십시오	★삽시다	살지 맙시다
	ㄷ 不規則	듣다	듣습니다	들었습니다	★들을 것입니다	★들으십니다	★들으셨습니다	★들으실 것입니다	★들으십시오	듣지 마십시오	★들읍시다	듣지 맙시다
	ㅂ 不規則	돕다	돕습니다	★도왔습니다	★도울 것입니다	★도우십니다	★도우셨습니다	★도우실 것입니다	★도우십시오	돕지 마십시오	★도웁시다	돕지 맙시다
	ㅅ 不規則	짓다	짓습니다	★지었습니다	★지을 것입니다	★지으십니다	★지으셨습니다	★지으실 것입니다	★지으십시오	짓지 마십시오	★지읍시다	짓지 맙시다
	르 不規則	부르다	부릅니다	★불렀습니다	부를 것입니다	부르십니다	부르셨습니다	부르실 것입니다	부르십시오	부르지 마십시오	부릅시다	부르지 맙시다
	子音結尾	먹다	먹습니다	먹었습니다	먹을 것입니다	★드십니다	★드셨습니다	★드실 것입니다	★드십시오	★드시지 마십시오	먹읍시다	먹지 맙시다
	子音結尾	자다	잡니다	잤습니다	잘 것입니다	★주무십니다	★주무셨습니다	★주무실 것입니다	★주무십시오	★주무시지 마십시오	잡시다	자지 맙시다
	子音結尾	말하다	말합니다	말했습니다	말할 것입니다	★말씀하십니다	★말씀하셨습니다	★말씀하실 것입니다	★말씀하십시오	★말씀하시지 마십시오	말합시다	말하지 맙시다
	있다 存在	있다	있습니다	있었습니다	있을 것입니다	★계십니다	★계셨습니다	★계실 것입니다	★계십시오	★계시지 마십시오	★있읍시다	★있지 맙시다
形容詞	있다 擁有	있다	있습니다	있었습니다	있을 것입니다	★있으십니다	★있으셨습니다	★있으실 것입니다	★있으십시오	★있지 마십시오	★있읍시다	★있지 맙시다
	母音結尾	편하다	편합니다	편했습니다	편할 것입니다	편하십니다	편하셨습니다	편하실 것입니다				
	子音結尾	좋다	좋습니다	좋았습니다	좋을 것입니다	좋으십니다	좋으셨습니다	좋으실 것입니다				
	으 省略	바쁘다	바쁩니다	★바빴습니다	바쁠 것입니다	바쁘십니다	바쁘셨습니다	바쁘실 것입니다				
	ㄹ 省略	길다	깁니다	길었습니다	길 것입니다	★기십니다	★기셨습니다	★기실 것입니다				
	ㅂ 不規則	어렵다	어렵습니다	★어려웠습니다	★어려울 것입니다	★어려우십니다	★어려우셨습니다	★어려우실 것입니다				
	르 不規則	다르다	다릅니다	★달랐습니다	다를 것입니다	다르십니다	다르셨습니다	다르실 것입니다				
	'이다' 是	남자(이)다	남자입니다	남자였습니다	남자일 것입니다	남자십니다	남자셨습니다	남자실 것입니다				
	'이다' 是	사람이다	사람입니다	사람이었습니다	사람일 것입니다	사람이십니다	사람이셨습니다	사람이실 것입니다				

★ 有關不規則動詞詞形變化的詳細說明，請參考第289-291頁。

我想知道

當連接連結語尾時，尊待語語尾 -(으)시- 的詞形變化如下。

一般	尊待語	一般	尊待語	一般	尊待語
-고	-(으)시고	-(으)면	-(으)시면	-아/어서	-(으)셔서
-지만	-(으)시지만	-(으)려고	-(으)시려고	-아/어도	-(으)셔도
-기 전에	-(으)시기 전에	-(으)니까	-(으)시니까	-아/어야	-(으)셔야

- **一般談話形態：平語／半語（非尊待語）。P.160**

	變化條件	範例	陳述句			命令句		提議句	
			現在	過去	未來／推測	肯定	否定	肯定	否定
動詞	母音結尾	보다	봐	봤어	볼 거야	봐	보지 마	보자	보지 말자
	子音結尾	먹다	먹어	먹었어	먹을 거야	먹어	먹지 마	먹자	먹지 말자
	으 省略	쓰다	★써	★썼어	쓸 거야	★써	쓰지 마	쓰자	쓰지 말자
	ㄹ 省略	놀다	놀아	놀았어	놀 거야	놀아	놀지 마	놀자	놀지 말자
	ㄷ 不規則	듣다	★들어	★들었어	★들을 거야	★들어	듣지 마	듣자	듣지 말자
	ㅂ 不規則	돕다	★도와	★도왔어	★도울 거야	★도와	돕지 마	돕자	돕지 말자
	ㅅ 不規則	짓다	★지어	★지었어	★지을 거야	★지어	짓지 마	짓자	짓지 말자
	르 不規則	부르다	★불러	★불렀어	부를 거야	★불러	부르지 마	부르자	부르지 말자
	있다/없다 存在／不存在	있다	있어	있었어	있을 거야	있어	있지 마	있자	있지 말자
形容詞	母音結尾	편하다	편해	편했어	편할 거야				
	子音結尾	좋다	좋아	좋았어	좋을 거야				
	으 省略	바쁘다	★바빠	★바빴어	바쁠 거야				
	ㄹ 省略	길다	길어	길었어	길 거야				
	ㅂ 不規則	어렵다	★어려워	★어려웠어	★어려울 거야				
	르 不規則	다르다	★달라	★달랐어	다를 거야				
	'이다' 是	남자(이)다	★남자야	★남자였어	남자일 거야				
	'이다' 是	사람이다	★사람이야	★사람이었어	사람일 거야				

★ 有關不規則動詞詞形變化的詳細說明，請參考第289-291頁。

解 答

第 1 課

自我小測驗 1 ······ P. 17

1 (1) ⓑ (2) ⓑ (3) ⓑ (4) ⓐ (5) ⓐ (6) ⓑ (7) ⓐ (8) ⓐ

2 (1) 얼마나 (2) 어떻게 (3) 누가 (4) 어때요 (5) 왜 (6) 얼마예요

3 (1) 기다린 지 (2) 먹은 지 (3) 산 지 (4) 다닌 지

自我小測驗 2 ······ P. 21

1 (1) ⓑ (2) ⓑ (3) ⓐ (4) ⓐ (5) ⓑ (6) ⓐ

2 (1) 어렵지만 (2) 없지만 (3) 했지만 (4) 재미없었지만

3 (1) 영화를 보러 (2) 밥을 먹으러 (3) 음료수를 사러 (4) 선물을 찾으러 (5) 친구를 만나러 (6) 약을 사러

自我小測驗 3 ······ P. 25

1 (1) ⓑ (2) ⓐ (3) ⓑ (4) ⓑ (5) ⓑ (6) ⓐ

2 (1) 마리가 (2) 곡을 (3) 마디 (4) 군데

3 (1) 세 잔을 (2) 세 장을 (3) 한 켤레 (4) 두 봉지를 (5) 한 상자를

第 2 課

自我小測驗 1 ······ P. 33

1 (1) 비가 오고/왔고 바람이 불었어요
(2) 체육관에 가서 운동할 거예요
(3) 값이 싸고 맛있어요

2 (1) ⓐ (2) ⓑ (3) ⓑ (4) ⓐ (5) ⓑ (6) ⓑ

3 (1) 일하면서 (2) 좋으면서 (3) 운전하면서 (4) 낮으면서

自我小測驗 2 ······ P. 37

1 (1) 타거나 (2) 내거나 (3) 많거나

2 (1) 많이 자는 (2) 늦게 일어나는 (3) 자주 요리하는 (4) 거의 영화를 안 보는/보지 않는

3 (1) ⓑ (2) ⓑ (3) ⓑ (4) ⓐ

自我小測驗 3 ······ P. 41

1 (1) 세수한 후에/다음에/뒤에 (2) 면도한 후에 (3) 닦기 전에 (4) 집에서 나가기

2 (1) 일을 시작하기 전에
(2) 친구하고 싸운 후에/다음에/뒤에
(3) 고향에 돌아가기 전에
(4) 한국어를 배운 후에/다음에/뒤에

3 (1) 비가 온 (2) 식기 (3) 사기 (4) 끝난

第 3 課

自我小測驗 1 ······ P. 49

1 (1) 여행 갈까요 (2) 식사할까요 (3) 예매할까요 (4) 들을까요

2 (1) 쉬는 (2) 사용하는 (3) 필요한 (4) 전화하는

3 (1) ⓑ (2) ⓐ (3) ⓐ (4) ⓐ (5) ⓑ

自我小測驗 2 ······ P. 53

1 (1) ⓑ (2) ⓑ (3) ⓐ (4) ⓐ (5) ⓐ (6) ⓐ

2 (1) 갑자기 다른 일이 생겨서 (2) 자판기가 고장 나서 (3) 배터리가 다 돼서 (4) 성격이 안 맞아서 (5) 문법 질문이 있어서

3 (1) 운동하기로 (2) 공부하기로 (3) 늦지 않기로 (4) 여행 가기로

自我小測驗 3 ······ P. 57

1 (1) ⓑ (2) ⓐ (3) ⓑ (4) ⓑ (5) ⓐ (6) ⓑ

2 (1) 맛있으니까 (2) 불편하니까 (3) 봤으니까 (4) 잠이 들었으니까 (5) 안 끝났으니까/끝나지 않았으니까

3 (1) ⓑ (2) ⓓ (3) ⓐ (4) ⓒ

第 4 課

自我小測驗 1 ······ P. 65

1 (1) 물어보면 (2) 늦으면 (3) 읽으면 (4) 마시면

2 (1) ⓑ (2) ⓐ (3) ⓐ (4) ⓑ

3 (1) ⓒ (2) ⓐ (3) ⓓ (4) ⓑ

自我小測驗 2 ······ P. 69

1 (1) ⓔ (2) ⓓ (3) ⓐ (4) ⓕ (5) ⓑ (6) ⓒ

2 (1) ⓑ (2) ⓑ (3) ⓐ (4) ⓑ

3 (1) 대학교를 졸업하자마자 (2) 소식을 듣자마자 (3) 핸드폰을 사자마자 (4) 숙소를 찾자마자 (5) 집에 들어가자마자

自我小測驗 3 ······ P. 73

1 (1) 언제 일을 시작하는지 (2) 어떻게 그 사실을 알았는지
(3) 어디로 여행 가고 싶은지 (4) 고향이 어딘지/어디인지
(5) 어른에게 어떻게 말해야 하는지
(6) 왜 친구의 얘기를 듣지 않는지

2 (1) ⓑ (2) ⓑ (3) ⓑ (4) ⓐ

3 (1) 싸지요 (2) 덥지요 (3) 쉽지 않지요 (4) 먹었지요 (5) 읽지요 (6) 부산이지요

第 5 課

自我小測驗 1 P. 81

1 (1) 책을 읽으려고 해요
(2) 다음 주 수요일에 보려고 하
(3) 등산 안 가려고 해요/등산 가지 않으려고 해요

2 (1) ⓑ (2) ⓑ (3) ⓑ (4) ⓐ

3 (1) ⓓ (2) ⓒ (3) ⓐ (4) ⓑ

自我小測驗 2 P. 85

1 (1) ⓐ (2) ⓑ (3) ⓑ (4) ⓑ

2 (1) ⓒ (2) ⓓ (3) ⓔ (4) ⓑ (5) ⓐ

3 (1) 얼굴이 예쁜 (2) 분위기가 좋은 (3) 사는 (4) 운전하는

自我小測驗 3 P. 89

1 (1) ⓑ (2) ⓐ (3) ⓑ (4) ⓐ

2 (1) ⓐ (2) ⓑ (3) ⓐ (4) ⓑ

3 (1) 간 적이 있 (2) 배운 적이 있 (3) 해 본 적이 없
(4) 먹은 적이 있 (5) 들은 적이 없 (6) 산 적이 없어서

第 6 課

自我小測驗 1 P. 97

1 (1) 써도 (2) 앉아도 (3) 봐도 (4) 입어 봐도

2 (1) 모아야 (2) 지켜야 (3) 줄여야 (4) 맡겨야

3 (1) ⓑ (2) ⓐ (3) ⓑ (4) ⓐ

自我小測驗 2 P. 101

1 (1) ⓑ (2) ⓐ (3) ⓑ (4) ⓑ

2 (1) 인터넷으로 사, 여행사에 전화하
(2) 공원에서 산책하, 맛있는 음식을 먹
(3) 택시를 타, 한국 사람에게 길을 물어보

自我小測驗 3 P. 105

1 (1) 담배를 피우면 안 돼요 (2) 늦게 오면 안 돼요
(3) 음악을 틀면 안 돼요 (4) 예약을 미루면 안 돼요

2 (1) ⓔ (2) ⓕ (3) ⓒ (4) ⓑ (5) ⓓ (6) ⓐ

3 (1) ⓐ (2) ⓐ (3) ⓐ (4) ⓑ (5) ⓐ (6) ⓑ

第 7 課

自我小測驗 1 P. 113

1 (1) ⓐ (2) ⓑ (3) ⓐ (4) ⓑ (5) ⓑ (6) ⓑ

2 (1) 그만두게 됐어요 (2) 짜게 됐어요 (3) 적응하게 됐어요
(4) 잘하게 돼요/잘하게 될 거예요

3 (1) ⓑ (2) ⓔ (3) ⓐ (4) ⓒ (5) ⓓ

自我小測驗 2 P. 117

1 (1) ⓑ (2) ⓐ (3) ⓑ (4) ⓑ (5) ⓐ (6) ⓑ

2 (1) 멋있기는요 (2) 못하기는요 (3) 힘들기는요
(4) 안 하기는요 (5) 고맙기는요 (6) 미인은요

3 (1) 부니까 (2) 받았기 때문에 (3) 친구들 때문에
(4) 피곤하니까

自我小測驗 3 P. 121

1 (1) ⓔ (2) ⓓ (3) ⓒ (4) ⓑ (5) ⓐ

2 (1) 잘하거든요 (2) 있거든요 (3) 살았거든요
(4) 오거든요 (5) 다르거든요

3 (1) ⓐ (2) ⓑ (3) ⓑ (4) ⓑ

第 8 課

自我小測驗 1 P. 129

1 (1) ⓐ (2) ⓔ (3) ⓑ (4) ⓒ (5) ⓓ

2 (1) 다니는 동안에 (2) 공부하는 동안에 (3) 사는 동안에
(4) 회의하는 동안에 (5) 외출한 동안에

3 (1) ⓑ (2) ⓐ (3) ⓑ (4) ⓑ

自我小測驗 2 P. 133

1 (1) ⓑ (2) ⓑ (3) ⓐ (4) ⓐ

2 (1) 음악을 들어 보니까 (2) 전화해 보니까
(3) 차를 마셔 보니까 (4) 태권도를 배워 보니까
(5) 지하철을 타 보니까

3 (1) 신으시겠어요 (2) 드시겠어요 (3) 사시겠어요
(4) 보시겠어요

自我小測驗 3 P. 137

1 (1) 변호사입니다 (2) 보냈습니다 (3) 만납니다
(4) 주고받습니다 (5) 아쉽습니다 (6) 말씀드리겠습니다
(7) 타십니다 (8) 대해 주십니다 (9) 식사하셨습니다
(10) 존경하고 있습니다

2 (1) 이십니까? 아닙니다, 입니다
(2) 오셨습니까? 그렇습니다 (3) 주십시오, 하겠습니다
(4) 합시다! 그럽시다

3 (1) 받는 대로 (2) 끝나는 대로 (3) 밝는 대로
(4) 읽는 대로

第 9 課

自我小測驗 1 P. 145

1 (1) ⓔ (2) ⓐ (3) ⓓ (4) ⓑ (5) ⓒ

2 (1) 시간이 날 (2) 하기 싫은 일을 할 (3) 처음 만났을
(4) 회사를 그만둘

3 (1) ⓐ (2) ⓑ (3) ⓑ (4) ⓐ

自我小測驗 2 P. 149

1 (1)ⓑ (2)ⓐ (3)ⓑ (4)ⓐ (5)ⓑ (6)ⓑ

2 (1)ⓕ (2)ⓐ (3)ⓔ (4)ⓑ (5)ⓒ (6)ⓓ

3 (1) 비싸도 (2) 편해졌어요 (3) 연습해도 (4) 추워져요
(5) 한국인이라도

自我小測驗 3 P. 153

1 (1)③ⓑ (2)④ⓐ (3)①ⓓ (4)②ⓒ

2 (1) 잘하려면 (2) 타려면 (3) 거절하려면
(4) 화해하려면 (5) 후회하지 않으려면

3 (1)ⓐ (2)ⓑ (3)ⓑ (4)ⓐ (5)ⓑ

第 10 課

自我小測驗 1 P. 161

1 (1)ⓑ (2)ⓐ (3)ⓐ (4)ⓑ

2 (1) 있어 (2) 어/응 (3) 왜 (4) 가자 (5) 내가 (6) 아니야
(7) 나한테 (8) 너는 (9) 사 줘 (10) 보자/봐

3 (1) 나는 (2) 내가 (3) 먹어요/먹읍시다 (4) 어/응

自我小測驗 2 P. 165

1 (1) 만들 줄 몰라요 (2) 탈 줄 모르 (3) 고칠 줄 아
(4) 운전할 줄 알 (5) 사용할 줄 몰라

2 (1)ⓒ (2)ⓐ (3)ⓔ (4)ⓑ (5)ⓓ

3 (1)ⓑ (2)ⓑ (3)ⓐ (4)ⓑ (5)ⓑ (6)ⓑ

自我小測驗 3 P. 169

1 (1)ⓐ (2)ⓑ (3)ⓑ (4)ⓑ

2 (1) 준비해야겠어요 (2) 알아봐야겠어요 (3) 일해야겠어
(4) 피우지 않아야겠어요/피우지 말아야겠어요

3 (1)ⓑ (2)ⓒ (3)ⓐ (4)ⓔ (5)ⓓ

第 11 課

自我小測驗 1 P. 177

1 (1)ⓑ (2)ⓑ (3)ⓑ (4)ⓐ (5)ⓐ (6)ⓐ

2 (1) 시설이 깨끗한 (2) 스트레스를 안 받는/받지 않는
(3) 얘기를 잘 들어 주는 (4) 친구하고 같이 본

3 (1) 맛있어 (2) 피곤해 (3) 나이 들어 (4) 친해

自我小測驗 2 P. 181

1 (1) 몇 살일까요 (2) 살까요 (3) 있을까요
(4) 생각할까요 (5) 왜 왔을까요

2 (1)ⓑ (2)ⓐ (3)ⓐ (4)ⓐ (5)ⓐ

3 (1)ⓐ (2)ⓒ (3)ⓓ (4)ⓑ

自我小測驗 3 P. 185

1 (1) 구했으면 좋겠어요 (2) 사귀었으면 좋겠어요
(3) 건강했으면 좋겠어요/건강하셨으면 좋겠어요
(4) 지냈으면 좋겠어요
(5) 생기지 않았으면 좋겠어요/생기지 말았으면 좋겠어요

2 (1)ⓐ (2)ⓑ (3)ⓑ (4)ⓐ (5)ⓑ

3 (1)ⓔ (2)ⓒ (3)ⓑ (4)ⓐ (5)ⓕ (6)ⓓ

第 12 課

自我小測驗 1 P. 193

1 (1) 밤에 잠이 잘 안 온다고
(2) 음식이 상했으니까 먹지 말라고
(3) 어느 옷이 제일 마음에 드냐고
(4) 이번 주말에 같이 영화를 보자고
(5) 집주인의 연락처를 알려 달라고

2 (1) 어렵다고요 (2) 모른다고요 (3) 말하지 말라고요
(4) 전화하겠다고/전화한다고

3 (1) 그렇다고 (2) 자기 지갑이 (3) 쓰지 않는다고
(4) 먹고 싶다고 (5) 살라고요?

自我小測驗 2 P. 197

1 (1)ⓐ (2)ⓐ (3)ⓑ (4)ⓐ (5)ⓑ (6)ⓐ

2 (1)ⓔ (2)ⓐ (3)ⓑ (4)ⓒ (5)ⓕ (6)ⓓ

3 (1) 늦을지도 (2) 받을지도 (3) 알지도 (4) 쌀지도
(5) 갔을지도 (6) 말했을지도

自我小測驗 3 P. 201

1 (1) 준기 씨의 집이 크고 집세도 싸다면서요
(2) 준기 씨가 바빠서 시간이 없다면서요
(3) 준기 씨는 회사에 갈 때 버스로 2시간 걸린다면서요
(4) 준기 씨 양복이 백만 원이라면서요
(5) 준기 씨가 다음 달에 결혼할 거라면서요

2 (1)ⓐ (2)ⓑ (3)ⓑ (4)ⓐ (5)ⓑ (6)ⓑ

3 (1) 사장님이라면서요? (2) 기다리라면서요?
(3) 떨어질 뻔했어요 (4) 있다면서요?

第 13 課

自我小測驗 1 P. 209

1 (1) 짤 테니까 (2) 돌볼 테니까 (3) 막힐 테니까
(4) 말하지 않을 테니까/말 안 할 테니까 (5) 도착했을 테니까

2 (1)ⓐ (2)ⓐ (3)ⓑ (4)ⓐ (5)ⓐ (6)ⓑ

3 (1)ⓑ (2)ⓓ (3)ⓒ (4)ⓔ (5)ⓐ

自我小測驗 2 ········· P. 213

1 (1) ⓐ (2) ⓑ (3) ⓐ (4) ⓑ

2 (1) 배울까 해요 (2) 안 갈까 해요/가지 말까 해요
(3) 먹을까 하 (4) 살까

3 (1) 마실수록 (2) 많을수록 (3) 들을수록 (4) 들수록

自我小測驗 3 ········· P. 217

1 (1) ⓐ (2) ⓑ (3) ⓑ (4) ⓑ (5) ⓐ

2 (1) ⓓ (2) ⓐ (3) ⓒ (4) ⓒ

3 (1) 좋군요 (2) 왔군요 (3) 알겠군요 (4) 귀여웠겠군요

第 14 課

自我小測驗 1 ········· P. 225

1 (1) ⓑ (2) ⓐ (3) ⓐ (4) ⓑ

2 (1) 오나 봐요 (2) 잤나 봐요 (3) 유명한가 봐요
(4) 먼가 봐요 (5) 있나 봐요

3 (1) 산 줄 알았어요 (2) 가는 줄 알았어요
(3) 일한 줄 알았어요 (4) 매운 줄 알았어요

自我小測驗 2 ········· P. 229

1 (1) 70년대에 유행했던/유행하던
(2) 어렸을 때 가지고 놀았던/놀던
(3) 전에 친구하고 갈비를 먹었던
(4) 학교 다닐 때 키가 작았던/작던
(5) 5년 전에 회사 동료였던/동료이던
(6) 몇 년 전에 할머니께서 주셨던

2 (1) ⓑ (2) ⓐ (3) ⓑ (4) ⓐ (5) ⓐ

3 (1) 먹곤 해요 (2) 보곤 해요 (3) 싸우곤 했어요
(4) 산책하곤 했어요

自我小測驗 3 ········· P. 233

1 (1) 공부하느라고 (2) 참느라고 (3) 사느라고
(4) 돌보느라고 (5) 찾느라고 (6) 나오느라고

2 (1) 비가 와서 (2) 바빠서
(3) 회의를 하느라고/회의가 있어서
(4) 제가 음악을 듣느라고/동생이 음악을 들어서
(5) 여자 친구를 만나느라고/여자 친구가 생겨서

3 (1) ⓐ (2) ⓐ (3) ⓑ (4) ⓐ (5) ⓑ

第 15 課

自我小測驗 1 ········· P. 241

1 (1) ③ⓑ (2) ①ⓓ (3) ④ⓐ (4) ②ⓕ
(5) ⑥ⓔ (6) ⑤ⓒ

2 (1) 들다가 (2) 놀다가 (3) 졸다가 (4) 걷다가

3 (1) ⓑ (2) ⓐ (3) ⓐ (4) ⓐ (5) ⓑ (6) ⓑ

自我小測驗 2 ········· P. 245

1 (1) 예약했어야지요 (2) 참았어야지요
(3) 받지 말았어야지요/받지 않았어야지요
(4) 나가지 말았어야지요/나가지 않았어야지요
(5) 확인했어야지

2 (1) 갔어야 했는데 (2) 사과했어야 했는데
(3) 돌려줬어야 했는데 (4) 웃지 말았어야 했는데

3 (1) ⓐ (2) ⓐ (3) ⓑ (4) ⓑ (5) ⓐ

自我小測驗 3 ········· P. 249

1 (1) ⓑ (2) ⓐ (3) ⓑ (4) ⓑ (5) ⓐ (6) ⓑ

2 (1) 예쁠 텐데 (2) 비쌀 텐데 (3) 심심할 텐데
(4) 아닐 텐데 (5) 화가 났을 텐데

3 (1) ⓐ (2) ⓒ (3) ⓓ (4) ⓑ

單字心智圖漢字語整理

第 1 課

한국〔韓國〕: 韓國

대한민국〔大韓民國〕: 大韓民國
- 대학〔大學〕: 大學
- 최대〔最大〕: 最大
- 대부분〔大部分〕: 大部分

한복〔韓服〕: 韓服
- 교복〔校服〕: 校服
- 운동복〔運動服〕: 運動服
- 수영복〔水泳服〕: 泳裝

한류〔韓流〕: 韓流
- 교류〔交流〕: 交流
- 상류〔上流〕: 上流
- 주류〔主流〕: 主流

국어〔國語〕: 國語
- 단어〔單語〕: 單字
- 언어〔言語〕: 語言
- 어학〔語學〕: 語學

외국〔外國〕: 外國
- 외출〔外出〕: 外出
- 외교〔外交〕: 外交
- 해외〔海外〕: 海外

국내〔國內〕: 國內
- 실내〔室內〕: 室內
- 시내〔市內〕: 市內
- 내용〔內容〕: 內容

第 2 課

주말〔週末〕: 週末

매주〔每週〕: 每週
- 매일〔每日〕: 每天
- 매월〔每月〕: 每月
- 매년〔每年〕: 每年

일주일〔一週日〕: 一週
- 생일〔生日〕: 生日
- 휴일〔休日〕: 休假
- 기념일〔紀念日〕: 紀念日

주급〔週給〕: 週薪
- 월급〔月給〕: 月薪
- 시급〔時給〕: 時薪
- 급식〔給食〕: 供餐

월말〔月末〕: 月底
- 월세〔月貰〕: 月租
- 월초〔月初〕: 月初
- 월간지〔月刊誌〕: 月刊

연말〔年末〕: 年底
- 작년〔昨年〕: 去年
- 내년〔來年〕: 明年
- 연금〔年金〕: 年金

결말〔結末〕: 結尾
- 결국〔結局〕: 終究
- 결과〔結果〕: 結果
- 결론〔結論〕: 結論

第 3 課

시간〔時間〕: 時間

동시〔同時〕: 同時
- 동료〔同僚〕: 同事
- 동창〔同窓〕: 同學
- 동의〔同意〕: 同意

일시적〔一時的〕: 一時的
일부〔一部〕: 一部分
일방적〔一方的〕: 單方面
통일〔統一〕: 統一

시계〔時計〕: 時鐘
온도계〔溫度計〕: 溫度計
계산〔計算〕: 計算
계획〔計劃〕: 計畫

중간〔中間〕: 中間
중심〔中心〕: 中心
중순〔中旬〕: 中旬
집중〔集中〕: 集中

기간〔期間〕: 期間
단기〔短期〕: 短期
장기〔長期〕: 長期
초기〔初期〕: 初期

인간〔人間〕: 人類
개인〔個人〕: 個人
본인〔本人〕: 本人
군인〔軍人〕: 軍人

第 4 課

서점〔書店〕: 書店

교과서〔教科書〕: 教科書
교사〔教師〕: 教師
종교〔宗教〕: 宗教
교육〔教育〕: 教育

계약서〔契約書〕: 合約書
약속〔約束〕: 約定
예약〔豫約〕: 預約
선약〔先約〕: 有約在先

유서〔遺書〕: 遺書
유산〔遺產〕: 遺產
유전〔遺傳〕: 遺傳
유적〔遺跡〕: 遺跡

본점〔本店〕: 總店
본업〔本業〕: 本業
본사〔本社〕: 總公司
본부〔本部〕: 總部

매점〔賣店〕: 小舖
매장〔賣場〕: 賣場
매표소〔賣票所〕: 售票處
매진〔賣盡〕: 售完

점원〔店員〕: 店員
직원〔職員〕: 員工
회원〔會員〕: 會員
공무원〔公務員〕: 公務員

第 5 課

음식〔飲食〕飲食

음료수〔飲料水〕: 飲料
생수〔生水〕: 礦泉水
정수기〔淨水器〕: 飲水機
수도〔水道〕: 水龍頭

음주 운전〔飲酒運轉〕: 酒後駕駛
맥주〔麥酒〕: 啤酒
소주〔燒酒〕: 燒酒
포도주〔葡萄酒〕: 葡萄酒

과음〔過飲〕: 喝過量
과속〔過速〕: 超速
과로〔過勞〕: 過勞
과식〔過食〕: 吃過量

식당〔食堂〕: 餐廳
강당〔講堂〕: 禮堂
성당〔聖堂〕: 教堂

후식〔後食〕: 甜點
후손〔後孫〕: 子孫
후배〔後輩〕: 後輩
오후〔午後〕: 下午

회식〔會食〕: 聚餐
회사〔會社〕: 公司
회의〔會議〕: 會議
회비〔會費〕: 會費

第 6 課

무선〔無線〕: 無線

무관〔無關〕: 無關
- 관심〔關心〕: 關心
- 관계〔關係〕: 關係
- 관련〔關聯〕: 關聯

무시〔無視〕: 無視
- 감시〔監視〕: 監視
- 경시〔輕視〕: 輕視
- 중시〔重視〕: 重視

무례〔無禮〕: 無禮
- 예절〔禮節〕: 禮節
- 예의〔禮儀〕: 禮儀
- 장례식〔葬禮式〕: 葬禮

노선〔路線〕: 路線
- 고속도로〔高速道路〕: 高速公路
- 산책로〔散策路〕: 林蔭道
- 가로등〔街路燈〕: 路燈

직선〔直線〕: 直線
- 직접〔直接〕: 直接
- 직진〔直進〕: 直行
- 직행〔直行〕: 直達

전선〔電線〕: 電線
- 충전〔充電〕: 充電
- 전기〔電氣〕: 電器
- 전화〔電話〕: 電話

第 7 課

불편〔不便〕: 不便

불행〔不幸〕: 不幸
- 다행〔多幸〕: 幸好
- 행복〔幸福〕: 幸福
- 행운〔幸運〕: 幸運

불가능〔不可能〕: 不可能
- 허가〔許可〕: 許可
- 불가〔不可〕: 不可
- 가능성〔可能性〕: 可能性

불신〔不信〕: 不信任
- 확신〔確信〕: 確信
- 신뢰〔信賴〕: 信賴
- 신용〔信用〕카드 : 信用卡

간편〔簡便〕: 簡便
- 간단〔簡單〕: 簡單
- 간이 화장실〔簡易化粧室〕: 簡易化粧室
- 간소화〔簡素化〕: 簡化

편안〔便安〕: 平安
- 불안〔不安〕: 不安
- 안녕〔安寧〕: 安寧
- 안전〔安全〕: 安全

편리〔便利〕: 便利
- 유리〔有利〕: 有利
- 이용〔利用〕: 利用
- 불리〔不利〕: 不利

第 8 課

상품〔商品〕: 商品

상업〔商業〕: 商業
- 공업〔工業〕: 工業
- 농업〔農業〕: 農業
- 산업〔産業〕: 產業

상표〔商標〕: 商標
- 목표〔目標〕: 目標
- 표시〔標示〕: 標示
- 표준〔標準〕: 標準

상가〔商街〕: 商業街
- 대학가〔大學街〕: 大學街
- 주택가〔住宅街〕: 住宅區
- 가로수〔街路樹〕: 行道樹

명품〔名品〕: 名牌
유명〔有名〕: 有名
무명〔無名〕: 無名
명소〔名所〕: 名勝

물품〔物品〕: 物品
선물〔膳物〕: 禮物
물가〔物價〕: 物價
건물〔建物〕: 建築

작품〔作品〕: 作品
시작〔始作〕: 開始
작가〔作家〕: 作家
부작용〔副作用〕: 副作用

第 9 課

실력〔實力〕: 實力

사실〔事實〕: 事實
사고〔事故〕: 事故
행사〔行事〕: 活動
사업〔事業〕: 事業

현실〔現實〕: 現實
현재〔現在〕: 現在
표현〔表現〕: 表現
현금〔現金〕: 現金

확실〔確實〕: 確實
확인〔確認〕: 確認
정확〔正確〕: 正確
확률〔確率〕: 機率

권력〔權力〕: 權力
저작권〔著作權〕: 著作權
인권〔人權〕: 人權
권리〔權利〕: 權利

체력〔體力〕: 體力
신체〔身體〕: 身體
체험〔體驗〕: 體驗
체감〔體感〕: 體感

강력〔强力〕: 強力
강조〔强調〕: 強調
강요〔强要〕: 強迫
강대국〔强大國〕: 強大國家

第 10 課

문제〔問題〕: 問題

문제점〔問題點〕: 問題點
관점〔觀點〕: 觀點
장점〔長點〕: 優點
단점〔短點〕: 缺點

질문〔質問〕: 問題
본질〔本質〕: 本質
품질〔品質〕: 品質
소질〔素質〕: 素質

문답〔問答〕: 問答
대답〔對答〕: 回答
정답〔正答〕: 解答
답장〔答狀〕: 回覆

숙제〔宿題〕: 作業
기숙사〔寄宿舍〕: 宿舍
노숙자〔露宿者〕: 街友
숙소〔宿所〕: 住處

제목〔題目〕: 題目
과목〔科目〕: 科目
목록〔目錄〕: 目錄
목적〔目的〕: 目的

주제〔主題〕: 主題
주인〔主人〕: 主人
주장〔主張〕: 主張
민주주의〔民主主義〕: 民主主義

第 11 課

성격〔性格〕: 個性

남성〔男性〕: 男性
장남〔長男〕: 長男
남편〔男便〕: 丈夫
미남〔美男〕: 美男

여성〔女性〕: 女性
미녀〔美女〕: 美女
소녀〔少女〕: 少女
여왕〔女王〕: 女王

특성〔特性〕: 特性
특별〔特別〕하다 : 特別
독특〔獨特〕하다 : 獨特
특이〔特異〕하다 : 與眾不同

합격〔合格〕: 合格
연합〔聯合〕: 聯合
통합〔統合〕: 合併
합의〔合意〕: 協商

자격〔資格〕: 資格
투자〔投資〕: 投資
자금〔資金〕: 資金
자료〔資料〕: 資料

격식〔格式〕: 格式
결혼식〔結婚式〕: 結婚典禮
공식적〔公式的〕: 正式的
방식〔方式〕: 方式

第 12 課

병원〔病院〕: 醫院

병실〔病室〕: 病房
교실〔教室〕: 教室
욕실〔浴室〕: 浴室
화장실〔化粧室〕: 化妝室

병명〔病名〕: 病名
명함〔名銜〕: 名片
서명〔署名〕: 簽名
성명〔姓名〕:姓名

난치병〔難治病〕: 頑疾
재난〔災難〕: 災難
난처〔難處〕하다 : 為難
피난〔避難〕: 避難

법원〔法院〕: 法院
방법〔方法〕: 方法
불법〔不法〕: 非法
국제법〔國際法〕: 國際法

문화원〔文化院〕: 文化院
문학〔文學〕: 文學
문장〔文章〕: 文章
문자〔文字〕: 文字

대학원〔大學院〕: 研究所
장학금〔獎學金〕: 獎學金
학교〔學校〕: 學校
학자〔學者〕: 學者

第 13 課

활동〔活動〕: 活動

생활〔生活〕: 生活
인생〔人生〕: 人生
생명〔生命〕: 生命
생존〔生存〕: 生存

활기〔活氣〕있다 : 有活力
인기〔人氣〕: 人氣
분위기〔雰圍氣〕: 氛圍
용기〔勇氣〕: 勇氣

재활용〔再活用〕: 重新利用
사용〔使用〕: 使用
유용〔有用〕하다 : 有用
비용〔費用〕: 費用

동사〔動詞〕: 動詞
조사〔助詞〕: 助詞
부사〔副詞〕: 副詞
명사〔名詞〕: 名詞

자동〔自動〕: 自動
자살〔自殺〕: 自殺
자유〔自由〕: 自由
자연〔自然〕: 大自然

부동산〔不動産〕: 不動產
재산〔財産〕: 財產
가산〔家産〕: 家產
파산〔破産〕: 破產

第 14 課

여행〔旅行〕: 旅行

여권〔旅券〕: 護照
복권〔福券〕: 彩券
상품권〔商品券〕: 商品券
입장권〔入場券〕: 入場券

여행사〔旅行社〕: 旅行社
지사〔支社〕: 分公司
사장〔社長〕: 老闆
사회〔社會〕: 社會

여관〔旅館〕: 旅館
대사관〔大使館〕: 大使館
도서관〔圖書館〕: 圖書館
박물관〔博物館〕: 博物館

선행〔先行〕: 先行
선생〔先生〕님 : 老師
우선순위〔優先順位〕: 優先順序
선배〔先輩〕: 前輩

진행〔進行〕: 進行
승진〔昇進〕: 升職
직진〔直進〕: 直行
선진국〔先進國〕: 先進國家

비행기〔飛行機〕: 飛機
세탁기〔洗濯機〕: 洗衣機
자판기〔自販機〕: 自動販賣機
기계〔機械〕: 機械

第 15 課

출발〔出發〕: 出發

출구〔出口〕: 出口
입구〔入口〕: 入口
비상구〔非常口〕: 安全出口
항구〔港口〕: 港口

출근〔出勤〕: 上班
퇴근〔退勤〕: 下班
근무〔勤務〕: 值勤
야근〔夜勤〕: 加班

출신〔出身〕: 出身
자신〔自身〕: 自己
대신〔代身〕: 代替
신분증〔身分證〕: 身分證

개발〔開發〕: 開發
개방적〔開放的〕: 開放性
공개〔公開〕: 公開
재개〔再開〕: 重開

발표〔發表〕: 發表
대표〔代表〕: 代表
표면〔表面〕: 表面
표정〔表情〕: 表情

발상〔發想〕: 構想
예상〔豫想〕: 預想
환상〔幻想〕: 幻想
상상력〔想像力〕: 想像力

單字和表現

第 1 課

對話 1 P. 18

| 單字 |

지난달	上個月
반갑다	很高興認識（某人）
시	城市
서쪽	西邊
얼마나	多少
앞으로	從今、往後
지내다	相處

| 表現 |

만나서 반가워요.
很高興認識你。

그렇군요.
這樣啊？

우리 앞으로 잘 지내요.
我期待與你再次見面。

對話 2 P. 22

| 單字 |

가르치다	教導
생활	生活
언어	語言
때문에	因為
힘들다	困難的
아직	仍然
못하다	不會
잘하다	做得好
연락처	聯絡方式

| 表現 |

무슨 일 하세요?
你從事什麼工作？

한국 생활은 어떠세요?
在韓國過得如何？

아직 잘 못해요.
我還不能做好。

對話 3 P. 26

| 單字 |

이거	這個
모두	全部、所有
(나이) 차이가 나다	相差（幾歲），有差距
빼고	除了
함께	一起
여기저기	到處
떨어져 살다	分開生活

| 表現 |

가족이 모두 몇 명이에요?
你的家庭總共有幾個成員？

오빠하고 나이가 3 살 차이가 나요.
我哥哥跟我相差三歲。

여기저기 떨어져 살아요.
我們各自分開住在不同的地方。

第 2 課

對話 1 P. 34

| 單字 |

돌아가다	返回
쉬다	休息
확인하다	確認
관심이 있다	有興趣的
주로	一般、主要、通常
에 대한	有關
주중	週間
마다	每個
이것저것	每一種
다양하게	各種
가요	流行歌曲

| 表現 |

저는 여행에 관심이 있어요.
我對旅遊有興趣。

토요일 아침마다 운동해요.
我每個星期六早晨運動。

이것저것 다양하게 들어요.
每一種音樂我都聽。

對話 2

P. 38

| 單字 |

밖	外面
정도	程度、大約、大概
반반씩	各半
집안일	家事
소설	小說
역사	歷史
게으르다	懶惰的
가끔씩	有時候

| 表現 |

한 달에 2-3(두세) 번 정도 만나요.
我跟他們一個月碰面兩三次。

영어하고 한국어로 반반씩 해요.
我們一半說英語，一半說韓語。

집안일은 가끔 해요.
我偶爾做家事。

對話 3

P. 42

| 單字 |

씻다	清洗
바로	剛好、正是
새벽	清晨，自凌晨至日出的時段
때	當
쭉	直走、一直
불규칙하다	不規則的
해가 뜨다	太陽升起
푹	（睡覺時）熟
평일	平日
하루 종일	整日
건강	健康
습관	習慣
고쳐지다	改正

| 表現 |

학생 때부터 쭉 그랬어요.
我從當學生時就這樣了。

그때그때 달라요.
看日子而定。

그렇긴 해요.
這倒是真的。

第 3 課

對話 1

P. 50

| 單字 |

직접	自己、直接
경기	運動賽事、比賽
시간 맞추다	配合時間
경기장	比賽場
출구	出口
예매하다	預訂

| 表現 |

야구나 축구 같은 거 좋아해요.
我喜歡像是棒球或足球等運動。

오후 2시 어때요?
星期六2點如何？

그때 봐요.
到時候見。

對話 2

P. 54

| 單字 |

그날	那天
일이 생기다	有事情
혹시	也許、可能
(약속을) 미루다	延後（會面）
벌써	已經
바꾸다	變更
안부	問候
전하다	傳達

| 表現 |

웬일이에요?
怎麼了？

안부 전해 주세요.
幫我跟其他人問好。

끊을게요.
我掛（電話）了。

對話 3

P. 58

| 單字 |

뭐	什麼
한정식	韓式套餐、韓定食
값	價錢、價格
적당하다	剛剛好適合的
넘어서	超過
언제든지	任何時間
이후	從〔時間〕開始
넉넉하게	充裕地
가지고 오다	帶來（物品）

데리러 가다	接（人）過來
연락하다	聯絡、聯繫
서두르다	趕忙、急忙

| 表現 |

저는 언제든지 괜찮아요.
任何時間我都可以。

그러면 좋지요.
如果你能這麼做的話當然好。

서두르지 마세요.
請不用著急。

第 4 課

對話 1 P. 66

| 單字 |

이쪽	這邊
저쪽	那邊
건너다	跨越
자세히	詳細地、更清楚地
설명하다	解釋，說明
처음	首先
횡단보도	斑馬線
보이다	被看見
끼고 돌다	於（標的物）轉彎
또	也，再次
물어보다	詢問

| 表現 |

저, 실례합니다.
那個，不好意思。

이쪽이 아니라 저쪽이에요.
不是這個方向，是那個方向。

좀 자세히 설명해 주시겠어요?
你可以再更詳細地告訴我嗎？

對話 2 P. 70

| 單字 |

휴지	衛生紙
지하	地下室
복잡하다	複雜的、擁擠的
내려가다	往下（去）
계단	樓梯
음료수	飲料
코너	區、轉角
맞은편	對面
이제	現在

| 表現 |

더 자세히 말해 주시겠어요?
可以說得更詳細一點嗎？

저기〔名詞〕보이죠?
有看到那邊的名詞吧？

또 필요한 거 없으세요?
你還需要什麼嗎？

對話 3 P. 74

| 單字 |

사실은	其實
내리다	下去、下車
나오다	出來
주변	周遭環境
말고	不是…（而是）
건너편	對面
동상	銅像
마중 나가다	出去迎接
입구	入口

| 表現 |

거의 다 왔어요?
你快到了嗎？

어떻게 가는지 잘 모르겠어요.
我不太知道怎麼去。

〔A〕말고〔B〕없어요?
不要A，沒有B嗎？

第 5 課

對話 1 P. 82

| 單字 |

일찍	早的
한식	韓國菜
맵다	辣的
잘	好的
다	全部

| 表現 |

名詞 먹으면 어때요?
我們去吃名詞如何？

名詞 빼고 다른 건 괜찮아요?
除了名詞其他都可以嗎？

-(으)면 다 괜찮아요.
只要…都可以。

對話 2

P. 86

| 單字 |

된장	大醬
손님	顧客
떨어지다	掉落、用光
(음식이) 안 되다	（餐點）沒有了
이 중에서	這些當中
뭘로 (= 무엇으로)	用什麼
넣다	放入
끓이다	熬煮
고기	肉類
채소	蔬菜
들어가다	進入
따로	另外
가능하면	如果可以的話

| 表現 |

뭐 드시겠어요?
你想吃什麼？

다른 건 다 돼요?
其他都可以嗎？

가능하면 맵지 않게 해 주세요.
如果可以的話，請不要做成辣的。

對話 3

P. 90

| 單字 |

맛집	美食餐廳
알아보다	發現
한정식 집	韓定食餐廳
맛이 좋다	味道好
분위기	氣氛
추천하다	推薦
며칠	幾天
입맛에 맞다	合口味

| 表現 |

아직 못 찾았어요.
我到現在還沒找到。

名詞 에 가 본 적이 있어요?
你有去過名詞嗎？

알려 줘서 고마워요.
謝謝你告訴我。

第 6 課

對話 1

P. 98

| 單字 |

말씀하다	說〔尊敬語〕
이용료	使用費
내다	拿出
학생증	學生證
무료	免費
평일	平日
비밀번호	密碼
입력하다	輸入

| 表現 |

뭐 좀 물어봐도 돼요?
我可以問你一件事嗎？

말씀하세요.
請說。

하나만 더 물어볼게요.
讓我再問你一件事。

對話 2

P. 102

| 單字 |

가져가다	帶去
물론	當然
지도	地圖
숙박 시설	住宿設備
조용하다	安靜的
곳	地點
탁자	桌子
안내 책자	導覽手冊
놓이다	被放
예약하다	預約
자세하다	詳細的
정보	資訊

| 表現 |

이거 가져가도 돼요?
我可以拿這個嗎？

물론이죠.
當然可以。

더 자세한 정보가 나와 있어요.
上面會有更詳細的資訊。

對話 3 P. 106

| 單字 |

다니다	上班／學
적응하다	適應
정장	西裝
갔다 오다	去了回來
자유롭다	自在的
특히	特別地
엄격하다	嚴格的
출근하다	去上班
마음대로	隨意
꼭	一定、絕對
정해진 시간	固定時間
회식	聚餐
빠지다	缺席
싫어하다	討厭、不喜歡
동료	同事

| 表現 |

名詞에 잘 적응하고 있어요.
我對名詞生活適應良好。

그런 편이에요.
那類型的。

마음대로 입어도 돼요.
我們可以想穿什麼就穿什麼。

第 7 課

對話 1 P. 114

| 單字 |

동네	社區
깨끗하다	乾淨
편하다	便利
교통	交通
거실	客廳
주방	廚房
집세	房租
나머지	其餘
떠나다	離開

| 表現 |

名詞이/가 어때요?
名詞如何？

얼마 안 걸려요.
不需要花太久時間。

그거 빼고 나머지는 다 괜찮아요.
除了那以外，其他都很好。

對話 2 P. 118

| 單字 |

여러 가지	許多事情
불편하다	不便、不方便
우선	優先
직장	工作（場所）、職場
주변	周邊
마음에 들다	喜歡
오래되다	老舊的（物品）
벌레	蟲
이사하다	搬家
생각 중	思考當中

| 表現 |

뭐가 문제예요?
有什麼問題？

집은 마음에 들어요?
你喜歡你的房子嗎？

저도 지금 생각 중이에요.
我也正在考慮這件事。

對話 3 P. 122

| 單字 |

숨	呼吸
밤새	整晚
고치다	修理
게다가	再加上
틈	縫
들어오다	進來
다행이다	幸運的
옆집	隔壁
소리	聲音
들리다	被聽到
인사하다	打招呼
기회	機會

| 表現 |

다행이네요.
幸運的。

그러지 말고 …지 그래요?
不要…何不…？

그게 좋겠네요.
我想那會是好的。

第 8 課

對話 1

P. 130

| 單字 |

사용하다　使用
잘 나가다　熱賣、賣得好
젊다　年輕的
인기가 있다　受歡迎的
색　顏色
고장이 나다　損壞、故障
둘 다　皆、兩者都
튼튼하다　耐用的
가져오다　帶來
수리하다　修理

| 表現 |

요즘 이게 제일 잘 나가요.
最近這個賣得最好。

이게 어디 거예요?
這是哪裡的？

이걸로 주세요.
請給我這個。

對話 2

P. 134

| 單字 |

전원　電源
켜지다　點亮
버튼　按鍵
새　新
제품　商品
교환하다　更換
영수증　發票

| 表現 |

어떻게 오셨어요?
有什麼我可以幫忙的嗎？

전원이 안 켜져요.
電源打不開。

名詞 좀 보여 주시겠어요?
可以給我看一下名詞嗎？

물론이죠.
當然。

對話 3

P. 138

| 單字 |

딱 끼다　太緊
성함　尊姓大名
반품　退貨
배송비　運費
고객님　顧客〔尊待語〕
접수　接受、受理
상품　商品
상자　箱／盒子
포장하다　包裝
택배 기사님　宅配司機
환불　退費
방문하다　拜訪
처리하다　處理
문의 사항　詢問事項

| 表現 |

무엇을 도와 드릴까요?
我可以幫你什麼忙？

성함이 어떻게 되십니까?
請問你的大名是？

다른 문의 사항은 없으십니까?
你還有其他問題嗎？

第 9 課

對話 1

P. 146

| 單字 |

말이 통하다　語言相通
생활 방식　生活方式
사고방식　思考模式
차이　差異
적응이 되다　適應
실수　犯錯、失誤
완벽하게　完美地
어떤　某種／特定〔名詞〕、有些
반말　半語（非正式口語）
혼나다　被責罵

| 表現 |

적응이 안 됐어요.
我適應得不好；我不習慣。

이제 많이 익숙해졌어요.
我已經習慣不少；現在我適應得很好。

예를 들면
舉例來說。

對話 2

P. 150

| 單字 |

고민　煩惱
실력　能力、實力
한　大約、大概
어느 정도　某個程度上

자신감	自信心
점점	逐漸
없어지다	消失
최대한	盡可能
꾸준히	持續地
곧	即刻、馬上

| 表現 |

무슨 고민이 있어요?
有什麼煩惱嗎？

저도 그렇게 생각해요.
我也這樣想；我同意。

최대한 많이
盡量。

對話 3

P. 154

| 單字 |

대단하다	令人印象深刻的、了不起的
원래	本來
이해하다	瞭解
만큼	儘可能
적어도	至少
이상	以上
알아듣다	聽懂
포기하다	放棄
자꾸	常常、不斷地

| 表現 |

요즘 어떻게 지내요?
最近你都在忙些什麼？

사람마다 다르죠.
因人而異。

〔A〕이/가〔B〕에 도움이 돼요.
A對B有幫助。

第 10 課

對話 1

P. 162

| 單字 |

아무	任何
부탁을 들어주다	接受請託
고장 나다	故障
고치다	修理
갑자기	突然
켜지다	開著
막	正要、就
선	線
연결되다	連接
문제	問題
급하다	急

| 表現 |

아무것도 안 해.
我什麼都沒有做。

지금 막 고장 났어.
剛剛故障。

名詞에는 아무 문제가 없어.
名詞沒有任何問題。

對話 2

P. 166

| 單字 |

날씨	天氣
모시다	帶、陪同某人〔尊待語〕
걷다	走
빌리다	借
바닷가	海灘、海邊
경치	景色
데	地方
알리다	告知

| 表現 |

무슨 일 있어?
怎麼了嗎？

그거 좋은 생각이다.
那是個好點子。

여행 잘 다녀와.
祝你旅途愉快。

對話 3

P. 170

| 單字 |

지갑	錢包
잃어버리다	遺失
기억나다	記得
마지막으로	最後一次、最後
계산하다	計算、付帳
꺼내다	拿出
들어 있다	裡面放有
현금	現金
신분증	身份證
정지하다	停用信用卡
깜빡	一時之間
잊어버리다	遺忘、忘記
유실물 센터	失物招領處
일단	先、暫且

| 表現 |

어떡하지?
我該怎麼辦？

기억 안 나.
我想不起來。

깜빡 잊어버리고 아직 못 했어.
我一時忘了，所以還沒去做。

第 11 課

對話 1

P. 178

| 單字 |

맨	最
갈색	棕色
수염	鬍子
배우	演員
체격	體態、體格
딱	正好、恰好
그나저나	話說回來、總之
친하다	親近
첫눈에 반하다	一見鍾情
계속	繼續
되게	非常、十分
소개하다	介紹

| 表現 |

그치?
對吧？

첫눈에 반한 거야?
是一見鍾情嗎？

잘해 봐.
祝好運。

對話 2

P. 182

| 單字 |

청바지	牛仔褲
들다	拿著
그건	那個（物品）
어디선가	某處
생각나다	想起、回憶
지난	上（一次）
발표하다	報告
어쨌든	總之
놓고 가다	留下（走了沒拿）
갖다주다	拿給（某人）

| 表現 |

어디선가 봤는데
我曾在某處見過他，但…

아! 맞다!
啊！沒錯！

글쎄.
這個嘛。

對話 3

P. 186

| 單字 |

사귀다	交朋友、約會
동호회	社團、同好會
가입하다	參加、加入
수줍음이 많다	害羞的
활발하다	活潑的
상관없다	沒關係
성격이 맞다	個性合得來

| 表現 |

어떻게 하면 좋을까요?
我該怎麼做？

나이는 상관없어요.
年齡不是問題。

또 다른 건 뭐가…?
還有什麼是…？

第 12 課

對話 1

P. 194

| 單字 |

교통사고	交通事故
사고가 나다	發生意外
다치다	受傷
입원하다	住院
수술하다	動手術
바라다	希望
병문안	探病
면회	探訪

| 表現 |

뭐라고요?
你說什麼？

그건 잘 모르겠어요.
我不太清楚那件事。

저도 그러길 바라고 있어요.
我也希望如此。

對話 2

P. 198

| 單字 |

(시간이) 지나다	(時間) 過去
아까	剛剛
전화가 오다	來電話
사정이 있다	有事情
몸이 안 좋다	身體感到不適
그런	那種
목소리	聲音

감기에 걸리다	感冒
힘이 없다	無力
낮	白天

| 表現 |

뭐라고 했어요?
〔人〕剛剛說什麼？

그런 것 같아요.
似乎是；好像是那樣。

평소와 달리
跟平常不同。

對話 3 P. 202

| 單字 |

부러지다	斷裂（骨頭）
다행히	幸運地
약간	一點點、略
큰일(이) 나다	嚴重的事情發生
왔다 갔다 하다	來回走動
치료받다	接受治療
걱정하다	擔心
심하게	嚴重
고생하다	受苦、艱難
낫다	復原、康復

| 表現 |

큰일 날 뻔했어요.
差點就大事不妙。

몸조리 잘하세요.
好好照顧你的身體。

빨리 낫기를 바랄게요.
希望你早日康復。

第 13 課

對話 1 P. 210

| 單字 |

고향	故鄉
경험을 쌓다	累積經驗
일자리	工作職位
번역하다	翻譯
통역	口譯

| 表現 |

그렇긴 하죠.
你說得沒錯。

몇 번 해 봤어요.
做過幾次。

그렇게 얘기해 줘서 고마워요.
謝謝你這麼說。

對話 2 P. 214

| 單字 |

한자	漢字
살이 찌다	長肉、長胖
실제로	實際上
바뀌다	改變
씩	用在表數量的字詞之後。
최소한	至少
조금씩	一點點

| 表現 |

그건 그렇지!
沒錯！

내가 보기에
在我看來

최소한 6(육) 개월 이상
至少要六個月以上

對話 3 P. 218

| 單字 |

졸업하다	畢業
취직	就業
대학원	研究所
사회	社會
낫다	更好
장학금	獎學金
전공하다	專攻，主修
국제 관계	國際關係
분야	領域

| 表現 |

네 생각은 어때?
你覺得呢？

그러면 좋지.
如果是那樣當然好。

하긴
沒錯、這倒是。

第 14 課

對話 1 P. 226

| 單字 |

초등학교	小學
어렸을 때	小時候
귀엽다	可愛
여행 다니다	旅遊
지금도	至今仍
이사 가다	搬家
연락이 끊기다	失去聯繫

| 表現 |

어디더라?
會是在哪裡呢？

그런 얘기 많이 들었어요.
我常聽別人這麼說。

안타깝네요.
真遺憾呢。

對話 2

P. 230

| 單字 |

모양	形狀、型
전부	全部
잊다	忘記
관광객	遊客、觀光客
현지인	當地人

| 表現 |

다른 사람들도 다 그렇게 말해요.
其他人也這麼說。

뭐가 제일 생각나요?
你記憶最深的是什麼？

지금도 잊을 수 없어요.
我至今仍難以忘懷。

對話 3

P. 234

| 單字 |

해산물	海產
당연히	當然
싱싱하다	新鮮
일출	日出
전날	前一天
등산하다	登山健行
아쉽다	可惜、後悔

| 表現 |

당연히 먹었죠.
我當然有吃。

너무 아쉬워하지 마세요.
不要太難過。

시간 맞춰서 같이 가요.
讓我們訂個日期一起去。

第 15 課

對話 1

P. 242

| 單字 |

표가 팔리다	門票賣出
영화관	戲院
자리	座位
아무래도	無論如何

| 表現 |

무슨 일이에요?
有什麼事情嗎？

상관없어요.
都可以。

하나만 더 물어볼게요.
我再問一個。

對話 2

P. 246

| 單字 |

죄송하다	對不起
길이 막히다	塞車
차가 밀리다	堵車
출발하다	出發
마침	正好
정신이 없다	心神不定
조심하다	小心注意
자료	資料

| 表現 |

늦어서 죄송합니다.
抱歉遲到了。

다음부터는 …지 않도록 하세요.
下次盡量不要再…了。

그렇게 하겠습니다.
我會的。

對話 3

P. 250

| 單字 |

잘되다	順利
부탁하다	請求、拜託
맡다	擔任
을/를 통해	透過

| 表現 |

전화하려던 참이었는데 잘됐네요.
我才正要打電話給你，真是太好了。

저 말고 부탁할 사람이 없어요?
除了我以外你沒有其他人可以拜託嗎？

제가 다른 사람을 소개하면 어떨까요?
假如我介紹別人給你如何？

台灣廣廈國際出版集團 Taiwan Mansion International Group

國家圖書館出版品預行編目（CIP）資料

全新！我的第一本韓語課本. 進階篇(QR碼行動學習版)/吳承恩著. -- 2版.
-- 新北市：國際學村出版社, 2023.07
面； 公分
ISBN 978-986-454-286-4(平裝)

1.CST: 韓語 2.CST: 讀本

803.28 112005787

全新！我的第一本韓語課本【進階篇：QR碼修訂版】

作　　者／吳承恩
譯　　者／蘇郁捷
編輯中心編輯長／伍峻宏
編輯／邱麗儒
封面設計／林珈伃・內頁排版／菩薩蠻數位文化有限公司
製版・印刷・裝訂／東豪・弼聖・秉成

行企研發中心總監／陳冠蒨
媒體公關組／陳柔彣
綜合業務組／何欣穎
線上學習中心總監／陳冠蒨
數位營運組／顏佑婷
企製開發組／江季珊

發 行 人／江媛珍
法律顧問／第一國際法律事務所 余淑杏律師・北辰著作權事務所 蕭雄淋律師
出　　版／國際學村
發　　行／台灣廣廈有聲圖書有限公司
地址：新北市235中和區中山路二段359巷7號2樓
電話：（886）2-2225-5777・傳真：（886）2-2225-8052
讀者服務信箱／cs@booknews.com.tw

代理印務・全球總經銷／知遠文化事業有限公司
地址：新北市222深坑區北深路三段155巷25號5樓
電話：（886）2-2664-8800・傳真：（886）2-2664-8801
郵政劃撥／劃撥帳號：18836722
劃撥戶名：知遠文化事業有限公司（※單次購書金額未達1000元，請另付70元郵資。）

■出版日期：2023年07月・版次：2版
ISBN：978-986-454-286-4